AELIA, DIE KÄMPFERIN

Lieber Herr Janzen,

hier ein Dankeschön
für Ihre Hilfe!

Ich wünsche viel Spaß
in der spannenden Zeit
der Spätantike.

Herzlichst

Marion Johannsen . .2018

EDITION OBERKASSEL

AELIA, DIE KÄMPFERIN

Marion Johanning

edition oberkassel
2016

Alle Rechte vorbehalten.
Verlag: edition oberkassel Verlag Detlef Knut,
Lütticher Str. 15, 40547 Düsseldorf
Herstellung: Prime Rate Kft., Budapest
Umschlaggestaltung: Annegret Koerdt unter Verwendung der Materialien von
© iStock.com / Kuzma,
© Fedorovych Maksym / Shutterstock.com und
© Olemac / Shutterstock.com
Lektorat: Dr. Mechthilde Vahsen
Satz: Adobe InDesign im Verlag

© Marion Johanning
© edition oberkassel, 2016

www.edition-oberkassel.de
info@edition-oberkassel.de

Das Werk inklusive aller Abbildungen ist urheberrechtlich geschützt. Jede Verwertung außerhalb der Grenzen des Urheberrechtsgesetzes ist ohne Zustimmung des Verlages und der Autoren unzulässig und strafbar.

1. Auflage 2016
Printed in Europe

ISBN Print: 978-3-95813-029-6
ISBN E-Book: 978-3-95813-030-2

Bibliografische Information der Deutschen Nationalbibliothek: Die Deutsche Nationalbibliothek verzeichnet diese Publikation in der Deutschen Nationalbibliografie; detaillierte bibliografische Daten sind im Internet über http://dnb. dnb.de abrufbar.

Aelias Welt
5. Jh. n. Chr.

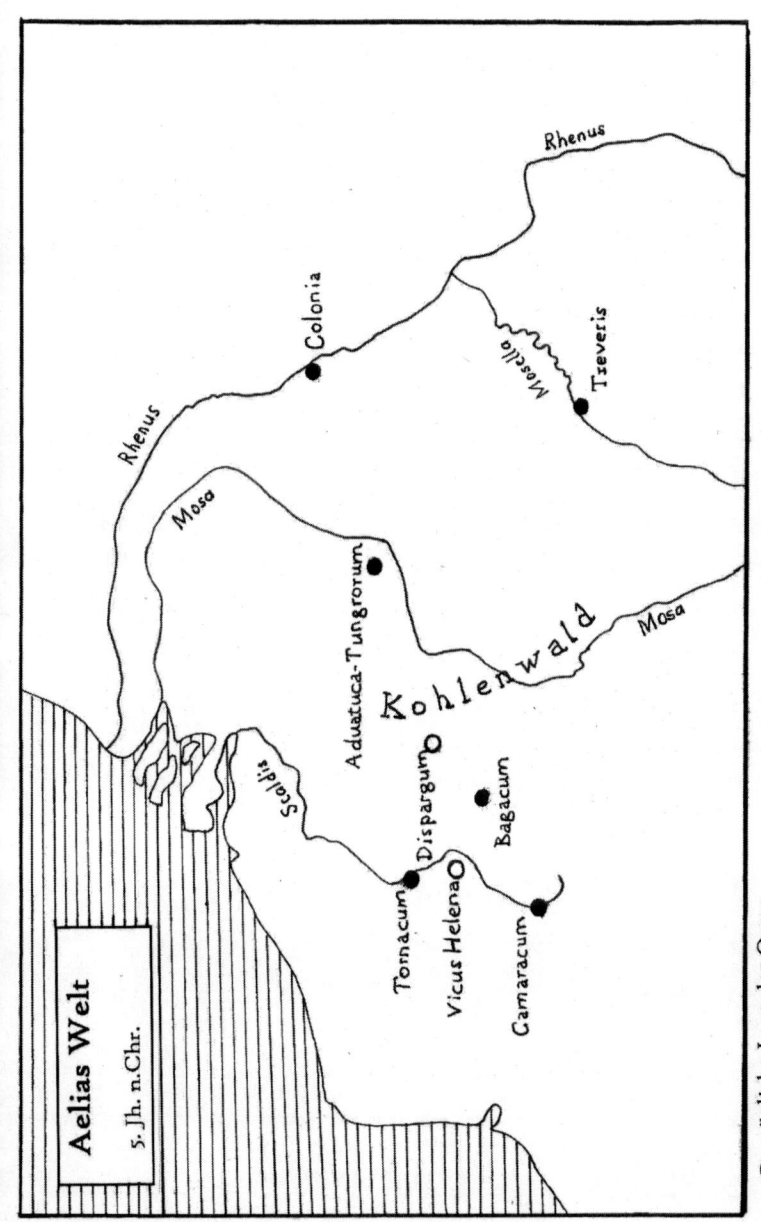

Rhenus
Rhenus
Colonia
Mosella
Treveris
Mosa
Aduatuca-Tungrorum
Mosa
Kohlenwald
Scaldis
Dispargum
Tornacum
Vicus Helena
Bagacum
Camaracum

○ mögliche Lage des Ortes

Für meine Tochter Nina

Teil I

Treveris

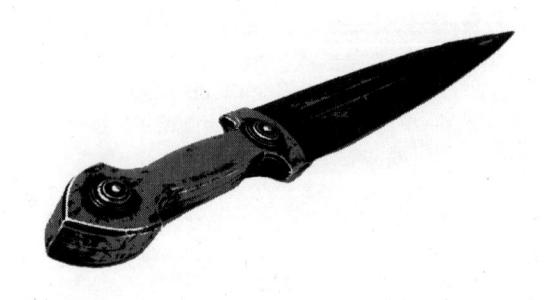

Treveris, im Jahre des Herrn 441

Das Haus des Händlers Dardanus in Treveris sah von außen nicht ungewöhnlich aus. Klein und schlicht schmiegte es sich in eine Reihe weiß verputzter Häuser, die sich die Anhöhe zum Lastviertel hinaufzog. Das rote Ziegeldach war verwittert, und es besaß nichts an Verzierungen, die auf den Reichtum seines Besitzers hingedeutet hätten. Wenn man aber das Haus betrat, dann fiel einem sofort der kostbare Fußboden der Eingangshalle auf, dessen weiße Marmor- und graue Schiefersteine sich wie auf einem Schachbrett abwechselten und jedem zeigten, dass der Besitzer des Hauses kein armer Mann war.

Doch der Sklave des Marcellus, an die marmornen Wandverkleidungen und bunt bemalten Holzdecken der Villa seines Herrn gewöhnt, beachtete den Fußboden nicht, nachdem er das Haus betreten hatte. Er streifte die lindgrün bemalten Wände mit ihren geometrischen Mustern nur mit einem flüchtigen Blick und ließ das wuchtige Holzkreuz, das für alle Hereinkommenden unübersehbar an einer Wand hing, links liegen, als er sich zum Hausherrn führen ließ. Er hatte es eilig. Sein Herr erwartete noch heute die Antwort auf eine wichtige Frage.

Dardanus empfing ihn in seinem Arbeitszimmer, wo er hinter seinem Schreibtisch aus Kirschbaumholz saß.

»Salve, Vortrefflicher.«

Marcellus' Sklave verneigte sich steif und nicht zu lang; bei vielen anderen Herren in der Stadt wäre seine Begrüßung herzlicher ausgefallen, aber nicht bei diesem Mann, dem man nachsagte, er habe sein Geld auf unredliche Weise verdient. Es hieß, Dardanus würde Handel mit Waisenkindern betreiben, und das missbilligte der Sklave des Marcellus aus tiefstem Herzen. Kurz und knapp brachte er deshalb den Wunsch seines Herrn vor und verzog keine Miene, wodurch er dem Händler seine ganze Verachtung zeigte. Aber diesen schien es nicht zu stören, er bemerkte es nicht einmal.

»Was bringst du mir Schönes?«, fragte er in jenem herablassenden Ton, mit dem die Herren oft Sklaven anzureden pflegten, um sich dann zurückzulehnen und in langes Schweigen zu verfallen.

Er wog den Beutel mit den Münzen, den der Sklave ihm gegeben hatte, in der Hand.

Marcellus' Sklave schwieg. Er hatte abzuwarten, bis Dardanus ihm seine Antwort mitteilte; jedes weitere Wort wäre unhöflich gewesen und stand ihm nicht zu. Er heftete seinen Blick auf die Wandbemalungen – ein Gartenteich auf ockerfarbenem Grund, umgeben von Pflanzen und Wasservögeln. Ein schlichtes, zu ungelenk gemaltes Bild, fand der Sklave, der die filigranen Wandmalereien im Hause seines Herrn gewöhnt war. Solche Malereien besaßen nur Männer wie Dardanus, die teure, unbegabte Maler beauftragten, aber nichts von wirklicher Kunst verstanden. Er starrte missbilligend auf die schwere Silberschale, die auf dem Schreibtisch stand. Mochte dieser Mann noch so viel teures Gerät besitzen – es war alles nur die Protzerei eines Wichtigtuers, auf dessen Antwort er, der Sklave des vornehmsten Mannes der Stadt, leider zu warten gezwungen war.

Von den Gedanken des Sklaven ahnte Dardanus nichts, und selbst wenn, sie hätten ihn kaum gekümmert. Nachdenklich saß er in seinem Sessel, während die Strahlen der Morgensonne durch ein Fenster hereinfielen und ihm den Rücken wärmten. Er liebte diesen Raum. Morgens, wenn er hier arbeitete oder Besucher empfing, fiel das Sonnenlicht vom Innenhof herein, und nachmittags fand er hier die nötige Abgeschiedenheit, um seine Geschäfte in Ruhe zu überdenken. Nun musste er eine schwierige Entscheidung treffen, ausgerechnet nach einer Nacht, in der er wegen eines zu üppigen Mahls am Abend zuvor schlecht geschlafen und wirr geträumt hatte.

Marcellus war nicht nur der reichste Mann der Stadt, sondern auch Dardanus' bester Kunde. Deshalb konnte er es sich erlauben, ihn zur Eile zu drängen. Aber Dardanus hasste das. Es betrübte ihn, eine Entscheidung von so großer Tragweite in so kurzer Zeit treffen zu müssen.

Nachdenklich wog er wieder den Lederbeutel mit den Münzen in seiner Hand. Ein Blick auf das schimmernde Silber darin hatte ihm gereicht, um festzustellen, dass es sich um ein äußerst verlockendes Angebot handelte. Er wusste es, auch ohne sich die Mühe gemacht zu haben, seine Kosten auszurechnen. Er wäre ein Narr, wenn er es nicht annehmen würde. Nicht nur das Geld wäre dann seins, sondern im Falle eines Sieges auch der Erlös aus den Wetten. Selbst bei einer Niederlage wäre das mehr Geld, als er an Aufwendungen für das Mädchen gehabt hatte. Ein sicheres Geschäft also.

Aber Dardanus zögerte. Er maß den Sklaven, der vor ihm ausharrte, mit einem langen Blick. Er freute sich nicht über das Angebot. Das schlechte Gefühl in seinem Magen, das nicht nur vom reichlichen Essen kam, verstärkte sich. Etwas stimmte nicht.

Nicht dass er Mitleid mit dem Mädchen gehabt hätte. Es würde andere geben, dafür hatte er bereits gesorgt. Was ihn beunruhigte, war die Eile. Wenn Marcellus ihn so drängte, dann fürchtete er wahrscheinlich, dass Dardanus nach längerer Überlegung noch mehr für das Mädchen fordern könnte. Es bedeutete, er hielt es in Wahrheit für noch wertvoller.

Diese Erkenntnis versetzte Dardanus in Erstaunen. Wenn Marcellus das Mädchen für noch wertvoller hielt, würde er es früher oder später unbedingt haben wollen. Er kannte ihn gut genug, um zu wissen, dass Marcellus immer nur mit dem Besten zufrieden war. Seine Gastmähler genossen den Ruf des Besonderen und Erlesenen, und die Reichen der Stadt rissen sich darum, von ihm eingeladen zu werden. Wenn er das Mädchen haben wollte und so viel dafür bot, dann glaubte er, dass sie die beste Wahl war.

Dardanus räusperte sich. Es kostete ihn große Überwindung, Marcellus' Sklaven den Beutel zurückzugeben.

»Sag deinem Herrn, ich danke für sein Angebot. Aber es ist zu wenig für ein Mädchen mit so großartigen Fähigkeiten. Erhöht er um die Hälfte seines Gebotes, wäre ich einverstanden. So aber muss ich leider ablehnen.«

Kaum hatte er seine Forderung ausgesprochen, wollte Dardanus die Worte in seinen Mund zurückholen. Jetzt hatte er wahrscheinlich einen Preis genannt, der selbst für einen so reichen Mann wie Marcellus zu hoch war, und eine gute Gelegenheit verpasst, das Mädchen zu verkaufen.

Nun – es war geschehen. Er konnte es nicht mehr ändern und durfte sich nichts von seinen Bedenken anmerken lassen. Mit einer in den Jahren undurchschaubar gewordenen Miene sah er den Sklaven an und nickte ihm zu, während dieser den Beutel mit einem ebenso undurchschaubaren Gesichtsausdruck zurücknahm und sich vor ihm verneigte.

»Wie Ihr wünscht, Vortrefflicher.«

Mit diesen Worten verließ der Sklave das Arbeitszimmer. Nachdem der schwere Vorhang hinter ihm zugefallen war, blieb Dardanus nachdenklich zurück. Sein Magen schmerzte. Er erhob sich, starrte auf die Wandbemalung und beobachtete, wie die Sonnenstrahlen auf den Gartenteich fielen und ein paar Fische darin aufleuchten ließen, die sonst nicht zu erkennen waren. Ein großer Künstler war das, der so etwas malen konnte.

Dardanus rief nach seinem Hausklaven.

»Hol Sarus«, befahl er dem hereintretenden Mann. »Ich muss mit ihm reden.«

Kapitel 1

Im hinteren Teil des Hauses, der die wirtschaftlichen Räume beherbergte, knieten zehn Mädchen vor ihrem Lehrer. Sie hatten ihre Stirnen fest auf den Boden gedrückt. Alle waren kahl rasiert und steckten in den gleichen schmucklosen grauen Gewändern, unter denen ihre Körper zum Schutz vor Schlägen und Tritten fest in Leinenbinden gewickelt waren.

Aelia kniete zwischen ihnen und wartete darauf, dass ihr Lehrer Sarus sie endlich aufstehen ließ. Aber heute war er wieder schlecht gelaunt, an solchen Tagen ließ er sie immer lange knien. Sie presste ihre Lippen fest zusammen, während sie auf ihre Beine starrte, die sich unter dem grauen Stoff ihres Gewandes abzeichneten. Hart fühlte sich der Lehmboden unter ihren schmerzenden Knien an. Jetzt bloß nicht rühren, nicht den kleinsten Finger! Sarus würde jede Regung sofort bemerken und bestrafen. An Tagen wie diesen duldete er nicht mal den Hauch eines Ungehorsams.

Sie seufzte in sich hinein. Alles war still in dem ehemaligen Lagerraum, in dem sich einst die Waren des Vorbesitzers bis zum Dachgebälk gestapelt hatten. Sie hörte nur die leisen Atemzüge der Mädchen neben sich. Dass es ihnen ebenso ging wie ihr, war nur ein schwacher Trost. Sarus kannte sie alle genau und wusste, wie er jede Einzelne von ihnen bestrafen konnte.

Sie hörte das Geräusch seiner Sandalen auf dem Boden, als er vor ihnen herging. Es wechselte sich ab mit dem leichten Klatschen, das sein Stock verursachte, als er ihn mal gegen die eine, mal gegen die andere Schulter schlug.

»Ihr müsst lernen, eure Leiber zu beherrschen!«, rief er in die Stille hinein. »Euer Leib muss gehorchen wie das Schwert dem Soldaten, bis in die kleinen Zehen! Nur dann werden die Zuschauer euch lieben.«

Aelia verdrehte die Augen. Nun würde also wieder eine seiner endlosen Predigten kommen, während der sie reglos ausharren mussten.

»Ein gutes Schwert wird mit Feuer und Wasser geformt. Durch Hitze und Kälte wird es zu einer vollkommenen Waffe. Eure Leiber sind Schwerter im Dienste unseres Herrn!«

Seine Worte verhallten im Dachgebälk. Aelia atmete tief, während sie versuchte, ihre schmerzenden Knie ruhig zu halten. Sie durfte vor allem ihre Finger nicht bewegen, das würde er sofort bemerken.

Sie hörte, wie seine Schritte nur wenige Armlängen von ihr entfernt haltmachten.

»Habt ihr verstanden, was ich gesagt habe?«, donnerte er, ehe ihn die folgende Stille daran erinnerte, dass es ihnen während des Kniens nicht erlaubt war zu reden.

Er räusperte sich und ging weiter. »Ihr seid Mädchen und nicht zum Kämpfen geboren. Eure natürliche Bestimmung ist es, Kinder zu gebären, aber das Schicksal hat es anders gewollt. Es hat euch hierhin geführt, damit ihr die Kämpfe lernt und sie dem Publikum darbietet. Der Herr in seiner Güte hat euch aufgenommen und gewährt euch Obdach, weil er euch für würdig hält, die Schaukämpfe zu lernen. Aber ihr seid Mädchen! Also müsst ihr umso härter üben, um eure Leiber zu härten. Die Zuschauer wollen eure Anmut und eure Fähigkeit zu kämpfen sehen, und ihr habt alles dafür zu tun. Je besser ihr seid, desto besser ist es für unseren Herrn und für uns alle.«

Er legte eine kleine Pause ein, um seinen eigenen Worten nachzulauschen. Aelia, die ihre schmerzenden Knie kaum noch unter Kontrolle halten konnte, dachte, dass er ihnen ein weiteres Mal einen Vortrag darüber halten würde, wie froh sie sein konnten, hier zu sein und nicht in den Gossen der Stadt, als Sarus plötzlich innehielt. Sie hörte, wie er kehrtmachte und in ihre Richtung kam. Einen schreckerfüllten Augenblick lang glaubte sie, er hätte das Zucken ihrer Zehen gesehen, als sie merkte, dass er weiter unten stehen blieb, dort, wo die kleineren Mädchen knieten.

»Habe ich euch erlaubt, euch zu rühren?«

Eines der jüngeren Mädchen begann zu weinen.

»Steht auf!«, befahl er. Die Mädchen gehorchten und stellten sich in einer Reihe auf. Aelia war erleichtert, aber sie spürte kaum noch ihre Beine.

Sarus presste einem am Boden liegenden Mädchen seinen Stock in den Rücken. »Du wirst noch lernen zu gehorchen!«, knurrte er.

Aelia tauschte mit Verina, die neben ihr wartete, einen raschen Blick. Sie kannten das Mädchen, es war die kleine Lucilla, die erst im letzten Sommer zu ihnen gekommen war. Sie konnten sich denken, was passiert war: Lucilla hatte den Augenblick genutzt, als Sarus' Schritte sich von ihr entfernten, um ihre steifen Beine zu bewegen.

Sie kannte ihn noch nicht gut genug, um zu wissen, dass er sich gerne umschaute. Sie wusste auch noch nicht, dass er alle oft so lange knien ließ, bis er ein Mädchen bei einer Bewegung erwischte, um es dann bestrafen zu können.

Heute war so ein Tag.

Sarus befahl Lucilla, sich zu erheben, und stieß sie in die Mitte der Halle. Mit seiner Statur verdeckte er das Mädchen vollkommen. Auf seinem nackten muskulösen Oberarm prangten mehrere ineinander liegende Kreise – das Feldzeichen der Legion, bei der er einst gedient hatte. Die dünne kleine Lucilla sah neben ihm aus wie ein Strohhalm. Sie mochte kaum älter als zehn Winter sein.

»Wie lautet die erste Lektion?«, rief er und sah streng auf sie herunter.

Lucilla warf ihm einen ängstlichen Blick zu, ehe sich ihr zitternder Mund zum Sprechen öffnete. »Ge ... gehorche d ... deinem Lehrer ... in ... in ...«

»Lauter! Ich höre dich nicht!«

Lucilla atmete tief. Alle konnten sehen, wie sie mühsam um Fassung rang. »... in ... in ... allem ...« Ihre Stimme war nur noch ein Hauch, ehe sie ganz erstarb.

Sarus machte eine wegwerfende Handbewegung und wandte sich an die Mädchen. »Wie lautet die erste Lektion?«

Marcia trat eilfertig hervor und wartete, bis Sarus ihr das Wort erteilte.

»Gehorche deinem Lehrer in allem, was er sagt, begrüße ihn, indem du vor ihm kniest und dich nicht rührst, bis er es dir erlaubt. Sprich nur, wenn er dich etwas fragt. Dann antworte wahr und klar«, zählte sie auf.

»Richtig.« Sarus' wohlwollender Blick verharrte eine Weile zu lang auf Marcia, die die Schönste von allen war. Sie besaß eine makellose Haut und ebenmäßige Gesichtszüge. Ihre Figur erinnerte Aelia an eine der Nymphen-Statuen am Brunnen im Forum von Treveris.

Sarus fuhr zu Lucilla herum.

»Hast du gehört, was sie gesagt hat?«

Lucilla nickte ängstlich. Ihre Hände krallten sich in ihr graues Gewand.

»Dann wiederhole es!«

Lucilla schluckte. Sie öffnete den Mund, lange bevor sie anfing zu sprechen. »Ge … ge … horche deinem Lehrer … in allem, was er sagt, begrüße ihn … und … und …«

Sie suchte verzweifelt nach Worten, ehe ihre Stimme versagte. Unglücklich sah sie zu Boden. Sarus klatschte mit dem Stock gegen seine Schultern, während sein abschätzender Blick auf dem Mädchen ruhte.

»Wie lange bist du schon hier?«

»Drei Monde, Herr.«

»Wirklich? Schon drei Monate lebst du hier auf Kosten des Herrn?«

Lucilla schwieg.

»Antworte!«

»Ja, Herr.«

Sarus seufzte laut. »Nun, dann wird es Zeit, dass du die erste Lektion lernst!«

Lucilla hob den Blick nicht. »Ja, Herr«, sagte sie leise.

»Marcia!«, rief Sarus, ohne Lucilla aus den Augen zu lassen. »Hol den Wagen!«

Marcia verneigte sich und huschte in eine Ecke, in der neben einer Amphore in einem verrosteten Ständer ein zweirädriger, mit rotem Stoff bespannter Wagen stand, der aussah wie die kleine Nachbildung eines Streitwagens. Marcia zog ihn an der Deichsel quer durch die Halle zu Lucilla, nahm ein Geschirr von der Ladefläche und legte es dem Mädchen an. Als sie damit fertig war, setzte sie ihr eine Stoffhaube mit zwei roten Hörnern auf den Kopf.

Lucilla sah betroffen auf die Gurte herunter, die ihre Brust umspannten. Der Schreck zeichnete sich auf ihrem Gesicht ab, als Marcia die Gurte am Wagen befestigte. Sarus befahl ihr, im Kreis zu laufen. Lucilla gehorchte. Langsam setzte sich der Wagen in Bewegung und rumpelte über den Lehmboden. Sarus tauschte seinen Stock gegen eine dünne Lederpeitsche, postierte sich in der Mitte der Halle und befahl den Mädchen, hinter dem Streitwagen herzulaufen. »Schneller!«, donnerte er und ließ seine Peitsche über den Boden sausen. Lucilla rannte wie ein Pferd im Kreis um Sarus herum und zog den Wagen. Lächerlich grotesk sah sie aus mit ihrer roten Haube. Der Wagen ratterte hinter ihr über den unebenen Boden.

»Na los, los!«, rief Sarus. »Stell dir vor, du bist Diocles, der berühmteste Wagenlenker aller Zeiten, und du willst den Sieg für deine Partei! Der Circus Maximus in Rom ist bis auf den letzten Platz besetzt, alle feuern dich an. Auf der Ehrentribüne sitzen der Kaiser und die Senatoren. Du gibst alles! Du lässt dich nicht aus der Bahn werfen! Na los, schneller, mach schon!«

Er schnalzte mit der Zunge und schwang die Peitsche.

Aelia seufzte. Sie ahnte, dass nun wieder ein harter Vormittag folgen würde. Sie kannte den Streitwagen und wusste, dass er nicht leicht zu ziehen war. Spätestens am Mittag würden Lucilla ihre Kräfte verlassen, wenn Sarus sie nicht vorher erlöste.

Und tatsächlich – mit der Zeit schleppte Lucilla sich immer langsamer dahin, während Sarus mit ihr Satz für Satz der ersten Lektion durchging. Bald konnte sie die Lektion auswendig herunterbeten, doch Sarus ließ sie sie immer noch wiederholen.

»… nur, wenn er dich etwas fragt. Dann antworte wahr und klar«, schloss Lucilla keuchend. Ihr Gesicht leuchtete rot vor Anstrengung unter der Haube. Ihre Stimme hatte einen rauen, dunklen Ton bekommen, als würde sie gleich versagen. Die Mittagssonne schien durch die mit Schweinsblasen bespannten Fensterluken und wärmte den alten Lagerraum auf. Es roch nach Schweiß und den Ausdünstungen der Mädchen.

Mitleid stieg in Aelia auf. Sie wusste genau, was Lucilla durchmachte. Sie hatte es oft genug selbst erleiden müssen, bis sie gelernt hatte, Sarus' Tücken zu durchschauen und seinen Strafen zu entgehen.

Eines Tages wird es besser sein, du musst nur Geduld haben.

Das hätte sie ihr jetzt gern zugeflüstert, aber es war unmöglich. Sarus hatte die anderen Mädchen inzwischen in die Mitte der Halle befohlen, wo sie eine Übung machen mussten.

Aelia musste sich auf das besinnen, was vor ihr hing – ein mächtiger, mit Sand gefüllter Sack an einer eisernen Kette, die im Dachgebälk befestigt war. Sie trat vor ihn hin, hob ihre Fäuste und stieß eine Kaskade an Faustschlägen gegen ihn, bis er knarrend in seiner Halterung hin- und herschwang.

›Fester!«, rief Sarus. »Das geht noch besser!«

Aelia presste die Lippen aufeinander und zwang sich, nicht zu ihm hinüberzusehen. Der Schweiß lief ihr den Rücken hinunter, und ihre Zunge wirbelte wie ein trockenes Stück Holz in ihrem Gaumen. Sie hatte den Sack jetzt wohl an die fünfzig Mal heftig traktiert, und immer hatte er mehr geschwungen als bei den anderen Mädchen, aber

Sarus honorierte es nicht. Sie seufzte und wiederholte ihre Faustschläge, aber das Ungetüm bewegte sich nicht mehr als vorhin.

Sarus winkte missbilligend ab, und Aelia ging müde zu den anderen Mädchen zurück. Unauffällig spähte sie durch eine der Fensterluken, um zu sehen, wo die Sonne stand. Es musste bald Mittag sein, Zeit für die Pause. Sie beobachtete, wie die Strahlen der Sonne durch die Luke auf ein blasses, hoch gewachsenes Mädchen fielen, das gerade vor den Sandsack getreten war.

Die Barbarin! Ihr kahl geschorener Kopf schimmerte wie ein Totenschädel im hellen Mittagslicht. Das Gewand schlotterte um ihre magere Figur, aber sie war erstaunlich kräftig. Sie hieb ihre Fäuste so wuchtig gegen den Sack, dass die Kette klirrte. Der Sandsack schwang in weiten Bewegungen hin und her, während der Kettenhaken am Holz des Dachgebälks knarrte. Sarus klatschte und vergaß Lucilla für einen Augenblick. »Sehr gut! Deine Ahnen würden stolz auf dich sein! Du bekommst als beste von allen heute abend den Tageslohn.«

Die Barbarin lachte und hob die Faust. Aelia starrte sie missmutig an, einen Atemzug lang begegneten sich ihre Blicke. Eghild lächelte triumphierend. Aelia sah weg, um ihre Wut nicht zu zeigen. Diese verfluchte Eghild hatte sich also wieder einmal den Tageslohn unter den Nagel gerissen!

Dieser Lohn bestand aus einer zusätzlichen Mahlzeit am Abend, verdoppelte ihre karge Ration und war deshalb hart umkämpft. Aber Sarus vergab diese Gunst immer willkürlich und schürte damit Neid und Missgunst unter den Mädchen.

Aelia ballte die Fäuste und fing einen warnenden Blick von Verina auf. Stumm verständigten sich die beiden. Aelia schüttelte den Kopf und seufzte leise. Sie sah zu Lucilla hinüber, die immer noch den Streitwagen hinter sich herzog. Langsam rumpelte der Wagen über den Lehmboden. Lucilla kämpfte offensichtlich gegen die Erschöpfung an. Ihr schmächtiger Körper stockte unter dem Gewicht des Wagens. Die rote Haube war verrutscht und hing ihr schräg auf dem Kopf. Ein Tropfen fiel aus ihrem Gesicht auf den Boden. Tränen. Oder Schweiß.

Aelia ballte die Fäuste, sah auf ihre geröteten, schwieligen Hände hinunter. Sie hatte in den Jahren bei Dardanus gelernt, ihre Gefühle zu beherrschen, aber sie waren noch nicht abgestorben. Mit ihren siebzehn Wintern, die sie wohl zählte, gehörte sie zu den ältesten Mädchen hier und zu denen, die am längsten hier waren, aber sie war noch nicht abgestumpft genug, als dass sich nicht doch noch Widerstand in ihr geregt hätte.

Sie warf einen kurzen Blick auf Lucilla, hob die Arme und ging zum Sandsack. Sie holte tief Luft, dann hieb sie ihre schmerzenden Fäuste gegen den Sack. Danach hob sie das Bein, winkelte es an und trat mit dem Fuß so heftig gegen den Sack, dass er hüpfte und seine Kette aus dem Haken zu springen drohte.

Ein kleines zufriedenes Lächeln glitt über ihr Gesicht, ehe sie sich zu den anderen umwandte. Die Mädchen starrten sie entsetzt an. Marcia war blass geworden, die Barbarin runzelte ihre weiße Stirn. Nur Verina musterte Aelia mit einem ruhigen Ausdruck voller Verständnis.

Sarus verließ seinen Posten bei Lucilla und kam zu ihr. Sie war fast so groß wie er, der ehemalige Soldat, und konnte ihm geradewegs in die Augen sehen. Ihre schlanke Gestalt, durch die jahrelangen Übungen kräftig und muskulös geworden, verharrte ruhig und aufrecht vor ihm, während ihre dunklen Augen ihn wütend anfunkelten. Schweigend musterte er sie eine Weile, als müsste er sich überlegen, wie er sie nun bestrafen würde.

Er lächelte. »Habe ich euch nicht nur Faustschläge befohlen? Warum führst du dann Tritte gegen den Sack?«

Sie schwieg und presste die Lippen fest aufeinander.

»Antworte!«

Damit du endlich von Lucilla ablässt und mich bestrafst.

Sarus gab einen unwilligen Laut von sich. »Da du nicht schwerhörig bist, nehme ich an, dass du es mit Absicht getan hast«, stellte er fest. Seine Stimme klang beinahe vergnügt, als würde er sich freuen, dass er endlich noch jemanden bestrafen konnte.

Aelia, der seine Heiterkeit nicht entging, antwortete nicht. Sollte er sie doch wieder als Spross einer treverischen Dirne und eines südgallischen Legionärs beschimpfen, das war ihr egal. Sie sah mit ausdrucksloser Miene an ihm vorbei auf Lucilla, die leise weinend auf dem Boden lag.

Sarus runzelte die Stirn. »Du glaubst, du kannst dir das erlauben? Weil du lange genug hier bist, meinst du, frech sein zu dürfen? Aber das bedeutet nichts, gar nichts! Du fängst jeden Tag neu an. Vor einer

Schlacht zählt auch nicht, wie oft ein Krieger gesiegt hat. Es zählt nicht, wie viele Feinde er getötet hat. Er zieht in den Kampf, als wäre es sein erster.«

Er wandte sich an die Mädchen. »In meiner Legion wurden ungehorsame Soldaten ausgepeitscht! Ihr habt Glück, dass ihr keine Soldaten seid!«

Er befahl ihnen, sich in einer Reihe aufzustellen und auf der Stelle zu laufen. Zufrieden schritt er sie ab, und als er sich vergewissert hatte, dass sie genug außer Atem waren, ließ er sie noch schneller laufen.

Aelia biss sich vor Wut auf die Lippen. Sie hatte nicht damit gerechnet, dass er sie alle bestrafen würde. Das hatte er bisher nur ein- oder zweimal getan.

Heute Abend werden sie wütend auf mich sein.

Tatsächlich ließ Sarus die Mädchen noch den ganzen restlichen Tag für Aelias Ungehorsam büßen, während sich Lucilla in die Obhut der Köchin begeben durfte. Wenigstens sie war gerettet.

*

Erst am Abend konnte Aelia allein mit Verina sprechen. Die Mädchen waren so erschöpft, dass nicht einmal der kräftige Linseneintopf, den die Köchin ihnen am Abend kochte, sie wieder aufrichten konnte. Müde kauerten sie auf den zerschlissenen Decken in der Blauen Kammer und sprachen kaum, aber keine von ihnen machte Aelia Vorwürfe.

Die Blaue Kammer war ein kleiner Raum neben der Lagerhalle, der den Mädchen als Aufenthaltsraum diente. Seinen Namen trug er wegen der tiefblauen Wandbemalung, an der sich noch die dunklen Umrisse einiger Schränke erhalten hatten. Wahrscheinlich war er früher einmal ein Schreibzimmer gewesen, in dem die Waren des Vorbesitzers in Verzeichnisse eingetragen wurden, ehe sie in die Lagerhalle kamen. Nun war er leer bis auf die Decken der Mädchen und die Eimer mit dem eiskalten Brunnenwasser, mit dem sie sich gewaschen hatten. Hilarius, der Hausklave, beaufsichtigte die müden Mädchen.

Es war schwierig, sich auf den Innenhof zu stehlen, aber Aelia und Verina schafften es trotzdem. Sie hatten sich wie immer mit einem Zeichen verständigt, eines aus jener Sprache, die sie im Laufe ihrer

Jahre bei Dardanus entwickelt hatten und die nur sie beide verstanden – eine Sprache aus Gesten, geheimen Zeichen und Blicken. Dann war Aelia unter dem Vorwand, die Latrine zu benutzen, hinausgegangen, und Verina war ihr gefolgt. So taten sie es immer, wenn sie allein sein wollten. Es war schon dunkel auf dem Innenhof, nur am Eingang zum Stall zuckte eine Fackel im Herbstwind.

Die Gemächer des Hausherrn, die den Hof auf der anderen Seite umschlossen, lagen im Dunkeln. Vermutlich war Dardanus ausgegangen; als Händler mit zahlreichen Klienten hatte er immer viele Verpflichtungen in der Stadt.

Die beiden Mädchen blickten sich um, ob ihnen jemand gefolgt war. Aber es war nichts zu hören außer dem Rascheln des Laubes, das der Wind über den Hof wehte.

»Aelia, er wird immer schlimmer!«

Fast übertönte der Herbstwind Verinas geflüsterte Worte. Aber sie krochen dennoch in Aelias Ohren und legten sich wie ein eisiger Hauch auf ihr Gemüt. Sie fasste Verina am Ärmel und zog sie in eine windgeschützte Ecke des Hofes. »Du kennst Sarus doch, er hat seine schlimmen Tage.«

»Aber sie waren nie *so*! Er kennt keine Gnade mehr! Die arme Lucilla wäre in Ohnmacht gefallen, wenn du nichts getan hättest! Glaubst du, ein Dämon hat von ihm Besitz ergriffen? Dann möge Gott sich seiner Seele erbarmen.«

Verina bekreuzigte sich. Es sah ihr ähnlich, dass sie sich auch nach einem solchen Tag noch um die Seele ihres Lehrers sorgte. Aelia sah auf ihre schwieligen Hände hinunter und seufzte. Obwohl sie becherweise Brunnenwasser getrunken hatte, war sie immer noch durstig. Außerdem tat ihr jeder Muskel weh.

»Was sollen wir denn machen?« fragte sie. »Wir können froh sein, dass wir hier sind! Wer weiß, was aus uns geworden wäre!«

»Nein«, versetzte Verina. »Wir hätten zu den Heiligen Schwestern gehen können. Oder wir wären von einem barmherzigen Menschen aufgenommen worden. Wir hätten uns irgendwo etwas verdienen können oder …«

»Ach ja?«, fuhr Aelia dazwischen, »wie denn? Du weißt doch genau, dass es hunderte von Waisenkindern seit den Überfällen auf unsere Stadt gibt! Und es werden nicht weniger! Ich ertrage lieber Sarus, als mir Tag für Tag das Essen erbetteln zu müssen.«

»Ist es eine Schande, betteln zu müssen? Jesus hat gesagt, die Vögel auf den Feldern und im Wald säen nicht, sie ernten nicht, und der Herr ernährt sie doch.«

Aelia runzelte die Stirn. Sie hasste es, wenn Verina so etwas sagte. Geh doch zu den Heiligen Schwestern, hätte sie ihr am liebsten entgegnet, aber sie schwieg. Sie wollte die Freundin nicht verärgern, außerdem konnte Verina nicht weg von hier, selbst wenn sie es wollte. Vor einigen Jahren war ein Mädchen aus Dardanus' Haus geflohen, und man hatte es Wochen später erwürgt am Ufer der Mosella gefunden. Daran erinnerte der Hausherr sie immer wieder gern.

»Du hast doch nicht etwa vor ...«

»... zu fliehen? Oh nein!«, entgegnete Verina, und ein trauriges Lächeln huschte über ihr rundes, wenig hübsches Gesicht.

»Auch wenn ich mir jeden Tag wünsche, woanders zu sein. Jeden Tag bete ich zu Gott, er möge mich von Sarus und von den Kämpfen endlich befreien. Wenn doch nur diese widernatürliche Vorliebe der Zuschauer für die Schaukämpfe nicht wäre.« Sie seufzte tief.

»Wünsch dir das lieber nicht«, versetzte Aelia. »Dardanus würde uns ohne zu zögern ans Hurenhaus verkaufen, wenn wir ihm nichts mehr einbringen würden.«

»Glaubst du wirklich?«

»Ja, ganz sicher.« Aelia war zu lange in Dardanus' Haus und hatte zu viel erlebt, um noch von der Gutherzigkeit seines Besitzers, die er ihnen immer glauben machen wollte, überzeugt zu sein. »Die Schaukämpfe sind noch harmlos«, entfuhr es ihr. Schon bereute sie ihre Worte. Aber Verina hatte sie verstanden.

»Was meinst du damit?«, fragte sie leise.

Verdammt, warum hatte sie nur etwas gesagt? Aelia fuhr sich mit der Zunge über die trockenen Lippen. Ein kühler Windstoß nestelte an ihrem Gewand und ließ sie frösteln trotz der Stoffbinden, die sie darunter trug.

»Ich habe dem Herrn versprochen, mit niemandem darüber zu reden.«

Verina starrte sie an. Im kümmerlichen Fackellicht sah sie blass und entsetzt aus. Sie griff mit kalter Hand nach Aelia. »Was für Kämpfe?«

Aelia zögerte.

Es drängte sie, Verina alles anzuvertrauen, was sie wusste, sich endlich alles vom Herzen zu reden. Andererseits wollte sie nicht, dass die Freundin sich noch mehr ängstigte und womöglich etwas Unbedachtes tat. Aber Verina ließ nicht locker.

»Haben wir uns nicht immer alles anvertraut? Habe ich dich jemals verraten? Ich würde nie etwas tun, das dir schadet. Aelia, du musst es mir sagen!«

Aelia erkannte, dass sie nicht mehr zurückkonnte. Verina würde nicht nachlassen, bis sie ihr alles erzählt hatte. »Also gut«, sagte sie und spähte ins Halbdunkel, ob sie schon jemand suchte. Aber der Hof war leer bis auf eine Katze, die zum Stall lief und durch ein Schlupfloch in der Tür verschwand.

»Ich war bei einem echten Kampf«, flüsterte sie.

Eine Weile war alles still.

»Du warst bei einem *echten* Kampf?«, echote Verina. »Du musstest *wirklich* kämpfen?«

»Ja«, versetzte Aelia knapp und fragte sich, wie die Freundin erst reagieren würde, wenn sie erst die ganze Wahrheit kannte. Sie atmete tief ein und fuhr dann fort: »Sie haben mich während eines Gastmahls gegen einen Verbrecher kämpfen lassen, einen Schläger aus den Verliesen der Stadtwache. Ich hatte Glück und konnte ihn besiegen.«

Sie lächelte matt, während sie sich verbot, an jenen Abend zurückzudenken. Nur mit viel Glück hatte sie den harten Schlägen dieses Mannes ausweichen können, der sämtliche Tricks und Finten eines Menschen beherrschte, der es gewohnt war, sich sein Leben lang mit den Fäusten durchzuschlagen. Sie hingegen hatte es Überwindung gekostet, ihn mit jenem Hieb an die Schläfe niederzustrecken, von dem sie wusste, dass er sicher zur Bewusstlosigkeit führte.

»Es gab Wetten«, erzählte sie weiter. »Dardanus muss ein Vermögen mit mir verdient haben, weil alle auf meinen Gegner gesetzt haben.«

Verina starrte sie aus großen Augen an. »Deine Wunde an der Stirn im Sommer war also kein Ausrutscher von einem Schaukampf«, stellte sie fest.

Aelia nickte.

»Und danach warst du noch zweimal fort. Waren das auch richtige Kämpfe?« Verinas Stimme klang heiser.

Aelia nickte wieder. »Es gefällt ihnen, die Kämpfe nach den Gastmählern zu sehen. Sie wetten und feuern ihren Favoriten an – wie früher in der Arena.«

»Aber das ist verboten!« Verinas Stimme war nur noch ein Hauch, fast verschluckt vom Wehen des Windes.

»Niemand schert sich darum. Ich glaube, unsere Schaukämpfe sind ihnen zu langweilig geworden.«

Die Schaukämpfe waren seit Jahren eine beliebte Zugabe bei Gastmählern, Festen und privaten Theaterstücken, nachdem das Theater der Stadt abgebrannt war. Die Mädchen hatten dabei einstudierte Darbietungen, die Teil einer Aufführung waren, oder Szenen aus berühmten Stücken gezeigt – je nach Geschmack des Gastgebers. Allerdings hatte Sarus ihnen auch Dinge beigebracht, die sie nur für echte Kämpfe brauchten, und sie gegeneinander kämpfen lassen, wann immer es ihm gefiel.

»Aber wir sind Mädchen!«

Verinas Stimme klang, als hätte ein Reibeisen ihren Hals von innen aufgeraut.

»Sie mögen unseren Anblick«, stellte Aelia, die sich an die lüsternen Blicke mancher Zuschauer erinnerte, nüchtern fest. »Sarus hat mir erzählt, dass es einst, vor langer Zeit, auch Gladiatorinnen gab, ehe man die Frauenkämpfe verboten hat.«

»Heiliger Herr Jesus!« Verina bekreuzigte sich. »Wenn unser Kaiser das alles wüsste.«

»Er wird es nie erfahren«, bemerkte Aelia trocken. »Selbst wenn – was kümmert's ihn, was am Rand einer weit entfernten Provinz vor sich geht? Treveris ist schon lange keine Kaiserresidenz mehr.«

Verina nahm Aelias Hände in ihre. »Was für Gegner hattest du noch?«

Aelia genoss die Berührung, während Wärme sie durchflutete. Das sah Verina ähnlich, erst an andere zu denken, ehe sie sich Gedanken darüber machte, was das Gesagte für sie selbst bedeutete.

»Beim zweiten Mal musste ich gegen einen Sklaven kämpfen. Ein ehemaliger Ringer – ich musste aufpassen, dass ich ihm nicht zu nahe kam – und beim letzten Mal gegen zwei Huren.«

»Gegen zwei auf einmal?«

»Das war nicht schlimm, sie konnten überhaupt nichts«, lächelte Aelia. »Sie wollten mich immer nur an den Haaren ziehen, aber das ging ja nicht.«

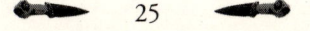

Sie brach ab und schluckte. Sie wollte Verina nicht erzählen, dass es sie besondere Überwindung gekostet hatte, die beiden armen Frauen, die man wohl gezwungen hatte, gegen sie anzutreten, mit ein paar Faustschlägen niederzustrecken.

»Ist das nicht furchtbar?«, hauchte Verina. »Menschen aufeinander zu hetzen wie Tiere. Wo soll das hinführen? Was wird aus uns werden?«

»Ich weiß es nicht.« Aelias Stimme wurde vom Rascheln der Blätter übertönt, als der Wind durch den Baum fuhr. Sie fühlte sich erleichtert, endlich mit jemandem über ihr Geheimnis gesprochen zu haben, aber es beunruhigte sie auch. »Sag nur nichts. Wenn du etwas verrätst, töten sie mich.«

Verina drückte ihre Hand. »Du kannst dich auf mich verlassen.« Aber ihre Stimme zitterte, und in ihrem Blick lag Angst. »Wir sollten doch fliehen«, flüsterte sie. »Wir könnten uns zur Bischofskirche retten. Oder wir fliehen ganz aus der Stadt.«

»Nein! Die Soldaten sind überall, das weißt du doch! Wir werden nicht aus der Stadt kommen, sie werden uns finden und dann ...«

Aelia wollte nicht darüber nachdenken.

Sie sah auf ihre Hände hinunter. Es hatte sie Überwindung gekostet, aber dann hatten diese Hände sie jedes Mal gerettet. Die jahrelangen harten Übungen bei Sarus trugen nun Früchte. Sie war zu einer Kämpferin geworden, die andere besiegen konnte, und ihr heimlicher Stolz darüber war so tief in ihr verborgen, dass sie ihn nicht einmal sich selbst geschweige denn der Freundin eingestehen wollte.

»Aber du riskierst dein Leben!«

»Das macht nichts. Ich kann immer wieder gewinnen, ich spüre es. Ich halte durch, bis sie sich etwas anderes einfallen lassen.«

Verina ließ sie los und trat einen Schritt zurück. »Nein, das geht nicht! Wir müssen etwas tun!«

»Was denn? Wenn wir fliehen, schnappen sie uns. Wenn wir Verletzungen vortäuschen oder uns absichtlich verletzen, riskieren wir, dass Dardanus uns verkauft. Wir können nichts tun, Verina! Wir sind ihm ausgeliefert!«

»Wer weiß, wie lange das noch dauert. Irgendwann nehmen sie die anderen Mädchen, und dann ...«

Verina unterdrückte ein Schluchzen. Aelia wollte sie trösten, als in den privaten Gemächern des Hausherrn Lampen entzündet wurden.

»Wir müssen zurück«, sagte Aelia hastig. »Morgen reden wir weiter.«

Verina nickte, und sie beeilten sich, in die Blaue Kammer zurückzukehren. Hilarius nickte ihnen schweigend zu. Er hatte ihr langes Fehlen nicht bemerkt oder wenn, dann ließ er sich nichts anmerken. Bald danach gab er den Befehl zum Schlafengehen, und die Mädchen erhoben sich widerspruchslos. Hilarius war ein kräftiger Mann, trotz seines Alters noch eine beachtliche Erscheinung. Eindrucksvoll zeichneten sich die Muskeln seines Oberkörpers unter seiner Tunika ab. Es hieß, er sei einst Gladiator gewesen und habe als junger Mann in der Arena von Treveris gekämpft, früher, als es noch Gladiatorenkämpfe gab. Die Mädchen hatten großen Respekt vor ihm, und keines wagte es, gegen ihn aufzubegehren.

Er führte sie über den Hof eine schmale Treppe hinauf, die zwischen Küche und Stall lag, dann durch einen dunklen Gang, um sie dort in ihre winzigen Verschläge für die Nacht einzuschließen.

Aelia wollte lieber allein sein, aber sie musste sich ihr Gefängnis ausgerechnet mit der Barbarin teilen. Sie gab sich Mühe, Eghild nicht zu beachten, während sie sich hastig entkleidete.

Ihr Verschlag, in dem sie schliefen, lag über dem Pferdestall, besaß dünne hölzerne Wände, die sie von den anderen trennten, eine Luke und zwei schlampig zusammengenagelte Holzpritschen, die ihnen als Nachtlager dienten. Da er direkt unter dem Dach lag, wurde es im Winter so kalt, dass nur die Wärme, die vom Stall heraufkam, sie nachts vor der Kälte schützte. Aelia konnte sich an Nächte erinnern, in denen sie sich mit einem anderen Mädchen das Bett geteilt hatte, um nicht zu erfrieren.

Von Zeit zu Zeit wies Hilarius ihnen neue Schlafplätze zu. Auf diese Weise sollte vermieden werden, dass die Mädchen sich zu sehr aneinander gewöhnten und Freundschaften entstanden. Aelia hatte sich schon mit allen Mädchen einen Verschlag geteilt, aber mit Eghild noch nicht.

Voller Befremden beobachtete sie, wie die Barbarin sich auf die Knie niederließ und in ihrer Sprache ein Gebet murmelte, um dann, nachdem sie sich erhoben hatte, lange unter der Luke zu verharren. Sie hob die Arme und öffnete die Handflächen, als wollte sie das Mondlicht auffangen. So blieb sie stehen, während sich ihre Lippen in einem lautlosen Gebet bewegten. Nach einer Weile ließ sie die Arme sinken und verharrte eine Zeitlang mit gebeugtem Rücken, während Aelia sie heimlich beobachtete. Da fiel der Blick der Barbarin auf sie.

»Du nicht mehr Mädchen helfen«, zischte sie in ihrem schlechten Latein. »Wir sonst alle büßen.«

Ihre hellen Augen schimmerten im Mondlicht wie Eis. Aelia lief ein kalter Schauer über den Rücken. Sie erhob sich langsam von ihrem Lager. »Willst du mir drohen?«

Eghild rührte sich nicht. Schweigend stand sie da und starrte Aelia an. Da sie etwa gleich groß waren, konnten sie sich direkt in die Augen sehen.

»Mädchen dumm, muss Strafe haben. Wenn du ungehorsam, wir alle büßen.«

In Aelia stieg Wut auf. Sie wollte sich auf keinen Fall von Eghild belehren lassen. Nicht von einer Fränkin, deren Stammesgenossen ihre Stadt immer wieder überfallen, gebrandschatzt und geplündert hatten.

»Halt den Mund!«, knurrte sie und hob die Fäuste noch ein Stück höher. Sie wusste, dass die Barbarin ihr im Faustkampf unterlegen war und es nicht wagen würde, sie anzugreifen.

Eghild grinste. Ihre hellen Augen glitzerten im matten Licht, das durch die Luke hereinfiel, während Aelias dunkle Augen jede ihrer Bewegungen festhielten. Sie waren für einen Augenblick wie Licht und Schatten – ein heller und ein dunkler Typ, die sich in ihrem Gefängnis gegenüberstanden, bis Eghild eine abfällige Geste machte und sich auf ihre Pritsche warf.

Aelia zögerte noch eine Weile, ehe auch sie sich auf ihr Nachtlager niederließ. Noch lange danach lag sie wach und lauschte auf Eghilds Atemzüge. Kühle Luft, die nach Herbst roch, wehte herein, und fast schien es ihr, als könnte sie den Geruch der Mosella riechen, der vom Flusstal heraufwehte.

Es hatte einmal andere Tage gegeben, Tage, an denen sie an der Hand ihrer Mutter zum Hafen gegangen war. Silbern glänzte das Wasser, auf dem die Boote schaukelten, während die Sklaven Kiste um Kiste aus dem bauchigen Rumpf eines Handelsschiffes holten. Aelia konnte sich an einen kleinen Affen erinnern, der in einen Käfig aus Weidengeflecht gesperrt war. Nie zuvor hatte sie ein so drolliges Tier gesehen. Sie blieb stehen und starrte, der Affe hielt eine Weile still und sah sie an, dann kreischte er so laut, dass sie es mit der Angst bekam und zurückwich, bis ihre Mutter sie fortzog.

Ihre Mutter hatte auf ein Schiff gewartet, das nicht gekommen war, und sie waren den ganzen Heimweg in gedrückter Stimmung gewesen.

Aelia musste wieder an den Affen denken. Nie hätte sie damals gedacht, dass sie einmal eingesperrt sein würde wie er. Wie lange war sie nicht mehr am Hafen gewesen und hatte die Schiffe beobachtet! Sie war einmal ein ganz normales treverisches Kind gewesen, aber das war so lange her, dass sie sich kaum noch daran erinnern konnte. Sie seufzte leise und sah durch die Luke in den nächtlichen Himmel, wo die Wolken den Mond verdeckten, ehe sie endlich einschlief.

Kapitel 2

Am nächsten Morgen erschien völlig überraschend Dardanus in der alten Lagerhalle. Die Mädchen fuhren erschreckt zusammen, als die Tür laut hinter ihm ins Schloss knallte. Er kam nur selten, um den Kämpfen zuzusehen, und wenn er kam, hatte es meistens zu bedeuten, dass er ein Mädchen für einen Kampf auswählen wollte.

Sofort fielen die Mädchen vor ihm auf die Knie. Sie waren erhitzt, weil Sarus sie im Stockkampf unterrichtet hatte. Sarus liebte den Stockkampf. Er hatte diese in Treveris unbekannte Art zu kämpfen von einem Hunnen aus seiner Legion gelernt und war stolz darauf, wenn die Mädchen sie bei den Gastmählern vorführen durften. Der Stockkampf war bei den Zuschauern noch beliebter als der Messerwurf, den nur die älteren Mädchen, die schon Jahre bei Dardanus waren, beherrschten.

Die Mädchen pressten ihre Stirnen auf den Boden. Aelia fühlte ihren Herzschlag in den Schläfen pochen, als sie Dardanus erst leise mit Sarus sprechen und dann ihre Schritte hörte. Sie bemerkte, wie er kurz vor ihr innehielt, und für einen Augenblick fürchtete sie, dass er sie für ihren Ungehorsam von gestern bestrafen würde.

Nur nicht rühren, ganz still bleiben.

»Stickig ist es hier, guter Sarus«, hörte sie Dardanus sagen. »Willst du, dass sie ohnmächtig werden?«

»Sie müssen lernen, das auszuhalten«, antwortete Sarus ungerührt.

»Ja, ja, ich kenne deine Meinung, mein Lieber«, erwiderte Dardanus. »Im Winter lässt du sie wieder auf dem Hof üben, bis sie krank werden.«

»Wenn ihre Leiber sich erst an den Wechsel gewöhnt haben, werden sie nicht mehr krank.«

»Ja, ja.« Dardanus fächelte sich mit einer Hand Luft zu. »Aber nun wirst du so freundlich sein und frische Luft hereinlassen, ja? Sonst ersticke ich noch.«

Aelia hörte, wie Sarus zur Tür ging und sie öffnete. Sofort strömte frische Luft herein. Sie atmete auf, aber nun wurde ihr kalt.

Der Hausherr klatschte in die Hände. »Erhebt euch!«

Langsam standen die Mädchen auf, während sie ihre Stöcke vor sich auf dem Boden liegen ließen.

Dardanus war klein und rund, mit einem kahlen Kopf, der von einem Kranz dunkler Haare umgeben wurde. In seinem blassen Gesicht lagen dunkle Augen, mit denen er lebhaft umherblickte. Über seiner Tunika aus schlichtem Leinen trug er – obwohl es erst Herbst war – einen Umhang aus Kaninchenfell.

Aelia hörte ihn näher kommen, als er die Reihe der Mädchen abschritt.

Sie würde ihm keinen Anlass zu einer Strafe geben. Ihr Gewand saß tadellos, und sie bewegte sich keinen Fingerbreit. Sie heftete ihren Blick auf den Boden und sah, wie die Stiefel des Händlers vor ihr stehen blieben. Die Wolke eines aufdringlichen Parfumöls umgab ihn.

»Wie ich gehört habe, hat es gestern Verletzte gegeben«, sagte er.

»Eine der Kleineren musste zur Köchin gebracht werden, Herr«, beeilte sich Sarus zu erklären. »Aber sie war nur überanstrengt. Nun sind alle wieder vollständig.«

Aelia spürte, wie Dardanus sie musterte.

»Mein lieber Sarus, ich bin mir sicher, du weißt, was du tust. Die Mädchen wissen es bestimmt zu schätzen, dass du ihnen so viel beibringst und dass sie in meinem Haus ein Leben haben, um das sie jedes Straßenkind beneiden würde. Immer mehr Kinder lungern in der Stadt herum. Ein furchtbarer Zustand ist das! Kaiser Gratian würde in Trübsinn verfallen, wenn er wüsste, was aus seiner alten Residenzstadt geworden ist.«

Er streckte eine Hand aus, hob mit zwei Fingern Aelias Kinn und zwang sie, ihn anzusehen. »Es gibt Kinderbanden, die alles nehmen und essen, was ihnen in die Finger kommt. Sie lungern am Hafen herum, bestehlen Reisende, rauben Sklaven ihre Einkäufe. Aber die Soldaten greifen jetzt durch. Seitdem verschwindet das Gesindel in den Verliesen der Stadt und taucht nie wieder auf.«

Aelia begegnete Dardanus' Blick. Sie begriff, dass er allein zu ihr sprach. »Unsere Mädchen können sich glücklich schätzen, hier sein zu dürfen, nicht wahr, Sarus?«

»Gewiss, Herr.«

»In manch einer schlaflosen Nacht fürchtete ich schon, die Schule aufgeben zu müssen«, fuhr Dardanus fort. »Alles muss sich natürlich lohnen, sonst ist es zwecklos. Die Vorliebe der Zuschauer für unsere Schaukämpfe scheint nachgelassen zu haben. Wenn sie sich also nicht anstrengen, Sarus, könnte ich mich gezwungen sehen, mich von ihnen zu trennen.«

Einen Wimpernschlag lang bohrte sich sein Blick in Alias Gesicht, dann ließ er ihr Kinn los und wandte sich ab.

Aelia blieb zitternd zurück, mit einem Herzen, das sich nur langsam beruhigte. Sie hatte die Drohung des Händlers verstanden. Ab sofort durfte sie sich nicht den kleinsten Ungehorsam mehr leisten, auch wenn es ihr noch so schwer fiel. Es könnte Dardanus einfallen, sie zu verkaufen, und nur der Himmel wusste, was sie dann erwartete. Wenn er auf den Gedanken käme, die ganze Schule aufzulösen, dann würden sie womöglich alle wieder zu Straßenkindern. Das durfte nicht geschehen. Nie mehr wollte sie auf der Straße leben.

Aus den Augenwinkeln konnte sie sehen, wie Dardanus vor Verina stehen blieb, die neben ihr wartete.

»Sie sehen alle etwas überanstrengt aus, guter Sarus.«

»Gewiss, Herr, ich schone sie nicht. Je besser sie sind, desto besser ist es für die Ehre dieses Hauses.«

»Ja, ja.« Dardanus ließ Verina stehen und wandte sich an den Lehrer.

»Übertreibe es nicht. Die Zuschauer wollen hübsche Mädchen sehen, keine ausgezehrten Vogelscheuchen.« Er hob die Hand. »Nun will ich sie sehen. Lass sie kämpfen.«

Sarus nickte und stellte sich vor die Mädchen. Er hob seinen Stock und teilte sie damit in Paare ein. »Weitermachen!«, befahl er.

Die Erleichterung durchströmte Aelia. Sie war noch einmal davongekommen, es würde keine Strafe folgen. Offenbar ließ es der Händler bei seiner Drohung bewenden.

Sie verneigte sich vor Verina, die ihr als Gegnerin zugeteilt worden war. Ausgerechnet sie. Mitleid durchfuhr Aelia, als sie in das bleiche Gesicht der anderen sah, das immer noch gezeichnet war von den Anstrengungen des Vortages. Da sie beide im selben Jahr zu Dardanus gekommen waren, hätte Verina ebenso gut sein müssen wie sie, aber sie war es nicht. Sie war behäbiger als Aelia, und ihre Angriffe waren so vorhersehbar wie ihre Verteidigung langsam. Verina war eindeutig nicht für das Kämpfen geboren.

Beide setzten ihre ausdruckslosen Mienen auf, als sie einander umkreisten. Sie kannten sich mittlerweile so gut, dass sie an den Mienen voneinander ablesen konnten, was die andere dachte, und das war bei einem Kampf nur hinderlich. Aelia hob ihre Hand, die den Stock hielt, während sie den anderen Arm schützend vor ihren Oberkörper hielt. Verina tat dasselbe. Eine Weile zögerten sie, während die Stöcke der anderen schon laut aufeinander krachten.

Ein Gedanke stürzte durch Aelias Kopf. Wenn Dardanus jemanden für den nächsten echten Kampf suchte, durfte sie Verina nicht gewinnen lassen, weil er immer nur eine Gewinnerin nahm. Sie wollte nicht, dass er Verina womöglich in einen echten Kampf schickte. Es dürfte nicht schwierig sein, die Freundin zu besiegen, es wäre nicht das erste Mal. Aber sie hatte nicht mit ihrer Freundin gerechnet.

Verina holte aus und traf Aelias Stab mit solcher Wucht, dass diese froh war, ihn gerade noch rechtzeitig gehoben zu haben. Sie warf Verina einen verwunderten Blick zu, als diese auch schon ihre nächsten Hiebe folgen ließ – ein Feuerwerk an kräftigen Stockschlägen, die Aelia nur mit Mühe parieren konnte.

Keuchend wich Aelia zurück, um sich einen Augenblick Ruhe zu verschaffen, als Verina ihr auch schon nachsetzte und sie erneut mit Schlägen bedrängte. Auf ihr rundliches, sonst so gutmütiges Gesicht hatte sich ein Ausdruck von Entschlossenheit gelegt, den Aelia bisher nur zwei- oder dreimal an ihr gesehen hatte, als Verina die kleineren Mädchen vor Sarus' Schikanen gerettet hatte.

Aelia spürte, wie ihr heiß wurde. Sie hatte Verina während eines Kampfes noch nie so erlebt. Sie zögerte. Sie fühlte, dass Sarus sie beobachtete. Weil sie einen Augenblick unaufmerksam war, gelang es Verina, sie mit ihrer Waffe am Arm zu treffen.

Sie schrie auf. Der Stock glitt ihr aus der Hand und rollte über den Fußboden.

»Aelia, verdammt!«, schimpfte Sarus. Dann ging er zu Verina und hob ihren Arm in die Höhe, um sie als Siegerin zu präsentieren. Verina lächelte. Dardanus ging zu ihr und musterte sie lange. »Sie ist hübsch geworden, Sarus«, meinte er schließlich. »Und offenbar besser im Kampf. Vielleicht sollten wir uns diesmal für sie entscheiden. Was meinst du?«

Verina als hübsch zu bezeichnen, war reine Schmeichelei, das wussten alle, auch Verina selbst. Aber dennoch errötete sie, als Dardanus sie lobte.

Sarus runzelte die Stirn. »Gewiss könnten wir sie nehmen«, sagte er in einem Tonfall, der nicht verriet, was er dachte.

Der Händler lachte und klopfte Sarus auf die Schulter. »Schön, Mädchen. Kämpft weiter.«

Mit diesen Worten verließ er die Halle und schloss die Tür hinter sich. Aelia blieb bestürzt zurück.

*

»Das hast du mit Absicht getan«, fuhr Aelia Verina an, als sie sich an jenem Abend auf dem Innenhof trafen. Verina stritt es nicht einmal ab. »Vielleicht wird es ja nur ein Schaukampf«, beschwichtigte sie.

»Und wenn nicht?«

»Dann werde ich das erste Mal einen echten Kampf haben.«

Aelia atmete tief, um ruhig zu bleiben. Zum ersten Mal fühlte sie Wut auf die Freundin. »Du weißt nicht, wie das ist«, versetzte sie kalt.

»Glaubst du, es wäre besser gewesen, wenn du ausgewählt worden wärst? Bist du so versessen auf die Kämpfe?«

Aelia schüttelte den Kopf. »Wir hätten den Kampf so lange hinhalten können, bis eine andere gesiegt hätte, Eghild oder Marcia. Aber du musstest dich ja hervortun.«

»Das habe ich getan, um dich zu schützen! Sonst hätte der Herr bestimmt wieder dich genommen, das weißt du genau!«

Verina sah nun auch wütend aus, was sehr ungewöhnlich für sie war. Dabei hatte sie Recht – wenn sie Aelia nicht besiegt hätte, wäre Dardanus' Wahl sicher wieder auf Aelia gefallen, wie bei den meisten Kämpfen. Aber nun war alles noch schlimmer. Nicht auszudenken, wenn Verina etwas bei dem Kampf zustoßen würde.

Diese Sorge quälte Aelia noch die ganze Nacht. Sie wurde auch nicht besser, als Dardanus den Tag des nächsten Kampfes bekannt gab: Zu Neumond, einen Tag vor den Kalenden des November, würde jemand ein Gastmahl in der Stadt geben, dazu würde ein Schaukampf stattfinden. Man wollte den dunklen Mächten trotzen, indem man sich den Beginn des Winters mit Wein und Gesang versüßte. Es würde ein großes Festessen mit vielen Gästen sein, zu dem auch Schauspieler und Sänger geladen waren. Der Schaukampf würde Teil eines Theaterstücks sein, das an jenem Abend aufgeführt werden sollte.

Verina gab sich mit Eifer den zusätzlichen Übungen hin, die Sarus nun jeden Tag von ihr verlangte. Am Abend der Neumondnacht wurde sie in ein Seidengewand gehüllt. Es hatte die Farbe einer dunklen Tanne, war an den Säumen mit goldenen Bordüren besetzt und passte ausgezeichnet zu ihrer blonden Perücke, die der Gastgeber hatte schicken lassen.

Voller Unbehagen beobachtete Aelia, wie Hilarius die Pferde vor den Reisewagen spannte und Verina von Dardanus und Sarus zum Wagen begleitet wurde. Mit der Perücke und ihrem kostbaren Kleid sah sie fremd aus, wie eine Tochter aus reichem Haus.

Aelia sah den Wagen über den Hof rollen. Als das Tor sich hinter ihm schloss, fühlte sie sich verlassen wie schon lange nicht mehr. Die Nacht verbrachte sie unruhig, träumte wirr und erwachte früh. Ungeduldig wartete sie darauf, dass Hilarius ihnen aufschloss, und als er es endlich tat, stürzte sie aus ihrem Verschlag, doch Hilarius hielt sie auf. Mit dem eisernen Griff eines alten Gladiators packte er sie am Arm und hielt sie fest.

»Wohin willst du?«

»Zu Verina!«

Hilarius ließ sie nicht los.

»Du gehst in die Küche wie alle anderen«, sagte er ruhig.

Aelia beobachtete über seine Schultern hinweg, wie Marcia mit bleichem Gesicht aus dem Verschlag kam, den sie sich mit Verina teilte.

»Wo ist sie?«, hörte sie sich rufen.

Ihre Stimme hallte schrill durch den Gang, aber niemand antwortete. Die Mädchen schlichen schlaftrunken aus ihren Verschlägen. Mit einem heftigen Ruck riss Aelia sich los, rannte den Gang entlang und starrte in Verinas und Marcias Kammer. Verinas Holzpritsche stand unbenutzt da, die Wolldecken lagen ordentlich gefaltet unter dem Kissen. Aelia schüttelte ihren kahlen Kopf. Sie musste sich am Türrahmen festhalten, als sie Hilarius hinter sich gewahrte.

»Bei allem, was du tust, bedenke die Folgen«, warnte er sie.

Hilarius war ein kluger, gutmütiger Mann. Die Kämpfe in der Arena hatten ihn nicht verbittern lassen, sondern zu einem beherrschten und besonnenen Menschen gemacht. Aelia starrte ihm in die Augen, die sie ruhig ansahen, um dann an ihm vorbei zu Marcia zu hasten.

»Wo ist sie?«

Marcia ging langsam neben ihr her, den Blick auf den Boden geheftet. Sie kam Aelia wie eine Schlafwandlerin vor.

»Sie ist nicht zurückgekehrt.«

»Was hat das zu bedeuten?«

»Himmel, was weiß denn ich?«, versetzte Marcia gereizt und stieß die Tür zum Innenhof auf. Kühle Luft strömte ihnen entgegen. Unter einem grauen Himmel waberte Morgendunst, der das rote Hausdach bedeckte. Selbst der Brunnen im Hof war umhüllt von dunstig feuchter Luft. Während die Mädchen lustlos den Eimer hochzogen und sich mit dem kalten Wasser ihre Gesichter wuschen, lief Aelia in den Stall.

Das Pferd fraß friedlich seinen Hafer. Sie lief an ihm vorbei durch die Tür zum Schuppen, wo der Reisewagen des Händlers stand. Er war schön, aus hellem Holz, mit einem bronzenen Dach überwölbt. An den hölzernen Speichen der Räder klebten Reste von Schlamm. Aelia öffnete die Tür, spähte in das Innere, in dem sie selbst oft gefahren war, als könnte sie darin noch Spuren von Verina entdecken. Sanft fuhr sie mit dem Finger über die mit Stoff bezogenen Sitzbänke. Dann schlug sie die Tür zu und rannte in die Küche.

Die Köchin Gnaea stand bleich und mit kummervollem Gesicht am Herd. Sie war eine dicke, vierschrötige Frau und schon Ewigkeiten in Dardanus' Haus. Sie warf Aelia einen warnenden Blick zu, als diese die Küche betrat. Nach und nach versammelten sich alle Mädchen um den Tisch, an dessen Kopfende sich Sarus niederließ und wie jeden Morgen das Morgengebet sprach. Hilarius postierte sich an der Tür, was er sonst nie tat. Es dauerte nicht lange und Dardanus erschien. Er blickte kurz in die Runde der Mädchengesichter, lächelte, rieb sich die Hände.

»Bei unserer lieben Gnaea brennt immer ein wärmendes Feuer, viel besser als auf den kalten Straßen von Treveris.«

Er trat an den Herd, um sich die Hände zu wärmen. Diesmal trug er einen Kaninchenfellüberwurf, der bis an die Schäfte seiner Stiefel reichte. Er drehte sich wieder um und legte die Hand auf Gnaeas Arm.

»Wie schön du immer alles richtest!«, lobte er und schnupperte. »Bei diesem Geruch läuft euch sicher das Wasser im Mund zusammen, oder?« Der Blick aus seinen dunklen Augen huschte über die Mädchen. Einige nickten, andere sahen schweigend auf ihr Brot hinunter. Keines wagte, das Brot anzurühren, solange Dardanus sprach.

»Ich habe eine gute Nachricht für euch!«, rief er. »Verina hatte gestern beim Schaukampf überwältigenden Erfolg. Sie hat das Publikum so begeistert, dass einer der Zuschauer sie kaufen wollte. Ich konnte mich seinen Bitten nicht verschließen und habe sie ihm überlassen.«

Er griff zum Brotlaib, brach sich ein Stück ab und schob es sich in den Mund. Die Mädchen saßen reglos am Tisch und vermieden es, einander anzusehen, als fürchteten sie, die anderen könnten erraten, was sie dachten. Aelia saß still wie alle anderen, doch dann hob sie den Kopf und beobachtete, wie der Händler sich erneut ein Stück frisch gebackenes Brot in den Mund schob. Wut überkam sie.

»Wo ist Verina jetzt?« Ihre Stimme hallte lauter durch die Küche, als sie beabsichtigt hatte. Verwundert blickte Dardanus sie an und vergaß für eine Weile, den Mund zu schließen, während er kaute.

»Ich kann dir den Namen des Käufers nicht verraten. Aber sei beruhigt, Verina geht es gut, und sie braucht nie mehr zu kämpfen. Ihr wisst doch, meine lieben Mädchen, dass ich immer nur das Beste für euch will. Wenn ich euch verkaufe, dann nur in gute Häuser, darauf könnt ihr euch verlassen.«

Er rieb sich die Hände und wischte einen Hauch Mehl von seinem Kaninchenfell. »Ihr seht also, unsere Schule kann euch den Weg in ein besseres Leben ebnen.«

Die Mädchen saßen immer noch reglos am Tisch, keines wagte etwas zu sagen.

»Warum sagst du uns nicht, wo sie ist?«, wiederholte Aelia leise, ohne Dardanus aus den Augen zu lassen. Die Köchin warf ihr wieder einen warnenden Blick zu, aber der kümmerte sie nicht.

»Bei meinen Schaukämpfen hat niemand versucht, mich zu kaufen«, fuhr sie fort. »Es ist seltsam, dass Verina das passiert, obwohl sie lange nicht mehr gekämpft hat.«

Ein Poltern erklang. Sarus war so hastig von seinem Platz aufgesprungen, dass sein Hocker umfiel. Mit einem Satz war er hinter Aelia, drehte ihr den Arm auf den Rücken und presste ihre Schulter auf den Tisch. »Was erlaubst du dir?«, zischte er in ihr Ohr. »Sei still!«

Dardanus hob seine Hand. »Lass sie, mein Lieber. Ich will ihr antworten. Ich verstehe ja, dass alles so rasch für euch kommt. Es ist aber so, dass ich handeln muss, wenn sich Gelegenheiten für mich bieten. Der Fortbestand unserer Schule hängt von meinen Geschäften ab, und wenn ich die nicht mehr machen kann, werde ich die Schule schließen und euch alle verkaufen müssen. Wäre euch das lieber?«

Die Mädchen schüttelten die Köpfe. Dardanus nickte zufrieden.

»Schön, dass ihr das versteht. Die Zeiten sind nun mal schlimm. Ihr habt keine Eltern mehr, aber ihr habt hier ein Zuhause gefunden. Draußen auf den Straßen gibt es genug Mädchen, die sich das sehnlichst wünschen. Wollt ihr mit ihnen tauschen? Wollt ihr auf die Straße zurück?«

Die Mädchen schüttelten die Köpfe.

»Ich sehe, ihr seid kluge Mädchen«, sagte er und gab Sarus ein Zeichen. Der hielt Aelias Kopf fest auf die Tischplatte gedrückt. Dardanus hob die Hand.

»Sprecht den Gehorsamkeitsschwur!«

Die Mädchen senkten die Köpfe, legten ihre Hände übereinander auf den Tisch und gelobten feierlich, dem Händler und ihrem Lehrer Sarus in allem zu gehorchen und die Ehre des Hauses zu bewahren. Nur widerwillig kamen die Worte aus Aelias Mund. Jedes Mal, wenn sie stockte, presste Sarus ihren Kopf umso fester auf die Tischplatte. Dardanus tätschelte Gnaea die fleischige Schulter und schob sich noch ein Stück Brot in den Mund.

»Schmeckt vorzüglich, meine Liebe«, lobte er kauend. Als er dann, der Tür zustrebend, an Aelia vorbeikam, lächelte er auf sie herunter.

»Vielleicht hast du etwas falsch gemacht bei deinen Kämpfen«, sagte er immer noch kauend. »Vielleicht hast du dem Publikum nicht gefallen.«

Mit diesen Worten ging er durch die Tür und warf sie hinter sich zu.

Für ihre Widerworte kam Aelia noch am selben Tag in den Kerker. So nannten die Mädchen jenen Verschlag über dem Stall, der fensterlos, dunkel und so klein war, dass gerade ein Mädchen hineinpasste. Nichts war darin außer ein Strohsack und ein Eimer für die Notdurft; es war ein Ort, der verlassener nicht sein konnte.

Aelia kauerte sich auf den Strohsack und machte sich Vorwürfe und Sorgen. Sie sah Verina, im Kampf verletzt, ihrem baldigen Ende entgegendämmern oder als Getötete auf der kalten Erde liegen. Sie sah sie im Hurenhaus arbeiten oder den Nachstellungen eines lüsternen reichen Mannes hilflos ausgeliefert. Sie sah sie als Arbeitssklavin in einer Wäscherei oder irgendwo in den Straßen der Stadt betteln, nachdem sie den Kampf verloren hatte. Vielleicht hatte Dardanus sie an einen Sklavenhändler verkauft, weil er glaubte, mit ihr keinen Gewinn mehr machen zu können.

Viele Möglichkeiten gingen ihr durch den Kopf, und jede beunruhigte sie mehr.

Hätte sie sich im Kampf gegen die Freundin doch nur besser geschlagen! Wie sollte sie nur weiterleben ohne die andere? Ohne Verina würde sie keine Verbündete mehr haben, keine, mit der sie abends auf den Hof reden konnte, keine, die ihr ehrlich sagte, was sie dachte. Aelia legte ihren Kopf auf die Knie und weinte.

Als man sie nach drei Tagen und Nächten wieder hinausließ, waren ihre Tränen getrocknet. Bleich, aber entschlossen blinzelte sie in das Licht, das in ihr Gefängnis fiel, als Hilarius endlich die Tür öffnete. Gierig griff sie nach dem Becher mit Brunnenwasser, den er ihr hinhielt, und leerte ihn in einem Zug. Sie hatte einen Entschluss gefasst. Sie musste Verina folgen, um herauszufinden, was mit ihr geschehen war. Dazu musste der nächste Kampf ihrer sein.

Kapitel 3

Nur wenige Tage nach Verinas Verschwinden brach der Winter herein. Mächtige Wolken ballten sich am Himmel, aus denen es bald unaufhörlich schneite, bis die Stadt unter einer weißen Decke versank. Wer es konnte, vermied es, aus dem Haus zu gehen. Schiffe wagten sich nicht mehr die Mosella hinunter, Händler und Bauern kamen nicht mehr nach Treveris, und der allwöchentliche Markt auf dem Platz des Forums fand nicht mehr statt.

Die Mädchen erhielten nur noch die Hälfte ihrer üblichen Portionen, obwohl die Köchin über ausreichende Wintervorräte verfügte. Aber die Götter, die sie regelmäßig mit ihren geheimen Methoden befragte, hatten ihr verraten, dass es ein langer und strenger Winter werden würde.

Der Tag der Wintersonnenwende, an dem das Fest der Christusgeburt gefeiert wurde, rückte näher, und es wurde traditionell mit Festessen und Feiern begangen, aber Dardanus hatte noch kein Mädchen für einen Schaukampf ausgewählt.

Aelia hatte sich in den letzten Wochen mustergültig verhalten. Sie war still und fügsam gewesen und hatte jeden von Sarus' Befehlen befolgt, aber dennoch war nichts geschehen. Sie fragte sich, ob die Zuschauer keine Mädchenkämpfe mehr sehen wollten. Waren sie der Kämpfe überdrüssig geworden? Oder hatte der Präfekt sie vielleicht verboten?

Zu ihrem Leidwesen musste sie feststellen, dass Eghild von Tag zu Tag besser wurde. Zwar konnte sie Aelia im Faustkampf nicht besiegen, aber sie war schnell, sie lernte rasch, und sie war eine mindestens ebenso talentierte Kämpferin wie Aelia. Den Stock führte sie wie ein Schwert, und Aelia hatte sie im Verdacht, dass sie eigentlich eine Schwertkämpferin war. Seltsam, sie wusste einiges über die Barbaren, aber dass sie Mädchen das Kämpfen lehrten, hatte sie noch nie gehört.

Als Dardanus endlich an einem Abend kurz vor der Wintersonnenwende in der Halle erschien und Aelia für den nächsten Schaukampf auswählte, nachdem er sich lange flüsternd mit Sarus ausgetauscht hatte, erfüllte sie tiefe Erleichterung. Es sollte ein Schaukampf sein, der nach einem Gastmahl stattfinden würde, zu dem der reichste

Mann der Stadt geladen hatte. Dardanus erzählte, dass Marcellus ausdrücklich Aelia gewünscht habe, und hörte nicht auf zu betonen, welche besondere Ehre das für sie sei.

Aelia ahnte, dass es wahrscheinlich wieder ein echter Kampf sein würde, aber sie hoffte, dass sie bei diesem Gastmahl die Gelegenheit haben würde, etwas über Verinas Verbleib zu erfahren. Mit Eifer stürzte sie sich in die Einzelübungen bei Sarus, die sie nun jeden Abend machen musste. Sarus ließ sie härter üben als vor jedem ihrer anderen Kämpfe, aber sie fügte sich mit eiserner Disziplin.

Drei Tage vor der Wintersonnenwende war sie so erschöpft, dass sie Übelkeit vortäuschte, um sich vor dem Kampf zu schonen. Sarus schickte sie zu Gnaea in die Küche. Die Köchin gab ihr einen heißen Kräutertrank und schloss sie in ihren Verschlag ein.

Aelia trank das bitter schmeckende Gebräu und streckte sich auf ihrem Lager aus. Noch nie war sie allein in diesem Raum gewesen, der Eghild und ihr als Schlafkammer diente. Sie ließ ihren Blick über das Dachgebälk schweifen, das sich über ihr wölbte, die roten Ziegel darauf, die Wände aus hellem, billigem Holz, den Boden mit den alten fleckigen Brettern. Es roch nach Holz, Staub und Pferdemist. Die Pritschen standen je an einer Wand der Längsseite des Raumes unter der Fensterluke. An den Nägeln in der Wand hingen ein paar Leinenbinden, das war alles.

Endlich war sie ungestört und konnte tun, was sie schon seit Tagen tun wollte. Sie erhob sich, kniete sich vor ihr Bett und fischte im Dunkeln, bis sie ein Kästchen aus Weidengeflecht ertastete, das sie unter ihrer Pritsche hervorzog. Sanft strich sie über die Weidenzweige und den Staub, der sich darin abgesetzt hatte. Als sie den Deckel aufmachte, schlug ihr ein muffiger Geruch entgegen. Im Kästchen lag ein bleicher Knochenkamm, dem eine Zinke fehlte. Liebevoll strich Aelia darüber, obwohl sie keineswegs nur gute Erinnerungen an ihn hatte. Wie oft er sich in ihren langen Haaren verhakt hatte!

Sie schob die Erinnerung fort und hob ein dünnes Tuch hoch, das ihr einst als Taschentuch gedient hatte. Darunter lag eine Stoffpuppe mit dunklen langen Haaren und einem grauen, abgenutzten Gewand. Das trübe Nachmittagslicht fiel auf ihren ausgeblichenen Mund und die blau gestickten Augen. Die Puppe lächelte.

Aelia nahm sie, presste sie an sich. Sie strich über den dünnen Stoff des Puppengewandes, kraulte das wollige Haar. Lange hielt sie Justi an sich gepresst, während die Erinnerungen sie überfluteten wie ein Wasserfall, der ins Tal stürzte. Sie sah einen schlanken Frauenrücken, der sich über eine Näherei beugte.

»Nun lass sie doch hier, ich will es anprobieren«, hatte die sanfte Stimme ihrer Mutter gemahnt. Aelia sah zu ihr auf und drückte Justi fest an sich. Ihre Mutter seufzte. »Wie soll es ihr jemals passen, wenn ich es nicht mal anhalten darf?« Ihre schlanken Hände hielten eine kleine graue Tunika in die Höhe. Da hatte Aelia ihrer Mutter die Puppe gegeben.

Aelia presste ihr Gesicht in den abgenutzten grauen Stoff des Puppengewandes und roch den muffigen Geruch, der von ihm ausströmte. Tränen stiegen ihr in die Augen.

Wünsch mir Glück, Justi.

Widerwillig legte sie die Puppe zurück in das Kästchen, schloss es und schob es an seinen Platz zurück, tief unter ihre Pritsche. Ihr Taschentuch aber nahm sie an sich und hielt es fest in ihrer Hand. Es würde ihr beim Kampf Glück bringen. Lange kauerte sie vor ihrer Pritsche, hilflos in den Klauen ihrer Erinnerungen, als ihr Blick auf den Fußboden unter Eghilds Bett glitt und an einem unebenen Dielenbrett hängen blieb. Dort lag also Eghilds Schatz.

Sie hatte sich immer gefragt, wo die Barbarin ihn aufbewahrte. Sie kroch unter die Pritsche und hob das Brett, das sich mühelos aus dem Boden lösen ließ. In der dunklen Öffnung, die sich vor ihr auftat, sah sie ein helles Stoffbündel. Es war so klein, dass sie es in ihrer Faust bergen konnte. Sie kroch zurück und setzte sich auf ihr Bett, um es im hereinfallenden Tageslicht zu betrachten. Auf dem weißen Tuch des Bündels prangte ein schwarzes eingesticktes Zeichen.

Aelia lief ein kalter Schauer über den Rücken. Ob es ein Schutzzeichen war? Würde sie ein Fluch treffen, wenn sie das Bündel auswickelte?

Sie überwand sich und faltete es auseinander. Auf ihm lag ein Haarbüschel, das mit einem goldenen Ring zusammengehalten wurde. Er trug einen schwarzen Stein mit dem Bildnis eines alten römischen Gottes. Aelia hatte sein Abbild schon einmal gesehen, aber sie wusste nicht mehr wo. Behutsam strich sie über das glänzende Gold, und Neid bohrte in ihr.

Sie selbst hatte nie etwas so Wertvolles besessen. Sie dachte an die schlanken, kräftigen Hände ihrer Mutter, roch den Geruch nach

Eintöpfen und gegrilltem Fleisch, die von der Garküche heraufstiegen in ihre Kammer, die sie sich mit ihrer Mutter geteilt hatte. Ihre Mutter hatte keine Ringe getragen. Ihre Tuniken waren aus farblosen, einfach gewebten Stoffen gewesen. Ein schlichtes Kopftuch bedeckte ihr Haar. Das Einzige, was ihre Mutter an Schmuck besaß, war eine Glasperlenkette, ein Lederband mit drei schlichten, blau bemalten Perlen, die über den Fußboden hüpften, als das Band entzwei riss.

Aelia spürte, wie sich alles in ihr zusammenkrampfte. Was tat ein Barbarenmädchen mit einem alten römischen Ring? Er war so groß, dass er Eghild unmöglich passen konnte. Eher gehörte er an den Finger eines Mannes. Vielleicht war er ein Beutestück aus den Plünderungen der Stadt und in die Hände der Barbaren gelangt, nachdem sie unschuldige römische Bürger ermordet und bestohlen hatten. Dieser Ring hatte zweifellos einem Römer gehört. Er gehörte nicht Eghild.

Aelia schloss ihre Faust um den Ring. Wenn sie schon ein Opfer bringen musste, indem sie Justi hier zurückließ, dann würde Eghild auch eins bringen müssen. Es hatte sie genug Überwindung gekostet, sich wochenlang mit der Fränkin, deren Stamm vielleicht zu jenen gehörte, die die Stadt so oft überfallen und geplündert hatten, einen Verschlag zu teilen. Auch ihr eigener Vater war ein Franke, und seine Vorfahren stammten aus denselben fränkischen Gebieten jenseits des Rhenus wie Eghilds Familie. Ihr Vater, der niemals zurückgekommen war.

Aelia gab einen wütenden Laut von sich, ehe sie Eghilds Tuch zusammenfaltete und es in die Öffnung zurücklegte. Sie verbarg den Ring zwischen ihren Brüsten unter den Leinenbinden, wo er nicht auffiel. Dann ging sie ins Bett.

Im Morgengrauen erwachte sie durch ein Geräusch. Sie schlug die Augen auf und sah den Schatten von Eghilds kahlem Kopf über sich gebeugt. Mit beiden Händen packte die Barbarin ihren Hals und drückte zu.

»Wo ist der Ring?« Eghilds Stimme klang drohend wie der dunkle Wintertag, der draußen heraufzog. Aelia kämpfte ihren Schrecken nieder.

»Welcher Ring?«, presste sie durch die schmaler werdende Öffnung ihres Halses hervor.

»Du wissen, was ich meine. Wo ist er?«

»Ich weiß nicht, wovon du sprichst!«

Aelia zog die Schultern hoch. Ihre Hände schlugen gegen die Unterarme der Barbarin. Eghild schrie auf, ließ aber nicht los.

Sie schwang sich auf Aelias Bett, setzte sich auf sie.

»Der Ring unter meinem Bett. Du ihn gestohlen!«

Fester umklammerten Eghilds Hände Aelias Hals.

»Ich habe nichts gestohlen!«

»Du lügen! Diebin! Du ihn mir zurückgeben!«

Aelia wurde der Hals eng. Das Gewicht Eghilds – obwohl diese mager und leicht war – lastete auf ihrem Leib, sodass sie kaum noch Luft bekam. Bei allen Göttern, die Barbarin durfte nicht erfahren, wo der Ring war!

Sie ballte ihre Fäuste. Mit ihrer freien Hand holte sie aus, um Eghild an der Stirn zu treffen, doch diese bemerkte es und wehrte den Schlag ab. Aber sie musste die Hand fortnehmen und ihren Griff lockern, sodass Aelia die Hand von ihrem Hals wegschlagen konnte. Sie rang nach Luft, holte erneut aus, und dieses Mal war sie schneller. Sie traf Eghild an der Schläfe.

Der Kopf der Barbarin taumelte, fiel vornüber, ihr Körper sank auf Aelia zusammen. Schreck durchfuhr Aelia. Sie schob das kraftlose Mädchen weg und bettete sie auf ihre Pritsche, dann erhob sie sich keuchend. Im grauen Morgenlicht sah sie, wie Eghild bleich und mit geöffnetem Mund dalag, und die Angst packte sie. Hilflos stand sie ein paar Atemzüge lang da. Dann entschied sie sich, das zu tun, was Gnaea immer zu tun pflegte, wenn sie krank war – sie fühlte Eghild die Stirn. Die Haut war warm und feucht vom Schweiß, aber Eghild rührte sich nicht. Aelia konnte nicht erkennen, ob sie noch atmete.

Oh nein, bitte lass sie nicht tot sein. Wenn sie stirbt, darf ich nicht kämpfen und Dardanus wird mich verkaufen. Oder – schlimmer noch – sie werden mich als Mörderin vor den Toren der Stadt aufhängen. Sie beugte sich über Eghild, schlug ihr sanft mit der Handfläche auf die Wangen. Nichts regte sich im bleichen Gesicht der Barbarin. Wenn sie noch lebte, dann ging ihr Atem so flach, dass es nicht zu sehen war.

»Eghild, wach auf!«

Aelia war den Tränen nahe. Da schlug Eghild die Augen auf. Ihre Hand fuhr Aelia in den Nacken, packte sie fest, während sie ihr die Faust ins Gesicht hieb. So überraschend kam der Schlag, dass Aelia keine Zeit mehr blieb, sich zu wehren. Sie schnappte nach Luft, dann wurde ihr schwarz vor Augen. Ein weiterer Stoß traf sie zwischen die Rippen, und sie merkte noch, wie sie auf den Boden fiel, ehe sie ohnmächtig wurde.

Als sie wieder erwachte, blickte sie in Hilarius' sorgenvolles Gesicht. Sie lag nicht mehr auf dem Boden, sondern in ihrem Bett. Der Haussklave tupfte ihr mit einem nassen Tuch die Stirn ab. Eghild war nicht mehr da.

Aelia stöhnte. Sie hatte das Gefühl, über ihrem Auge türmte sich ein Berg auf. Sie tastete nach ihrer Stirn, fühlte die weiche Schwellung, spürte Schmerz an der Stirn und zwischen ihren Rippen.

»Wo ist sie?«

Sie versuchte, sich aufzurichten, doch Hilarius drückte sie sanft zurück. Er tauchte das Tuch in einen Wassernapf, betupfte erneut ihre geschwollene Stirn.

»Sie ist nicht mehr hier.«

»Wo ist sie denn?«

»Verkauft«, sagte Hilarius knapp.

»Verkauft? Wegen mir?«

Hilarius schwieg. Aelia seufzte. An wen konnte Dardanus Eghild verkauft haben? Niemand kannte sie, denn sie war noch nie für einen Kampf ausgewählt worden. Reue, aber auch Wut stiegen in ihr auf.

»Sie hat mich getäuscht«, presste sie hervor.

»Täuschung gehört zum Kampf.«

»Aber wie sehe ich nur aus? Werden sie mich so kämpfen lassen?«

Hilarius legte ihr einen Finger auf den Mund. »Freu dich darüber, dass deine Rippen noch ganz sind. Eghild sagte, du hättest ihren Ring gestohlen. Stimmt das?«

Aelia schüttelte den Kopf. Niemand würde die Wahrheit von ihr erfahren. Sie wollte herausfinden, was mit Verina geschehen war, und dazu brauchte sie den Ring. Mit ihm konnte sie vielleicht einen von Marcellus' Sklaven bestechen.

»Also hast du ihn nicht?«

»Nein!«

»Seltsam, niemand hat den Ring.«

Zweifel standen deutlich in Hilarius' Gesicht geschrieben, aber er fragte nicht weiter. Aelia blieb für den Rest des Tages in der Kammer, um ihre Wunden zu kühlen. Sie drehte sich mit dem Gesicht zur Wand, um das leere Bett nicht zu sehen.

Am Abend kam Lucilla zu ihr in die Kammer und legte sich wortlos in Eghilds Bett. Aelia sagte nichts.

Kapitel 4

In der Nacht der Wintersonnenwende setzte Tauwetter ein. Es begann zu regnen, und der Regen verwandelte den Schnee in Matsch. Tiefe Spurrillen, in denen das Mondlicht glitzerte, zogen sich über die Via Fori, über die der Wagen fuhr.

Es war still in der Stadt. Nur hin und wieder rumpelte ein Karren durch den feuchten Schnee, knirschten Schritte, redeten leise Stimmen. Zur Feier der Christusgeburt hatte der Bischof eine Predigt gehalten, das Wort Gottes verkündet und Brot an die Armen verteilen lassen. Danach hatte man sich in die Häuser begeben, um die Heilige Nacht in Ruhe zu verbringen, wie der Präfekt es angeordnet hatte. Alle Tavernen und Wirtshäuser waren geschlossen, weil man nicht wollte, dass der Pöbel heimlich heidnische Feste feierte, die der Kaiser verboten hatte. Schließlich war das Reich schon seit über hundert Jahren christlich. Dennoch war in einigen Häusern noch gefeiert worden, war in manchem Hinterhof aus alter Tradition dem Sonnengott Sol Invictus heimlich ein Opfer dargebracht worden, bis auch diese Stimmen in der längsten Nacht des Jahres verklangen und die Stadt in Stille versank. Aber sie schlief nicht. Ihrer früheren Feiern beraubt, wachte sie still und wartete auf den Morgen.

Aelia drückte ihr Gesicht an die Öffnung in der Wagentür. Es war schon sehr spät, und sie hatte den ganzen Tag in gespannter Unruhe verbracht. Voller Ungeduld hatte sie stundenlang gewartet, bis Marcellus ihnen endlich seinen Wagen geschickt hatte. Erstaunt stellte sie fest, dass sie die Via Fori stadtauswärts fuhren. Sie hatte geglaubt, das Gastmahl würde in Marcellus' Villa im Palastviertel stattfinden, doch sie fuhren an der Bischofskirche und am Forum vorbei in die Via Valentinian, die hinunter zum Hafen führte. Danach bogen sie in eine kleine Seitenstraße ab und hielten dort an.

Erleichtert folgte Aelia Sarus aus dem Wagen – von dem Geschaukel war ihr ganz schlecht geworden.

Vor ihnen erstreckten sich die Mauern des alten Badepalastes, dessen gewaltige Umrisse dunkel in die Höhe aufragten. Vor einem Tor brannten zwei Fackeln, und in ihrem Licht sah Aelia mehrere Wagen warten. Was hatte das zu bedeuten? Das Gastmahl konnte doch nicht hier, in den alten Thermen, stattfinden! Das Gebäude stand schon seit

Jahren leer, seitdem die Barbaren es zerstört hatten und die Wasserleitungen, die in die Stadt führten, verfielen.

Aelia fröstelte. Sie zog den Wollumhang, den sie über ihrem seidenen Gewand trug, enger und stülpte sich die Kapuze über. Sie trug dieses Mal keine Perücke, weil sie in dem Schaukampf einen männlichen Kämpfer darstellen sollte. Ein Soldat kam, streifte sie mit einem kurzen Blick, nickte Sarus zu und führte sie durch eine kleine Seitentür neben dem Eingangstor in die Thermen. Aelia heftete sich wortlos an den Saum von Sarus' Mantel, der vor ihr wallte.

Sie staunte über die Größe der Halle, die sie durchschritten. Fackelschein beleuchtete eine alte, noch gut erhaltene Holzdecke über weiß verputzten Wänden, die mit Zeichnungen und Buchstaben beschmiert waren. Aelia sah Worte, die sie nicht lesen konnte, obszöne Malereien und die Zeichnung eines Mannes, der einen Stier tötete.

Kalt war es in den jahrhundertealten Mauern, durch deren Ritzen und fensterlose Öffnungen, auch wenn man sie mit Brettern vernagelt hatte, Stürme und Regen gedrungen waren. Es roch nach Moder und Vogelkot. Von irgendwoher kam ihnen aber auch Wärme entgegen, die Wärme vieler Menschen, und ein leichter Parfümgeruch. Aelia hörte Stimmen, die immer lauter wurden, je weiter sie kamen. Schließlich erreichten sie einen großen Saal, an dessen Eingang sie einen Augenblick stehen blieben. Zahlreiche Fackeln warfen ihr Licht auf die Menschen, die sich in der Mitte des Saales versammelt hatten.

Aelia sah mit Pelz besetzte Wollmäntel, Seidentuniken, Juwelenohrgehänge unter Fellkappen, und zwischen den edlen Stoffen das Rot einiger Offiziersmäntel. Die Menschen wirkten geradezu winzig neben den hoch aufragenden marmornen Säulen, die den mächtigen Saal trugen. Der schwarz-weiß gewürfelte Fußboden erinnerte Aelia an Dardanus' Eingangshalle, doch dieser hier war aus reinem Marmor und viel wertvoller, ebenso die Säulen. Ganz oben im Mauerwerk lagen mit Brettern zugenagelte Fenster. Aelia staunte noch über den gewaltigen Saal, als Dardanus sich aus der Menschentraube löste und auf sie zukam, gefolgt von Marcellus und einem Offizier. Er hatte auf seinen üblichen Kaninchenfellmantel verzichtet und trug einen mit Pelz besetzten Wollmantel, unter dem ein goldener Dolchgriff hervorlugte.

Seine Wangen leuchteten rot vom Wein.

»Mein guter Sarus, willkommen im alten Frigidarium!«, rief er, warf einen Blick auf Aelia und nickte zufrieden. »Sieht sie nicht gut aus? Was meinst du, Marcellus?«

Er wandte sich an den jungen Mann neben ihm. Marcellus musterte Aelia mit einem abschätzenden Blick. Er hatte eine schmächtige Statur, trug Stiefel aus feinem Leder und einen Pelzmantel. Hellbraunes Haar umlockte sein schmales, fast fraulich wirkendes Gesicht.

»Mein Lieber, sie ist noch hübscher geworden«, lobte er. »Verzauberst du deine Mädchen?«

Dardanus lächelte geschmeichelt. »Gute Kost und Zuwendung machen viel aus, vortrefflicher Marcellus. Meine Köchin und Sarus sind wie Mutter und Vater zu ihnen.«

»Ah ja?« Marcellus betrachtete Sarus, der steif neben Aelia ausharrte. »Ich habe anderes gehört über ehemalige Soldaten, mein Lieber. Den meisten machen sie Angst.«

»Gewiss, Vortrefflicher«, lächelte Dardanus, »aber mit ihm hatte ich Glück.«

Marcellus' abschätzender Blick lag immer noch auf Sarus. »Vielleicht nehme ich ihn eines Tages in meine Dienste.«

Dardanus lachte ein gekünsteltes Lachen; er hielt es für klüger, das für einen Scherz zu halten. »Oh nein, er ist mir treu ergeben.«

Marcellus winkte ab. »Nun, es ist oftmals alles nur eine Frage des Geldes, wie du weißt.« Er warf Dardanus einen vielsagenden Blick zu und wandte sich an den Offizier. »Mein lieber Tertinius, was hältst du von unserer Kämpferin?«

Der Offizier kniff die Augen zusammen und musterte Aelia. Er war schon älter, mit weißen Haaren und hellen Augen, die aus einem rötlichen Gesicht herausstachen. »Ich beurteile Kämpfer erst nach der Schlacht«, sagte er.

Aelia fühlte sich sehr unbehaglich unter seinem aufmerksamen Blick. Immerhin redete er nicht so falsch wie Marcellus, der ihr Aussehen lobte, obwohl er schwerlich etwas von ihr unter dem Umhang und der Kapuze, die sie trug, erkennen konnte. Aber etwas stimmte nicht. Es waren zu viele Menschen da. Und warum fand das Gastmahl nicht wie üblich in Marcellus' Villa statt sondern hier, mitten in der Nacht, an diesem ungewöhnlichen Ort? Das konnte nur einen Grund haben, stellte Aelia fest, während ihr ein kalter Schauer über den Rücken lief, es würde tatsächlich wieder einen echten Kampf geben.

Sie folgte Dardanus und Marcellus tiefer in den Saal zu den anderen. Sarus heftete sich an ihre Seite und ließ sie nicht aus den Augen. Unauffällig sah sie sich um. An den Wänden des Saales prangten geometrische Muster mit marmornen Intarsien, die allerdings an vielen Stellen Löcher aufwiesen, als hätte jemand versucht, sie herauszuhacken. Am Kopfende und an beiden Längsseiten des Saals lagen Wasserbecken, die in den Boden eingelassen waren.

Aelia zog ihren Mantel enger um sich, als sie Dardanus, Marcellus und dem Offizier folgte. Man starrte sie mit unverhohlener Neugierde an, manche machten rasch ein verstohlenes Zeichen vor der Brust, als sei sie ein Dämon.

Sarus fasste sie am Arm und zog sie weiter. Ihr Unbehagen stieg. Am Rand der Menge sah sie bewaffnete Soldaten – gut ausgerüstete Männer mit Schwertern und Kettenhemden. Sie mussten zu Marcellus' Leibwache gehören.

Sarus führte Aelia in einen dunklen Winkel des Badesaals. Ein paar Soldaten kamen und postierten sich um sie herum, während Sarus Aelia den Mantel abnahm und sie zu massieren begann. Das hatte er noch nie getan. Seine festen Hände griffen in ihren Nacken und strichen hart darüber hinweg. Ein kalter Schauer lief über ihren Rücken, als ihr klar wurde, dass es ihm nicht um die Massage ging. Er würde sie sofort packen, sollte sie sich auch nur einen Zoll wegbewegen.

Ein Raunen lief durch die Versammelten, als zwei dunkel gewandete Gestalten durch den Saal schritten. Ihre Gesichter konnte man unter den großen Kapuzen, die sie trugen, nicht sehen. Rasch durchquerten sie den Saal, bis die Menschenmenge sie verschluckte.

Aelia spürte, wie Sarus' Griff fester wurde, wie er mit kleinen, heftigen Bewegungen ihren Oberarm knetete, als wollte er damit den Siegeswillen seines Herrn bekräftigen. Ihre Angst stieg. War es Verina auch so ergangen? Hatte man sie hierher gefahren und dann kämpfen lassen? Eine Mischung aus Wut und Hass stieg in ihr auf, als sie an den Soldaten vorbei auf die Zuschauer blickte, während die Gäste neugierige Blicke auf sie warfen.

Marcellus bahnte sich einen Weg durch die Menschen. »Werte Gäste, liebe Freunde!«, rief er, und das Stimmengewirr brach ab. »Die Wetten sind abgeschlossen. Wenn ihr euch jetzt zu den Plätzen begeben wollt!«

Die Menschen schlossen sich zu einer Traube zusammen, die sich langsam zu einem der größeren Badebecken an einer Längsseite des Saales bewegte und an seinem Rand stehen blieb. Fackelträger kamen hinzu und säumten die Treppe, die zum Beckenrand führte.

Das war kein Ort für ein Gastmahl. Marcellus' Gäste hatten offenbar schon gegessen und sich jetzt an diesen verlassenen Ort begeben, um einen richtigen Kampf zu sehen. Aelias Herzschlag beschleunigte sich.

Sarus führte Aelia durch die Zuschauer hindurch, die eine Gasse für sie bildeten. In ihren Blicken lag etwas Lauerndes, etwas Gieriges, etwas, das ihr ganz und gar nicht gefiel. Sie hielt nach Dardanus Ausschau, nach Marcellus, sah sie nirgends, und mit erschreckender Klarheit wurde ihr bewusst, dass sie allein war, allein und ungeschützt, ausgeliefert diesen Menschen, die nichts anderes wollten als einen guten Kampf zu sehen.

Ihr Lehrer führte sie zum Wasserbecken und trat zur Seite. Neben ihm am Rand des Beckens standen mehrere bewaffnete Soldaten. Die Zuschauer begannen zu rufen und zu pfeifen, um nach einer Weile, in der nichts geschah, durch rhythmisches Klatschen ihrer Ungeduld Ausdruck zu verleihen.

In diesem Augenblick kam ein Mann aus einem Winkel des Saales, nahm Aelia am Arm und führte sie zum Beckenrand. Er trug eine dunkle Tunika, auf der eine gelbe Sonne prangte, und eine gelbe Stoffsonne auf dem Kopf, deren Strahlen in alle Richtungen zeigten. Aelia kannte ihn, er war ein Sklave von Marcellus, der die Kämpfe ankündigte. Das Publikum johlte und klatschte. Er hob die Hand und winkte ihnen zu.

»Verehrte Gäste! Im Namen eures Gastgebers, des vortrefflichen Marcellus, begrüße ich euch zum größten Schauspiel des Jahres. Lasst uns zusammen in dieser Nacht die Geburt unseres Herrn Sol Invictus feiern!«

Das Publikum jubelte. Der Applaus hallte laut von den hohen Wänden wider und schwappte über Aelia hinweg. Zwei Soldaten packten sie und schoben sie über eine Holztreppe hinunter ins Becken. Die Mauern des rechteckigen Beckens waren hoch und überragten sie etwas. Über ihr brannte eine Fackel in einem Halter an der Wand. Ihr Lichtschein zuckte über die Reste einer marmornen Beckenverkleidung, die Kühle ausströmte, als wäre das Wasser noch darin.

Aelia fror, als die Angst sie packte. Ohne Mantel und nur in ihrem seidenen Gewand, das Dardanus ihr extra hatte anfertigen lassen, fühlte sie sich nackt. Ihr war, als striche ein kühler Lufthauch über ihren kahlen Kopf. Sie sah hinauf zu den Zuschauern, die den Beckenrand umringten, und entdeckte das Gesicht des Offiziers, der ihr gerade vorgestellt worden war – Tertinius. Er sah sehr ernst aus. Sie suchte Dardanus und Marcellus, konnte sie aber nicht sehen. Stattdessen erkannte sie den Gastgeber des letzten Festmahles, bei dem sie gekämpft hatte, Eborius, und seine Frau, die unverwandt auf sie herunterstarrten.

Sarus wachte mit verschränkten Armen und undurchdringlicher Miene am Beckenrand bei den Soldaten.

»Noch ist es Nacht!«, erklang die Stimme des Ausrufers. »Tiefe dunkle Nacht. Brach liegen die Felder, die Erde harrt in winterlicher Kälte. Alle Wasser sind zu Eis gefroren, und in den Wäldern schwebt der Hauch der Winterdämonen. Solange das Land ihrem düsteren Gott gehört, dürfen sie tun, was sie wollen – nachts in den Wäldern heulen, Menschen fangen und ihnen ihren kalten Odem einhauchen, bis sie erfrieren.«

Ein Soldat reichte Aelia einen kleinen runden Schild und ein Messer. Was sollte das? Warum bekam sie Waffen? Sie hatte noch nie einen Schild getragen und kannte sich damit nicht aus. Der Messergriff blitzte silbern im Licht der Fackel. Kühl schmiegte er sich in ihre Hand. Es war also ein Kampf mit Waffen, ein Gladiatorenkampf.

Ein verbotener Kampf.

Sie merkte, wie sie zu zittern begann. Fest schloss sie ihre linke Hand um die lederne Schildfessel, während wie durch eine dicke Nebelwand, als sei er weit weg, die Stimme von Marcellus' Sklave an ihr Ohr drang.

»... alles Lebende hat sich tief ins Innere der Erde zurückgezogen und wartet, bis die Herrschaft des Winters vorbei ist. Der Anfang vom Ende ist gekommen, meine lieben Gäste, wenn der erste Sonnenstrahl nach der längsten Nacht auf die gefrorene Erde fällt. Er ist noch schwach, aber er trägt etwas in sich, das stärker ist als Hoffnung und Zuversicht: Gewissheit. Der erste Sonnenstrahl nach der längsten Nacht schenkt der Erde die Gewissheit, dass der Winter ein Ende haben wird. Sie, die tot war und ihrer Erinnerungen beraubt, wird auferstehen und leben wie zuvor. Der erste Lichtstrahl nach der längsten Nacht ist die Geburtsstunde unseres Gottes. Denn er wird wiedergeboren und die Erde erwecken, und sie beginnt, sich an den letzten Sommer zu erinnern, an seine Wärme, seinen Geruch, die singenden Vögel, die Früchte. Solange man sich erinnert, ist nichts verloren. Die Erde wird sich erinnern und alles wieder erschaffen, wie es war. Das ist die Verheißung dieser Nacht!«

Eine Weile war es still, dann klatschten die Vornehmen Beifall. Danach fuhr der Ausrufer fort: »Es ist seit jeher Brauch, diese Nacht zu feiern. Viele glauben, die Tradition der Kämpfe und Spiele wäre tot, seitdem unser Amphitheater verfällt. Aber sie ist nicht tot, sie lebt wie unser Gott! Deshalb wollen wir heute Nacht einen Kampf veranstalten, den Kampf zwischen Tag und Nacht, zwischen Dunkelheit und Licht. Ein Kampf zwischen den Dämonen des Winters und des kommenden Frühlings. Lasst uns sehen, wer den Sieg davontragen wird!«

Applaus brandete auf, vereinzelte Rufe und Pfiffe ertönten. Die Zuschauer bildeten eine Gasse, um jemanden hindurch zu lassen: jene Gestalt im schwarzen Mantel, die beim Betreten der Halle mit Applaus empfangen worden war. Aelias Gegnerin.

Behände kletterte sie die Holztreppe zum Becken hinab. Als sie unten stand, wurde die Treppe hinaufgezogen.

Tief hing die Kapuze ins Gesicht der Frau. Sie war groß, aber nicht größer als Aelia, und unter ihrem Mantel ragte etwas hervor, das Aelia das Blut in den Adern stocken ließ: die Klinge eines langen Schwertes.

Aelias Herz pochte bis zum Hals. Vor ihrem geistigen Auge tauchte ein Bild auf, klar und unmittelbar – Blut auf blauer Seide. Ihr Blut. Sie würde sterben. Sie war die Nacht, das Dunkle, der Dämon des Winters. Noch bevor der Morgen graute, würde man ihren erkalteten Leib in eine Kiste legen. Marcellus, Dardanus, Sarus – sie alle hatten sie betrogen. Sie hatten sie hierher gebracht, an diesen unwirtlichen Ort, in dieses Becken, aus dem es kein Entkommen gab, in einen Kampf auf Leben und Tod. War es auch Verina so ergangen? Hatte man sie in einen Kampf auf Leben und Tod gezwungen, dem sie nicht gewachsen war? Würde sie nun denselben Weg gehen müssen?

Man hatte ihr die schlechteren Waffen gegeben, Waffen, die sie nicht beherrschte. Sie sollte den Kampf verlieren. Aelia sah auf die Schuhe der Zuschauer, die sich an den Beckenrand drängten. Sie waren viel zu nah, die Wände waren viel zu nah. Sie wollte aus dem Becken fliehen, aber es ging nicht. Es gab keine Treppe mehr, und das

Becken war zu tief. Verzweifelt versuchte sie, ihren aufgebrachten Herzschlag zu beruhigen.

Im Frigidarium war es jetzt still geworden. Hin und wieder hörte man Fußscharren, ein Husten, ein vereinzeltes Tuscheln – man wartete darauf, dass der Kampf begann.

Die Gestalt ihr gegenüber regte sich. Langsam hob sie die Hand und schob die Kapuze ihres Mantels zurück. Aelia erstarrte. Auf der anderen Seite des Beckens, nur ein paar Schritte entfernt, wartete Eghild. Sie war blass und mager, ihre Augen lagen in tiefen Höhlen. Sie trug helle Beinkleider und einen Brustschutz aus hellem Leder, über dem ihr kahler Schädel schimmerte. Mit ausdrucksloser Miene musterte sie Aelia, als sähe sie sie zum ersten Mal. Mit ihrer freien Hand löste sie die Spange ihres Mantels und warf ihn über den Beckenrand in die Menge der Zuschauer. Jemand fing ihn auf. Die Flamme der Fackel zuckte auf, ein Raunen wogte durch die Gäste. »Hoch lebe Sol Invictus!«, rief jemand, und ein anderer brüllte: »Sieg für den Tag!«

Die Zuschauer jubelten. Eghild winkte ihnen mit der freien Hand und lächelte. Sie ist der Tag, schoss es Aelia durch den Kopf. Ihr helles Gewand, das glänzende Schwert – ja, sie würde eine strahlende Siegerin sein. Wie klug man alles eingefädelt hatte! In einem Winkel ihres Hirns fragte sie sich, ob nicht sogar Dardanus dieses Schauspiel arrangiert hatte.

»Guten Abend, Eghild«, hörte sie sich sagen.

Eghild antwortete nicht. Stattdessen züngelte ihr Schwert plötzlich vor und krachte gegen Aelias Schild, den diese gerade noch rechtzeitig hatte heben können.

»Aaaaahh!«, machte die Menge.

Aelias Herz pochte so rasch und heftig, dass sie es in dem Arm spürte, der den Schild hielt. Das war typisch für Eghild: harmlos wirken und zurückhaltend bleiben, um die Gegnerin mit einem Vorstoß zu überraschen. Immer wieder fuhr ihr Schwert nach vorn, stieß nach Aelia, der es gelang, die Hiebe mit dem Schild abzuwehren. Verzweifelt umklammerte ihre Hand den Schild. Eghild hingegen trug die Waffe, die sie offenbar beherrschte wie keine sonst. Sie schien gut auf den Kampf vorbereitet worden zu sein.

»Wo warst du?«, keuchte Aelia, während sie Eghild umtanzte wie ein gescheuchtes Tier.

»Marcellus mich kaufen. Sie alle auf mich wetten«, zischte Eghild.

»Du sterben, denn ich bin der Tag!«

Das Publikum begann, Eghild anzufeuern.

Sie lieben mich nicht, dachte Aelia. Kein Wunder, ich bin die Nacht. Ich muss sterben. Kälte fuhr in ihr seidenes Gewand, schnitt in ihre Haut. Leb wohl, Dardanus. Ich werde sterben wie Verina, und du hast es gewusst. Das Fackellicht zuckte über den löchrigen Fliesenboden des Wasserbeckens.

Eghild lächelte. Mit einer raschen Bewegung fuhr sie nach vorn und stieß ihr Schwert nach Aelia. Diese konnte gerade noch der Klinge ausweichen, die ihr sonst in den Hals gefahren wäre und zu einem schnellen, für alle Anwesenden unbefriedigenden Ende des Kampfes geführt hätte.

»Hooooohhh!«, riefen die Zuschauer, während Aelia nach Halt suchte.

Eghilds Lächeln war falsch. Eine Finte, um sie zu täuschen, eine geschickte Ablenkung. Alles war ein abgesprochenes Spiel. Eghild war darauf vorbereitet worden, Aelia in einem nicht zu kurzen Kampf zu besiegen, einem Kampf, in dem Aelia sich, wie man vermutete, heftig und lange wehrte, um dann in fortgeschrittener Ermüdung besiegt zu werden. Sie hatte es immer geahnt – Eghild war eine Schwertkämpferin, und Dardanus und Sarus hatten es gewusst. Wut schlug hoch in Aelia, die Wut darüber, verraten worden zu sein. Verraten von Marcellus, der Eghild gekauft hatte, von Dardanus und Sarus.

Sie umklammerte den glatten Griff des Messers. Bisher hatte sie keinen Gebrauch davon machen wollen, denn sie wollte Eghild nicht töten. Aber nun war sie sich sicher, dass Eghild sie töten würde. Sie musste vorsichtig sein, denn sie hatte keine Zeit, zu zielen, weil Eghild sofort jede Bewegung bemerken würde. Rasch formte sich in ihr ein Plan. Sie musste sie ablenken und sie musste schnell sein, dann könnte es gelingen. Sie duckte sich, machte mit ihrem Schildarm eine rasche Bewegung, die Eghild verwirren sollte, zielte mit der anderen Hand.

Aber Eghild durchschaute Aelias Plan und hob ihr Schwert. Das Messer flog, überschlug sich, klirrte gegen die Schwertklinge und scheppterte über den Steinfußboden, bis es in einer Ecke liegen blieb. Als Aelia die silberne Klinge über den Marmor rutschen sah, begriff sie, dass sie ihre vielleicht einzige Möglichkeit, Eghild zu töten, vergeben hatte. Schon prasselten Eghilds zornige Hiebe auf sie nieder.

Die Zuschauer klatschten, immer mehr feuerten Eghild an. Sie schlagen sich auf die Seite der Siegerin, dachte Aelia. Leb wohl, Nacht.

Ihr Kopf war eine heiße Kugel, in der es im Rhythmus ihres raschen Herzschlages pochte. Sie hörte die Zuschauer Eghild anfeuern, während sie selbst gejagt wurde wie ein Tier. Aelia zwang sich zur Ruhe und rief sich in Erinnerung, wie sie die andere immer besiegt hatte – im Faustkampf, als beide unbewaffnet waren.

Eghilds Schwert fuhr zischend durch die Luft, die scharfe Klinge schnitt in Aelias Oberarm. Aelia schrie auf. Ein Raunen durchwogte die Zuschauer. Jemand rief: »Weiter so!«, und viele begannen, rhythmisch auf den Boden zu stampfen und zu klatschen.

»Eghild! Eghild!«

Aelia fühlte, wie das warme Blut unter dem zerrissenen Stoff ihre Haut hinunterlief. Ein zweiter Hieb traf sie, diesmal an ihrem Schildarm. Das hat sie absichtlich gemacht, durchfuhr es Aelia. Sie will meine Deckung zerstören. Sie fragte sich, wie viele Hiebe sie noch aushalten könnte, bis sie die Kraft verlor.

»Eghild!«, zischte sie auf Fränkisch. »Töte mich schnell! Mach es kurz!«

In Eghilds vereister Miene bewegte sich etwas. Ein erstaunter Ausdruck flog darüber hin, sie hielt inne.

»Du sprichst Fränkisch? Das hast du mir nie gesagt!«

»Mein Vater war ein Franke.« Aelia schluckte, als müsste sie an ihren Worten ersticken. Ein erstauntes Gemurmel erhob sich, weil die Kämpferinnen plötzlich Worte in einer fremden Sprache miteinander wechselten. Eghild starrte Aelia unverwandt an. Schweiß glänzte auf ihrer weißen Stirn.

»Wo ist der Ring?«, spie sie hervor. »Sag mir, wo er ist, und ich lass' dich leben.«

Schweigend umkreisten die beiden einander und ließen sich nicht aus den Augen.

Aelia überlegte. Konnte sie Eghild trauen? Nein, niemals. Sie würde sie töten, sobald sie wüsste, wo der Ring wäre. Man erwartete es von ihr.

»Ich habe ihn nicht!«

Ein paar Unmutspfiffe ertönten. Eghilds Miene erstarrte zu Eis.

»Du Lügnerin hast den Ring! Du hast ihn mir gestohlen!«

Sie hob ihr Schwert und ließ es durch die Luft zischen. Voller

Wucht krachte es gegen Aelias Schild. Aelia merkte, wie ihr Arm müde wurde. Sie war es nicht gewohnt, mit einem schweren Schild zu kämpfen. Kein Gedanke wollte zu ihr kommen, kein Einfall, was sie noch tun könnte, um Eghild zu besiegen. Ihr Hirn stand still, ihre Sinne waren vollkommen damit beschäftigt, auf die nächste Regung ihrer Gegnerin zu achten. Eghild bestimmte den Kampf, und sie war entschlossen zum Sieg. Immer häufiger krachte ihr Schwert gegen Aelias Schild, lauerte sie auf eine offene Stelle in Aelias Deckung. Und sie bekam ihre Chance. Aelia strauchelte über eine unebene Stelle im Fußboden, als sie einen Hieb parierte, und prallte mit dem Rücken gegen den Beckenrand. Ehe sie sich aufrappeln konnte, war Eghild schon bei ihr. Aelia sah die Schwertspitze auf ihren Hals zuschießen und drehte sich blitzschnell weg. Die Schwertspitze stieß so heftig gegen den Beckenrand, dass Funken stieben.

»Aaaaaah!«, riefen die Zuschauer, einige Frauen kreischten auf.

Aelias Blut kochte. Sie bemerkte Eghilds Erstaunen, sah, wie das Schwert einen Atemzug lang unschlüssig zuckte, als wollte es sich bei seiner Herrin beklagen, dass es sein Ziel verfehlt hatte, und ahnte bereits Eghilds nächste Bewegung.

Aelia schlug das Schwert ihrer Gegnerin mit dem Schild beiseite und sprang auf sie zu. Nun war sie ihr so nahe, dass Eghild das Schwert nicht mehr gegen sie richten konnte, und sie begriff, dass dies eine Chance war, ein Wink der Götter, ihre letzte Möglichkeit, Eghild zu töten, bevor sie selbst getötet wurde. Noch ehe Eghild etwas unternehmen konnte, um das Schwert gegen sie zu führen, noch ehe sie überhaupt begriff, was ihr geschah, führte Aelia einen punktgenauen, steinharten Faustschlag gegen Eghilds Schläfe.

Ohne einen Ton, still wie die schwindende Nacht, sank Eghild nieder und blieb reglos auf den Steinfliesen des Beckens liegen. Ihr Schwert klirrte neben ihr zu Boden.

Aelia, die damit rechnete, dass ihre Gegnerin sich jeden Augenblick erholte und wieder aufstand, nahm ihr das Schwert aus der schlaffen Hand, ehe sie keuchend mit auf Eghilds Hals gerichteter Schwertspitze stehen blieb.

Still war es im Badesaal. Niemand sagte etwas, keine Rufe ertönten, kein Beifall erklang. Alle starrten auf die reglose Gestalt im Becken hinunter, die sie als ihren Tag erkoren hatten und die doch besiegt worden war.

Endlich erklang aus einer Ecke ein Räuspern. »Verehrte Zuschauer!«, ließ sich die Stimme des Ausrufers vernehmen. »Der Tag hat die Nacht besiegt. Feiern wir den Sieg des Lichts über die Finsternis!«

Er hustete verlegen, offenbar hatte er nicht mit einem solchen Ausgang des Kampfes gerechnet und war entsprechend unvorbereitet. Im Publikum tat sich nichts. Niemand wollte in Aelia den aufgehenden Morgen erkennen. In die Stille hinein ertönte ein Rumpeln, als die Holztreppe herabgelassen wurde. Sarus eilte die Stufen ins Becken hinab. Rasch war er bei Eghild, beugte sich über sie, fühlte ihre Stirn, strich über ihre Wangen und – als Eghild sich nicht rührte – presste ein Ohr auf ihren Mund und horchte.

Das Publikum hielt den Atem an. Sarus hielt inne, während er sich die Kapuze seines Mantels abstreifte, um besser horchen zu können. Er lauschte lange an verschiedenen Stellen auf Eghilds Brust, klopfte ihre Wange, rief ihren Namen.

»Sie ist tot«, sagte er schließlich.

Aelia starrte ihn an. Das Wort hallte in ihrem Kopf, echote von den knöchernen Wänden wieder und wieder, bis sie es nicht mehr hören konnte. Tot. Eghild war tot. Sie hatte sie getötet.

»Ich wollte das nicht«, flüsterte sie.

Sarus erhob sich. »Wenn du es nicht getan hättest, hätte sie dich getötet.«

»Aber ich wollte sie nicht töten.«

»Die Götter haben ihren Tod bestimmt.«

Er wandte sich ab und kletterte die Holztreppe hinauf zum Beckenrand, wo die Zuschauer schweigend warteten. Aelia sah ihm nach, wie er in ihren Reihen verschwand. Irgendwo entdeckte sie Marcellus' entsetztes Gesicht im Publikum. Keinen Blick mehr wagte Aelia auf die Tote zu werfen. Die Starre fiel von ihr ab, sie hastete die Treppe hinauf. Die Vornehmen wichen vor ihr zurück. In ihrer Mitte stand Dardanus und musterte sie ebenso wortlos wie sie ihn. Sie spürte den glatten Griff des Schwertes in ihrer Hand.

Wie leicht es war, einen Menschen zu töten! Wie schnell es ging!

Das Schwert würde ebenso leicht in die Brust des Händlers fahren und sein Herz durchbohren wie ihre Faust gegen Eghilds Stirn gekracht war.

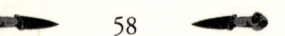

Aelia zögerte. Fest umschlossen ihre Finger den Griff des Schwertes. Dardanus öffnete den Mund, um etwas zu sagen, doch sie wandte sich ab und lief durch die Menge hindurch, die vor ihr auseinanderstob, als sei sie ein giftiger Pfeil. Sie rannte durch das Frigidarium und durchquerte die Halle, durch die sie hereingekommen war. Mauern flogen an ihr vorbei, Wandbemalungen, Fackeln. Eine Zeitlang meinte sie, die Schritte der Soldaten hinter sich zu hören, aber da war niemand. Vor der Eingangstür gönnte sie sich einen Atemzug Verschnaufpause, dann riss sie die Tür auf. Kalte Nachtluft strömte herein.

Sie hatte Glück – der Wachsoldat stand nicht mehr vor der Tür, sondern war ein paar Schritte weiter weggegangen, um in Ruhe einen der Wagen zu betrachten. Offenbar hatte er nicht damit gerechnet, dass jemand von den Gästen schon gehen wollte. Als er – aufgeschreckt durch das Geräusch der sich öffnenden Tür – aufsah und Aelia erblickte, rannte sie schon den Weg weiter in die andere Richtung.

Aelia hastete über den Schneematsch. Eine Weile noch hörte sie die Schritte des Soldaten hinter sich, bis sie endlich verklangen. Schließlich, als sie nichts mehr hörte außer dem leichten Rauschen des kühlen Windes, wurde ihr klar, dass sie niemand verfolgte. Sie war allein im verfallenen Stadtviertel. In der Ferne sah sie die Fackeln des südlichen Stadttores wie zwei Lichtpunkte leuchten, aber hier war es dunkel bis auf das schwache Licht der Sterne. Etwas weiter von der Straße entfernt sah sie die Mauer einer Hausruine aufragen. Dunkel klafften die leeren Fensterhöhlen wie Augen, deren Licht erloschen war.

Aelia hatte keine Angst mehr. Sie machte sich auch keine Gedanken darüber, was sie in der Ruine erwarten würde, als sie sie betrat, sie wollte nur Ruhe und ein Versteck. Die Tür war mit Brettern vernagelt und wieder aufgebrochen worden. Offenbar hatte jemand noch bis vor Kurzem hier gewohnt, wie Spuren eines Feuers zeigten. Es roch nach erkalteter Asche, nach Urin und Fäulnis, doch Aelia war das alles gleichgültig. Irgendwo fand sie eine alte, stinkende, von Motten zerfressene Decke und hängte sie sich um.

Sie kauerte sich in die Ecke eines kleinen Zimmers und starrte aus dem Fenster, in dem an der Seite ein Brett fehlte. Lange hockte sie so, unfähig, sich zu bewegen oder irgendetwas zu tun. Sie konnte nicht fassen, was sie gerade erlebt hatte. Dass man sie in einen Kampf auf Leben und Tod gezwungen hatte, ausgerechnet gegen Eghild, ihre Mitschülerin. Dass sie sie getötet hatte.

Sie sah die Türme der Stadtmauer, die sich dunkel vom Himmel abhoben, und dahinter, weit in der Ferne des östlichen Horizonts, das erste Licht des kommenden Tages.

Kapitel 5

Überleben im verfallenen Stadtviertel war schwierig. Zu trinken fand Aelia genug durch den Schnee, den sie in einem Tonbecher, den sie in der Ruine gefunden hatte, auftauen ließ. Aber sie konnte kein Feuer entzünden und wagte sich aus Angst vor den Soldaten nicht in die Stadt zurück.

Sie hatten sie gesucht; sie hörte ihre Hunde, die ihrem Versteck gefährlich nahe kamen, aber zum Glück begann es so stark zu regnen, dass sie die Suche abbrachen. Danach waren sie nicht mehr wiedergekommen.

Nachdem Aelia zwei Tage lang gehungert und gefroren hatte, kam der Zeitpunkt, an dem sie sich entscheiden musste, wohin sie gehen sollte, um zu überleben.

Nicht, dass sie unbedingt überleben wollte. Aber da sie den Kampf überlebt hatte und noch nicht erfroren war, ja nicht einmal krank, dachte sie, dass irgendein Gott vielleicht doch wollte, dass sie weiterlebte. Bald quälten sie Vorstellungen von warmen Mahlzeiten, Kleidern und heißen Bädern. Die Gerüche von gebratenem Fleisch, die der Wind manchmal von den Garküchen der Via Fori heranwehte, taten ihr Übriges.

Aelia erhob sich von ihrer Decke und sah durch das Fenster in den grauen Wintertag hinaus. Vor ihr dehnte sich Niemandsland mit den Überresten von Häusern im Schneematsch. Im Sommer ließ man hier Vieh grasen, und die Menschen ernteten Obst und Nüsse von Bäumen aus alten Gärten, aber jetzt im Winter war alles nur öde und leer.

Sie kannte diese Gegend aus ihrem früheren Leben, das sie für immer abgeschlossen geglaubt hatte, nachdem sie in Dardanus' Haus gekommen war. Aber nun drängte es sich wieder in ihr Bewusstsein – sie war so allein, wie sie es schon einmal gewesen war. Sie war wieder hier, im Stadtteil der Verlorenen. Nirgends sonst konnte man besser sehen, wie sehr die Barbarenüberfälle diese einst blühende Stadt verwandelt hatten.

Manchmal, wenn der Wind von Westen kam, vom Fluss herauf, dann wehte er Stimmen heran und den Geruch nach deftigem Essen. Nichts Feines, Erlesenes, das wäre für diese Gegend auch nicht zu erwarten gewesen, sondern Suppen oder kräftige Eintöpfe.

Sie könnte in die Stadt gehen, zur Bischofskirche, und dort um eine warme Mahlzeit bitten, die ihr sicher gewährt werden würde, denn Bischof Leontius war ein mildtätiger Mann und die Heiligen Schwestern kümmerten sich um Alte und Kranke. Aber dann wäre die Gefahr sehr groß, dass sie jemand erkannte. Sie könnte auch die Stadt verlassen, aber wie sollte sie in der Wildnis überleben?

Müde verfolgte sie durch das Fenster den Wachwechsel am südlichen Stadttor, hörte die Stimmen der Soldaten von ferne zu ihr herüberklingen. Sie spürte ihren Leib nicht mehr, als sei er abgetrennt von ihrem Geist, aber auch ihr Geist arbeitete nicht mehr wirklich. Er bestand nur noch aus einer kleinen Flamme, die ihn erfüllte: Überlebenswillen.

Als der Wachwechsel vollzogen war, verließ Aelia die Ruine. Sie versteckte das Schwert und stapfte über hohes Gras und Mauerreste tiefer ins verfallene Viertel hinein, wo Schafe und Ziegen in Bretterverschlägen eingepfercht auf den Frühling warteten. Sie folgte dem Geruch nach Eintopf. An der tiefsten Stelle, dort, wo die Stadtmauer fast bis an den Fluss heranreichte, stand ein großes, aus rötlichem Stein erbautes Gebäude, das anders aussah als die üblichen Häuser.

Es war lang gestreckt, größer als ein normales Haus und als einziges in der Umgebung noch erhalten. Es besaß ein vollständiges Ziegeldach, eine einfache Holztür und Fensterluken, die mit Schweinsblasen bespannt waren. Ein gepflasterter Hof mit mehreren alten Brennöfen deutete darauf hin, dass es einst eine der zahlreichen Töpfereien des Viertels gewesen war. Nun gab es einen Hühnerstall auf dem Hof und einen Holzpferch mit mehreren Ziegen. Aus der angelehnten Tür drang der Geruch nach Fleischbrühe, der Aelia fast den Verstand raubte. Sie hielt eine Hand vor ihren schmerzenden Magen, während sie langsam die Tür öffnete. Sie kam in einen großen, hallenartigen Raum mit einer hohen Decke, in dessen Mitte ein Feuer brannte. Darum herum kauerten etwa fünfzig Menschen auf Schafsfellen. Eine Frau stand an einem großen Topf, der über dem Feuer hing, und verteilte Suppe in Holzschalen. Sie stockte, als sie Aelia bemerkte.

Langsam schlich Aelia durch die Halle. Ihr schwindelte, fast glaubte sie, fallen zu müssen, weil ihre Beine ihr den Dienst versagten. Ihre Zunge klebte trocken am Gaumen, ihr Herz pochte ungewöhnlich schnell, als wollte es seine besondere Stärke beweisen, und in ihrem Kopf klopfte es im gleichen Takt. Sie sah, wie die Menschen sie anstarrten, fühlte abschätzende Blicke auf ihrer Gestalt, ihrem haarlosen Kopf, ihrer Kleidung, die unter der mottenzerfressenen Decke hervorlugte. Es machte ihr nichts aus. Im Gegenteil, sie betrachtete ihrerseits die Menschen, als sie sich ihnen langsam näherte, und in einem Winkel ihres Hirns, das vom Hungern eine ungewöhnliche Klarheit bekommen hatte, erkannte sie die Gier hinter den Blicken, die Krankheit hinter einigen trüben Augen, die mütterliche Sorge um ein mageres Kind an der Brust, Neugierde und Angst.

»Was willst du hier?« Die junge Frau ließ ihre Kelle sinken.

Aelias Lippen formten das Wort, aber es verließ nicht mehr ihren Mund. Sie streckte die Hand aus, aber es war nicht viel mehr als eine schlaffe Bewegung. Gerade noch merkte sie, wie ein Vorhang vor ihre Augen gezogen wurde, als sie den Halt verlor und ins Nichts stürzte.

Als sie erwachte, dämmerte es bereits. Durch ein Fenster fiel trübes Licht auf einen festgestampften Lehmfußboden. Als ihr Blick sich lichtete, erkannte Aelia ein langes Leinentuch, das, über eine Schnur gehängt, die Ecke, in der sie lag, vom restlichen Raum trennte. Sie selbst lag auf einem Lager aus Schafsfell unter ihrer schmutzigen Decke. Darunter war sie nackt.

Erschreckt fuhr sie hoch, doch ein pochender Schmerz in ihrem Kopf zwang sie wieder zurück. Sie atmete tief. Eine benutzte Holzschale neben ihrem Lager und der Zustand ihres Magens deuteten darauf hin, dass man ihr etwas zu essen gegeben hatte. Ja, sie erinnerte sich, eine Frau hatte ihr etwas von der Fleischbrühe eingeflößt. Sie spürte, dass jemand in der Nähe war – ein Kleinkind krabbelte um sie herum. Es richtete sich mit wackligen Beinen auf und sah sie mit großen Augen an.

Aelia stöhnte. Das konnte nicht wahr sein! Man konnte sie nicht einfach ausgezogen und ihre Kleider gestohlen haben. Sie streckte die Beine aus, tastete mit den Zehenspitzen nach etwas, das sich wie ihr Gewand anfühlte, aber da war nur das Schafsfell.

Das Kind geriet ins Straucheln, kippte nach hinten und fiel auf sein Hinterteil. Es verzog sein Gesichtchen und begann zu weinen. Die Mutter erschien; jene Frau, die die Suppe verteilt hatte. Sie hob das Kind auf, wobei ihr Blick auf Aelia fiel.

»Oh, du bist wach! Ich rufe …«

»Nein!«, stieß Aelia heiser hervor. »Wo ist mein Gewand? Wer hat meine Schuhe gestohlen?«

Ihre kalten Fußsohlen streiften über das Schafsfell, auf dem sie lag. Die junge Frau rührte sich nicht. »Niemand kann hier ohne Bezahlung etwas bekommen.«

»Ach ja? Mein Gewand reicht für mindestens drei Wochen fette Mahlzeiten für euch alle! Und meine Schuhe noch mal für eine! Sie brächten mindestens eine siliqua auf dem Markt!«

Nervös ließ die junge Mutter ihr Töchterchen auf ihrem Arm auf und ab wippen. »Ich habe dir zu essen gegeben. Du kannst froh sein, dass du noch lebst. Du warst fast verhungert.«

Aelia gab einen unwilligen Laut von sich.

In diesem Augenblick wurde der Vorhang beiseitegeschoben, und ein Mann erschien. Er war älter und kleiner als die junge Frau und hatte die gleichen Augen und dunklen Locken wie das Kind, nur dass sie bei ihm mit Silberfäden durchwirkt waren. Er trug eine saubere Wolltunika, die von einem breiten Ledergürtel gehalten wurde, über schlichten Beinkleidern. Das Kind krähte, als es ihn sah, und streckte die Ärmchen nach ihm aus. Lächelnd nahm er es auf seinen Arm.

»Willkommen in meinem Haus!«, begrüßte er Aelia. »Du hast es richtig gemacht, hierherzukommen, denn draußen kann niemand auch nur eine Woche überleben. Spätestens wenn die Soldaten ihre Hunde hier durchhetzen, ist es aus für Entflohene wie dich.«

Aelia schluckte. Sie hatte immer noch Durst.

»Wo sind meine Kleider?«

Der Mann überhörte ihre Frage. »Es hat seine Vorteile, sich dem guten Bassus anzuschließen! Er sorgt für seine Familie besser als der Bischof. Hier gibt es keinen Streit, sie haben alle zu essen und ein Dach über dem Kopf. Also, wer hat dir den Wink gegeben, hierherzukommen? Wer war's?«

Aelia wusste nicht, was sie sagen sollte. »Niemand.«

Bassus trat einen Schritt nach vorn und schaukelte das Kind auf seinem Arm. Er lächelte.

»Nun, meine Liebe, ich bin kein junger Mann mehr, wie du siehst. Im Laufe der Jahre habe ich viel mitgemacht. Ich musste erleben, wie die Barbaren unser Stadtviertel niederbrannten, nachdem sie es geplündert hatten. Ich musste mit ansehen, wie unsere Stadt sich von einer schönen Frau in ein altes, geschändetes, widerwärtiges Weib verwandelte. Ich habe gesehen, wie ehrbare, gute Menschen starben und die anderen sich in gemeine Hunde verwandelten, um zu überleben. Diese Augen«, er deutete mit zwei Fingern auf sein Gesicht, »können mehr erkennen und tiefer sehen, als jedes junge Gänschen hier glaubt. Also: Wer hat dich zu uns geschickt?«

»Niemand. Es hat nach Suppe gerochen, und ich hatte Hunger.«

Der Mann starrte sie an. Sein Gesicht verzog sich, als wollte er fluchen, dann entschied er sich anders und stieß ein trockenes Lachen aus. »Du bist also einfach hierhergekommen und dachtest, beim Bassus riecht's gut, da frage ich nach einer Suppe!«

Er lachte wieder. Das kleine Mädchen auf seinem Arm lachte mit und zupfte an seinen Haaren.

»Ich wusste nicht, dass ihr hier lebt. Der Hunger trieb mich.«

Bassus wurde wieder ernst. Er zog das Ärmchen des Kindes aus seinen Haaren und trat einen Schritt heran. »Warum glaubst du, dass man hier ungefragt hereinspazieren darf?«

Aelia presste sich tiefer in die Decke. Etwas an dem Mann gefiel ihr nicht. »Deine Mildtätigkeit oder auch … Großzügigkeit. Nenn es, wie du willst. Keiner, der ein Herz hat, schlägt einer Hungernden einen Napf Suppe ab.«

Bassus grinste, in seinen Augen lag ein boshaftes Glitzern.

»Ah, du bist noch jung und gutgläubig. Du kennst die Verderbtheit der Menschen noch nicht. Nun, du hast Glück, bei uns zu sein. Wir haben ein Herz und geben dir Suppe. Wenn du Glück hast, bekommst du noch mehr davon.«

Er stupste das Kind am Näschen. »Aber du sollst wissen – Iulia oder Livia oder wie immer dich dein Herr genannt hat, dem du entflohen bist –, ich werde dich Iulia nennen. Du sollst wissen, Iulia, dass hier nichts umsonst ist.«

Aelia dachte, dass sie alles tun würde, wenn er ihr nur zu essen und ihre Kleider wiedergeben würde. Später, wenn sie satt genug wäre, würde sie darüber nachdenken, wie sie hier wegkommen könnte.

»Ich mache, was du willst«, sagte sie und hoffte, dass ihre Stimme fest genug klang, »wenn du mir nur meine Kleider wiedergibst.«

Doch Bassus hatte andere Vorstellungen von dem, wie sie auszusehen hatte. Auf seinen Wink hin gab die junge Mutter ihr eine dünne Tunika.

»Du musst dir deine Kleider erst verdienen«, sagte er, schob den Vorhang beiseite und verschwand. Aelia konnte noch hören, wie er mit der Kleinen scherzte.

Nur mit der Tunika bekleidet, war Aelia gezwungen, auf ihrem Lager unter der Decke zu bleiben. Dort blieb sie auch den nächsten Tag. Die junge Mutter kam und gab ihr eine dünne Suppe zu essen sowie einen Krug Wasser, was gerade reichte, um sie am Leben zu erhalten.

Aelia kauerte unter der Decke und fragte sich, was Bassus mit ihrer Kleidung getan hatte, ob er ihr wohl neue gab und was sie dafür tun musste. Schließlich fiel ihr der Ring wieder ein, den sie unter ihren Leinenbinden getragen hatte, und sie fluchte in sich hinein. Wer weiß, wie viel Geld er damit verdient hatte! Es wäre das Geld gewesen, das sie so nötig für ihre Flucht gebraucht hätte! Wie dumm war es von ihr gewesen, ausgerechnet dieses Haus auszuwählen!

Mit der Zeit bekam sie mit, was hier geschah. Die Männer und Frauen, die zu Bassus' »Familie« gehörten und hinter dem Vorhang schliefen, gingen in aller Frühe fort und kehrten erst bei Einbruch der Nacht mit Beuteln voller Münzen wieder zurück, die Bassus geräuschvoll zählte. Wer nicht genug dabeihatte, den schlug er oder ließ ihn auf dem Hof bei den Ziegen schlafen.

Aelia wurde klar, dass ihr nichts anderes übrig blieb, als einem von ihnen die Kleider zu stehlen. Sie wusste nicht wohin, aber hierbleiben konnte sie auf keinen Fall, wenn sie nicht zur »Familie« gehören wollte.

Am nächsten Abend blieb sie so lange wach, bis sie sich sicher war, dass alle eingeschlafen waren. Dann erhob sie sich, hängte sich die Decke um und schlich sich barfuß zu den Schlafenden. Im matten Schein des verglimmenden Feuers suchte sie die Reihen ab. Was sie trugen, waren nicht mehr als Lumpen – Bettlergewänder, schmutzig und zerrissen. Die Familien lagen fest aneinander geschmiegt unter Wolldecken – Mütter und Väter mit ihren dünnen Kindern, manchmal auch Großmütter. Sie hatten, nachdem sie vom Betteln und Stehlen zurückgekehrt waren, von Bassus' Frau ein karges Mahl bekommen und waren nicht lange danach eingeschlafen. Aelia seufzte, als sie auf die armseligen Gestalten hinuntersah.

Ihr Blick blieb an einem schlafenden Mädchen mit einem haarlosen Kopf hängen. Sie lag nahe am Feuer und hatte die Wolldecke bis über die Schultern gezogen.

Aelias Herz tat einen Satz. Vorsichtig schlich sie sich an die Schlafende heran. Im schwachen Licht erkannte sie ein Tuch vor den Augen des Mädchens. Sie ließ sich auf die Knie fallen, strich über den

Kopf der Schlafenden, spürte den sanften Flaum nachwachsender Haare.

»Verina!«

Die andere schreckte auf. Ihre Hände fuhren abwehrend hoch, trafen auf Aelia. Dann, nachdem sie sich beruhigt hatte, fasste sie nach Aelias Hemd und tastete, als sie nichts fand, die Haut der anderen hinauf bis zum Kopf, und ein Lächeln des Erkennens überzog ihr Gesicht.

»Aelia!«

Aelia nahm Verinas Hände in ihre. Sie wollte etwas sagen, aber Verina legte einen Zeigefinger auf ihren Mund und schüttelte den Kopf. »Wo sind deine Kleider?«

»Bassus hat mir alles gestohlen. Er hält mich nackt gefangen.«

Verina nickte. »Das macht er bei allen. Er verkauft alles, was sie haben und die Gewänder, damit niemand fliehen kann. Wenn die Leute hungrig genug sind, schickt er sie in alten Lumpen betteln.«

»Was ist mit deinen Augen?«

Verina schüttelte den Kopf und schwieg. Aelia hielt ihre Hand umklammert. In der Nähe drehte sich jemand im Schlaf und murmelte etwas.

»Wir müssen hier weg«, flüsterte Aelia. »Lass uns fliehen!«

»Wie denn ohne dein Kleid? Wo sollen wir hin? Wir werden keine Woche überleben können!«

»Weißt du, wo Bassus die Lumpen aufbewahrt?«

Verina überlegte eine Weile. »Ich glaube, in seiner eigenen Kammer. Da muss die Truhe sein.«

»Gut, ich versuche, ein paar Lumpen zu stehlen. Dann hole ich dich.«

»Sei vorsichtig!« Verina drückte ihre Hand, ehe Aelia sich fortschlich.

Freude über das Wiedersehen erfasste sie. Verina lebte! Sie waren wieder zusammen. Dieser Gedanke gab Aelia Kraft und neue Zuversicht. Gemeinsam würde alles viel besser sein. Sie würden sich durchschlagen, auch im Winter, notfalls würden sie sogar zur Bischofskirche gehen, wenn die Freundin es wollte.

Aelia schlich sich vorsichtig zur Kammer, wo Bassus mit seiner Familie schlief. Dass der Lehmfußboden eiskalt war und sie halbnackt, störte sie nicht. Sie drückte vorsichtig die Klinke herunter, aber die Tür blieb zu. Natürlich hatte er sie abgeschlossen. Erschreckt horchte Aelia, ob jemand sie gehört hatte. Von jenseits der Tür erklang leises Schnarchen.

Erleichtert atmete sie auf. Nun musste sie ihren ursprünglichen Plan ausführen und jemandem die Gewänder stehlen. Sie schlich sich zurück zu den Schlafenden. Alles in ihr sträubte sich dagegen, jemanden im Schlaf zu überwältigen, aber sie musste es tun, wenn sie etwas zum Anziehen haben wollte. Sie musste eine Frau aussuchen, deren Kleider ihr passten, aber keine Mutter und kein Kind. Ihr Blick fiel auf ein Mädchen, das etwa dieselbe Größe hatte wie sie. Sie zögerte, als sie sie friedlich auf dem Boden schlafen sah.

Meine Güte, dachte sie. Meine Güte.

Sie holte aus. Ihre Faust traf das Mädchen an der Stirn, jedoch nicht zu heftig und auch nicht an jener empfindlichen Stelle, die sie bei Eghild erwischt hatte. Aelia seufzte, als sie daran dachte, schob den Gedanken aber fort. Voller Angst sah sie sich um, dann ließ sie den Kopf des Mädchens auf das Lager sinken. Es sah so aus, als ob sie schliefe.

Aelia schlug die Decke zurück. Die Bewusstlose trug eine Tunika und zum Glück Stiefel. Aelia löste den Stoffgürtel, die billige eiserne Gewandspange und zog dem Mädchen die Tunika aus. Das kostete sie einige Mühe. Sie musste sich beeilen. Rasch schlüpfte sie in die Gewänder, in die noch warmen Stiefel. Sie tastete neben dem Lager nach einem Mantel und fand einen groben Wollumhang, den sie sich rasch umhängte. Er roch muffig und nach allen möglichen Körperflüssigkeiten, aber wenigstens wärmte er.

Aelia warf einen Blick auf die Ohnmächtige, die nackt auf ihrem Lager lag, und bedeckte sie mit ihrer Wolldecke. Leise huschte sie zu Verina zurück, die inzwischen aufgestanden war und suchend nach ihr tastete. Sie nahm ihre Hand, hängte ihr den Mantel um und führte sie zwischen den Reihen der Schlafenden hindurch fort.

Sie mussten jedoch feststellen, dass die Eingangstür verschlossen war. Die Luken waren groß genug, sie durchzulassen, aber sie lagen zu hoch in den Wänden.

»Du musst mir hochhelfen«, flüsterte Aelia.

Wortlos bückte sich Verina und half ihr, die Fensterlaibung zu erklimmen. Die Mauern waren so dick, dass man ohne Weiteres auf den Laibungen sitzen konnte. Als Aelia oben war, fasste sie nach Verina, aber die Freundin zögerte.

»Wenn sie draußen die Hunde auf uns hetzen? Die Soldaten des Präfekten machen jede Nacht Kontrollgänge!« Zaghaft klang Verinas Stimme aus dem Dunkel.

»Ich kenne ein Versteck, da finden sie uns nicht!«

Doch Verina hörte nicht zu. »Vor ein paar Tagen haben sie eine von Bassus' Frauen verhaftet«, flüsterte sie. »Sie hatte kein Zeichen auf dem Arm, weil Bassus es ihr noch nicht gegeben hatte. Wenn du sein Zeichen hast, lassen sie dich in Ruhe. Aber ich habe noch kein Zeichen von ihm, Aelia.«

»Ich auch nicht.« Aelia hatte Mühe, ihre Stimme zu dämpfen. »Wir gehören niemandem. Oder hat Dardanus dich etwa an Bassus verkauft?«

Verina schüttelte ihren Kopf. Schlimm sah sie aus mit ihrem Verband um die Augen. Aelia fühlte Mitleid in sich aufsteigen.

In der Halle stöhnte jemand leise. Das Mädchen, fuhr es Aelia durch den Kopf. Sie streckte ihre Hände wieder nach der Freundin aus.

»Verina, bitte! Was soll ich ohne dich machen? Zu Dardanus kann ich nicht mehr zurück. Komm mit, ich helfe dir, das verspreche ich.«

»Du weißt nicht, was du da sagst. Ich bin blind, Aelia. Bassus hat mich geblendet.«

»Warum?«

»Für das Betteln. Die Leute haben mehr Mitleid mit Blinden.«

Aelia war, als müsste sie jeden Augenblick von der Fensterlaibung fallen. Ihre Hand griff nach Verina, aber die Freundin wich zurück.

»Verina, dieser Kerl ist ein Verbrecher! Du musst hier weg. Oder willst du dein Leben lang für ihn betteln?«

»Was soll ich denn sonst machen?«

Sie hielten inne, als sich jemand in der Nähe räkelte. Aelia senkte ihre Stimme zu einem kaum hörbaren Flüstern. »Bitte komm mit, ich werde für dich sorgen. Notfalls bringe ich dich zur Bischofskirche, mir fällt schon etwas ein. Du musst nur mit mir gehen.«

Endlich trat Verina aus dem Dunkel und legte ihre Hände in Aelias.

Wenig später landeten sie draußen auf dem weichen Boden, und Aelia zog die Freundin mit sich fort. Die Nacht war klar und kalt. Kurz zuvor hatte es Neuschnee gegeben. Am Himmel leuchtete der volle Mond zwischen unzähligen Sternen und ließ den Schnee aufschimmern. Aelia war froh über die helle Winternacht, denn nirgends brannte eine Fackel, drang ein Lichtschein aus Fenstern, glühte ein heruntergebranntes Feuer. Aber sie mussten aufpassen, nicht über Mauerreste zu stolpern oder in Reste eines Kellers zu fallen, die der Schnee verdeckt hatte. So kamen sie nur langsam voran. Verina hatte nicht nur ihr Augenlicht verloren, sondern offenbar auch ihre Kräfte. Das Klettern aus dem Fenster hatte sie so angestrengt, dass sie Aelia bald bat, sich ein wenig ausruhen zu dürfen.

Aelia gefiel das nicht, denn sie waren noch nicht weit genug von der alten Töpferei entfernt. Jederzeit konnte Bassus erwachen und nach ihnen suchen. Es wäre ein Leichtes für ihn, ihre Spuren im Neuschnee zu verfolgen. Aber dann tat die Freundin ihr wieder leid. Wer wusste schon, was sie alles erlitten hatte in den letzten Wochen! Sie zog sie in einen Bretterverschlag, der im Sommer als Viehunterstand gedient hatte, wo sie sich auf einen Mauerrest kauerten. Verinas Hand war eiskalt.

»Was machen wir jetzt?«, fragte sie mit zitternder Stimme.

»Wir werden zur Kirche gehen und dort um Einlass bitten.«

»Jetzt, mitten in der Nacht?

»Wir können nichts anderes tun. Wenn die Soldaten kommen und uns hier finden, dann ...«

»... stecken sie uns in die Verliese, und wir kommen nie wieder raus«, vollendete Verina den Satz. »Bassus hat uns immer gedroht, dass er uns aus dem Haus wirft, wenn wir nicht genug Geld heranschaffen. Seitdem die Soldaten nachts Wachgänge machen und jeden verhaften, der kein Obdach hat, konnte er uns gut damit drohen. Wo soll man auch hin? Der Bischof kann nicht alle Armen der Stadt aufnehmen! Glaubst du, er nimmt uns auf?«

Ihre Stimme klang so verängstigt, dass Aelia den Arm um sie legte.

»Sie werden uns bestimmt einlassen«, sagte sie und versuchte, so viel Zuversicht wie möglich in ihre Stimme zu legen. »Wir dürfen uns nur nicht von den Soldaten erwischen lassen.«

Sie presste die Lippen fest zusammen, damit ihr nichts von ihrer Befürchtung entglitt – nämlich, dass man sie wieder zu Dardanus zurückschicken könnte. Sie sah über das schneebedeckte Ruinenfeld zur Via Valentinian hinüber, wo sich die mächtigen Umrisse der alten Thermen vor dem Mondlicht abzeichneten, und ein kalter Schauer überlief ihren Rücken.

»Wir müssen weiter!«, drängte sie und erhob sich, doch Verina umklammerte ihre Hand und hielt sie zurück. »Warst du auch in den

Thermen?« Ihre Stimme war kaum mehr als ein Flüstern. Aelia setzte sich zu ihr auf den Stein zurück. »Ja, ich war da.« Sie versuchte, das Bild des erleuchteten Badesaals zurückzudrängen, das von ihr Besitz ergreifen wollte.

»In einem Kampf auf Leben und Tod?«

Aelia nickte. Ihre Hand presste die von Verina, als die Erinnerungen sie überwältigten.

»Aber du bist doch nicht verletzt worden …?«

Aelia lächelte matt. »Nein, ich habe gewonnen. Dann bin ich geflohen.«

»Du bist freiwillig zu Bassus gekommen?«

»Ich wusste nicht, wer er ist. Ich hatte Hunger, und zurück konnte ich nicht mehr.«

»Warum bist du nicht sofort zur Kirche gegangen?«

»Ich weiß es nicht.« Aelia seufzte leise und starrte auf die Spuren, die sich vor ihnen im glitzernden Schnee abzeichneten. »Dardanus hat Eghild an Marcellus verkauft und mich in den Thermen gegen sie kämpfen lassen. Sie gaben ihr ein Schwert und mir ein Messer und einen Schild.«

»Gegen Eghild?! Heiliger Herr Jesus!«

Verina bekreuzigte sich.

»Wie ich schon immer vermutet hatte, war sie eine ausgezeichnete Schwertkämpferin. Ich … habe sie trotzdem …«

»Du hast sie getötet.«

Es war eine nüchterne Feststellung, und sie klang umso merkwürdiger aus Verinas Mund, weil Verina nicht der Mensch für nüchterne Feststellungen war. »Gott möge sich ihrer Seele erbarmen«, seufzte sie und bekreuzigte sich wieder. Eine Weile schwiegen beide und starrten auf den glitzernden Schnee.

»Meine Gegnerin war zu stark«, fuhr Verina leise fort. »Das Publikum stand auf ihrer Seite. Sie hat mich so niedergeschlagen, dass ich das Bewusstsein verlor. Wahrscheinlich haben sie mich dann begnadigt, denn als ich wieder aufwachte, war ich schon bei Bassus.«

Sie lachte bitter auf.

»Das muss aufhören!«, sagte Aelia leise. »Wir müssen zum Bischof gehen und ihm sagen, dass sie heimlich Kämpfe auf Leben und Tod veranstalten. Er ist ein christlicher Mensch, er wird uns anhören.«

Sie war zwar nicht davon überzeugt, dass der Bischof ihnen glauben würde, aber bei ihm müssten sie am wenigsten befürchten, dass er sie zu Dardanus zurückschicken würde.

Im Dunkeln konnte sie sehen, wie Verina den Kopf hob. »Du hast recht. Der Bischof wird uns bestimmt helfen.«

Von irgendwoher hörten sie ein Geräusch. Aelia fuhr auf, lauschte in die kalte Winternacht hinein, hörte aber nichts. Vielleicht war es ein Tier gewesen, ein Nachtvogel oder eine Katze.

»Wir müssen weiter.« Sie spähte in die Dunkelheit. Als sie niemanden sah, half sie Verina hoch und führte die Freundin weiter durch das verfallene Viertel. Da Verina Schwierigkeiten hatte, auf dem unebenen Gelände zu gehen, führte Aelia sie durch eine kleine Seitenstraße bis zur Via Fori. Still lag die Straße in der Dunkelheit, während Spuren von Rädern und Schuhen im Schnee vom geschäftigen Treiben zeugten, das tagsüber hier herrschte.

»Hast du Geld?«, fragte Verina zaghaft.

»Nein.« Aelia fiel wieder ein, dass Bassus ihr Eghilds Ring gestohlen hatte. Dieser Hurensohn! Erde über ihn! Möge er an einer langen qualvollen Krankheit zugrunde gehen! Ihre Wut hielt sie so gefangen, dass sie die Schritte erst hörte, als Verina sich umwandte.

Zwei Soldaten folgten ihnen. Aelia fasste Verinas Hand fester und beschleunigte ihre Schritte. Sie waren nahe der Via Fori, dort, wo das verfallene Viertel endete und das belebte Herz der Stadt begann. Ein Stück weiter entfernt lag ein Haus mit einem schützenden Säulengang, aber sie konnten es nicht mehr bis dorthin schaffen, ohne von den Soldaten bemerkt zu werden.

Verinas Hand verkrampfte sich in ihrer. »Wer ist das?«

»Soldaten.«

Verina fuhr zusammen.

»Nur ruhig weitergehen, dann tun sie uns nichts«, presste Aelia zwischen ihren Zähnen hervor. Aber ihre Hoffnung war vergeblich. Die Soldaten kamen rasch näher, während der Schnee unter ihren Stiefeln knirschte. Sie trugen Kettenhemden unter ihren Mänteln, lange Beinlinge, Stiefel.

»Stehen bleiben!«, befahl einer von ihnen, ein junger, kräftiger Mann mit kurz geschorenen Haaren. Neugierig flog sein Blick über sie hinweg und blieb an Verinas Augenbinde hängen. »Wo wollt ihr hin?«

Aelia versuchte, ihre Angst niederzukämpfen. Sie konnte mit

Verina unmöglich fliehen, zusammen wären sie viel zu langsam. Allein würde sie gegen zwei bewaffnete Männer nicht ankommen. Sie musste mit ihnen reden.

»Zum Bischof.«

»Zum Bischof? Mitten in der Nacht? Das ist doch wohl nicht dein Ernst!«

»Doch, ist es. Wir haben Hunger und uns ist kalt. In der Kirche bekommen wir Obdach, hat man uns gesagt.«

Die beiden Soldaten wechselten Blicke. »Nehmt eure Kapuzen ab!«, befahl der Kurzgeschorene.

Im Licht des Vollmondes betrachtete Aelia die Soldaten genauer. Das Erkennen durchfuhr sie wie ein Schlag: Es waren jene Soldaten, die am Abend ihres Kampfes in den Thermen Wache gehalten hatten. Sie würden sie an ihren haarlosen Köpfen sofort erkennen.

Aelia hob ihren Arm und hieb dem Soldaten heftig ihre Faust ins Gesicht. Er taumelte und prallte gegen den anderen. Dann zog sie Verina mit sich fort. Gemeinsam rannten sie die Via Fori hinunter zum Forum. Aber sie waren nicht schnell genug. Schon bald hörten sie Schritte hinter sich im Schnee. Die Männer zogen ihre Schwerter. Aelia stellte sich vor Verina und ballte ihre Fäuste. Der Kurzgeschorene starrte sie wütend an. »Ergib dich, Kämpferin des Dardanus!«

Aelia zögerte. Ihre Kapuze war während der Flucht heruntergerutscht, und sie spürte einen kühlen Luftzug auf der Haut. Sie starrte auf das Schwert hinunter, das vor ihrer Brust aufblitzte. Vielleicht wäre es besser, jetzt einen schnellen Tod zu sterben. Alles wäre besser, als wieder zu Dardanus zurückzumüssen. Da fühlte sie Verinas Hand auf ihrer Schulter. »Aelia, bitte!«

Sie atmete tief die kalte Nachtluft ein. Langsam hob sie ihre Hand zum Zeichen, dass sie sich ergab.

Kapitel 6

Die Soldaten führten Aelia und Verina die Via Valentinian hinauf zum Palastviertel. Der Kurzgeschorene ging mit energischen Schritten vorneweg, der andere stieß sie grob vor sich her, wobei sein gezogenes Schwert ihnen oft gefährlich nahe kam.

Aelia fragte sich, wo sie sie wohl hinbringen würden – zurück zu Dardanus oder womöglich zu Marcellus. Liebe Götter, lasst es nicht Dardanus sein, flehte Aelia im Stillen. Marcellus könnte sie vielleicht noch davon überzeugen, Verina zu verschonen, wenn sie für ihn kämpfte.

Ihre Augen füllten sich mit Tränen. Kaum hatte sie Glück gehabt und die Freundin wiedergefunden, wurde dieses Glück wieder zerstört. Warum waren sie nicht vorsichtiger gewesen, als sie die Stadt durchquerten! Aelia fühlte eine warme Träne auf ihrem kalten Gesicht. Sie starrte auf ihre Stiefel, die feucht waren vom Schnee, fühlte den rauen Stoff von Verinas Mantel in ihrer Hand. Fest hielt sie den Arm der blinden Freundin umklammert.

Die Soldaten bogen in eine Seitenstraße und schritten an einem gewaltigen Gebäude entlang, das sich die ganze Straße hinzog und in dessen Mitte ein großes Torhaus lag. Aelias Herz stolperte vor Angst. Der Palast der Stadtwache! Er war das Schlimmste, das ihr passieren konnte, schlimmer noch, als zu Dardanus oder Marcellus zurückzumüssen. Hier waren die Verliese, in die man die Straßenkinder brachte, wie Dardanus ihnen erzählt hatte.

Die Soldaten nickten den Wachmännern zu, die das Tor für sie öffneten, und schoben die Mädchen hindurch. Ein weiter Platz, dessen Schneedecke von vielen Spuren aufgewühlt war, öffnete sich vor ihnen. Er war begrenzt von Säulengängen und an der gegenüberliegenden Seite von dem eigentlichen Palast, über dem sich eine Kuppel wölbte. In der Mitte des Platzes erhob sich eine Statue des Kaisers.

Die Soldaten führten die Mädchen durch einen der Säulengänge, von dem zahlreiche Türen abgingen. Aelia sah auf den roten Mantel des Kurzgeschorenen und musste an ihren Vater denken. Ob auch er einst durch diesen Gang geschritten war? Rasch schob sie die Erinnerung fort.

Der Kurzgeschorene öffnete eine Tür, nahm eine Fackel, die in einer Halterung brannte, und stieg eine Treppe hinab. Aelia zögerte. Kühl wehte die Luft aus dem Keller zu ihr herauf. Der Kerker! Wenn sie hier hineingingen, kämen sie nie wieder heraus.

»Warum werden wir eingesperrt?«, rief sie. »Wir haben nichts getan!« Der Soldat hinter ihr versetzte ihr einen Stoß.

»Runter mit dir!«, schnarrte er. Aelia konnte nur noch Verina fassen und festhalten. Die Treppe wand sich in ein Gewölbe hinunter, dessen Mauern aus groben Steinen geschichtet waren. Der Kurzgeschorene lief mit seiner Fackel den Gang voran. Von hier aus gingen mehrere andere Gewölbe ab, die mit Gittertüren vom Hauptgang abgetrennt waren. Vor einer Tür hielt er inne, zog einen Schlüssel hervor und öffnete sie. Der andere Soldat packte Verina und schob sie durch die Tür in das Gefängnis. Als Aelia folgen wollte, hielt er sie zurück. »Du nicht!«

»Warum nicht? Lasst mich bei ihr, sie ist blind! Sie braucht mich!«

Aber der Soldat schüttelte nur wortlos den Kopf und schloss die Tür. Hilflos sah Aelia, wie Verina das Gitter umfasste. Hinter ihr kauerten ein paar andere Gestalten.

»Nein!«, schrie Aelia. »Neiiin!« Laut hallten ihre Worte von den Wänden und klangen in ihren Ohren mit vielfachem Echo wider.

Verina streckte die Hand nach ihr aus. Ehe Aelia sie fassen konnte, schob der Soldat sie vorwärts, doch sie verpasste ihm einen Stoß und riss sich los. Der Soldat taumelte. Sie nahm Verinas Hand und drückte sie fest. »Wir kommen hier raus, verlass dich auf mich!«

Aus den Augenwinkeln sah sie den Kurzgeschorenen auf sich zukommen, dann spürte sie einen harten Schlag auf ihrem Kopf. Alles um sie herum versank in tiefe Nacht.

*

Als sie wieder erwachte, war es schon Tag. Licht fiel durch eine schmale Luke ihres Gefängnisses herein und blendete sie. Sie öffnete die Augen, blinzelte, aber das Licht tat so weh, dass sie sie schnell wieder schloss. Ihr Kopf schmerzte. Ihre Finger fuhren über die kratzige Wolldecke, auf die man sie gelegt hatte. Eine weitere Decke lag auf ihr, immerhin, aber dennoch waren ihre Glieder kalt und steif gefroren. Sie wälzte sich aus dem Licht, öffnete die Augen und sah sich um: ein steinernes Gefängnis umschloss sie. Die Gittertür, die den

Ausgang versperrte, hatte Kratzspuren auf dem blanken Fußboden hinterlassen.

Aelia war allein.

Der steinerne Boden strömte eine solche Kälte aus, dass mehrere Decken nicht gereicht hätten, sie zu wärmen. Es war, als dehnte sich unter ihr das Totenreich. Aelia erhob sich. Sie war in einem Kerker ähnlich jenem, in den man Verina gesperrt hatte, aber offenbar in einem anderen Teil des Gefängnisses. Der Gang wölbte sich leer und dunkel vor ihr. Gegenüber schimmerten weitere Gitterstäbe, aber dahinter regte sich nichts.

»Ist da wer?«, rief sie in die Dunkelheit hinein. »Antwortet!«

Nichts geschah. Niemand antwortete ihr. Aelia starrte in den Gang, bis sich ihre Augen an die Dunkelheit gewöhnt hatten. Da entdeckte sie am Ende des Ganges eine geschlossene Tür.

Also war sie allein. Allein in einem Kerker zwischen vielen anderen leeren Kerkern. Das war es also, was ihr die Flucht eingebracht hatte. Ihr Sieg über Eghild, das Wiedersehen mit Verina – es hatte nichts bewirkt und würde sie wahrscheinlich nur wieder zu Dardanus zurückführen. Oder – schlimmer noch – sie hier enden lassen.

Sie ließ sich auf ihr Lager zurücksinken und hielt sich ihren schmerzenden Kopf. Sie ergriff den Wasserbecher, den man ihr hingestellt hatte, und leerte ihn in einem Zug. Mehr noch als um sich selbst sorgte sie sich um Verina. Was würde mit ihr geschehen? Zu Dardanus konnte sie nicht mehr zurück, denn als Blinde wäre sie für ihn nicht mehr zu gebrauchen. Würde man sie wieder zu Bassus schicken? Oder sie einfach hier verkümmern lassen?

Aelia musste an Dardanus' Worte über die Kerker im Palast der Stadtwache denken und an die anderen Gefangenen bei Verina. Sie hatten nicht wie Kinder ausgesehen. Vielleicht hielt man die Kinder woanders gefangen oder man verkaufte sie sofort, nachdem man sie aufgegriffen hatte. Vielleicht hatte Dardanus aber auch gelogen. Nein, dachte Aelia, als die Stunden dahinkrochen und sich der Hunger allmählich in ihr breit machte, wir sind verloren, wir beide, Verina und ich. Wir wissen als Einzige von den verbotenen Kämpfen auf Leben und Tod, die immer noch in Treveris stattfinden, und könnten etwas verraten. Sie werden uns nicht mehr freilassen.

Doch dann, als sie schon nicht mehr damit rechnete, öffnete sich die Holztür im Gang und die beiden Soldaten, die sie festgenommen hatten, kamen zu ihr. Der Kurzhaarige öffnete mit finsterem Gesicht die Gittertür, zog einen Strick hervor und fesselte ihre Handgelenke, während sie der andere mit gezogenem Schwert bewachte.

Für so gefährlich hielten sie sie also, dass sie sie fesselten! Eigentlich hätte Aelia stolz sein können, aber sie war es nicht. Sie war nur erleichtert, als die beiden Soldaten sie aus dem Kerker führten. Sie brachten sie zum Palast am Ende des Hofes, über dem sich die Kuppel wölbte, und schritten die breiten Stufen zum Eingang hinauf. Die drei durchquerten eine mit Marmor ausgelegte Halle, dann einen langen Gang, auf dem die genagelten Stiefelsohlen der Männer hallten. Schließlich blieben sie vor einer mächtigen Tür stehen, bis der Soldat, der davor wachte, sie einließ.

»Das Mädchen, Vortrefflicher«, meldete der Kurzgeschorene und wartete auf weitere Befehle.

Der Präfekt stand am Fenster seines Arbeitszimmers. Das Licht eines trüben Wintertages fiel herein, wärmte aber kein bisschen. Trotz der Kälte, die in dem Zimmer herrschte, brannte das einzige Kohlebecken im Zimmer nicht, und der Präfekt trug keinen Umhang, sondern nur eine Tunika, die an den Säumen mit einer Bordüre besetzt war.

Er musterte Aelia kurz. Sofort erkannte sie ihn wieder: Es war Tertinius, der weißhaarige Offizier, der ihren Kampf in den Thermen verfolgt hatte.

»Danke, Lucanus«, sagte er und nickte dem Kurzgeschorenen zu, woraufhin alle Soldaten das Zimmer verließen. »Er ist mein bester Centurio. Du hast ihm einen mächtigen Schlag verpasst.«

Er wies Aelia den Platz auf dem Korbsessel gegenüber seinem Schreibtisch zu, während er selbst stehen blieb. Aelia setzte sich langsam auf den Sessel. Merkwürdigerweise war sie kaum erstaunt darüber, dass Tertinius der Präfekt war.

»Ich hasse das Gesindel, das sich im verfallenen Bezirk herumtreibt«, fuhr er fort. »Diebe, Bettler, Mörder – einer schlimmer als der andere. Bassus ist der Schlimmste von allen; er lügt, sobald er den Mund aufmacht. Aber dieses Mal hat er mir einen guten Dienst erwiesen.«

Er wies auf ein zusammengerolltes seidenes Bündel auf seinem Schreibtisch. Aelia warf einen Blick darauf und erkannte das Gewand, das sie bei ihrem Kampf getragen hatte. Sie merkte, wie die Kühle des Zimmers unter ihren Umhang kroch und sie zittern ließ.

»Bassus glaubte, du seiest eine entflohene Badesklavin, und verlangte eine hohe Summe für dich. Aber ich zog es vor, die Sache auf meine Art zu regeln.«

Aelia sagte nichts. Sie starrte auf das Seidengewand, und die Erinnerungen an jenen Abend krochen wieder in ihr hoch. Die Gäste am Beckenrand, der Duft nach Parfum und brennenden Fackeln, die Kühle im Becken, die bleiche Eghild.

Tertinius trat an seinen Schreibtisch. »In den Thermen hätte ich keine Kupfermünze für dich gegeben, obwohl ich deinen Sieg erhofft habe.«

Aelia schwieg und wich seinem Blick aus. Sie glaubte ihm kein Wort.

Er setzte sich auf den Schreibtisch und ließ sie nicht aus den Augen.

»Du wusstest nicht, dass es ein Kampf auf Leben und Tod war, nicht wahr? Man hat dich nicht darauf vorbereitet.«

Als Aelia nichts sagte, fuhr er fort: »Die Leute hier sind versessen auf Kämpfe, vor allem auf die Mädchenkämpfe. In Wahrheit aber suchen sie nur Ablenkung. Sie sind verzweifelt und wütend. Seit den Barbarenüberfällen ist nichts mehr wie früher.«

Aelia schwieg. Sie hätte ihm am liebsten erwidert, dass er selbst Zuschauer gewesen war und der Kampf nur mit der Duldung durch ihn, dem Präfekten der Stadt, hatte stattfinden können, ja, dass er vielleicht sogar selbst daran verdiente, aber sie hielt sich zurück.

»Du hast sicher noch nie einen Schild geführt, nicht wahr?«

Aelia sagte nichts.

Tertinius seufzte. Er stand auf, ging ans Fenster, sah eine Weile hinaus. Dann drehte er sich wieder um, trat hinter seinen Schreibtisch und maß sie mit einem kalten Blick.

»Ich mag es nicht, wenn man nicht mit mir redet. Du solltest dir klar sein, dass dein Leben und das deiner Freundin in meiner Hand liegen. Ich könnte euch ohne Weiteres zu Dardanus zurückschicken, wenn ich will. Oder wäre dir Marcellus lieber? Oder Bassus?«

Aelia starrte ihn an. Widerwillig schüttelte sie den Kopf.

»Gut.« Ein kleines Lächeln huschte über sein Gesicht. »Was kannst du noch außer Faustkampf?«

Aelia verstand nicht, worauf er hinauswollte. Wäre es besser, wenn sie ihm alles verriete? Oder würde ihr das nur schaden?

»Sarus hat uns auch den Stockkampf beigebracht.«

»Den Stockkampf? Was ist das denn für eine Art zu kämpfen?«

»Er hat sie von einem Hunnen gelernt. Man kann auch einen starken Ast nehmen – zur Not.«

»Und damit den Gegner aufspießen?«

»Ein Stock kann eine gute Waffe sein, wenn man kein Schwert hat.«

»Nun ja, mag sein. In den hunnischen Steppen vielleicht.« Tertinius lächelte spöttisch. »Aber du kannst auch das Messer werfen, richtig?«

Aelia nickte und sah auf ihre schmutzigen Schuhe herunter. Als sie wieder zum Präfekten aufsah, bemerkte sie den erstaunten Ausdruck auf seinem Gesicht. Er ließ sich in seinen Sessel sinken und verschränkte die Arme vor der Brust. »Sieh mal einer an! In der Abgeschiedenheit von Dardanus' Villa werden Soldatinnen ausgebildet. Man sollte ein Auge auf das Haus haben.«

Er nahm den Stilus von seinem Schreibtisch und drehte ihn nachdenklich in der Hand.

»Diese Barbarin – wie hieß sie noch gleich?«

»Eghild.«

»Ja, richtig. Was weißt du von ihr?«

Es gab Aelia einen schmerzlichen Stich, an Eghild denken zu müssen. Warum fragte er nach ihr? Was ging sie ihn jetzt noch an, wo sie tot war? Aelia antwortete nicht, und Tertinius' Miene verschloss sich, sein Blick wurde kalt wie der Raum, in dem sie saßen.

»Ich dachte, wir arbeiten zusammen«, sagte er. »Hast du nicht begriffen, dass ich dich wieder zu Dardanus zurückschicken werde, wenn du mir nicht sagst, was du weißt?«

»Wer sagt mir, dass du mich nicht wieder zu ihm schickst, wenn ich alles verraten habe? Was willst du überhaupt von mir, Präfekt?«

»Langsam, eins nach dem anderen. Du erzählst mir, was du weißt, denn du hast gar keine andere Wahl. Also, wer war Eghild?«

»Ich weiß es nicht.«

»Verdammt!« Der Präfekt warf den Stilus zurück auf den Tisch. »Du wirst mir jetzt sagen, was du weißt oder ich lasse dich und deine blinde Freundin im Kerker, bis du redest!«

Er sah aus, als würde er nicht zögern, seine Drohung wahrzumachen. Aelia knetete ihre Hände, während die Angst ihr den Nacken herunterlief. »Herr«, sagte sie versöhnlicher, »ich weiß wirklich nichts über sie. Wir waren keine Freundinnen.«

»Aber ihr habt euch bei Dardanus eine Kammer geteilt!«

»Woher weißt du das?«

Tertinius' Hände schlugen auf die Sessellehnen. »Beim Allmächtigen! *Ich* stelle hier die Fragen! Also zum letzten Mal: Sag mir alles, was du über sie weißt.«

Mit Mühe zwang sich Aelia, an Eghild zurückzudenken. Sie dachte an das bleiche Wesen, das abends vor der Luke ihrer Kammer gestanden hatte, und auf einmal durchzuckte sie Reue. Hätte sie Eghild doch nur mehr beachtet! Was hätte sie nicht alles herausfinden können, wenn sie nicht so abweisend gewesen wäre!

Sie schluckte mit Mühe den dicken Kloß herunter, der in ihrem Hals steckte. »Sie ... kannte geheime Beschwörungssprüche. Sie stand oft am Fenster und murmelte Gebete zu einer ... Göttin.« Aelia musste daran denken, wie sie jeden Abend Eghilds Gebete belauscht hatte. Sie hatte jedes Wort verstanden.

Tertinius machte eine wegwerfende Handbewegung. »Hat Eghild dir erzählt, wo sie den Schwertkampf gelernt hat?«

Aelia starrte auf eine Schriftrolle, die neben mehreren Wachstafeln ausgebreitet auf seinem Schreibtisch lag. Linien waren darauf eingezeichnet wie auf einem Spinnennetz, nur nicht so regelmäßig.

»Wir haben nie darüber gesprochen. Es ist mir nur aufgefallen, dass sie den Stock anfangs wie ein Schwert geführt hat.«

»Nun, wir kennen die Franken lange genug. Keine Frau führt bei ihnen eine Waffe. Hat sie dir nie erzählt, wie sie zu Dardanus kam? Woher sie kam? Etwas über ihren Stamm?«

»In Dardanus' Haus sprach man nicht über seine Vergangenheit.«

Der Präfekt musterte Aelia lange. Vom Hof her erklangen die Schritte vieler Soldaten und die Befehle der Offiziere. Dann zog er einen Lederbeutel aus seinen Gewandfalten und stülpte ihn um. Ein goldener Ring mit einem schwarzen Stein fiel auf die Eichenholzplatte.

»Bassus war so nett, mir diesen Ring zu überlassen, den er bei dir gefunden hat. Wo hast du ihn her?«

Aelia betrachtete Eghilds Ring. Sie dachte daran, wie sie ihn entdeckt hatte. Sie schloss die Augen, schob den Gedanken fort. »Ich habe ihn geerbt«, murmelte sie. »Von meinem Großvater.«

Tertinius' Miene wurde starr. Seine Augen funkelten wütend. »Du lügst. Ich habe gehört, wie Eghild dich nach dem Ring fragte. Du hast sie angelogen.«

»Du sprichst Fränkisch, Herr?«

Tertinius seufzte. »Gib zu, dass du ihn gestohlen hast!«

Aelia wich seinem Blick aus und sah auf die Schriftrolle. Zwischen den Linien waren Worte eingezeichnet. »Ja, es ist Eghilds Ring. Ich habe ihn ihr gestohlen.«

»Warum?«

Aelia antwortete nicht. Tertinius trommelte mit den Fingern auf seine Sessellehnen, während er sie nachdenklich musterte. »Du bist ein seltsames Mädchen, Aelia. Du bist kaltblütig genug, Eghild zu bestehlen, aber du beschützt Verina und lässt dich verhaften, wo du ohne Weiteres hättest fliehen können. Du hast Eghild nicht gemocht, nicht wahr?«

Aelia nickte.

»Was wolltest du mit dem Ring?«

»Warum ist das jetzt noch wichtig? Eghild ist tot und der Ring ist hier.«

Der Präfekt beugte sich in seinem Sessel vor. Seine Augen blickten kalt aus seinem geröteten Gesicht, über dem seine Haare wie Schnee hingen. Ein Wintermensch, dachte Aelia, frostig und kalt.

»Hast du immer noch nicht begriffen, dass *ich* hier die Fragen stelle?«, zischte er. »Ich könnte dich wegen Diebstahls und deine Freundin wegen Bettelei im Kerker verrotten lassen, und niemand würde es je erfahren. Also sag mir, was ich wissen will, verdammt noch mal!«

Aelia wich vor ihm zurück. Sie spürte auf einmal wieder, wie die Stricke in ihre Handgelenke schnitten. Sie musste ihm sagen, was er wissen wollte.

»Ich fand den Ring zufällig, als mir ein loses Brett im Boden unserer Schlafkammer auffiel. Wir alle haben unsere kleinen Schätze, und ich wollte wissen, welchen Eghild hat. Als ich den Ring sah, dachte ich, dass er ein Beutestück ist, und ich dachte, dass sie kein Anrecht darauf hat, ihn zu besitzen.«

»Und deshalb hast du ihn genommen.«

Aelia nickte. »Die Barbaren haben unsere Stadt überfallen und geplündert. Es ist deshalb nur gerecht, wenn etwas von ihrer Beute wieder in unsere Hände kommt.«

Tertinius lächelte.

»Du hasst also die Barbaren. Dennoch sprichst du Fränkisch. Wo hast du es gelernt?«

»Wolltest du nicht alles über Eghild wissen, Herr? Ich habe dir erzählt, was ich weiß.«

»War dein Vater ein Franke? Oder deine Mutter?«

Aelia zögerte. Sie wollte so wenig wie möglich über ihre Eltern preisgeben. »Mein Vater war es, er brachte mir seine Sprache bei, aber ich spreche sie nicht gut. Als er starb, war ich noch klein.«

»Dein Vater war also ein Franke. Und trotzdem hasst du die Barbaren?«

»Ich habe kaum noch Erinnerungen an ihn.«

»Und deine Mutter?«

»Sie war Römerin.«

»Sie ist auch tot, nehme ich an?«

Aelia schluckte. Stumm nickte sie. »Es gibt wenige Menschen, die zwei Muttersprachen sprechen. Das kann sehr nützlich sein.«

»Was geschieht nun mit mir? Willst du mich auf dem Sklavenmarkt verkaufen?«

Tertinius schüttelte den Kopf.

»Dann soll ich wieder kämpfen?« Aelia erhob sich. »Aber ich werde nicht mehr kämpfen! Für niemanden!«

»Setz dich«, sagte Tertinius ruhig. »Du bist ein mutiges Mädchen, aber ich habe nicht vor, dich wieder zu Kämpfen zu schicken.«

»Was dann? Soll ich in ein Hurenhaus? Oder Badesklavin für die Soldaten sein?«

Der Präfekt lächelte freudlos. »Setz dich oder ich rufe meine Männer.«

Aelia ließ sich auf den Rand der Sitzfläche nieder.

»Du wirst etwas für mich tun.« Tertinius legte eine kleine Pause ein.

»Was soll das sein?«

»Wie ich schon sagte«, fuhr Tertinius fort, »weder Dardanus noch Marcellus noch sonst wer, der in der Nacht der Wintersonnenwende in den Thermen war, wissen, dass wir dich gefunden haben. Bassus denkt sicher, du seiest geflohen. Es gibt niemanden mehr, der dich vermisst, dich und deine Freundin. Es gibt euch sozusagen gar nicht mehr.«

Aelia schossen die Tränen in die Augen, während Tertinius sie beobachtete. »Euer Leben liegt in meiner Hand. Wenn du tust, was ich dir sage, wird euch beiden nichts geschehen.«

Aelia schluckte ihre Tränen hinunter. »Uns beiden, sagtest du, Herr?«

»Ja, euch beiden. Du tust, was ich dir sage, und ich sorge dafür, dass es deiner Freundin gut geht. Ich lasse sie an einen sicheren Ort bringen.«

»Wohin?«

»Das wirst du noch erfahren.«

»Und ich?«

»Auch das wirst du noch erfahren. Nur so viel für den Anfang: Du wirst etwas für das Reich erledigen. Wenn du alles machst, was ich von dir verlange, schenke ich dir und deiner Freundin die Freiheit. Weigerst du dich aber ...«

Seine Worte verhallten zwischen den kalten Mauern seines Arbeitszimmers und schwangen in Aelia wider, als kämen sie aus einer fernen Welt. Die Freiheit, hämmerte es in ihrem Kopf. Freiheit für Verina und sie. Freiheit, das war etwas, das sie seit ihren Kindertagen bei ihrer Mutter nicht mehr kannte, ja, eigentlich nie wirklich kennengelernt hatte. Es erschien ihr so fremd wie begehrenswert, etwas, das man sich wünschte und von dem man gleichzeitig ahnte, dass man es nie bekommen würde.

»Was muss ich dafür tun?«

Tertinius erhob sich, trat hinter seinen Sessel und legte seine Hände auf die Lehne.

»Du musst unserem Reich helfen. Es ist umzingelt von Feinden«, begann er. »Die Goten, die Vandalen, die Hunnen, die Franken, alle dringen in unser Land ein und versuchen, sich einen Teil davon zu nehmen. Es sind nicht mehr dieselben Barbaren wie früher. Ihre Stämme schließen sich zu mächtigen Verbünden zusammen, aus denen sie ihre Anführer bestimmen, und diese Großreiche werden gefährlich für uns.«

Er legte eine kleine, bedeutungsvolle Pause ein.

»Du fragst dich jetzt sicher, was das alles mit dir zu tun hat. Nun, mehr als du denkst. Als Militärpräfekt von Treveris muss ich für die Sicherheit unserer Stadt und ihres Umlandes sorgen, und ich habe nicht vor, Feuer zu löschen, sondern werde schon die Brandherde ersticken. Der Heermeister Aetius hat mehr als genug mit gewaltigen Bränden im Reich zu tun. Unserer Präfektur in Arelate ist darum sehr daran gelegen, dass hier in Nordgallien Ruhe herrscht.«

Aelia verstand nur wenig von seinen Worten. Sie fragte sich immer noch, worauf er hinauswollte.

»Die fränkischen Stämme in unserer Nähe sind ruhig, von ihnen haben wir nichts zu befürchten. Die größere Gefahr für das Reich droht uns aus dem Norden.«

»Was soll ich tun?«, fragte Aelia leise.

»Du wirst eine Reise machen, im Frühjahr, wenn die Straßen wieder passierbar sind. Zuerst aber lasse ich dich zu jemandem bringen, der dich auf deine Aufgabe vorbereiten wird.«

»Was wird das für eine Aufgabe sein?«

»Das werde ich dir noch sagen, später, alles zu seiner Zeit. Du wirst diesem Mann in allem gehorchen, was er sagt, und nicht fliehen. Dann wird auch deiner Freundin nichts geschehen.«

»Woher weiß ich, dass es ihr gut geht?«

Tertinius erhob sich. »Was glaubst du, Mädchen? Ich bin kein Barbar. Ich gebe dir mein Wort, das muss reichen.«

Er rief nach den Soldaten, dann trat er ans Fenster und sah in den Hof.

Aelia sprang auf, als die Soldaten kamen und sie packten, denn sie erfasste Angst, Tertinius könnte es sich wieder anders überlegen und sie doch noch in den Kerker werfen lassen. Sie kämpfte sie nieder. »Bitte, ich möchte meine Freundin sehen.«

Doch der Präfekt rührte sich nicht. Erst als sie an der Tür waren, sagte er: »Später, alles zu seiner Zeit.«

Seine Stimme ließ sie erschauern. Sie klang wie ein Todesurteil.

Kapitel 7

Treveris, im Frühjahr 442

Am ungeschützten Ufer der Mosella gegenüber der Stadt, wo sich die Straße nach Colonia bald in den alten Weinbergen verlor, lebte seit dem ersten Barbarenüberfall niemand mehr. Das Dorf, das es hier einst gegeben hatte, war verschwunden, und vom Tempel des Lenus Mars erhoben sich nur noch die Ruinen am Berghang. Doch weiter oben am Berg, unweit einer Quelle, schmiegte sich eine Hütte an den Waldrand. Niemand würde es wagen, hier, außerhalb der schützenden Stadmauern, noch zu leben, es sei denn, er war so alt, dass er den Tod nicht mehr fürchtete, oder selbst Barbar.

Wala war beides, und deshalb hatte er keine Angst vor den Barbaren. Niemand würde sich die Mühe machen, einen alten Mann zu überfallen und ihm die wenigen Habseligkeiten zu rauben, die er besaß, meinte er, und es schien, als hätte er Recht.

Er war auch verrückt genug, jetzt, in den ersten Tagen des März, ein Bad im eiskalten Quellwasser zu nehmen. Das steinerne Becken, das von der Quelle der Göttin gespeist wurde, musste vor langer Zeit, noch bevor der Tempel am Fuß des Berges erbaut worden war, errichtet worden sein.

Aelia saß am Rand des kleinen Beckens und beobachtete, wie der alte Mann durch das Wasser watete. Die Tunika schlotterte um seinen knochigen Leib, er zitterte und hatte blaue Lippen, aber trotzdem durchquerte er das Becken mit einer Entschlossenheit, die eher zu einem jungen Mann gepasst hätte.

Aelia fragte sich nicht zum ersten Mal, wie alt Wala war. Sie hatte die letzten Wintermonate mit ihm in seiner Hütte gelebt und das Leben einer Einsiedlerin geführt. Sie hatte seinen Geschichten zugehört und mit ihm das Wenige gegessen, das Woche für Woche aus dem Palast der Stadtwache gekommen war. Sie hatte gelernt, wie man sich im Wald zurechtfindet und Tierfallen aufstellt, wie man Tiere häutet, ausnimmt und zubereitet, wie man mit ein paar Äpfeln und etwas Hirse einen schmackhaften Brei zubereiten konnte und welche der Kräuter, die überall an Schnüren in Walas Hütte hingen, gegen nicht enden wollenden Winterhusten oder Übelkeit halfen. Wala war einmal Arzt gewesen, in seinem früheren Leben, wie er sagte, bei einer Einheit des Grenzheeres, die Tertinius angeführt hatte. Er war kein richtiger Arzt, keiner im römischen Sinne, sondern nur ein Heiler aus einem fränkischen Dorf jenseits des Rhenus, in dem er gelebt hatte, bevor er mit seinem Stamm während eines Hungerwinters den zugefrorenen Fluss überquert hatte und ins römische Reich eingedrungen war. In jenem härtesten Winter seit Menschengedenken hatte er zu den ersten Franken gehört, die Treveris überfallen und geplündert hatten, weil die Not sie dazu getrieben hatte, und war dann in römische Gefangenschaft geraten. Nachdem die Barbaren besiegt worden waren, hatte er Tertinius als Sklave gedient, zuerst als Truppenarzt, später als Freigelassener. Seitdem er in der Hütte lebte, hatte er dem Präfekten alles zugetragen, was in den Wäldern geschah, und ihn gewarnt, wenn sich dort etwas Verdächtiges regte – ein wichtiger Außenposten einer geschwächten Stadt, die sich von ihren Feinden bedrängt sah.

Wala besaß das Vertrauen des Präfekten, nicht nur, weil er diesem schon so lange diente, sondern auch, weil er sowohl die fränkische als auch die römische Lebensweise kannte und aus der Klugheit beider Völker schöpfen konnte. Das war etwas, das Männer wie Tertinius zu schätzen wussten.

Wala war klug. Er hatte die Falten von Jahrzehnten im Gesicht und die Weisheit von Jahrhunderten in den Augen, und er glaubte fest an die erneuernde Kraft eines Bades im Quellwasser der Göttin.

Dort, wo die heilige Quelle aus dem Grund des Felsens austrat und das Becken speiste, hielt er inne, wandte sich triumphierend zu Aelia um und lachte. »Siehst du! Es geht! Es ist wunderbar!«

Er drehte sich im Kreis, als wollte er tanzen. »Komm rein!«, rief er. »Die Göttin wird dir ein neues Leben schenken!« Er kicherte wie ein kleiner Junge, und um ihr zu beweisen, dass das Wasser tatsächlich jene heilenden Kräfte hatte, von denen er immer sprach, dann spritzte er sie nass.

Aelia zuckte zusammen, aber sie verzog keine Miene. Der Alte war wirklich verrückt. Die Märzsonne wärmte noch nicht, und aus dem kalten Boden waren gerade mal die ersten grünen Sprösslinge hervorgekrochen, da musste er ein Bad im Quellwasser nehmen!

Er spritzte sie wieder nass. »Komm rein, das wird dir gut tun!«

Sie konnte gut darauf verzichten. Es war schon schlimm genug, dass sie Fränkisch mit ihm sprechen musste. Mit einem Starrsinn, der alten Menschen oft zu eigen ist, hatte Wala von Anfang an darauf bestanden, dass sie in der Sprache seiner Vorfahren mit ihm redete, jene Sprache, die sie nie mehr sprechen wollte. Sie hatte sich lange geweigert und ihm anfangs nur widerwillig zugehört. Aber dann hatte sie an Verina gedacht und daran, dass sie Wala in allem gehorchen musste, damit der Freundin nichts geschah, und hatte sich widerwillig gefügt. Aber sie musste ja nicht mit ihm im Quellwasser baden!

»Schau her!«, rief Wala und tauchte unter, bis das Wasser sich über ihm schloss. Lange blieb er unten, während sein schütteres Haar sich im Wasser ausbreitete, als wollte es fliegen. Aelia sah Luftbläschen aufsteigen, als der alte Mann die Atemluft langsam ausstieß, doch sie blieb still am Felsrand sitzen. Oh nein, er würde sie nicht täuschen! Sie kannte alle Tricks, mit denen die Kämpfer versuchten, sich gegenseitig hinters Licht zu führen. Sie würde sich von seiner vorgespielten Ohnmacht nicht überlisten lassen.

Doch Wala tauchte nicht wieder auf. Nach einer endlos scheinenden Weile, in der keine Luftbläschen mehr gekommen waren, trudelte sein alter Körper im Wasser. Aelia sprang auf. Verdammt noch mal! Wenn der Alte jetzt den Kältetod stürbe, würde man ihr womöglich noch die Schuld daran geben und Verina nie mehr aus dem Kerker lassen. Sie hob einen Fuß, tauchte ihn ins Wasser. Meine Güte, war das kalt! Aelia holte tief Luft, gab sich einen Ruck und ließ sich langsam ins Wasser gleiten, bis ihre Füße den felsigen Grund erreicht hatten. Hel und Ungeheuer! Das Eiswasser durchbohrte ihre Haut und wollte ihr schier das Fleisch von den Knochen reißen. Sie watete zu Wala, packte den alten Mann und richtete ihn auf. Doch kaum hatte sie das getan, kam er von selbst wieder auf die Beine und rang nach Luft. Er keuchte. »Ich dachte schon, du würdest nie mehr kommen!«

Aelia fühlte, wie ihr Herz vor Wut und Angst klopfte. »Du jagst mir einen solchen Schrecken ein?«

Sie schöpfte einen Schwall Wasser mit ihren Händen und schleuderte ihn gegen den alten Mann, der sich mit einer zischenden Fontäne wehrte. Eine Wasserschlacht entstand, in der das Wasser hin- und herflog, bis beide vollkommen durchnässt waren.

»Es ist gut, dass du im Quellwasser gebadet hast«, lächelte Wala zufrieden, als sie zur Hütte zurückgingen. »Es wird dir deine Kräfte zurückgeben.«

Aelia schüttelte den Kopf.

Aber insgeheim musste sie doch lächeln – das erste Mal seit langer Zeit.

Sie gingen zurück in die Hütte, trockneten sich, aßen etwas und wärmten sich am Feuer. Kaum fühlte Aelia wieder die Wärme ihren Körper durchströmen, klopfte es an der Tür. Wala erhob sich und ging hinaus. Bald hörte Aelia Stimmen von draußen. Sie schlich sich zur Tür.

Tertinius sprach mit Wala vor der Hütte am Waldrand. Sein roter Offiziersmantel hob sich leuchtend vom hellblauen Frühlingshimmel ab. Sein Centurio Lucanus und ein anderer Offizier warteten in gebührendem Abstand. Tertinius sprach so leise, dass Aelia nicht verstehen konnte, was er sagte. Sie trat näher an den Türspalt heran und lauschte.

»… ist sie bereit?«

Wala erwiderte etwas, das sie nicht verstand. Tertinius nickte. Er sah bleich aus, sein Gesicht war schmaler als sonst.

»Bist du dir sicher?«, fragte Wala.

»Wie kann man jemals sicher sein? Mein Mann im Norden ist tot und die Zeit drängt. *Er* lässt mir keinen Aufschub. Er verlangt, dass jemand zu ihnen geht.«

»Gewiss, Vortrefflicher. Niemand kennt sich so gut aus wie du«, schmeichelte Wala in beschwichtigendem Tonfall. »Weiß *er* denn –«

»… dass es diesmal ein Mädchen ist? Gott bewahre!« Tertinius lächelte flüchtig. »Es wird reichen, dass er es weiß, wenn sie erst dort ist. Ungewöhnliche Zeiten erfordern ungewöhnliche Wege.«

»Wohl gesprochen, Präfekt«, sagte Wala. »Ich muss zugeben, dass das Mädchen eine angenehme Gesellschafterin war. Ich werde sie vermissen.«

»Das musst du nicht, Wala, du wirst sie begleiten.«

Wala erwiderte nichts. Eine Weile lang war nur das Vogelgezwitscher aus dem Wald zu hören. Dann sagte er so leise, dass Aelia ihn kaum verstand: »Du willst auf dein Ohr im Wald verzichten?«

»Ich verzichte ungern auf die Weisheit deines Ratschlags. Aber ich brauche dich bei ihr. Niemand kennt die Tücken der nordgallischen Einöden besser als du.«

»Aber Vortrefflicher, vergiss nicht das Können deiner Männer.«

Tertinius machte eine wegwerfende Handbewegung.

Wala sah schweigend auf den Waldboden, seine Gestalt schien in sich zusammenzusinken. Eine Weile sah er so mutlos aus, dass er Aelia leid tat.

»Nun, du musst in großen Nöten sein, wenn du einen alten Mann wie mich mit dieser Aufgabe betraust, Herr«, sagte er schließlich. »Willst du, dass ich mein Leben fern der Heimat beschließe?«

»Gewiss nicht. Nichts würde mich mehr erfreuen, als dich noch vor Jahresfrist lebendig an Leib und Seele wiederzusehen. Aber ich brauche Männer, denen ich vertraue und auf die ich mich verlassen kann.«

Ein kleines Lächeln spielte um Walas verdörrte Lippen. »Vortrefflicher, ich mache mir nichts vor, was dein Ansinnen betrifft. Du schickst ein Mädchen und einen alten Mann, weil du auf keinen deiner Männer verzichten willst.«

Tertinius stemmte die Arme in seine Hüften. »Mein Guter, ich hatte gehofft, dich nie daran erinnern zu müssen, aber nun muss ich es doch. Du bist mir etwas schuldig.«

Wala seufzte tief. »Du brauchst mich nicht an meine alten Schulden zu erinnern, Vortrefflicher, die kenne ich selbst. Noch habe ich mein Gedächtnis nicht verloren. Ich werde meine Habseligkeiten zusammenpacken, und du gibst uns einen Mann zu unserem Schutz mit.«

Mit diesen Worten wandte er sich vom Präfekten ab und ging zur Hütte.

»Das Mädchen ist Schutz genug«, sagte Tertinius.

Aelia trat aus der Hütte, stapfte durch das vom Morgentau noch feuchte Gras zu Tertinius und verbeugte sich knapp.

»Wo ist Verina?«, fragte sie nach einer kurzen, gerade noch standesgemäßen Begrüßung. »Geht es ihr gut?«

Tertinius musterte Aelia von oben bis unten, als sähe er sie zum ersten Mal. »Deine Haare stehen dir gut!«

Wala hielt inne und wandte sich um. »Ja, ist sie nicht hübsch, Vortrefflicher? Viel zu hübsch!«

»Lass mich meine Freundin sehen, bevor du mich wegschickst, Herr. Du hast es mir versprochen!«

Tertinius rieb sich das Kinn. Er winkte einem seiner Männer, der daraufhin ein Stoffbündel hervorzog und es Aelia gab. »Zieh das hier an. Deine Freundin wirst du gleich sehen.«

Als Aelia sich nicht rührte, fuhr er sie an: »Na los, worauf wartest du noch? Euer Schiff liegt schon im Hafen!«

Da verschwand sie in der Hütte, um sich umzuziehen. Sie würde

Verina sehen, gleich! Die ganze Zeit über hatte sie sich gefragt, wo die Freundin wohl wäre und wie es ihr ginge. Sie wäre längst in den undurchdringlichen Wald geflohen, wenn Wala ihr nicht immer wieder versichert hätte, dass sie dem Präfekten vertrauen könnte und es Verina bestimmt gut ginge, solange sie tue, was er verlange. Er sei ein Mann, der sein Wort halte.

Sie schlüpfte in die Gewänder, die Tertinius ihr mitgebracht hatte – eine schlichte Tunika aus braunem Leinen, Beinkleider, einen Wollmantel –, Männerkleidung. Ein guter Einfall, dachte sie, als sie sich den breiten Ledergürtel um die Hüften schlang, mit den kurzen Haaren kann man mich auf den ersten Blick wirklich für einen Mann halten.

Tertinius nickte zufrieden, als sie wieder vor die Hütte trat. »Ihr werdet als einfache Reisende unterwegs sein. In Gegenwart von Fremden wirst du nur das Nötigste sprechen und das Reden Wala überlassen, verstanden?«

Aelia nickte, obwohl sie nicht wusste, was er mit ihr vorhatte. Sie würde aber alles tun, wenn er nur sein Wort halten und Verina und ihr die Freiheit schenken würde. Sie beobachtete, wie Wala seine Hütte verschloss und ein Schutzzeichen davor in die Luft malte. Tränen standen in seinen Augen, als er sich zu ihr umwandte. Er zog sie an ihrer Tunika ein paar Schritte weiter, zu jener Stelle, von der aus sie hinunter ins Tal blicken konnten. Unterhalb der Weinberge am östlichen Ufer, auf einer lang gestreckten erdigen Fläche, lag Treveris wie ein weißer Flecken am silbernen Fluss, umgeben vom ersten frischen Grün des Frühlings.

Wala bückte sich und griff mit seinen dünnen Händen in die Erde. »Hier«, sagte er zu Aelia und öffnete seine Hand. »Nimm das, verwahre es gut. Dann kommst du eines Tages wieder zurück.«

Sie sah auf die feuchten Klumpen in seiner Hand, und die Angst kroch ihr langsam den Rücken herauf. Sie nahm die Erde und ließ sie in die eingenähte Tasche ihrer Beinkleider gleiten. Dann folgten sie den Soldaten den Berg hinab zum Wagen, der am Flussufer auf sie wartete.

Sie fuhren nicht sofort zum Hafen, sondern die Via Valentinian hinauf, um die Stadt durch das südliche Tor, die Porta Media, wieder zu verlassen. Gewaltig ragten die beiden Türme des Stadttores vor ihnen auf. Auf einen Wink von Tertinius' Männern öffneten die Wachsoldaten die mächtige Tür zwischen den Türmen und ließen den Wagen hindurch. Langsam rumpelten sie über die alte steinerne Straße, die stadtauswärts nach Mettis führte. Aelia nahm das Leder fort, das die Öffnung in der Tür des Reisewagens verschloss, und sah hinaus. Grabsteine säumten ihren Weg – unter ihnen große, verzierte Monumente, die sich reiche Römer für die Ewigkeit geschaffen hatten. Ihre verwitterten Steine trugen Inschriften, die sie nicht lesen konnte.

Im Hof des Klosters St. Eucharius hielt ihr Wagen an. Tertinius machte Lucanus ein Zeichen und stieg aus der Kutsche. Der Offizier packte Aelia grob, zog sie aus dem Wagen und folgte ihm. Er schien ihr den Faustschlag immer noch übel zu nehmen. Sie blinzelte in das Tageslicht. Vor ihnen lag ein Friedhof, in dessen Mitte sich eine kleine Kirche erhob. Auf ihrem roten Ziegeldach prangte ein eisernes Kreuz. Tertinius gebot Aelia, ihm zu folgen, und ging zur Kirche. Er stieg die Stufen zum Eingang hinauf, warf eine Kupfermünze in das Körbchen einer Magd, die dort kauerte, und verschwand im Inneren der Kirche. Die Magd trug einen Kapuzenmantel, unter dem hellblondes Haar hervorlugte, und eine Augenbinde. Als sie die Münze klimpern hörte, lächelte sie und bedankte sich.

»Gott wird es dir vergelten.«

Verina! Aelia öffnete den Mund, um etwas zu sagen, doch da drückte Lucanus ihr seine Hand auf den Mund. »Ein Laut und sie stirbt!«, zischte er an ihrem Ohr, während er sie mit dem anderen Arm festhielt.

Aelias unterdrückter Schrei würgte in ihrer Kehle. Nur mit Mühe widerstand sie dem Drang, sich loszureißen und auf die Freundin zuzustürzen. In ihren Armen zuckte es, doch Lucanus merkte es und verstärkte seinen Griff. Mit Tränen in den Augen beobachtete Aelia, wie Verina das Körbchen umklammerte, während sie sich artig bei jedem Pilger bedankte, der eine Münze hineinfallen ließ.

Tertinius kam wieder aus der Kirche. »Hast du genug gesehen?«, fragte er leise. Die beiden Soldaten nahmen Aelia in die Mitte und schoben sie zurück zum Wagen, der auf dem Hof auf sie wartete.

Aelia blickte sich nach Verina um, die immer noch ahnungslos an der Kirchentür saß, als Tertinius ihren Arm nahm und sie in den Wagen schob, in dem Wala auf sie wartete.

Die Tür schlug zu, der Wagen rollte vom Hof. Aelia wagte es nicht, noch einen Blick hinauszuwerfen, aus Angst, in Tränen auszubrechen. Erst als sie ein Stück gefahren waren, gelang es ihr, den Kloß im Hals herunterzuschlucken.

»Deiner Freundin geht es gut«, erklang die Stimme des Präfekten aus dem Dunkel des Wagens. »Das wird so bleiben, solange du tust, was ich dir sage. Hast du verstanden?«

Aelia nickte. Es gelang ihr kaum, seiner Stimme zuzuhören, die von Barbarenvölkern redete, die das Reich umzingelt hätten, von Bündnisverträgen, die das Pergament nicht wert seien, auf dem sie stünden, von der Notwendigkeit, die Feinde zu beobachten.

»… im Norden gibt es einen fränkischen König, der …« Der Präfekt stockte kurz und fuhr dann fort: »Wala wird dich an seinen Hof bringen, er kennt den Weg. Du wirst dort bleiben und meinem Mittelsmann alles von ihm berichten, bis du einen anderen Befehl erhältst.«

Seine Stimme klang fremd. Die Räder rumpelten über die Steine der Straße. Aelia hatte plötzlich das Bedürfnis, das Leder in der Tür wegzureißen, um Licht und Luft hereinzulassen, aber sie wagte es nicht.

»Ich soll für dich spionieren?«, fragte sie mit zitternder Stimme.

»Wenn du es so nennen willst, ja.«

»Aber …«

»Kein Aber. Wala wird in deiner Nähe bleiben, bis du sicher am Königshof bist.«

Aelia schluckte, um ihre aufsteigende Angst niederzukämpfen. »Wie lange?«

»Bis du einen anderen Befehl erhältst.«

»Wie wird das gehen?«

»Wenn du am Königshof angekommen bist, wird Wala dir unseren Mann schicken. Er ist immer in deiner Nähe. Ihm wirst du alles sagen, was du herausgefunden hast, und er wird es weitergeben. Auf demselben Weg wirst du auch Befehle von mir erhalten.«

»Warum bleibt Wala nicht dort?«, fragte Aelia. Sie hörte Tertinius in der Dunkelheit leise seufzen. »Vertrau mir, ich mache das nicht zum ersten Mal. Ich sage dir genau so viel, wie du für deinen Auftrag wissen musst. Zuviel Wissen schadet nur.«

»Du meinst, je weniger ich weiß, desto weniger kann ich verraten, wenn sie mich entdecken.«

Tertinius schwieg eine Weile. »Sie werden dich nicht entdecken, wenn du geschickt genug bist. Wenn du allerdings fliehst oder dich auf andere Weise deinem Auftrag zu entziehen versuchst, wird deine Freundin sterben. Wenn du mir alles berichtest und tust, was ich dir sage, werde ich euch beiden die Freiheit schenken.«

Aelia nickte. Sie merkte, wie sie zu zittern begann.

Tertinius beugte sich nach vorn. »Nun wiederhole den Satz«, forderte er sie auf. Aelia erinnerte sich an jene Worte, die sie mit Wala mehrfach geübt hatte.

»*Caelum, non animum mutant qui trans mare currunt.*«

Der Präfekt nickte zufrieden. »Unser Mann wird sich dir mit diesem Satz zu erkennen geben. Außerdem – falls etwas geschehen sollte – muss sich jeder, der behauptet, einer meiner Spione zu sein, dir diesen Satz sagen, sonst verrätst du ihm gar nichts. Hast du verstanden?«

»Ja.«

»Gut. Wala wird dir alles Weitere erklären. Ihr werdet über die Flüsse reisen, das ist zwar der weitere und längere Weg, aber er ist sicherer. Ich möchte kein Risiko eingehen.«

Aelia nickte, aber Tertinius' Worte beruhigten sie nicht – im Gegenteil.

Der Wagen hielt und sie stiegen aus. Im grauen Licht des Morgens floss die Mosella an ihnen vorbei. In ihrem aufgewühlten Wasser schaukelten Fischerboote, und mitten zwischen ihnen, am hölzernen Anlegesteg, lag ein Handelsschiff. *Galla Placidia* prangte in roten Lettern auf seinem bauchigen Rumpf. Aelia musste daran denken, dass es auch ein Schiff gewesen war, das ihren Vater mitgenommen hatte. Ihre Hand glitt in ihr Gewand und fühlte die Erde darin. Er hat vergessen, Erde mitzunehmen, dachte sie. Deshalb ist er nie zurückgekommen.

Teil II

Dispargum

Kapitel 8

Erst auf dem Schiff erfuhr Aelia mehr über das Ziel ihrer Reise: sie würden erst nach Colonia fahren und von dort weiter in den Norden. Wohin genau, verriet Wala ihr nicht.

Die Reise verlief ruhig. Die Mosella führte von der Schneeschmelze noch viel Wasser und trug sie flussabwärts in zahlreichen Windungen bis nach Confluentes, wo sie in den Rhenus mündete. Dort thronte auf einem Berg ein altes Kastell, das einst zur römischen Grenzbefestigung gehört hatte, aber sie legten dort nicht an, sondern fuhren weiter den Rhenus hinunter Richtung Norden.

Aelia, die noch nie aus Treveris hinausgekommen war, spähte immer wieder misstrauisch zum Ufer hinüber, wo Germanien lag, das Land jenseits der Reichsgrenze. Dort siedelten die Franken, erklärte ihr Wala, dahinter die Thüringer, nördlich von ihnen die Sachsen.

»Warum gibt es hier keine Grenztruppen mehr?«, fragte Aelia und betrachtete das dicht bewaldete Ufer des Rhenus mit einem kritischen Blick. »Sie wurden vor Jahren abgezogen und in den Süden verlegt, als Rom gegen die Goten verteidigt werden musste«, erklärte ihr Wala. »Dafür brauchte man alle Truppen.«

»Und so konnten die Barbaren ungehindert über den Rhenus ins Reich eindringen«, erwiderte Aelia, der plötzlich klar wurde, dass man ihre Provinz zugunsten Roms aufgegeben hatte. Doch Wala beruhigte sie. Die Stämme seien größtenteils friedlich. Selbst wenn sie Überfälle planen würden, würden römische Spione die noch verbliebenen kleinen Grenztrupps warnen. Diese würden die Barbaren notfalls aufhalten, bis das Heer käme. »Es wird uns nichts geschehen«, versicherte er, aber beruhigt war Aelia erst, als die *Galla Placidia* am frühen Abend Colonia erreichte. Die Stadt lag direkt am Rhenus, umgeben von einer Mauer mit Türmen und Toren, eingebettet in die Felder eines flachen Landes. Ein Gewirr von Dächern ragte hinter der Stadtmauer auf. Auf dem anderen, bewaldeten Ufer lag das einstige römische Kastell *Divitia*, in dem nun ein fränkischer Stammesführer residierte.

Die Stadt sei vor einigen Jahren unter die Herrschaft der Franken geraten, erklärte ihr Wala. Sie hätten die missliche Lage der Stadt nach Abzug der römischen Grenztruppen ausgenutzt und unter ihren

»Schutz« genommen. Ihr Beherrscher sei der fränkische König Chlodwig Medelphus, Anführer aller fränkischen Stämme, die am Rhenus siedelten. Eine Brücke führte von seiner Festung zur Stadt. Nicht weit davon lag der Hafen.

»Beeilt euch, die Stadttore schließen bei Sonnenuntergang«, sagte der Schiffsherr, nachdem er die *Galla Placidia* sicher an die Kaimauer gesteuert hatte. Als Wala ihn großzügig bezahlte, gab er ihnen noch einige Ratschläge.

»Wenn ihr eine Herberge sucht, geht am besten zum *Alten Zeno* im Osten der Stadt. Der Wirt ist Römer und stellt keine neugierigen Fragen. Geht nur einfach die Via Germania hinauf bis zur Stadtmauer, dort findet ihr ihn.«

»Danke, aber wir wollen nur meine Tochter besuchen«, sagte Wala.

Der Schiffsherr blickte sich kurz um und senkte seine Stimme, als er weitersprach: »Seid vorsichtig am Stadttor, die Wachen kontrollieren jeden, vor allem die Romanen. Es wäre nicht das erste Mal, dass harmlose Reisende unter einem Vorwand verhaftet werden.«

»Danke für deinen Rat, guter Mann, aber sie werden uns nichts nehmen können, das wir nicht haben«, antwortete Wala.

Der Schiffsherr sah ihn prüfend an. »Dann werdet ihr kaum in die Stadt kommen. Reisende müssen nämlich immer zahlen. Der alte König rühmt sich für den friedlichen Handel in seiner Stadt, aber in Wahrheit nimmt er den Händlern und Durchreisenden hohe Zölle ab.« Er spie wütend über die Reling. »Ich weiß auch, warum. Er hat so viele Bastardtöchter, die alle eine Mitgift haben müssen, dass er zu solchen Mitteln greifen muss. Jedes Jahr erlebt Colonia eine neue verdammte Hochzeit.«

Er lachte höhnisch auf. Wala lachte mit und bedankte sich bei ihm. Der Schiffsherr wünschte ihnen viel Glück für die Weiterreise und winkte ihnen zum Abschied. Sie kämpften sich durch das Gewühl am Hafen zum Stadttor. Fischerboote lagen am Ufer, sie stanken nach Abfall und nach den Innereien der Fische.

Aelia fühlte sich nicht gut. Sie hatte in den letzten Nächten auf dem schwankenden Schiff kaum geschlafen, weil sie viel zu aufgeregt gewesen war. Nun war sie müde und erschöpft. Schon ragte das Stadttor vor ihnen auf. Ein Fallgitter lugte aus dem großen Torbogen des mittleren Durchgangs hervor, daneben befanden sich zwei kleinere Tore. Sowohl Wagen als auch Fußgänger mussten das mittlere Tor benutzen, und da die Wachen alles kontrollierten, hatte sich eine lange Schlange von Menschen und Wagen vor dem Tor gebildet. Aelia beobachtete, wie einer der Wachsoldaten die Plane eines Wagens zurückschlug und prüfend mit seinem langen Schwert zwischen mehreren großen Säcken herumstocherte.

»Müssen wir unbedingt in die Stadt?«, flüsterte sie. »Können wir nicht auch woanders übernachten?«

Wala drückte ihren Arm und zwinkerte ihr zu. »Du sagst am besten nichts. Überlass das Reden mir.«

Sie runzelte die Stirn und musterte die beiden Wachsoldaten, die an beiden Seiten des Eingangs standen und mit mächtigen Lanzen den Durchgang versperrten. Beide trugen Eisenhelme, die unter dem Kinn mit einem Bügel verschlossen waren, lederne Brustpanzer, lange Beinkleider und Schuhe mit Wadenschnüren. Ihre Mäntel wurden an den Schultern von silbernen Fibeln gehalten. Auf ihren runden Schilden leuchtete ein goldener Vollmond über einem Kastell. Sie musterten Aelia und Wala misstrauisch und fragten nach ihrem Ziel.

»Wir brauchen hier nur ein Nachtquartier«, antwortete Wala in geschmeidigem Fränkisch. »Morgen wollen wir weiter nach Tolbiacum.«

Aelia hatte keine Ahnung, wo das war. Sie spürte, wie einer der beiden Soldaten sie musterte, und heftete ihren Blick auf die Lederschnüre an seinen Waden.

»Tolbiacum?«, grinste der Soldat, »was wollt ihr denn da?«

»Verwandte besuchen. Mein Bruder hat uns gebeten, auf seinem Hof zu helfen. Seine Frau bekommt ein Kind, und da …«

Der Franke schnitt ihm mit einer heftigen Handbewegung das Wort ab. »Jaja. Woher kommt ihr?«

»Aus Treveris. Mit dem Schiff.«

Unauffällig sah Aelia hoch und bemerkte, wie die Soldaten Blicke tauschten.

»Zeigt eure Beutel her!«, forderte der Wortführer sie auf. Wala reichte dem Mann den Lederbeutel mit seinen Habseligkeiten. Der Soldat durchwühlte ihn, fand aber nichts, das sein Interesse hätte erregen können. Doch er war nicht zufrieden. Er deutete auf Aelia. »Und du?«

»Sie hat nichts dabei«, beeilte sich Wala zu sagen.

»Durchsuchen!«, befahl der Wortführer, und schon fühlte Aelia kräftige Hände auf sich, die ihren Leib abklopften. Sie dachte an ihr Messer, das Tertinius ihr für den Notfall gegeben hatte. Mit einer Lederschnur festgebunden steckte es in ihrem Stiefel. Wenn er es nun entdeckte! Mit angehaltenem Atem verfolgte sie, wie die Hände des Soldaten nur knapp an ihren Brüsten vorbei nach unten glitten, um an ihrem Gürtel nach einem Messer zu suchen. Aber er fand nichts.

Sie sog tief die Luft ein, hielt mit Mühe ihre Arme still und funkelte den Mann wütend an. Der Soldat bemerkte ihren Blick und grinste, dann ließ er sie endlich los.

»Eine Siliqua!«, forderte der Wortführer.

»Was?«

»Na weißt du denn nicht – das ist die Königsmünze! Jeder Fremde, der die Stadt betritt, muss sie zahlen. Und morgen zahlt ihr noch mal, wenn ihr die Stadt wieder verlasst.« Er wechselte mit dem anderen einen spöttischen Blick.

Aelia ballte ihre Fäuste und heftete ihren Blick auf die Füße des Mannes. Sie spürte Walas Hand, die sich um ihre Faust schloss. Er zog eine Silbermünze aus seinen Gewandfalten und reichte sie dem Franken. Der nickte zufrieden. »Geht in Wodans Namen«, brummte er und winkte sie durch das Torhaus.

»Verfluchte Kerle!«, entfuhr es Aelia, als sie außer Hörweite der Soldaten waren. Wala drückte wieder ihre Hand und gebot ihr mit einer Geste zu schweigen, doch Aelia dachte nicht daran. »Vielleicht wäre es besser gewesen, wenn wir um Colonia einen Bogen gemacht hätten.«

»Wie sollten wir dann weiterkommen ohne Pferd und Wagen?«, fragte Wala. »Etwa zu Fuß? Wir müssen uns einem Händlerzug anschließen, der von hier aus nach Westen fährt.«

Aelia schwieg missmutig. Wenn sie doch nur wieder in Treveris wäre! Warum hatte Tertinius ausgerechnet sie für diese Aufgabe ausgewählt? Sie würde niemals die Freiheit erlangen, sondern in der Fremde sterben.

Die beiden gingen die Straße zum Stadtkern hinauf. In der Nähe lag der Statthalterpalast, bewacht von fränkischen Bewaffneten.

»Warum lebt der König nicht dort?«, fragte Aelia und deutete auf das weitläufige Gebäude, dessen Ziegeldach rot in der Abendsonne glühte. »Dieser Palast ist doch sicher viel passender für die große Familie des fränkischen Königs.«

»Das Kastell ist stärker befestigt als die Stadt.«

»Aber er hat doch keinen Grund mehr, Angst vor einem römischen Angriff zu haben.«

»Vielleicht ist er ein vorsichtiger Mann.«

»Kennst du ihn?«

»Nein, nur das, was ich gehört habe. Er hat einen Stall von Kindern von mehreren Frauen. Der einzige Sohn, den er mit seiner rechtmäßigen Frau zusammen hatte, ist letztes Jahr gestorben. Wenn er selbst stirbt – und das wird eher eine Frage von Monaten sein als von Jahren – wird es Streit um seinen Thron geben.«

Aelia wollte etwas erwidern, aber Wala zog sie warnend an ihrem Mantel und gab ihr ein Zeichen zu schweigen, denn das Gedränge um sie herum war dichter geworden. Sie liefen über die Via Germania am Forum vorbei. Colonia vermittelte ihnen das traurige Bild einer barbarisch besetzten Stadt. Es gab in etwa gleich viele Römer wie Franken, sie unterschieden sich in ihrer Kleidung voneinander. Die meisten der Römer waren ärmlich gekleidet, und in ihre Gesichter hatten sich Angst und Sorgen tief eingegraben. Die Franken hingegen wirkten unbeschwert, als wären sie sich bewusst, dass die Stadt ihnen und ihrem König gehörte. Aelia erkannte sie an ihrer Tracht: die Gewandspangen, die ledernen Wadenschnüre, die bunten Glasperlenketten der Frauen.

Colonia war kleiner als Treveris, aber wesentlich besser erhalten. Es gab keine Zeichen gewaltsamer Überfälle, keine Ruinen und keine Zerstörungen an den öffentlichen Gebäuden. Aber die Stadt war auch schmutziger. Überall lagen Haufen von Dung und Abfall herum und stanken zum Himmel, weil sich offenbar niemand die Mühe machte, den Unrat in die Abwasserrinnen zu kehren, damit der nächste Regen ihn in den Rhenus spülen konnte. Ein fauliger Geruch, den selbst der Wind nicht fortwehen konnte, hing über der Stadt.

Sie gingen zum *Alten Zeno*, jenes Wirtshaus, das der Schiffsherr ihnen empfohlen hatte. Er hatte recht – der Wirt war Römer und behandelte sie sehr freundlich. Er bot Durchreisenden ein kräftiges Mahl und auf einer Empore über dem Schankraum ein Lager für die Nacht.

Nach dem Abendessen verschwand Wala. Wohin er ging, verriet er nicht, aber schon wenig später kehrte er zurück. Er sah sehr zufrieden aus.

»Wir haben Glück. Ich habe jemanden gefunden, der uns nach Bagacum mitnimmt«, berichtete er. »Morgen früh bei Tagesanbruch reisen wir weiter.«

Er ließ sich auf die Bank Aelia gegenüber sinken. Sie saßen im Wirtsraum der Herberge und tranken das Bier, das der Wirt seinen Gästen ausschenkte. Es schmeckte bitter und war stark gewürzt, löschte aber gut den Durst.

»Was ist Bagacum?«, fragte Aelia.

»Eine kleine Stadt im Westen, einige Tagesreisen von hier über die alte Heerstraße«, erklärte Wala. »Der Präfekt hat zwar nicht den kürzesten, aber den sichersten Weg für uns ausgewählt. Von hier aus können wir uns einem Händlerzug anschließen, bis wir zur Festung von König Chlodio kommen.«

»Warst du schon dort?«

Wala nickte. Seine Augen sahen an Aelia vorbei in die Ferne. »Es ist lange her, aber der König kennt mich nicht.«

»Erzähl mir von ihm.«

Wala drehte nachdenklich seinen Krug. Das Bier hatte rote Flecken auf die mageren Wangen des alten Mannes gezeichnet.

»Du musst dich nicht fürchten. Sie rechnen nicht damit, dass ein Mädchen bei ihnen spioniert. Du erzählst ihnen deine Geschichte, wie wir es besprochen haben. Dein Fränkisch ist mittlerweile so gut, dass du alles verstehen wirst.«

Er lächelte zuversichtlich und drückte ihr die Hand mit seinen knochigen Fingern. »Ich werde dir unseren Mann schicken, ehe ich wieder abreise. Er wird zu dir an den Hof kommen, wann immer es geht.«

Aelia dachte an den Plan, den sie während ihrer Schiffsreise immer wieder durchgegangen waren. »Was ist, wenn sie mich am Königshof nicht wollen? Du sagtest doch selbst, sie nehmen nur die besten Mägde und auch nur die von den Gutshöfen in der Nähe. Ich bin eine Fremde für sie.«

»Lass das meine Sorge sein«, beruhigte sie Wala. »Du kommst ganz sicher an den Hof.«

Aelia überlief ein kalter Schauer. Ihre heimliche Hoffnung, dass der Plan nicht gelingen würde und sie unverrichteter Dinge wieder zurück nach Treveris müssten, schwand dahin. Rasch nahm sie ihren Krug und spülte ihre Angst mit ein paar hastigen Schlucken Bier hinunter.

Wala beugte sich nach vorn. »Wir müssen uns vorsehen, ab jetzt reisen wir nur noch durch fränkische Gebiete«, sagte er leise. »Für die Händler bin ich dein Großvater und bringe dich nach Bagacum.«

Aelia nickte. Sie kannte alles auswendig, weil sie es unzählige Male besprochen hatten. Den Händlern würden sie erzählen, dass Wala sie nach dem Tod ihrer Mutter zu ihrer Tante bringen wollte, bei der sie nun leben sollte. So würde kaum jemand Anstoß daran nehmen, dass sie aus Traurigkeit nicht viel spräche, und sie könnte Wala das Reden überlassen. Sie würden zu einem der Gutshöfe in der Nähe der Königsburg reisen und danach würde Wala sie sobald wie möglich als Magd an Chlodios Hof bringen.

»Du wolltest mir vom König erzählen«, forderte Aelia den alten Mann auf. Wala beugte sich noch weiter nach vorn. Sie sprachen jetzt Latein, weil ein paar Franken am Nachbartisch saßen und würfelten.

»Er kam vor einigen Jahren aus dem Norden, aus den Gebieten, die den Franken vor langer Zeit von Kaiser Julian zugewiesen worden waren, um sie zu befrieden«, begann Wala. »Chlodio wollte die Gelegenheit nutzen, sein Herrschaftsgebiet im Norden des Reiches auszudehnen, während unsere Truppen mit den Hunnen, Goten und Vandalen überall im Reich beschäftigt waren. Er sammelte die besten Krieger und drang mit ihnen nach Südwesten vor, tiefer nach Gallien. Hier hielt er nach einiger Zeit plötzlich inne und baute seine Burg in Dispargum, einem Ort, der so versteckt liegt, dass ihn kaum jemand kennt.«

»Warum ist er nicht weitergezogen?«, fragte Aelia.

»Weil unser Heermeister Aetius mit unseren Truppen in den Norden kam. Es ging damals um die Franken am Rhenus, die in unsere Provinzen eingedrungen waren, aber es muss den König so beeindruckt haben, dass er kein weiteres Vordringen mehr wagte. Aetius schloss mit Chlodwig Medelphus und mit Chlodio Bündnisverträge, die die Franken zum Frieden und zum Schutz der von ihnen besetzten Gebiete verpflichten. Seitdem ist Chlodio ruhig, aber wir trauen ihm nicht. Tertinius lässt sämtliche fränkischen Königshöfe seit Jahren ausspionieren und ist sich sicher, dass König Chlodio bei nächster Gelegenheit tiefer nach Gallien vordringen und sich weitere römische Städte nehmen wird.«

»Und ich soll herausfinden, ob er das vorhat?«

Wala nickte. Aelia leerte ihren Krug. Ihr war, als hätte ihr jemand ein Gewicht auf die Schultern gelegt, das sie nicht tragen konnte. Noch mehr Fragen stiegen auf, die sie lange schon unbeantwortet mit sich herumtrug, aber Wala winkte eine Magd heran, zahlte und sie zogen sich zum Schlafen zurück.

Obwohl sie vom Alkohol und von den Anstrengungen der Reise erschöpft war, konnte Aelia lange nicht einschlafen. Die Erlebnisse mit den Soldaten am Stadttor tanzten in ihrem Kopf, und die Angst vor dem Unbekannten hielt sie gefangen. Als sie endlich in einen unruhigen Schlaf fiel, träumte sie von einem fränkischen Krieger, der seine Axt auf jemanden schleuderte. Das Wurfgeschoss flog durch die Luft, überschlug sich mehrmals und fuhr in den Kopf eines anderen Kriegers, den es wie eine Nussschale spaltete. Der Krieger sank zu Boden, und sein Blut tränkte das Gras. Er war kein Römer, wie Aelia zu ihrem Erstaunen feststellte, sondern ein anderer Franke.

Am nächsten Morgen trafen sie am westlichen Stadttor auf den Händlerzug, der sie mitnehmen sollte. Wala hatte ihnen Mitfahrgelegenheiten im Wagen eines Glashändlers besorgt, der ihnen Plätze zwischen den fest verschlossenen Kisten seiner wertvollen Fracht zuwies, während er selbst vorne auf dem Kutschbock Platz nahm. Der Händlerzug bestand aus einer Handvoll Wagen und ebenso wenigen Händlern und Handwerkern mit ihren Knechten. Außer dem Glashändler gab es noch einen Duft- und Salbenmischer, einen Gewürzhändler und seinen Knecht, den Diener einer Tuchmacherin mit einem Sklaven sowie einen mitreisenden jungen Mann.

Zwei Söldner begleiteten den Zug, aber sie machten keinen guten Eindruck. Ihre Brustpanzer waren alt und fleckig, die Schwertgriffe abgenutzt und ihre Pferde sahen aus, als wären sie bei einem Abdecker gekauft worden.

»Meinst du immer noch, den sichersten Weg gewählt zu haben?«, konnte Aelia sich nicht verkneifen, Wala zu fragen, als sie Colonia durch das westliche Stadttor verließen. Sie musste darauf achten, ihn jetzt wie ihren Großvater zu behandeln, und er musste darauf achten, sie Elerius zu nennen – der Name, den sie auf der Reise trug.

»Hoffentlich«, grinste Wala. »Der langsamste Weg ist er bestimmt.«

Aelia musste lächeln. Seit ihrer Abreise wirkte der alte Mann noch zufriedener, als hätte Tertinius' Auftrag Abenteuerlust geweckt, die in den letzten Jahren in ihm geschlummert hatte. Er machte Witze, kicherte oft wie ein kleiner Junge und strahlte eine Zuversicht aus, die Aelia bewunderte.

Es stellte sich heraus, dass sie mit den Wagen tatsächlich nur sehr langsam vorankamen. Der Zug kroch über die alte römische Heerstraße, die sich endlos durch die flache Landschaft hinzog. Bis nach Bononia am Nordmeer reichte sie, erklärte Wala. Das konnte sich Aelia kaum vorstellen. Sie hatte noch nie so viel Land gesehen, das sich weit vor ihr erstreckte, Wälder, Felder, unterbrochen hin und wieder durch ein Gehöft, einen Burgus oder kleine Dörfer, von denen die meisten jedoch nicht mehr bewohnt waren und verfielen. Die Straße stammte noch aus jenen Zeiten, in denen die ersten römischen Legionen das Land erobert hatten. Aber seit die römischen Streckenposten abgezogen worden waren, kümmerte sich niemand mehr um ihre Instandhaltung und sie verfiel. An manchen Stellen klafften große Löcher, durch die sie die Wagen schieben mussten, und gelegentlich versperrten ihnen Baumstämme den Weg.

Die ersten Nächte verbrachten sie in kleinen befestigten Orten, die in Tagesentfernungen auseinander lagen – Iuliacum, Coriovallum und Traiectum, wo sie einen breiten Fluss überquerten, den man Mosa nannte, und schließlich Aduatuca-Tungrorum. Je weiter sie nach Westen kamen, desto verlassener wurde die Gegend. Entlang der Straße zog sich fruchtbares, verwildertes Land. Junge Bäume und Gestrüpp wucherten auf Feldern, und auf Wiesen blühten alte Apfelbäume neben verfallenden Gehöften. Über allem wölbte sich ein tiefblauer Himmel, aus dem die Sonne schien und den Hahnenfuß tausendfach im rötlich schimmernden Gras aufleuchten ließ.

Aelia hielt es nicht im Wagen. Wenn es eben ging, verließ sie ihn und lief nebenher, Walas Ermahnungen zum Trotz. Sie gesellte sich zu Gavrus, dem jungen Mann, der bei dem Salbenmischer mitreiste. Er war etwa im selben Alter wie sie und ebenfalls Waise. Als Junge war er zu einem alten Badesklaven gekommen, der ihn aufgezogen und ihm sein Handwerk beigebracht hatte. Nun, nach dessen Tod, wollte er in Nordgallien als Badegehilfe sein Glück machen. Stundenlang erzählte er Aelia von den Aufgaben eines Badegehilfen – vom Entfernen überflüssiger Haare über das Reinigen mit Öl bis zum Massieren, Schminken und Frisieren. Aelia hörte aufmerksam zu. Sie mochte Gavrus, und außerdem lenkten sie die Gespräche von den Gedanken an ihren bevorstehenden Auftrag ab. Die beiden vertieften sich so sehr, dass sie nicht bemerkten, wie der Wald sich um sie schloss. Schließlich scheuchte einer der Söldner sie in den Wagen. »Alle, die keine Kutschen lenken, gehen hinein!«, befahl er. Aelia gehorchte widerwillig. Gavrus warf ihr noch ein liebenswertes Lächeln zu, ehe er im Wagen des Dufthändlers verschwand, der vor ihnen schaukelte.

Aelia hasste es, im Wagen zu fahren. Das Gerumpel und Geschaukel schlug ihr auf den Magen, außerdem roch es muffig. Sie zog die schwere Stoffplane, die über den Wagen gespannt war, etwas beiseite und spähte in den Wald. Eichen und Buchen reckten sich zu beiden Seiten der Straße in den Himmel. Dazwischen wucherte undurchdringliches Gestrüpp, das sich nur manchmal lichtete, um Platz für schmale Wege freizugeben, die sich irgendwo im Gehölz verloren.

»Wann sind wir in Bagacum?«, fragte sie.

»Wenn uns nichts aufhält, in zwei Tagen. Der Kohlenwald ist groß, er reicht mehrere Tagesmärsche Richtung Westen.«

»Zwei Tage? So lange müssen wir im Wagen sitzen?«, maulte Aelia, aber Wala lächelte nur. Sie rückte nach vorn und hielt ihr Gesicht an den Spalt im Stoff. Kühle Luft strömte vom Wald aus, nur über den Bäumen schien die Sonne, hundertfach von Vögeln besungen.

»Ich sehe, du hast keine Angst«, stellte Wala fest. »Die Göttin ist bei dir.«

»Niemand ist bei mir.«

»Doch, sie ist hier, die Eine, sie ist überall, sie wird dich begleiten. Du solltest immer daran denken.«

»Haben wir sie nicht an der Quelle zurückgelassen?«

Wala lachte leise aus dem Dunkel heraus. »Zurücklassen? Eine Göttin? Du kannst sie niemals zurücklassen. Sie ist der Quell, der aus der Erde strömt. Sie lebt in Bächen und Flüssen, in Bäumen und Tieren. Sie ist der Schoß, aus dem alles kommt und in den alles zurückkehrt.«

Aelia zögerte eine Weile, während sie sich an eine ihrer Fragen erinnerte, die sie ihm schon einmal gestellt hatte, als sie den Winter gemeinsam in seiner Hütte verbracht hatten.

»Ist Vercana der Name deiner Göttin?«

»Wie kommst du darauf?« Zum ersten Mal, seit sie den alten Mann kannte, klang seine Stimme scharf.

»Du hast ihn selbst einmal genannt.«

Wala beugte sich zu ihr und senkte seine Stimme. »Ja, es ist ihr Name, aber du darfst ihn niemals aussprechen, hörst du? Es ist seit langer Zeit verboten, ihn zu nennen. Alle Stämme folgen dem Wodan, also sprich ihn niemals aus, schon gar nicht, wenn du am Königshof bist, hörst du?«

Aelia schwieg nachdenklich. Sie erinnerte sich, dass auch Eghild an eine Göttin geglaubt hatte, deren Namen sie in ihren Gebeten so leise geflüstert hatte, dass Aelia ihn nie verstanden hatte.

Konnte es sein, dass es dieselbe Göttin war, an die Eghild und Wala glaubten?

»Gibt es noch Stämme, die an Ver ... die Göttin glauben?« fragte sie.

»Oh, nein, nur noch so alte verschrobene Männer wie ich«, lächelte Wala. »Meine Mutter hat mir ihren Namen genannt, damit ich sie anrufen kann.«

Er lehnte sich an eine Kiste und strich mit seiner faltigen Hand über das Holz.

Ich hatte einen fränkischen Vater, und er hat mir von Wodan und all den anderen barbarischen Göttern erzählt, wollte Aelia ihm entgegnen, doch dann erinnerte sie sich an ihre Lügen, die sie Tertinius erzählt hatte. Niemand, auch Wala nicht, sollte die Wahrheit über ihren Vater erfahren.

Am Abend, nachdem sie den ganzen Tag durch den Wald geritten waren, erreichten sie einen verfallenen Wachturm. Der Anführer der Söldner befahl, hier das Nachtlager aufzuschlagen. Einige der Händler murrten, es sei zu nah an der Straße, doch der Söldner meinte, wenn man die Wagen zu einem Halbkreis zusammenstellen würde und die Mauern des alten Turms als Schutz hätte, würde es ein sicherer Platz sein. Außerdem würden er und der andere Söldner die Nacht über Wache halten.

Ein Bach floss nicht weit von ihrem Lager entfernt unterhalb des Wachturms in einer Wiese, und die Männer tränkten dort ihre Pferde und holten Wasser. Aelia sammelte mit Gavrus und den Knechten Brennholz, während die Söldner Kaninchen erlegten. Nach dem Essen redeten sie über die Reise und die Geschäfte, die sie machen wollten. Die meisten fuhren zum Markt nach Bagacum und danach weiter in andere Städte in Nordgallien. Nur der Gewürzhändler wollte weiter zum Nordmeer, um dann mit dem Schiff nach Britannien überzusetzen.

Gavrus gesellte sich zu Aelia. »Soll ich dich massieren?«, bot er an. »Ich habe ein wundervolles Öl dabei.«

Aelia lehnte hastig ab. Es sei doch viel zu kalt, sich auszuziehen, meinte sie, aber schließlich ließ sie sich von ihm überreden, sich angezogen den Rücken massieren zu lassen. Als sie seine kräftigen Hände spürte, wusste sie, dass er nicht übertrieben hatte, was seine Kenntnisse über den Aufbau des Leibes betraf.

»Du wirst die reichen Frauen Nordgalliens begeistern, Gavrus«, sagte sie, und er lächelte geschmeichelt. Doch dann fing sie Walas warnenden Blick auf und zog sich bald in ihren Wagen zurück. Gavrus sah enttäuscht aus.

Er war ein netter junger Mann, aber nicht von der Art, die ihr Herz schneller schlagen ließ. Die Mädchen bei Dardanus hatten oft davon gesprochen, wie es sein musste, sich zu verlieben, aber Aelia konnte sich nicht vorstellen, dass ihr das jemals widerfuhr. Sich verlieben – das hatte sie bei ihrer Mutter gesehen – bedeutete, verlassen zu werden. Es bedeutete, immer wieder zum Hafen zu laufen und auf ein Schiff zu warten, das niemals kam. Es bedeutete, unglücklich zu sein.

Als sie am nächsten Morgen erwachte, schliefen alle noch. Durch den Stoff, der über den Wagen gespannt war, sickerte fahles Licht herein. Ein erster Vogel sang sein Lied. Es würde nicht mehr lange dauern, bis die anderen mit einfielen.

Aelia lag eine Weile still und lauschte. Das Schnarchen des Glashändlers dröhnte durch den Wagen; neben ihr schlief Wala tief und fest. Seine geschlossenen Augen lagen in tiefen Höhlen. Bleich und wächsern sah sein Gesicht aus, aber friedlich und faltenlos wie das eines Kindes. Als sie merkte, dass sie nicht mehr einschlafen konnte, ergriff Aelia ihren Umhang und schlüpfte aus dem Karren. Feuchte kühle Luft umfing sie. Am Himmel lastete eine graue Wolkendecke, in der die Baumwipfel verschwanden. Die Äste ragten starr in den Dunst; sie sahen aus, als würden sie auf den Regen warten, der gleich einsetzen würde. Die Wagen umringten im Halbkreis den verfallenen Wachturm, in seiner Mitte lag die Feuerstelle. Daneben schlief einer der Söldner. Der zweite lag ein paar Schritte entfernt, ebenfalls schlafend. Er war offenbar am Rad eines Wagens heruntergerutscht, als er eingeschlafen war.

Aelia überlegte, ob sie die Soldaten wecken sollte, ließ es aber. Das Lager würde ohnehin gleich erwachen. Die Zeit bis dahin wollte sie sich allein und ungestört waschen.

Sie lief zum Wasser hinunter. Der Wald war hier licht, mit nur wenig Unterholz. An seinem Rand, nur durch ein paar niedere Büsche gesäumt, begann eine breite Wiese, durch die sich der Bach schlängelte. Aelia konnte das Plätschern des Wassers schon von Weitem hören; es war das einzige Geräusch außer dem Vogelgezwitscher. Eine Weile stand sie still und lauschte. Wie einfach wäre es, jetzt in den Wald zu fliehen! Sie würde sich so lange dort verstecken, bis man die Suche nach ihr aufgeben würde. Anschließend würde sie bis nach Bagacum laufen, und dann wäre sie frei. Aber um welchen Preis? Wenn Tertinius davon erführe, würde er nicht zögern, Verina zu töten. Bei diesem Gedanken überlief Aelia ein kalter Schauer. Sie fasste ihren Umhang enger und stapfte über die Wiese zum Bach. Am anderen Ufer sprossen junge Bäume aus dem Gras empor, bewegungslos im fahlen Morgenlicht.

An der Stelle, wo das Gras beim Tränken der Pferde niedergetreten worden war, hockte sich Aelia ans Ufer. Sie schöpfte aus dem Bach, trank und wusch sich Gesicht und Hände. Bei allen Göttern, sie war Römerin! Sie vermisste das Waschen, zu dem sie während ihrer Reise kaum Gelegenheit gefunden hatte. Sie öffnete einen Lederbeutel, den sie am Gürtel trug und in dem sie das Wenige aufbewahrte, das Wala ihr gegeben hatte: Feuersteine und Feuereisen, Birkenzunder, einen Kamm, eine Schere, zwei Kupfermünzen, ein paar kandierte Früchte aus Colonia gegen den Hunger. Sie nahm den Knochenkamm heraus und begann, sich ihr kurzes Haar zu kämmen. Als sie fühlte, dass sie beobachtet wurde, hielt sie inne und rührte sich nicht, bis sie es wagte, den Kopf zu wenden.

Ein Reh stand auf der anderen Seite des Baches, nur ein paar Schritte entfernt, und trank Wasser. Auf seinem hellbraunen Fell schimmerten weiße Flecken. Lange trank es, aber dann hob es den Kopf und sah Aelia mit seinen glänzenden dunklen Augen an. Für einen Augenblick musterten sich beide. Auf einmal erschien es Aelia, als läge die Weisheit des Waldes in den Augen dieses Rehs, etwas von der Sprache der Bäume und der Melodie des Windes, wenn er durch die Äste fuhr. Ein Wissen um die Wege der Wasser und den Flug der Vögel, ein Geheimnis, das nur der Wald selbst kannte. Sie lächelte.

Wenn es Walas Göttin wirklich gab, dann nahm sie in dieser Kreatur Gestalt an.

Das Reh beugte seinen Hals erneut hinunter zum Wasser, um zu trinken. Plötzlich hob es den Kopf, blieb einen Atemzug still, während seine Ohren sich unruhig bewegten. Dann wandte es sich um und huschte durch das hohe Gras davon. Ein Geräusch hatte es aufgeschreckt, ein Knacken im Wald.

Aelia fuhr herum. War noch jemand aufgewacht und jetzt auf dem Weg zum Bach? Sie suchte die Büsche am Waldrand ab, aber sie konnte niemanden sehen. Für den Bruchteil eines Augenblicks war ihr, als hätte sich dort etwas bewegt. Sie verharrte, lauschte. Ein unangenehmes Gefühl befiel sie, das sich als leichtes Prickeln im Nacken bemerkbar machte. Aber nein, beruhigte sie sich, als sie nichts sah. Sicher war es nur das Lager, das allmählich erwachte. Sie steckte den Kamm zurück an seinen Platz, tauchte die Hände erneut ins Wasser, um das perlende Nass über ihre Arme laufen zu lassen. Es war kalt wie das Wasser von Walas Quelle.

Da hörte sie Rufe, die oben aus dem Lager erschollen, Lärm, als ob jemand durch das Unterholz brach, Schreie. Pferde wieherten laut durch den Wald, eine Peitsche knallte, jemand rief um Hilfe. Aelia hielt den Atem an. Immer wieder schoss der Gedanke durch ihren Kopf: Das Lager wird überfallen!

Sie bückte sich tief ins Gras und lauschte auf die schrecklichen Geräusche, bis ihr klar wurde, dass jeder, der auch nur einen Blick zum Bach hinunterwarf, sie sofort entdecken würde. Sie lief hinauf zum Waldrand und verbarg sich dort im dichten Geäst. Lauter drang jetzt der Lärm zu ihr, Schreien und Rufen, Schritte, das Schnauben der Pferde, das helle Klirren, mit dem zwei Schwerter aneinander krachten, und vor allem das Sirren von Pfeilen. Mit klammen Fingern bog Aelia die Zweige auseinander, um besser sehen zu können, und schauderte bei dem Anblick, der sich ihr bot. Zwischen den Bäumen sah sie Gestalten – fünf, sechs, nein, sieben Männer mit Bögen und Schwertern, offenbar Franken. Sie trugen grob gewirkte Mäntel und Schuhe mit Wadenschnüren. Auf dem Boden lagen die Händler und ihre Knechte – von Pfeilen durchbohrt. Die Franken gingen zwischen ihnen umher und zogen ihnen die Pfeile aus den Leibern. Der Gewürzhändler bewegte sich noch, bis einer der Franken ein Messer hervorzog und es ihm in den Rücken stieß.

Aelia würgte einen Schrei hinunter. Die kalte Luft gefror in ihren Lungen, die Äste entglitten ihr. Sie taumelte zurück gegen die Zweige des Busches, die sie nicht halten konnten. Kälte breitete sich in ihr aus. Hilflos griff sie nach den Ästen, spürte die Nässe des Gehölzes, den weichen Waldboden unter dem Laub.

Nach einer Weile zwang sie sich, wieder hinzusehen. Sie sah, wie einer der Franken die Schwerter der toten Söldner an sich nahm. Zwei andere schleppten den reglosen Sklaven der Tuchhändlerin aus seinem Wagen und warfen ihn zu den anderen. Nach und nach gingen die Männer in die Wagen, aus denen nur wenig später entsetzliche Schreie ertönten. Sie zerrten die Ermordeten heraus und warfen sie zu den anderen, bis sich ein furchtbarer Haufen regloser Leiber vor ihnen türmte.

Wala!, dachte Aelia. Eine kalte Hand aus Angst fuhr ihr ans Herz. Da beobachtete sie, wie zwei Männer aus dem Wagen des Glashändlers krochen. Der eine sprang von der Ladefläche, während der andere Walas dürren Leib aus dem Wagen zerrte. Gemeinsam hoben sie den Leblosen hinaus und schleiften ihn zu den anderen. Wie eine Puppe hing Wala in den Armen seines Mörders. Sie durchsuchten seine Taschen, rissen den kleinen Lederbeutel ab, den er am Gürtel trug, prüften seinen Inhalt.

Das Gesicht des Mörders hellte sich auf, und er ließ den Beutel rasch in seine Gewandfalten gleiten.

»He, he!«, rief der andere. »Wir haben gesagt, alles wird geteilt. Gib mir den Beutel!«

Der Mörder reagierte nicht. Ungerührt betrachtete er sein Messer und streifte es an Walas Umhang ab.

»Gib mir den Beutel!«

»Hol ihn dir doch!« Das Messer des Mörders fuhr an den Hals des anderen. Der Mann wich zurück, während er ängstlich auf das Messer starrte. Er hob die Hände. »Schon gut!«, rief er beschwichtigend. »Ich hab's nicht so gemeint!«

Der Erste zögerte noch, dann steckte er sein Messer zurück in die Halterung. Er warf einen Blick auf die Toten.

»Schirrt die Pferde an!«, rief er. Grell und unwirklich hallte seine Stimme durch den Wald.

Was kann ich nur tun?, dachte Aelia. Gar nichts, mahnte eine strenge Stimme in ihrem Inneren. Gehe ich zu ihnen, töten sie mich auch.

Es sind zu viele. Sie musste in ihrem Versteck bleiben und warten, bis die Bande fort war.

In diesem Augenblick ertönte aus der Ferne ein Grollen. Die Mörder hielten inne und lauschten. Das Grollen kam näher, wurde lauter, wurde zu dem Geräusch herannahender Hufschläge. Jene Männer, die begonnen hatten, die Pferde vor die Wagen zu spannen, langten nach ihren Bögen. Doch noch ehe sie Pfeile einlegen konnten, galoppierten Pferde heran mit drei, vier, fünf Reitern in ledernen Brustpanzern und langen Umhängen, die hinter ihnen herwallten. Eine Lanze zischte durch die Luft, traf einen der Mörder, die am ersten Wagen standen, in die Brust. Eine zweite Lanze folgte, traf den nächsten. Eine Axt wurde geschleudert und fuhr, sich in der Luft überschlagend, in den Rücken eines Mannes, der sich hinter einem Baum verstecken wollte. Die Angreifer zügelten ihre schnaubenden Pferde, schwangen sich von den Tieren und zogen ihre Schwerter.

Die Mörder schrieen auf. Der Angriff kam so überraschend, dass sie keine Zeit mehr zur Gegenwehr hatten. Sie erkannten, dass ihnen ihre Bögen nichts mehr nutzten und sie mit ihren Messern gegen die Schwerter dieser Krieger nichts ausrichten konnten. Hastig flüchteten sie sich ins Unterholz, jeder in eine andere Richtung.

Die Krieger setzten ihnen hinterher. Das Laub raschelte und wirbelte unter ihren Schuhen auf, ihre Mäntel streiften über Baumsprösslinge.

Einer der Mörder rannte an Aelias Versteck vorbei. Ein Krieger setzte ihm nach. Als er ihn fast eingeholt hatte, drehte der Mörder sich plötzlich um und stieß mit der Hand, die ein Messer hielt, nach vorn gegen die Brust seines Verfolgers. Der Krieger sprang zurück, sein Umhang verfing sich in den Ästen eines Strauches. Er riss sich los, doch da schoss das Messer des Mörders wieder vor, zielte auf den Schwertarm des Kriegers. Der Krieger schrie auf, holte aus und schlug dem Mörder mit einem einzigen gewaltigen Hieb seines Schwertes den Kopf ab. So mächtig war der Hieb gewesen, dass der Kopf von den Schultern des Mannes fiel und noch einige Schritte weit rollte, bis er auf dem weichen Waldboden liegen blieb. Aus dem Hals des Geköpften quoll Blut, sprudelte in immer neuen Stößen aus dem Rumpf empor, die das Herz noch pumpte, und ergoss sich auf den Waldboden, während der Körper niedersank. Der Krieger hob die Arme und stieß einen triumphierenden Schrei aus, der laut durch den

Wald hallte. Er gab dem Rumpf einen Fußtritt, dann verfolgte er die Bahn, die der Kopf gerollt war.

Dort kauerte Aelia. Reglos starrte sie auf den Kopf zu ihren Füßen, dessen aufgerissene Augen noch das Erstaunen widerspiegelten. Sie erhob sich, wich einen Schritt zurück, aber schon war der Krieger bei ihr und richtete sein blutverschmiertes Schwert auf sie.

Sie sah ihn an. Er hatte ein kantiges Gesicht, über das sich längs eine Narbe zog. Seine langen Haare glänzten feucht von Morgendunst und Schweiß. Mit seinen grauen Augen blickte er abschätzend auf sie herab. Sie hob langsam die Arme. Ihr fiel ein, dass er sie für einen der Mörder halten könnte, der sich ins Unterholz geflüchtet hatte. Sie öffnete den Mund, um etwas zu sagen, doch sie brachte keinen Laut heraus. Stattdessen fühlte sie eine Woge aus ihrem Magen heraufsteigen.

Sie wandte sich ab und erbrach sich auf den Waldboden. Dann richtete sie sich auf. Sie starrte auf das Schwert, das immer noch auf sie gerichtet war. Es hatte einen goldenen Knauf. »Ich bin keiner von ihnen«, stieß sie hervor. Holprig kamen die fränkischen Worte über ihre Lippen. »Ich gehöre zu den Händlern.«

Der Krieger sagte nichts und musterte sie. »Dreh dich um«, befahl er ihr schließlich. Sie spürte, wie sich seine Schwertspitze im Rücken gegen ihren Umhang drückte. »Los!«

Sie schlich mit zitternden Knien vor ihm her über den Waldboden zu den Wagen, warf einen Blick auf die Toten, sah Gavrus mit verzerrtem Gesicht bei ihnen liegen, und ihr Magen krampfte sich wieder zusammen. Rasch suchte sie nach Walas Leichnam, aber sie sah ihn nicht. Sicher lag er irgendwo unter den Toten. Die anderen Krieger waren inzwischen auch zurückgekehrt und wischten ihre blutverschmierten Schwerter an den Umhängen der Toten ab. Dann steckten sie sie zurück in die ledernen Hüllen ihrer Schwertgehänge. Sie schlugen sich gegenseitig auf die Schultern.

»Wen habt Ihr da erwischt?«, fragte ein kleiner kräftiger Krieger mit einem kahlen Haupt. Er deutete auf Aelia, wobei sein Umhang nach hinten rutschte und den Blick auf seinen Arm freigab, der übersät war mit eintätowierten Zeichen.

»Einen von den Händlern«, antwortete der Mann, der sie hergeführt hatte. Da schubste jemand Aelia so heftig von hinten, dass sie hinfiel. Sie schrie auf. Sie war auf etwas Hartem gelandet, einem großen Stein, rollte sich beiseite, öffnete die Augen. Ihr Blick fiel auf ein paar schlammbespritzte Schuhe.

»Wo habt Ihr ihn gefunden?«, schnarrte die Stimme des Kahlköpfigen über ihr.

»Hinten, im Unterholz. Hat sich da versteckt.«

Aelia wollte sich aufrichten, doch die Spitze eines Schwertes war auf ihre Brust gerichtet. Es gehörte dem, der sie geschubst hatte, ein junger schlanker Krieger mit lockigem Haar. Er sah auf sie herunter.

»Soll ich ihn töten, Marwig?«

Der Krieger, der sie hergeführt hatte, gab einen unwilligen Laut von sich. Dunkel zeichnete sich seine hoch gewachsene Gestalt vor dem wolkenverhangenen Himmel ab.

»Lebt noch jemand von ihnen?«, rief er ins Lager hinein.

»Niemand!«

Marwig sah auf sie herunter. Er schien noch unentschlossen, was er mit ihr tun sollte.

»Er ist ein Mörder«, meinte der mit den lockigen Haaren. »Lass mich ihn töten.«

»Ich bin kein Mörder!«, protestierte Aelia auf Fränkisch, das ihr vor Angst nur schwer über die Lippen kam. »Ich gehörte zu den Händlern.«

Marwig zögerte immer noch. Aelia sah auf seine schlammbespritzten Schuhe, erkannte die feinen Tropfen Blut darauf. Sie blinzelte in die kühle Morgenluft, die in ihren Augen brannte. Ungerührt zwitscherten über ihnen in den Baumkronen ein paar Vögel. In der Nähe steckte jemand sein Schwert zurück in die Scheide, aber es war nicht das Schwert des Lockigen.

Göttin, wenn es sein muss, gib mir einen schnellen Tod.

Marwig gab dem Lockigen ein Zeichen, das Schwert wegzustecken. »Lass ihn aufstehen.«

»Warum? Ich könnte ihn so viel besser töten!«

»Halt den Mund, Lantschild. Und du steh auf!«

Aelias Beine zitterten, als sie sich schwankend aufstellte. Alle sahen erwartungsvoll auf Marwig, der offenbar ihr Anführer war.

»Wo kam euer Zug her?«, wollte er wissen. Sein Fränkisch war anders als das, was sie sprach, mit einem merkwürdigen Klang, aber sie verstand ihn.

»Colonia«, brachte sie hervor.

Sie merkte, wie sie am ganzen Leib zu zittern begann.

»Und wo wolltet ihr hin?«

»Bagacum.«

»Er lügt!«, rief Lantschild, dessen längliches Gesicht unter den Locken blass aussah. »Die meisten kommen aus Colonia und wollen nach Bagacum, das ist nichts Besonderes!«

»Wiomad, durchsuch ihn«, befahl der Anführer. Daraufhin trat der Kahlköpfige an Aelia heran, hob seine tätowierten Arme und klopfte ihren Leib ab. Als er nichts fand, schüttelte er den Kopf. Marwig wandte sich wieder an Aelia. »Du scheinst tatsächlich aus Colonia zu kommen, denn du sprichst das Fränkisch der Rheinstämme. Bist du Römer oder Franke?«

Aelia sah auf seine blutbespritzten Schuhe. Sie war mit Wala überein gekommen, dass ihr Fränkisch trotz aller Übungen noch nicht gut genug war, um ihren lateinischen Akzent zu verbergen, und es daher besser wäre, die Wahrheit zu sagen, nämlich dass sie halb Fränkin, halb Römerin sei. Je näher die Lügen an der Wahrheit lagen, desto besser wären sie, hatte Wala gesagt, denn dann fielen sie leichter. Sie hatte auch keine andere Wahl, denn sicher hatte der Anführer ihren lateinischen Akzent schon bemerkt.

Sie schluckte ihre Angst herunter, hob den Kopf und sah ihm geradewegs in die Augen. »Ich bin beides. Meine Mutter war Römerin, mein Vater Franke. Sie sind tot. Mein Großvater, mit dem ich nach Bagacum wollte, ist nun auch tot.«

Sie senkte den Kopf und warf einen traurigen Blick auf die Toten.

»Wie ist dein Name?«

»Mein Name?« Ihr schwirrte der Kopf. Schwindel erfasste sie und hätte sie beinahe wieder auf den Boden zurücksinken lassen. Wäre es besser, sich ihnen als Frau erkennen zu geben? Würden sie sie dann vielleicht nicht töten?

»Mein Name ... ich habe keinen Namen.«

Die Krieger, die sie umringten, lachten, doch ihr Anführer blieb ernst. »Jeder hat einen Namen.«

»Ich ...« Wie töricht sie doch war! Durch ihren verwirrten Kopf schoss die Vorstellung, was die Männer mit ihr anstellen würden, wenn sie sich als Frau zu erkennen gäbe. Nein, dann lieber sterben. Ihr Blick fiel auf den toten Gavrus. »Gavrus«, sagte sie, »ich heiße Gavrus.«

Marwigs Blick glitt über ihre Gestalt. »Verrate mir, wie du als Einziger fliehen konntest, während alle anderen getötet wurden.« Er deutete auf die Ermordeten.

Aelia schluckte. Unter den bohrenden Blicken der Männer suchte sie nach den passenden fränkischen Worten. Stockend erzählte sie ihnen, was passiert war und wie sie sich gerettet hatte.

»Was wolltet ihr in Bagacum?«, fragte der Anführer, als sie geendet hatte. »Mein Großvater … ich sollte ihm helfen, seine Gewürze zu verkaufen.« Aelia wagte es nicht mehr, auf die Toten hinunterzusehen. Ihr war immer noch übel, und sie fürchtete, sich erneut übergeben zu müssen. Marwig wandte sich ab. »Wir nehmen ihn mit!«, rief er im Weggehen den anderen zu.

»Aber was sollen wir mit ihm?« rief Lantschild. »Warum lassen wir ihn nicht einfach hier?«

Marwig trat auf ihn zu. »Für die Händler kamen wir zu spät, Bruder, aber für ihn nicht. Er ist der einzige Überlebende, und darum nehmen wir ihn mit.« Lantschild sah enttäuscht aus, wagte aber nicht mehr, etwas zu erwidern.

»Überzeugt euch, dass niemand mehr in den Wagen ist«, befahl Marwig den anderen. »Prüft die Ladung und seht, was ihr verteilen könnt. Orderic, du nimmst Gavrus mit.«

Orderic, ein junger hübscher Krieger mit dunklen Haaren, sah nicht begeistert aus.

»Was sollen wir mit den Toten machen?«, fragte Wiomad. Marwig warf einen Blick auf den Leichenhaufen. »Durchsucht sie nach Wertsachen. Dann überlassen wir sie den Tieren.«

Die Männer gehorchten. Orderic packte Aelia am Arm und führte sie fort. Sie warf einen Blick zurück auf die Leichname, sah Gavrus zuoberst liegen. Sie blickte schnell weg.

Die Krieger leinten die übrigen Pferde an und nahmen auf den Kutschböcken Platz, während Marwig auf seinem eigenen Pferd vorausritt. Orderic bugsierte Aelia auf den Kutschbock und schwang sich neben sie. So ging es langsam weiter über die alte Heerstraße mit unbekanntem Ziel.

Kapitel 9

Sie wechselten nicht die Richtung und blieben auf der Straße nach Bagacum. Bei jedem Geräusch zuckte Aelia zusammen. Der Wald ängstigte sie jetzt – die dichten Tannenwälder, die Dunkelheit, in der sich Gesindel verbergen und plötzlich hervorbrechen konnte. Sie dachte an Wala, der am Morgen noch friedlich geschlafen hatte. Nun war er tot, ermordet wie die anderen, deren erkaltete Leiber auf dem Waldboden lagen. Sie war allein.

Der Wagen schwankte und schaukelte, während er über die ausgefahrenen Spurrillen fuhr, und Aelia hatte das Gefühl, der Boden verliere sich unter ihren Füßen. Ihr war übel, und in ihrem Kopf schwirrte es. Ihre vor Kälte starren Hände umklammerten den harten Sitz des Kutschbocks, während sie versuchte, einen klaren Gedanken zu fassen.

Die Männer sahen nicht aus wie bezahlte Söldner. Ihre Kleidung, ihre Bewaffnung, das kostbare Zaumzeug ihrer Pferde und ihr Benehmen ließen darauf schließen, dass es Krieger eines fränkischen Fürsten waren, vielleicht sogar König Chlodios Männer, die in seinem Auftrag die alte Heerstraße bewachten. Aber reichte das Gebiet des Königs wirklich schon bis hierhin? Lag es nicht weiter westlich? Wala hatte ihr nicht gesagt, wo Chlodios Burg lag, die Festung Dispargum, sie wusste nur, dass sie noch zwei Tagesritte von Bagacum entfernt waren. Vielleicht handelten die Männer aber auch für sich selbst. Sie lauerten Räuberbanden auf, die Händler auf der Straße überfielen, um sich dann ihrer Beute zu bemächtigen. Wenn der Wald doch endlich enden würde!

Aelia versuchte vergeblich, ihre Übelkeit niederzukämpfen. Als es ihr nicht mehr gelang, gab sie Orderic ein Zeichen.

»Was ist?«

»Ich muss absteigen.«

»Warum?«

»Mir ist übel.«

Orderic zügelte das Pferd so abrupt, dass das folgende Zugtier beinahe aufgelaufen wäre. Wiomad, der den folgenden Wagen lenkte, fluchte laut. »Was ist los, Orderic?« Marwig, der vor ihnen ritt, hielt sein Pferd an. »Musst du etwa schon wieder?« Alle lachten.

Orderic schwang sich vom Kutschbock, packte Aelia und zog sie ebenfalls herunter. »Wenn du lügst, kannst du was erleben«, drohte er, während er sie zu einem Baum zerrte. Aelia kniete sich unter eine Buche und erbrach sich dort. Ihr Magen wütete und zuckte, bis er auch den allerletzten Rest hergegeben hatte. Die Männer waren abgestiegen und hatten die unfreiwillige Rast genutzt, um sich an den Bäumen zu erleichtern. Nun umringten sie Aelia.

»Hel und Henker, ich hab noch nie jemanden so spucken sehen!«, sagte Orderic und schüttelte seine dunklen Locken. »Der hat bestimmt die Stadtseuche.« Die anderen sahen nachdenklich aus.

»Ja, sicher!«, rief Lantschild. »Wir hätten ihn besser getötet.«

»Warum nimmt er ihn nur mit?«, fragte ein junger Krieger mit heller Haut und leuchtend roten Haaren. Er deutete mit dem Kopf auf Marwig, der bei den Wagen wartete.

Orderic hob seine Schultern. »Wer weiß das schon, Ebroin! Du kennst ihn doch!«

»Wir sollten ihn hier zurücklassen«, sagte Lantschild. »Oder besser noch töten.« Er zog sein Schwert und setzte es Aelia an den Rücken.

Die Männer schwiegen, als sie Schritte hinter sich hörten. Marwig kam und warf einen Blick auf Aelia. »Was ist hier los?«

»Der Bursche lässt nichts mehr bei sich, Herr«, erklärte Orderic. »Er ist krank.«

»Ich bin nicht krank«, protestierte Aelia, ehe ein neuer Brechanfall sie überwältigte. Sie würgte und keuchte, während ihr Magen sich aufbäumte, aber es war nichts mehr drin. Erschöpft ließ sie sich auf die Erde sinken. Um sie herum drehte sich alles. Lantschilds Schwert war immer noch auf sie gerichtet.

»Was sollen wir mit ihm?«, fragte Lantschild. »Er ist nur Ballast. Außerdem kann der Dämon, der in ihm ist, auf uns alle kommen.«

»Steck dein Schwert weg!«, befahl Marwig. »Wir nehmen ihn mit.«

Er gab Orderic ein Zeichen, der Aelia daraufhin widerwillig hochzog, zurück zum Wagen führte und auf den Kutschbock schob. Dann nahm er selbst neben ihr Platz. Langsam setzte sich der Zug wieder in Bewegung.

Aelia war alles egal. Ihr leerer Magen rebellierte in krampfartigen Anfällen, die ihr gesamtes Inneres in heißem Schmerz erbeben ließen. Sie fühlte sich wie ein Gespenst, mehr eine Hülle als ein lebendes Wesen, ein Stück Stoff, das sich gerade noch bewegen konnte.

Die Angst war aus ihr gewichen und hatte einer stumpfsinnigen Leere Platz gemacht, in der es nichts weiter gab als die regelmäßigen Hufschläge der Pferde und ein leises Rauschen in den Baumkronen. Ihr Blick fiel auf die bläulich schimmernden Tätowierungen, die auch Orderics Arme zierten – in sich verschlungene kantige Zeichen, auf dem rechten Arm andere als auf dem linken, und ein kalter Schauer überlief sie.

Gegen Abend, als der düstere Tag allmählich in Dämmerung hinüberglitt, erreichten sie einen alten römischen Burgus. Er lag inmitten einer kleinen Rodung auf einer Anhöhe nahe der Straße. Zugewucherte Felder zeugten von einem Dorf, das hier einst gewesen sein musste. Wahrscheinlich hatte man die Steine der Hausruinen für die Ausbesserung des Burgus genutzt, denn man sah noch deutlich die helleren Stellen im Mauerwerk des Turms, der hinter dem Palisadenzaun aufragte. Langsam schleppte sich der Zug die Anhöhe zum hölzernen Tor hinauf, das ihnen ein Wachsoldat öffnete.

Die Wagen rollten in den Hof, der sehr klein war – neben dem Turm gab es nur noch einen hölzernen Stall, einen Unterstand und eine Feuerstelle.

Orderic stieß Aelia vom Kutschbock und sprang hinterher. Hunde kamen, scharwenzelten um sie herum, beschnupperten sie. Aelia stand zitternd in ihrer Mitte und ließ alles über sich ergehen. Ihr war entsetzlich kalt, sie wünschte sich nichts mehr, als auf ein warmes Lager am Feuer zu sinken und zu schlafen. Die Wachmänner kamen heran, verneigten sich vor Marwig und warfen neugierige Blicke auf die Wagen.

»Wir haben das Gesindel erwischt, Männer! Sie sind tot bis auf den letzten Mann!«, rief Marwig triumphierend und reichte einem herbeieilenden Knecht die Zügel seines Hengstes. Die Krieger hoben die Fäuste und jubelten. »Die Heerstraße ist um eine Räuberbande ärmer!«

Marwig befahl den Männern, die Wagen in den Unterstand zu bringen und sich um die Pferde zu kümmern. Ein Knecht verbeugte sich tief vor ihm. »Endlich, Herr! Den Göttern sei dank!« Ein Leuchten ging über das Gesicht des alten Knechts. »Ich habe gewusst, dass Ihr sie findet.«

»Ja, Fulbert, tagelang haben wir ihre Spuren verfolgt, bis wir sie endlich gefunden haben. Nur für die Händler kamen wir zu spät, sie haben alle getötet. Bis auf einen.« Er winkte Aelia näher. »Das hier ist Gavrus. Er hat als Einziger überlebt.«

»Oh.« Fulbert hob erstaunt die Augenbrauen. In seinem rundlichen Gesicht spielte ein kleines Lächeln.

»Kümmere dich um ihn. Er kann dir helfen.«

Fulbert betrachtete Aelia mit einem Ausdruck voller Mitgefühl. »Na komm, mein Junge, du siehst ja ganz verfroren aus. Du kannst mir beim Kochen helfen. Wie ist dein Name noch gleich?«

»A … Gavrus«, zitterte Aelia und beobachtete, wie Marwig sich abwandte und zu den Wagen ging.

»Komm mit, Gavrus.«

Fulbert nahm Aelia am Arm und führte sie in den Wachtturm. Eine Treppe führte hinauf in einen großen Raum, der die ganze Breite des Turms einnahm. Ein wuchtiger Tisch mit Stühlen beherrschte das Zimmer, daneben lag eine in den Boden eingelassene Feuerstelle. Durch schmale Fensteröffnungen sickerte das letzte fahle Licht des verschwindenden Tages und beleuchtete einige Schafsfelle, die um die Feuerstelle herum auf dem Boden lagen. Fulbert legte ihr seine Hand auf die Schulter. »Deine Leute sind alle tot?«

Aelia nickte traurig. Sie musste an sich halten, um nicht in Tränen auszubrechen.

»Wo kamt ihr denn her?«

»Aus Colonia.«

»Dann hast du großes Glück gehabt.«

»Wie man es nimmt. Ich wünschte, ich wäre …«

»Sag es lieber nicht, das bringt nur Unglück. Hier, arbeite, das wird dir helfen.« Er reichte ihr Besen und Eimer. »Du kannst die Feuerstelle ausfegen, ich hole Brennholz. Beeil dich, die Männer wollen es gleich warm haben.«

Aelia nickte. Sie hätte sich am liebsten in eine Ecke verkrochen, wo sie ungestört liegen und ihre Übelkeit bekämpfen konnte. Sie sehnte sich nach Gnaeas Lager in der Küche, nach deren geschäftiger Gegenwart, nach einem warmen Trank aus ihrer Hand.

Sie sah auf die Feuerstelle zu ihren Füßen. Ein Haufen kalter Asche lag dort in einem Kreis von aufgeschichteten Steinen, dazwischen Reste von verkohltem Holz. Bei jedem Luftzug, der durch die Tür hereinwehte, wirbelten feine Aschereste auf. Wie gut, dass Wala ihr gezeigt hatte, wie man Feuer machte.

Sie warf einen Blick in den eisernen Eimer. Dort lagen Aschereste und andere übel riechende Hinterlassenschaften, über deren Ursprung sie lieber nicht nachdenken wollte. Sie hievte den Eimer zur Feuerstelle und fegte sie aus, doch der Reisigbesen war viel zu grob für die feine Asche. So blieb ihr nichts anderes übrig, als die Feuerreste mit den Händen zusammenzukehren und in das eiserne Gefäß zu schaufeln. Eine Wolke üblen Geruchs wogte ihr entgegen, ließ erneut Übelkeit in ihr aufsteigen. Sie wandte sich ab. Wütend schleppte sie den Eimer aus dem Raum, als sie Lantschild die Treppe heraufkommen sah. Schnell huschte sie in den Wachraum zurück, aber schon war er hinter ihr.

»Na, brennt's noch nicht? Schaffst du's heute noch oder müssen wir erfrieren?«

Aelia starrte ihn an. In seinem länglichen, noch weichen Jünglingsgesicht lagen ein paar dicke Lippen, die sich verächtlich nach unten zogen. Schmale, schräg stehende Augen sahen sie spöttisch an. Es war kein schönes Gesicht. Es war das Gesicht eines verwöhnten, gehässigen jungen Mannes.

»Habt Geduld«, versetzte sie und griff nach dem Schürhaken, der in der Nähe der Feuerstelle lag.

Lantschilds Blick wurde finster. Er holte aus, um ihr eine Ohrfeige zu verpassen, aber sie sah den Schlag kommen und wich rechtzeitig aus. Es war eine Bewegung, die sie selbstverständlich machte, ohne darüber nachzudenken, aber Lantschild gaffte sie an, als sei sie ein Dämon. Er sah auf seine Hand hinunter, als sei diese ein ungezogenes Kind, weil sie nicht getroffen hatte, und zog sie fort.

»Beeil dich!«, blaffte er.

Aelia wich zurück. Mit zitternden Fingern nahm sie ihr Feuereisen, einen Feuerstein und ein Stück Zunder aus ihrer Tasche. Sie sah Stroh, Distelsamen und ein paar trockene Zweige in der Nähe in einem Korb liegen und beeilte sich, das Eisen gegen den Feuerstein zu schlagen, wie sie es bei Wala gelernt hatte. Ein paar Funken flogen, aber der Zunder wollte noch nicht brennen.

»Bei der Hel!«, zischte Lantschild. »Du kannst noch nicht mal ein Feuer machen! Seht ihr«, rief er Orderic und Ebroin zu, die gerade von unten heraufkamen, »wir müssen erfrieren, weil dieser Kerl zu blöd ist zum Feuermachen!«

Die beiden Krieger kamen neugierig näher. Aelia schlug weiter mit dem Eisen auf den Feuerstein, aber vor Aufregung zitterten ihr die Finger, und der Zunder fing kein Feuer.

»Was gibt's hier, Lantschild? Er kann kein Feuer machen?«

Marwig war hereingekommen und sah in den Kreis seiner Krieger, wo Aelia sich mühte, die Funken zu schlagen.

»Na, das braucht wohl noch etwas Übung. Es wird aber Zeit, dass es hier langsam warm wird. Ich habe Hunger! Fulbert, wo bleibt das Fleisch?«, rief er. Kurz darauf erschien Fulbert mit einem weiteren Knecht. Sie trugen Brennholz und Platten mit Fleisch, das offenbar unten auf der Feuerstelle im Hof gebraten worden war, sowie eine große Holzschüssel herein.

»Fulbert, mach Feuer, damit es hier endlich warm wird!«, befahl Marwig und ließ sich an der Kopfseite des Tisches nieder.

Der Knecht gehorchte und nahm Aelia Feuerstein und Feuereisen aus der Hand. Er hieb das Eisen auf den Stein, bis der Zunder Feuer fing und glühte. Dann wickelte er ihn vorsichtig in den Distelsamen und blies, bis der Samen qualmte. Dennoch dauerte es noch eine Weile, bis eine hübsche kleine Flamme in einem Nest aus Samen und Stroh auf der Feuerstelle brannte, über die Fulbert kleine Holzstücke schichtete. Während Aelia seine geübten Handgriffe beobachtete, fühlte sie sich plump und ungeschickt.

Lantschild hatte offenbar nicht vor, aufzugeben.

»Wir sollten ihn morgen auf dem Markt in Bagacum verkaufen«, sagte er zu Marwig. »Ich sehe nicht ein, dass wir nutzlose Knechte mit durchfüttern.«

»Sei still und setz dich«, befahl Marwig seinem Bruder.

Lantschild gehorchte widerwillig. Offenbar hatten die Männer eine feste Sitzordnung. Lantschild setzte sich neben Marwig, der am Kopfende saß, und ihm gegenüber – an Marwigs anderer Seite – ließ sich der kahlköpfige Wiomad nieder. Dann erst folgten die anderen.

Fulbert servierte bei Tisch, während der andere Knecht sich wieder nach unten zurückzog. Er verteilte das Fleisch nach der Sitzordnung: Erst bekam Marwig, dann Lantschild, danach Wiomad und alle anderen. Danach füllte er ihnen in derselben Reihenfolge die Becher mit Bier.

Als sie endlich nicht mehr im Mittelpunkt stand, verbarg Aelia sich erschöpft auf einem der Felle in der Ecke. Der Geruch nach gebratenem Fleisch drang zu ihr herüber und ließ ihr das Wasser im Mund zusammenlaufen. Ihre Übelkeit war verschwunden, und sie hatte großen Hunger, aber niemand gab ihr etwas.

Die Krieger hoben ihre Becher. »Auf unseren Sieg!«, rief Wiomad. Sie stießen die Becher gegeneinander und leerten sie in einem Zug, anschließend stülpten sie sie umgekehrt auf die Tischplatte. Die Becher sahen merkwürdig aus: Sie hatten einen runden Boden, sodass sie nicht stehen konnten. Man musste sie in einem Zug leeren.

Die Männer nahmen das Fleisch, das die Knechte bereits zerteilt hatten, mit den Händen und schoben es sich in die Münder.

»Wie lange haben wir das Pack verfolgt«, sagte Wiomad. »Nun haben wir endlich Ruhe.«

»Was machen wir mit der Beute?«, wollte Lantschild wissen. Sein Gesicht glühte rot unter dem lockigen Haar.

Marwig kaute in Ruhe zu Ende, ehe er antwortete. »Morgen bei Tageslicht teilen wir sie auf. Was wir nicht behalten, verkaufen wir auf dem Markt in Bagacum.«

Die Männer schlugen auf den Tisch, bis die Platte bebte. Sie hoben ihre Becher und hielten sie Fulbert hin. Rasch tauchte der Knecht den Krug in das Fass, eilte zu den Kriegern und füllte ihnen die Becher.

»Auf Marwig!«, rief Orderic, der in der Mitte des Tisches saß, und es folgte dasselbe Trinkritual wie vorhin.

Marwig wandte sich an den Dunkelhaarigen. »Orderic, du wirst mit Wiomad und Ebroin nach Bagacum reiten und die Beute verkaufen.«

Orderic verneigte sich mit einem zufriedenen Lächeln. Ebroin, der Krieger mit den roten Haaren, nickte. Er sah ebenfalls sehr erfreut aus. Nur Lantschild schien der Befehl nicht zu gefallen.

»Aber Marwig, zu dritt schaffen sie das nicht. Wir brauchen allein vier Männer für die Wagen und ...«

»Ich weiß. Zwei Wachmänner werden sie begleiten.«

Lantschild zog ein beleidigtes Gesicht. »Warum schickst du nicht mich? Warum immer die anderen? Ich bin dein Bruder ...«

Marwigs Hand knallte auf die Tischplatte. »Du bekommst eine Aufgabe, wenn ich es dir sage!«

Lantschild lehnte sich zurück und verschränkte die Arme vor der Brust. »Du hast mir noch nie ...«

»Schweig!«

Marwigs Stimme hallte so laut durch den Raum, dass alle die Köpfe einzogen.

»Wenn dir meine Befehle nicht passen, kannst du gehen. Auch wenn du mein Bruder bist, hier hast du keine besonderen Rechte!«

Stille breitete sich aus. Niemand wagte, etwas zu sagen. Lantschild sah auf die Tischplatte. Schließlich rief Wiomad: »Fulbert, bring uns Bier! Wir wollen auf unseren Erfolg anstoßen!«

Der Knecht beeilte sich, den Krug wieder in das Fass einzutauchen, als Marwig einen Blick in die Ecke warf, in der Aelia kauerte.

»Nein, Fulbert, du schenkst uns nicht ein. Das macht Gavrus!«

Er winkte Aelia heran. Sie erhob sich langsam. Ein Krampf durchzuckte ihren hungrigen Magen, als sie den Geruch des Fleisches roch, aber sie zwang sich, ruhig zu gehen. Gierig sah sie auf die wenigen Fleischfäden, die auf den leeren Platten liegen geblieben waren, während sie Marwigs Blick bemerkte. Der Feuerschein zuckte über sein kantiges Gesicht, als er sie ausdruckslos ansah.

»Wenn du schon kein Feuer machen kannst, dann kannst du uns wenigstens einschenken«, sagte er und hielt ihr seinen Becher hin.

Aelia nickte. Sie nahm den vollen Tonkrug, den Fulbert ihr reichte, und begann, Marwigs Becher zu füllen, doch schoss zu viel Bier heraus, und ein guter Schluck schwappte auf seine Schuhe.

Hastig stammelte sie eine Entschuldigung. Die Männer lachten, doch dadurch wurde alles nur noch schlimmer. Sie atmete tief, doch ihr war vor Angst so flau im Magen und sie fühlte sich so elend, dass sie auch beim nächsten Becher ein paar Tropfen verschüttete. Lieber Himmel, konnte sie denn nichts richtig machen? Sie hatte doch alle üblichen Hausarbeiten, die eine Magd beherrschen musste, bei Wala gelernt! Schweigend blieb sie am Rand des Tisches stehen und wagte es nicht, weiter einzuschenken.

»Fulbert!«, rief Lantschild. »Komm und schenk uns ein! Dieser Kerl ist zu dumm dazu!«

Sofort eilte der Knecht heran und tat, wie ihm geheißen, während Aelia zurückwich. Die Angst kroch ihr den Nacken herauf.

Wiomad beugte sich zu Marwig und sagte leise: »Herr, wenn wir diesen Jungen auf dem Markt in Bagacum verkaufen, dann könnten wir vielleicht einen ganz guten Preis für ihn bekommen.«

Lantschild lachte verächtlich auf. »Wer kauft denn so einen?«

»Wir sagen den Käufern ja nicht, dass er nichts kann«, versetzte Wiomad.

Marwig hob seinen Becher. »Auf ein gutes Geschäft!«, rief er.

Die Männer erhoben sich. »Auf ein gutes Geschäft!«

Ihre Stimmen hallten durch den Raum, und sie ließen ihre Becher wieder aneinander krachen und stürzten das Bier hinunter.

Marwig trank in tiefen Zügen, knallte seinen Becher zurück auf den Tisch. Seine grauen Augen ruhten abschätzend auf Aelia.

»Haben meine Männer Recht – oder gibt es doch etwas, das du kannst?«

Aelia ließ den Kopf hängen. Zorn und Verzweiflung kämpften in ihr. Ja, es gab etwas, das sie konnte, das sie beherrschte wie keine andere, aber sie konnte diesen Kriegern schlecht verraten, dass sie eine Kämpferin war. Es war schon schwierig genug, sie glauben zu lassen, sie wäre ein Mann. Was konnte sie noch, das für die Krieger von Nutzen sein konnte? Womit könnte sie sie überzeugen, sie nicht zu verkaufen? Sie sah auf ihre Hände, und da hatte sie einen Einfall.

»Ja, ich kann etwas«, stieß sie mit rauer Stimme hervor.

Die Männer blickten sie erstaunt an. »Hört, hört«, höhnte Lantschild. »Wir sind gespannt!«

»Ich könnte Euch den Rücken kneten, Herr«, sagte Aelia. »Eure Füße oder Euren Rücken. Er ist vom langen Reiten bestimmt ganz …«, sie suchte nach dem fränkischen Wort, »fest geworden. Ich könnte ihn lockern und geschmeidiger machen.«

Es wurde so still, dass man nur noch das Knacken des Feuers hörte. Schließlich ließ sich ein Glucksen vernehmen, ein Kichern, mit dem Orderic und Lantschild begannen und in das die anderen einfielen. Gemeinsam steigerten sie es bald zu einem ohrenbetäubenden Lachen, das von den Wänden widerhallte. Die Männer schlugen mit den Händen auf die Tischplatte.

»Was haben wir denn hier?«, brüllte Wiomad. »Einen römischen Lustknaben?«

»Willst du unserem Herrn nicht was anders kneten?«, rief Orderic.

Sie lachten dröhnend. Als es wieder ruhiger geworden war, sah Marwig Aelia streng an. »Römischer Tand«, sagte er mit leiser Stimme.

Aelia schluckte. Wie konnte sie den Männern glaubhaft machen, dass sie so etwas Außergewöhnliches beherrschte wie Massieren, aber von den alltäglichen Verrichtungen im Haushalt weniger verstand? Da erinnerte sie sich an Gavrus und seine Geschichte, die er ihr erzählt hatte. »Meine Mutter war arm«, log sie hastig. »Deshalb half ich einem alten Badegehilfen in den Thermen, um uns ein Zubrot zu verdienen.«

Sie biss sich auf die Lippen. Ihre Lügen spiegelten sich in den ungläubigen Gesichtern der Männer wider. Als niemand etwas sagte, fuhr sie rasch fort: »Meine Tasche ist im Wagen des Salbenmischers, mit dem ich gereist bin. Ihr könnt sie holen lassen, wenn Ihr mir nicht glaubt.«

Nein, sie hatte nicht überzeugend geklungen. Ihr fiel ein, dass sie den Männern nun erst recht Gründe geliefert hatte, sie auf dem Markt zu verkaufen, aber das war ihr egal. Sollten sie sie doch nach Bagacum bringen! Vielleicht könnte sie dann fliehen und nach Treveris zurückkehren, um Tertinius von dem Überfall und Walas Tod zu berichten.

»Vielleicht solltet Ihr es mal mit den Füßen probieren, Herr«, meinte Orderic grinsend.

»Ja, versucht es mit einem Fuß«, rief Ebroin. Die Männer lachten so heftig, dass sich einige die Tränen aus dem Gesicht wischen mussten.

Aelia sah Lantschilds spöttischen Gesichtsausdruck, als Marwig sie heranwinkte. Wortlos packte er sie an der Schulter und zwang sie, sich vor ihn zu knien. Dann bedeutete er ihr mit einem Nicken, ihm den Schuh auszuziehen.

Aelia gehorchte mit klopfendem Herzen. Sie öffnete die kleine Schnalle, mit der seine Wadenschnüre befestigt waren, wickelte den Lederriemen ab, der den Schuh hielt, und zog ihn aus. Sie legte sich seinen Fuß in den Schoß und strich mit ihren kräftigen Händen über den Stoff seiner Beinlinge. Sie hatte von Gavrus gelernt, aber sie kannte auch selbst die Stellen, an denen es guttat. Bei Dardanus hatten sich die Mädchen immer gegenseitig Rücken und Füße massiert. Sie hatten Verspannungen und Verkrampfungen weggeknetet und Zerrungen mit Gnaeas Salbe eingerieben. Weil sie wussten, wo sie sich gegenseitig Schmerz zufügen konnten, wussten sie auch, wo sie sich behandeln mussten, um sich zu helfen.

Misstrauisch beobachtete Marwig, was sie tat. Dann lehnte er sich zurück, wartete und schnitt manchmal ein paar Grimassen, was seine Männer jedes Mal mit einem Lachen quittierten.

»Ihr geht nicht oft zu Fuß«, murmelte Aelia.

Er fuhr hoch, sein Fuß zuckte heftig in ihrem Schoß.

»Ihr habt keine Schwielen, Ihr reitet bestimmt viel.«

»Ah ja?« Er zog seinen Fuß fort. »Genug jetzt! Zieh mir den Schuh wieder an!«

Enttäuscht gehorchte sie. Er lehnte sich zurück, die anderen lachten. »Willst du das Kneten nicht lieber den Weibern überlassen?«, spottete Lantschild. »Die sind doch bestimmt besser als dieser römische Schwanzlecker.«

Marwig starrte seinen Bruder herausfordernd an. Als Aelia sich erhob, sagte er: »Und nun den Rücken!«

»Ohohohoho!«, riefen die Männer, und Lantschild schrie: »Seht, das gefällt meinem Bruder! Er will sich kneten lassen wie ein Römer!«

Sofort wurde es wieder still im Raum. Alle sahen erwartungsvoll auf Marwig. Doch anstatt seinem Bruder eine Antwort zu geben, zog dieser blitzschnell sein Messer aus dem Gürtel und hielt es Lantschild an die Kehle.

Die Männer schwiegen. Lantschild beugte sich wortlos über seinen umgekehrten Becher und wagte es nicht, sich zu rühren. Marwig verharrte eine Weile, dann steckte er sein Messer zurück in seinen Gürtel, als wäre nichts geschehen. Er legte seinen ledernen Brustschutz und das Untergewand ab und warf die Sachen Fulbert zu, der sie geschickt auffing. Sein nackter, muskulöser Oberkörper schimmerte im Licht des Feuers. Aelia starrte ihn an.

Mit einem behaglichen Seufzer ließ Marwig sich auf den Stuhl sinken, der vor ihr stand. Sie legte ihre Hände auf seine Schultern, strich langsam über seinen Rücken und fühlte seine Muskeln unter der glatten Haut. Das war etwas anderes als die Rücken der Mädchen bei Dardanus. Er hatte den Leib eines Kriegers, in jahrelangen Übungen gehärtet und geformt. Sie würde ihn anders kneten müssen, fester. Ihr kamen Zweifel, ob sie das konnte. Aber dann überwand sie sich und begann, seinen Nacken in kreisenden Bewegungen zu massieren, um sich allmählich weiter nach unten vorzuarbeiten. Mit kundigen Händen spürte sie Verspannungen auf, harte Stellen, und rieb sie nach und nach so geduldig, dass ihm ein Seufzer entfuhr. Das wurde sofort mit Gelächter quittiert.

»Seht, wie es unserem Herrn gefällt!«, rief Orderic. »Wie er zahm wird wie ein müder Löwe! Kannst bei mir gleich weiter machen, Kleiner!«

Alle lachten. »Bist ja nur neidisch, Orderic!«, rief Ebroin. »Wär schön, wenn das deine Guntheucha auch könnte, was?«

Sie brüllten vor Lachen, und Ebroin machte ein anzügliches Zeichen.

»Ihr Bastarde wisst nicht, was meine Guntheucha alles kann«, lächelte Orderic geheimnisvoll.

»Gib nicht so an, Orderic, du weißt genau, dass dich hier alle in der Runde um Guntheucha beneiden«, sagte Wiomad.

»Nicht alle«, verbesserte ihn Ebroin.

»Na gut, du vielleicht nicht, aber die meisten schon«, sagte Wiomad. »Du hast ein Prachtweib, darauf kannst du stolz sein, also rede nicht über sie, als sei sie eine Hure!« Er funkelte Orderic wütend an.

»Es ist nicht meine Schuld, dass du sie nicht gekriegt hast«, versetzte Orderic.

Wiomad fuhr hoch, seine Hand glitt an den Griff des Messers, aber es war nicht da. Die Männer hatten alle Waffen vor der Tür abgelegt, nur Marwig hatte sein Messer behalten. Orderic erhob sich ebenfalls. Die Kontrahenten funkelten sich quer über den Tisch hinweg an.

»Hört auf!«, rief Marwig. »Macht das später unter euch aus, aber nicht jetzt und nicht hier!«

Er schüttelte Aelias Hände ab und streifte sich wieder sein Gewand über. »Orderic!«, rief er. »Bring Gavrus in meine Kammer.«

Orderic stand immer noch am Tisch und warf Wiomad finstere Blicke zu.

»Na los, mach schon«, befahl Marwig. Da besann sich Orderic, packte Aelia und führte sie zur Tür.

»Sei nicht zu grob zu ihm«, setzte Marwig grinsend hinzu. »Er soll mir schon mal das Bett anwärmen.«

Nach und nach begriffen die Männer seine Worte und starrten ihren Anführer an. Entsetzen stand in ihren Blicken, aber niemand wagte etwas zu sagen, selbst Lantschild nicht. Dann maßen sie Aelia mit verächtlichen Blicken. Marwig aber schien das nur zu belustigen.

»Was ist, Wiomad?«, grinste er den Kahlköpfigen an. »Was hast du? Findest du es nicht gut, wenn man nach einem so langen Ritt auf ein warmes Lager möchte?«

Wiomad sah auf die Tischplatte hinunter. »Gewiss, Herr.«

»Und?«

»Nichts.«

»Verdammt, alter Freund, sag mir die Wahrheit, ich sehe doch an deinem Gesicht, dass dir etwas nicht gefällt.«

Wiomad räusperte sich.

»Seit wann lasst Ihr Euch von Knaben das Bett wärmen, Herr?«

Marwig lachte und hielt Fulbert erneut den Becher hin. Sein Blick glitt über Aelias Gestalt. »Siehst du hier ein Weib, Wiomad?«

Sein Freund schüttelte den Kopf.

»Na also, hier ist weit und breit kein Weib. Zum Bettwärmen ist jeder gut genug.«

Er leerte seinen Becher.

Aelia hörte nicht mehr, ob Wiomad noch etwas erwiderte, denn Orderic packte sie hart am Arm, schob sie aus dem Raum und die Treppe hinauf.

Sie zitterte am ganzen Leib. Sie hatte schon gedacht, dass sie sich die Gunst des Anführers sichern müsste, aber das war eindeutig zuviel des Guten. Schon erreichten sie Marwigs Kammer, Fulbert folgte ihnen mit einem Öllämpchen.

Das Gemach musste die zweite ehemalige Wachstube im Turm sein, war aber im Vergleich zur ersten sehr behaglich eingerichtet: Es gab Teppiche, eine Holztruhe, einen Tisch mit zwei Korbsesseln und ein großes Bett, das fast die ganze Kopfseite des Raumes einnahm.

Fulbert stellte das Öllämpchen auf den Tisch. Dann verließ er mit Orderic, der ihr noch ein paar anzügliche Blicke zuwarf, das Gemach. Laut krachte die Tür hinter ihnen ins Schloss, und Aelia blieb ängstlich zurück. Sie starrte auf den gewebten Teppich, auf dem kunstvoll ineinander verschlungene Ranken eine Jagdszene umschlossen: Ein Mann erlegte einen Hirsch, der ebenso groß war wie er selbst. An diesem Teppich mussten Frauen monatelang gewebt haben. Wahrscheinlich waren das alles Beutestücke, dachte Aelia, dieses und die römischen Korbsessel. Dieser Barbar schien die Vorzüge römischer Lebensart durchaus zu schätzen. Sie trat an die schmale Fensteröffnung, sah hinaus in den Hof. Das römische Fensterglas war verschwunden und durch eine Schweinsblase ersetzt worden. Aelia konnte nicht viel erkennen, nur das Licht einer Fackel in der Dunkelheit.

Da hörte sie Schritte auf dem Flur und fuhr herum. Ihre Hand glitt wie von selbst zu jener Stelle am Gürtel, wo sie das Messer getragen hatte, erst jetzt entsann sie sich, dass sie Tertinius' Messer an der

Wade trug. Zu spät, sie konnte es so schnell nicht erreichen. Aber es war Fulbert, der ihr einen Teller mit Hirsebrei und ein paar Fleischresten brachte. Daneben stellte er einen Krug Bier und einen Becher.

Aelia hätte den Knecht küssen mögen. Aber kaum hatte er das Essen auf den Tisch gestellt, verschwand er, als fürchtete er, mit ihr zu reden. Wenn Marwig sie nun mit Gewalt nehmen würde? Oder Dinge von ihr verlangte, die sie nicht tun wollte? Ihr schauderte bei dem Gedanken. Sie schob ihren Stiefelschaft hinunter, zog das Messer aus seiner Halterung, betrachtete es im fahlen Licht, das vom Hof hereinfiel. Es war ein kleines, leichtes Wurfmesser mit einem eisernen Griff, das sie leicht überall verstecken konnte. Der Stiefelschaft war ein schlechter Platz, wenn man rasch an sein Messer wollte, aber ein guter für Durchsuchungen. Weder der Wachsoldat in Colonia noch Wiomad hatten das Messer entdeckt. Sie würde es benutzen müssen, wenn sich herausstellen sollte, dass Marwig Männer bevorzugte. Eigentlich sah er nicht aus wie einer, der Knaben liebte. Auch das Verhalten seiner Krieger deutete darauf hin, dass er lieber Frauen mochte. Warum war sie dann hier? Was wollte er von ihr?

Sie musste essen, um stark genug zu sein für einen möglichen Kampf. Sie legte das Messer vor sich auf den Tisch und ließ sich auf einem der Korbsessel nieder, roch an dem kalten Fleisch und am Hirsebrei, den der Knecht extra für sie erwärmt hatte. Das Fleisch roch gut und würzig, der Brei fad. Aelia aß langsam und spülte mit Bier nach. Es schmeckte so gut, dass sie sich erneut einschenkte und den Becher leerte. Allmählich spürte sie, wie die Lebensgeister wieder zurückkehrten. Sie schenkte sich ein weiteres Mal nach und leerte den Becher bis auf den letzten Tropfen. Danach fühlte sie sich besser.

Sie ging zum Bett und strich über das Kissen. Es war offenbar mit Stroh gefüllt wie die Matratze. Auch bei Dardanus hatte sie auf strohgefüllten Kissen geschlafen. Müdigkeit überkam sie. Am liebsten wäre sie jetzt in die Kissen gesunken, aber sie konnte sich doch nicht einfach in sein Bett legen! Sie seufzte tief, ging zurück zum Sessel und kauerte sich darauf. Sie würde hierbleiben, und wenn Marwig käme, würde sie ihm unmissverständlich klarmachen, dass sie nicht daran dachte, das Lager mit ihm zu teilen. Notfalls würde sie sich ihm als Frau zu erkennen geben. Das würde ihm, sollte er wirklich Lust auf Knaben verspüren, einen erheblichen Dämpfer verpassen. Wahrscheinlich würde er sie am nächsten Morgen seinen Kriegern mitgeben, damit sie sie in Bagacum verkauften. Umso besser, denn dort hätte sie eher die Gelegenheit zur Flucht als hier im Kastell. Wer wusste schon, wer diese Männer waren?

Sie hörte sie in der unteren Wachstube lachen. Wie konnten sie nur nach einem solchen Tag gemeinsam am Tisch sitzen, lachen und scherzen, als wäre nichts gewesen? Aelia sank tiefer in den Sessel. Bald überkam sie das übermächtige Verlangen, sich auf einem Lager auszustrecken. Wie lange war es jetzt her, dass sie in einem richtigen Bett gelegen hatte? Fünf Tage? Sieben? Sie wusste es nicht mehr. Die letzten Nächte hatte sie im engen Wagen des Glashändlers zugebracht, zwischen Kisten von Glas aus Colonia, die der Händler in den Städten im Norden weiterverkaufen wollte. Nun war er tot.

Aelia seufzte. Sie durfte nicht auf weichen Kissen liegen, während die anderen auf dem kalten Waldboden vermoderten. Jedoch – wenn sie sich das versagte, würde dadurch auch keiner mehr lebendig werden.

Sie erhob sich, schlich sich zum Bett. Sie könnte sich eine Weile hinlegen, bis Marwig käme. Er wäre bestimmt so laut, dass sie ihn früh genug hören würde, und dann könnte sie immer noch sein Bett verlassen. Sie streifte sich Schuhe und Mantel ab und schlüpfte unter die Decke. Das Messer schob sie unter ihr Kopfkissen. Endlich konnte sie alle Glieder ausstrecken. Sie dachte an Wala, und eine Träne rollte über ihr Gesicht. Sie hatte den alten Mann gemocht. Er hatte einen solchen Tod nicht verdient. Ihr einziger Trost bestand darin, dass er nun bei seiner Göttin war, die er so verehrt hatte. Aber Aelia musste sehen, wie sie sich allein in der Fremde durchschlug. Traurigkeit überwältigte sie, und sie tat etwas, was sie normalerweise nie tat: Sie faltete die Hände über der Brust und betete.

Vercana, dachte sie, vielleicht ist es kein Zufall, dass ich als Einzige überlebt habe und deinen Namen kenne. Du hast deinen treuesten Diener sterben und mich leben lassen. Nimm mich an seiner Statt an und beschütze mich, ich werde dir treu ergeben sein.

Die Göttin schwieg. Aelia lauschte auf die Stimmen der Männer, die laut durch die stille Nacht hallten. Sie sangen ein Lied, das sie nicht kannte.

Morgen, dachte sie, morgen wird mir einfallen, was ich machen werde. Bei diesem Gedanken fielen ihr die Augen zu, und sie schlief ein.

Sie schreckte von etwas auf, einem Geräusch oder einer Bewegung – sie wusste nicht, was es war. Voller Angst fuhr sie im Bett hoch. Ihr Herz pochte so laut wie Hammerschläge. Was war es gewesen? Sie sah sich um. Der Morgen graute bereits, und durch die Fensterluke fiel erstes Tageslicht herein. Deutlich zeichneten sich die Konturen der Möbel im Gemach ab, die dunkle Truhe, der gestickte Wandbehang. Jemand war bei ihr. Er lag auf dem Bauch, schlafend, den nackten Oberkörper lang hingestreckt auf dem Kissen. Die kinnlangen Haare bedeckten fast sein ganzes Gesicht.

Bei der Göttin! Sie hatte ihn nicht kommen gehört und die ganze Nacht neben ihm geschlafen. Er hatte sie nicht geweckt.

Aelia betrachtete ihn mit Schrecken. Was sollte sie nur tun? Wenn er gleich erwachte, würde er ohne Zweifel das nachholen wollen, was er am Abend mit ihr hatte tun wollen. Das durfte sie auf keinen Fall zulassen. Sie lauschte. Noch war es still im Burgus, noch deutete kein Geräusch darauf hin, dass jemand aufgewacht war. Es gäbe keinen günstigeren Zeitpunkt als diesen, den Krieger außer Gefecht zu setzen.

Sie sah auf den schlafenden Mann hinunter. Er schlief mit leicht geöffnetem Mund, ohne das leiseste Geräusch. Atmete er überhaupt? Sie beugte sich zu ihm, beobachtete die geschwungene Linie seines Rückens, neben der sich zu beiden Seiten die Hügel seiner Muskeln wölbten. Erst nach einer Weile bemerkte sie, wie sich sein Rücken leicht hob und senkte. Also lebte er noch.

Sie überlegte. Einen Mann wie ihn könnte sie nur im Schlaf überwältigen. Wenn das getan wäre, könnte sie fliehen. Sie könnte sich seine Kleidung überziehen und sich ein Pferd nehmen. Mit dem Gaul würde sie schon fertig werden. Die müden Wachen würden denken, einer der Männer machte einen frühen morgendlichen Ausritt und ihr das Tor öffnen. Ehe man ihr Fehlen entdeckt hätte, wäre sie längst in Bagacum. Von dort könnte sie Tertinius eine Nachricht von Walas Tod senden und warten, bis er ihr einen neuen Mann schickte. Oder sie könnte sich einem Händlerzug nach Treveris anschließen, um ihm selbst alles zu berichten. Es konnte nicht mehr weit bis Bagacum sein, sie brauchte einfach nur die Straße in dieselbe Richtung weiterzureiten und wäre in ein oder zwei Tagesritten dort, wie Wala es gesagt hatte. Er hatte ihr das römische Straßenwesen erklärt: Nach jeder Tagesrittetappe gab es eine Straßenstation oder ein Dorf, wo man übernachten und die Pferde wechseln konnte. Es war gut möglich, dass dieser ehemalige römische Burgus einst die letzte oder vorletzte Station an der Heerstraße vor Bagacum gewesen war.

Ja, so könnte es gehen!

Aelias Atem ging schneller vor Aufregung. Sie tastete nach ihrem Messer unter dem Kissen, stellte erleichtert fest, dass es noch dort lag. Sollte sie ihn wirklich töten? Sie zögerte. Schließlich ließ sie das Messer fallen und beugte sich über den Schlafenden, hob die Faust.

Sie kannte die Stelle. Ein genau ausgeführter entschiedener Hieb, und er würde längere Zeit nicht mehr aufwachen. Ihr Blick fiel auf sein Gesicht, über dessen Wange sich der feine weiße Strich einer alten Narbe zog, was ihm etwas Verwegenes und zugleich Starkes verlieh. Sein Rücken aber war unversehrt, mit schimmernder glatter Haut, die nicht einen Flecken, nicht eine Unebenheit aufwies. Aelia versuchte, ruhig zu atmen und ihre Kräfte für den Schlag zu sammeln. Es war so einfach, sie wusste, wie es ging. Wenn sie wollte, hatte sie eiserne Fäuste, sie musste nur entschlossen genug sein.

Marwigs Gesicht war entspannt wie das eines Knaben. War es nicht zutiefst schlecht, einen wehrlosen Menschen zu schlagen? Er hatte mit seinen Männern die Mörder getötet, die ihren Händlerzug überfallen hatten. Er hatte sie beschützt, als Lantschild sie töten wollte.

Aelia ballte die Faust, bis die Knöchel weiß wurden. Sie ließ sie wieder sinken. Mutlos wich sie zurück und lauschte den Vögeln, die den nahenden Tag in einem gewaltigen Konzert ankündigten. Warum brachte sie es nicht fertig? Sie hatte für Dardanus echte Kämpfe gewonnen, aber nun, als es darauf ankam, versank sie in Mutlosigkeit. Nach einer Weile erhob sie sich leise, schlüpfte in ihre Schuhe, steckte das Messer in die Halterung zurück und schlich sich zur Tür. Eine knarrende Holzbohle ließ sie innehalten. Rasch warf sie einen Blick auf den Schlafenden, aber er lag reglos auf dem Bett. Sie ging weiter zur Tür, um zu sehen, ob sie offen war, drückte die Klinke hinunter – verschlossen.

Aelia seufzte. Wo konnte der Schlüssel sein? Sie blickte sich suchend im Gemach um und sah die Kleider Marwigs achtlos über einen der Sessel geworfen. Sie schlich sich dorthin, während sie es vermied, auf das knarrende Brett zu treten, und durchwühlte seine Kleider nach dem Schlüssel. Da vernahm sie ein Geräusch hinter sich und fuhr herum, aber es war zu spät.

Marwig stand vor ihr. Er war nackt. Wortlos packte er sie und drehte ihr mit einer raschen, geübten Bewegung so fest den Arm auf den Rücken, dass sie aufschrie. Er warf sie bäuchlings aufs Bett und drückte ihr Gesicht in die Kissen. Sie spürte seine festen Hände auf ihrer Haut, seinen Atem an ihrem Ohr, und das Herz klopfte ihr bis zum Hals.

»Du kommst hier nicht raus«, drohte er. »Versuch's erst gar nicht.«
Sie rang nach Luft. Er hatte unglaubliche Kräfte.
»Bitte lasst mich los«, japste sie, »ich wollte nicht fliehen.«
»So, was wolltest du dann?« Sein Griff lockerte sich nicht.
Was sollte sie ihm nur sagen? Dass sie es nicht übers Herz gebracht hatte, ihn zu töten, als sie es noch gekonnt hatte? Ihr schwirrte der Kopf. Da fiel ihr etwas ein, eine irrwitzige Idee, aber so einfach, dass Marwig ihr vielleicht glauben würde.
»Ich wollte mich erleichtern.«
»Und dafür wolltest du raus?« Der Zweifel in seiner Stimme war unüberhörbar, aber er ließ sie los. »In der Ecke steht ein Eimer.« Er deutete vage mit dem Kopf dorthin. Aelia richtete sich auf. Als sie zögerte, setzte er hinzu: »Du kannst ihn benutzen.«
Verzweifelt starrte sie auf das hölzerne Gefäß. Das konnte doch nicht wahr sein, dass sie sich hier vor seinen Augen erleichtern sollte!
»Na los, worauf wartest du noch?«, grinste er, legte sich seitlich auf das Bett und ließ anzügliche Blicke über ihre Gestalt wandern. Sie rührte sich nicht. Unmöglich konnte sie sich wie ein Mann auf dem Eimer erleichtern.
»Ich ... ich kann das nicht.«
Verwundert hob er die Augenbrauen. »Du kannst nicht? Du musst doch unbedingt. Bist du nicht Manns genug, dich wie ein Mann zu erleichtern?«
»Nein.«
Er musterte sie mit einem belustigten Blick. »Warum stellst du dich so an? Mit deinen zierlichen Händen hast du doch bestimmt nicht nur Rücken geknetet. Aber jetzt willst du nicht mal den Eimer benutzen?«
»Das ist nicht wahr«, protestierte sie entrüstet. »Warum beleidigt Ihr mich?«
»Oh, er ist beleidigt. Du bist doch nicht etwa vermählt?«, fragte er dreist.
»Was geht es Euch an?«

»Du machst nicht den Eindruck, als hättest du eine Frau.«

»Was wollt Ihr damit sagen?« Aelia stemmte wütend die Hände in die Hüften.

»Du hast mich schon richtig verstanden.«

Sie atmete tief ein. Langsam dämmerte ihr, worauf er hinauswollte. »Ihr meint also, ich wäre ein Lustknabe? Das ist nicht wahr, ich habe mein Geld immer auf redliche Art verdient. Aber Ihr versteht wohl nicht, wie man mit römischem Tand sein Geld verdienen kann. Ihr scheint so weit ab von jeder Zivilisation zu sein!«

Nun hatte sie eindeutig zuviel gesagt. Im hereinfallenden Tageslicht sah sie, wie sich seine Miene verfinsterte. »Los, geh jetzt!«, sagte er mit rauer Stimme. Das war eindeutig ein Befehl. Nun, dachte sie wütend, soll er doch die Wahrheit erfahren. Mit rotem Kopf ging sie in die Ecke, doch dann zögerte sie. Was passiert, wenn er merkt, dass ich eine Frau bin? Sie warf ihm einen raschen Blick zu und sah, dass er sie beobachtete. Nun, dann wollte er es nicht anders. Sie hob ihre Tunika und schob langsam ihre Beinkleider hinunter. Nun war sie nackt bis auf ihr Untergewand, das nur knapp ihre Blöße bedeckte. Sie überwand sich und hob es kurz an, damit er gerade genug erkennen konnte, dann ließ sie sich langsam auf das Nachtgeschirr sinken. Unter seinem verblüfften Blick – denn er tat ihr nicht den Gefallen, wegzusehen – verrichtete sie ihre Notdurft. Eine Weile starrte er sie an, dann verwandelte sich seine Verblüffung in Belustigung.

»Bei den Göttern, du bist wirklich ein Mädchen!«

Er ließ sich auf das Kissen zurückfallen und lachte. »Ich bin gerettet! Mein Ruf ist nicht zerstört!«

Sie stand auf und zog rasch ihre Beinkleider wieder hoch. »Ihr müsst es Euren Männern nicht sagen.«

Er richtete sich auf und sah wieder ernst aus. »Sie werden es früher oder später doch erfahren.«

Er sprang aus dem Bett, fasste sie bei den Schultern und drückte sie mit einer Handbewegung auf das Bett. Aelia sank auf die Matratze und wurde Zeugin, wie er sich nun seinerseits erleichterte. Widerstrebend musterte sie seine Gestalt, die fast nackt vor ihr stand – groß, muskulöse Beine, schmale Hüften, ein breiter Oberkörper, in dem das Rückgrat wie eine Rinne zwischen den Muskelhälften verlief. Er war bestimmt doppelt so alt wie sie.

Zu ihrem Erstaunen warf er sich nicht auf sie, nachdem er fertig war, sondern nahm seine Gewänder und kleidete sich wortlos an. Dann setzte er sich auf einen der Sessel.

»Kämm mir die Haare«, befahl er und warf ihr einen Kamm hin. Sie starrte überrascht darauf. Er war aus Bein und hatte einen dreieckigen Griff, der geformt war wie das Dach eines Hauses. Darunter befanden sich allerlei Verzierungen – eine vornehme Römerin mit ihrer Sklavin bei der Morgentoilette.

»Na mach schon! Kämmen gehörte doch auch zu deinen Aufgaben als Badegehilfin, oder nicht?«

Langsam glitt sie vom Bett, nahm den Kamm, stellte sich hinter Marwig und fuhr mit gleichmäßigen Bewegungen durch sein Haar.

»Ihr habt gewusst, dass ich ein Mädchen bin, nicht wahr?«

Marwig packte sie am Arm und zog sie vor sich. Ungeniert starrte er ihr auf die Brüste. »Als du mir den Rücken geknetet hast, wusste ich es.«

Diese Gewissheit beruhigte und erschreckte sie zugleich. Er bevorzugte also keine Knaben, aber was würde nun folgen?

Sie nahm seinen Kopf zwischen beide Hände und zwang ihn sanft, hinunterzusehen, damit sie ihm die Haare scheiteln konnte. Er hatte glatte, dunkelblonde Haare, die ihm bis zum Kinn reichten. Als sie fertig war, betrachtete sie ihr Werk und nickte zufrieden. Ihr Blick fiel auf die Narbe an der Wange. Sie streckte die Hand aus, fuhr sanft mit den Fingern darüber. »Was war das? Ein Schwert?«

»Lass das.« Er schob ihren Arm fort. Mit der anderen Hand holte er eine Schere hervor, die er in einer Tasche am Gürtelband trug. »Schneide mir die Fingernägel!« Erstaunt über sein Ansinnen starrte sie auf die kleine Schere, die er ihr hinhielt.

»Was ist?«, fuhr er sie an. »Meinst du etwa, wir hier sind so rückständig, dass wir uns nie den Dreck unter den Nägeln wegmachen?«

Aelia seufzte. Ihre Bemerkung von vorhin musste ihn getroffen haben. Sie hielt es nicht für klug, noch etwas zu erwidern, sondern nahm wortlos seine Hand und begann, ihm die Fingernägel zu schneiden. Das hatte sie zwar noch nie bei jemand anderem gemacht, aber sie merkte, dass es ihr leicht von der Hand ging.

Sie sah, wie er sie mit halb geschlossenen Augen musterte. Als sie fertig war, rief er nach Fulbert. Der Knecht erschien sofort in der Tür, als hätte er bereits im Flur auf sie gewartet. Marwig erhob sich, nahm Aelia am Arm und schob sie zum Knecht. »Erklär ihm, wie man Feuer macht, bei Tisch einschenkt und kocht. Erkläre ihm alles, was du weißt.«

Fulbert nickte eilfertig und verneigte sich tief. Aelia wunderte sich über die große Ehrerbietung, die er dem Mann entgegen brachte. Erleichtert darüber, dass sie sein Gemach verlassen durfte, ohne dass er ihr ein Haar gekrümmt hatte, folgte sie dem Knecht die Treppe hinunter.

Kapitel 10

Bei Tagesanbruch teilten die Männer vieles der Wagenladungen unter sich auf. Mit der übrigen Beute fuhren Wiomad, Orderic, Ebroin und zwei Wachmänner nach Bagacum, wie Marwig es befohlen hatte, um sie dort zu verkaufen. Bedrückt verfolgte Aelia vom Fenster aus, wie die Wagen durch das Tor rollten. Sie waren das Letzte, das sie noch mit ihrem bisherigen Leben verband. Nun war sie allein, und sie wusste nicht, wie es weitergehen würde. In Bagacum hätte sie vielleicht die Gelegenheit gehabt zu fliehen, hier aber schien eine Flucht unmöglich.

Aelia bekämpfte ihre Angst und versuchte, während sie Fulbert zur Hand ging, möglichst viel über das Leben im Burgus zu erfahren. Sie fand heraus, dass es nur vier Wachmänner gab, die sich die Tag- und Nachtwachen teilten – was bedeutete, dass nun, wo zwei von ihnen weg waren, nur noch ein Mann in der Nacht Wache hielt. Das würde eine Flucht sehr erleichtern. Sie könnte, wenn sie erst einmal auf dem Hof wäre, auf das Dach des Pferdestalls klettern, das fast bis zum Palisadenzaun reichte, den Zaun überwinden und dann die alte Heerstraße zu Fuß nach Bagacum laufen. Wie aber sollte sie nachts aus Marwigs Gemach entkommen? Sie wusste nicht, wo er die Schlüssel aufbewahrte, und Fulbert trug seine Schlüssel sicher in einer Tasche am Gürtel. Es gab noch eine andere Möglichkeit – sie musste dafür sorgen, dass Marwig sie gar nicht erst mit auf sein Gemach nahm. Sie musste sich verstecken, oder, wenn das nicht möglich war, sich so unmöglich benehmen, dass sie für ihn vollkommen reizlos wurde.

»Fulbert, was hat der Herr mit mir vor?«, fragte sie unverblümt, als sie ihm half, Brennholz in einen Korb zu schichten. Der Knecht, der sich den ganzen Tag über sehr einsilbig, ja abweisend gezeigt hatte, hielt inne und betrachtete sie mit einem überraschten Blick.

»Es steht mir nicht zu, etwas dazu zu sagen«, antwortete er, nahm ein paar Holzscheite vom Stapel und warf sie in den Korb. Offenbar erschien es ihm nicht angemessen, dass sein Herr mit ihr – einem jungen Mann – das Bett geteilt hatte. Aber Aelia wollte nicht aufgeben. »Wer ist er eigentlich?«, fragte sie.

Fulbert, der sich gerade zum Korb herunterbeugte, um ihn nach oben zu tragen, richtete sich wieder auf. »Hat er dir das nicht gesagt?« Seine Stimme durchschnitt ungewöhnlich scharf die kühle Nachmittagsluft. Aelia schüttelte den Kopf.

»Dann will er nicht, dass du es erfährst«, meinte er. »Ich werde es dir nicht sagen.«

Daraufhin nahm er den Korb und trug ihn zum Turm. Aelia, die eine Weile verblüfft innegehalten hatte, lief ihm hinterher und half ihm. Gemeinsam schleppten sie das Holz die Treppe zur Wachstube hinauf. Während sie es stapelten und das Feuer entzündeten, redeten sie nicht mehr. Aelia beschloss, nicht weiter in Fulbert zu dringen. Sie würde schon noch erfahren, wer die Männer waren, wunderte sich aber über das merkwürdige Verhalten des Knechts. Es ist sicher zu viel für ihn gewesen zu sehen, dass sein Herr Knaben bevorzugt, dachte sie, und musste lächeln.

Marwig und Lantschild, die am Morgen ebenfalls fortgeritten waren, kehrten zur Dämmerung mit einigen erlegten Kaninchen zurück.

»Zeig Gavrus, wie man sie zubereitet«, sagte Marwig zu Fulbert, als er ihm die toten Tiere gab. »Er hat so was bestimmt noch nie gemacht, nicht wahr, Gavrus?«

Er sprach ihren falschen Namen so spöttisch aus, dass Aelia fürchtete, jeder könnte ihre Lüge durchschauen.

»Das stimmt nicht«, protestierte sie. »Ich weiß, wie man das macht.«

Sie sprach die Wahrheit, denn Wala hatte es ihr beigebracht. Marwig zog erstaunt die Augenbrauen hoch. Er setzte sich auf seinen Stuhl und reichte Fulbert seinen Becher. »So? Dann zeig es mir.«

Sie verneigte sich und ergriff das scharfe Messer, das Fulbert ihr reichte. Gemeinsam banden sie die Tiere mit einer Schnur an den Hinterläufen an Haken an der Wand fest. Kaninchen zu häuten und auszunehmen war keine schöne Arbeit, aber sie hatte sich bei Wala daran gewöhnt. Sie musste nur ruhig bleiben, auch wenn die Männer sie beobachteten. Sie nahm das Messer und besann sich auf die richtigen Schnitte. Dann zog sie vorsichtig das Fell von den Hinterläufen ab. Sie musste etwas mit dem Messer nachhelfen, damit das Fell sich vom ganzen Rumpf und den Vorderläufen löste, und schließlich vom Schwierigsten von allem, dem Kopf. Als der enthäutete Leib des Tieres vor ihr hing, fing sie Fulberts anerkennenden Blick auf, der sie ermutigte. Sie atmete tief, schnitt das Kaninchen der Länge nach auf und entnahm ihm die Eingeweide. Das Innere des Kaninchens glitt aus seinem Leib in den Ascheneimer, und ein prüfender Blick in den offenen Bauch verriet Aelia, dass sie alles entfernt hatte. Marwig lehnte sich im Stuhl zurück und sah ihr zu. Er hatte seinen Mantel abgelegt und trug nur noch seine einfache Tunika, die ein breiter Ledergürtel zusammenhielt. Er zwinkerte seinem Bruder zu.

»Siehst du, offenbar ist dieser Bursche doch zu was nutze. Er könnte uns auf die Jagd begleiten, oder was meinst du?«

Lantschild zog eine Grimasse und brummte etwas Unverständliches. Offenbar wagte er es nicht, seinem älteren Bruder zu widersprechen, nachdem dieser Aelia die besondere Gunst seines Bettes gewährt hatte.

»Allerdings scheint mir der Junge doch seltsam zu sein«, fuhr Marwig nachdenklich fort, während er beobachtete, wie Aelia vorsichtig die Haut vom nächsten Kaninchenrumpf zog. »Er kann Kaninchen häuten, aber kein Feuer machen, er kann Rücken und Füße kneten, versteht aber nichts vom Einschenken. Was sollen wir davon halten?«

»Dass er verrückt ist«, brummte Lantschild und kippte sein Bier hinunter.

»Du machst es dir zu einfach, Bruder. Du musst die Menschen genauer betrachten, um zu einem richtigen Urteil zu kommen. Manchmal stimmen die ersten Eindrücke nicht, und man kommt zu überraschenden Erkenntnissen.«

Er betrachtete Aelia, die aufgesehen hatte, belustigt, während sie errötete und sich wieder dem Kaninchen zuwandte, um auch die letzten Reste des Gedärms aus seinem offenen Körper zu entfernen.

Lantschild wischte sich den Mund mit seinem Ärmel ab. Er warf Aelia einen verächtlichen Blick zu. »Wir hätten ihn besser in Bagacum verkaufen sollen. Was willst du mit ihm machen? Du kannst dir nicht ewig das Bett von ihm wärmen lassen.«

Marwig bedachte ihn mit einem strengen Blick. »Jeder hat seine Stärken. Irgendwann werden sie offenbar, und dann kannst du sie nutzen. Das musst du noch lernen, für später, wenn du eigene Männer hast.«

Seine Stimme klang kalt, in einem Tonfall, der keine Entgegnung zuließ. Lantschild bemerke es und sagte nichts mehr. Während Aelia das letzte Kaninchen häutete und ausnahm, trug Fulbert das Huhn herein, das er kurz vorher zubereitet hatte. Die Kaninchen würde es erst am nächsten Tag geben.

Bald zog der herrliche Geruch nach Fleisch durch die Wachstube. Beide Männer aßen mit großem Hunger, und Aelia bediente sie auf Geheiß Marwigs, schenkte ein, ohne einen Tropfen zu verschütten, sodass selbst Lantschild es nicht mehr wagte, sich über sie lustig zu machen. Sie bemerkte die kunstvoll verzierten römischen Gläser der Männer, die ohne Zweifel vom Glashändler aus Colonia stammten, und das gab ihr einen Stich ins Herz.

Der Abend sank herab und warf lange Schatten in die Wachstube, während Marwig mit seinem Bruder ein Würfelspiel spielte. Aelia musste bei ihnen bleiben und sie bedienen. Als sie sich heimlich zurückziehen wollte, befahl Marwig Fulbert, sie wieder in sein Gemach zu bringen. Fulbert gehorchte und bedachte sie mit einem merkwürdigen Blick, ehe er die Tür hinter ihr verschloss. Doch dieses Mal konnte sie nicht schlafen. Sie lag wach und lauschte auf seine Schritte. Würde er heute Nacht das nachholen wollen, was er gestern nicht getan hatte?

Aelia lag angekleidet im Bett. Sie schob ihr Messer unter das Kopfkissen und wartete. Er kam erst spät, mitten in der Nacht. Schaudernd hörte sie, wie er sich erleichterte, auszog und unter die Decke kroch. Sie stellte sich schlafend. Wenn er sie nur nicht anrührte! Aber er brummte nur etwas Unverständliches, drehte ihr den Rücken zu und schlief sofort ein. Erleichtert atmete sie auf. Als sie seine regelmäßigen Atemzüge vernahm, erhob sie sich und stieg aus dem Bett. Im kümmerlichen Schein der Hoffackel, der durch das Fenster hereinfiel, tastete sie sich zur Tür. Sie war natürlich abgeschlossen. Aelia durchsuchte Marwigs Kleider, seine Tasche, die er am Gürtel trug – nichts. Himmel, irgendwo musste er den Schlüssel doch haben! Auch im Gemach war er nirgends. Enttäuscht trat sie zum Fenster und sah hinaus in den Hof. Neben dem Tor brannte die Fackel, sonst war alles dunkel und still. Ein paar Sterne funkelten zwischen Fetzen von Wolken.

Verdammt. Das Gemach lag viel zu hoch, als dass sie durch das Fenster hätte klettern können. Sie musste ihre Flucht verschieben. Verdrossen legte sie sich ins Bett zurück.

Irgendwann fiel sie in einen unruhigen Schlaf. Sie träumte davon, dass sie an der Hand ihres Vaters durch Treveris ging, über die Via Fori hinunter zum Markt. Er trug einen Helm und seinen Offiziersmantel, und sie sah stolz zu ihm auf. Er hatte sich einen besonders großen Fisch ausgesucht, der zu schwer zum Tragen war.

»Damit haben wir genug«, sagte er, »davon essen wir das ganze Jahr«, und dann war er plötzlich verschwunden. Sie irrte über den Markt, suchte ihn, fragte die Händler, fragte die Söldner, doch niemand wusste etwas. Sie suchte weiter, fand ihn aber nicht. Sie weinte und klagte, aber das half nicht. Gnaea kam, sagte etwas zu ihr, das sie nicht verstand, wollte sie fortziehen, doch sie wollte nicht. Jemand griff sie bei den Schultern und schüttelte sie.

Sie erwachte. Die Kammer war bereits in Morgenlicht getaucht, und die Waldvögel zwitscherten munter vor sich hin. Aelia blinzelte in die Helle, während der Schreck wie ein Blitzschlag in ihren müden Leib fuhr.

Marwig kniete auf ihr und hielt sie an den Schultern fest. Sein nackter Oberkörper zeichnete sich dunkel vor dem Morgenlicht ab.

Aelia starrte ihn an; Entsetzen sprang sie an wie ein wildes Tier. Ihr Götter, bitte lasst nach diesem schlimmen Traum nicht noch einen schlimmeren folgen.

»Du hast im Schlaf gerufen.«

Das Herz pochte ihr bis zum Hals. Sie schloss die Hände zu Fäusten, öffnete sie wieder, während sie fühlte, wie schwer sein Gewicht auf ihr lastete.

»Ich habe schlecht geträumt«, sagte sie und überlegte, wie sie sich retten konnte. »Was habe ich denn gesagt?«

»Einen Namen.«

»Welchen Namen?«

»Richomeres.«

Aelia schluckte. »Mein ... Vater hieß so.«

Misstrauisch blickte er auf sie hinunter. »Ich kenne einen Richomeres«, sagte er. Seine Stimme klang düster.

»Ihr könnt ihn nicht kennen, denn mein Vater ist tot.« Das stimmte zwar nicht, aber ihr Vater war für sie schon vor vielen Jahren gestorben. Marwig sah immer noch misstrauisch aus.

»Bitte, lasst mich los, Ihr tut mir weh.«

»Sag mir erst, wer du bist!«

»Das habe ich Euch doch schon gesagt! Meine Mutter war eine Römerin aus Colonia, mein Vater ein Franke. Mein Großvater nahm mich mit hierhin.«

»Wer war dein Vater?«, unterbrach sie Marwig.

Aelia starrte ihn an, sie war auf diese Frage nicht vorbereitet.

Warum wollte er ausgerechnet das von ihr wissen? Sie fuhr sich hastig mit der Zunge über die Lippen. »Er ... war ein Soldat.«

»Was für ein Soldat?«

Sie versuchte, ruhig zu atmen, während sie überlegte. »Er war bei einer römischen Hilfstruppe in der Nähe von Colonia. Ein fränkischer Soldat in römischen Diensten.«

Ängstlich forschte sie in seinem Gesicht. Würde er ihr glauben? Sie hoffte, dass irgendwo bei Colonia einst eine römische Hilfstruppe gewesen war. Offenbar hatte sie Glück, denn er schien ihr zu glauben. Sein Gesicht nahm einen verächtlichen Ausdruck an. »Ein Verräter also!«

Aelia funkelte ihn wütend an. »Wollt Ihr mich jetzt töten? Dann nur zu, bringt mich um! Wenn Ihr mich nicht töten wollt, dann geht hinunter von mir, Ihr tut mir weh.«

Doch Marwig rührte sich nicht. »Dein Vater war ein Verräter, und du bist eine Lügnerin.«

Sie zitterte. Hatte er ihre Lüge etwa doch durchschaut? »Ich habe nicht gelogen.«

»Doch, du hast vorgegeben, ein Mann zu sein.«

Aelia atmete auf – das meinte er also. Erleichtert warf sie ihm einen dankbaren Blick zu.

»Warum hast du gelogen?«

»Was denkt Ihr, was Eure Männer mit mir getan hätten, wenn sie gewusst hätten, dass ich ein Mädchen bin?«

»Wie ist dein wahrer Name?« Er presste seine Hände so fest auf ihre Arme, dass es wehtat.

»Aelia!«

Vor Angst war ihr nicht einmal ein falscher Name eingefallen. Sie wagte es nicht, ihn noch einmal anzulügen, weil sie glaubte, er würde jede Lüge früher oder später durchschauen.

»Bitte, lasst mich los! Meine Eltern sind tot, und mein Großvater auch. Ich habe niemanden mehr.«

Marwig ließ sie los. Mit einem Satz sprang er vom Bett und kleidete sich an. Aelia lag zitternd auf den Kissen und beobachtete ihn heimlich.

Das Sonnenlicht fiel auf seinen makellosen Rücken. Er schloss die Schnalle seines breiten ledernen Gürtels – ein silbernes Prunkstück in der Form eines Stierkopfes. Fast war sie enttäuscht, dass er keinen

Versuch gemacht hatte, sich ihr zu nähern. Wenn sie nur fliehen könnte! Wenn sie nur wieder zurück nach Treveris käme!

Da trat Marwig heran, fasste sie fest und zog sie vom Bett, wobei das Kopfkissen verrutschte und den Blick auf ihren Messergriff freigab.

Er sah es sofort. Mit einer raschen Bewegung zog er es hervor und betrachtete es mit finsterem Blick.

»Du wolltest mich also töten, während ich schlief?«

Seine Stimme war kaum mehr als ein Flüstern. Aelia wich seinem Blick aus und sah betroffen auf seine Gürtelschnalle. Sie fühlte, wie sich ihr Magen schmerzhaft zusammenzog.

»Nein«, sagte sie leise. »Wenn ich es hätte tun wollen, hätte ich es getan.«

Er steckte ihr Messer in seinen Gürtel. »Ich muss ein verdammter Narr sein«, knurrte er.

Er wartete kaum ab, bis sie in ihre Schuhe geschlüpft war, schloss die Tür auf und schob sie auch schon aus der Kammer über die Treppe nach unten in die Wachstube, wo Fulbert sich gerade an der Feuerstelle zu schaffen machte. Offenbar überrascht, seinen Herrn zu so früher Stunde zu sehen, verneigte er sich hastig.

Marwig stieß Aelia zum Feuer. »Er gehört dir, Fulbert. Mach einen vernünftigen Knecht aus ihm.«

Fulbert nickte. Er verneigte sich wieder. Marwig wandte sich um und verließ die Stube, ohne sie noch einmal anzusehen.

Später ritt er wieder mit seinem Bruder fort. Sie sah ihnen durch die kleine Fensteröffnung in der Wachstube nach und begriff, dass Fulbert nun ihre letzte Rettung war. Sie heftete sich an seine Fersen und versuchte, mehr aus ihm herauszubekommen als am Vortag, aber obwohl er ein wenig zugänglicher war, verriet er ihr nichts.

Sie hatte große Angst. Was wäre, wenn Marwig es sich anders überlegte, seinen Männern verriet, dass sie eine Frau war und sie ihnen überließ? Allein seine Gunst hatte sie bisher vor den anderen geschützt. Nun aber hatte sie sich seine Zuneigung verscherzt, und dieser Gedanke bedrückte sie mehr, als sie es sich eingestehen wollte.

Warum war sie nur so dumm gewesen, das Messer nicht besser zu verstecken? Offenbar konnte sie nichts vor ihm verbergen, ausgerechnet bei ihm konnte sie nicht kaltblütig genug sein.

Sie musste fort. Diese Nacht, wenn alle schliefen, hätte sie genug

Zeit, um im Schutz der Dunkelheit zu fliehen, wie sie es sich ausgedacht hatte.

Den ganzen Tag fieberte sie ihrer Flucht entgegen. Als sie am Brunnen Wasser holte, beobachtete sie heimlich die Wachmänner und studierte ihre Wege, bis sie ungefähr wusste, wann die Männer sich wo aufhielten. Wenn sie diese Nacht bei den Knechten im Stall schliefe – wovon sie ausging –, könnte ihr die Flucht gelingen. Ein kleiner Hoffnungsschimmer glomm auf und ließ sie den Rest des Tages überstehen.

Marwig und Lantschild kehrten am frühen Abend zurück. Diesmal hatten sie einen Dachs erlegt, den Aelia mit Fulbert zubereitete. Sie musste wieder bei Tisch einschenken, und aus den Gesprächen erfuhr sie, dass die anderen Männer für den nächsten Tag zurückerwartet wurden. Ansonsten sprachen die Brüder nicht viel an diesem Abend, sondern tranken und würfelten wieder. Marwig beachtete Aelia kaum, und sie dachte wütend, dass es für ihre Fluchtpläne viel besser wäre, wenn sie nicht bei ihm schlafen müsste.

Schließlich, als sie schon nicht mehr damit rechnete, befahl er Fulbert, sie in seine Kammer zu bringen. Schaudernd lauschte sie auf das Geräusch, mit dem Fulbert von außen die Tür verriegelte. Sie löste ihren Umhang, legte sich ins Bett und wartete. Von unten drang der Lärm des Würfelspiels herauf. Mondlicht fiel durch das schmale Fenster herein und beleuchtete den Raum. Aelia blickte auf die Truhe an der Wand, und die Neugierde trieb sie aus dem Bett. Sie ging zur Truhe und hob den mächtigen Holzdeckel, der sich leicht öffnen ließ. Über sorgfältig zusammengelegten Gewändern sah sie ein prächtiges Schwert. Es hatte einen goldenen Griff und eine blanke Klinge, in die Zeichen eingraviert waren. Sie hatte so etwas noch nie gesehen: Die Klinge war lang, sorgfältig geschmiedet, ohne eine Spur von Rost. Aelia hob die Hand, fuhr sanft mit den Fingern über das kalte Eisen, fühlte über die eingravierten Zeichen. Was sie wohl bedeuteten?

Sie hob das Schwert aus der Truhe. Wie von selbst glitt der kühle Griff in ihre Hand, schmiegte sich hinein, als wäre es keine Waffe, sondern ein lebendiges Wesen. Aelia erhob sich, drehte das Schwert mit einigen kreisenden Bewegungen, wie sie sie beim Stockkampf gelernt hatte, sah mit Erstaunen, wie das blitzende Metall die Luft durchschnitt.

Das Schwert war schwerer als das ihres Vaters, das sie einst in der

Hand gehalten hatte. In der Hand eines geübten Kriegers wäre es die vollkommene Waffe. Sie fragte sich, wen Marwig hatte töten müssen, um in den Besitz dieses Schatzes zu kommen. Was wollte er, der nur ein paar Männer befehligte, damit?

Sie ließ es erneut durch die Luft sausen, immer wieder, in Bewegungen, die sie Eghild abgeschaut hatte. Fast meinte sie zu spüren, dass sich dieses Wesen über die Bewegungen freute, die sie ihm zuteil werden ließ, statt immer nur in der dunklen Truhe zu liegen. Wie es wohl wäre, eine solche Waffe zu führen?

Sie stellte sich vor, ein Krieger zu sein, der seinem Gegner mit einem einzigen Hieb den Kopf abschlug. Sie schwang das Schwert, und ihr war, als ob es mit jeder Bewegung mehr mit ihrer Hand verschmolz. Ob man damit unbesiegbar wäre?

Wie sehr vermisste sie ihre täglichen Übungen! Ihr fehlten die Bewegung, der Zwang zur Aufmerksamkeit, das Triumphgefühl, wenn sie eine Gegnerin im Kampf besiegt hatte. Sie spürte, dass ihr Leib vor Untätigkeit schlaff und ihr Geist träge geworden war. Irgendwann würde er zu nichts mehr taugen, wäre sie nur noch der Abglanz jener Kämpferin, die sie einmal gewesen war. Dieser Gedanke stimmte sie traurig, und sie hieb das Schwert umso energischer durch die Luft. Wenn sie nur gelernt hätte, damit umzugehen – sie wäre eine ebenso gute Kämpferin wie Eghild es gewesen war.

Aelia hörte die Schritte nicht, die sich leise vom Flur her näherten. Erst als die Tür sich öffnete und Marwig erschien, hielt sie inne. Sie fuhr erschreckt herum. Seine Gestalt zeichnete sich dunkel vor dem Fackellicht ab, das vom Flur hereinfiel. Er erfasste mit einem Blick, was los war. Mit ein paar Schritten war er bei ihr und entwand ihr mit hartem Griff das Schwert, das krachend zu Boden fiel. Er ging dabei so schnell und entschlossen vor, dass es Aelia vor Erstaunen die Sprache verschlug. Enttäuscht sah sie die herrliche Waffe am Boden liegen.

»Was fällt dir ein!«

Er holte aus, hielt aber in der Bewegung inne, als er ihren Blick bemerkte. Sie lächelte. Er ließ sie los, hob sein Schwert auf, setzte ihr die Klinge auf die Brust. Aelia lächelte immer noch. »Es ist wunderschön!«, hörte sie sich sagen. Sie hob die Hände. »Stecht ruhig zu. Welche Ehre, durch eine solche Waffe zu sterben!«

Was um Himmels willen sagte sie da? Hatte sie den Verstand verloren? Aber Marwig sah sie nur an. Auf seinem Gesicht zeigten sich die widersprüchlichsten Empfindungen. Er nahm das Schwert fort, trat hinter sie, so nah, dass sie die Wärme seines Atems in ihrem Nacken spürte. Sie ließ die Arme sinken.

Gebannt beobachtete sie, wie das schimmernde Metall sich ihrer Kehle näherte, dort eine Weile verharrte, um dann langsam über die Wölbung ihrer Brüste nach unten zu streichen. Verzückt hörte sie das leise Schaben, mit dem die Klinge über ihre Tunika fuhr, während sie langsam tiefer strich, über ihren Bauch hinunter zur Hüfte. Erregung erfasste sie, und sie spürte, wie sich die feinen Härchen in ihrem Nacken aufrichteten. Er roch nach Leder, nach Bier und dem Qualm des Feuers.

»Wolltest du mich töten?«, raunte er an ihrem Ohr. »Mit meinem eigenen Schwert?«

»Nein«, hauchte sie. »Ich … wollte es nur halten.«

Er ließ sie los und stieß ihr den Knauf in den Rücken. So schubste er sie aus der Kammer, die Treppe hinab, weiter in den Keller, wo er die Tür zu Fulberts Vorratskammer öffnete und sie hineinstieß. Dann knallte er die Tür zu und verriegelte sie von außen.

Aelia war allein, hilflos mit ihrer Erregung und ihrer Wut. Es war so dunkel, dass sie nicht einmal die eigene Hand vor Augen sehen konnte. Sie ertastete einen Getreidesack und ließ sich darauf nieder, hieb mit den Fäusten dagegen.

Was war sie nur für eine dumme Gans! Nun musste Marwig erst recht annehmen, dass sie ihm nach dem Leben trachtete. Was war nur in sie gefahren? Der Auftrag von Tertinius, die Anstrengungen der Reise, der Überfall – alles zusammen musste zuviel für sie gewesen sein, mehr, als sie verkraften konnte. An Flucht war nicht mehr zu denken. Sie hatte verloren. Nun war sie auf Gedeih und Verderb Marwigs Männern überlassen. Mutlos kauerte Aelia auf dem Getreidesack und fühlte, wie Tränen ihr die Wangen hinunterliefen. Sie hatte schon lange nicht mehr geweint.

Sie erwachte, als sich der Schlüssel im Schloss drehte und Fulbert im Türrahmen erschien. Offenbar war er nicht erstaunt, sie hier anzutreffen, denn seine Miene verriet keine Überraschung. Wortlos nahm er sie an der Hand und führte sie die Treppe hinauf zurück in Marwigs Gemach, wo noch die zerwühlten Kissen auf dem Bett davon zeugten, dass sein Besitzer offenbar gut darin geruht hatte. Aber er selbst war nicht da.

Stattdessen stand eine große hölzerne Wanne mitten im Gemach, in die Fulbert sogleich einen Eimer mit Wasser goss.

»Der Herr sagt, du sollst baden«, sagte er schlicht. »Er hat schon sein Bad genommen.«

Aelia starrte auf die Wanne, in der schaumiges Wasser schwappte, und beobachtete, wie Fulbert saubere Leinentücher und eine Schale bereitlegte. Das Wasser duftete nach Frühlingsblüten. Der Knecht lächelte ihr aufmunternd zu. »Nur zu! Es ist eine große Ehre, im Wasser des Herrn baden zu dürfen.«

Eine große Ehre? Eine zweifelhafte Ehre war es, im Wasser dieses räuberischen Kriegers zu baden, der sich am Besitz ermordeter Händler bereicherte. Aber Aelia war zu sehr Römerin, um sich lange gegen ein Bad zu sträuben. Außerdem war sie schmutzig und steif gefroren von der Nacht in der Vorratskammer.

Sie wartete, bis Fulbert den Raum verlassen hatte, dann zog sie sich aus und stieg in die Wanne. Warm umspülte sie das Wasser, umgab ihren Leib wie eine schützende Hülle. Ob Marwig ihr verziehen hatte? Oder wollte er sie nur für seine Männer herrichten lassen? Aelia verdrängte jeden Gedanken daran. Sie nahm die Schale, die Fulbert ihr bereitgestellt hatte, rieb sich mit der Paste ein, die man Seife nannte. Sogar ihre schmutzigen Füße wurden wieder sauber.

Sie tauchte ins Wasser, spürte, wie ihre steif gefrorenen Glieder allmählich wieder warm wurden. Als sie sich abspülte, bildeten sich weiße, schneeige Inseln auf der Wasseroberfläche.

Doch dann hörte sie, wie Schritte sich näherten und die Tür aufgestoßen wurde. Entsetzt tauchte sie ins Wasser zurück. Lantschild stand vor ihr. Er trug eine saubere Tunika aus hellem Leinen, dazu einen Gürtel mit einer silbernen Schnalle. Sein brauner Wollmantel wurde von einer großen silbernen Gewandspange zusammengehalten.

»Sieh mal einer an, er lässt dich in seinem Wasser baden. Nur ein paar Tage, und der Bursche hat's in sein Badewasser geschafft.«

Er baute sich vor Aelia auf und betrachtete sie ungeniert. Erstaunt sah sie, dass er einen schmalen silbernen Stirnreif trug, der seine Locken zusammenhielt.

»Da hast du wirklich Glück gehabt. So wie du dich angestellt hast, hätte niemand eine Kupfermünze für dich gegeben. Ich frage mich nur, wie du es geschafft hast, die Gunst meines Bruders zu gewinnen, denn soweit ich weiß, hat er nichts für Knaben übrig.«

Er trat näher und sah auf sie herunter. Aelia verdeckte rasch ihre Brüste mit den Armen, aber da hatte er offenbar schon mehr gesehen, als ihr lieb war. Er starrte sie verblüfft an. Dann verzerrte sich sein langes Gesicht zu einer Grimasse, und er brach in Gelächter aus.

»Beim Wodan! Du bist ein Weib! Unser Herr vergnügt sich im Geheimen vor unseren Augen mit einem Weib. Und wir dachten schon, er treibt's jetzt mit Jungen.« Er seufzte vor Lachen und schüttelte den Kopf. »Er hat erkannt, was wir alle nicht gesehen haben. Wie schlau von ihm, das muss man ihm lassen.«

Mit Befremden sah Aelia, wie er sich am Beckenrand niederließ.

»Da hast du's ihm aber schön besorgt, was?« Er senkte seine Stimme. »Du kleine Lügnerin. Wie hast du's ihm denn gemacht? Willst du es mir nicht verraten? Ich sag dir was, du kleine Hure, du verrätst es mir und ich gebe dir eine Silbermünze. Die kannst du gut gebrauchen, wenn er dich wieder abschiebt, weil er dich nicht mehr will.«

Er kramte eine Silbermünze aus seinen Gewandfalten und hielt sie Aelia hin. »Du hast doch nicht wirklich geglaubt, es ist für immer? Armes Mädchen! Nein, den fängt keine ein, der ist frei wie der Adler am Himmel. Da kannst du dich anstrengen wie du willst, das schaffst du nicht.«

Aelia starrte ihn an. »Verschwinde!«, fauchte sie.

Lantschilds Gesicht verfinsterte sich. »Ah, jetzt auch noch frech werden! Ein paar Tage beim Herrn liegen und glauben, sich schon wie seine Geliebte aufführen zu dürfen. Weißt du nicht, wer ich bin? Hat er es dir nicht verraten?«

Er steckte die Münze zurück an ihren Platz und packte Aelia mit einer blitzschnellen Bewegung an der Gurgel. »Du wirst mir jetzt sagen, wie er's mag, auch ohne Silbermünze!« Seine Finger drückten fester zu, bohrten sich schmerzhaft in ihren Hals. Aelia schluckte.

»Na los, sag's! Ich will es wissen, sofort!« Er presste ihren Hals.

»Das geht Euch nichts an«, brachte Aelia mühsam hervor. Sein Griff um ihren Hals verstärkte sich so sehr, dass Aelia kaum noch Luft bekam. Nun war es genug. Sie zog den Kopf ein, hob die Arme aus dem Wasser und ließ sie mit aller Kraft auf seinen Arm niedersausen. Das Wasser spritzte hoch. Tropfen flogen aus dem Becken auf den Dielenfußboden, bespritzten Lantschilds Stiefel. Sie musste ihn hart getroffen haben, denn Lantschild schrie auf, ließ sie überrascht los und wich zurück. Röte schwappte in sein Gesicht, als hätte man eine Flamme darin angezündet.

»Du kleine Hure! Was fällt dir ein, mich anzufassen!«

Er warf sich auf sie, packte sie mit beiden Händen und drückte sie unter Wasser. Aelia strampelte. Sie versuchte, seine Arme wegzuschlagen, aber gegen seine wütende Kraft kam sie nicht an. Sie schluckte Wasser, als sie Luft holen wollte, fühlte, wie Todesangst sie erfasste.

Da ließ sein Griff nach. Sie tauchte auf, schlang ihre Hände um den Wannenrand und zog sich aus dem Wasser, rang nach Luft. Zitternd beobachtete sie, wie ihr Peiniger von Marwig zu Boden gestoßen wurde. Marwig zog sein Schwert und presste es seinem Bruder in den Rücken.

»Was hast du hier zu suchen?«

»Sie ist doch nur eine kleine Hure!«, rief Lantschild, der mit rotem Gesicht auf dem Boden lag.

Das Schwert blitzte auf. »Willst du, dass ich dich töte? Willst du durch Tyrshand sterben?«

»Nein«, jammerte Lantschild. »Ich hab nichts getan. Sie hat mich angefasst.«

Marwig wechselte die Farbe. Er nahm das Schwert vom Rücken seines Bruders und schob es zurück in die Scheide. Dann kniete er sich auf den Liegenden, presste ihm sein Knie in den Rücken, packte ihn an den Haaren. Lantschild schrie auf.

»Wärst du nicht mein Bruder, würde ich dich eigenhändig umbringen! Du dringst in mein Gemach, bedrohst mein Eigentum – genug damit! Ich hab genug von deinen Frechheiten!«

Er stieß Lantschilds Kopf auf den Boden. »Sag, dass es dir leid tut!«

Lantschild stöhnte.

Marwig krallte sich fester in sein Haar, zog seinen Kopf hoch. »Na los, sag es! Sag's!«

Hilflos schwebte das dunkelrote Haupt des fast Bewusstlosen über dem Boden, aus seiner Nase tropfte Blut.

Marwig hielt den Kopf fest in seiner Hand. »Mach schon!«

»Es tut mir leid«, keuchte Lantschild.

Da ließ Marwig seinen Bruder los. Er richtete sich auf und starrte mit finsteren Blicken auf ihn hinunter. »Ich habe dich mitgenommen, weil Vater mich darum gebeten hat«, sagte er. »Ich habe dir vertraut und dich behandelt wie einen meiner Männer. Aber nun ist es genug. Ich will dich nicht mehr haben. Steh auf! Hinaus mit dir!«

Mühsam richtete sich Lantschild auf und torkelte hinaus. Marwig setzte ihm mit ein paar Schritten nach, bis sein Bruder draußen war. Dann warf er die Tür so heftig zu, dass sie krachend ins Schloss fiel. Ein kalter Luftzug wehte herein und ließ Aelia frösteln. Das Badewasser war mittlerweile kalt geworden, aber sie wagte nicht, sich zu rühren. Marwig stapfte auf und ab. Sein heller Mantel, der am Saum bestickt war, wallte auf.

»Von klein auf macht dieser Kerl meinem Vater nur Ärger«, sagte er. »Er hat schlechtes Blut. Nur Wodan weiß, welcher Dämon in ihm wütet.« Er wandte sich um. »Ich kann tun, was ich will, der Junge bleibt schlecht.«

Aelia starrte ihn an. Er trug an den Schultern zwei runde Gewandspangen, beide besetzt mit dunkelroten Juwelen, die im Sonnenlicht funkelten. An seiner Hüfte blitzte der goldene Griff von Tyrshand mit den goldenen Schnallen seiner Wadenschnüre um die Wette.

Aelia schluckte, sie konnte nichts sagen. Für einen Augenblick vergaß sie vollkommen, dass sie nackt im Badewasser lag und er mehr von ihr sehen konnte. Sie hörte, wie vom Hof Hufschläge und Stimmen heraufklangen.

Marwigs Blick saugte sich an ihren Brüsten fest. Hastig schob sie die Arme davor. »Ist er – ist er nicht vom selben Blut wie Ihr?«, fragte sie mit rauer Stimme.

»Nein, wir sind nur Halbbrüder. Er ist von einer Kebse meines Vaters.«

Er nahm ein Stoffbündel, das auf dem Bett lag, und warf es ihr zu. Sie konnte es gerade noch rechtzeitig auffangen, ehe es ins Wasser fiel.

»Zieh das an«, befahl er. »Beeil dich, wir brechen gleich auf!«

Mit diesen Worten verließ er die Kammer und schlug die Tür hinter sich zu. Aelia atmete auf. Sie brauchte eine Weile, um ihr klopfendes Herz zu beruhigen, ehe sie sich zitternd aus dem Wasser erhob. Sie trocknete sich mit dem Leinentuch ab, das Fulbert für sie zurechtgelegt hatte, und schlüpfte in ihre neuen Gewänder – ein knöchellanges, dicht gewebtes Kleid aus hellem, ungefärbtem Stoff, ein schmaler Gürtel aus Leder, Beinlinge und Schuhe mit Wadenschnüren – die Gewänder einer Frau. Sie war zu einer Fränkin geworden. Das Kleid befestigte sie an den Schultern mit zwei bronzenen Gewandspangen, die im Stoffbündel lagen, aber für die lange Haarnadel hatte sie keine Verwendung, weil ihre Haare noch zu kurz waren. Stattdessen kämmte sie sich sorgfältig mit ihrem eigenen Kamm und befestigte ihren Lederbeutel am Gürtel des neuen Gewandes. Aus ihrem alten Leben besaß sie nur noch ihren Kamm. Alles andere – die Schere, die Kupfermünzen, selbst die kandierten Früchte, die Wala ihr gegeben hatte –, hatte man ihr weggenommen. Ihr altes Gewand war fort und auch die Erde aus Treveris.

Angst und Wut nagten in Aelia. Warum hatte sie sich gegen Lantschild nicht besser wehren können? Der Angriff war überraschend gekommen und mit der Kraft eines wütenden Mannes ausgeführt worden. Sie hätte mit ihm fertig werden müssen. Aber sie war es gewöhnt, nur Kämpfe zu bestehen, auf die sie sich vorbereitet hatte. Die gefährlichsten Angriffe aber kamen plötzlich und waren roh und unberechenbar, das begriff sie nun. Sie musste lernen, mit ihnen fertig zu werden, wenn sie nicht sterben wollte.

Sie war gerade angezogen, als Fulbert auf der Schwelle erschien und sie zur Eile mahnte. »Der Herr sagt, ich soll dich runterbringen, sonst reiten sie ohne dich.« Er lächelte, als er sie in Frauenkleidern sah. »So gefällst du mir viel besser«, bemerkte er.

Aelia erwiderte nichts. Verlegen wich sie seinem Blick aus. »Hat Marwig Euch erzählt, dass ich …«

»Er hat«, unterbrach sie der Knecht. »Komm jetzt.«

Er reichte ihr schweigend ihren Mantel. Dann führte er sie hinunter auf den Hof, wo die Männer abreisebereit warteten. Wiomad, Orderic und Ebroin waren offenbar früh am Morgen von Bagacum zurückgekehrt. Alle Männer trugen saubere Gewänder und hatten ihren Pferden besseres Zaumzeug angelegt. Orderic saß auf einem Rappen mit glänzendem Fell, das zu seinen dunklen Haaren passte, Ebroin auf einer Stute mit viel Gold im Zaumzeug.

Sie musterten Aelia mit neugierigen Blicken, und Orderic stieß einen anerkennenden Pfiff aus. »Seht mal unseren Gavrus! Wie er sich verwandelt hat!«

Alle lachten, doch auf einen Wink von Marwig wurden sie still.

»Genug jetzt, wir brechen auf.«

Wiomad nahm Aelia hinter sich auf sein Pferd, Ebroin Fulbert, so ritten sie los. Die Wagen der Händler waren verschwunden, und sie führten die Reste der Beute in Säcken und Beuteln mit sich.

Lantschild saß zusammengesunken auf seinem Pferd, die Nase geschwollen, an der Stirn eine Beule, über die sich ein feiner roter Streifen zog. Mit düsteren Blicken starrte er auf Aelia, und ihr wurde klar, dass er ihr die Schuld an allem geben würde, was geschehen war. Sie musste sich vor ihm in Acht nehmen.

Sie verließen den Burgus, in dem sie nur die Wachmänner zurückließen, und wandten sich auf der alten Heerstraße in Richtung Westen. Immer noch schloss sich der Wald um sie, durch den sich die Straße wie ein helles Band zog, das im Morgenlicht vor ihnen schimmerte. Hin und wieder tauchten Reste einstiger römischer Siedlungen und Straßenposten vor ihnen auf, über denen sich ein eisblauer Frühlingshimmel spannte.

Nach einigen Stunden, es musste später Nachmittag sein, verließen sie nach einer kurzen Rast die Heerstraße und folgten verschlungenen Wegen durch den Wald. Hätte Marwig nicht so zielsicher sein Pferd durch das Unterholz geführt, hätte Aelia gezweifelt, jemals irgendwo anzukommen. Mittlerweile war sie erleichtert darüber, nicht geflohen zu sein, denn sie hätte es bestimmt niemals allein durch den Wald bis nach Bagacum geschafft. Wo auch immer sie ankämen – zweifellos wieder ein altes römisches Kastell oder ein ausgebauter Burgus, der den Männern als Unterschlupf diente –, alles wäre besser, als allein im Wald den wilden Tieren ausgeliefert zu sein.

Als die Sonne am westlichen Horizont stand, kamen sie an einen Bach, der durch den Wald floss. Sie folgten eine Weile seinem Verlauf und machten eine kurze Rast, ehe sie weiterritten. Je weiter sie kamen, desto mehr hob sich die Stimmung der Männer. Ihren derben Späßen konnte Aelia entnehmen, dass sie sich auf das Wiedersehen mit ihren Frauen freuten.

Das ergab ein völlig neues Bild für sie. Sie würden also gleich ihre Unterkunft erreichen, hier im tiefsten Wald, fernab der Straße.

Aelia erschauerte. Ihr fiel ein, dass sie sich die Wege hätte merken müssen, um später notfalls fliehen zu können, aber dafür war es nun zu spät. Im Wald sah alles gleich aus, Baum an Baum, Strauch an Strauch, und sie hätte unmöglich allein zurückfinden können. Sie hoffte, dass sie später noch die Gelegenheit haben würde, den Weg nach Bagacum auszukundschaften.

Sie folgten dem Bach, bis der Wald sich zu einem Buchenwald lichtete. Nicht lange danach, neben einer leichten Anhöhe, erreichten sie eine Weggabelung, an der der Wald endete und sich zu einer ausgedehnten Rodung öffnete, in deren Mitte ein Dorf im Licht der untergehenden Sonne lag – ein kleiner fränkischer Ort mit strohgedeckten Hütten. In der Nähe erhob sich auf einem Hügel eine Befestigungsanlage hinter einem hohen Palisadenzaun. Zwei hölzerne Wachtürme ragten an seinen Ecken empor, und auf einem wehte ein rotes Banner im Abendwind.

Die Männer lachten und trieben ihre müden Pferde über den Weg zwischen den Feldern hinauf zur Befestigung. Marwig ließ sie gewähren. Er selbst blieb bei Wiomad und Ebroin, deren Pferde nicht so schnell waren, weil sie mit Aelia und Fulbert die doppelte Last tragen mussten. Sie hatten kaum den Feldrand erreicht und ritten durch Weiden, auf denen Pferde grasten, als ein Mädchen vom Hügel herab auf sie zustürmte. Es rannte so schnell, wie seine Beine es tragen konnten.

»Vater!« Ihre Wangen glühten, ihre dunklen Locken flogen im Wind. Marwig lachte und zügelte sein Pferd. Er beugte sich zu dem Mädchen hinunter und zog es auf sein Pferd, als wäre es leicht wie eine Feder. Das Mädchen lachte; es mochte kaum älter als neun Winter sein.

»Ich habe gewusst, dass du heute kommst! Ich hab's gewusst!«

»Bist du wieder weggelaufen, Wisigard?«, rief Marwig. Er fuhr ihr mit der Hand durch die Locken.

»Ich musste mit Tante Chlodeswinthe und den Frauen weben. Wie langweilig! Hast du die Verbrecher gefangen?«

»Ja, wir haben sie erwischt, auf der alten Heerstraße beim Burgus.«

»Alle?«

»Ich hoffe. Wir haben sie dabei überrascht, wie sie einen Händlerzug überfielen und die armen Händler umbrachten. Da haben wir sie getötet.«

»Endlich! Wurde aber auch Zeit.«

Wisigard spähte an den breiten Schultern ihres Vaters vorbei nach hinten, winkte Wiomad und Ebroin zu. Da fiel ihr Blick auf Aelia. »Wer ist das?«

Marwig sah sich um. »Ein Mädchen aus Colonia. Sie war bei den Händlern, die die Räuber überfallen haben.«

»Oh!« Wisigard musterte Aelia aus großen blauen Augen. Aelia warf ihr ein kleines Lächeln zu, aber das Kind lächelte nicht zurück.

»Wie weit ist es denn bis nach Colonia, Vater?«

»Viel zu weit für kleine Mädchen wie dich.« Er knuffte seine Tochter in die Seite, bis sie wieder lachte.

Vor ihnen lag jetzt die Befestigung, die größer war, als sie von Weitem ausgesehen hatte. Umgeben von dem hohen Palisadenzaun, hinter dem zahlreiche Strohdächer aufragten, lag sie auf einer breiten Hügelkuppe. Das Banner auf dem Wachturm glühte im Licht der untergehenden Sonne – ein Schimmel auf rotem Grund. Auf den Türmen wachten Bogenschützen, die ihnen von oben zuwinkten, während andere das Tor aufhielten.

Sie ritten auf einen Hof, der von mehreren Holzhäusern umgeben wurde. Dort hatte sich schon alles versammelt, was Beine hatte. Aelia konnte nun jene Frauen sehen, über die die Männer in den letzten Tagen so viel geredet hatten: Orderic umarmte seine Guntheucha, eine zierliche Kindfrau mit Haaren von der Farbe reifen Korns, Ebroin packte einem drallen Mädchen ungeniert ans Hinterteil. Marwig aber schloss eine blasse, unscheinbare Frau in seine Arme, die offensichtlich ein Kind erwartete.

»Chlodeswinthe«, rief er. »Ich hoffe, die kleine Wilde hier hat sich benommen.« Er strich seiner Tochter über die dunklen Locken.

»Ach ja«, lachte Chlodeswinthe. »Aber das Handarbeiten liegt ihr nicht. Sie konnte kaum stillhalten.«

»Reiten wir morgen aus?«, rief Wisigard. »Großvater hat es mir nie erlaubt, er sagte immer, ich muss bei Tante Chlodeswinthe bleiben. Sie soll mir endlich Benehmen beibringen, hat er gesagt.«

Marwig strich seiner Tochter zärtlich über die Wange. »Ja, wir reiten morgen aus, jeden Tag, wenn du willst.«

Wisigard hüpfte vor Freude, als ein großer hagerer Mann auf sie zueilte. Er wartete einen Augenblick taktvoll ab und verneigte sich dann tief vor Marwig. »Willkommen auf Dispargum, Herr«, sagte er. »Wir haben Euch schon seit Tagen zurückerwartet.«

»Edobich«, lächelte Marwig. »Sei gegrüßt, Bester von allen. Ich habe deinen Met schon seit Tagen vermisst.«

Der Mann lächelte geschmeichelt, während sein Blick über die Anwesenden huschte und an Aelia hängen blieb. »Wie ich sehe, habt Ihr ein Mädchen mitgebracht.«

Marwig winkte Aelia heran. »Komm her, Aelia. Verneig dich vor unserem Verwalter.«

Aelia gehorchte. Edobich lächelte ein dürres Lächeln und musterte sie eingehend. »Spricht sie Fränkisch?«

»Ja, wie man es in Colonia spricht.«

Der Verwalter nickte, aber Aelia fand, dass er nicht überzeugt aussah. Sie heftete den Blick auf seine Schuhe.

»Sie ist leider ungeschickt im Kochen und Einschenken«, sagte Marwig, während ein breites Grinsen andeutete, dass er das nicht im Mindesten bedauerte.

Der Verwalter neigte leicht seinen Kopf. »Nun, Herr, ich bin mir sicher, dass wir eine angemessene Tätigkeit für dieses Mädchen hier finden werden«, sagte er geschmeidig.

Aelia biss sich auf die Lippen, hob den Blick nicht. In seinen Worten schwang etwas mit, das ihr nicht gefiel. Und noch etwas anderes kreiste in ihrem Kopf, setzte sich dort fest und hämmerte im aufgeregten Rhythmus ihres Herzschlages: Dispargum. Sie war auf der Burg von König Chlodio. Hastig wie der Blick eines ängstlichen Tieres, das dabei war, in eine Falle zu tappen, flog ihr Blick zum Tor zurück, das gerade geschlossen wurde. Die Männer schoben einen schweren Holzbalken davor.

Aelia schwirrte der Kopf. Sie nahm kaum die Worte wahr, die Marwig mit dem Verwalter wechselte. Sie spürte die neugierigen Blicke der Frauen, als Marwig sie Chlodeswinthe vorstellte. »Meine Schwester«, sagte er.

Aelia machte einen ungeschickten Knicks, und Chlodeswinthe nickte ihr freundlich zu. Sie war nicht schön – klein, mit hellbraunen Augen in einem bleichen Gesicht. Sie trug ein kostbares, fliederfarbenes Gewand, das ihr nicht gut stand. Marwig erzählte ihr kurz, wie sie Aelia gerettet hatten, und Chlodeswinthe nahm ihre Hand und drückte sie fest. »Sei willkommen, Aelia.«

Aelia bedankte sich steif.

»Was hast du denn mit deinen Haaren gemacht?«, fragte Chlodeswinthe.

»Mein Großvater meinte, es wäre sicherer, wenn ich als Junge reise«, log Aelia rasch. »Dafür musste ich meine Haare abschneiden.«

»Aber Marwig, sie spricht wie Mutter«, rief Chlodeswinthe entzückt.

»Sie kommt ja auch aus Colonia. Wie Mutter.«

Chlodeswinthe schenkte Aelia ein wohlwollendes Lächeln. »Du musst bald zu mir kommen und mir alles von Colonia erzählen. Wie bist du denn gerettet worden?«

»Ich hatte Glück, weil ich früher wach war als die anderen und an den Bach ging, um mich zu waschen. Währenddessen wurde unser Lager überfallen. Ich versteckte mich im Wald, bis Euer Bruder mit seinen Männern kam und die Mörder tötete.«

Chlodeswinthe sah beeindruckt aus. »Dann haben die Götter dich verschont, Mädchen aus Colonia«, sagte sie und wandte sich an ihren Bruder. »Gut, dass ihr dieses Gesindel endlich ins Reich der Hel geschickt habt. Komm, Vater wartet schon.«

Sie hakte sich bei Marwig ein und ging mit ihm fort.

Aelia blieb aufgeregt zurück. Ich bin in Dispargum, hämmerte es in ihrem Kopf. Ich bin in König Chlodios Burg, mitten unter den Feinden. Die Göttin selbst muss es so gewollt haben, dachte sie, vielleicht hat sie den letzten Wunsch ihres treuen Dieners Wala erhört.

Langsam zog sie sich zurück aus dem Gedränge von Knechten und Mägden, Hofhunden und Pferden, und lehnte sich an die Holzbohlenwand eines Hauses. Darüber ragte ein Strohdach, das einen Schatten auf sie warf. Halt suchend glitten ihre Hände über das entrindete glatte Holz, fuhren über Astlöcher, kleine Unebenheiten. Ihr Blick fiel auf einen Jungen, der neben ihr stand. Er lächelte sie an. Ein Wust dunkler, ungekämmter Haare wucherte über seinem gebräunten Gesicht. Seine schmutzigen Hände umschlossen etwas mit glänzenden schwarzen Federn – eine Krähe, der der Kopf fehlte. Grinsend hielt er Aelia den toten Vogel unter die Nase.

Sie rührte sich nicht. Wortlos starrte sie auf das kopflose Federvieh in seinen Händen. Da kam Wiomad, packte sie am Arm und zog sie zu einem lang gestreckten Haus in der Mitte des Hofes.

»Vater!«, hörte sie den Jungen rufen. »Vater!«

Aber Wiomad drehte sich nicht zu ihm um.

Kapitel 11

Aelia folgte mit Wiomad der Hofgesellschaft in ein großes Haus mit dunklen Pfosten und hellen Holzbalken, behütet von einem dicken Strohdach, das Wind und Sonne getrocknet und ausgeblichen hatten. Zwei Fackeln leuchteten an seinem Tor in die Dämmerung.

Aelia zögerte, als sie Marwig, Chlodeswinthe und seine Männer hineingehen sah. Angst erfasste sie. Sie wollte umkehren, fortlaufen, nur weg von hier, aber Wiomad führte sie mit entschlossenem Griff vorwärts. Wie alle Männer musste auch er seine Waffen in einem Vorraum abgeben. Er reichte sie einem Krieger, der die Waffen sammelte und bewachte. Dann folgten sie den anderen in einen langen Raum. Wärme schlug ihnen entgegen, der Geruch nach Feuer und Holz. An den Wänden lohten Fackeln und beleuchteten die dort aufgehängten Schilde: kleine rote Scheiben mit weißen Pferden darauf. Mägde gingen zwischen langen Tischreihen umher, verteilten Krüge und Becher, rückten Bänke zurecht.

»Die Halle des Königs«, raunte Wiomad. »Hier kommen nur die Besten hin. Oder die Verbrecher.«

Er warf Aelia einen undeutbaren Blick zu. Sie wunderte sich, dass er überhaupt mit ihr sprach. Während des ganzen Rittes hatte er nicht einmal das Wort an sie gerichtet.

Sie folgten Marwig, Chlodeswinthe, Lantschild und ihrem Gefolge nach vorne, wo sich die Hofgesellschaft um die Neuankömmlinge scharte. Es waren gut zwei Dutzend Krieger und mindestens ebenso viele Frauen, Kinder, Mägde und Knechte in der Halle. Wiomad schob Aelia nach vorn, wo sie mehr sehen konnten, und postierte sich hinter ihr.

Vereinzelt erklangen Hochrufe auf Marwig, der in der Mitte stand und lachend die Hand hob. »Ihr habt mir gefehlt!«, rief er und alle überschlugen sich vor Jubel und Geschrei. »Seid ihr wohlauf? Wie ich rieche, hat unsere gute Oda wieder ihr Bestes gegeben!«

Er schnupperte und lächelte einer dicken Frau zu, die am Ende der Halle am Feuer ein aufgespießtes Schwein mit einer Soße besprengte. Die Frau hielt inne. Als sie seine Worte hörte, lächelte sie stolz.

»Wir haben die Bande erledigt!«, rief Marwig und winkte Orderic heran, der ihm einen ledernen Sack reichte. Marwig öffnete den Sack und nahm etwas heraus, das aussah wie eine Kugel. Doch diese Kugel hatte Haare, und als Marwig sie in die Höhe hielt, um sie allen zu zeigen, sah Aelia, dass es der Kopf jenes Mannes war, den er getötet hatte. Weiß schimmerte die Haut zwischen den verzerrten Gesichtszügen des abgeschlagenen Hauptes. Ein paar Frauen schrieen auf, doch ihre Schreie gingen in dem Jubel unter, der nun aufbrandete. Die Halle erbebte vom Getrampel vieler Füße, die auf den Boden stampften.

Aelia wich zurück, prallte gegen Wiomad, der sie wieder an ihren Platz schob. Die Ausdünstungen der Menschen, Fackelqualm und Bratenduft in dem fensterlosen Raum verbreiteten Wärme, aber ihr wurde auf einmal sehr kalt. Sie war umringt von Barbaren, und der Mann vor ihr, der stolz einen abgeschlagenen Kopf in die Höhe hielt, war einer von ihnen.

»Wir haben sie lange verfolgt!«, rief er. »Auf der Heerstraße nach Bagacum haben wir sie endlich erwischt, als sie einen Händlerzug überfielen. Mögen die wilden Tiere ihre Kadaver fressen!«

Die Hofgesellschaft jubelte ihm zu, während er Orderic die Trophäe zurückgab. In diesem Augenblick wurde die Tür aufgestoßen, und ein kalter Luftzug wehte herein. Der Jubel verebbte, alle starrten zur Tür. Ein hagerer, hoch gewachsener Mann stand im Türrahmen. Er stützte sich auf zwei hölzerne Krücken und trug einen roten langen Mantel. Schütteres graues Haar, von einem goldenen Stirnreif gehalten, fiel lang auf seine Schultern. Langsam durchquerte er die Halle, wobei seine Holzkrücken bei jedem Schritt auf den Boden klackten. Die Hofgesellschaft sank in die Knie. Zwei kräftige Männer, die dem Mann folgten, beeilten sich, einen Sessel heranzutragen und ihn am Kopf einer langen Tafel aufzustellen. Ächzend ließ sich der Mann darauf nieder. Ein aufmerksamer Blick aus seinen hellen Augen flog über alle hinweg. »Erhebt euch!«

Die Hofgesellschaft gehorchte.

»Wodan schütze unseren König Chlodio!«, rief jemand im Saal. Verhaltener Jubel setzte ein.

»Vater!«

Leichtfüßig ging Marwig zum König, verneigte sich tief und küsste die Hand des alten Mannes, die dieser ihm hinstreckte.

»Mein Sohn!« Der König lächelte und winkte mit der anderen Hand, die einen großen goldenen Siegelring trug, Orderic heran.

»Bringst du mir den Kopf des Wegelagerers?«

Orderic nickte und zog das abgeschlagene Haupt hervor. Der König betrachtete es lange. »Steckt ihn auf die Tore der Burg!«, rief er schließlich. »Mögen ihn all jene sehen, die es mit uns aufnehmen wollen!«

Alle jubelten. Marwig winkte Ebroin, der daraufhin zwei prall gefüllte Ledersäcke hervorzog und sie dem König mit einer tiefen Verbeugung reichte.

»Wir haben die Ladung der Händler in Bagacum verkauft«, erklärte Marwig. »Dies hier ist für Euch.«

Das Gesicht des Königs leuchtete. Er wog die Säcke in beiden Händen, ehe er sie dem herbeieilenden Edobich übergab. »Hier, zähl die Münzen gut, Verwalter, aber verzähl dich nicht. Wir werden jede Münze brauchen.«

Alle klatschten. Wieder erklangen Hochrufe auf den König und auf Marwig. Chlodio fasste die Hand seines Sohnes, zog ihn zu sich herunter, flüsterte ihm etwas ins Ohr. Marwig lachte, während er sich an der Seite seines Vaters an der Tafel niederließ. Er winkte Fulbert, der herbeieilte und ihm eine Holzkiste brachte. Marwig reichte sie dem König.

»Das ist für Euch, Vater. Damit Ihr Euch immer an unseren Sieg über die Bande erinnert.«

Der König öffnete die Holzkiste, die mit Stroh ausgepolstert war, und entnahm ihr ein großes Glas. Staunend hielt er es in die Höhe und betrachtete es im matten Licht der Fackeln. Das helle, farblose Glas wurde von mehreren bunten Glasfäden kunstvoll umschlungen – beste Glasmacherkunst aus Colonia.

Der König lächelte. Er rief nach Met, und schon eilten die Mägde mit Krügen herbei. Nun setzten sich auch alle übrigen an die Königstafel – Chlodeswinthe neben Marwig, Lantschild an die andere Seite des Königs. Dann folgten die Männer Marwigs mit ihren Frauen, Wisigard und die Krieger des Königs. Weitere Krieger, die offenbar im Rang nicht so hoch standen, nahmen am anderen Tisch Platz. Als Wiomad sich an die Königstafel setzte, nutzte Aelia den Moment, um sich zurückzuziehen. Sie presste sich in eine Ecke am Feuer und hoffte, dass der König sie nicht sah. Ihr Herz pochte ihr bis zum Hals.

Das war also König Chlodio. Marwig war sein Sohn, und sie hatte mit ihm das Bett geteilt! Mit keiner Silbe hatte er verraten, wer er war. Wut stieg in ihr auf und das Gefühl, hintergangen worden zu sein. Er hatte ihr ihre Lüge, ein Mann zu sein, vorgeworfen, doch er selbst hatte seine Herkunft verschwiegen.

Aelia wollte weg. Fort von hier, raus aus der Halle, noch bevor der König sie entdeckte. Was sollte sie jetzt noch hier, wo Wala tot war und sie niemanden hatte, der ihre Nachrichten zu Tertinius brachte? Sie kannte Tertinius' Verbindungsmann nicht, und er würde sie nicht kennen. Allein konnte sie am Hof König Chlodios nichts ausrichten.

Ratlos und verstrickt in ihre Gedanken wartete sie am Rand der Halle, als Fulbert auf sie zukam. »Da vorne steht der Met«, sagte er und deutete auf ein hölzernes Fass in der Nähe des Eingangs. »Du kannst die Krüge füllen und einschenken. Wir werden sicher nicht mit einem auskommen.« Er zwinkerte ihr zu und zog sie zum Metfass.

»Ich soll ... dort einschenken?« Aelia deutete auf die zweite lange Tischreihe, an der die Krieger saßen.

Fulbert nickte. »Du hast es doch genug üben können, oder nicht? Bleib nur hier unten bei den jungen Kriegern. Ich bin am oberen Teil der Tafel.« Er schenkte ihr ein Lächeln, dann drückte er ihr einen vollen Krug in die Hand und verschwand.

Aelia zögerte. Sie konnte doch nicht einfach hier einschenken, als sei sie eine Magd am Königshof! Über die Tischreihen hinweg beobachtete sie, wie der König sein neues Glas hob und einen Trinkspruch auf Marwig ausbrachte.

»Auf meinen treuen Sohn! Auf die Mutigen!«

»Auf die Mutigen!«, hallte es zurück. Alle tranken.

Fulbert tauchte wieder neben Aelia auf. »Schnell, wir müssen uns beeilen, sie werden gleich ausgetrunken haben«, mahnte er und zog Aelia zum Tisch. »Dann müssen wir das Essen auftragen!«

Er nickte ihr aufmunternd zu, während er begann, die Becher zu füllen. Aelia tat es ihm nach, füllte Becher um Becher, die man ihr hinhielt. Die Krieger am unteren Ende der Tafel, wo sie einschenkte, sahen aus, als hätten sie kaum die Schwertleite hinter sich – flaumbärtige Jünglinge, die einen Met nach dem anderen kippten und hitzig darüber stritten, wie sie die Bande zur Strecke gebracht hätten. Sie starrten Aelia mit unverhohlener Neugierde an.

»Wir haben eine neue Magd!«, rief einer.

»Ein Beutestück!«, rief ein anderer. Sie lachten lauthals.

»Ich bin kein Beutestück«, versetzte Aelia.

»Unsinn!«, rief der junge Krieger, dem sie am nächsten stand. Er streckte die Hand aus, um sie auf seinen Schoß zu ziehen, doch sie schlug seine Hand fort, wobei Met aus ihrem Krug schwappte und sich auf seine Beine ergoss. Der junge Mann stieß einen Fluch aus. Er langte nach ihr, aber sie wich zurück. Da kam Fulbert heran und flüsterte dem jungen Krieger etwas ins Ohr, woraufhin dieser überrascht innehielt. Er winkte den anderen, sie steckten ihre Köpfe zusammen und flüsterten eine Weile, wobei sie Aelia immer wieder Blicke zuwarfen.

Aelia begriff, dass Fulbert ihnen verraten haben musste, was im Burgus geschehen war, und dass sie nun annahmen, sie sei Marwigs Geliebte. Verlegen zog sie sich von der Tafel zurück, indem sie vorgab, ihren Krug nachzufüllen. Es war kein guter Einfall gewesen, bei Tisch einzuschenken.

In diesem Augenblick sprang die Tür auf, und zwei Knechte trugen einen mächtigen Topf herein und setzten ihn auf einem Tisch neben dem Feuer ab. Der würzige Duft von gekochtem Gemüse waberte bald durch den ganzen Raum. Fulbert kam und zog Aelia zum Feuer, wo die Köchin damit beschäftigt war, Fleischstücke aus dem Schwein herauszuschneiden.

»Die besten Stücke sind für den König und seine Familie«, erklärte er. »Dann folgen die Krieger, danach die Frauen, dann erst wir. Du musst also noch warten. Du hast hoffentlich nicht zu großen Hunger?« In seinem Blick lag eine Spur von Mitleid. »Beeil dich mit dem Auftragen, sonst gibt's Ärger.« Er deutete auf die Köchin und senkte seine Stimme. »Faule oder langsame Mädchen hasst sie besonders. Nimm dich vor ihr in Acht. Sie ist schon seit Ewigkeiten hier und besitzt die besondere Gunst des Königs.«

Oda schnitt Stück um Stück aus dem Schwein und legte es auf die hingehaltenen Holzbretter. »Beeilt euch, die haben alle Hunger!« Ihr Blick fiel auf Aelia. »Ich weiß, wer du bist, und gleich sehe ich, wie schnell du bist«, sagte sie, während sie ein Stück fettigen Bauchspeck auf Aelias Holzbrett plumpsen ließ. »Los, ab mit dir, aber komm rasch wieder!«

Aelia gehorchte. Als sie die Fleischplatten weggebracht hatte, ließ sie sich von den Knechten noch Schüsseln mit Getreide- und Gemüsebrei füllen und brachte sie zum Tisch der Krieger.

Als alle ihr Essen hatten, nickte Oda zufrieden. Sie musterte Aelia von oben bis unten. »Du sollst wissen, dass hier jede arbeiten muss. Wer hier isst, der muss arbeiten, hast du verstanden?«

»Ja, Herrin.«

Oda runzelte ihre breite Stirn. »Nenn mich nicht Herrin, nenn mich Oda. Die Herren sitzen da drüben am Tisch.«

Sie deutete mit dem Kopf zur Königstafel und drückte Aelia erneut zwei volle Schüsseln in die Hand. »Nun geh und frag, wer noch was will.«

Aelia gehorchte und wurde die Teller in kürzester Zeit los. Die Versammelten stürzten sich mit so großem Hunger auf das Fleisch, dass sie schon fürchtete, es würde nichts mehr für sie übrig bleiben. Aber dann, später am Abend, als sich alle zufrieden zurücklehnten und ein Sänger aufspielte, hatten sie endlich Gelegenheit zu essen.

Während Aelia hungrig die letzten Fleischreste und einen Klecks Getreide-Kohlbrei vertilgte, wurde ihr klar, warum die Köchin die besondere Gunst des Königs besaß: Das Essen schmeckte vorzüglich. Sie vermisste nur das römische Brot, das hier offenbar niemand kannte.

In der Halle herrschte jetzt ausgelassene Stimmung. Der Sänger entlockte seiner Leier ein paar Klänge und stimmte ein Lied an, in das alle mit einfielen. Bald hallte der Saal von tiefen Männerstimmen wider, die von vorzeitlichen Helden sangen, die mit Schiffen übers Meer fuhren und fremde Länder eroberten.

»Die Ruder ächzten, das Eisen klang,
Schild scholl an Schild, die Seehelden ruderten.
Unter den Edlingen eilend ging
Des Fürsten Flotte den Landen fern«

Aelia hatte diese Lieder noch nie gehört. Sie schenkte Becher um Becher ein, als sie jemanden hinter sich bemerkte. Sie fuhr herum und sah einen der Leibwächter des Königs. Vor Schreck entglitt ihr fast der Krug.

»Der König will dich sehen.«

Der Mann packte sie am Arm und zog sie unter den Blicken aller zur Königstafel. Am Kopfende, wo Chlodio zwischen seinen Söhnen saß, machte er Halt, fasste sie an den Schultern und zwang sie, niederzuknien. In diesem Augenblick beendete der Sänger sein Lied.

»Sieh mich an!«, hörte sie den König sagen, und gehorchte.

Er musterte Aelia mit einem aufmerksamen Blick aus hellen Augen. Er war nicht hässlich, hatte das gleiche kantige Gesicht wie sein Sohn, jedoch blasser und mit einem harten Zug um den Mund.

»Sie ist hübsch, Marwig. Deshalb wolltest du sie mir vorenthalten.«

Marwig warf einen kurzen Blick auf Aelia und wandte sich an seinen Vater. »Nein, Vater. Ich möchte Euch nur bitten, sie in das Gesinde aufzunehmen. Oda kann bestimmt eine Magd in der Küche gebrauchen.«

Der König rieb sich das Kinn. Auch durch den Bratendunst und die verschiedenen Gerüche hindurch roch Aelia den süßlichen Geruch, der von ihm ausging. Auf seiner bleichen Stirn glänzte Schweiß.

»Wie ich gehört habe, soll sie ungeschickt sein«, sagte Chlodio schließlich. »Oda braucht nur gute Mädchen.«

Marwig warf einen raschen, finsteren Blick auf Lantschild und erwiderte: »Gewiss, Vater. Ich bin überzeugt, dass sie alles sehr bald lernt. Dumm scheint sie nicht zu sein.«

»Warum sollte ich ein dahergelaufenes Mädchen aus Colonia in meine Dienste nehmen, wenn ich jedes andere haben kann?«

»Nun«, entgegnete Marwig, »wie ich Euch sagte, hat sie niemanden mehr. Ihr Großvater wurde von der Bande beim Überfall getötet. Erprobt sie doch einfach, das kostet Euch nichts.«

Der König lehnte sich zurück und musterte seinen Sohn nachdenklich. Dann begann er, lauthals zu lachen. »Du gerissener Hund! Du bist doch sonst nicht so mildtätig. Ich glaube, es hat einen anderen Grund, warum du dich für sie einsetzt.« Er grinste, aber da Marwig nichts entgegnete, willigte er ein: »Also gut, in Wodans Namen, sie soll hierbleiben. Aber dass sie mir ja keinen Ärger macht!«

Er hielt Edobich sein Glas hin, und der Verwalter füllte es mit rötlich schimmerndem Met. Marwig beugte sich zu Aelia hinunter. »Du wirst meinem Vater Gehorsam geloben wie jeder, der hier dient.«

Er sprach zu ihr wie zu einem Kind. Etwas lag in seiner Stimme, das sie wie eine Schlange beschwören wollte. Sie dachte, dass es vielleicht besser wäre, wenn sie am Hof bliebe. Tertinius würde einen neuen Mann schicken, wenn er merkte, dass keine Nachrichten von ihr kämen, und sie könnte ihren Auftrag doch noch erfüllen.

Sie nickte und gelobte dem König Gehorsam. Als der König nichts sagte, erhob sie sich langsam. Sie hatte keine Ahnung, wie sie sich

164

ihm gegenüber verhalten sollte, also verneigte sie sich noch einmal kurz und wandte sich zum Gehen. Doch da fuhren die Hände des Königs so energisch auf die Armlehnen herunter, dass das Gespräch an der Tafel erstarb. Aelia hielt inne.

»Habe ich dich schon entlassen?«

Aelia schüttelte den Kopf. Als sie den königlichen Leibwächter auf sich zukommen sah, kniete sie sich hastig wieder hin und murmelte eine Entschuldigung. Hatte sie etwas falsch gemacht? Würde er es sich nun anders überlegen und sie doch noch wegschicken?

Das Herz klopfte ihr bis zum Hals, als sie fühlte, wie er auf sie heruntersah.

»Aus Colonia kommt sie, Marwig? Erzähl uns von Colonia ... äh ... wie ist ihr Name?«

»Aelia«, ergänzte Marwig.

»Aelia, erzähl uns von Colonia. Was hat mein Schwager, der alte Chlodwig Medelphus, mit der Stadt gemacht?«

Aelia fühlte, wie sich ihr Herzschlag beschleunigte und ihr die Hitze in den Kopf stieg. Alle am Königstisch betrachteten sie mit offener Neugierde.

Was sollte sie sagen? Sie wusste nur das, was sie an dem Tag ihrer Durchreise gesehen hatte und das Wenige, das Wala ihr erzählt hatte. Mit Mühe besann sie sich.

»Die Stadt ist groß«, begann sie zögernd, »und sie wird gut bewacht. Der König lebt in einem Kastell auf der anderen Seite des Rhenus.«

Chlodio starrte sie an. Lange verharrte er reglos. Der Augenblick dehnte sich endlos, bis sich seine Miene vor Verblüffung verzog. Fast glaubte Aelia, sie hätte etwas Falsches gesagt, als er Marwig an den Arm stieß.

»Was sagst du dazu?«, lachte er. »Der Alte hat sich hinter römische Mauern verschanzt! Er glaubt wohl immer noch, die Legionen kommen jeden Augenblick den Fluss herunter. Oder die Sachsen dringen in seine Gebiete ein. Hat der Angst um seinen alten Hintern!«

Er lachte dröhnend und leerte sein Metglas. Alle anderen am Tisch lachten ebenfalls. Chlodio wischte sich den Mund ab und beugte sich nach vorn. »Ich habe ihn seit dem Tag, an dem ich seine Schwester zur Frau nahm, nicht mehr gesehen. Wie sieht er aus? Wagt er sich unter das Volk?«

»Er ...« Aelia überlegte krampfhaft, was sie sagen sollte. »Ich habe ihn nur einmal von Weitem gesehen, Herr. Er ... ist alt.«

Himmel, sie hatte schon mal besser gelogen. Hoffentlich wollte er nicht noch mehr Einzelheiten wissen.

König Chlodio lachte schallend. »Natürlich ist er alt, Mädchen. Er ist so alt, dass man ihm den Brei mit dem Löffel füttern muss. Aber er stirbt erst, wenn er alle seine Töchter unter die Haube gebracht hat.«

Er schlug auf die Tischplatte. »Donner und Thor, ob ihm das mal gelingt? Ich glaub's nicht, denn kaum ist die eine vermählt, ist die andere schon wieder Witwe und steht mit ihren Kindern vor seiner Tür. Dauernd hat er Schwierigkeiten mit seinen Töchtern und Nebenfrauen, weil die Weiber sich zanken. Immer muss er Streitigkeiten schlichten zwischen seinen Stämmen, und seine Schwiegersöhne warten nur darauf, dass er endlich stirbt, damit sie sich mit seinem Bastard um den Thron streiten können. Es ist ein Fluch der Götter, so viele Töchter zu haben!«

Er betrachtete Aelia nachdenklich.

»Du sprichst mit einem merkwürdigen Zungenschlag. Er hört sich lateinisch an.«

Aelia knetete ihre Hände. Verdammt, er hatte ihren lateinischen Akzent gehört. »Herr, meine Mutter war Römerin. Colonia ist eine große Stadt, in der Menschen aus aller Herren Länder friedlich zusammenleben.«

»Ja, sicher«, meinte Chlodio. »Aber unter fränkischer Herrschaft. Die Römer, die früher Herren waren, sind nun die Sklaven. Die Götter haben endlich Gerechtigkeit geschaffen!«

Er hob erneut sein Glas. Edobich, der im Hintergrund gewartet hatte, eilte herbei, um es zu füllen. »Auf die Franken vom Rhenus bis zum Südmeer! Auf unsere Stämme!«

»Auf unsere Stämme!«, klang es vielstimmig von den Tischen. Alle hoben ihre Gläser und tranken.

Der König stülpte sein Glas umgekehrt auf die Tischplatte und beugte sich so weit nach vorn, dass kaum eine Handbreit mehr Platz zwischen seinem und Aelias Gesicht war.

»Mein Augenlicht verlässt mich immer zu später Stunde. Das ...«, er betrachtete sie eingehend aus der Nähe, »ist wirklich schade.«

Rasch schlug Aelia die Augen nieder und heftete ihren Blick auf die goldenen Schnallen seiner Wadenschnüre. Der König war jetzt so nah, dass sie seinen Met-Atem riechen konnte. Sie wagte es nicht, aufzusehen.

»Mein Sohn, du hast wirklich einen Blick für das Schöne«, sagte Chlodio.

Alle schwiegen. Fackelschein zuckte über die Anwesenden hinweg, ließ die silbernen Platten auf der Königstafel blitzen.

»Was würdest du dazu sagen, wenn sie mir meine Nächte versüßen würde?« Der König sah fragend auf seinen Sohn. Marwig drehte sein Glas in den Händen. Er räusperte sich. »Vater, ich habe sie gefunden. Sie gehört mir«, antwortete er leise.

Aelia stockte der Atem. Er wagte es tatsächlich, seinem Vater die Stirn zu bieten! Wegen ihr! Warum tat er das? Während die Gedanken in ihr tobten, nahm die Angst von ihr Besitz, und sie begann zu zittern. Chlodio lachte lauthals. »Dann ist es also wahr, was Lantschild sagte, du hast dein Bett schon mit ihr geteilt. Du Schwerenöter!«

Er schlug mit den Händen auf die Stuhllehnen, dann wurde er so unvermittelt ernst, dass Aelia zusammenzuckte. »Ich will nichts, was dir schon gehörte. Das nächste Mal überlässt du ein schönes Mädchen mir«, knurrte er. Marwig saß reglos auf seinem Stuhl.

»Hast du gehört?«

»Ja, Vater.«

Chlodio versetzte dem Hund, der unter dem Tisch an einem Knochen nagte, mit seinem gesunden Bein einen so heftigen Tritt, dass dieser aufjaulte und sich mit eingekniffenem Schwanz verzog.

Dann winkte er Edobich und dem Sänger, rief nach Met und Musik, hielt sein leeres Glas in die Höhe. Der Sänger stimmte hastig ein Lied an, um die Stille im Saal zu vertreiben, während der Verwalter sich beeilte, das Glas des Königs zu füllen.

Auf einen Wink Chlodios nahmen die beiden Leibwächter Aelia in ihre Mitte, als sei sie eine Gefangene, und führten sie zurück zur Köchin, wo einer der beiden ihr einen Stoß in den Rücken versetzte, dass sie nach vorne fiel und beinahe in die Platte mit den Fleischresten gefallen wäre. Sie nickten Oda zu, wandten sich um und stapften wieder zurück zum König.

Kapitel 12

Aelia wusste später nicht mehr, wie sie den Rest des Abends verbracht hatte. Ihre Erinnerungen daran verschwammen wie die Bilder eines Wintertages, den ein unaufhörlicher Regen in ein einheitliches Grau verwandelte. Sie wusste nur noch, dass Oda sie immer wieder zur Arbeit antrieb, dass sie weiter einschenken musste, um endlich, nachdem sich auch der letzte Zecher zur Ruhe begeben hatte, mit den anderen Mägden das schmutzige Geschirr abzuräumen und zur Küche zu bringen.

Die Krieger übernachteten in der großen Halle; nur der König, seine Familie, einige Gefolgsleute sowie Chlodeswinthes Frauen schliefen im Haus der Königsfamilie – einem gut befestigten, aus Stein errichteten Haus.

Aelia wurde angewiesen, nach dem Abwasch im Küchenhaus zu bleiben und auf das Feuer aufzupassen. Als Lager diente ihr nur eine Wolldecke, in die sie sich einwickelte.

Sie konnte immer noch nicht begreifen, dass sie in Dispargum war. Die Bilder des Abends tanzten vor ihr wie ein groteskes Stück, in dem sie selbst eine Rolle gespielt hatte – der König, der sie für sein Lager wollte, Marwig, der sie davor bewahrte.

Am besten wäre es, dachte sie, wenn ich dem König nicht mehr begegne. Aber sie hatte den Auftrag, ihn zu bespitzeln. Wenn es ihr gelänge, Chlodios Absichten herauszufinden und an Tertinius zu verraten, könnte sie auch ohne Walas Hilfe Verina und sich die Freiheit verschaffen. Langsam nahm ein Plan in ihr Gestalt an. Sie müsste nicht darauf warten, bis Tertinius merkte, dass keine Nachrichten von ihr kämen und noch einen Spion schickte. Vielleicht würde er das gar nicht mehr tun. Vielleicht würde er aufgeben, weil er annahm, dass Wala und sie von den Franken entdeckt und getötet worden wären. Vielleicht würde er dann folgern, dass es zu gefährlich wäre, noch einen Spitzel an diesen Hof zu schicken, und sie würde vergeblich auf Nachrichten warten. Sie musste die Zügel selbst in die Hand nehmen, alles Wichtige für Tertinius herausfinden und fliehen, sobald sie über die Pläne des Königs Bescheid wusste.

Aelia seufzte und wälzte sich unruhig hin und her. Aber wie sollte sie den Weg nach Bagacum finden? Die Burg war von Wildnis umgeben, und sie hatte sich nicht gemerkt, wie sie hergekommen waren. Nun, dachte sie, mir wird schon etwas einfallen. Ich werde herausfinden, wie ich nach Bagacum komme. Mit diesem Gedanken schlief sie endlich ein.

Im Morgengrauen erwachte sie von der Kühle, die durch die Ritzen des hölzernen Küchenhauses drang. Sie rieb sich verschlafen die Augen, als die Köchin hereinkam.

»Du hast das Feuer ausgehen lassen!«, herrschte Oda sie an und zog sie an ihrem Gewand vom Lager. »Dass das nicht noch mal passiert! Jetzt machst du das Feuer wieder an, sofort! Ich muss das Essen machen.«

Sie stapfte aus der Küche in den angrenzenden Kräutergarten und knallte die Tür hinter sich zu. Müde stocherte Aelia in dem Rest erkalteter Asche herum. Sie fühlte sich, als hätte sie kein Auge zugetan. Eigentlich war es unnütz, das Feuer über Nacht in der Küche brennen zu lassen. Sie fragte sich, ob Oda ihr diese unsinnige Arbeit nur deshalb gab, weil sie sie nicht mochte. Sie sollte recht mit ihrer Vermutung haben.

Sie musste das Kleid, das sie von Marwig bekommen hatte, gegen ein schlichtes Gewand aus grauem Leinen austauschen, wie es alle Mägde trugen, und jeden Tag von früh bis spät arbeiten. Sie musste Wasser und Brennholz heranschleppen, Tiere schlachten und ausnehmen, Unkraut im Kräutergarten jäten, den Abwasch erledigen, die Küche fegen und vieles mehr. Oda verbot ihr, in der Halle aufzutragen.

»Das fehlte mir noch, dass sich der König und sein Sohn wegen dir wieder in die Haare bekommen«, sagte sie.

Offenbar gefiel es der Köchin ganz und gar nicht, dass Aelia durch Marwigs Fürsprache in ihr Refugium gekommen war, und das ließ sie sie deutlich spüren. Zusätzlich zu ihrer schweren Tagesarbeit musste Aelia jede Nacht das Feuer hüten. Nach einigen Tagen war sie so müde, wie sie es noch nie in ihrem Leben gewesen war, nicht einmal in den dunklen Tagen nach dem Tod ihrer Mutter.

»He, Baderin!«, rief Oda eines Nachmittags. »Es wird Zeit, die Fallen in den Vorratshäusern zu entleeren – oder bist du dir zu fein dafür?« Sie hielt Aelia die Schlüssel für die Vorratshäuser auffordernd unter die Nase.

Aelia war klug genug, sofort einzuwilligen. Das Entleeren der

Mausefallen war keine Arbeit, um die die Mädchen sich rissen, aber für sie eine gute Gelegenheit, endlich das Burggelände zu erforschen.

Sie nahm die vergifteten Köder und machte sich auf den Weg zu den Vorratshäusern. Sie hatte sich vorher schon etwas umgesehen und festgestellt, dass Dispargum eine verwirrende Ansammlung von strohgedeckten Holzhäusern war – Wohnhäuser, Werkstätten, Ställe, Schuppen, Getreidespeicher, das Küchenhaus und einige kleine Grubenhäuser, die als Vorratshäuser dienten. Es gab einen Kräutergarten neben der Küche und einen abgeschlossenen Platz, auf dem sich – vor neugierigen Augen verborgen – die Krieger im Waffenhandwerk übten. Alles war umgeben von dem hohen Palisadenzaun, auf dem Bogenschützen wachten. Den Mittelpunkt des Ganzen bildete jedoch nicht – wie Aelia zuerst angenommen hatte – die große Halle, sondern jenes Haus, in dem die Gemächer der Königsfamilie lagen und das sie noch nie betreten hatte.

Aelia lief zu den Grubenhäusern, die sich fensterlos in den Boden schmiegten und sah dort nach den Tierfallen. Sie fand ein paar tote Mäuse, warf die Kadaver fort und legte neue vergiftete Köder in die Fallen. So tat sie es in sämtlichen Grubenhäusern, bis sie zum letzten kam. Lustlos schritt sie die Treppe hinunter und schloss es auf.

Dieses Vorratshaus war anders als die anderen. Es war im Gegensatz zu jenen aus Stein und lag so tief in der Erde, dass das Strohdach fast den Boden berührte.

Aelia stieß die Holztür auf, die beim Öffnen über den Boden kratzte. Kühle strömte ihr entgegen und ein Geruch, wie ihn nur alte Mauern ausströmen. Sie hielt inne, bis sich ihre Augen an das Dämmerlicht gewöhnt hatten. In Regalen standen Amphoren dicht gedrängt, mit einer dicken Staubschicht bedeckt. Offenbar waren Chlodios Beutezüge in römische Gebiete recht erfolgreich gewesen.

Aelia nahm eine Amphore, pustete den Staub fort und zog den Stopfen heraus, der als Verschluss diente. Drinnen schwamm etwas, das säuerlich roch, etwas, das sie lieber nicht probieren wollte. Sie stellte die Amphore zurück.

Weiter hinten an einer Wand lagerten ein paar mächtige alte Weinfässer, deren dunkles Holz modrig roch. Ob noch römischer Wein darin war? Vielleicht schwerer dunkelroter Wein von den sonnenverwöhnten Hängen Südgalliens oder Hispanias?

Plötzlich spürte Aelia einen feinen Luftzug. Die Luft war so kalt, als klaffte unter dem Fußboden ein Loch, das geradewegs in die Tiefen der Erde führte.

Die feinen Härchen auf ihren Unterarmen richteten sich auf wie bei einem Igel die Stacheln, wenn er Gefahr roch. Etwas, von dem sie nicht erklären konnte, was es war, hing zwischen diesen Mauern. Sie entdeckte eine leere Mausefalle auf dem Boden und hob sie auf, als sie ein Rascheln hörte, das aus einer Ecke kam. Vor Schreck fuhr sie zusammen, beinahe entglitt ihr die Falle. Schaudernd beobachtete sie, wie eine Ratte aus einem Winkel des Kellers kroch, zum Weinfass rannte und in einer Öffnung des Fasses verschwand. Sie hörte noch die tapsenden Rattenfüße auf dem Holz, ehe es still wurde. Bei allen Göttern! Wo war die Ratte hingelaufen?

Aelia trat näher an das Weinfass heran. Ihr Blick fiel auf einen Spalt in einem der unteren Fässer, gerade groß genug, um ein kleines Tier hindurchzulassen. Sie bückte sich und tastete nach dem Brett, welches das Fass verschloss. Es ließ sich mühelos beiseite schieben.

Sie spähte in das Innere des Fasses, das sich wie eine Röhre vor ihr dehnte. In der Dunkelheit konnte sie aber nichts erkennen. Kühle schlug ihr entgegen und der Geruch nach feuchtem Lehm. Schmutz und Steinchen, die die Ratten hereingeschleppt hatten, lagen auf dem gewölbten Holz. Wieder spürte sie einen feinen Luftzug auf ihrem Gesicht, der auch die letzten Reste ihrer Müdigkeit wegblies.

Nun war ihr klar, warum sie die Ratte nicht mehr gehört hatte. Das Tier war durch das Fass gelaufen zu dem, was sich hinter der Mauer verbarg.

Was konnte es sein? Ein weiterer Kellerraum? Während sie noch überlegte, hörte sie Schritte auf der Treppe. Rasch schob sie das Brett wieder vor das Fass und lief zurück zur Tür. Im Türrahmen sah sie die Umrisse einer kleinen Gestalt. Wisigard stand dort und starrte sie an.

»Du hast sie getötet, nicht wahr?«

»W-was?«

»Die Maus, die da drin war.«

Wisigard deutete auf die leere Falle in Aelias Hand.

»Da war keine Maus drin.«

»Nein? Aber der Köder ist doch weg. Wie kann die Maus den Köder gefressen haben und wieder hinausgelaufen sein, ohne dass die Tür zufiel?«

Sie nahm Aelia die Falle aus der Hand und begann, sie zu untersuchen. Aelia betrachtete das Mädchen. Dunkle Locken fielen ihm ungehindert auf die Schultern. Es trug eine einfache braune Wolltunika, darüber einen schmutzigen Kittel.

Aelia zögerte, suchte nach einer förmlichen Anrede. »Ich glaube, es war gar kein Köder drin.«

Wisigard ließ die Falle sinken. »Kein Köder?«, wiederholte sie ungläubig.

»Nein, und auch keine Maus.«

»Schade.«

»Warum schade?«

»Weil ich Mäuse brauche.«

»Warum braucht Ihr Mäuse?«

Eine Weile war es still. Schweigend sahen die beiden einander an, während Aelia dachte, dass sie sich noch nicht vor dem Mädchen verbeugt hatte. Immerhin war die Kleine die Enkelin des Königs und musste förmlich begrüßt werden. Also verneigte sie sich vor ihr, wobei es ihr merkwürdig erschien, dies vor einem Kind zu tun.

»Du brauchst dich nicht vor mir zu verbeugen«, sagte Wisigard, als hätte sie ihre Gedanken gelesen. »Das tut sonst auch niemand.«

Sie gab Aelia die Falle zurück.

Ein leises Nagen drang aus einer Ecke neben den Amphoren. Aelia tastete dorthin und entdeckte eine weitere Falle, hob sie hoch, um im hereinfallenden Licht mehr sehen zu können. In dem kleinen, aus Weidenruten geflochtenen Kästchen mit dem hölzernen Boden hockte eine Maus und sah sie mit ihren dunklen Äuglein an. Sie hatte den vergifteten Köder nicht gefressen.

Wisigard jubelte. »Darf ich sie haben? Bitte!«

Aelia reichte dem Mädchen die Falle. Wortlos betrachtete Wisigard die Maus. »Warum hat sie nichts von dem Köder gefressen? Ob sie keinen Hunger hat? Oder hat sie gerochen, dass er vergiftet ist?«

»Das glaube ich nicht. Alle anderen Mäuse haben die Köder gefressen.«

»Dann ist sie wohl besonders schlau.« Wisigard warf einen kurzen Blick auf Aelia und wandte sich wieder der Maus zu, die gerade an einem der Weidenzweige schnupperte. »Dann kann ich sie gut gebrauchen.«

»Was willst … äh, was wollt Ihr denn mit ihr?«

Wisigard beugte sich über die Falle und betrachtete das Tier lange.

»Siehst du? Sie hat den Köder nicht mal angeknabbert. Wir müssen sie schnell rausholen.«

Sie setzte die Falle auf einem Regalbrett ab und zog einen kleinen Lederbeutel hervor, den sie unter ihrem Kittel am Gürtel trug.

Was für ein seltsames Mädchen, dachte Aelia. Offenbar darf sie tun und lassen, was sie will. Ihre Kinderfrau sollte besser auf sie aufpassen. Sie überlegte, ob es ratsam wäre, Wisigard das Tier zu überlassen, doch dann dachte sie, dass sie der Kleinen eine Freude machen würde und gleichzeitig das Tier losgeworden wäre. Warum also nicht – Oda musste es ja nicht erfahren. Sie half dem Mädchen, den Lederbeutel vor die Falle zu halten. Dann öffnete sie das Türchen und kippte die Falle, sodass das Tier in Wisigards Beutel fiel. Rasch knotete Wisigard das Band zu. Sie lächelte zufrieden.

»Was gibst du den Mäusen?«, wollte sie wissen, als sie das zuckende Säckchen wieder an ihrem Gürtel befestigte.

»Körner.«

»Das sehe ich selbst. Ich meine das Gift, was ist es?«

»Ich weiß es nicht, Oda verwahrt es in einem abgeschlossenen Schrank und bereitet die Köder selbst vor.«

»Dann ist es wohl Schierling.« Wisigard nahm den Käse aus der Falle, roch daran. »Oder nein – es muss die giftige Wolfswurz sein. Unsere Bogenschützen tränken ihre Pfeilspitzen damit.« Sie gab Aelia die leere Falle zurück. »Würdest du etwas für mich tun?«

Aelia fragte sich, woher das Mädchen so viel über Gifte wusste. Die Aufgewecktheit des Mädchens beeindruckte sie, ließ sie aber auch vorsichtig sein.

»Sagt mir erst, was ich für Euch tun soll.«

Wisigard musterte sie wieder aufmerksam. »Ich brauche noch mehr Mäuse. Lebende Mäuse. Du könntest sie in deinen Fallen fangen, indem du ein normales Stück Käse hineinlegst. Die Köchin wird es nicht merken.«

»Warum braucht Ihr lebende Mäuse? Ihr wollt sie doch nicht etwa töten?«

»Töten? Aber nein! Wie kommst du darauf?«

»Ich habe eine Ratte mit einem aufgeschnittenen Bauch gesehen.« Bei der Erinnerung an den schrecklichen Fund, den sie neulich in einem der Grubenhäuser gemacht hatte, lief Aelia ein kalter Schauer über den Rücken.

Auf Wisigards Stirn bildete sich eine kleine steile Falte. »Das war bestimmt Maraulf. Er quält gerne Tiere. Ich werde dafür sorgen, dass er eine Tracht Prügel bekommt. Das Feuer hüten soll er, dieser Mistkerl!«

Sie krallte ihre Hände in den Kittel. Ihre Wut schien echt zu sein, Aelia glaubte ihr.

»Wer ist Maraulf?«, fragte Aelia.

»Wiomads Bastard«, schnaubte Wisigard verächtlich.

»Ach ja. Ich habe ihn schon mal gesehen.« Aelia erinnerte sich an den Jungen mit der kopflosen Krähe. Dann dachte sie, dass sie der Kleinen den Gefallen mit den Mäusen tun könnte. Es könnte nicht schaden, das Vertrauen des Mädchens zu gewinnen, wenn sie tatsächlich erreichen könnte, dass der Junge das Feuer hüten müsste. Außerdem durfte es nicht schwer sein, ein wenig unvergifteten Käse aus der Küche zu schmuggeln.

»Wenn Ihr versprecht, der Köchin nichts zu verraten, mache ich es«, sagte Aelia.

Wisigard strahlte. Feierlich hob sie die Hand und schwor, Oda nichts zu sagen. »Ich weiß, dass Oda sehr streng zu den Mägden ist. Aber du hast nichts zu befürchten. Schließlich hast du mit meinem Vater das Bett geteilt.«

Aelia fühlte, wie sie unter dem aufmerksamen Blick des Mädchens verlegen wurde. Rasch wandte sie sich ab und stellte die Falle zurück ins Regal.

»Du brauchst dich dafür nicht zu schämen, mein Vater holt sich manchmal ein Mädchen ins Bett. Das muss sein, sagt Tante Chlodeswinthe, Männer brauchen das. Schließlich ist meine Mutter schon lange tot und mein Vater hat keine Frau. Du musst nur aufpassen, dass du keinen Bastard bekommst. Der König war schon wütend, als ich geboren wurde, weil meine Mutter nur eine Magd war. Er hatte meinem Vater verboten, sie zur Frau zu nehmen, aber Vater hat nicht auf ihn gehört. Darüber hat sich mein Großvater sehr aufgeregt. Als ich geboren wurde, war er noch wütender.«

»Keine Angst, ich bekomme bestimmt keinen Bastard von Eurem Vater«, versetzte Aelia. »Ich war seine Gefangene, und nun bin ich eine Magd, mehr nicht.«

Wisigard sah sie mit großen Augen an. »Aber Onkel Lantschild sagte, du hättest sogar in Vaters Badewasser gebadet!«

Lantschild, natürlich! Hätte sie sich auch denken können, dass er alles ausplauderte. Er hatte ja dem König alles erzählt, noch ehe dieser sie an seine Tafel holen ließ.

»Es ist nicht so, wie Ihr denkt«, sagte Aelia. »Mit dem Badewasser wollte Euer Vater mir nur einen Gefallen tun. Ich war ziemlich schmutzig.«

Wisigard starrte sie an. Etwas in ihren hellen Augen flackerte auf, verlosch wieder. Sie zuckte mit den Achseln. »Wie du meinst. Ich wollte dich nur warnen.«

Mit diesen Worten wandte sie sich um und ging. Aelia sah ihr nach, wie sie zwischen den Grubenhäusern hindurch zum Herrenhaus lief. Die Sonne fiel auf ihr erdfarbenes Haar und ließ es aufschimmern.

Was für ein merkwürdiges Mädchen, dachte sie. Doch dann spürte sie Wut, aber es war keine Wut auf das Mädchen, sondern auf das, was sie gesagt hatte. Warum hatte Marwig sie mit zum Königshof genommen? Wollte er sich hier mit ihr die Nächte versüßen? Oh nein, mit ihr auf keinen Fall!

Sie hatte einen Auftrag auszuführen, und daran würde sie sich halten. Es musste einen Grund haben, warum sie trotz Walas Tod an den Königshof gekommen war. Die Götter – vielleicht Walas Göttin – wollten, dass sie hier war. Sie sollte den Auftrag ausführen, nach Treveris zurückkehren, Verina retten und ein neues Leben in Freiheit beginnen –, ein Leben, das sie sich beide verdient hatten nach den Jahren bei Dardanus.

Aelia trat aus dem Weinkeller, verriegelte die Tür und ging zurück zur Küche. Oda würde sich bestimmt schon fragen, wo sie so lange geblieben war. Sie nahm sich vor, sobald wie möglich herauszufinden, was sich hinter dem Fass verbarg.

*

Am nächsten Abend erschien Fulbert in der Küche.

»Was willst du?«, grunzte Oda, die gerade ein Leinentuch mit einer Kräutersalbe bestrich. Marwig hatte sich ein paar Tage zuvor eine Prellung auf dem Kampfplatz zugezogen, für die Oda nun jeden Abend Kräuterwickel vorbereitete und ihm brachte.

»Der junge Herr schickt mich, Aelia soll ihm die Wickel bringen.«

Die Köchin baute sich vor Fulbert auf und starrte ihn an. »Er hat wohl vergessen, dass das Mädchen nicht ins Königshaus darf. *Ich werde ihm die Wickel bringen.*« Sie stemmte die Arme so heftig in ihre Hüften, dass ihre Fettwülste unter der Tunika wackelten.

Aber Fulbert ließ sich nicht beeindrucken. »Tut mir leid, Oda. Der junge Herr wünscht ausdrücklich, Aelia zu sehen.«

Oda ließ ihre dicken Arme sinken und warf Aelia einen wütenden Blick zu. Ohne ein weiteres Wort wandte sie sich ab, legte das Leinentuch in einen Tontopf und drückte ihn Aelia in die Hand. »Dann nimm sie, in Wodans Namen! Aber pass auf, dass er sie lange genug auf der bösen Stelle lässt. Dass du mir ja nichts falsch machst!«

»Nein, Oda.« Aelia machte einen Knicks. Aber die Köchin starrte sie nur wütend an. Aelia konnte ihren Blick im Rücken spüren, als sie mit Fulbert die Küche verließ. Sie atmete tief durch, als sie in die Kühle der Nacht hinaustraten und über den Hof zum Königshaus gingen.

Was wollte Marwig von ihr? Hatte er vielleicht von den Mäusen erfahren, die sie seiner Tochter besorgt hatte? Bei diesem Gedanken seufzte sie. Aus den Augenwinkeln sah sie, wie Fulbert lächelte. Es war kein gehässiges, kein spöttisches Lächeln, sondern eines, das echter Freude zu entspringen schien.

»Du lächelst immer, Fulbert.«

»Ich freue mich, dich zu sehen.«

»Du schmeichelst mir.«

»Nein, ich bin kein Schmeichler. Ich meine es ehrlich.«

Aelia musste lachen, dann wurde sie ernst. »Der junge Herr – ist er wütend?«

Fulbert sah sie überrascht an. »Nein, warum sollte er? Er ist in bester Stimmung. Sie haben heute einen Rehbock erlegt.«

Aelia atmete erleichtert auf, doch dann legte sich ein neuer Gedanke wie ein Schatten auf ihr Gemüt. *Vielleicht will er sich die Stimmung von mir noch ein wenig mehr aufheitern lassen.*

Am Eingang zum Haus, in dem die königlichen Gemächer lagen, wachten zwei Krieger. Sie trugen Schwerter und rührten sich nicht, aber Aelia konnte sehen, wie ihre aufmerksamen Blicke über Fulbert und sie huschten. Ein Nicken zeigte Fulbert, dass sie hinein durften, und sie betraten das Haus. Kühle schlug ihnen entgegen. Fackeln erleuchteten einen schmalen Gang, von dem aus Türen zu dahinter liegenden Gemächern führten.

An der sauber verputzten, hell getünchten Wand hing ein gestickter großer Teppich.

Aelia hielt inne. Kurz vor ihr stand an einer der Türen ein Keiler und starrte sie an. Seine Eckzähne ragten spitz aus seinem Maul hervor, sein Kopf war geduckt, als wollte er jeden Augenblick angreifen. Da bemerkte sie Fulberts Lächeln und sah sich den Keiler genauer an. Er war aus Holz. Aelia streckte die Hand aus, strich vorsichtig über die hölzernen Borsten des Tieres, fuhr die Linien des Kopfes entlang.

»Nicht!«, warnte Fulbert. »Niemand darf die heiligen Tiere der Götter berühren!«

»Die heiligen Tiere?« Aelia zog ihre Hand zurück. Da bemerkte sie die anderen Holzschnitzarbeiten im Gang: eine Katze, die vor einen Wagen gespannt war, und zwei Raben, deren gespreizte Flügel sich in einen Torbogen am Ende des Ganges schmiegten.

»Es sind die Tiere der Götter, die über unseren König und seine Familie wachen«, erklärte ihr Fulbert. »Ihnen entgeht nichts – kein hässliches Wort, kein Eindringling. Die Raben des Wodan – Hugin und Munin – wachen vor dem Königsgemach.«

Aelia merkte, wie Fulbert sie von der Seite betrachtete. Sie fühlte sich unbehaglich unter seinem Blick. Ahnte er, dass sie jemand anderer war als sie vorgab? Hatte er sie durchschaut? Sie vermied es, den Knecht anzusehen. Sie musste vorsichtig sein. Vielleicht waren es gerade die stillen, unauffälligen Menschen, denen sie am meisten misstrauen musste. Sie hatte sich gerade wieder von ihrem Schrecken erholt, als Lantschild ihnen entgegenkam. Mit federnden Schritten, in dem ihm eigenen, seltsamen Gang, kam er auf sie zu.

Fulbert verneigte sich tief vor ihm, Aelia machte einen Knicks. Lantschild sah hochmütig auf den Knecht herunter. Mit einer Handbewegung bedeutete er ihnen, sich aufzurichten.

»Wo wollt ihr hin?« fragte er, ohne Aelia eines Blickes zu würdigen.

»Zu Eurem Bruder, Herr.«

Lantschild grinste. Sein Gesicht zeigte keine Spuren mehr von Marwigs Schlägen. »Hätte ich mir denken können«, sagte er spöttisch und warf einen flüchtigen Blick auf Aelia. »Was bringst du ihm? Seine Kräuterwickel?«

Aelia nickte und wich seinem Blick aus. Eine Welle der Abneigung gegen diesen jungen Mann, gemischt mit Angst, erfasste sie.

»Behandle ihn nur gut. Er hat auf dem Kampfplatz viel einstecken müssen«, sagte Lantschild spöttisch. »Mein Vater war nicht erfreut darüber, dass mein Bruder dich in seinem Bett hatte. Deshalb hat er seinen besten Kämpfer auf ihn angesetzt.«

Er grinste so hämisch, dass es Aelia anwiderte. Sie ballte ihre freie Hand zu einer Faust.

»Der Arme hat jetzt sicher Trost nötig«, fuhr Lantschild fort. »Bemüh' dich bloß, ja? Verwöhn ihn gut mit deinen kleinen kräftigen Händen.«

In Aelias Hand zuckte es. Sie atmete tief ein, um zu einer hitzigen Bemerkung anzusetzen, als sie Fulberts warnenden Blick bemerkte.

»Mit Verlaub, Herr, wir müssen jetzt weiter.« Fulbert verneigte sich vor Lantschild, doch dieser dachte nicht daran, sie zu entlassen.

»Mein Bruder wird sich noch ein wenig gedulden müssen«, sagte er und wandte sich an Aelia, wobei er wieder sein unerträglich spöttisches Gesicht aufsetzte. »Eigentlich bin ich froh darüber, dass Marwig dir schon seine Gunst gezeigt hat. So konnte es wenigstens mein Vater nicht mehr tun. Denn wie ich schon sagte, ist mein Bruder nicht gerade ausdauernd, was seine Liebschaften angeht.«

Aelia spürte, wie die Wut in ihr brodelte. »Ihr scheint etwas zu missdeuten, Herr«, hörte sie sich sagen, Fulberts warnende Blicke nicht beachtend, »ich habe mit Eurem Bruder nicht das Bett geteilt und bin auch nicht seine Geliebte.«

Lantschild zog seine hellen Augenbrauen hoch, was seinem Gesicht einen noch hochmütigeren Ausdruck verlieh. »So, hast du nicht? Du willst mir sagen, du schläfst drei Tage in seinem Gemach und er rührt dich nicht an?«

»Genau das, Herr.«

Lantschild brach in ein lautes Lachen aus, das schrill durch den leeren Gang hallte. »Das ist nicht wahr! Du lügst!«

Aelia, die es schon bereute, ihm die Wahrheit gesagt zu haben, versuchte, ihre Wut niederzukämpfen und klar zu denken, aber das gelang ihr nicht. Ihre Gefühle hatten sie vollkommen in der Gewalt und ließen sie alle Standesunterschiede vergessen.

»Ich lüge nicht. Außerdem geht es Euch nichts an.«

Lantschild hörte auf zu lachen. Sein Gesicht wurde von einem Augenblick zum anderen kalkweiß und ernst. Aelia sah, wie es in seinem Arm zuckte, doch da trat Fulbert blitzschnell vor sie hin.

»Mit Verlaub, Herr, möchte ich mich für das Verhalten dieser Magd entschuldigen. Ihr wisst, sie ist noch nicht lange genug am Königshof, um die Anstandsregeln zu kennen.«

Er verharrte demütig vor Lantschild, als erwartete er, die Strafe zu empfangen, die der Königssohn ihr zugedacht hatte.

Lantschild ließ seinen Arm sinken, öffnete seine Hand und strich sich damit über sein Gewand. »Dann wird es Zeit, ihr das gute Benehmen bald beizubringen«, zischte er und ging an ihnen vorbei zum Ausgang, ohne sich noch einmal umzudrehen.

Als sich die große Tür krachend hinter ihm geschlossen hatte, atmete Aelia auf. Sie war so aufgeregt, dass sie sich an die Wand lehnen und ein paar Augenblicke durchatmen musste, um sich zu beruhigen.

»Danke«, presste sie hervor, während sie immer noch mit ihrer Wut kämpfte. Ihre Unbeherrschtheit, das begriff sie nun, würde ein großes Hindernis bei der Erfüllung ihres Auftrags sein. Sie war nicht kaltblütig genug. Sarus hatte einmal zu ihr gesagt, ihre Wut sei ein wildes Pferd, das sie unbedingt zähmen müsste, wenn sie seine Kraft nutzen wollte. Er hatte recht.

Fulbert betrachtete sie aufmerksam. Er hätte wütend sein können, doch in seinem Blick lag nur Mitgefühl. »Du solltest lieber nicht seinen Zorn auf dich ziehen«, sagte er leise.

»Ich fürchte, das habe ich schon. Er ist so … so …«

»Ich weiß. Nimm dich vor ihm in Acht. Sein Blut ist … nicht vom besten. Seine Mutter hat den König um den Verstand gebracht. Damit fing das Unglück der Familie an.«

Fulbert sah betrübt aus. »Unsere Königin Hildegunde hat das ins Grab gebracht. Möge Hel sie in ihrem Schoß bewahren, sie war eine gütige Herrin.« Er machte ein Zeichen vor seiner Brust.

»Wenn ich gewusst hätte, dass sie Königssöhne sind, hätte ich mich im Burgus anders benommen«, bemerkte Aelia.

Fulbert lächelte. »Der Herr liebt solche Spiele«, sagte er. »Wenn er in Dörfer kommt, wo man ihn nicht kennt, verrät er oft nicht, wer er ist, um zu sehen, wie die Leute sich benehmen. Deshalb durfte ich dir auch nichts verraten. Geh Lantschild lieber aus dem Weg.«

Aelia beschloss, den Ratschlag des Knechts zu befolgen. Fulbert verlor kein weiteres Wort mehr, bis sie Marwigs Gemach erreichten.

»Herein«, klang es von drinnen.

Zögernd betrat Aelia den Raum. Wärme, die sich mit dem Geruch nach Leder und Seife mischte, schlug ihr entgegen. Die Tür fiel hinter ihr ins Schloss. Mit Schrecken sah Aelia den mächtigen Badezuber in der Mitte des Gemachs. Dahinter stand ein breites Bett, noch größer als das im Kastell.

Marwig stand über einen Tisch gebeugt, und mit Erleichterung gewahrte Aelia Wisigards dunklen Haarschopf neben ihm. Er wandte sich zu ihr um, und ein Lächeln glitt über sein Gesicht. »Stell den Topf dorthin.« Er wies auf einen Tisch in der Nähe. Eine Stelle an seinem Kinn war geschwollen und bläulich verfärbt, sonst aber schien er gut gelaunt zu sein. Zwei große Kohlebecken neben dem Badezuber verbreiteten wohltuende Wärme. Aelia trat an den Tisch und stellte den Topf dort ab.

»Siehst du, was sie macht?«, rief Wisigard. »Sie ist schlau, ich hab's doch gesagt!«

Aelias Blick fiel auf das, mit dem die beiden beschäftigt waren: In einem großen Käfig aus Weidengeflecht hockten zwei Mäuse. Die eine knabberte an einem Stück Brot, während die andere an einem Käfigstab schnupperte. Wisigard griff durch die Käfigtür, fing eine der Mäuse und setzte sie sich auf die Schulter. »Siehst du, sie hat sich schon an mich gewöhnt!« Sie lachte.

Ihr Vater schüttelte den Kopf. »Du kannst Mäuse nicht wie Menschen behandeln. Sie leben nach ihrer eigenen Natur.«

»Aber warum denn nicht? Du sprichst ja auch zu deinen Pferden wie mit Menschen, Vater!«

»Das ist richtig, Pferde sind kluge Lebewesen. Sie erkennen mich sofort, wenn ich zu ihnen komme. Aber Mäuse sind niederes Getier, Ungeziefer, das unsere Vorräte frisst und die Felder durchwühlt. Sie sind zu nichts Nutze.« Er setzte sich auf seinen Sessel. »Sperr sie in den Käfig, Wisigard. Ich will nicht, dass du sie freilässt.«

Seine Tochter zog ein beleidigtes Gesicht. »Aber Vater! Ich kriege sie bestimmt so weit, dass sie Kunststücke machen. Wenn ich sie gut behandle und sie immer füttere, machen sie bald, was ich will.«

Sie streichelte die Maus, die an ihren Haaren schnupperte.

»Wisigard«, rief Marwig. »Hast du nicht gehört? Du sollst die Maus in den Käfig sperren!«

Wisigard gehorchte widerstrebend. Nachdem sie die Käfigtür geschlossen hatte, sagte sie: »Ich glaube, dass auch Mäuse kluge Lebewesen sind. Sie sind zwar kleiner als Pferde und nicht nützlich wie sie, aber ich weiß, dass sie mich erkennen. Sie sind so verschieden – die eine ist lebhaft, die andere ist immer müde und schläft oft. Ich kann sie bestimmt erziehen wie …«

Marwigs Hände klatschten auf die Sessellehnen. »Genug! Anstatt dich mit Mäusen abzugeben, solltest du lieber nähen lernen!«

Aelia, die der Auseinandersetzung schweigend zugehört hatte, schlich sich zur Tür, weil sie glaubte, dass nun eine grobe Erziehungsmaßnahme folgen würde, deren Zeugin sie nicht werden wollte. Aber Marwig bemerkte, was sie vorhatte und winkte sie zurück.

»Was meinst du, Aelia, sind Mäuse kluge Lebewesen, die man abrichten kann wie Jahrmarkttiere oder nicht?«

Aelia sah auf die Mäuse hinunter. Himmel, woher sollte sie das wissen? Dann blickte sie in Wisigards entrüstete Miene und erinnerte sich daran, dass sie sie zur Freundin gewinnen wollte.

»Ich … weiß es nicht«, sagte sie. »Sie könnte es versuchen.«

»Aha? Natürlich sagst du so etwas, wo du meiner Tochter die Mäuse besorgt hast.«

Er erhob sich und kam mit ein paar raschen Schritten auf Aelia zu. Sie wich ein wenig zurück. Seine Nähe verwirrte sie, und sie fürchtete, dass er ärgerlich war. Wenn er die Mäuse nun zum Anlass nähme, sie doch noch in Bagacum zu verkaufen? Vielleicht hatte er genug von ihr und wollte nicht, dass er wegen ihr weitere Schwierigkeiten mit seinem Vater bekam.

»Ich wusste nicht, wofür sie die Tiere haben wollte«, verteidigte sie sich und warf einen wütenden Blick auf Wisigard, die sich wieder dem Käfig zugewandt hatte.

»Ach ja? Du meinst also, das Abrichten von Mäusen ist eine angemessene Beschäftigung für die Enkelin des Königs?«

Die Schwellung an seinem Kinn sah aus der Nähe größer aus. Ob er Schmerzen hatte? Aelia konnte sich gut vorstellen, wie weh der Schlag getan haben musste.

»Eure Tochter wird sich bestimmt nicht den ganzen Tag mit den Mäusen beschäftigen«, antwortete sie, »ihr bleibt sicher noch genug Zeit für die Handarbeiten.«

Marwig runzelte die Stirn. »Und was sage ich dem Fürsten, der sie einmal zur Frau nehmen wird? Meine Tochter kann keine Stoffe weben, aber sie kann Mäuse abrichten?« Er lachte lauthals.

Wisigards Miene verfinsterte sich. »Ich werde mich sowieso nicht vermählen. Ich werde dem künftigen König, meinem Vetter, helfen, wenn er das Land regiert.«

Marwigs Lachen erstarb. Es wurde so still im Gemach, dass man das Nagen der Mäuse im Käfig hören konnte.

»Von welchem Vetter sprichst du?«, zischte er.

»Von Tante Chlodeswinthes Sohn natürlich.«

»Woher willst du wissen, dass sie einen Sohn bekommt?«

»Na, alle sagen das! Nebisgast, die Frauen aus dem Dorf, alle!«

»Deshalb glaubst du es auch?« Marwig baute sich vor seiner Tochter auf. »Angenommen, sie haben recht – warum behauptest du, dass Chlodeswinthes Sohn König wird?«

Wisigard sah zu ihrem Vater auf und schwieg. Ihre dunklen Locken sprangen unter dem fleckigen Haarband hervor und fielen ihr auf die schmalen Schultern.

»Warum?«, wiederholte er.

Wisigard rührte sich nicht. Marwig musterte seine Tochter streng. »Du solltest aufhören, einfach irgendwelche Dinge zu erzählen«, knurrte er.

»Aber das ist nicht irgendwas. Das ist die Wahrheit.«

»Unsinn! Du sagst das keinem, hörst du? Du sprichst zu niemandem darüber!«

Mit großen Augen sah Wisigard zu ihrem Vater auf. Sie schüttelte langsam ihren Kopf.

»Heb deine Hand. Schwöre es.«

Wisigard hob ihre Hand. »Ich schwöre beim Wodan, dass ich niemandem davon erzählen werde.«

Marwig atmete erleichtert auf. »Gut«, sagte er. »Du darfst deine Mäuse behalten. Aber du wirst jeden Tag zu Tante Chlodeswinthe gehen und handarbeiten lernen. Außerdem wird Aelia dir Latein beibringen.«

»Was?«, entfuhr es Aelia.

Marwig wandte sich an sie. »Latein ist doch deine Muttersprache, oder?«

»Ja, aber ... ich bin sicher eine schlechte Lehrerin.«

»Warum muss ich denn Latein lernen, Vater?« Wisigard sah nicht begeistert aus. »Großvater sagt, es wird bald keine Römer mehr hier geben.«

»Die Römer besitzen dieses Land bis zum Südmeer«, erwiderte

Marwig. »Auch wenn es bald uns gehören wird, so wird es immer noch genügend Römer darin geben. Sie werden unsere Gutshöfe verwalten und unsere Felder bewirtschaften. Der künftige König dieses Landes wird fränkische und römische Untertanen haben, und deshalb muss er die Sprachen aller Untertanen sprechen. Wenn du ihm helfen willst, dann musst du Latein sprechen können.«

Wisigard schob ihre Unterlippe vor. »Ich will aber nicht.«

»Genug jetzt. Du wirst es lernen, und keine Widerrede mehr. Gleich morgen werdet ihr anfangen.«

Aelia nickte. Sie wusste zwar nicht, wie sie diesem eigenwilligen Mädchen auch nur ein Wort Latein beibringen sollte, aber das war im Augenblick nebensächlich. Marwig sah aus, als duldete er kein Widerwort mehr, und sie wollte ihn nicht noch mehr reizen. Außerdem war der Gedanke verlockend, der harten Küchenarbeit wenigstens für kurze Zeit zu entkommen.

Marwig rief nach Fulbert.

»Bring Wisigard in ihr Gemach«, befahl er. »Und trag die Mäuse zurück in den Stall.«

Der Knecht nickte, nahm den Käfig und führte die immer noch beleidigte Wisigard hinaus.

Ein Zittern überlief Aelia, als die Tür sich hinter ihnen geschlossen hatte. Sie sah auf das Wasser im Badezuber.

»Die Römer mögen sein, wie sie wollen«, sagte Marwig, der ihren Blick bemerkt hatte. »Aber eines muss man ihnen lassen – sie verstehen es, ihre Körper zu reinigen und zu pflegen. Mein Vater sagt immer, sie verweichlichen ihre Leiber, indem sie zu viel baden und in zu weichen Kissen schlafen. Jeder Krieger verliert seine Kraft, wenn er seinen Leib zu sehr verwöhnt, sagt er. Das Reich sei dem Untergang geweiht, weil seine Soldaten nicht mehr in der Lage seien zu kämpfen, und der Kaiser sei ein verwöhnter Junge, der nur auf seine Mutter hört.«

»Soweit ich weiß, ist unser Heermeister ein hervorragender Feldherr«, entgegnete Aelia.

Marwig musterte sie überrascht. »So, sagt man das in Colonia? Dabei hat sich gerade diese Stadt widerspruchslos ergeben. Mein Onkel Chlodwig Medelphus ist wahrlich kein großer Krieger, aber sie haben sich ihm angedient, als hätten sie nicht einen Funken Mut in den Knochen.«

»Was hätten sie denn machen sollen«, erwiderte Aelia, die sich daran erinnerte, was Wala ihr über die Einnahme von Colonia erzählt hatte. »Sie hatten kaum Soldaten, um die Stadt zu halten. Außerdem waren die Grenztruppen längst vom Rhenus abgezogen.«

Marwigs Miene verdunkelte sich, und er starrte sie eine Weile wütend an. »Ich vergaß, dass du Römerin bist.«

Verlegen presste sie die Lippen zusammen, als könnte sie sie so versiegeln. Viel zu viel hatte sie gesagt! Sie durfte auf keinen Fall weiter für die Römer Partei ergreifen, auch wenn es ihr noch so schwer fiel. Ach, könnte sie doch besser ihre Wut zügeln. Sie überlegte hastig, wie sie das Gespräch in eine unverfänglichere Richtung lenken könnte. »Ich werde mein Bestes versuchen, Eurer Tochter Latein beizubringen«, sagte sie rasch.

Er blickte sie finster an.

»Ja, mach das nur. Ich könnte auch nach einem gelehrten römischen Sklaven suchen lassen, aber ich glaube, dass du mit Wisigard besser fertig werden wirst. So, wie sie ist, nimmt sie deine Worte bestimmt eher an als die eines gelehrten Mannes.«

Aelia verkniff sich eine Zustimmung und sagte stattdessen diplomatisch: »Eure Tochter ist sehr aufgeweckt.«

»Sie meint, Dinge sehen zu können, die nur die Götter wissen.« Marwig seufzte und ließ sich auf den Sessel sinken. »Hol das Tuch!«, befahl er, legte den Kopf in den Nacken und schloss die Augen.

Aelia begriff, dass er nicht mehr weiter über seine Tochter reden wollte. Sie nahm das Leinentuch aus dem Tontopf und trat zu Marwig. Er roch nach einem Duftöl. Seine Haare waren noch feucht vom Baden und fielen ihm ungeordnet auf die Schultern. Am Hals, den er ihr vertrauensvoll entgegenstreckte, hatte er ein paar feine Kratzer vom Rasieren. Aelia überfiel das Verlangen, ihn dort zu küssen. Rasch unterdrückte sie ihren Wunsch, nahm das Tuch und legte es auf das verletzte Kinn. Er stöhnte leise.

»Tut es weh?«, fragte sie besorgt.

Er schüttelte den Kopf. Sanft drückte sie ihm das Tuch auf die schmerzende Stelle. »Ringulasalbe hilft«, sagte sie. »Unsere Kö … meine Mutter kannte sich mit solchen Dingen aus. Sie hatte diese Salbe, die gegen sämtliche blauen Flecken und aufgeschürften Knie half.«

Marwig nickte. Er öffnete die Augen nicht und überließ sich vollkommen ihren Händen, wobei ihr sein Gesichtsausdruck verriet, wie sehr er das genoss.

Aelia ließ ihre Hände sinken. »Am besten, Ihr lasst es noch ein wenig dort, damit die Kräuter ihre ganze Wirkung entfalten können.«

»Du scheinst dich damit auszukennen.«

»Ein bisschen.«

Sie zog sich einen Schemel heran und kauerte sich zu seinen Füßen. Ihr fiel ein, dass sie ihn fragen musste, woher er die Verletzung hatte, und das tat sie auch.

»Ich hatte einen stärkeren Gegner«, lächelte er.

Aelia nickte. Niemand konnte das besser verstehen als sie. »Er hat offenbar keine Rücksicht darauf genommen, dass Ihr der Sohn des Königs seid.«

»Rücksicht? Nein, das würde ich niemals wollen. Sie sollen mich nicht schonen, nur weil ich der Sohn des Königs bin. So würde ich nie ihre wahre Stärke erfahren. Der mir dieses hier schlug, war einer seiner besten Männer. Es war keine Schande, gegen ihn zu verlieren.«

Aelia nickte. Sie hätte ihm einiges zum Faustkampf sagen können, aber das schluckte sie herunter, stattdessen sagte sie: »Vielleicht ist der Faustkampf nicht Eure Stärke.«

Marwig öffnete die Augen und hob den Kopf. Das Tuch fiel auf seinen Schoß.

»Wie meinst du das?«

Sie wich ein wenig zurück. »Nun ja ... ich dachte, wenn Ihr ... jeder hat doch etwas, das er besser kann und etwas, das schlechter geht. Es gibt niemanden, der auf allen Gebieten des Kampfes der Beste ist.«

Marwigs Gesichtsausdruck entspannte sich. »Stimmt, jeder hat seine Stärken und Schwächen. Du hast recht, mein Faustkampf könnte in der Tat besser sein.«

Er grinste, fasste hinter sich und reichte ihr einen anderen Salbentopf. Dann lehnte er sich wieder zurück. Wortlos stand sie auf, öffnete den Deckel des Topfes. Die Salbe roch ähnlich wie Gnaeas Salbe.

Aelia tauchte einen Finger in die kühle Masse, verrieb sie leicht zwischen ihren Fingern und strich sie sanft auf sein geschwollenes Kinn. Ein leiser Seufzer zeigte ihr an, wie gut ihm das gefiel.

»Die Schwellung wird bald zurückgehen. Er hat Euch doch nicht noch mehr getan?«

Marwig schüttelte den Kopf. Sie tauchte wieder einen Finger in den Topf und trug erneut etwas Salbe auf. Als ihre Finger seine Haut berührten, kam ihr das so vertraut vor, als hätte sie es schon hundertmal getan. Erschreckt zog sie sie zurück.

»Mach weiter«, murmelte er.

Sie zwang sich zu gehorchen. Ein Verlangen überfiel sie, das sie verwirrte und zugleich erschreckte. Sie spürte ihr Herz rascher klopfen. War es das Gefühl, von dem die Mädchen in Dardanus' Haus manchmal gesprochen hatten? Das, worüber die Mägde hier am Hof heimlich tuschelten? Sie hatte genug mitgehört, um zu wissen, dass es Bande zwischen Männern und Frauen gab, über die man nur hinter vorgehaltener Hand sprach. War das, was sie empfand, der Vorläufer jener Lust, die bei der Vereinigung zwischen Frau und Mann entstand? Wie sonst war es zu erklären, dass es immer wieder Mägde gab, die sich entgegen aller Ermahnungen Odas mit Kriegern oder Knechten einließen und dann mit einem Bastard im Bauch zurück in ihre Heimatdörfer geschickt wurden? Es musste einen Grund geben, warum diese Mädchen wider alle Vernunft handelten.

Aelia versuchte, tief und ruhig zu atmen. Die Nähe dieses Mannes war gefährlich. Er konnte sie dazu verleiten, dass sie die Kontrolle über sich selbst verlor. Und dann – das spürte sie – wäre sie ihm ergeben wie ein Hund seinem Herrn, während er sich nach ein paar Nächten von ihr abwenden und sich eine neue Magd suchen würde.

Sie straffte sich. Das durfte nicht geschehen! Sie musste frei bleiben, um ihren Auftrag auszuführen, in ihre Heimat zurückzukehren und Verina zu retten. Sie zog ihre Hand fort, nahm den Salbentopf und schloss den Deckel.

»Das ist jetzt genug«, bestimmte sie hastig. »Die Salbe wird über Nacht einwirken.«

Er öffnete die Augen. Aelia sah seine Enttäuschung. Er griff zu seinem Kamm und hielt ihn ihr hin. »Gut, dann kämme mich jetzt.«

Sie starrte auf den reich verzierten Kamm in seinen Händen. Sie wusste, wenn sie ihm jetzt noch einmal zu nahe käme, würde sie ihre Gefühle nicht mehr im Zaum halten können, und dann könnte er mit ihr machen, was er wollte. Dann hätte sie verloren.

»Ich ... kann nicht.«

Enttäuscht sah Marwig sie an. »Warum nicht?«

»W-weil ... habt Ihr ... kann Fulbert das nicht machen?«

Marwig erhob sich so rasch, dass Aelia zurückwich. Er trat auf sie zu und blieb so nah vor ihr stehen, dass sie seinen Atem auf ihrer Haut spüren konnte. Er packte ihren Arm. »Hast du Angst vor mir? Ich werde dir nichts tun, was du nicht willst.«

Aelia schluckte. Sie kämpfte gegen die Versuchung an, sich in seine Arme zu werfen und ihn zu küssen.

»Du musst nicht glauben, mir verpflichtet zu sein, weil ich dich gerettet habe. Du wirst dafür hier arbeiten, und du bist mir nichts schuldig.«

»Ja, Herr.«

Sie wich seinem Blick aus, sie konnte ihn nicht noch einmal ansehen. Mit einer Entschlossenheit, die ihrem letzten Widerstand entsprang, bevor dieser brach, entwand sie sich ihm in einer einzigen heftigen Bewegung und rannte zur Tür. Ohne einen Blick zurückzuwerfen, öffnete sie sie, warf sie hinter sich ins Schloss und hastete über den Flur zum Ausgang, an den Tieren vorbei, die sie zu beobachten schienen. Am Ende des Flurs hielt sie inne, um zu lauschen, ob er sie verfolgte, aber sie hörte nichts. Enttäuschung ergriff sie, was sie am meisten verwirrte. Sie öffnete die schwere zweiflügelige Tür und schlüpfte an den Wachen vorbei nach draußen.

Die Kühle einer sternklaren Nacht umfing sie. Unzählige Sterne besprenkelten einen schwarzen Himmel, in dem der zunehmende Mond leuchtete. Als sie außer Sichtweite der Wachen war, blieb sie stehen und atmete die klare Luft ein, die angefüllt war mit Blütenduft. Eine Verheißung lag darin, süßer als der Duft des Frühlings. Walas Göttin ist erwacht, dachte Aelia. Sie hat das, was in ihrem Schoß war, hervorgebracht. Aber sie hat auch das, was alt war, sterben lassen. Sie hat ihren treuesten Diener getötet.

Aelia rannte über den Hof zum Küchenhaus und kauerte sich ans Feuer. Müde züngelten die Flammen in dem dämmrigen leeren Raum. Sie musste an Marwig denken, seinen Geruch, sein zufriedenes Gesicht, als er sich ihr überließ, ihre Hände auf seiner Haut.

In dieser Nacht fand sie lange keinen Schlaf.

Kapitel 13

Am nächsten Tag glaubte Aelia zunächst, Marwig hätte es sich mit Wisigards Lateinstunden anders überlegt, aber dann erschien Edobich höchstpersönlich in der Küche, um sie abzuholen.

Oda war entrüstet. »Wir haben jede Menge zu tun. Ich kann keine Magd entbehren«, schimpfte sie.

Ein kleines Lächeln umspielte die dürren Lippen des Verwalters.

»Bedaure, du wirst sie von nun an häufiger entbehren müssen. Der Herr will, dass Aelia seine Tochter jeden Tag unterrichtet.«

»Jeden Tag? Das kann doch nicht wahr sein! Reicht es nicht, wenn das Mädchen handarbeiten lernt? Muss sie jetzt auch noch die Sprache der Römer können?«

»Das ist der Wille des jungen Herrn.«

Oda schnaubte wütend und warf Aelia einen verächtlichen Blick zu. »Ihm fällt immer wieder etwas Neues ein.«

Edobich zog die Schultern in die Höhe, woraufhin Oda eine Grimasse schnitt und etwas Unverständliches in sich hineingrummelte. Aelia wischte sich die Hände an ihrer Tunika ab und folgte Edobich. Der Verwalter redete kein Wort mit ihr. Er eilte ihr voraus zum Königshaus, vorbei an den Wachen, um sie in einen Gang zu führen, in dem sie noch nicht gewesen war. Vor einer Tür machte er Halt und öffnete sie.

»Die Magd, Herrin.« Er verbeugte sich tief.

Vor Aelia lag ein lang gestrecktes Gemach, in dem Chlodeswinthe mit ihren Frauen an einem Tisch saß, der von einer großen Stickerei bedeckt war. Ihr Gespräch verstummte, als Edobich und Aelia das Zimmer betraten. Die Frauen hoben ihre Köpfe und musterten Aelia neugierig.

Aelia erkannte Guntheucha zwischen ihnen, Orderics hübsche zierliche Frau, und Begga, die dralle Geliebte Ebroins – die anderen kannte sie nicht. Sie versank in einen tiefen Knicks, den sie mittlerweile ganz gut beherrschte.

Chlodeswinthe erhob sich langsam und kam auf sie zu. Ein freundliches Lächeln lag auf ihrem rundlichen, blassen Gesicht. Sie entließ Edobich und befahl Aelia, sich zu erheben.

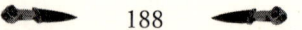

»Willkommen bei uns. Du willst also tatsächlich versuchen, dem kleinen Wirbelwind Latein beizubringen? Wie gut sprichst du es denn?« Ihre Stimme klang warm und melodisch, wie ein warmer Sommerabend. Aelia überlegte kurz. Dann sagte sie: »Liberae sunt nostrae cogitationes.«

Chlodeswinthe sah sie überrascht an. »Oh, du kennst die römischen Philosophen?«

»Nein, warum?«

»Nun, du hast gerade einen Satz von einem zitiert.«

»Oh.« Nun war es an Aelia, erstaunt zu sein. Sie hatte nur einen Satz wiedergegeben, den Dardanus' Sklave Hilarius häufig gebraucht hatte, ohne zu wissen, dass er nicht von ihm stammte.

»Sprecht Ihr Latein, Herrin?«

»Nicht so gut«, erwiderte die Königstochter. »Mein Bruder und ich, wir hatten früher Lateinunterricht bei einem römischen Sklaven, weil unsere Mutter es so wünschte, aber ich fürchte, das meiste habe ich wieder vergessen. Mit fehlt die Übung, und deshalb ...« sie senkte die Stimme zu einem Flüstern, »... wäre ich froh, wenn wir jetzt Latein sprechen würden.«

Sie ging ans andere Ende der Kammer, wo sie sich schwerfällig auf einen Weidenkorbsessel niederließ, winkte Aelia heran und bot ihr einen Platz auf einem Schemel an. »Sie müssen ja nicht immer alles verstehen«, sagte sie in Latein und warf einen Blick auf ihre Frauen. Aelia nickte und sah sich verstohlen nach Wisigard um, entdeckte sie aber nirgends.

»Du suchst deine neue Schülerin?«, fragte Chlodeswinthe, die ihren Blick bemerkt hatte. »Sie wird gleich hier sein. Mein Bruder möchte, dass du sie hier unterrichtest. Ich habe dich rufen lassen, weil ich mit dir sprechen möchte.«

Aelia, die sich fragte, was die Königstochter mit ihr besprechen wollte, zwang sich, nicht immerzu auf deren gewölbten Leib zu sehen. Chlodeswinthe trug wieder ihr fliederfarbenes Gewand, das sie noch blasser machte, als sie ohnehin schon war. Sie beugte sich vor, soweit ihr dies möglich war, und bedeutete Aelia, näher heranzurücken.

»Ist es wahr, dass mein Bruder die Kammer mit dir geteilt hat?«, fragte sie flüsternd. Aelia wich ihrem Blick aus und sah auf den kugelförmigen Bauch, der sich unter dem Flieder abzeichnete. »Ja, es ist wahr«, gab sie zu.

Chlodeswinthe lächelte. »Mein Bruder hat einen guten Geschmack«, sagte sie.

Aelia presste die Hände zusammen. Sie fragte sich, welchen Grund die Königstochter für ihre unangemessene Neugierde haben mochte, während sie versucht war, ihr dieselben Worte wie Lantschild entgegenzuschleudern, nämlich, dass es sie nichts anginge, aber sie beherrschte sich. »Wir haben die Kammer miteinander geteilt, aber nicht das Bett«, sagte sie schroffer, als sie wollte.

»Oh!« Ein überraschter Ausdruck überflog Chlodeswinthes Gesicht. »Das ist aber ungewöhnlich. Normalerweise ist mein Bruder …« Sie brach ab und machte eine Handbewegung, mit der sie den Satz beendete. »Was auch immer geschehen ist, du solltest der Sache nicht allzu viel Bedeutung beimessen«, fuhr sie mit leiser Stimme fort. »Der Tag ist nicht mehr fern, an dem mein Bruder sich vermählen wird. Mein Vater ist krank, er wird Marwig bald als seinen Nachfolger bestimmen. Er wird von ihm erwarten, dass er sich mit einer Fürstentochter vermählt.«

»Sicher«, hörte Aelia sich leichthin sagen. »Steht denn schon eine Kandidatin fest?«

Sie hatte versucht, ruhig zu sprechen. Trotzdem merkte sie, wie ihre Stimme zitterte. Natürlich musste ein Königssohn eine standesgemäße Frau heiraten. Natürlich musste Marwig das bald tun, um seine Stellung zu sichern, falls der König sterben sollte. Hatte sie je etwas anderes geglaubt? Warum fühlte sie sich auf einmal so schlecht?

»Es wird eine Verwandte von mir sein«, antwortete Chlodeswinthe. »Eine von Chlodwig Medelphus' Töchtern.«

Jedes Wort war wie ein Fausthieb für Aelia.

»Meine Mutter kam aus Colonia«, fuhr Chlodeswinthe fort. »Sie war die Schwester von König Chlodwig Medelphus. Sie wollte, dass ihre Familie und die meines Vaters immer miteinander verbunden bleiben. Vater musste ihr auf dem Sterbebett versprechen, dass es in jeder Generation mindestens eine Ehe zwischen unseren Familien geben wird. Mein Vater hielt sich daran und vermählte mich mit meinem Vetter Theudebert, dem ältesten Sohn von Medelphus. Mein Mann war der einzige rechtmäßige Sohn von Medelphus und wäre nach dessen Tod König von Colonia und Thüringen geworden.«

»Ah ja.« Aelia hörte kaum zu. Marwig wird heiraten, trommelte es in ihren Ohren. Eine standesgemäße Frau. Sie war nur eine Magd.

Alles, was er ihr bisher an Gunst gezeigt hatte, war vermutlich nur dafür gewesen, endlich das nachzuholen, was er im Burgus nicht getan hatte.

»Mein Onkel Chlodwig Medelphus gebietet über viel Land«, erklärte Chlodeswinthe. »Nicht nur die fränkischen, auch die thüringischen Stämme haben ihn aufs Schild gehoben, nachdem ihr König ohne Erbe gestorben war. Mein Sohn – wenn es ein Junge wird – wäre König über ein großes Reich geworden, wenn sein Vater nicht gestorben wäre.«

Sie seufzte und legte die Hand auf ihren gewölbten Leib. Es dürfte nicht mehr lange dauern, bis das Kind käme, ein Kind, dessen Vater bereits tot war. Aelia fragte sich für einen Augenblick, was besser wäre, seinen Vater nie kennenzulernen oder ihn nach einigen Jahren zu verlieren.

»Nun wird Childebert, Medelphus' Bastard, König werden. Oder einer seiner zahlreichen Schwiegersöhne.«

Chlodeswinthe lachte leise auf, aber ihr Lachen hatte einen bitteren Klang. Aelia lächelte gequält. »Aber Marwig – Euer Bruder – war doch mit einer Magd vermählt, oder nicht?«, hörte sie sich sagen. Ihre Worte klangen ein wenig hilflos.

Chlodeswinthe lachte wieder. »Wisigard hat dir das erzählt, nicht? Ja, ihre Mutter war eine Magd. Das Mädchen glaubt, Marwig wäre mit ihr vermählt gewesen, aber das stimmt nicht. Niemals würde Marwig sich mit einer Magd vermählen. Er hat gesehen, wohin Verbindungen mit solchen Frauen führen. Lantschilds Mutter war auch eine Magd, und sie hat alles dafür getan, die Ehe zwischen meinem Vater und meiner Mutter zu zerstören. Der Hang unserer Männer zu Frauen aus niederem Stand bringt nur Unglück.«

Aelia hörte die melodische Stimme Chlodeswinthes wie ein fernes Summen. Fausthiebe wären ihr lieber gewesen als diese sanften Worte. Sie sehnte sich plötzlich danach, nichts mehr hören zu müssen, als die Tür aufsprang und Wisigard hereinstürzte.

»Tante Chlodeswinthe, sieh nur, was ich habe!« Sie hielt ihrer Tante ein verschlossenes Weidenkörbchen hin, dessen Inhalt Aelia nur zu gut erahnen konnte.

Chlodeswinthe verzog das Gesicht. »Wie oft habe ich dir schon gesagt, dass du hier nicht hereinstürmen darfst wie ein ungezogenes Balg.«

Ihr strenger Blick traf das Mädchen, das hinter Wisigard das Frauengemach betreten hatte – eine zarte, bleiche Gestalt, ein Hauch von einer jungen Frau, deren Haare so hell wie ihre Haut waren.

Sie knickste tief. »Es tut mir leid, Herrin«, sagte sie leise und sah verzweifelt auf Wisigard, die ihrer Tante den geöffneten Korb unter die Nase hielt.

»Sind sie nicht süß?«

»Wisigard!« Ein Aufschrei entfuhr Chlodeswinthe. »Schaff sie hier raus! Ich will das Getier hier nicht!«

Sie erhob sich trotz ihrer Leibesfülle recht rasch und schob das Mädchen zu Aelia. »Du bringst die Tiere raus und beginnst mit deiner Lateinstunde. Hast du gehört?«

Dann ließ sie sich am Tisch der Frauen nieder. Wisigard zog ein enttäuschtes Gesicht und hielt Aelia den Weidenkorb hin. »Siehst du? Eine hat Junge bekommen.«

Aelia starrte auf die drei kleinen, kaum einen halben Daumen großen Wesen, deren rosa Leiber im Dunkel des Körbchens hell schimmerten. »Du musst sie bei der Mutter lassen«, sagte sie.

»Aber ich wollte sie doch nur zeigen.« Enttäuscht legte Wisigard den Deckel auf den Korb zurück und brachte ihn aus dem Gemach. Als sie zurückkam, ließ sie sich auf Chlodeswinthes Sessel sinken und musterte Aelia mit einem finsteren Blick. Sie besaß von Natur aus einen dunklen Hautton, der jetzt hell schimmerte. Einige ihrer Locken klebten an ihrer schweißnassen Stirn.

Aelia fühlte sich unbehaglich. Natürlich hatte die Kleine nicht im Mindesten Lust, Latein zu lernen, und sie verspürte keine Lust, sie zu unterrichten. Marwig musste das geahnt haben, als er bestimmte, dass der Unterricht hier stattfinden sollte – unter den wachsamen Augen von Chlodeswinthe und ihren Frauen. Sie saßen an ihrer Stickarbeit, aber sie redeten nicht mehr. Hin und wieder warfen sie ein paar neugierige Blicke hinüber.

Aelia fühlte sich immer unwohler in ihrer Haut. Sie wollte jetzt am liebsten allein sein, um in Ruhe über das nachzudenken, was Chlodeswinthe ihr gesagt hatte. Sie presste die Lippen aufeinander und warf einen raschen Blick auf das Mädchen. Wie sollte sie nur beginnen? Sie hatte keine Ahnung, wie man einem bockigen Kind etwas beibringen konnte, was es nicht wollte. Sie räusperte sich. »Nun, Wisigard, habt Ihr schon mal gehört, wie Römer sich begrü …«

Sie hielt inne. Wisigard saß reglos und aufrecht in Chlodeswinthes Sessel und starrte sie an. Es war nicht mehr der Blick eines Kindes, das keine Lust zum Lernen hatte. Dieser Blick sah weiter und tiefer; er schien hinter ihre Augen zu sehen und sie zu erkennen, er flößte ihr eine solche Angst ein, dass sie am liebsten aufgesprungen und aus dem Gemach geflohen wäre.

In ihren jahrelangen Kampfübungen hatte Aelia ihre Sinne für alle möglichen Gefahren geschärft; sie war in der Lage, Gefahren vorauszusehen, um die möglichen Angriffspläne eines Gegners zu durchkreuzen, sie konnte Schläge vorausahnen und die Anwesenheit von Menschen im Dunkeln erspüren, aber was sie jetzt sah und fühlte, war ihr unbekannt – etwas, das stärker war als sie. Ein Mädchen, das sie ansah mit dem Blick einer alten Frau.

Wisigard öffnete ihren Mund. »Nein!«, rief sie schrill und sprang auf. »Nein!«

Mit diesen Worten lief sie an ihrer hilflosen Kinderfrau und den erstaunten Frauen vorbei, stürmte aus dem Raum und knallte die Tür hinter sich zu. Ein kalter Luftzug wogte durch das Gemach. Die Frauen begannen aufgeregt zu reden.

»Sie hat wieder Gesichter«, hörte Aelia eine von ihnen sagen.

»Sie wird wie ihre Mutter«, raunte eine andere zurück.

»Sie braucht eine starke Hand. Ihr Vater sollte sie zu den Frauen Fürst Audomars geben.«

»Bloß nicht!« Guntheucha, die das sagte, machte rasch das Zeichen gegen bösen Zauber vor ihrer Brust. »Denk an die arme Fürstin. Sie hat erst im letzten Winter ein Kind bekommen.«

Alle starrten auf Chlodeswinthe, die reglos in ihrer Mitte saß.

»Genug!« Chlodeswinthe erhob sich. »Seid still, ihr habt genug geredet.« Ihr Gesicht war sehr blass. »Aelia, du kannst in die Küche zurückgehen.«

Aelia erhob sich. Sie bemerkte zu ihrem Erstaunen, dass ihr die Knie zitterten. Was soll das?, schalt sie sich. Ich habe Männer im Kampf besiegt, und nun habe ich Angst vor einem Kind? Langsam schlich sie sich hinaus. Erst als sie draußen war, im dunklen kühlen Flur, spähte sie vorsichtig umher und rannte dann so schnell sie konnte aus dem Haus. Erleichtert kehrte sie in die Küche zurück und ertrug Odas schlechte Laune und ihre Schikanen für den Rest des Tages mit stoischer Gelassenheit. Alles war besser als dieses unheimliche Kind.

*

Aelia wurde nicht mehr gerufen, um Wisigard zu unterrichten, was ihr nur recht war, aber sie sah auch Marwig nicht wieder, und das gefiel ihr gar nicht. Er ließ sie nicht zu sich rufen, ja, er schien wie vom Erdboden verschluckt. Aelia forschte nach und stellte fest, dass einige Pferde im Stall fehlten – Marwigs Hengst, die Pferde seiner Männer und Wisigards Pony. Es gab ihr einen Stich ins Herz, wie immer, wenn sie an ihn dachte.

Immerhin wurde sie bald vom nächtlichen Feuerhüten befreit. Ein paar Tage nach dem Vorfall mit Wisigard wurde Maraulf dazu verdonnert – als Strafe dafür, dass er Vogelnester ausgeraubt hatte. Aelia fragte sich, ob Wisigard hinter seiner Bestrafung steckte.

Sie durfte nun im Gesindehaus schlafen, wo sie sich mit einer anderen Magd ein Bett teilte. Erleichtert wusch sie sich die Asche und den Geruch nach Feuer ab und besann sich auf ihren Plan. Sie würde herausbekommen, was die Franken vorhatten, zurück nach Treveris fliehen und Verina befreien. Tertinius wäre sicher froh, seine Spionin lebend wiederzusehen, und begierig, zu hören, was sie zu berichten hatte. Sie musste nur noch herausfinden, wie sie nach Bagacum kam.

In Dispargum kannte sie sich mittlerweile gut aus. Sie hatte Odas Befehle, Wasser oder Brennholz zu holen, dazu genutzt, nach und nach das gesamte Gelände der Befestigung bis in den kleinsten Winkel zu erkunden. Sie wusste, wie viele Krieger das Tor und die Türme bewachten, wie sie bewaffnet waren und wann sie sich abwechselten, sie kannte die Pferde im Stall, die Knechte und Mägde und sie wusste, welche Vorräte in welchem Grubenhaus lagerten. Sie hatte sogar eine Stelle entdeckt, wo man durch einen Spalt im Palisadenzaun auf den Kampfplatz spähen und die Krieger bei ihren Waffenübungen beobachten konnte, was sie hin und wieder tat, und sie hatte von Ingunde, jener Magd, mit der sie sich das Bett teilte, die Geschichte von Dispargum erfahren.

Die Burg sei auf den Resten eines alten römischen Landsitzes erbaut worden, erzählte Ingunde, der Burghügel sei aber schon immer bewohnt gewesen; lange vor den Römern habe der König eines alten Volkes hier seinen Sitz gehabt. Es hieß, dieser König sei Chlodio eines Nachts im Traum erschienen und habe ihm befohlen, seinen alten Königssitz wieder aufzubauen, und das habe Chlodio mit Freuden getan. Der Ort habe ihm gut gefallen, abseits der Römerstraße im tiefen Wald, aber noch nahe genug an Bagacum und anderen römischen Städten.

Aelia hatte aufmerksam zugehört. Dass dieser Ort eine längere Geschichte haben musste, hatte sie schon geahnt, als sie das Königshaus zum ersten Mal gesehen hatte. Manchmal, wenn sie Wasser holen musste und den Eimer in die Tiefe des Brunnens herabließ, wo er irgendwann auf dem Wasser aufplatschte, glaubte sie, ein fernes Rauschen zu vernehmen, als hätten sich Stimmen im Inneren des Hügels bewahrt. Dann schien es ihr, als wollten ihr die Stimmen etwas zuraunen. Hastig zog sie den Eimer wieder herauf, so rasch, wie es ihre vom Faustkampf gestärkten Arme vermochten, und stapfte davon.

Aber nun wollte sie endlich erfahren, was sich hinter dem Fass im Weinkeller verbarg. Weil sie im Gesindehaus schlief und nachts nicht mehr in der Küche eingeschlossen wurde, konnte sie sich fortstehlen, wenn alle Mägde schliefen. Eines Abends entwendete sie Odas Schlüssel für die Vorratshäuser, eine Fackel und schlich sich zum Weinkeller.

Es war unheimlich, als Aelia die Tür hinter sich geschlossen hatte und sie allein im dunklen Keller mit Ratten, Mäusen und alten Weinamphoren stand, umhüllt vom Geruch nach alten Mauern. Der Feuerschein ihrer Fackel zuckte über die Amphoren, blieb an den Fässern hängen.

Aelia nahm allen Mut zusammen und trat zum Fass, in dem die Ratte verschwunden war. Vorsichtig schob sie das Brett fort und hielt die Fackel vor die Öffnung. Ein kühler Lufthauch schlug ihr entgegen und ließ die Flamme erzittern. Im zuckenden Licht sah Aelia einen dunklen Flecken am Ende des Fasses – ein Loch! Sie spürte, wie ihr der Atem stockte.

Aelia nahm die Fackel fort. Angst ließ sie zurückweichen. Die Versuchung, den Deckel des Fasses einfach wieder zuzuschieben und alles zu vergessen, war groß. Doch dann dachte sie, dass sie hierhergekommen war, um herauszufinden, was sich hinter dem Fass verbarg. Sie sammelte ihren ganzen Mut und kroch hinein.

Es roch nach altem Holz. Kleine Steinchen und Dreck lagen auf dem Holz verstreut und stachen ihr in Knie und Hände, als sie durch das Fass kroch. Mühsam hielt sie die Fackel aufrecht, deren Flamme sich durch den Luftzug nach hinten bog und ihr beinahe ins Gesicht geschlagen wäre. Das Loch in der Mauer war gerade groß genug, um einen Mann hindurchzulassen. Aelia stieg hindurch.

Dunkelheit umfing sie. Die Fackelflamme zuckte auf, und für einen Augenblick fürchtete sie, das Feuer würde erlöschen. Rasch schützte sie es mit der Hand und beleuchtete den Gang, der sich rechts und links von ihr erstreckte. Seine Mauern schlossen sich über ihr in einem sorgfältig geschichteten Rund, so niedrig, dass sie kaum aufrecht darin stehen konnte. Der Geruch nach uralten Mauern, der schon den Weinkeller ausfüllte, verdichtete sich hier um ein Vielfaches.

War es ein Fluchtweg? Der Weg zu einer alten Grabkammer?

Wieder spürte Aelia den Luftzug wie einen sanften Wirbel, der ihre Stirn kühlte. Ein Luftzug bedeutete, dass der Gang eine Öffnung hatte. Sie hielt die Fackel hoch. Das, worin sie sich befand, kannte sie gut – es war ein alter römischer Abwasserkanal. Wahrscheinlich hatten ihn die römischen Erbauer des alten Hauses angelegt, und er war danach in Vergessenheit geraten. Oder er wurde auch heute noch benutzt.

Aelia versuchte, ihr aufgewühltes Inneres zu beruhigen. Sie musste herausfinden, wohin der Gang führte. Wenn es ein Abwasserkanal war, dann würde er irgendwann ins Freie führen, es sei denn, er war umgebaut oder zugemauert worden. Oder eingestürzt.

Langsam tastete sie sich den Weg vor in jene Richtung, die leicht abschüssig den Berg hinunter verlief. Sie beschleunigte ihre Schritte. Eine prickelnde Unruhe erfasste sie, sie konnte es kaum erwarten, mehr über das zu erfahren, was am Ende des Ganges auf sie wartete. Vielleicht war dies ihr Weg aus der Burg, ihre Möglichkeit, Dispargum unentdeckt zu verlassen, wann immer sie es wollte.

Der Gang verlief nun steiler den Berg hinab. Lehm und Geröll hatte sich auf seinem Boden angesammelt, feucht geworden vom Wasser, das irgendwo einsickerte. Ein paar eiserne Fackelhalter, von den Jahren und der Feuchtigkeit rostig geworden, steckten hier und da in der Wand. Die Flamme leckte über sorgfältig geschichtete Steine mit eingeritzten Zeichen. Aelia blieb stehen.

Sie konnte nicht lesen und verstand nichts von Schriften, aber sie wusste, dass diese Zeichen keine lateinischen Schriftzeichen waren. Es waren jene Zeichen, die über dem Burgtor von Dispargum prangten und über der Tür zur großen Halle. Sie sahen aus wie jene, die Wiomad und Orderic auf ihren Armen trugen – Runen, die Zeichen der Barbaren. Die Franken kannten diesen Gang also und benutzten ihn.

Aelia fuhr vorsichtig mit dem Finger über die Runen in der Mauer, und ein kalter Schauer überlief sie. Hastig ging sie weiter. Der Gang wurde steiler. Die Flamme tanzte wild im Strom kühler Nachtluft. Da endlich sah Aelia die Öffnung vor sich – ein heller Flecken zwischen den Mauern, obwohl es Nacht war. Sie steckte die Fackel in eine Halterung an der Wand und tastete sich zur Öffnung vor. Eine eiserne Gittertür verschloss sie. Aelia drückte dagegen, aber sie war abgeschlossen. Sie untersuchte die Wände vor der Tür nach einer unebenen Stelle, einem vorspringenden Stein – vielleicht hatte man hier irgendwo den Schlüssel verborgen. Wenn der Weg als Fluchtweg genutzt wurde, dann könnte es sein, dass man ihn hier versteckt hatte, aber Aelia spürte nichts als gleichmäßiges Mauerwerk. Sie holte ihre Fackel, leuchtete nochmal die Wände ab – nichts.

Jemand in der Burg besaß den Schlüssel zu dieser Tür und bewahrte ihn auf, vielleicht sogar der König selbst. Es war ein Fluchtweg aus Dispargum – oder ein heimlicher Weg hinein.

Aelia seufzte enttäuscht. Sie spähte durch das eiserne Netz, sah Sträucher und Bäume, über denen sich der Nachthimmel wölbte. Leicht abschüssig fiel der Berg hinab in das bewaldete Tal unterhalb Dispargums.

Aelia nahm die Fackel und ging wieder in den Gang zurück. Was waren die Götter nur für hartherzige Wesen! Erst ließen sie sie diesen Gang entdecken, köderten sie mit einer verlockenden und einfachen Flucht aus der Burg, um sie dann vor einem verschlossenen Tor stehen zu lassen.

Sie lief zurück zum Weinkeller. Beinahe hätte sie die Öffnung nicht gesehen, die ins Fass führte, so versteckt lag diese in der Wand. Aber Aelia ging nicht zurück. Sie musste herausfinden, wo der Gang auf der anderen Seite endete. Er führte weiter nach oben und endete am höchsten Punkt des Berges vor einer Mauer. Dort bog ein anderer Gang nach rechts ab. Dieser war niedriger als der Abwasserkanal und sein Mauerwerk gröber. Es sah aus, als hätte man den ursprünglichen Kanal später vermauert und den Gang mit weniger Sorgfalt verlegt. Schon nach kurzer Zeit endete er in einem kleinen geschlossenen Raum.

Aelia beleuchtete ihn und sah nur ein paar übereinander gestapelte verschlossene Kisten in einer Ecke, vermutlich Pfeilkisten. Oben in der Decke war eine Holztür eingelassen, eine von jenen, die nach innen aufgingen. Eine Falltür.

Aelias Herz begann aufgeregt zu pochen. Nur mit Mühe konnte sie sich zu jener Ruhe zwingen, die die Voraussetzung für klare Gedanken war. Wenn hier eine Tür über dem Gang lag, dann war es offensichtlich, dass der ehemalige Abwasserkanal nun als Fluchtweg genutzt wurde. Aber wer nutzte ihn? Wohin führte diese Tür?

Aelia überlegte, versuchte, sich zu erinnern. Was befand sich über der höchsten Erhebung des Berges? Die große Halle? Nein, es war das Haus, das die königlichen Gemächer barg, der älteste Teil der Burg. Natürlich, hier hatte einst das Landhaus der Römer gestanden, die den Abwasserkanal gebaut hatten. Die Falltür musste in ein Gemach des Königshauses führen. Ob sie sich öffnen ließ?

Aelia streckte sich zur Decke, aber sie reichte nicht daran. Sie lauschte, hörte aber nichts. Oben war alles still. Nun, wo immer diese Tür hinführte, irgendwann würde derjenige, dem das Gemach darüber gehörte, zurückkehren. Außerdem war es hier wärmer als im Weinkeller. Was sprach dagegen, hier zu warten, bis sie etwas hörte?

Sie sah auf ihre Fackel, die müde vor sich hin flackerte. Aus dem Gang wehte ein Luftzug heran. Die Fackelflamme bog sich, zitterte im Wind und erlosch. Von einem Augenblick zum anderen war es stockdunkel geworden.

Verdammt, dass ihr das jetzt passieren musste! Wütend starrte Aelia in die Dunkelheit, doch selbst nach jener Weile, die die Augen brauchen, um sich an das Dunkel zu gewöhnen, erkannte sie nichts als völliges Schwarz. Angst und Kälte krochen in ihr hoch. Sie seufzte und lauschte, hörte aber nichts.

Sie fröstelte und zog ihren Umhang enger um sich. Wenn sie nichts unternähme, solange sie hier wartete, würden ihre Glieder bald steif gefroren sein. Da erinnerte sie sich an Sarus' Winterübungen. Wie lange war es her, dass sie sich auf solche Art bewegt hatte. Ob sie überhaupt noch kämpfen konnte nach all den Monaten, die vergangen waren?

Sie streckte die Arme aus und drehte sich langsam. Sie ballte die Hände zu Fäusten, formte sie zu Messern, verharrte, spürte, wie die Kraft ihr allmählich zufloss. Sie war eine Waffe, ein Schwert im dunklen Raum. Waren ihrem Leib vielleicht nach den Wochen des

Nichtstuns neue Kräfte zugewachsen? Hatte ihn die erzwungene Ruhe dazu gebracht, jene Stärken auszubilden, die sie noch besser werden ließen?

Oder war er einfach nur schlaff geworden, etwas rundlicher nun endlich, aber müde von der täglichen Küchenarbeit, die sie ganz anders beanspruchte als die Kampfübungen? Aelia spannte ihren Leib wie eine Bogensehne, ging langsam in die Knie, um gleich darauf durch die Dunkelheit zu schnellen wie ein Pfeil.

Sie musste den Raum vermessen, und bald würde sie auch in der Dunkelheit wissen, wo seine Grenzen lagen. Sie würde ihr Gebiet abstecken wie ein Jäger sein Revier. War es nicht so, dass der Schmerz zum Kampf gehörte wie der Schnee zum Winter?

Sie dachte an Marwigs geschwollenes Kinn, an den Gleichmut, mit dem er seine Verletzung ertrug. Marwig.

Aelia sprang. Sie prallte gegen eine der Mauern, rieb sich die schmerzende Stelle an den Schultern, um es gleich darauf noch einmal zu versuchen. Sie stieß gegen die Holzkisten, und ein Krachen ertönte. Verdammt!

Mit klopfendem Herzen hielt sie inne und lauschte. Da hörte sie, wie in dem Gemach über ihr eine Tür geöffnet wurde. Stimmen erklangen, Schritte polterten dumpf über sie hinweg, ein Stuhl wurde gerückt. Krücken klackten auf dem Holzboden. Eine Männerstimme klang gedämpft zu Aelia hinunter.

»Mein Sohn, was hast du erfahren?«

»Eure Vermutung stimmt, Vater. In der Stadt sind kaum noch Soldaten, nur noch ein paar Söldner, Römer und ein paar fränkische Verräter, sonst nichts.«

Marwig! Aelias Herz begann zu klopfen.

»… und Camaracum?"

»Wiomad sagt, im Kastell sind noch ungefähr hundert Soldaten, wahrscheinlich ein Grenzposten. Es liegt in den Sümpfen und ist schwer zugänglich. Man muss die Wege schon sehr genau kennen.«

Ein langes Schweigen folgte. Aelia wäre am liebsten durch die Holzdecke zu Marwig gekrochen, aber sie ballte nur die Fäuste und hielt den Atem an.

»Was meinst du, mein Sohn? Wird es Zeit?«

Die Stimme des Königs klang leise durch den Holzboden hindurch. Marwig räusperte sich. »Der Zeitpunkt wäre günstig, Vater. Tornacum ist fast unbewacht und auch der Grenzposten in Camaracum wäre leicht zu überwältigen. Mit den Kriegern der Fürsten hätten wir genug Männer, um beide Städte schnell einzunehmen.«

König Chlodio stieß ein kurzes grimmiges Lachen aus. »Beim Wodan, schon Jahre sitzen wir hier untätig herum!« rief er. »Unsere jungen Krieger wissen gar nicht mehr, wie man ein Schwert hält! Wir müssen endlich zuschlagen. Was meinst du, Offenbarer?«

Eine Weile herrschte Stille, dann erklang die Stimme eines dritten Mannes. »Die Zeichen haben Euch schon in der Neujahrsnacht den Willen Wodans offenbart.«

Aelia hörte die Stimme zum ersten Mal. Sie musste Nebisgast gehören, dem Seher des Königs. Manchmal war er bei Hofe, aber Aelia hatte ihn noch nie gesehen. Sie kannte nur die Geschichten, die die Mägde sich über ihn erzählten.

»Den Willen Wodans!«, zischte der König. »Du weißt genau, dass die Zeichen auch vom Tod gesprochen haben. Was glaubst du, warum ich so lange gezögert habe!«

»Sicher, mein König«, sagte Nebisgast mit geschmeidiger Stimme. »Sie haben von Tod gesprochen, von Opfern. Aber Ihr wisst doch genau, dass es keinen Sieg ohne Opfer gibt.«

König Chlodio brummte etwas Unverständliches. »Was meinst du, mein Sohn? Sag mir, was du denkst.«

Marwig schwieg. Die Holzbohlen knarrten unter schweren Schritten. »Was ich meine? Es ist leicht, die beiden römischen Städte zu nehmen. Ich weiß, dass es schon seit Jahren Euer Wunsch ist und Ihr es nur nicht getan habt, weil Wodan uns durch die Zeichen offenbarte, dass es nicht sein Wille war. Aber andererseits, Vater – denkt an die Folgen. Ihr seid ein römischer Foederat und habt Euch zum Frieden verpflichtet. Die Römer würden die Einnahme ihrer Städte als Vertragsbruch ansehen und uns ihre Truppen schicken. Wären wir ihnen gewachsen?«

Ein Becher wurde auf eine Tischplatte geknallt. »Ihre Truppen?«, rief der König. »Meinst du wirklich, ein Flavius Aetius würde noch einmal in diesen entlegenen Reichsteil kommen? Er schert sich einen Fliegendreck um die beiden Städte!«

»Es geht nicht nur um die beiden Städte, Vater, das wisst Ihr genau. Wer Tornacum hat, wo sämtliche Fernstraßen zusammenlaufen, der hat auch das Hinterland – ebenso Camaracum. Wenn die Städte erst in unserer Hand sind, dann ist der Weg in ihr Reich hinein nicht mehr weit, und das wissen sie.«

Ein Klatschen ertönte, als wenn Hände auf Sessellehnen schlugen. »Warum in Wodans Namen bewachen sie dann ihre Städte nicht besser?«, rief der König. »Doch nicht, weil sie uns vertrauen? Sie schicken uns doch immerzu ihre verdammten Spione!«

»Sie vertrauen uns ebenso wenig wie wir ihnen«, meinte Marwig. »Sie vertrauen auf die Grenzposten und auf ihr Heer im Hinterland.«

»Ihr Heer, dass ich nicht lache! Wo ist denn die nächste Legion? Ich sage dir, die brauchen Monde, bis die hier oben sind.«

»Umso gefährlicher ist es, Vater. Sie könnten einen Vergeltungsschlag gegen uns führen, wenn wir nicht mehr damit rechnen, wenn wir uns sicher fühlen. Erinnert Euch daran, was sie mit den Burgundern gemacht haben.«

Eine lange Stille, die noch im Keller unangenehm zu spüren war, entstand zwischen den Männern.

»Wir sind stärker als die Burgunder«, fauchte der König schließlich.

»Wie Ihr meint, Vater.«

»Bist du nun dafür, die Städte einzunehmen, oder nicht?«

Die Falltür knarrte, als jemand darüber hinwegging. Schritte durchquerten das Gemach.

»Nun?«

»Nein, Vater.«

Wieder entstand ein langes Schweigen, in dem nicht einmal die Schritte zu hören waren. »Ich hätte dich für mutiger gehalten«, sagte der König. Seine Stimme klang enttäuscht.

»Beim Wodan, meine Männer und ich folgen Euch überallhin, wenn Ihr es befehlt.«

»Ich will aber, dass du mir mit deinem Herzen folgst! Du willst doch mein Nachfolger werden, oder nicht?«

»Wollt Ihr mir drohen, Vater?«

»Ich will dir nicht drohen, ich bin nur enttäuscht.« Jemand seufzte. Eine Stuhllehne knarrte. »Geh jetzt, ich habe Schmerzen.«

Schritte entfernten sich, ohne dass noch etwas gesagt wurde. Dann fiel eine Tür ins Schloss zurück.

Aelia presste sich mit klopfendem Herzen an eine kalte Mauer. Meine Güte, dachte sie. Meine Güte. Sie haben alle Spione vor mir entdeckt. Tertinius musste es gewusst haben, sonst hätte er mich nicht hierhin geschickt.

»Mein Erstgeborener«, hörte sie den König seufzen, nachdem Marwig gegangen war. »Wie kann er nur gegen mich sein? Mein eigener Sohn. Weißt du es, Offenbarer? Sag es mir.«

»Euer Sohn sagt, was er denkt, auch wenn Ihr anderer Meinung seid. Das beweist Mut, Herr. Den hat er von Euch«, schmeichelte Nebisgast.

»Hel und Henker! Das ist es ja! Er ist von meinem Blut! Er weiß doch von dem schändlichen Tod meiner Eltern. Gerade er darf nicht vor einem römischen Schwert zurückschrecken.«

»Herr, Euer Sohn hat Euch immer treu gedient. Ihr wisst, wie mutig er ist und dass er niemals vor einem römischen Schwert Angst haben würde. Er hat Euch nur gewarnt.« Nebisgast räusperte sich. »Außerdem hat er nicht mit ansehen müssen, was Ihr sehen musstet, mein König.«

Eine Weile war es ruhig, dann sagte Chlodio: »Du hast recht, Offenbarer. Deine Augen sehen so weit wie die Raben des Einen. Ich habe einen Sohn mit dem Herz eines Königs.« Er seufzte wieder. »Aber warum brüskiert er mich? Kann er nicht verstehen, dass ich die Eroberung für ihn und seine Nachkommen will? Wir sind in dieses leere Land gekommen und haben es eingenommen, bis die Götter uns Einhalt geboten. Aber zu Neujahr haben die Götter uns offenbart, dass sie ihre Meinung geändert haben. Das Warten ist zu Ende. Beim Wodan, wir werden uns die Städte nehmen! Und ich werde nicht eher ruhen, bis meine Augen die Samara sehen. Ich weiß, das Land gehört mir! Was denkst du, Seher? Sag es mir. Hab keine Angst.«

Ein Geräusch erklang, als wenn ein Glas gefüllt wurde. Dann sagte Nebisgast: »Ihr seid der König. Ihr werdet tun, was Ihr für richtig haltet. Wodan wird mit Euch sein.«

Der König schwieg lange. Dann sagte er so leise, dass Aelia es fast nicht verstand: »Haben die Zeichen dir noch etwas offenbart, Seher?«

Nebisgast antwortete nicht sofort.

»Denkt an die alte Prophezeiung, König. Euer Name und alles, was Ihr tut, wird nicht vergessen werden durch die Zeiten hindurch.«

»Dann sag mir, Offenbarer, was haben sie dir zu meinen Söhnen verraten?«

»Nichts. Nur eines habe ich gesehen: einen Wolf, der sein Rudel führt, nachdem er alle seine Brüder getötet hat. Er führt sein Rudel über die unwirtlichen Berge in fruchtbares Land, wo sie große Herden jagen. Das Rudel vermehrt sich, und sein Land wächst weiter, als wir es uns vorstellen können.«

Sie schwiegen lange.

»Wer ist der Wolf?«, raunte der König.

»Es wurde mir nicht gezeigt. Aber er ist von Eurem Blut.«

»Wenn das stimmt, wird das römische Reich fallen.«

»Es ist nur ein weiterer Teil meiner alten Prophezeiung. Alles passt zusammen.«

»Seher, du hast wohl gesprochen. Möge Wodan deine Augen schärfen und deinen Verstand wach halten, solange du lebst.«

»Danke, Herr.«

Wieder waren Schritte auf der Falltür zu hören. Dann war es so lange still, dass Aelia schon glaubte, der Seher wäre gegangen, bis ein leises Stöhnen erklang.

»Ihr habt Schmerzen. Lasst mich Euer Bein sehen.«

»Lieber nicht, Offenbarer. Du wirst dem Tod ins Auge sehen.«

Wieder erklang das Stöhnen.

»Ich fürchte mich nicht vor dem Tod, aber ich kann Eure Schmerzen lindern. Lasst mich Euer Bein sehen.«

Ein Stuhl wurde geschoben, das Klacken von Krücken erklang. Dann ein lautes Ächzen, mit dem der König sich in sein Bett fallen ließ.

Danach folgte lange nichts. »Wie lange habe ich noch?«, fragte er schließlich.

»Es sieht nicht gut aus. Hättet Ihr nur meinen Rat befolgt und …«

»Sag mir, wie lange!«

»Ich weiß es nicht, Herr.«

Ein Stöhnen antwortete ihm.

»Ich will versuchen, den Dämon zu bannen, der in Eurem Leib wütet, Herr, aber vertreiben kann ich ihn nicht mehr. Dazu ist es zu spät.«

Der König seufzte tief. »Seher, nicht einmal die Götter können den Dämon bannen, der meinen Leib auffrisst. Ich fühle ihn jeden Tag schlimmer wüten. Ich will nur, dass du mir sagst, wie lange ich noch habe.«

Nebisgast schwieg. Aelia hörte Wasser plätschern.

»Herr, ich fürchte, Ihr werdet den Schnee des nächsten Winters nicht mehr sehen.«

»Beim Wodan!«, seufzte Chlodio. »Wir müssen nach Tornacum. Sag mir, Seher, wird mein Traum wahr? Werden meine Augen die Samara sehen und ich mir sagen können, alles Land bis zu dem Fluss gehört mir?«

»Ich werde dafür beten, mein König.«

Danach sprachen sie nicht mehr viel miteinander. Aelia erschrak, als die Falltür plötzlich geöffnet wurde. Licht fiel durch die Luke in der Decke herab und warf einen Schein auf den Boden. Eine Leiter wurde heruntergelassen.

»Meine Leibwächter werden dich hinausbegleiten, Offenbarer«, sagte der König. Seine Stimme klang so nah, dass Aelia für einen Augenblick glaubte, er wäre im selben Raum wie sie. Zum Fliehen war es zu spät. Sie versteckte sich schnell hinter den Pfeilkisten.

»Nein, mein König. Ihr wisst doch, dass ich den Weg allein finde.«

Nebisgast kletterte die Leiter hinunter. Er trug eine Kapuze, und sein Mantel wallte lang an ihm herab. Die Fackel, die er trug, warf einen Lichtkegel in den Raum. Als er unten war, machte er ein Zeichen, woraufhin die Leiter wieder hochgezogen wurde und die Falltür sich hinter ihm schloss. Einen Augenblick verharrte er still, während das Fackelfeuer in seiner Hand zuckte.

Aelia hielt die Luft an. Ihr Herz klopfte so laut, dass sie glaubte, er müsse es hören. Endlich, nach einer langen Zeit, in der sie fürchtete, Nebisgast würde die Fackel nehmen und den ganzen Raum ausleuchten, durchquerte er das Gewölbe, um es durch den Gang zu verlassen.

Aelia rührte sich nicht. Voller Angst verharrte sie hinter den Kisten und lauschte auf die sich entfernenden Schritte. Als sie schon glaubte, sie nicht mehr zu hören, begriff sie, dass sie dem Seher folgen musste. Wie sonst sollte sie herausfinden, wie er den geheimen Gang verließ?

Sie hatte gelernt, sich lautlos zu bewegen. Langsam folgte sie Nebisgast durch den alten Abwasserkanal, während sich die dunklen Umrisse seiner Gestalt vor dem Fackellicht abzeichneten. Vor der Gittertür machte er Halt, löste einen Stein aus der Mauer und entnahm ihm einen Schlüssel, mit dem er die Tür aufschloss. Er legte den Schlüssel zurück in sein Versteck, schob den Stein wieder vor und schlüpfte durch die Tür, die hinter ihm ins Schloss schnappte.

Aelia presste sich atemlos an die Mauer. Erst als sie seine Fackel im

Wald verschwinden sah, gestattete sie sich wieder zu atmen. Das war es also! Ein hohler Stein, der den Schlüssel barg, und in der Küche erzählten sie sich, der Seher könne fliegen wie die Raben des Einen, weil er Dispargum verließ, ohne dass ihn jemals jemand gehen sah. Es war keine Zauberei, sondern nur ein einfacher Schlüssel. Aelia atmete auf. Auch sie konnte nun die Befestigung verlassen, wann immer sie es wollte. Langsam tastete sie sich durch den dunklen Gang zurück zum Weinkeller.

Sie hatte für heute genug gehört, viel mehr, als sie hatte hören wollen. Sie war dabei, alles zu erfahren, was Tertinius wissen wollte. Sie musste nur noch den Weg nach Bagacum herausfinden, und ihrer Flucht zurück nach Treveris stünde nichts mehr entgegen.

Einen kurzen Augenblick erwog sie, jetzt schon zu fliehen, sich für den Rest der Nacht im Wald zu verbergen und am nächsten Tag zu versuchen, sich nach Bagacum durchzuschlagen, aber das erschien ihr zu gefährlich. Sie hatte Angst vor einer Nacht allein im Wald. Morgen, dachte sie. Morgen werde ich fliehen.

Kapitel 14

Aelia schlüpfte aus dem Weinkeller und lief zurück. Frische klare Luft umgab sie. Der Burghof lag verlassen im hellen Mondlicht, nur auf den Türmen wachten Bogenschützen.

Sie hielt einen Augenblick inne und atmete die Luft ein. Ihr Kopf war wie leergefegt. Sie stellte sich nicht einmal die Frage, ob es richtig gewesen war, nicht sofort zu fliehen. Die Gedanken würden später kommen, am frühen Morgen nach dem Erwachen. Jetzt wollte sie sich nur noch verkriechen.

Sie schlug den Weg zum Gesindehaus ein, das nicht weit von der Küche lag, als ihr eine helle Gestalt entgegenkam. Sie erkannte ihn gleich und wollte ihm ausweichen, doch da hatte Marwig sie schon entdeckt. Geradewegs kam er auf sie zu.

»Aelia«, sagte er und blieb vor ihr stehen. »Ich habe dich lange nicht gesehen. Was machst du um diese Zeit allein hier draußen?«

Sie sah zu ihm auf. Wieder dachte sie, wie groß er war, größer als die meisten Männer. Stallgeruch haftete ihm an, als wäre er noch bei seinen Pferden gewesen, er schien auch von dem Gespräch mit seinem Vater noch verärgert zu sein.

»Ich konnte nicht schlafen«, log sie hastig und versuchte, ihre Stimme möglichst fest klingen zu lassen. Marwig betrachtete sie nachdenklich im Mondlicht. »Müde siehst du aus.«

»Ich bin müde, Herr.«

»Warum bedienst du abends nicht in der großen Halle wie die anderen Mägde?«

Aelia überlegte kurz, ob sie ihm erzählen sollte, wie Oda sie behandelte, entschied sich aber dann anders. »Oda will nicht, dass der König und Ihr ... dass Ihr Euch wegen mir streitet.«

Sie musste an das gerade belauschte Gespräch denken und fragte sich, ob etwas sie verraten könnte. War der Schweiß auf ihrem Gesicht wieder getrocknet? Hatte sie Schmutzflecken auf ihrem Gewand? Marwig runzelte die Stirn.

»Oda ist eine gute Frau und eine hervorragende Köchin«, meinte er. »Keine ist dem König so treu ergeben wie sie.«

»Daran zweifle ich nicht.«

Er musterte sie wieder. »Die Küchenarbeit scheint dir nicht gut zu bekommen. Du musst schlafen. Ich werde dich zum Gesindehaus bringen.«

»Ja, Herr«, sagte sie. Nein, wollte sie rufen. Ich will noch nicht zurück. Ich will hier bleiben, hier mit dir. Langsam setzten sie sich in Bewegung. Aelia spürte ihr Herz klopfen.

»Ich habe gehört, wie Wisigard sich in ihrer ersten Lateinstunde benommen hat«, sagte Marwig. »Ich will, dass du mit dem Unterricht weitermachst. Sie soll nicht glauben, dass sie mit ihrem Ungehorsam durchkommt. Du wirst sie doch weiter unterrichten?«

Aelia hörte deutlich die Sorge, die in seinen Worten mitschwang. Konnte es sein, dass er Angst hatte? Wovor? Er brauchte doch nur zu befehlen und sie musste tun, was er verlangte.

»Du hast keine Angst vor ihr?«

»Nein«, log Aelia rasch. Sie waren am Gesindehaus angelangt und blieben stehen.

»Meine Tochter ist wie ein wildes kleines Pferd. Ich hatte nicht immer die Zeit, mich um sie zu kümmern. Aber das wird bald anders.«

»Was meint Ihr damit?«

»Ich werde sie an Fürst Audomars Hof schicken. Seine Frau hat schon zwei eigene Kinder und ist eine strenge und ehrenhafte Frau. Sie wird Wisigard die Erziehung geben, die sie braucht, um später gut vermählt werden zu können.«

»Das ist sicher eine gute Wahl«, meinte Aelia, die sich daran erinnerte, wie Chlodeswinthes Frauen über Wisigard geredet hatten.

»Es war ein Fehler, sie so lange unter der Obhut meiner Schwester zu lassen«, fuhr Marwig fort. »Chlodeswinthe ist nicht streng genug mit ihr. Und die Kinderfrauen wagten es erst recht nicht, Wisigard zu zügeln.«

Auf seinem Gesicht lag ein so zärtlicher Ausdruck, dass es Aelia einen Stich ins Herz gab.

»Ihr seid ein guter Vater«, sagte sie leise. »Ihr kümmert Euch um Euer Kind.«

»Ist das nicht die mindeste Vaterpflicht? Väter, die das nicht tun, verdienen es nicht, Vater genannt zu werden.« Er sah sehr ernst aus. »Auch das jetzige Mädchen taugt nichts«, meinte er. »Wisigard hat es schon um den Finger gewickelt, und es ist auch noch andauernd krank. Wenn du auf meine Tochter aufpassen würdest, Aelia – ich glaube, du könntest mit ihr fertig werden. Du bist stark genug.«

Er hob die Hand, als wollte er Aelia berühren, zog sie aber dann zurück. Ein Windstoß durchfuhr Aelia. Sie glaubte, nicht richtig gehört zu haben.

»Meint Ihr wirklich?«, platzte es aus ihr heraus.

»Traust du es dir etwa nicht zu?«

»Doch, aber …«

»Es ist nur für ein paar Wochen, bis sie an Fürst Audomars Hof geht. Es wird auch nicht schwer. Du musst sie nur vom gröbsten Unfug fernhalten und mit ihr Latein üben. Ich werde ihr noch einmal einschärfen, dass sie dir in allem gehorchen muss.«

Aelia lächelte hilflos. Sie hatte nicht die mindeste Ahnung von Kindern und erst recht nicht davon, wie sie das unheimliche Mädchen zähmen sollte.

»Ich glaube, sie mag dich. Sie hat oft von dir geredet und gesagt, du wärst ganz anders als ihre Kinderfrauen.«

Aelia schluckte. »Wie viele hatte sie denn schon?«

Marwig machte eine wegwerfende Handbewegung. »Also, machst du es nun oder nicht?« Seine Stimme klang ungeduldig.

»Ja«, sagte sie hastig.

Sie dachte an ihre Fluchtpläne und daran, dass er ihr das Leben gerettet hatte.

»Gut«, nickte Marwig. »Ich wusste, dass du es tust.«

Er öffnete die Tür zum Gesindehaus und ließ sie eintreten. Aelia zögerte. Sie spürte auf einmal den Wunsch, ihn zu berühren, wenigstens seine Hand, und wünschte sich, dass er sie in den Arm nehmen würde. Aber er tat nichts dergleichen. Sie erinnerte sich daran, wie sie neulich aus seinem Gemach gerannt war, und Reue stieg in ihr auf. Wahrscheinlich würde sie nun den ersten Schritt tun müssen, aber das wagte sie nicht.

»Gute Nacht«, sagte er mit rauer Stimme.

»Gute Nacht, Herr.«

Sie machte einen ungeschickten Knicks und verschwand im dunklen Inneren des Gesindehauses. Als sie hörte, wie die Tür sich leise hinter ihr schloss und sie durch die Reihen der schlafenden Mägde ging, wurde ihr klar, dass er sich gegen ihre Berührung sicher nicht gewehrt hätte, wenn sie es nur getan hätte.

Was bin ich nur für eine dumme Gans, schalt sie sich. Rasch zog sie sich aus und schlüpfte ins Bett, das von der schlafenden Magd ganz warm war. Die Bilder von Marwig tanzten noch lange in ihrem Kopf, ehe sie einschlief.

Am nächsten Morgen erschien Edobich, um sie abzuholen und ins Königshaus zu bringen. Auf dem Weg dorthin sparte er nicht mit Ermahnungen. »Es ist eine besondere Ehre, im Königshaus zu wohnen«, sagte er, als sie über den Hof schritten. »Ich brauche dir wohl nicht zu sagen, dass du dich zu benehmen hast. Du wirst in den Fluren nicht laut reden oder herumkichern. Du wirst nur reden, wenn du angesprochen wirst. Ist der König oder jemand aus seiner Familie in der Nähe, machst du einen tiefen Knicks und senkst dein Haupt, bis man dir befiehlt, sich zu erheben.«

Aelia nickte und warf dem Verwalter einen raschen Seitenblick zu. Er sah nicht aus, als wäre er begeistert von ihrem Umzug ins Königshaus.

»Was in diesem Haus gesprochen wird – falls du etwas mithören solltest – geht niemanden etwas an«, fuhr Edobich fort, als sie über den Gang im Königshaus schritten. »Du wirst darüber mit niemandem reden und schon gar nicht herumtratschen, verstanden?«

»Ja, Herr.«

Der Verwalter nickte und schob Aelia in eine kleine Kammer, in der ein Badezuber stand. Dann rief er nach einer Magd und verließ den Raum. Aelia musste buchstäblich alles Alte hinter sich lassen. Sie nahm ein Bad, wurde geschrubbt und gekämmt. Die Magd säuberte und schnitt ihr sämtliche Nägel, und sie durfte ihr graues Gewand gegen jenes Kleid eintauschen, das Marwig ihr am Morgen ihrer Abreise im Burgus gegeben hatte. Sie liebte dieses Kleid, und es passte ihr ausgezeichnet. Sanft strich sie über den hellen Stoff.

Sie würde nicht fliehen, nicht heute. Ihr Leben würde nun sehr viel leichter werden ohne die schwere Küchenarbeit und die Schikanen der Köchin. Außerdem, sagte sie sich, hätte sie durch die Nähe zur Königsfamilie viel besser die Gelegenheit, noch mehr über die Angriffspläne des Königs zu erfahren. Fliehen konnte sie später immer noch.

Wisigard bestand darauf, dass Aelia in ihrem Gemach schlief, das nicht viel größer war als jener Verschlag, den sie sich mit Eghild geteilt hatte. Es besaß noch einen kleinen Vorraum, eine Art Ankleidezimmer, in dem das bisherige Mädchen von Wisigard geschlafen hatte. Jeden Tag kam eine Magd, brachte ihnen die Mahlzeiten und kümmerte sich um ihre Wäsche. Aelias einzige Aufgabe bestand darin, auf Wisigard zu achten, sie in Latein zu unterrichten und dafür zu sorgen, dass das Mädchen Chlodeswinthe und ihren Frauen bei den Handarbeiten half.

Marwigs Tochter war wie verwandelt – still, in sich gekehrt und fügsam. Mit Feuereifer stürzte sie sich in die Lateinstunden und sogar auf die Handarbeiten bei Chlodeswinthe, wo sie mit unendlicher Geduld einen Umhang für ihre Puppe nähte und bestickte.

Einige Tage, nachdem Aelia König Chlodio und Marwig belauscht hatte, sandte der König Boten aus, die auf ihren Pferden in alle Richtungen davongaloppierten, und es war keine große Kunst, zu erraten, wohin sie ritten. Der König würde seine Gefolgsmänner für die bevorstehende Eroberung sammeln. Er wollte keine Zeit mehr verlieren.

Nun bekam Aelia doch Angst. Wenn der König seine Fürsten sammelte, musste sie handeln, um die Römer noch rechtzeitig warnen zu können. Aber würde die Zeit reichen, bis nach Treveris zu kommen? Bis sie dort wäre und Tertinius etwas unternehmen könnte, hätte der König längst die beiden Städte eingenommen.

Sie musste also jemanden in Tornacum warnen oder in Camaracum, jene beiden Orte, die Marwig und Wiomad von hier aus erkundet hatten. Sie lagen sicher viel näher als Treveris, aber wie sollte sie dorthin gelangen? Sie kannte ja nicht einmal ihren Verbindungsmann. Sie wusste nicht, wo die beiden Städte lagen und wie sie am besten dahin kommen könnte. Selbst wenn es ihr gelänge, zumindest einen der Orte zu erreichen und den dortigen Kommandanten zu warnen – würde er ihr glauben? Würde er einer dahergelaufenen Frau ihre Geschichte abnehmen, selbst wenn es die Wahrheit war?

Nein, würde er nicht. Aelia war sich sicher, dass man ihr keinen Glauben schenken würde. Sie brauchte Tertinius' Verbindungsmann, dem sie alles verraten könnte. Er würde sich um alles kümmern. Aber sie kannte diesen Mann nicht, und er ahnte nicht einmal, dass sie überlebt hatte und hier am Königshof war. Vermutlich hatte er schon längst einen Boten mit der Nachricht ihres Todes zu Tertinius geschickt.

Aelia beruhigte sich damit, dass Tertinius sicher rasch einen neuen Spion nach Dispargum schicken würde. Diesem würde sie alles sagen, was sie herausgefunden hatte. Vielleicht bliebe ihnen dann immer noch genug Zeit, um den Kommandanten von Tornacum zu warnen, bevor die Franken die Stadt angriffen.

Sie entschloss sich, die Zeit bis dahin zu nutzen, um noch mehr über die Angriffspläne des Königs herauszufinden. Spätabends, wenn sie sicher war, dass Wisigard schlief, schlich sie sich zum alten Weinkeller und lauschte unter dem Königsgemach, aber sie hörte nur Belangloses – mal ein Gespräch des Königs mit Edobich, in dem der Verwalter Rechenschaft über die Vorräte und Schatztruhen ablegte, mal ein Gespräch mit Chlodeswinthe, in dem diese mit ihrem Vater über ihren verstorbenen Mann und ihr ungeborenes Kind sprach. Einmal wurde Aelia Zeugin, wie der König das Bett mit seiner neuen Geliebten teilte, einer jungen hübschen Magd, die erst kürzlich an den Hof gekommen war.

Was sie erlauschte, war nicht das, was Aelia hören wollte, es war nichts Besonderes, doch in der Summe des Alltäglichen, die sie nach und nach mitbekam, erschloss sich ihr ein Bild des Königs, wie es wahrhaftiger nicht sein konnte: das Bild eines kranken Mannes, der seinen Tod kommen sah und in den Tagen, die ihm noch verblieben, sein Lebenswerk vollenden wollte.

Eines Morgens im Frühjahrsmond, den die Römer Maius nannten, erwachte Aelia noch vor Sonnenaufgang. Die Vögel zwitscherten ihren Gesang in den grau verschleierten Morgen, und sie konnte nicht mehr schlafen. Sie sah auf Wisigard, die friedlich mit halb geöffnetem Mund schlief, ihre Puppe mit dem neuen Umhang neben sich auf dem Kissen.

Aelia musste an Marwig denken und daran, dass die Franken einen Eroberungsfeldzug planten. Kein Stück war sie mit ihren Erkundungen weitergekommen, während die Krieger auf der Burg sich unübersehbar rüsteten – ihre Schwerter schärften, ihre Helme und Brustpanzer ausbesserten, die Pferde neu beschlagen ließen und ausritten. Stundenlang hallte tagsüber der Lärm vom Kampfplatz über das Burggelände, und abends erklangen die Lieder aus der großen Halle bis tief in die Nacht. Der Tag des Angriffs konnte nicht mehr weit sein.

Aelia dachte, dass es besser gewesen wäre, sie wäre nie hierhergekommen. Sie konnte nichts gegen den Überfall tun. Zerknirscht richtete sie sich auf und sah auf das schlafende Kind. Sie seufzte, erhob sich und schlüpfte aus dem Gemach in die Vorkammer. Leise schloss sie die Tür hinter sich. Die Kammer war leer.

Aelia trat ans Fenster. Kühle Luft strömte aus der kleinen Öffnung herein, von der aus man auf einen Ahornbaum blickte. Sie schloss die Augen und breitete die Arme aus. Sie hatte wieder mit den Übungen begonnen, stand jeden Morgen noch vor Wisigard auf und übte heimlich im Vorraum. Aber heute würde es schwer sein, ihre Gedanken für die Begrüßung des Tages loszulassen.

Sie tastete mit ihrem Blick ihren ausgestreckten Arm entlang bis zu den Fingerspitzen, dachte sich eine Linie von ihnen bis zum Baum –, ein Band, das sich in seinen Ästen verhakte, an dem sie sich hoch aufschwingen konnte. Bei den schlimmsten Feinden würden es Messer sein, eins aus jedem Finger, scharfe, blitzende Messer, mit denen sie – sich ein paar Mal um sich selbst drehend – ihre Feinde enthaupten würde. Ihre Füße verursachten ein knarrendes Geräusch auf dem Holzfußboden, als sie nach einer Drehung wieder landete. Sie sprang und drehte sich erneut, glitt langsam in jene rascheren Bewegungen über, mit denen sie sich bei Sarus immer für den täglichen Kampf erwärmt hatte. Das Blut rauschte in ihren Adern zum Takt ihres pochenden Herzens, als sie Schritte hörte, energische Schritte auf dem Gang, die rasch näher kamen. Sie sprang beiseite, als auch schon die Tür aufgestoßen wurde. Im Türrahmen stand Marwig.

Überrascht hielt er inne, als er Aelia erblickte. Er sah aus, als hätte er bereits in aller Frühe einen Kampf bestritten. Er trug keinen Umhang, sondern nur Stiefel, Beinlinge und seinen ledernen Brustschutz, über dem sich quer der Gurt des Schwertgehänges spannte. Aus dem abgegriffenen Leder blitzte der goldene Griff von Tyrshand hervor. Marwigs Gesicht war von der Luft gerötet, und an seiner schweißnassen Stirn klebte eine Haarsträhne, die aus seinen im Nacken gebundenen Haaren gerutscht war. Er musterte Aelia eine Weile.

»Du bist früh auf«, bemerkte er, betrat das Gemach und schloss die Tür. Aelia starrte ihn an. Ihr wurde bewusst, wie sie aussehen musste – verschwitzt, die kurzen Haare ungekämmt, nur mit ihrem dünnen Hemd bekleidet. Sie fühlte, wie ihr Kopf vor Verlegenheit noch heißer wurde, als er ohnehin schon war.

»Ich … konnte nicht schlafen«, beeilte sie sich zu erklären. »Ich hatte einen schlechten Traum.«

Sein Blick wanderte über ihre Gestalt, und sie errötete noch tiefer. Er grinste unverfroren. »Er scheint dich angestrengt zu haben.«

Ihr fiel ein, dass sie ihn förmlich begrüßen musste, und sie machte einen hastigen Knicks. »Es muss wohl am zunehmenden Mond liegen«, sagte sie.

»Vielleicht. Ich habe auch schlecht geträumt und konnte nicht mehr schlafen. Tyrshand und ich hatten den Kampfplatz heute Morgen ganz für uns allein.«

Aelia musste lächeln, weil sie etwas Ähnliches getan hatte, aber sie konnte es ihm nicht verraten. Sie beobachtete ihn aufmerksam, als er ans Fenster trat und hinaussah, bemerkte feine Linien in seinem Gesicht, die das hereinfallende Morgenlicht offenbarte. Es wirkte schmaler als sonst, mit Schatten unter den Augen und blasser Haut unter den vor Anstrengung geröteten Wangen.

»Auf dem Kampfplatz wird jetzt viel geübt«, bemerkte sie leichthin. »Man könnte meinen, Euer Vater rüstet sich für eine Schlacht.«

»So, meinst du das?« Marwig sah sie an. »Du kennst Dispargum noch nicht, sonst wüsstest du, dass wir jedes Jahr im Frühling unsere Waffen schärfen, Wettkämpfe abhalten und ausziehen.«

»Ach so.« Aelia dachte, dass es keine bessere Tarnung für einen echten Feldzug gäbe. »Und wohin geht es diesmal?«

Marwig zuckte mit den Schultern. »Wahrscheinlich in den Norden zu Fürst Sicho. Mein Vater hat sich noch nicht entschieden.«

Wie er lügen konnte! Er traute ihr nicht, er würde ihr niemals etwas verraten. Ahnte er, wer sie wirklich war? Hatte vielleicht Wisigard etwas gesehen und ihm erzählt? Aelia wich seinem Blick aus und sah stattdessen aus dem Fenster, wo die Vögel gerade aus dem Ahornbaum flogen.

»Kann Euer Vater denn noch reiten?«, fragte sie möglichst beiläufig.

»Er zwingt sich dazu. Er will seiner Krankheit nicht nachgeben. Er sagt immer, der Geist muss über den Leib herrschen, nicht umgekehrt.«

Aelia legte ihre Hand auf die hölzerne Fensterbrüstung. Ihr war, als müsste sie sich festhalten, damit Marwigs Gegenwart sie nicht fortspülte wie ein hilfloses Hölzchen im Wasser.

»Euer Vater ist ein starker Mann«, stellte sie fest.

Sie merkte, wie Marwig sie ansah. »Mein Vater und seine Gefolgsmänner sind vor Jahren aus dem Norden gekommen und haben dieses Land friedlich eingenommen. Die Römer haben einen Bündnisvertrag mit ihm geschlossen, nun ist er römischer Foederat für die Gebiete bis zur Scaldis. Er hat viel erreicht.«

Ja, und er will noch mehr, dachte Aelia und biss sich auf die Lippen. Sie überlegte, wie sie Marwig dazu bringen konnte, ihr noch mehr über den König zu verraten, aber ihr fiel nichts ein. Ihr Kopf war wie leergefegt. Sie konnte Marwig nur ansehen. Er lächelte wieder und sah dabei so gut aus, dass es ihr erst recht die Sprache verschlug.

»Wann reitet Ihr los?«, fragte sie schließlich.

»Bald.«

Aelia schluckte. Sie spürte, wie die Aufregung sie überwältigte, eine seltsame Freude, nicht, weil er bald fort sein würde, sondern weil er noch da war. Er sah aus dem Fenster. Als er sich ihr zuwandte, flog sein Blick wieder über ihre Gestalt und blieb an ihren Brüsten hängen. Aelia merkte es und bedeckte rasch ihre Blöße mit den Händen.

»Wie geht es Wisigard?«, fragte er.

»Gut. Sie … sie schläft noch.«

»Wie benimmt sie sich? Gehorcht sie dir?«

»Sie ist sehr artig und tut alles, was ich ihr sage. Wirklich«, setzte sie hinzu, als sie seinen ungläubigen Blick bemerkte. »Sie lernt Latein und näht fleißig. Die Mäuse hat sie freigelassen.«

Marwig lächelte, dann wurde er ernst. »Wenn ich weg bin, pass gut auf sie auf. Lass sie nicht aus den Augen! Versprich es mir!«

»Ich verspreche es.« Aelia hob die Hand, während sie Marwig ansah. Sie hätte ihm alles versprochen. Er öffnete eine kleine Ledertasche, die er am Gürtel trug, und entnahm ihr einen länglichen Gegenstand. »Hier«, sagte er. »Nimm es wieder. Nur für alle Fälle.«

Sie sah auf das, was er ihr hinhielt – ein schmales Messer mit einem eisernen Griff – leicht und gut zu werfen. Es war ihr Messer, das Marwig ihr im Burgus weggenommen hatte. Sie nahm es rasch an sich. Ein dankbares Lächeln huschte über ihr Gesicht. Marwig vertraute ihr also doch!

»Nicht alle hier am Hof mögen Wisigard«, sagte er mit rauer Stimme.

»Ich weiß.«

»Aber du magst sie, nicht wahr?«

Aelia nickte.

Es war tatsächlich so etwas wie Zuneigung zu dem Kind in ihr gewachsen.

»Weißt du, was man über Menschen wie dich sagt?«

»Menschen wie mich? Was meint Ihr damit?«

»Vom Tod Gerettete, Überlebende eines Unglücks. Man sagt, die Götter haben sie am Leben gelassen, weil sie noch etwas mit ihnen vorhaben. Die Götter haben dich nicht ohne Grund weiterleben lassen, Aelia. Sie wollen, dass du etwas für sie tust.«

»Aber – was denn?«

»Das werden sie dir noch enthüllen.«

Wusste er doch mehr von ihr, als ihr lieb war? Warum sah er sie nur so an? Sie wich seinem Blick aus, aber er fasste ihr Kinn und zwang sie, ihn anzusehen. Sein kühler Blick erschreckte sie, aber darunter lag etwas anderes, das sie nicht deuten konnte.

»Du willst mir etwas sagen«, meinte er leise. »Was ist es?«

Seine Augen bohrten sich in ihre. Ihr Herz klopfte ihr bis zum Hals. So musste sich das Kaninchen im Angesicht des Jägers fühlen. Aber sie fühlte nicht nur Angst, sondern noch etwas anderes, eine tiefe Erregung, die sie verwirrte. Wie einfach wäre es, ihre Lippen auf seinen Mund zu legen.

»Also, was wolltest du mir sagen?«

»N-nichts.«

»Wirklich nicht?«

»N-nein, nichts.«

Er ließ sie los. »Mach dich fertig und kleide Wisigard an.«

»Was habt Ihr vor?«

»Wir werden ausreiten«, sagte er, wandte sich ab und ging zum Gemach seiner Tochter. Vor der Tür wandte er sich noch einmal zu ihr um.

»Du kannst doch reiten, oder?«

»Nein, Herr, leider nicht«, sagte Aelia mit klopfendem Herzen. Er wollte sie tatsächlich mitnehmen. Sie konnte es kaum glauben. Schon befürchtete sie, er würde es sich anders überlegen, weil sie nicht reiten konnte, aber er sagte nur: »Dann nimmt dich Wiomad mit auf sein Pferd.«

Sie strahlte wie die Sonne am Morgen, als er sich wieder abwandte und das Zimmer seiner Tochter betrat.

»Vater!« Wisigard saß aufrecht im Bett und sah Marwig überrascht entgegen. »Was machst du so früh hier?«

»Sehen, wie es dir geht. Zieh dich an, wir werden ausreiten.«

Wisigard sprang aus dem Bett. »Oh, wunderbar! Wer kommt mit? Wo geht's hin?«

Marwig lächelte über ihre Ungeduld. »Wir nehmen dich nur mit, wenn du artig bist.«

Wisigard hob die Hand »Ich verspreche es.«

Marwig nickte zufrieden und strich seiner Tochter über das lockige Haar. Dann verließ er ihre Kammer. Beim Hinausgehen warf er einen kurzen Blick auf Aelia. »Beeilt euch. Ich schicke Fulbert, damit er dir was zum Anziehen bringt.« Sein Blick streifte wieder ihre Brüste unter dem Hemd, ehe er aus dem Gemach stapfte und die Tür schwungvoll hinter sich zuwarf. Aelia sah ihm entrüstet hinterher, weniger entrüstet über seine unverhohlene Frechheit als darüber, dass ihr diese Frechheit gefiel.

Wenig später erschien Fulbert und brachte ihr Reitkleidung – eine Tunika und Beinkleider aus dunklem Stoff, dazu einen leichten Umhang, gegen den sie endlich ihren Winterumhang eintauschen konnte. Aelia strahlte. Alles passte, als wäre es für sie gemacht.

»Ich habe noch nie Reitkleidung besessen!«, rief sie, als sie Wisigard beim Ankleiden half. »Wie aufmerksam Euer Vater doch ist!«

»Nun wirst du bestimmt seine Geliebte«, sagte Wisigard gleichmütig, während sie geduldig wartete, bis Aelia ihre Locken zu einem Zopf geflochten hatte. »Passt nur auf, dass der König nichts merkt. Ich hab dich gewarnt – er war sehr böse wegen meiner Mutter.«

Aelia wunderte sich, dass die Kleine kein bisschen eifersüchtig zu sein schien. Was für ein seltsames Mädchen sie doch war.

»Warum hat Euer Vater nicht wieder geheiratet?«

»Er wollte nicht nach Mutters Tod«, sagte Wisigard. »Er hat sie sehr lieb gehabt.«

»Wie schön«, entfuhr es Aelia. »Ich meine – wie traurig, dass Eure Mutter nicht mehr lebt.«

Wisigard betrachtete mit ausdrucksloser Miene ihre Frisur im Spiegel und erwiderte nichts. »Du kannst das gut«, lobte sie schließlich. »Noch niemand hat mir einen so schönen Zopf geflochten. Wo hast du das gelernt?«

»Ich habe meine Mutter früher immer frisiert«, sagte Aelia.

»Aber deine Mutter ist tot.«

»Ich sagte früher.«

Woher wusste Wisigard vom Tod ihrer Mutter? Sie konnte sich nicht erinnern, ihr davon erzählt zu haben. Es musste ihr jemand zugetragen haben.

»Wie ist deine Mutter gestorben?«

»Fragt mich das bitte nicht.«

»Warum nicht?«

»Ihr möchtet doch auch nicht über den Tod Eurer Mutter reden, oder?«

Wisigard schüttelte den Kopf. Aber Aelias Stimmung war gesunken, und sie hob sich erst wieder, als sie sich im Burghof zum Ausritt sammelten – Marwig, Wisigard, Orderic und Wiomad. Und leider auch Lantschild. Die Männer trugen ihren Brustschutz, Umhänge, Schwerter und Schilde, und sie hatten sogar Bögen und Pfeilköcher dabei. Marwig trug einen schlichten Umhang, der von einer bronzenen Gewandspange gehalten wurde. Nichts deutete darauf hin, dass er ein Königssohn war. Orderic betrachtete Aelia stirnrunzelnd.

»Warum kommt sie mit?«, zischte er Marwig zu, doch der zischte nur: »Sie ist Wisigards Kinderfrau« zurück. Orderic runzelte die Stirn. »Noch eine mehr zu schützen.«

»Wir ziehen nicht in die Schlacht, Orderic«, versetzte Marwig und schwang sich auf sein Pferd. Orderic warf Aelia einen missbilligenden Blick zu und brummte etwas Unverständliches, aber er wagte keinen Widerspruch mehr. Aelia bemerkte, dass Lantschild grinste. Wiomad nahm sie mit auf sein Pferd, während Wisigard auf ihr Pony stieg, und gemeinsam folgten sie Marwig in den beginnenden Tag.

Aelia freute sich auf den Ausritt. Es war das erste Mal seit ihrer Ankunft, dass sie die Burg verließ. Marwig hatte ihnen nicht verraten, wohin sie ritten, aber Aelia wäre ihm überall hin gefolgt. Sie durchquerten die Pferdewiesen vor der Burg und nahmen unbekannte Wege fernab der Straße und der Dörfer, steinige Feldwege mit ausgefahrenen Karrenspuren und schmale Trampelpfade; manchmal ritten sie querfeldein über Wiesen und Weiden. Über den Baumwipfeln erhob sich eine große, goldene Sonne aus dem Dunstschleier. Ein wolkenloser Himmel glänzte über Kornfeldern, die je nachdem, wie die Sonne sie beschien, hell- oder dunkelgrün schimmerten. Wind strich über die Felder, ließ die Halme wogen. Bald tauchten sie in einen

Wald, wo Marwig mehreren Wegen folgte, bis der Wald sich endlich lichtete und einer flachen Wiesen- und Steppenlandschaft Platz machte, die sich wüst und öde hinzog. Keine Felder, keine Häuser – es gab nichts, das auf die Anwesenheit von Menschen hingedeutet hätte. Heiß brannte die Sonne auf sie herab.

Alle fielen in Schweigen, selbst Wisigard, die den ganzen Morgen geredet hatte. Aelia bemerkte, wie Marwig sich hin und wieder nach ihnen umsah. Wisigard hielt sich gut auf ihrem Pony. Aufrecht thronte sie auf seinem Rücken wie eine Königin, obwohl sie, wie Aelia ahnte, inzwischen müde und durstig sein musste.

»Sind wir noch in Großvaters Reich?«, fragte sie, und Marwig lachte. »Es ist nicht mehr weit«, sagte er. »Wir können hier nur keine Rast machen. Es gibt kein Wasser und jeder im Umkreis einer halben Leuge würde uns sofort sehen.«

Am Mittag erreichten sie eine römische Straße, eine von vielen, die das gesamte Reich durchzogen. Aber es konnte nicht die sein, auf der sie hergekommen waren, denn Aelia war noch nie zuvor durch diese Steppe geritten. Sie folgten nicht lange der Straße, als Felder begannen und vor ihnen ein Dorf auftauchte, ein römisches Straßendorf mit weiß verputzten Häusern und roten Ziegeldächern. Hinter den Häusern grasten Schafe und Kühe, und schon von Weitem hörten sie die Hammerschläge eines Schmieds.

Aelia atmete erleichtert auf. Zum Glück war das Dorf bewohnt, dann würden sie wenigstens etwas zu essen und zu trinken bekommen und mussten ihre Wegzehrung noch nicht anbrechen.

Die Werkstatt des Schmieds war gleich das erste Haus. Die Tür stand offen, als würde er auf sie warten. Marwig zügelte sein Pferd und stieg ab. »Grifo«, rief er in die dunkle Werkstatt hinein.

Das Hämmern hörte auf, und kurz darauf erschien der Schmied in der Tür, ein kleiner kräftiger Mann mit kahlem Kopf und Lederschürze. Fragend blinzelte er in die Sonne. Als er Marwig erkannte, hellte sich seine Miene auf, und er verbeugte sich tief.

»Ist es schon wieder soweit?«

Marwig nickte. Er streckte die Hand aus, die der Schmied mit einer für einen Mann seines Standes ungewöhnlich eleganten Bewegung nahm und küsste. Schließlich folgte Marwig ihm in die Werkstatt.

»Was machen die da?«, rief Wisigard.

»Ich weiß es nicht«, antwortete Aelia. Ehe sie noch etwas sagen konnte, sprang Wisigard von ihrem Pony und folgte ihrem Vater in die Werkstatt.

Orderic sah ihr kopfschüttelnd hinterher. Dann nutzten Wiomad, Lantschild und er die Pause, um die Pferde in den Schatten eines Baumes zu führen. Sie ließen sich nieder, packten die mitgebrachten Vorräte aus und verzehrten sie. Schließlich erhob sich Orderic.

»Ich geh mal durchs Dorf. Scheint mir hier ein bisschen still zu sein.«

»Warum?«, versetzte Wiomad. »Wenn was wäre, hätte der Schmied uns längst gewarnt.«

Orderic sah nicht überzeugt aus. »Trotzdem, ich schau's mir mal an. Außerdem wäre eine Pferdetränke nicht schlecht.«

»Na gut, ich komme mit. Allein schaffst du das nicht.« Wiomad erhob sich. Seine tätowierte Hand glitt zum Schwertgriff. Sie sahen ratlos auf Aelia, dann sprach Wiomad aus, was wohl beide dachten. »Wer bleibt jetzt bei ihr?«

»Ich!« Lantschild trat aus dem Schatten des Baumes, in dem er etwas abseits gewartet hatte. Orderic und Wiomad verneigten sich vor ihm, nahmen die Pferde an ihren Zügeln und gingen zum Dorf.

Aelia, die unter dem Baum im Schatten saß, sah ihnen hinterher. Wie viel lieber wäre sie mitgegangen als hier allein mit Lantschild zu bleiben. Warum hatte Marwig ihn überhaupt mitgenommen? Hatte er nicht gesagt, er wolle ihn nicht mehr dabeihaben?

Sie beschloss, es mit Edobichs Ermahnungen sehr genau zu nehmen und Lantschild nicht anzusehen. Doch er baute sich vor ihr auf und starrte auf sie herunter. Sein längliches Gesicht war bleich und ernst. »Nun hast du es also doch ins Königshaus geschafft«, zischte er. »Schneller Aufstieg, das muss man dir lassen. Von der Feuerstelle in der Küche ins Gemach seiner Tochter, wirklich beachtlich!« Er trat einen Schritt an Aelia heran.

»Ich verstehe nicht, warum mein Bruder seine Buhlen immer zu den Aufpasserinnen seiner Tochter macht. Wer gut im Bett ist, taugt noch lange nicht zur Kinderfrau, das sieht man an seiner Tochter.«

Aelia erhob sich langsam. Sie fühlte den Baumstamm hart in ihrem Rücken.

»Ja, steh nur auf«, fauchte Lantschild. »Glaubst du, ich ziehe mein Schwert gegen dich, kleine Hure? Ich kenne dich und deinesgleichen – du bist den Stich nicht wert. Es wird nicht lange dauern, bis er dich satt hat und sich etwas Besseres sucht. Außerdem wird er sowieso bald heiraten und dann ist es für solche wie dich aus am Königshof!«

Aelia ballte ihre Hände zu Fäusten. Um Marwigs und Wisigards Willen – jetzt bloß nichts sagen! Dieser Kerl hatte sie von Anfang an gehasst und erzählte ihr wahrscheinlich nichts als Lügen. Nur die Hochzeit, die würde über kurz oder lang sicher stattfinden. Aelia kämpfte gegen den Kloß, der ihr plötzlich im Hals saß. »Warum hasst Ihr mich so?«, brach es aus ihr heraus. »Ich habe Euch nichts getan.«

Weil sie auf der kleinen Anhöhe stand, in der die Wurzel in den Baum überging, war sie ebenso groß wie Lantschild und konnte ihm direkt in die Augen sehen. Sein Gesicht verzerrte sich zu einer hässlichen Grimasse, als er lachte. »Hassen? Das ist wirklich zuviel gesagt. Es ist nur so, dass mich mein Bruder seit dem Morgen im Burgus wie Luft behandelt und das gefällt mir gar nicht.«

»Redet doch mit ihm. Er wäre bestimmt der Letzte, der …«

»Reden?« Lantschild strich sich eine Strähne aus dem Gesicht. »Wie wenig du ihn doch kennst. Du weißt nicht, wie ungnädig er sein kann.«

Aelia hatte genug von den hässlichen Worten Lantschilds. Sie erwog, in die Schmiede zu gehen, aber dort kam Marwig gerade heraus. Er beschattete seine Augen mit der Hand, bis sie sich an die Helligkeit gewöhnt hatten.

»Wo sind Orderic und Wiomad?«

»Im Dorf. Sie wollten die Pferde tränken und nachsehen, warum es so still ist.«

Marwig trat in den Schatten des Baumes. »Lantschild, geh und sieh nach ihnen.« Lantschild warf Aelia noch einen finsteren Blick zu, ehe er sich umwandte und seinem Bruder gehorchte.

»Du siehst blass aus.« Marwig musterte Aelia besorgt. »Mein Bruder hat dir doch nichts getan?«

»Nein.«

»Verdammt! Ich werde ihn eines Tages …« Er packte Aelia hart am Arm. »Was hat er dir getan?«

Seine Stimme klang auf einmal so kalt, dass sie Aelia erschrak. Sie riss sich mit einer geübten Bewegung los.

»Wirklich nichts, Herr.«

Die Kinderfrauen, seine Hochzeit – alles wirbelte in ihrem Kopf herum. Sie war nur eine von vielen. Eine in einer langen Reihe von

Frauen. Deshalb hatte sie der Verwalter am ersten Tag so anzüglich betrachtet, deshalb hasste sie die Köchin und deshalb hatte auch Wisigard mit jenem Gleichmut auf sie reagiert, der nur entstehen konnte, wenn man an etwas gewöhnt war. Das Mädchen war daran gewöhnt, dass seine Aufpasserinnen kamen und gingen.

Marwig betrachtete sie schweigend. »Ich hätte meinen Bruder nicht mitnehmen sollen. Aber mein Vater verlangt von mir, dass ich mich weiter um ihn kümmere.«

Aelia nickte, seine Worte beruhigten sie ein bisschen. Vielleicht stimmt es ja doch nicht, dachte sie. Vielleicht bin ich doch nicht nur eine von vielen.

Vielleicht hatte Lantschild das nur aus Bosheit gesagt.

»Ist Wisigard noch ...«

»Sie sieht zu, wie Tyrshand geschliffen wird. Kaum war sie in der Schmiede, konnte sie nicht mehr aufhören zu fragen.«

Marwig setzte sich auf den Boden. Aelia schluckte ihren Kloß herunter und setzte sich neben ihn.

»Warum überlasst Ihr Euer Schwert nicht dem Burgschmied?«

»Grifo ist der beste Schmied im ganzen Reich. Er hat Tyrshand geschmiedet, und ich glaube, Wodan selbst hat ihm die Hand dabei geführt. Es gibt kein vergleichbares Schwert, keines, das so stark ist. Als Nebisgast es weihte, sagte er, die Zeichen hätten ihm die Macht des Schwertes verraten.«

»Also steht Ihr unter dem besonderen Schutz Wodans?«

»Nun, er wird Tyrshand auf jeden Fall erkennen«, lächelte Marwig, »und sich vielleicht entschließen, mich in den Kreis der auserwählten Krieger aufzunehmen, die an seiner Tafel speisen dürfen.«

Aelia nickte. Ihr Vater hatte ihr erklärt, dass Wodan dereinst unter den gefallenen Kriegern die besten in seiner Halle für den letzten Kampf sammeln würde, wenn das Ende der Welt nahte und der Kampf gegen die Riesen bevorstünde.

»Die Auserwählten für den letzten Kampf, meint Ihr?«

Marwig nickte. Er nahm ein paar Schlucke Wasser aus seinem Lederschlauch.

»Reden wir von etwas anderem«, forderte er sie auf. »Die Geschichten von Schlachten und Waffen sind nichts für Frauen.«

Aelia lächelte, um die Traurigkeit zu überspielen, die Lantschilds Worte hinterlassen hatte. Das Gefühl verflüchtigte sich nicht, aber sie zwang sich, nicht daran zu denken. Sie sah auf die Häuser des Dorfes.

»Das Dorf sieht aus, als sei es unbewohnt«, bemerkte sie. »Es ist ein römisches Dorf, nicht wahr?«

Marwig lachte. Er musterte Aelia aufmerksam.

»Römisch sind nur noch die Häuser. Da wohnen schon lange keine Römer mehr, die sind vor der Landeinnahme durch meinen Vater entweder geflohen oder haben sich freiwillig unterworfen.«

»Sie sind vor Euch geflohen.«

»Sicher«, nickte er. »Fahrende Händler verbreiten Neuigkeiten sehr schnell, und manchmal sah alles nach einer überstürzten Flucht aus. Manchmal sah es aber auch aus, als wären die Römer schon Jahre weggewesen.«

Aelia maß die öde Landschaft mit ihren Blicken. Sie konnte sich gut vorstellen, dass hier niemand mehr auf Dauer leben wollte.

»Vielleicht hatten sie Missernten«, meinte sie nachdenklich.

»Nein, die Römer sind jenseits des Flusses in die befestigten Städte gezogen, oder weiter nach Süden.«

»Und wer lebt jetzt noch hier?«

»Ein paar Gefolgsmänner meines Vaters. Sie wurden von ihm mit Beute, Frauen und Land belohnt, wie alle anderen auch.«

»Aber sie bauen nichts an.«

»Nein. Von ihrer Beute und den Tieren können sie gut leben.«

»Sie leben allein in der Einöde«, bemerkte Aelia, die sich als Stadtkind nicht vorstellen konnte, wie jemand so leben konnte.

»Vor was sollten sie Angst haben? Seitdem mein Vater dieses Land besitzt, brauchen sie nichts mehr zu fürchten. Sämtliche Banden, die das Land ausplünderten, haben wir erwischt und die Römer sind weg.«

Aelia warf Marwig einen raschen Seitenblick zu. »Euer Vater hasst die Römer, nicht wahr?«

Er ließ das Stück Fleisch sinken, dass er gerade essen wollte. »Wie kommst du darauf?«

Seine Stimme hatte einen scharfen Unterton. Aelia wich ein wenig zurück. Sie hatte ihn nicht verärgern wollen.

»Nun, Ihr erzähltet neulich, was er über römische Soldaten sagte«, beeilte sie sich zu begründen, »sie seien verweichlicht und schwach, weshalb das Reich dem Untergang geweiht sei.«

Marwig aß das Fleisch und schwieg eine Weile.

»Mein Vater hasst die Römer nicht«, sagte er schließlich. »Du könntest es eher Rache nennen, wenn du willst.«

»Rache? Wofür?«

»Das ist eine traurige Geschichte, zu traurig für diesen schönen Tag.«

»Bitte erzählt sie mir.«

Endlich war eine Gelegenheit gekommen, mehr über König Chlodio zu erfahren, und sie wollte sich das nicht entgehen lassen. Marwig seufzte, aber ein mildes Lächeln huschte über sein Gesicht, als er sie ansah. Dann wurde er ernst.

»Mein Großvater Theudomer und dessen Mutter Ascyla wurden von den Römern hingerichtet. Die Römer zwangen meinen Vater, der damals noch ein Junge war, zuzusehen, wie beide durch das Schwert starben.«

»Warum wurden sie hingerichtet?«

»Man beschuldigte sie des Verrats, aber das war falsch. Sie hatten niemanden verraten.«

Aelia biss sich auf die Lippen. Sie musste an Treveris denken, das verfallene Viertel, die rußgeschwärzte Ruine der Bischofskirche, die sie aus ihrer Kindheit noch deutlich vor Augen hatte. Sie war zwischen Trümmern aufgewachsen, und Franken waren es gewesen, die ihre Stadt mehrfach zerstört hatten, nur einmal waren die Burgunder gekommen und hatten gewütet. Sie dachte an ihre Mutter, an blaue Perlen, die über die hölzernen Dielen eines Fußbodens hüpften.

Marwig bemerkte Aelias finstere Miene. »Oh, ich vergaß, dass du Römerin bist«, sagte er scharf. »Du kannst das nicht verstehen.«

Sie funkelte ihn wütend an. »Vielleicht verstehe ich mehr, als Ihr denkt!«

»So?« Marwig musterte sie misstrauisch. »Dann kannst du also verstehen, wie es ist, mit einem Hass aufzuwachsen, den nur die Aussicht auf Rache lindern kann?«

»Ja, das kann ich.«

Marwig wandte sich um, weil seine Männer wieder die Straße heraufkamen. Sie sahen besorgt aus. »Was ist los?«, fragte er.

»Die Krieger sind fort, Herr«, berichtete Wiomad. »Sie haben ihre Familien versteckt und sind auf der Suche nach einer Bande, die das Nachbardorf überfallen hat. Es sind nur noch ein paar Alte da.«

Marwig stemmte die Arme in die Hüften.

»Verflucht noch mal! Wie können sie sich über den Befehl des Königs hinwegsetzen!«

»Herr, wir haben vielleicht noch nicht alle erwischt«, sagte Wiomad.

Marwig musterte ihn mit gerunzelter Stirn. Er sah in den Himmel, wo sich die Sonne hinter neu aufgezogenen Wolken verkrochen hatte. »Tyrshand müsste mittlerweile geschärft sein«, sagte er. »Wir sollten aufbrechen, bevor Thor uns seinen Donner schickt oder uns das Gesindel entdeckt.«

Nach diesen Worten verschwand er im Haus des Schmieds und erschien nur wenig später mit Wisigard an der Hand vor der Tür. An seiner Seite leuchtete der goldene Griff seines Schwertes. Hinter ihnen tauchte der Schmied im Türrahmen auf, er sah bestürzt aus.

»Aber Vater, Grifo wollte mir gerade erklären, wie man Runen in die Schwerter ritzt«, protestierte Wisigard, doch Marwig schob sie zu den Pferden. Er deutete nach oben. »Siehst du den Himmel? Wir müssen uns beeilen, wenn wir noch trocken zur Burg zurückkommen wollen.«

Er und Wiomad tauschten Blicke. Marwig nahm Wisigard mit auf seine Stute und befahl Wiomad, Aelia zu nehmen. Das Pony führten sie mit.

Es war mittlerweile schon später Nachmittag geworden. Der Himmel zeigte sich in einem gläsernen Blau über der Steppe. Es sah aus, als wäre die Welt ein großes Glashaus, durch das man bis nach Niflheim sehen konnte. Vögel flogen am Glashimmel, pfiffen sich etwas zu. Ihre Rufe klagen wie Befehle, Aufforderungen, sich zu sammeln und Unterschlupf zu suchen.

Niemand redete. Marwig beobachtete scharf das Gelände. Manchmal, wenn er etwas hörte, das ihm nicht gefiel, glitt seine Hand zum Pfeilköcher. Wolken schoben sich vor den Himmel und hüllten ihn in ein dunkles Grau, aus dem es bald zu regnen begann. Aelia fühlte, wie ihr Haar unter der Kapuze des Umhangs immer nasser wurde, und sie sah, wie dicke Tropfen von Wisigards Umhangzipfeln auf die Erde fielen. Aber das Mädchen sagte nichts, beklagte sich mit keinem Ton. Aufrecht saß es vor seinem Vater, während die Welt um sie herum allmählich in Dunkelheit und Nässe versank. Noch ehe sie die Steppe verließen und in den Wald kamen, waren sie vollkommen durchnässt.

Wiomad fluchte. »Herr, wir sollten …«

»Ich weiß«, unterbrach ihn Marwig und hob die Hand. Es war das Erste, das sie nach langem Schweigen sprachen. Sie hielten inne, lauschten. Außer dem sanften Rauschen des Regens war nichts zu hören.

»Wir reiten zur Jagdhütte«, bestimmte Marwig. »Sie ist nicht mehr weit.«

Alle waren einverstanden, jeder sehnte sich nach einem Dach über dem Kopf. Wenig später tauchte vor ihnen ein kleines Holzhaus am Wegesrand auf, das sich mit seinem niedrigen Strohdach unter die Zweige der Bäume duckte. Hier zügelte Marwig sein Pferd, sie rutschten von den Tieren und landeten im nassen Gras. Die Jagdhütte war verschlossen; hölzerne Bretter, die aussahen wie Türen, verbargen die Fensterluken. Unter dem Strohdach gab es einen kleinen Anbau, in den sie die Pferde führten.

»Ich kümmere mich um sie«, sagte Orderic. Wiomad verschwand hinter der Hütte und kam mit einem Stapel Holz zurück. Durch den Stall betraten sie das kleine Anwesen. Marwig öffnete einen der Fensterläden, und im Halbdunkel erkannte Aelia einen kleinen Raum mit einer Feuerstelle in der Mitte. Marwig atmete hörbar auf und rieb sich die Hände.

»Aelia, mach Feuer und kümmere dich um Wisigard. Wiomad, hilf Orderic bei den Pferden, wenn du genügend trockenes Holz zusammen hast. Ich werde draußen sehen, ob sich etwas Verdächtiges im Wald regt.«

»Bleiben wir über Nacht hier?«, fragte Wisigard und sah sich mit großen Augen um.

»Ja. Bis zur Burg ist es zu weit, das schaffen wir nicht mehr bis zum Einbruch der Nacht. Außerdem ist es viel zu nass.«

Wisigard zog ein enttäuschtes Gesicht, was Aelia, die geglaubt hatte, eine Nacht in einer Jagdhütte wäre ein willkommenes Vergnügen für das Mädchen, verwunderte. Sie selbst hatte schon begonnen, unter den spöttischen Augen Lantschilds die Feuerstelle zu reinigen und trockene Zweige und Äste, die sie in der Hütte vorfand, für ein neues Feuer bereitzulegen. Sie hörte, wie Wiomad Marwig etwas zuflüsterte und beide daraufhin nach draußen verschwanden.

»Setz dich hier an die Feuerstelle«, sagte sie zu Wisigard. »Ich hole mehr Brennholz.«

Sie folgte den Männern in den Stall und verbarg sich dort in einem dunklen Winkel. Schon hörte sie Wiomads Stimme. »Lasst uns weiterreiten, Herr. Der Feuerqualm wird uns an jeden im Umkreis von einer halben Leuge verraten.«

»Es ist zu weit zur Burg«, versetzte Marwig. »Im Dunkeln finden wir den Weg nicht. Wir müssen bleiben und morgen reiten.«

»Was ist, wenn wir sie nicht alle erwischt haben? Wenn der Rest von ihnen noch hier in der Nähe sein sollte?«

Eine Weile herrschte Schweigen, dann sagte Marwig: »Die Hütte gehört zum Jagdgebiet des Königs. Die Bande wird es nicht wagen, uns anzugreifen, weil sie wissen, dass mein Vater furchtbare Rache nehmen würde.«

»Seid ihr Euch sicher?« wandte Wiomad ein. »Vielleicht wollen sie Rache für den Tod der anderen. Oder es ist eine andere Bande, die wir noch nicht erwischt haben und die nicht weiß, wer wir sind.«

»Hast du etwa Angst?« versetzte Marwig. »Ich fürchte mich nicht vor Räubergesindel.«

»Nein. Aber denkt doch an Wisigard und das Mädchen.«

»Wiomad, genug jetzt! Wir bleiben und damit Schluss.«

Marwig wandte sich von ihm ab, um ihm zu zeigen, dass er nicht mehr mit ihm reden wollte.

Wiomad seufzte und drehte sich um. Aelia konnte gerade noch rechtzeitig zurück in die Hütte schlüpfen, wo Wisigard schon auf sie wartete. Sie entfachte das Feuer und trocknete mit ein paar Leinentüchern, die sie gefunden hatte, die Haare des Mädchens. Offenbar wurde die Hütte gut mit allem Brauchbaren versorgt.

»In Dispargum werden sie uns vermissen«, sagte Wisigard. »Sie werden Suchtrupps aussenden.«

Aelia, die noch in Gedanken mit dem beschäftigt war, was sie gerade belauscht hatte, hatte darüber noch nicht nachgedacht.

»Bei diesem Wetter bestimmt nicht«, meinte sie. »Wenn, dann morgen, sobald der Regen aufhört.«

»Er hört aber nicht auf.« Wisigard sah nach oben ins Dachgebälk, wo der Regen auf das Strohdach rauschte. »Es wird die ganze Nacht regnen.«

»Eben deshalb ist es besser, wenn wir im Trockenen sind. Euer Vater hat recht, wir können heute nicht mehr zurück.«

Aber Wiomads Befürchtungen hatten Aelia mehr beunruhigt, als sie sich eingestehen wollte, und sie hoffte, dass Marwig Recht behalten würde. Um sich zu beruhigen, zog sie ihren Kamm aus ihrer Ledertasche, die sie am Gürtel trug, und kämmte Wisigard die nassen Locken. Sie spürte, wie ihre Tunika allmählich trocknete.

Schließlich kamen auch Marwig und seine Männer.

»Die Pferde sind trocken, Herr«, berichtete Wiomad, und Orderic zauberte noch ein paar Vorräte hervor: kaltes Fleisch vom Vortag und Met in Lederschläuchen, die sie dankbar verzehrten. Nach dem Mahl wurde Wisigard unruhig. »Vater, warum reiten wir nicht doch noch zurück?«, drängte sie.

Marwig, der sich gerade behaglich am Feuer ausgestreckt hatte, warf seiner Tochter einen Blick zu.

»Ich sagte doch schon, dass es nicht geht«, fuhr er sie gereizt an. »Es ist so dunkel, dass man die Hand nicht vor Augen sieht. Wir würden den Weg nicht mehr finden.«

»Aber wir sollten zurück!« In Wisigards Stimme lag etwas Ängstliches, das Aelia aufhorchen ließ. Groß und dunkel lagen die Augen des Mädchens in ihrem blassen Gesicht.

»Schlag es dir aus dem Kopf«, versetzte er. »Im Morgengrauen, eher nicht.«

Wisigard schwieg verdrossen.

»Wir werden uns mit der Wache ablösen«, bestimmte Marwig. »Lantschild, du übernimmst die erste, ich die zweite, und den Rest der Nacht teilen sich Wiomad und Orderic.«

»Aber ich kann die zweite Wache übernehmen, Herr, dann braucht Ihr nicht mitten in der Nacht aufzustehen«, schlug Orderic vor.

»Also gut«, nickte Marwig. »Meinetwegen mach du die zweite Wache. Ich übernehme die letzte im Morgengrauen.«

Er erhob sich und stapfte hinaus. Laut krachte die Tür hinter ihm ins Schloss. Wiomad und Orderic folgten ihm, während Lantschild schweigend zurückblieb. Aelia prüfte, ob ihr Messer noch an seiner Stelle war. Sie zitterte, obwohl ihre Kleidung getrocknet war und das Feuer genügend Wärme verteilte. Um sich abzulenken, begann sie, ein Nachtlager aus Fellen für Wisigard und sich herzurichten. Als sie Wolldecken über die Felle breitete, fing sie Lantschilds spöttischen Blick auf.

»Pass nur gut auf die Kleine auf.«

Sie warf ihm einen wütenden Blick zu, ließ sich neben Wisigard auf dem Nachtlager nieder und beobachtete, wie das Mädchen mit einem weit in die Ferne gerichteten Blick vor sich hinstarrte.

»Wisigard«, flüsterte sie, »sind wir in Gefahr?«

Aber das Mädchen antwortete nicht.

Aelia streckte sich auf ihrem Lager aus und lauschte auf jedes verdächtige Geräusch. Erleichtert gewahrte sie, dass Marwig nach einer Weile zurückkehrte und sich hinlegte. Erst danach schlief sie ein. Sie fiel in einen unruhigen Schlummer, aus dem sie häufig erwachte; manchmal glaubte sie ein Geräusch zwischen dem Rauschen des Regens herauszuhören, manchmal fühlte sie Marwigs Blicke auf sich gerichtet – aber dann erwachte sie und sah ihn schlafend.

Im Morgengrauen schreckte sie durch ein Geräusch auf.

Die Männer und Wisigard schliefen, doch Marwig war nirgends zu sehen.

Aelia lauschte. Der Regen hatte aufgehört. Sie erhob sich, zog sich den Umhang über und schlüpfte in ihre Stiefel. Leise öffnete sie die Tür und ging hinaus. Es musste die ganze Nacht geregnet haben. Die Erde war matschig, und von den Bäumen fielen dicke Tropfen. Am Himmel hing eine graue Wolkenmasse, hinter der irgendwo die Sonne aufgehen würde.

Aelia sah Marwig ein paar Schritte entfernt. Er wandte ihr den Rücken zu. Er trug seinen ledernen Brustpanzer und Beinkleider mit Wadenschnüren. Im grauen Dunst des Morgens glänzten seine Haare feucht. Seine Hände umschlossen fest den Griff von Tyrshand. Er machte einen Schritt nach vorn, und das Schwert schoss vor, als wollte es einen unsichtbaren Gegner bekämpfen. Er wich zurück, legte Tyrshand schräg, schoss wieder vor. Aelia schaute ihm zu. Spielerisch führte er das Schwert, als sei es ein Teil von ihm. Leicht glitt es von einer Hand zur anderen, stieß vor, zog sich zurück, durchschnitt mit seiner geschärften Klinge die Luft, dass es zischte.

Ein wenig erinnerten sie seine Bewegungen an ihr Ritual zur Begrüßung des Morgens; er war ebenso allein mit sich und seiner Waffe wie sie in ihren Übungen, sammelte sich und seine Kräfte und besann sich auf das Wesentliche: auf den Augenblick, auf jenen Atemzug, in dem man die Anwesenheit eines Gottes spüren konnte.

Er war so vertieft in seine Bewegungen, dass er sie nicht bemerkte. Er war ein Krieger wie sie, nur dass er eine Waffe besaß, einen Verbündeten im Kampf gegen seine Feinde, während sie als einzige

Waffe ihren Leib besaß. Sie konnte sich nicht vorstellen, jemals eine Waffe so gut zu beherrschen wie Marwig sein Schwert.

Da wandte er sich plötzlich um, und die Klinge von Tyrshand blitzte vor ihr auf. Aelia sprang beiseite. Ein erstaunter Ausdruck glitt über sein vor Anstrengung gerötetes Gesicht, er lächelte verwirrt. »Ich dachte, Wiomad hätte sich angeschlichen.«

»Er schläft noch.« Aelia deutete zur Hütte. »Sie schlafen alle noch.«

Sie sah auf Tyrshands scharfe Klinge hinunter. Sie zuckte, als durchliefe sie ein leises Zittern.

»Du brauchst keine Angst vor Tyrshand zu haben.«

»Ich habe keine Angst vor ihr.«

Marwig starrte sie an. Ein Tropfen hatte sich aus seinem feuchten Haar gelöst und rollte über seine Wange.

»Woher weißt du, dass Tyrshand …?«

Er schloss den Mund. Seine Stimme erstarb in dem unaufhörlichen Vogelgezwitscher, das den Wald erfüllte.

»Dass was?«

Er antwortete nicht. Sie begriff, dass sie keine Antwort erhalten würde. Da trat sie nach vorn, nahm die Klinge in ihre Hände und strich sanft darüber. Tyrshand rührte sich nicht. Still, als sei es in einen Bann gefallen, duldete es ihre Liebkosung. Etwas in ihm, das eingeschlossen war im harten Stahl, war einsam. Es sehnte sich nach Berührung und Wärme. Sanft hielt sie die Klinge, wärmte sie, der Schneide nicht achtend, die in ihren Händen stumpf war.

Als sie Marwigs Blick sah, ließ sie los. Er sah erstaunt aus. Mit einem lauten Geräusch stieß er das Schwert zurück in die Halterung. Dann packte er Aelias Arm, bog ihn nach hinten auf ihren Rücken. Den anderen Arm presste er an ihre Kehle. Er stand so nah hinter ihr, dass sie seinen Atem an ihrem Ohr spürte. Sie wehrte sich nicht.

»Tu das nie wieder«, zischte er. »Hörst du? Nie wieder!«

»Euer Schwert will nicht mehr töten.« Sie verstand selbst nicht, was sie meinte.

»Sag so etwas nicht!«

»Doch!«

Er bog ihren Arm weiter nach hinten. »Die Liebe macht ein Schwert schwach«, sagte er. »Ein schwaches Schwert bringt seinem Herrn den Tod.«

»Nein«, rief Aelia. »Ihr irrt! Die Liebe macht es stark.«

Was sagte sie da nur? War sie verrückt geworden? Seine Nähe verwirrte sie und trieb ihr Herz zu rascheren Schlägen, während die Gedanken in ihrem Kopf umherschwirrten wie aufgescheuchte Bienen.

Sein Griff lockerte sich. Er ließ ihren Arm los, während er sie immer noch umklammert hielt. Sein Atem ging rasch. Mit einem Ruck drehte er sie zu sich herum, sodass sie sich gegenüber standen. Seine grauen Augen suchten ihre.

»Tyrshand ist etwas Besonderes«, sagte er.

Sie konnte nicht wegsehen, gab sich seinem Blick hin, während ihr langsam bewusst wurde, dass er sie immer noch festhielt.

»Ich weiß.«

»Das kannst du nicht wissen.«

»Doch.«

Das übermächtige Verlangen, von ihm in den Arm genommen zu werden, überkam sie.

»Nein, das kannst du nicht wissen«, sagte er sanft. Sein Blick ließ sie nicht los, beobachtete jede ihrer Regungen. Aelia hob den Kopf und lächelte. Sie streckte ihre Hand aus, ließ sie auf seinen Schwertgriff sinken. Er war noch warm von seiner Hand, die sich nun auf ihre legte.

»Nicht.«

Er sagte es in einem Ton, als meinte er das Gegenteil. Sie begriff es und ließ nicht los, tat so, als wollte sie Tyrshand aus der Halterung ziehen. Der Griff seiner Hand wurde fester, bis sie lachend losließ, aber auch er musste lächeln. Er ließ ihre Hand nicht los.

»Du kannst tun, was du willst, du bekommst Tyrshand nicht.«

»Darf ich es nicht einmal halten? Bitte!«

»Nein.«

»Warum nicht?«

»Weil mein Schwert nur zu mir gehört.«

»Würde Wodan Euch zürnen, wenn Ihr es mir überlasst?«

»Nein, das ist es nicht.« Marwig schüttelte den Kopf. »Es ist ... wie soll ich es dir erklären? Wenn du einen Mann hättest, würdest du auch nicht wollen, dass er das Bett mit einer anderen teilt.«

»Ach so«, meinte Aelia enttäuscht. »Ihr seid mit Eurem Schwert vermählt.«

»In gewisser Weise schon. Aber das hindert mich nicht daran, mich mit einer Frau aus Fleisch und Blut zu vermählen.«

Er zog sie näher zu sich heran. Seine Hand war warm und trocken. Er betrachtete Aelia mit einem Blick, der ihr Innerstes zu durchforschen suchte. »Warum habe ich nur das Gefühl, dich schon lange zu kennen?«, fragte er sanft.

Weil wir beide gleich sind, dachte Aelia, aber sie sagte nichts. Sie konnte nichts erwidern. Ihr Kopf war wie leergefegt, als hätte ein Wirbelsturm dort gewütet und alles mit sich fortgetragen. Sie fühlte nur Marwigs Nähe und ihr rasch klopfendes Herz. Er zog sie an sich, und sie fühlte seine Lippen auf ihren. Diesmal wehrte sie sich nicht. Sie dachte nicht nach, sie gab sich einfach hin und gewahrte mit Entzücken, wie sie langsam in dem Kuss versank und die Erregung sie erfasste. Es war so, als hätte sie ihn schon immer geküsst. Als hätte sie nie etwas anderes getan. Als hätte etwas in ihr zur Vollkommenheit gefunden.

Doch dann hörte sie, wie die Hüttentür ins Schloss fiel. Marwig ließ sie los. Vor der Hütte stand Wisigard, vollkommen angekleidet. In ihrem blassen Kindergesicht loderten ihre Augen wie dunkles Feuer. Wütend starrte sie Aelia an.

»Reiten wir jetzt zurück, Vater?«

Ohne ein weiteres Wort zu verlieren, lief sie zu Marwig und umarmte ihn, er nahm sie auf und drückte sie.

»Guten Morgen«, sagte er mit rauer Stimme. »Wir reiten gleich zurück.«

An seiner Tochter vorbei suchte sein Blick den von Aelia, sie sah die Glut und das Bedauern darin. Hastig wandte sie sich ab und ging in die Hütte zurück, um dort mit ihren Gefühlen zu kämpfen, die in ihr tobten – Wut, Enttäuschung, weil sie gestört worden waren, und eine Art von Glückseligkeit, die sie bisher nicht gekannt hatte.

Kapitel 15

Sie erreichten Dispargum noch am selben Morgen und fanden den Hof in großer Aufregung vor: Chlodeswinthe hatte in der Nacht einen Jungen geboren. Es sei eine schwere Geburt gewesen, hieß es. Die Königstochter habe den ganzen Vortag und die Nacht hindurch in den Wehen gelegen. Eine Zeitlang habe man befürchtet, sie und das Kind der Totengöttin überlassen zu müssen, aber dann war der Junge doch noch gesund zur Welt gekommen. Wisigard stürmte sogleich in das Gemach ihrer Tante, wo Chlodeswinthe blass, aber glücklich zwischen den Kissen saß, und beugte sich freudestrahlend über ihren kleinen Vetter.

Deshalb wollte sie gestern Abend zurück, fuhr es Aelia durch den Kopf. Sie muss es gewusst haben. Sie hat den Blick *wirklich*.

Ein kalter Schauer lief ihr über den Rücken, als sie das Mädchen betrachtete, wie es selbstvergessen über die Fäustchen seines Vetters strich. Der Junge war kräftig und groß, mit einem energischen Stimmchen, mit dem er sich schon gut Gehör verschaffen konnte. Chlodeswinthe nannte ihn Childerich. Alle Vorhersagen hatten sich erfüllt, die von einem Jungen gesprochen hatten. Der König war überglücklich und zeigte seinen Enkel stolz in der großen Halle dem ganzen Hofstaat.

Kurz danach brachen er und Marwig mit ihren Kriegern auf. Der König war nicht davon abzubringen, selbst zu reiten. Unter dem lauten Beifall seiner Krieger ließ er sich aufs Pferd helfen und lächelte stolz auf alle herab.

Aelia aber hatte nur Augen für Marwig. Als sie sah, wie er in die Mittagssonne ritt, wäre sie ihm am liebsten hinterhergelaufen. Warum musste er ausgerechnet jetzt fort? Sie spürte seinen Kuss noch auf den Lippen, und ihr Herz bebte vor Sehnsucht. Wenn ihm nur nichts geschehen würde!

Gemeinsam mit dem restlichen Hofstaat sah sie den Männern nach, bis der Wald sie verschluckt hatte, dann rannte sie in den Stall und umklammerte Marwigs Stute, die er zurückgelassen hatte. Das war es also, jenes Gefühl, von dem die Mädchen in Dardanus' Haus und die Mägde in Dispargum immer gesprochen hatten, das, was Männer und Frauen verrückt werden und dumme Dinge tun ließ. So fühlte es sich an, verliebt zu sein. Aelia vergaß alles – ihren Auftrag, Tertinius, Wisigard, ja sogar Verina. An diesem Tag dachte sie nur an Marwig.

Auch in den nächsten Tagen dachte sie an ihn, ihre Sorge war übermächtig. Sie hoffte auf Boten, auf Nachrichten, lief bei jedem Wagen, der zum Tor hereinrollte, in den Hof, um zu sehen, wer kam, belauschte alles und jeden, um nur ja nichts zu verpassen, aber es geschah nichts, konnte auch nicht geschehen, denn es war noch viel zu früh für Nachrichten. Vor Marwigs Abreise hatten sie sich nicht mehr sprechen können, er hatte sie nur noch einmal angesehen mit einem Blick voller Sehnsucht, der ihr das Herz vor Freude hüpfen ließ. Dieser Blick sagte mehr als Worte es je hätten sagen können, es war ein Blick, den er ihr durch den gesamten Hofstaat hindurch zugeworfen hatte, der nur ihr gehörte.

Eines war ihr klar – sie würde niemals etwas tun, das Marwigs Leben gefährden könnte. Sie war auf seiner Seite, und sie würde am Hof bleiben, bis er wieder zurückkehrte, und dann würde sie einen Weg finden, wie sie Verina in Sicherheit bringen könnte. Tertinius glaubte sowieso, dass sie tot wäre, von ihm hatte sie nichts mehr zu befürchten.

Sie würde nicht fliehen, sie würde ihr Versprechen erfüllen, das sie Marwig gegeben hatte: auf Wisigard zu achten und sie zu beschützen. Aber Wisigard hatte nur noch Augen für ihren kleinen Vetter und beachtete Aelia nicht mehr. Sie ist wütend auf mich, weil sie mich mit ihrem Vater gesehen hat, dachte Aelia. Aber das ließ sie merkwürdig kalt.

Nur eines machte ihr wirklich Sorgen: Für die Zeit seiner Abwesenheit hatte der König Lantschild das Kommando über Dispargum gegeben. Man konnte mit jedem Tag, ja fast mit jeder Stunde beobachten, wie sehr dem jüngeren Königssohn das gefiel. Jeden Abend trank und würfelte er mit den Kriegern, die der König zur Bewachung der Burg zurückgelassen hatte. Endlich schienen sie ihn als einen der ihren anzuerkennen, und unter ihrer neu gewonnenen Zuneigung gedieh Lantschild innerhalb weniger Tage zu einer großgewachsenen, hässlichen Pflanze.

Aelia betrachtete die Veränderung, die sich so rasch ergeben hatte, mit Argwohn. Sie ahnte, dass die Männer sich ihm nur anbiederten, weil er das Kommando über die Burg hatte, aber weit entfernt davon waren, ihn wirklich zu achten. Sie ging ihm aus dem Weg, so gut sie konnte.

Bald dehnten sich die abendlichen Würfelspiele zu großen Gelagen aus. Als wollten die Krieger ihre neue Freiheit mit immer größeren Ausschweifungen genießen, trieben sie ihre Späße mit den Mägden, die in der Halle bedienten, und viele der Mädchen wetteiferten um die Gunst der Krieger. Aber Lantschild hatte – wie Aelia feststellte, als sie eines Abends eines dieser Gelage heimlich beobachtete – nur Augen für Ingunde, jene hübsche rothaarige Magd, mit der Aelia sich im Mägdehaus das Bett geteilt hatte.

Eines Morgens, als sie für Chlodeswinthe etwas aus der Küche holen musste, kam sie am Gesindehaus vorbei und bemerkte, dass die Tür nur angelehnt war. Das war ungewöhnlich, weil Oda sonst immer die Tür abschloss, damit die Mädchen nicht auf die Idee kamen, sich zwischendurch auszuruhen. Leises Schluchzen drang zu ihr herüber.

Aelia trat ein. Im Halbdunkel sah sie die Pritschen der Mägde in einer Reihe stehen, mit ordentlich zusammengerollten Decken und festgezurrten Laken. Auf dem hintersten, zerwühlten Bett lag Ingunde und wandte ihr den Rücken zu. Ihre langen Locken flossen – kaum durch das Kopftuch gebändigt – über ihren Rücken.

Aelia schloss die Tür und bahnte sich den Weg durch die Betten zu ihr. Die Weinende fuhr zusammen, als sie Aelias Hand an der Schulter spürte. Sie sah auf, und etwas wie ein Lächeln flog über ihr geschwollenes Gesicht.

Aelia setzte sich zu ihr aufs Bett. »Was ist los, Ingunde? Hat Oda dich geschlagen?«

Die Magd schüttelte den Kopf.

»Einer der Krieger?«

Wieder Kopfschütteln.

»Was war dann?«

Ingunde antwortete nicht. Aelia strich der anderen sanft über das raue Kopftuch, bis diese sich ein wenig beruhigte.

»Willst du es mir nicht erzählen? Vielleicht kann ich dir helfen.«

»Du kannst mir nicht helfen!«

Ingunde richtete sich auf. »Es ist ... grauenhaft.« Ihr hübsches Gesicht verzerrte sich, und sie brach erneut in Schluchzen aus. »Der junge Herr ...« Sie brach ab und starrte vor sich hin.

»Lantschild?«

Ingunde nickte.

»Was hat er getan?«

»Er hat … ich habe gestern in der großen Halle eingeschenkt, an der Tafel bei den Kriegern, wie immer. Nach einer Weile hat er mich an seinen Tisch befohlen, an die Königstafel, wo er mit den anderen saß. Er wollte, dass ich dort einschenke. Als ich spät abends in die Küche gerufen wurde, um neuen Met zu holen, folgte er mir. Er war betrunken. Er packte mich und dann …«

Ingundes Gesicht verzog sich in hellem Entsetzen bei dieser Erinnerung. Sie legte den Kopf auf die Arme und begann wieder zu schluchzen, bis ihr schlanker Leib zitterte. Aelia legte den Arm um sie. »Hat er dich geschlagen?«

»Nein«, seufzte Ingunde.

»Er hat dich beleidigt.«

Ingunde rang nach Luft. »Beleidigt? Wenn es nur das gewesen wäre.« Durch ihren Tränenschleier hindurch starrte sie Aelia an. »Du hast keine Ahnung, nicht wahr? Du weißt nicht, was Männer mit Frauen machen, wenn sie allein mit ihnen sind.«

Aelia schüttelte hastig den Kopf. Etwas würgte in ihrem Hals, eine dumpfe Erinnerung.

»Er hat es getan!«, spie Ingunde aus. »Mit Gewalt! Er hielt mir den Mund zu, damit ich nicht schreien konnte, und dann …«

Sie schluchzte laut auf.

»Furchtbar«, sagte Aelia mechanisch, während sie spürte, wie Unbehagen aus ihrem Magen heraufstieg und ihr den Hals zuschnürte. Sie räusperte sich. »Lantschild ist ein schlechter Mensch. Nimm dich vor ihm in Acht. Geh ihm am besten aus dem Weg.«

Ingundes Gesicht verzog sich zu einer Grimasse. »Schlecht?«, fauchte sie. »Er ist ein Dämon!«

Aelia wich ein wenig zurück. Mühsam kämpfte sie gegen ihr Unbehagen an.

»Er will, dass ich ihn heute Abend wieder bei Tisch bediene. Das kann ich nicht!«

In Ingundes Blick lag so viel Verzweiflung, dass es Aelia rührte. Sie nahm Ingunde in die Arme und hielt sie fest. Die Magd schluchzte. Als sie sich nach einer Weile etwas beruhigt hatte, sagte Aelia leise: »Wenn du nicht hingehst, wird er dich zwingen.«

Aelia spürte, wie die andere sich in ihren Armen versteifte. Schließlich schob sie Aelia fort. »Ich kann das nicht noch mal.« Ihre Stimme klang plötzlich nüchtern, als hätte sie kein bisschen geweint. Aelia tastete nach ihrer Hand. »Wenn er sich dir nochmal nähern will, stößt du ihn fort und rufst laut um Hilfe.«

Ingunde starrte sie an. »Ihn fortstoßen? Er ist der Königssohn!«

»Auch wenn er der Königssohn ist, darf er nicht alles mit dir machen. Chlodeswinthe wird es nicht dulden, dass Lantschild sich aufführt wie ein Tyrann.«

»Ach, sie tut doch nichts«, schnaubte Ingunde bitter. »Sie kümmert sich nur um ihren Sohn. Weiß sie überhaupt, was jeden Abend in der Halle vor sich geht?«

Aelia erwiderte nichts. Ingunde hatte recht, ja, es war sogar noch schlimmer – Chlodeswinthe wusste, was sich auf Dispargum abspielte, seit der König fort war, aber sie tat nichts dagegen. Vielleicht wagte sie es nicht aus Angst vor ihrem Halbbruder.

Ingunde presste Aelias Hand. »Bitte komm heute Abend auch. Ich halte das sonst nicht aus!«

Aelia zögerte. Nichts war ihr mehr zuwider als der Gedanke, bei Lantschilds abendlichen Gelagen dabei zu sein. »Ich kann nicht«, sagte sie. »Wisigard muss immer früh ins Bett, außerdem möchte ich sie ungern allein lassen. Ich habe Marwig versprochen, dass ich sie nicht aus den Augen lasse.«

»Ach so«, nickte Ingunde. Sie sah so traurig aus, dass es Aelia leid tat. Aber wie sollte sie Ingunde helfen? Sie konnte sich keinen Ärger erlauben, schon gar nicht mit Lantschild. Sie musste Wisigard beschützen und unauffällig bleiben. Doch dann hatte sie einen Einfall. Sie bückte sich und zog ihr Messer hervor, das sie in ihren Wadenschnüren trug.

»Nimm das, es wird dich beschützen«, sagte sie. »Mich hat es den ganzen Weg hierher beschützt.«

Ingunde sah auf das zierliche eiserne Wurfmesser herunter, das Aelia ihr hinhielt, über ihr Gesicht flog ein überraschter Ausdruck. Sie zögerte erst, doch dann nahm sie das Messer an sich und strich sanft mit den Fingern über seinen Griff. »Ein schönes Messer ist das«, lächelte sie.

Dann hörten sie Schritte. Ingunde hob den Kopf und sah an Aelia vorbei auf jemanden, der das Gesindehaus betreten hatte.

»Joveta«, sagte sie und winkte ein Mädchen heran, ein schlankes

Wesen im Mägdegewand. »Aelia, das ist Joveta. Oda hat sie vorgestern von einem der Gutshöfe mitgebracht.«

Als Aelia die schlanke Gestalt erblickte, die sich dunkel gegen das hereinfallende Tageslicht abzeichnete, erinnerte sie sie an jemanden, den sie einmal gekannt hatte. Da war etwas an dem Gang des Mädchens – die sicheren Schritte, die nicht zu einer Magd passten –, das ein lange verdrängtes Bild in ihrem Kopf wieder wachrief. Sie erhob sich langsam von Ingundes Bett. Ein unangenehmes Gefühl breitete sich in ihr aus, eins, das man zuerst in jenen Bereichen des Leibes verspürt, die früher als der Verstand von einer drohenden Gefahr wissen. Die Magd war schlank, nicht kleiner als sie, mit einem hübschen schmalen Gesicht. Hellblonde Haare lugten unter ihrem grauen Kopftuch hervor. Sie lächelte, als sie Aelia begrüßte.

»Aelia, wie schön, dich kennenzulernen. Ingunde hat mir schon von dir erzählt.«

Sie sprach das Fränkisch der Stämme vom Rhenus. Viel besser als ihr Latein, durchfuhr es Aelia, als sie die bekannte Stimme hörte, die sie nie mehr geglaubt hatte hören zu können. Kein Zweifel: Vor ihr stand Eghild.

Es gab viele Fragen, die sie ihr hätte stellen können. Auch viele, die sie in Anwesenheit von Ingunde hätte stellen können, ohne dass diese Verdacht geschöpft hätte. Aber in der eigentümlichen Stille, die in ihrem Kopf herrschte, ehe die große Verwirrung sie ergriff – ein Gemisch aus Angst, Erstaunen und Erleichterung – fiel Aelia nur eine Frage ein.

»Wer hat dich geschickt?«

»Oh, ich hatte das Glück, eine der wenigen auserwählten Mägde zu sein, die an den Königshof durften«, lächelte Eghild. »Nun bin ich endlich hier. Wie lange habe ich auf diesen Tag gewartet.«

»Ja, das kann ich mir denken«, bemerkte Aelia trocken. Ehe Eghild etwas erwidern konnte, nickte Aelia Ingunde zu und hastete nach draußen. Als die Tür hinter ihr zufiel, atmete sie tief durch, dann lief sie los.

Sie lief, wohin ihre Füße sie trugen, ohne nachzudenken. Lange fühlte sie sich, als hätte ihr jemand vor den Kopf geschlagen. Sie wusste, wie es war, wenn man von einem Schlag getroffen wurde, wie benommen man sich fühlte, ehe man den eigentlichen Schmerz spürte. So ging es ihr jetzt.

Ihre Füße trugen sie in den Stall, vor dem ein Knecht lustlos den Hof fegte. Er sah kaum auf. Bei Marwigs Stute machte sie Halt und strich dem Tier über den Hals, während sie leise mit ihm sprach. Es dauerte lange, bis sie sich beruhigte. Sie war erleichtert darüber, dass Eghild noch lebte, aber sie wollte sie nicht in ihrer Nähe haben. Eghild würde ihr – das ahnte sie – nur Schwierigkeiten bringen. Sie hatte den Satz kaum zu Ende gedacht, als sie auch schon Schritte hinter sich vernahm. Sie fuhr herum und ballte die Fäuste.

»Ich tue dir nichts«, sagte Eghild, doch Aelia rührte sich nicht. Eghild ließ die Hände an ihrem grauen Mägdegewand hinabgleiten. »Du siehst, ich habe kein Schwert, und im Faustkampf bin ich dir unterlegen. Ich habe nicht vor, mich an dir zu rächen. Bis gestern wusste ich noch nicht einmal, dass du noch lebst.«

Aelia ließ langsam ihre Fäuste sinken. Sie wusste nicht, was überwog – ihre Erleichterung darüber, dass Eghild noch am Leben war, oder ihre Angst davor, was die andere tun würde.

»Wie kommt es, dass du noch lebst?«, fragte sie.

Eghild lächelte. »Ich hatte Glück. Als sie merkten, dass du mich nur bewusstlos geschlagen hattest, ließ Tertinius mich heimlich in seinen Palast bringen und von einem seiner Ärzte behandeln. Danach wurde ich an einen sicheren Ort gebracht. Er ist ein kluger Mann, Aelia. Weil alle glaubten, ich sei tot und du geflohen, musste er Dardanus und Marcellus kein Geld für uns zahlen und hat uns doch beide bekommen.«

»Woher weißt du, dass ich nach unserem Kampf geflohen bin?«

»Tertinius hat es mir erzählt, als er mir den Auftrag gab. Er hat von seinem Mann hier erfahren, dass du und dein Begleiter nicht angekommen seid. Er hält euch beide für tot.«

Aelia hob wieder die Fäuste. »Umso leichter kannst du dich jetzt an mir rächen. Niemand würde mich in Treveris vermissen.«

Eghild stieß ein leises, bitteres Lachen aus. »Bin ich eine Närrin? Du bist meine Landkarte hier auf der Burg. Du wirst mir verraten, was du herausgefunden hast.«

»Damit du mich danach umbringst?«

Eghild schüttelte den Kopf. »Ich will mich nicht an dir rächen, Aelia. Du musstest mich töten, sonst hätte ich dich getötet. Beim Ring meines Vaters! Tertinius hat ihn mir übrigens wiedergegeben.«

Sie tastete nach einem kleinen Gegenstand unter ihrem Gewand.

Der Ring! Aelia fiel ein, wie sie ihn Eghild gestohlen hatte. Nein, sie konnte ihr nicht glauben, Eghild hatte genug Gründe, sich an ihr zu rächen. Sie musste vorsichtig sein.

»Sag den Satz«, forderte sie sie auf.

Eghild starrte sie verwundert an. »Nach all dem fragst du noch danach?«

»Tertinius hat mir befohlen, von jedem, der kommt und sich als römischer Spion ausgibt, den Satz zu verlangen. Ich muss sichergehen, dass du die Wahrheit sagst. Also sag den Satz!«

Eghild schüttelte den Kopf. Dann spähte sie rasch umher, ob nicht doch jemand sie belauschte.

»Caelum, non animum mutant. Qui trans mare currunt«, flüsterte sie.

Aelia nickte. »Dein Fränkisch gefällt mir besser als dein Latein«, bemerkte sie spöttisch.

Eghild trat einen Schritt vor. Eine kleine Falte hatte sich auf ihrer glatten Stirn gebildet. »Du magst mich nicht, was? Hast mich noch nie gemocht, weil ich besser war als du. Das konntest du nicht ertragen. Im Gegensatz zu dir kann ich meine Gefühle beherrschen und lasse mich nicht von ihnen leiten. Tertinius hätte von vornherein mich für den Auftrag nehmen sollen und nicht dich. Was hast du hier getan? Wie ich hörte, sind die Männer des Königs schon seit einer Woche fort. Wo sind sie hingeritten?«

Aelia musterte Eghild mit einem feindseligen Blick. Warum musste sie immer dort sein, wo sie war? Warum hatte Tertinius ihr keinen Mann geschickt? Sie hob wieder die Fäuste. »Keinen Schritt näher!«

Die andere hielt inne.

»Was hätte ich tun sollen?«, schnaubte Aelia. »Mein Begleiter ist tot und Tertinius' Mann hier kenne ich nicht.«

»Ja, eine wirklich dumme Lage. Was ist passiert?«

Aelia dämmerte langsam, dass sie mit Eghild zusammenarbeiten musste. Eghild war Tertinius' neue Spionin, und wenn sie Verinas Leben nicht gefährden wollte, musste sie zumindest so tun, als läge ihr alles an der Erfüllung ihres Auftrags, denn Eghild würde – da war sie sich sicher – sie sofort bei Tertinius verraten, wenn sie herausbekäme, dass Aelia Chlodios Pläne gekannt und nichts dagegen unternommen hatte, nur um Marwig zu schützen. Eghild durfte nichts von Marwig und ihr erfahren.

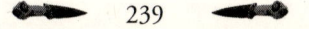

Aelia räusperte sich. »Wir hatten einen Überfall«, begann sie widerwillig und schilderte Eghild in groben Zügen, wie sie nach Dispargum gekommen war, wobei sie sorgfältig darauf achtete, nicht zuviel von Marwig zu erzählen.

»Oh, der Sohn des Königs selbst hat dich mitgenommen«, stellte Eghild fest. Die Wut stieg wieder in Aelia auf, als sie den spöttischen Ton in Eghilds Stimme hörte, aber sie zwang sich zur Ruhe. »Er hat mich gezwungen, in seinem Gemach zu übernachten«, sagte sie leichthin. »Zum Glück hat er mich nicht angerührt. Ich wusste ja nicht, wer er war, die Männer haben mir nichts verraten. Erst als wir nach Dispargum kamen, erfuhr ich alles.«

»Was für ein Zufall, dass du ausgerechnet von ihnen aufgegriffen wurdest.«

»Offenbar waren die Götter auf meiner Seite.«

»Und das sagt jemand, der sich nie für Götter interessiert hat.«

Aelia starrte Eghild an. Sie spürte das Verlangen, in ihr glattes, hübsches Gesicht zu schlagen. Warum schaffte Eghild es immer, sie zu ärgern? War es wirklich deshalb, weil sie etwas besaß, das Aelia nicht hatte? Erinnerungen an die Nacht ihres Kampfes in den Thermen zuckten auf. Die kühl berechnende Eghild, die sie scheuchte, bis sie sich verausgabt hatte – sie hätte nicht gezögert, sie zu töten. Und doch hatte Aelia sie besiegt.

Aelia seufzte, sah auf ihre Hand hinunter, und die Wut erlosch in ihr, als hätte sie jemand mit Wasser gelöscht. Nie mehr würde sie Eghild etwas antun können. Sie hatte lange genug in dem Glauben gelebt, sie getötet zu haben. Sie maß sie mit einem ruhigen Blick. »Was geschieht nun?«

Ein erstaunter Ausdruck flog über das Gesicht der anderen. »Tertinius hat mir deinen Auftrag gegeben«, sagte sie. »Du wirst hier nicht mehr gebraucht. Ich schlage vor, du sagst mir alles, was du weißt, und ich werde dir helfen, zu unserem Mann zu kommen, damit er dir eine sichere Rückkehr verschafft.«

»Nein«, brach es aus Aelia heraus. »Ich kann Dispargum nicht einfach so verlassen.«

Ich will nicht weg, wollte sie ihr entgegenschleudern. Auf keinen Fall werde ich gehen, ohne Marwig wiedergesehen zu haben. Ohne zu wissen, ob Tornacum erobert wurde. Ohne zu wissen, wie es ihm geht.

»Du musst zurück nach Treveris. Tertinius wird dir die Freiheit schenken.«

Wenn sie ginge, was würde dann aus ihr und Marwig werden? Andererseits: War es nicht eine Täuschung zu glauben, ihre Liebe hätte Bestand, wenn Marwig wüsste, wer sie wirklich war? Sie hatte geglaubt, er müsste es nie erfahren. Sie hatte gedacht, sie könnte eine Möglichkeit finden, Verina zu retten, auch ohne dass Tertinius wusste, dass sie noch lebte. Das war mit dem Auftauchen von Eghild vorbei.

Aelia rang um Beherrschung. Sie fühlte sich wie ein Tier in der Falle.

»Warum spionierst du hier, Eghild?«, hörte sie sich leise fragen. »Was hat Tertinius dir versprochen? Die Freiheit? Er hat dir gedroht, dich zu Marcellus zurückzuschicken, wenn du es nicht tust, nicht wahr?«

»Was zählt die Freiheit, wenn deine Familie tot ist«, versetzte Eghild. Sie schaute Aelia durch die Düsternis des Stalls hinweg an. Für einen Augenblick musste Aelia an jenes Mädchen zurückdenken, das in Dardanus' Haus vor dem Fenster gestanden und gebetet hatte.

Eghild reichte ihr die Hand. »Haben wir eine Abmachung?«

Aelia sah auf ihre schlanke helle Hand hinunter, und ihr war, als griffe die Hand des Todes nach ihr. Sie schüttelte hastig den Kopf, dann stieß sie die überraschte Eghild beiseite und hastete an ihr vorbei nach draußen. Als sie den Hof erreichte, der still in der Sonne lag, verlangsamte sie ihre Schritte, straffte sich und ging erhobenen Hauptes zum Frauengemach zurück.

Dispargum gehört mir, dachte sie, ich liefere es nicht aus. Schon gar nicht an Eghild.

*

Nachdem sie am Abend Wisigard ins Bett gebracht hatte, lag Aelia auf ihrem Bett und lauschte den regelmäßigen Atemzügen des schlafenden Kindes. Der Lärm der Zecher aus der großen Halle drang gedämpft zu ihr herüber. Sie war froh, nicht dort zu sein, gleichzeitig fragte sie sich, wie es Ingunde ging, wenn sie ihren Peiniger bei Tisch bedienen musste, immer mit der Angst, ihr könnte diese Nacht dasselbe passieren wie in der Nacht zuvor. War es richtig, ihr nicht beizustehen? Würden Hilferufe Ingunde wirklich etwas nützen?

Aelia richtete sich auf ihrem Lager auf. Durch eine kleine Luke strömte kühle Nachtluft herein und füllte die Kammer mit dem würzigen Duft des Waldes, der sich dunkel und schweigend hinter den Feldern erstreckte.

Aelia fasste einen Entschluss. Sie erhob sich lautlos und kleidete sich rasch an. Sie warf noch einen Blick auf die schlafende Wisigard, ehe sie sich aus der Kammer schlich.

Der Flur des Königshauses lag in tiefem Dunkel. Sie konnte nur die Tiere der Götter erahnen, als sie über den Fliesenboden schlich – den hölzernen Keiler, die Katze, die beiden Raben des Wodan oben in der Ecke über dem Torbogen. Aelia schien es, als würden die Blicke der Raben ihr folgen, als sie das Königshaus verließ. Sie nickte den Wachen kurz zu, als wäre es das Selbstverständlichste der Welt, nachts vom Königshaus zur großen Halle zu gehen.

Sie fühlte, wie die Blicke der Krieger ihr folgten. Wahrscheinlich fragten sich die Männer, was sie in der großen Halle zu suchen hatte, aber sie rührten sich nicht von der Stelle. Seitdem man wusste, dass sie Marwigs besondere Gunst besaß, wagte es niemand, etwas gegen sie zu unternehmen.

Aelia überquerte den Hof mit energischen Schritten, denn sie wusste, dass nun auch die Bogenschützen von den Türmen sie gesehen hatten und sie wahrscheinlich beobachteten. Sie wollte nicht den Eindruck erwecken, als suchte sie etwas. Aus dem der großen Halle erklangen Stimmengewirr und Gelächter. Doch kurz davor schlug Aelia den Weg zum Gesindehaus ein. Sie wollte wissen, wo Ingunde war.

Sie war sich sicher, dass um diese Zeit niemand im Gesindehaus sein konnte, weil sich alle in der Halle oder in der Küche aufhielten, aber sie wollte dennoch nachsehen. Dunkel streckte sich das Gesindehaus vor ihr hin; das Strohdach reichte so tief, dass sie es mit ausgestrecktem Arm hätte berühren können. Die Tür war abgeschlossen. Wie sie vermutet hatte – die Mägde hatten in der Halle mit dem Einschenken zu tun. Niemand war hier.

Ein kühler Windhauch streifte Aelia und blähte ihren Umhang. Sie fröstelte, fühlte, wie sich die Härchen auf ihren Armen aufrichteten. Ihr war, als wäre jemand in der Nähe, aber vielleicht bildete sie sich das auch nur ein.

Vor ihr ragte still das Gesindehaus auf, daneben lagen die Grubenhäuser in friedlichem Schlaf. Die Burg lag ruhig, überwölbt von einem klaren Nachthimmel, an dem der Halbmond zwischen unzähligen Sternen leuchtete. Aelia überlegte, ob sie in die Halle gehen sollte, schob den Gedanken aber sogleich fort.

Ingunde würde allein auf sich aufpassen können, tröstete sie sich. Sie würde klug genug sein, Lantschild aus dem Weg zu gehen und im Schutz der anderen Mägde zum Gesindehaus zurückzukehren. Was ging es sie überhaupt an? Sollte sie nicht besser bei Wisigard sein, wie sie es Marwig versprochen hatte?

Marwig! Ein sehnsüchtiger Stich fuhr durch ihr Gemüt und ließ sie aufseufzen. Wie mochte es ihm ergehen? Ob die Krieger Tornacum schon eingenommen hatten? Oder waren sie erst nach Camaracum geritten? Aelia beschloss, dass Wisigard noch ein wenig allein schlafen musste. Sie nahm den Weg zu den Stallungen. Sie wollte bei Marwigs Stute sein, sich an den warmen Pferdehals schmiegen und daran denken, wie oft Marwig ihn gestreichelt hatte. Sie würde mit der Stute reden, wie Marwig es getan hatte.

Aelia beschleunigte ihre Schritte, trat durch das offene Tor, das Stall und Scheune vom übrigen Teil der Burg trennte, und überquerte den Hof. Sie wunderte sich, dass hier keine Fackel brannte wie sonst. Wahrscheinlich hatte der Knecht vergessen, sie zu entzünden.

Hoffentlich war die Stalltür nicht abgeschlossen. Aber nein, die Tür sprang sofort einen Spalt auf, als sie an dem Griff zog. Sie wollte sie gerade weiter öffnen, als ein Mann aus dem Dunkel trat und ihr den Weg versperrte.

»Was willst du hier?«

Aelia wich zurück, der Schrecken fuhr ihr durch alle Glieder. Warum hatte sie ihn nicht bemerkt? Sie starrte in sein rundes Gesicht. Sie kannte ihn – es war Pancras, ein Krieger des Königs. Er trug einen Gürtel über seinem ledernen Brustschutz, in dem ein Messer steckte.

»Ich will in den Stall«, sagte sie.

»Geh weg, du hast hier nichts zu suchen.« Pancras trat einen Schritt vor, sodass sein mächtiger Rücken die ganze Tür verdeckte. Aelia hörte ein leises Schluchzen aus dem Stall dringen, dann ein lautes Stöhnen.

»Was stehst du da und glotzt! Geh schon! Los!«

Pancras baute sich drohend vor Aelia auf. Das Schluchzen wurde lauter. »Sei endlich still!«, hörte sie von drinnen.

Ein Klatschen ertönte, dann ein kurzer Aufschrei, der das Schluchzen nur kurz unterbrach. Es wurde lauter, wurde zu einem Weinen, das die Stille der Nacht zerriss und sich in grotesker Weise mit einem Lied mischte, das nun aus der großen Halle zu ihnen herüberklang.

Das Unbehagen erhob sich in Aelia wie ein Drache, der lange in seiner Höhle geschlafen hatte und nun erwachte. Sie blickte auf Pancras' Messergriff hinunter, der ihr entgegenschimmerte, dann sah sie an ihm vorbei in den Stall. Sie sah wieder alles. Den breiten Rücken des burgundischen Kriegers auf dem zarten Leib ihrer Mutter. Sie hörte den Mann stöhnen, während er ihrer Mutter die Hand auf den Mund presste und ihre Augen ihr Kind suchten. Sei still! Schrei nicht! Mutter!

Aelia kauerte in dem dunklen Verschlag unter dem Fußboden, den ihr Vater einst für sie hatte zimmern lassen. Sie sah, wie der Burgunder ihrer Mutter die Kette vom Hals riss, wie die blauen Perlen über den Boden hüpften. Irgendwann hatte ihre Mutter sich nicht mehr bewegt. Dort, wo ihr Herz war, sickerte Blut aus einem feinen roten Strich. Ihre Augen sahen ins Leere, ihr Leib lag auf dem Boden wie Aelias Puppe Justi, wenn sie sie wütend hingeworfen hatte.

Sie sah Pancras, der sich vor ihr aufbaute und die Hand hob, um sie zu packen. Aber sie würde schneller sein, sie würde sich nicht packen lassen. Sie ballte die Hand zur Faust und hieb sie dem überraschten Krieger an die Schläfe. Dann führte sie einen zweiten Schlag ans Kinn. Den nächsten an die empfindlichste Stelle der Brust. Dann hob sie ihr Bein und trat dem Krieger mit geübter Wucht in seine Eingeweide, dass er gegen die Stallmauer prallte und dort niedersank, um reglos auf dem Boden liegen zu bleiben.

Aelia stürmte in den Stall. Sie rannte den Gang entlang durch die Reihen der Pferde bis nach hinten, von wo gerade noch das Schluchzen erklungen war. Dort hielt sie inne.

In dem matten Sternenlicht, das durch die offene Stalltür hereinfiel, sah sie, dass die Tür zum letzten Verschlag weit offen stand. Die Schatten der Pferde zeichneten sich über den hölzernen Trennwänden ab. Hin und wieder erklang leises Schnauben oder das Stampfen von Hufen. Aelia presste sich an einen hölzernen Pfosten und lauschte. Sie hörte das Pochen ihres eigenen Herzschlags laut in der Stille. Wie dumm, dass sie Ingunde ihr Messer überlassen hatte. Verdammt.

Sie schlich sich zum offenen Verschlag. Ihre Augen brauchten eine Weile, bis sie sich an die Dunkelheit gewöhnt hatten. Auf dem mit Stroh bedeckten Boden lag eine Frau und rührte sich nicht. Ihr graues Mägdegewand bedeckte kaum ihre Blöße, zwei nackte weiße Beine lagen wie abgeknickte Strohhalme. Ein Wust krauser Haare umsprang ihr schmales Gesicht, das noch verzerrt war vom Weinen, während die Augen leblos zur Decke starrten. In ihrer Brust steckte ein Messer, dessen eiserner Griff Aelia bekannt vorkam. Ihr Messer.

Aelia rang nach Luft. Ihre Hände tasteten nach der Holzwand, als sie den Boden unter ihren Füßen zu verlieren glaubte. Sie fühlte, wie das Blut in ihren Adern rauschte, während der Herzschlag in ihren Ohren pochte. Etwas kribbelte in ihrem Nacken, als wollte es sie warnen – schneller, als ihr Verstand es konnte. Sie fuhr herum. Gerade noch rechtzeitig, ehe Lantschild, der die Hand nach ihr ausgestreckt hatte, sie erwischen konnte. Sie sprang beiseite und prallte gegen die nächste Holzwand, stolperte beinahe über Ingundes Leichnam. Keuchend hielt sie inne und starrte auf den Bastard des Königs, der ihr den Weg versperrte.

»Du bist als Nächste dran!« Sein Gewand schlotterte lose um seinen dünnen Leib.

Aelia presste sich an die hölzerne Wand und rührte sich nicht. »Mörder!«, hörte sie sich mit fremder Stimme fauchen.

Lantschild hob den Kopf und stieß ein tiefes, heiseres Lachen aus.

Einen Augenblick lang sah er aus wie ein Dämon, der aus dem Wald gekommen war. Er schnellte nach vorn, um nach ihr zu greifen, doch Aelia sprang beiseite. Sie stieß Lantschild mit Wucht fort und lief aus dem Verschlag durch den Stall nach draußen auf den Hof.

Schon hörte sie seine Schritte hinter sich, sie kamen rasch näher. Sie wandte sich um. Im Licht des Mondes, das auf den Hof fiel, konnte sie für den Bruchteil eines Augenblicks das Lächeln auf Lantschilds Gesicht sehen, die Freude über seinen fast schon greifbaren Triumph. Dann sah sie ein Messer in seiner Hand.

Sie dachte nicht nach. Sie blieb stehen, hob ihren Arm und stieß ihm ihre Faust an die Stirn, dann schlug sie kräftig gegen seinen Arm und entwand ihm das Messer. Es rutschte ihm aus der Hand und fiel klirrend zu Boden. Lantschild taumelte. Ein überraschter Ausdruck glitt über sein Gesicht, bevor er niedersank und auf dem Hof liegen blieb.

Aelia warf einen Blick auf den immer noch an der Stalltür liegenden Pancras, dann sah sie auf Lantschild hinunter, der sich nicht bewegte. Ein paar Atemzüge lang fühlte sie tiefe Erleichterung. Erst danach stürzten die anderen Gefühle auf sie ein. Zu spät. Sie war wieder zu spät gekommen. Sie hatte ihre Mutter nicht retten können, Wala nicht und Ingunde auch nicht. War es ihr jemals gelungen, einen Menschen zu retten, den sie liebte oder der es verdient hatte zu leben?

Sie spürte einen riesigen Kloß im Hals und schluckte ihn mühsam hinunter. Gleich würden die ersten Krieger mit der Suche nach Lantschild beginnen. Sie musste fort, ehe man sie entdeckte. Aelia verließ den Hof durch das Tor und prallte beinahe mit Eghild zusammen. Im letzten Moment wich sie ihr aus.

Eghild lächelte. Ein paar ihrer hellblonden Haarsträhnen, die aus dem Kopftuch hervorlugten, schimmerten. Sie trug ein kleines Küchenmesser im Gürtel. »Du bist aus der Übung, Aelia, fast hätte ich dich erwischt. Weißt du es nicht mehr? Du musst immer mit dem Unverhofften rechnen!«

»Lass mich in Ruhe!«

Doch Eghild bewegte sich keinen Fußbreit. »Warum hast du dich eingemischt? Hat Tertinius dir nicht eingeschärft, unauffällig zu bleiben? Überlass sie doch alle sich selbst.«

»Hast du etwa die ganze Zeit hier gestanden und alles beobachtet?«

Schrill klang Aelias aufgeregte Stimme durch die Nacht. Eghild legte ihren Finger auf den Mund. Sie zog Aelia in einen dunklen Winkel.

»Warum sonst sind wir hier? Ich dachte mir schon, was der Armen blüht, als die Männer sie in den Stall brachten. Dann sah ich dich. Bist du verrückt, dich mit ihnen anzulegen?«

»Lantschild hat Ingunde getötet!«

»Na und? Was geht es dich an? Durch deine Einmischung bringst du uns nur beide in Gefahr und gefährdest unseren Auftrag. Du weißt doch, was davon abhängt.«

Aelia seufzte gereizt. »Weißt du was, Eghild? Geh wieder zurück zum Gutshof und lass mich meine Arbeit hier zu Ende führen.«

Eghild stemmte die Arme in die Hüften. »Du kannst unmöglich hierbleiben! Wenn Lantschild wieder aufwacht, wird er dich verhaften und ins Verlies werfen lassen.«

Aelia versuchte, einen klaren Gedanken zu fassen. Erst langsam wurde ihr das ganze Ausmaß ihrer Lage bewusst, und sie begriff, dass Eghild recht hatte. Aber sie fühlte auch, dass sie ihr nicht trauen konnte.

»Ich kann nicht weg«, stieß sie hervor. »Ich habe Marwig versprochen, bis zu seiner Rückkehr auf Wisigard aufzupassen.«

»Bist du verrückt geworden? Willst du, dass der Bastard die Wahrheit aus dir herausfoltert? Du musst fliehen, und zwar sofort.«

Eghild hatte recht. Wenn Lantschild wieder erwachte, wäre sie hier nicht mehr sicher. Er würde sie einsperren lassen und wissen wollen, warum ein Mädchen wie sie so gut kämpfen konnte. Sie musste fort, sie hatte gar keine andere Wahl. Marwig!, durchfuhr es Aelia. Ich werde ihn nicht mehr wiedersehen, wenn ich jetzt gehe.

Eghild rollte ungeduldig die Augen. »Bei der Göttin, Aelia! Du kannst nicht bleiben, das wäre dein sicherer Tod! Ich kann dir helfen, rauszukommen. Ich besorge uns ein Pferd und bringe dich zu unserem Mann. Es ist nicht weit, das schaffen wir noch diese Nacht.«

Aelia war, als risse sie ein Sturm mit sich fort. Sie versuchte, sich gegen den Wind zu stemmen, aber es gelang ihr nicht.

Eghild streckte ihr die Hand entgegen. »Haben wir nun eine Abmachung oder nicht?«

Aelia nickte. Widerstrebend reichte sie der anderen die Hand und drückte sie kurz. Eghilds triumphierendes Lächeln entging ihr nicht.

Nur wenig später schritten sie die Treppe zum Weinkeller hinab. Eghild hatte den Schlüssel und eine Fackel aus der Küche besorgt, während Aelia sich versteckt hatte. Eghild leuchtete mit der Fackel in alle Ecken und blickte sich erstaunt um. »Wie sollen wir hier rauskommen?«

Aelia sah die Weinfässer im Feuerschein aufleuchten. Etwas hielt sie zurück, Eghild den geheimen Ausgang zu verraten.

»Wo willst du eigentlich das Pferd hernehmen?«

»Na, von der Koppel. Sei ganz beruhigt, ich kenne mich mit Pferden bestens aus.«

»Und wie kommen wir dann weiter? Findest du den Weg auch im Dunkeln?«

»Keine Angst«, lächelte Eghild. »Ich finde auch im Schlaf zum Gutshof. Ich durfte ein paar Mal mitfahren, als die Burg beliefert wurde. Sei unbesorgt, Tertinius' Mann wird sich gut um dich kümmern.«

Aelia nickte. Sie sollte zufrieden sein, erleichtert darüber, dass Eghild ihr half. Warum wollte nur das schlechte Gefühl nicht weichen? Etwas lag hinter Eghilds glatter Fassade, das sie beunruhigte.

Am liebsten hätte sie die andere überwältigt und wäre allein weitergegangen, aber sie brauchte Eghilds Hilfe. Sie musste ihr vertrauen, ob sie wollte oder nicht, es gab keine andere Möglichkeit.

Im Schein der Fackel krochen sie durch das Weinfass. Sie hörte Eghild einen erstaunten Laut von sich geben. Im Gang pfiff sie anerkennend durch die Zähne. »Was ist das?«

»Ein alter römischer Abwasserkanal.«

»Wo führt er hin?«

»Ja was glaubst du denn?«, blaffte Aelia und ging Richtung Ausgang.

»Wo führt er zur anderen Seite hin?« Eghild blieb stehen und deutete mit der Fackel zurück, doch Aelia lief weiter. »Finde es selbst heraus«, versetzte sie, denn sie wusste, dass Eghild das sicher bald tun würde. Warum sollte sie ihr dabei helfen?

Missmutig folgte ihr Eghild. »Du könntest etwas freundlicher sein«, sagte sie spitz. »Kennen sie den Gang? Wird er noch benutzt?«

»Sie kennen ihn ganz sicher, aber ich weiß nicht, wer ihn benutzt«, log Aelia.

Frische Luft strömte ihnen entgegen. Bald erreichten sie jene Stelle, an der Nebisgast den Schlüssel aus seinem Versteck geholt hatte. Eghild leuchtete mit der Fackel über die Schriftzeichen im Stein, den Aelia aus der Mauer löste.

»Weißt du, was die Zeichen bedeuten?«, fragte sie.

»Nein. Wahrscheinlich ist es ein Fluch.«

Sie nahm den Schlüssel aus dem Kästchen und schloss die Tür auf.

»Wie hast du den Gang gefunden?«

»Ich musste lange suchen«, log Aelia.

Endlich waren sie im Freien.

Auf der Hügelkuppe, die sich über ihnen erhob, zeichneten sich die dunklen Umrisse der Burg gegen den Nachthimmel ab. Über Dispargum schimmerte der Halbmond.

Aelia ließ die Gittertür einschnappen und verbarg den Schlüssel in ihren Gewandfalten. Dann suchten sie sich einen Weg durch das Unterholz. Unten war der Berg so steil abschüssig, dass sie auf den Pfad, der am Berg entlang führte, springen mussten. Eghild sprang leichtfüßig und landete wie eine Katze auf ihren Füßen, Aelia sprang hinterher.

»Du wartest hier, ich hole das Pferd«, flüsterte Eghild.

Kaum hatte sie es ausgesprochen, wandte sie sich um und tauchte in die Dunkelheit. Aelia hörte nur noch ihre leisen Schritte auf dem Weg, die sich rasch entfernten. Nachdem die Stille sie wieder eingeholt hatte, fühlte sie sich so allein wie schon lange nicht mehr. Die Ereignisse des Abends tanzten einen wirbelnden Reigen in ihrem Kopf. Ich komme zurück nach Treveris, hämmerte es in ihr. Ich sehe Marwig nie wieder. Tränen schossen ihr in die Augen. Sie kauerte sich an den Wegrand und schlug sich die Hände vor das Gesicht. Nach einer Weile hörte sie Hufschläge. Schließlich kehrte Eghild zurück. Sie ritt ein gesatteltes Pferd. Schwungvoll ließ sie sich vom Rücken des Tieres gleiten.

»Wie gut, dass ich für eine mögliche Flucht vorgesorgt und Sattel und Zaumzeug versteckt habe«, lächelte sie, als sie Aelias fragenden Blick bemerkte.

Warum kann Eghild reiten?, fragte sich Aelia. Wie viel gab es noch, das sie nicht über die Barbarin wusste?

Eghild hielt die Zügel des Pferdes fest und musterte Aelia schweigend. Sie schien es plötzlich nicht mehr eilig zu haben.

»Wohin ist der König mit seinen Kriegern geritten?«, fragte sie.

Aelia zuckte mit den Schultern. »Ich weiß es nicht.«

»Das glaube ich dir nicht.«

»Nein, ich weiß es wirklich nicht«, beteuerte Aelia. Sie würde die Angriffspläne des Königs niemals an Eghild verraten.

»Wie du meinst.« Die Barbarin streckte die Hand aus. »Gib mir den Schlüssel.«

Aelia zögerte.

»Nun mach schon!«

Eghild trat einen Schritt näher. Ihre Miene war nicht mehr freundlich, und ihre Stimme hatte einen kalten Klang. Aelia gefiel das nicht, aber sie wusste, dass sie keine andere Wahl hatte. Nur Eghild konnte sie zu ihrem Verbindungsmann bringen. Der Schlüssel zu Dispargum war der Preis für ihre Rettung. Sie zog den Schlüssel hervor und reichte ihn Eghild, aber sie hatte das Gefühl, damit Marwig zu verraten.

Eghild ließ den Schlüssel in ihre Tasche gleiten, stieg aufs Pferd und half Aelia hinauf. Sie spürte die unangenehme Nähe der anderen im Nacken. Sie ritten den Weg am Hügel entlang in den Wald, der sich dunkel vor ihnen dehnte. Irgendwo neben ihnen plätscherte der Bach, doch seine Kühle war nicht das einzige, das Aelia frösteln ließ. Eghild hatte sie in der Hand. Wenn sie sich nun doch an ihr rächen wollte? Tertinius würde sie nicht vermissen, weil er ohnehin glaubte, sie wäre tot, und Eghild hätte eine lästige Mitwisserin aus dem Weg geschafft. In Dispargum würde man glauben, sie sei geflohen, und niemand würde Eghild verdächtigen.

Aelia spürte die Gefahr wie ein feines Prickeln im Nacken, als sie sich umwandte. Aber da sah sie Eghilds Messer bereits auf sich zukommen. Aelia blieb keine Zeit zur Gegenwehr. Als sie den Schmerz spürte – einen furchtbaren, brennenden, alles durchtrennenden Schmerz in ihrer Schulter –, wusste sie, dass dies Eghilds Rache war.

Erst kam der Schmerz, dann kam die Nacht. Die Nacht, in die Aelia nun sank, war tiefer und dunkler als Schlaf. Sie war dem Tod näher, als sie es je in ihrem Leben gewesen war – sie lag auf seiner Schwelle. Dann ein kurzes Aufflackern, ehe das Leben ganz erlosch. Sie roch das Pferd, spürte einen festen Strick um ihren Oberkörper und den schwankenden Rücken unter ihrem Leib. Später hörte sie ferne Stimmen, die so weit weg waren, dass sie sie nicht verstehen konnte. Ein muffiger Geruch umhüllte sie und die Kälte ihres Leibes, den sie nicht mehr spürte.

So fühlte sich also der Tod an – friedlich, gar nicht schlimm. Langsam löste man sich auf und glitt ins Nichts, während der Körper starb.

Mutter, dachte Aelia noch, ich komme zu dir. Dann sah sie endlich das Gesicht ihrer Mutter, wie sie es in Erinnerung hatte, und sie begriff, dass Walas Göttin ihr die Mutter geschickt haben musste. Die Göttin, ihre Mutter und sie – sie waren eins.

Teil III

Vicus Helena

Kapitel 16

Der Tod fühlte sich schön an. So warm und so hell! Mit einer Luft wie Seide, die langsam über die Haut strich – ein warmes, würziges Sommerlüftchen, das die Gerüche von Blumen, Kräutern und saftigen Weiden in sich barg.

Eine Luft, zu der man sich den passenden Tag vorstellen konnte: einen bunten, singenden, vor Kraft strotzenden Sommertag. Einen Tag, um Blumen zu Girlanden zu winden und Feste zu feiern mit Musik, Gesang und Tanz. Ein Abend, um den Geliebten zu küssen und sich endlich mit ihm zu vereinigen.

Marwig, dachte Aelia, hätte ich die Gelegenheit doch nur genutzt, als ich es noch konnte. Alles fiel ihr wieder ein – ihr Kampf mit Lantschild, ihre Flucht aus Dispargum, die Verletzung, die Eghild ihr zugefügt hatte –, aber das Schlimmste war, dass sie Marwig nicht mehr sehen würde. Sie hatte ihn verloren. Dieser Gedanke stürzte sie in eine Verzweiflung, die ihr schlimmer erschien als der Tod, und sie wollte sich wieder zurücksinken lassen in seine Dunkelheit.

Aber sie lebte. Sie konnte riechen und fühlen. Es roch nach abgestandenen Kräutertränken, nach Salben und Urin. Es roch nach Krankheit. Kindergeschrei drang von draußen herein, die Vögel zwitscherten. Sie war nicht tot, sie war krank.

Ihre Zehen berührten die Decke, unter der sie lag, ihre Hände fühlten weichen Stoff. Um ihre Schulter war ein mächtiges Paket an Verbänden gewickelt, schwerer als ein Stein. Ihre Augen waren versiegelt. Ihre Zunge klebte am Gaumen, als hätte sie monatelang nicht mehr getrunken, ihr Hals war trocken, ihr Kopf schmerzte.

Lange lag sie so da, ohne sich zu rühren.

Jemand hatte sie dem Tod entrissen, hierhin gebracht, in dieses Bett gelegt und ihre Wunde verarztet. Jemand wollte nicht, dass sie starb.

In Aelia erwachte die Neugierde darauf, wer dieser Jemand war.

Mühsam öffnete sie die Augen.

Die Kammer war schlicht und weiß verputzt, eine römische Kammer. Sie lag in einem schlichten römischen Bett mit weichen römischen Kissen. Sie war wieder zuhause. Doch dieser Gedanke erfüllte sie nicht mit Freude.

*

Als sie erneut erwachte, sangen die Vögel ihr Abendlied. Es roch nach frischer kühler Luft, nach einem warmen Getränk. Noch ehe sie die Augen aufschlug, wusste sie, dass jemand im Raum war. Wenigstens das konnte sie noch – jemandes Anwesenheit spüren –, das hatte sie als Erstes bei Sarus gelernt. Sie öffnete die Augen.

Ein Junge saß ihr gegenüber auf einem Sessel. Er war rothaarig, voller Sommersprossen und hatte ein breites Gesicht. Als er sah, dass sie wach war, sprang er aus dem Sessel und stürmte aus der Kammer.

»Vater!«, hörte sie ihn draußen rufen. »Vater, sie ist wach!«

Nur wenig später hörte sie Schritte, die sich rasch näherten, und bald umringten mehrere Menschen ihr Bett und starrten auf sie herunter. Dem rothaarigen Jungen war sein Vater gefolgt, ein älterer Mann mit dunklen, von grauen Strähnen durchzogenen Haaren und kräftigen Händen, eine junge Frau mit heller Haut und rötlichem Haar, offenbar die Mutter des Jungen, die einen Säugling auf dem Arm trug, und eine Magd.

»Siehst du, Vater, sie ist wach«, sagte der Junge. Sein Vater drückte ihm die Hand, dann wandte er sich an Aelia.

»Willkommen in meinem Haus. Ich bin Carus, das ist meine Frau Justina«, er deutete auf die junge Frau mit dem Säugling, »und das mein Sohn Rufinus.«

Der Junge nickte ihr zu, und Aelia lächelte schwach. Sie hatte das Gefühl, die Menschen nahmen ihr den Atem, obwohl das Fenster weit geöffnet war.

»Wir freuen uns, dass du erwacht bist. Du warst so schwer verletzt, dass wir dachten …« Carus brach ab und sah sie besorgt an. Er hatte ein freundliches, grob geschnittenes Gesicht mit dunklen Augen.

»Wo bin ich?«, fragte Aelia.

Carus sah sie fragend an, dann wechselte er einen raschen Blick mit seiner Frau.

Er schüttelte den Kopf, beugte sich zu ihr herunter und tätschelte ihr den gesunden Arm.

»Du musst dich nicht anstrengen«, sagte er. »Trink und iss ein wenig und schlafe dann. Gott wird für deine Genesung sorgen.«

Er scheuchte alle aus der Kammer und beugte sich noch einmal zu ihr herab, um sie prüfend zu betrachten.

»Wo bin ich?«, fragte sie noch mal.

Erschreckt stellte sie fest, dass ihre Stimme kaum mehr als ein Hauch war, den niemand, der weiter als eine Armlänge von ihr entfernt war, hören konnte.

»Schlaf jetzt.« Carus wandte sich ab und verließ die Kammer. Aelia gewahrte mit Schrecken, dass er sie, selbst wenn er sie hätte hören können, sicher nicht verstanden hätte, denn sie hatte Fränkisch gesprochen.

Am nächsten Tag kam Carus mit einem römischen Arzt zu ihr. Didius war ein kahlköpfiges Männlein und sehr freundlich zu Aelia. Mit seinen feingliedrigen Fingern wickelte er unter den wachsamen Blicken von Carus Schicht um Schicht ihres Verbandes ab, bis die nackte Wahrheit vor ihnen lag: eine rote, mit feinen Stichen genähte Wunde, die auf einer hügelartigen Schwellung lag. Didius tastete sie vorsichtig mit einem Finger ab, aber auch diese zarte Berührung verursachte Aelia so viel Schmerz, dass sie aufschrie.

Der Arzt sah lächelnd auf sie herunter. »Du hast keinen Grund mehr zur Klage. Du hättest dich vor zwei Wochen sehen sollen, als du herkamst. Du hattest so viel Blut verloren, dass ich nur noch beten konnte, dich nicht zu verlieren.«

Sein Latein klang vertraut in ihren Ohren, doch sie freute sich nicht. Er wusste offenbar, dass sie Römerin war. Er nahm ein Glasfläschchen aus seinem Arztkasten, zog den Stopfen heraus und tränkte ein sauberes Tuch mit ein paar Tropfen einer durchsichtigen Flüssigkeit.

»Zwei Wochen?«, rief Aelia. Es klang wie ein leises Raunen. »So lange bin ich schon hier?!«

Carus nickte. »Du kannst von Glück reden, einen so guten Arzt wie Didius zu haben. Er war Militärarzt in Tornacum und kennt sich mit Stichwunden aus.«

»In Tornacum?«, murmelte Aelia. »Bin ich in Tornacum?«

»Gott bewahre! König Chlodio hat die Stadt eingenommen, kurz bevor du zu uns kamst. Zum Glück und durch Gottes Gnade konnte Didius fliehen.«

Der Arzt nickte, während er vorsichtig mit dem Tuch Aelias Wunde betupfte. Es brannte entsetzlich. Aelia biss die Zähne zusammen, um nicht wieder aufzuschreien.

»Wo bin ich dann?«

»Weit genug von Tornacum weg, um sicher vor fränkischen Kriegern zu sein«, sagte Carus. »Du brauchst keine Angst zu haben, mein Hof ist mit einer hohen Mauer umgeben, und ich habe ein paar Söldner.«

Didius sah prüfend auf ihre Wunde hinunter, dann nickte er zufrieden.

»Es wird wieder heilen«, sagte er, wobei Stolz in seiner Stimme mitschwang. »Aber ich musste dich aus den Klauen des Todes reißen. Was waren das für Bastarde, die das getan haben?«

»Ich kann mich nicht erinnern.«

Das war eine Lüge, denn Aelia konnte sich sehr wohl an alles erinnern. Aber sie hielt es für besser, dem Arzt nichts zu verraten.

»Ah, das kommt vor«, nickte Didius. »Eines Tages wird es dir wieder einfallen, fürchte ich. Obwohl es manchmal besser ist, man vergisst es für immer.«

Er verschloss die Flasche und stellte sie in seinen Kasten zurück.

»Didius, du kommst aus Tornacum?«, hauchte Aelia. »Sag, hat der König … schlimm gewütet?«

Der Arzt sah sie an, als sei er verwundert über die Frage.

»Nun, eine Eroberung ist kein Vergnügen, mein Kind. Der König kam mit ein paar Kriegern und gab vor, dem Präfekten einen Besuch abstatten zu wollen. Man hat ihn und seine Männer freundlich empfangen, aber im Laufe des Besuches stellte sich heraus, dass es in der Stadt von fränkischen Kriegern nur so wimmelte. Die Männer des Königs hatten die Wachen getötet und alle Krieger, die sich draußen in den Wäldern versteckt hatten, hereingelassen. Sie besetzten die Stadttore und alle öffentlichen Plätze. Dem Präfekten blieb nichts anderes übrig, als sich zu ergeben. Es wurde ihm nicht gedankt, denn der König ließ ihn hinrichten.«

Didius seufzte betrübt, während er einen neuen Verband um Aelias Schulter anlegte.

»Wie schrecklich«, flüsterte Aelia. Zweifel stieg in ihr auf, ob es richtig gewesen war, die Römer in Tornacum nicht zu warnen.

»Nun haben die Barbaren wieder eine römische Stadt eingenommen!«

Didius zog so fest an dem Verband, dass Aelia vor Schmerz aufschrie. Sofort entschuldigte er sich. »Es ist ja nicht nur Tornacum«, fuhr er grimmig fort. »Nachdem er die Stadt besetzt hat, hat der fränkische Bastard eine Besatzung zurückgelassen und ist weitergezogen.«

»Wohin?«

»Das weiß niemand.« Er machte einen Knoten in die Stoffenden und warf einen zufriedenen Blick auf sein Werk. Der Verband war jetzt nicht mehr so dick.

Aelia sank zurück in die Kissen. Sie musste an die Worte des Königs denken, die sie in dem Gewölbe unter seinem Gemach belauscht hatte. Er hatte von der Festung Camaracum gesprochen und von der Samara, einem Fluss. Sicher wollten die fränkischen Krieger dorthin.

Didius tätschelte ihr den gesunden Arm. »Ruh dich aus, Mädchen. Es braucht noch eine Weile.«

Carus begleitete den Arzt hinaus und verriegelte dann die Tür von innen. Als er wieder vor Aelias Bett trat, sah er sehr ernst aus.

»*Caelum, non animum mutant. Qui trans mare currunt.*"

Aelia starrte ihn an. Sie war müde und ihre Wunde schmerzte. Sie hätte lieber geschlafen, stattdessen sah sie ein, dass ihr nun wohl ein Verhör bevorstand.

»Du bist Tertinius' Mann«, stellte sie fest, und ein großes Unbehagen kroch in ihr hoch.

Er nickte. »Es ist gut, dass du Didius nichts gesagt hast, denn er weiß von nichts.« Er trat einen Schritt nach vorn. »Schade, dass wir uns nicht schon früher begegnet sind. Wir hätten sicher gut zusammengearbeitet.«

»Ich wusste nicht, wo ich dich nach Walas Tod finden sollte.«

»Wala ist also wirklich tot«, sagte Carus. »Wie ist das passiert?«

Aelia erzählte ihm von dem Überfall, wie sie gerettet wurde und nach Dispargum kam, und er nickte traurig. »Ich kannte Wala von früher.«

Eine Weile sah er schweigend aus dem Fenster, dann fuhr er fort. »Ich habe lange auf seine Ankunft gewartet. Als er nicht kam, wusste ich, dass etwas passiert sein musste und schickte einen Boten nach Treveris. Danach kam Eghild.«

Aelia streckte ihren gesunden Arm nach ihrem Becher aus und trank ein paar Schlucke Wasser. Es war also genau so gewesen, wie sie es vermutet hatte.

»Wieder ein Mädchen. Tertinius kommt auf immer seltsamere Ideen.«

Er schüttelte den Kopf und lächelte, ehe er wieder ernst wurde. »Warum bist du nicht geflohen und hast versucht, nach Treveris zurückzukehren?«

Aelia schluckte. Das unangenehme Gefühl, das sie erfasst hatte, verstärkte sich. »Ich dachte, dass es besser wäre, in Dispargum zu bleiben, bis der nächste Spion käme.«

Carus nickte. »Gut. Immerhin warst du lange genug dort, um einiges herauszufinden. Was weißt du über die Angriffspläne des Königs?«

Aelia hatte diese Frage befürchtet. »Nichts«, sagte sie und versuchte, ihre Stimme möglichst fest klingen zu lassen.

Carus musterte sie schweigend. »Eghild hat mir erzählt, ihr seid durch einen alten Abwasserkanal geflohen, der unter dem Königsgemach endet. Hast du etwas belauschen können?«

Aelia schüttelte den Kopf. Also hatte Eghild sie doch noch hierher gebracht, zu Carus, ihrem Verbindungsmann. Und sie hatte inzwischen herausgefunden, wo der geheime Gang endete und es Carus berichtet.

Was würde Carus tun, wenn sie nichts sagte? Sie beschloss, die Flucht nach vorn anzutreten. Wenn sie ihm nur die halbe Wahrheit erzählte, würde er sich vielleicht damit zufriedengeben und nicht weiter fragen.

»Ich habe den geheimen Gang durch Zufall entdeckt«, begann sie. »Ich habe mich oft dorthin geschlichen und gelauscht, aber es waren nur belanglose Gespräche, die ich hörte. Als die Krieger aufbrachen, hieß es, der König mache seinen alljährlichen Frühjahrszug.«

»Seinen Frühjahrszug?«

»Ja. Besuche bei seinen Gefolgsmännern.«

»Mit geschärften Waffen und polierten Schilden?« Carus' Stimme klang sehr ernst.

»Das machen sie jedes Jahr!«, versetzte Aelia gereizt. »Denk doch mal nach, Carus. Selbst wenn ich etwas erfahren hätte – meinst du, ich hätte einfach so nach Tornacum gehen und den Präfekten warnen können? Meinst du, sie hätten mir geglaubt? Ich bin ein Mädchen, hast du das vergessen?«

»Eghild ist auch ein Mädchen, aber sie scheint mehr von ihrer Arbeit zu verstehen als du«, sagte Carus ungerührt. »Sei froh, dass sie dich gerettet hat. Wenn Lantschild die Wahrheit aus dir herausgefoltert hätte, hätte es uns alle erwischt. Warum hast du dich geweigert, mit ihr zusammenzuarbeiten und Dispargum zu verlassen?«

Aelia leerte den Becher und stellte ihn auf das Tischchen zurück. Ihre Schulter schmerzte, sie war müde. Sie wünschte sich nichts sehnlicher, als endlich von seinen bohrenden Fragen befreit zu sein.

»Ich fürchtete ihre Rache«, sagte sie und erzählte Carus kurz, was sich zwischen Eghild und ihr zugetragen hatte. »Ich dachte, sie würde mich töten. Sie hat es ja auch versucht.«

Carus setzte sich auf ihr Bett und sah auf Aelias Verband hinunter. »Ja, da hast du wohl recht. Sie hat übertrieben, eine Schnittwunde hätte gereicht, aber … «

»Eine Schnittwunde? Wofür?«

»Sie musste deinen Tod vortäuschen, dafür brauchte sie dein blutiges Gewand. Aber sie hätte dich nicht so schwer verletzen dürfen. »Hier«, er zog ein helles Stück Stoff hervor und reichte es Aelia, »das soll ich dir geben.«

Aelia starrte Carus an, während ihre Hand sich um den Stofffetzen schloss – ein Stück jenes Kleides, das Marwig ihr geschenkt und das sie zuletzt am Hof getragen hatte. Alles fügte sich zu einem Bild zusammen. Eghild hatte ihr Kleid mit ihrem Blut verschmiert, um ihren Tod vorzutäuschen. Vermutlich hatte sie die blutverschmierten Fetzen im Wald liegen gelassen, damit die Hunde sie fanden. Nun würden alle glauben, dass Aelia auf der Flucht von Räubern oder einem wilden Tier getötet worden wäre. Ein kluger Plan, zweifellos. Einer, der alle glauben lassen würde, sie wäre tot.

Aelia starrte an Carus vorbei aus dem kleinen Fenster. Milde Sommerluft, die nach Kräutern und Blumen roch, strömte herein. Aber in Aelia war es finster und kalt. Sie dachte an Marwig und daran, dass sie ihn nie mehr wiedersehen würde.

»Ihr konntet nicht beide am Königshof bleiben«, sagte Carus. »Du musstest fort. Eghild sagte mir, am Hof erzählt man sich, du seiest Marwigs Geliebte. Er hat dir seine Tochter anvertraut.«

Seine Stimme hatte einen kalten, scharfen Ton. Aelias Hände umschlossen das Stück Stoff, während sie merkte, wie sie zu zittern begann.

»Ja er mochte mich!«, schleuderte sie Carus mit dem bisschen an Kraft entgegen, das sie ihrem schwachen Körper noch abringen konnte. »Ich kann nichts dafür! Aber ich bin nicht seine Geliebte!«

»Das glaube ich dir nicht.«

Aelia atmete tief ein. »Was denkst du denn? Dass ein Barbar sofort über alles herfällt, was einen Rock trägt? Meinst du nicht, dass es auch welche unter ihnen gibt, die Anstand und Ehre haben? Die nicht schamlos sind?«

»Sag mir, was du weißt! Was haben die Franken als Nächstes vor? Was sind die Pläne des Königs?«

Aelia rutschte tiefer in die Kissen. Sie hätte sich am liebsten die Decke über den Kopf gezogen, um nichts mehr sehen und nichts mehr hören zu müssen. Immerhin beruhigte sie der Gedanke, dass Eghild bisher offenbar nichts herausgefunden hatte.

»Ich weiß es nicht.«

Carus schwieg eine Weile und starrte sie mit ausdrucksloser Miene an. Weil sie ihn nicht kannte, ahnte Aelia nicht, was hinter seiner Stirn vor sich ging.

»Wie du meinst«, sagte er schließlich. »So wird sich jemand anderes mit dir unterhalten.« Er erhob sich von ihrem Bett. Er sah enttäuscht und wütend aus. Aelia richtete sich mit Mühe in ihren Kissen auf. »Wer wird das sein?«

»Das wirst du noch sehen.«

Ihr war, als griffe eine kalte Hand nach ihrem Herzen.

»Soll ich wieder zurück nach Treveris?«

Carus schüttelte den Kopf. »Hast du geglaubt, du würdest so leicht davonkommen?« fragte er mit kalter Stimme. »Das kannst du nicht wirklich gedacht haben.«

Aelia schluckte. Zu mehr war sie nicht in der Lage. Verzweifelt sah sie, wie Carus den Raum verließ, und hörte, wie er die Tür hinter sich verriegelte. Ihr Blick ging zum Fenster, und zum ersten Mal nahm sie das hölzerne Gitter davor wahr.

Aelias Krankenzimmer, in dem sie lag und langsam genas, war also ein Gefängnis. Jeden Tag kam eine Magd und brachte ihr die Mahlzeiten, wusch sie und richtete ihr Bett, während sie kein einziges Wort mit ihr sprach.

Später am Tag kam Didius, um nach ihr zu sehen, die Wunde mit seiner Tinktur zu bestreichen und ihren Verband zu wechseln. Aber auch er war nun sehr wortkarg, und Aelia fragte sich, was Carus ihm über sie erzählt hatte. Sie fragte sich auch, wann man mit ihrem Verhör fortfahren würde und vor allem, wer sie befragen würde – aber die Tage vergingen, und es geschah nichts.

Eines Tages im ersten Sommermond befand Didius, dass es nun an der Zeit für sie sei, aufzustehen. Man wusch sie, brachte ihr eine schlichte Tunika aus ungefärbtem Stoff und einen schmalen Ledergürtel. Eine Magd kam und frisierte ihr die Haare, die ihr mittlerweile bis zum Kinn reichten. Als sie ihr einen Spiegel gab, sah Aelia eine blasse junge Frau mit dunklen Haaren – müde und gezeichnet von der Verletzung.

Jeden Tag saß sie in einem Stuhl unter dem Fenster und nähte zerrissene Gewänder, die die Magd ihr brachte. Manchmal erhob sie sich, um vorsichtig wieder mit ihren Übungen zu beginnen. Aber das ging sehr langsam, weil die Schulter noch zu sehr schmerzte.

Wenn sie aus dem Fenster sah, konnte sie nur in einen Innenhof mit weiteren Türen und Fenstern blicken. Sie wusste nur, dass sie auf einem Gutshof war, den Carus mit seiner Familie bewirtschaftete, während er heimlich für Tertinius Dienste erledigte. Aber die Türen im Hof standen manchmal offen, die Kinder spielten im Innenhof und die Mägde schwatzten, während sie die anderen Zimmer in der Nähe putzten, und so drang manches an Aelias Ohren, das nicht für sie bestimmt war und das sich in ihr nach und nach zu einem Bild zusammenfügte. Niemand wusste, wo König Chlodio war. Er hatte genug Männer in Tornacum zurückgelassen, um die Stadt zu bewachen, und sich dann nach Süden gewandt, um die Festung Camaracum einzunehmen, aber auch dort war er nicht geblieben. Es hieß, er halte sich mit seinen Kriegern in den Wäldern versteckt, um den nächsten römischen Ort einzunehmen, wo man es am wenigsten vermutete.

Aelia dachte daran, dass der Mann, den sie liebte, zu den Eroberern gehörte, und fragte sich, ob es wirklich richtig gewesen war, nichts über die Pläne des Königs zu verraten. Hatte sie nicht ihr eigenes Volk verraten, den Tod vieler Unschuldiger in Kauf genommen?

Aber die Sehnsucht brannte wie Feuer in ihr. Sie hatte geglaubt, die Gedanken an Marwig würden eines Tages verschwinden, würden verblassen wie alle Erinnerungen, aber im Gegenteil – ihre Gefühle wurden stärker, je länger sie ihn nicht sah. Als sie noch in Dispargum war, hatte sie geglaubt, ihn wiederzusehen, aber nun, wo sie wusste, dass jede Hoffnung sinnlos war, sehnte sie sich mit dem Trotz einer verlassenen Geliebten nach ihm.

Was er jetzt wohl tat? Hatte er schon von ihrem »Tod« erfahren? Was würde er tun? Tränen stiegen ihr in die Augen, als sie darüber nachdachte. Sie warf ihr Nähzeug fort, erhob sich und trat ans Fenster. Lange Zeit stand sie dort und atmete die warme Luft ein. Vercana, wenn es dich gibt, lass ihn mich wiedersehen. Bitte! Aelia sank auf die Knie, presste ihre Stirn auf den Boden und betete. Es war das erste Mal nach langer Zeit.

Der Sommer kroch langsam dahin. Schon kündigte sich der Herbst an. Nach vielen warmen Tagen hatte aufkommender Wind die ersten Blätter vom Baum geweht, der im Innenhof wuchs. Gelb und vertrocknet lagen sie auf den Steinen, und der Wind spielte mit ihnen, schubste sie vor sich her, bis sie sich in den Hofecken sammelten und dort von den Mägden zusammengekehrt wurden.

An einem Morgen wurde die Tür zu Aelias Kammer aufgeschlossen. Es war nicht die übliche Zeit, zu der die Magd kam oder Didius, und Aelia, die sich gerade gewaschen und angekleidet hatte, wusste, dass diese Störung einen außergewöhnlichen Grund haben musste. Carus trat ein. Er war blass und wirkte angespannt. »Du wirst abreisen«, befahl er kurz. »Die Magd wird deine Sachen packen.«

Aelia fühlte, wie die Farbe aus ihrem Gesicht wich. Ihre Hände krampften sich ineinander, als sie mühsam um Fassung rang.

»Wohin?«

»Jemand will dich sprechen.«

»Soll ich nach Treveris?«

»Frag nicht so viel und komm mit.«

Aelia gehorchte. Sie folgte Carus durch Flure, die sie noch nie gesehen hatte, durch einen Innenhof, den sie noch nie betreten hatte, in eine große, mit Holzdielen ausgelegte Eingangshalle. Das Anwesen war größer, als sie gedacht hatte, aber schlichter als das von Dardanus und ohne jeden luxuriösen Tand, auf den der Händler so viel Wert gelegt hatte. Die Fußböden waren mit Dielen oder mit rötlichen Kacheln ausgelegt, über denen sich schlichte, weiß verputzte Wände erhoben. In der Eingangshalle leuchteten die Wände in kräftigem Rot ohne Malereien.

Carus führte Aelia in sein Arbeitszimmer, wo zwei Soldaten auf sie warteten. Sie trugen Helme, Brustpanzer und die roten Mäntel römischer Offiziere. Mit unverhohlener Neugierde musterten sie sie, als sie mit Carus das Zimmer betrat.

Aelia erschrak. War sie so wichtig, dass man zwei Offiziere zu ihrer Begleitung schickte? Fürchtete man, dass sie fliehen könnte? Wollte Tertinius sie bestrafen, weil sie nichts herausgefunden hatte? Sie versuchte, den aufmerksamen Blicken der Männer gleichmütig zu begegnen.

»Also du bist Aelia?«, schnarrte einer der Männer, der mit seiner Hakennase wie ein Raubvogel aussah. Sie nickte und wurde das Gefühl nicht los, dass die Männer jemand anderes erwartet hatten.

»Carus hat dir sicher gesagt, dass wir dich zu deinem Auftraggeber zurückbringen werden«, schnarrte der Raubvogelmann.

Wie sich bei einem Tier, das die Angst wittert, das Fell sträubt, rieselte ihr ein kühler Schauer den Rücken herunter.

Eine Magd erschien und brachte ihr einen Umhang. Die Soldaten nahmen sie in ihre Mitte und führten sie auf den Hof, wo sich Carus' Familie und das Gesinde versammelt hatten. Offenbar hatte es sich schnell herumgesprochen, dass sie abgeholt wurde.

Alle starrten Aelia schweigend an. Justina steckte ihr noch ein wenig Verpflegung zu, Rufinus winkte ihr zum Abschied. Aber Carus selbst sprach kein Wort. Schweigend öffnete er die Wagentür und nickte Aelia zum Abschied zu, ehe er die Tür hinter ihr schloss.

Sie fuhren in einem Reisewagen, durch dessen offenes Fenster Aelia zurückblicken konnte. Carus hatte recht: Sein Gutshof war bewacht wie ein Kastell. Ein paar bewaffnete Söldner sicherten das Tor und die kleinen Türme an jeder Ecke. Es war ein großer Hof, weiß verputzt und mit einem roten Ziegeldach überkrönt. Wie ein roter Flecken lag er inmitten abgeernteter Felder und Weiden, auf denen Kühe grasten. Nichts in der friedlichen Landschaft ließ ahnen, dass sich König Chlodio mit seinen Kriegern vielleicht ganz in der Nähe verbarg.

Der Wagen rumpelte über Steine und vom Regen ausgewaschene Mulden einer Provinzialstraße, die schon lange nicht mehr ausgebessert worden war. Die beiden Offiziere, die mit Aelia im Wagen saßen, redeten kein Wort, nicht einmal untereinander, als wollten sie ihr durch Schweigen zu verstehen geben, dass ihr Beisammensein nur dem Befehl geschuldet war, den sie ausführten.

Als Aelia das letzte Mal in einem solchen Wagen gefahren war, hatte Tertinius sie zum Hafen von Treveris gebracht. Sie dachte an Verina. Konnte sie das Leben der Freundin für Marwig opfern?

Carus hatte wahrscheinlich nichts von ihr gewusst, aber Tertinius, und er würde sicher damit drohen, sie zu töten, wenn Aelia weiter schweigen würde. Sie konnte unmöglich Verinas Leben aufs Spiel setzen! Aber auch nicht Marwigs Leben.

Aelia seufzte. Sie spürte, wie der Raubvogelmann sie immer wieder verstohlen musterte, während sie durch das Fenster hinaussah. Die holprige Straße endete zum Glück bald, und sie bogen in eine breitere Heerstraße ein, auf der ihr Wagen besser fuhr.

Aelia wusste nicht, wohin man sie brachte. Sie sah Felder, Weiden, schließlich eine weite öde Landschaft ähnlich jener, durch die sie mit Marwig und seinen Männern geritten war, aber es war nicht dieselbe.

Sie fuhren den ganzen Tag und machten nur eine Pause an einer alten Pferdewechselstation, die noch in Betrieb war. Als es Abend wurde, durchquerten sie einen Wald. Aelia sah die Bäume in der Dunkelheit aufragen und fühlte die kühle Luft hereinströmen. Fröstelnd zog sie ihren Umhang enger um sich, während der Wagen durch die Nacht rauschte. Als der Mond gerade über den Baumwipfeln aufgegangen war, bogen sie von der Straße ab und rumpelten über einen Weg.

Aelia spähte durch die Luke und sah nichts als Wald, über dem sich ein sternenklarer Himmel wölbte. Es roch nach Tannen.

Plötzlich tauchte in der Ferne ein Licht auf, dann noch eins. Fackellichter. Etwas, das aussah wie eine Mauer, baute sich vor ihnen auf, aber je näher sie kamen, desto deutlicher sah man, dass es keine Mauer war, sondern ein Wall. Ein Wall im Wald, durch hohe Bäume versteckt.

Aelia sank in die Kissen ihres gepolsterten Sitzes zurück. Sie wusste, was vor ihr lag. Es war ein römisches Militärlager.

Kapitel 17

Provinz Belgica Secunda, Herbst 442

Dunkel zeichneten sich die Silhouetten der beiden Holztürme rechts und links des Tores vor dem Himmel ab. An die Türme schloss sich zu beiden Seiten ein Erdwall an, der von Palisaden gekrönt war. Fackeln brannten am Tor, das sich auf den Wink eines Bewaffneten im Turm öffnete.

Der Wagen fuhr in das Lager. Die beiden Offiziere stiegen aus, postierten sich neben den Wagentüren und ließen Aelia ebenfalls aussteigen. Dann gab einer dem Kutscher ein Zeichen, und der Wagen rollte fort.

Staunend blickte Aelia sich um – vor ihnen lag eine Zeltstadt unter dem nächtlichen Himmel. Zelt an Zelt reihte sich aneinander, soweit der Blick reichte. Hier und da stiegen die Rauchsäulen von Lagerfeuern empor, goldene Funken stieben. Von ferne erklangen Gesänge.

Die beiden Offiziere führten sie durch die Zeltreihen tiefer ins Lager.

Ein paar Soldaten, die ihnen entgegenkamen, starrten sie neugierig an. Einer von ihnen machte eine anzügliche Bemerkung, die keinen Zweifel daran ließ, dass er sie für eine Hure hielt. Der Raubvogelmann wies ihn scharf zurecht.

Bald erreichten sie einen Platz, auf dem ein großes weißes Zelt in einigem Abstand zu den anderen errichtet worden war. Es war viereckig und an jeder Seite mindestens zehn Schritte lang. Zwei Fackeln brannten auf jeder Seite des Eingangs, vor dem zwei Hunnen wachten. Sie trugen spitze Mützen mit Fellbesatz und Schwerter, und in ihren Gürteln steckten Dolche. Der Raubvogelmann gab ihnen ein Zeichen und befahl Aelia zu warten. Sie sah ihn mit einem anderen Mann am Eingang des Zeltes flüstern, ehe der Offizier beiseite trat und den Raubvogelmann hineinließ.

Sie spürte, dass die Hunnen sie scharf beobachteten. Warum hatte der Kommandant dieses Lagers hunnische Leibwächter? Die Hunnen waren mit den Römern verbündet und hatten mit ihnen die Burgunder besiegt, aber niemand mochte sie. Ihnen haftete der Ruf an, grausame Krieger zu sein, man hatte Angst vor ihnen und mied sie. Sie sahen fremd aus mit ihren breiten, gelblichen Gesichtern, den schmalen Augen und den seltsamen Nasen; außerdem sprachen sie eine merkwürdig klingende Sprache. Das Gold und die Juwelen, die sie auf ihren zahlreichen Kriegszügen erbeutet hatten, weckten in jedem Geschäftemacher die Gier, aber ihre Münzen galten als unrein, weil an ihnen das Blut vieler Unschuldiger klebte.

Aelia fragte sich gerade, ob in diesem Lager hunnische Hilfstruppen waren, als der Raubvogelmann wieder herauskam. Er sah etwas freundlicher aus. »Der Präfekt erwartet dich.«

Sie schluckte aufgeregt. Nun würde sie Tertinius wieder unter die Augen treten müssen, und er würde sie verhören.

Der Raubvogelmann schob Aelia ins Innere des großen Zeltes. Ihr Herz klopfte schnell, als ihr warme Luft entgegenschlug. Sie staunte, wie die Soldaten es geschafft hatten, das Zelt behaglich einzurichten: Der Boden war mit Tierfellen belegt, auf denen Möbel aus Weidengeflecht standen; es gab Sessel mit einem niedrigen Tisch davor, einen großen Arbeitstisch und sogar ein paar zierliche Lampenständer, in denen Öl brannte.

Aelia wunderte sich. Diese Behaglichkeit sah dem Präfekten, an dessen kaltes Arbeitszimmer sie sich nur allzu gut erinnerte, gar nicht ähnlich, und sie fragte sich, ob man ihn vielleicht befördert hatte. Tertinius erhob sich aus seinem Sessel, als sie das Zelt betrat, und kam auf sie zu. Sein Gesicht leuchtete auf. Er nahm ihre Hände in seine. Lange hielt er sie fest und musterte sie, ehe er anfing zu sprechen. »Aelia! Wie schön, dich wohlbehalten wiederzusehen.«

Aelia wunderte sich über die überschwängliche Art, mit der er sie begrüßte. Das passte nicht zu ihm. Sicher konnte er froh sein, dass sie lebend wieder zurückgekehrt war, aber er war nur ihr Auftraggeber und hatte nicht gezögert, sie durch Eghild ersetzen zu lassen, als er glaubte, dass sie tot war. Seine Überschwänglichkeit musste einen anderen Grund haben als bloße Freude über ihr Wiedersehen. Sie fragte sich, was es war.

»Hattest du eine gute Reise?«

»Mit ist ein bisschen übel«, sagte sie.

»Ja, das Fahren in den Kutschen ist kein Vergnügen. Ich selbst ziehe das Reiten vor, es ist angenehmer, wenn auch gefährlicher. Komm«, sagte er und führte sie zu einem der Weidensessel, »setz dich.«

Sie gehorchte, und er ließ sich auf dem Sitz neben ihr nieder.

»Hast du Hunger? Ich lasse in der Küche etwas für dich zubereiten.«

»Nein, danke.«

Aelia konnte unmöglich essen. Sie fühlte sich schlecht und ihre Schulter schmerzte wieder. Außerdem nagte die Angst in ihr.

»Dann aber wenigstens etwas zu trinken?«, lächelte Tertinius und hob eine Karaffe mit einer rötlich schimmernden Flüssigkeit hoch. »Treverischer Wein. Es war eine gute Ernte letztes Jahr.«

Aelia nickte, und er schenkte ihr mit Wasser vermischten Wein ein. Das hatte er sonst nie getan. Er behandelte sie wie einen Gast, nicht wie eine Gefangene. Ich muss aufpassen, dachte sie. Vielleicht ist das nur ein Trick von ihm, mich gesprächiger zu machen.

Sie hoben ihre Gläser und tranken auf das Reich. Mechanisch kamen Aelia die Worte über die Lippen. Sie versuchte, ihre Angst vor Tertinius zu verbergen.

»Ich bin froh, dass du hier bist«, sagte er. »Als ich von Walas Tod erfuhr und glaubte, du seiest auch tot, habe ich mir große Vorwürfe gemacht.«

Aelia, die ihm seine Sorge nicht abnahm, fragte sich, warum er so heiter war.

»Der arme Wala! So ein schlimmes Ende hätte ich ihm gerne erspart. Welch ein Glück, dass du verschont wurdest!«

Aelia starrte Tertinius in das schmaler gewordene Gesicht. Es waren ein paar Falten dazugekommen, seit sie ihn das letzte Mal gesehen hatte, und seine Haare waren schütterer geworden.

»Eghild und Carus haben mir erzählt, wie du nach Dispargum gekommen bist. Es war richtig, stillzuhalten und auf unseren nächsten Spion zu warten.«

Wann würde er sie aus der Reserve locken? Vorerst nicht, denn er sprach viel von sich selbst. Er sei von seinem Posten als Präfekt von Treveris vorübergehend entbunden worden, um eine Einheit der mobilen Feldarmee, der *Comitatenses*, zu sammeln und hierher zu führen, wie der *Magister militum* Aetius ihnen befohlen habe. Zwar wäre es bei Weitem keine Legion, aber immerhin gut dreihundert berittene Kavalleristen und noch einmal so viele Fußsoldaten – hervorragend ausgebildete und kampferfahrene Männer, die mit allem Möglichen fertig werden könnten. Er betonte, wie sehr er hoffte, dass seine jahrelangen Mühen, die Barbaren endlich in ihre Schranken zu weisen, nun bald von Erfolg gekrönt sein würden. Er räumte in ungewohnter Offenheit ein, wie schwierig es immer für ihn gewesen sei, geeignete Männer für die Spionage zu finden.

Obwohl er sich wegen seines ungewöhnlichen Vorgehens, Mädchen zu schicken, habe rechtfertigen müssen, würde er es immer wieder so machen, beteuerte er.

Aelia, die sich sehr über die veränderte Art des Präfekten wunderte, versuchte, ihre Angst niederzukämpfen und ruhig zu bleiben. Dann entschloss sie sich, Tertinius' Stimmung auszunutzen und ihm endlich die Frage zu stellen, die ihr schon lange auf der Zunge lag.

»Wie geht es Verina?«

Tertinius sah sie an, als hätte er diese Frage erwartet. »Gut, denke ich. Sie ist immer noch im Kloster St. Eucharius.«

»Obwohl du annehmen musstest, dass ich tot bin, hast du sie dort gelassen?«

»Warum hätte ich sie wegschicken sollen? Man kümmert sich sehr gut um sie.«

»Du hättest glauben können, dass ich Wala tötete und dann floh.«

Tertinius nahm die Karaffe und füllte ihnen erneut die Gläser.

»Oh nein«, sagte er. »Das hättest du nie getan. Du hättest nie das Leben deiner Freundin aufs Spiel gesetzt. Habe ich recht?«

Wie gut er sie durchschaut hatte! Aber das gehörte wohl zu seinen Stärken, die er für seine Position brauchte: Menschen zu erkennen und ihre Eigenschaften für sich zu nutzen.

»Schenkst du uns nun die Freiheit, wie du es versprochen hast?«, fragte sie leise.

Tertinius seufzte.

»Ich bin leider nicht mehr befugt, das zu entscheiden. Das liegt in den Händen des Comes.«

»Des Comes?«

»Ja, so ist es«, nickte Tertinius. »Ein *Comes rei militaris*. Er hat vom Heermeister Aetius das Kommando über unsere Truppe erhalten, solange wir hier sind. Dies hier«, er machte mit seiner Hand eine ausladende Bewegung, »ist sein Zelt.«

Aelia schwieg überrascht. Sie hatte nicht mit der Anwesenheit eines so hohen Würdenträgers gerechnet und wusste nicht, ob sie sich darüber freuen oder sich davor fürchten sollte.

»Wo ist er?«

»Nun, das kann ich dir nicht verraten. Nur so viel: Er wird für morgen zurückerwartet. Dann will er dich vernehmen.«

Deshalb hatte Tertinius sie also nichts gefragt. Er wollte, nein er musste dem Comes das Verhör überlassen. Aelias Magen krampfte sich zusammen.

Tertinius erhob sich. »Du bist müde von der Reise«, sagte er. »Ich lasse dich in dein Zelt bringen.«

Er rief einen Befehl, und sofort erschien der Raubvogelmann.

»Otho«, sagte er, »begleite Aelia in ihr Zelt. Vergiss nicht, was man dir befohlen hat.«

Otho streifte Aelia mit einem kalten Blick und verneigte sich vor Tertinius. Dann nahm er Aelia am Arm und ging mit ihr hinaus in die dunkle Nacht. Er führte sie zu einem Zelt in der Nähe, das man offenbar für sie bereitgehalten hatte. Es war eigentlich für acht Soldaten gedacht und für sie allein zu groß, aber im Gegensatz zum Kommandantenzelt winzig. Man hatte ihr ein Lager aus Fellen und Wolldecken zum Schlafen errichtet, außerdem bekam sie Geschirr für die Mahlzeiten und einen Kamm. Wie aufmerksam, dachte Aelia. Ob der Comes beim Verhör ebenso zuvorkommend war? Gewiss nicht, dachte sie, aber was auch immer geschehen würde, sie würde nichts verraten, das Marwig in Gefahr bringen könnte. Sie legte sich angekleidet auf ihr Lager und sank bald in einen tiefen, traumlosen Erschöpfungsschlaf.

Es war schon lange nach Sonnenaufgang, als sie erwachte. Sie hörte Schwertgeklirr und die Befehle der Centurionen. Sie erhob sich, schob das Leder ihres Zeltes beiseite und spähte durch den Spalt hinaus – Otho stand in einiger Entfernung gegen einen Baum gelehnt und ließ sich von der Sonne bescheinen.

Aelia seufzte und ließ das Leder wieder zurückfallen. Dann nahm sie ihren Kamm und trat aus dem Zelt. Otho fuhr zusammen, als sie plötzlich neben ihm auftauchte.

»Oh, da kann ich mir ja das Wecken sparen«, sagte er spitz. »Ich glaubte schon, du würdest nie mehr aufstehen.«

»So weit ist es noch nicht«, versetzte Aelia, obwohl ihr nicht zum Scherzen zumute war. »Ich würde mich gerne waschen.«

»Gewiss«, meinte er und rief nach Sebastianus. Sofort eilte der andere Soldat heran, der sie gestern hierher begleitet hatte, und gemeinsam brachten die Männer sie aus dem Lager. In unmittelbarer

Nähe öffnete sich der Wald zu einer Lichtung, die von einem Bach durchschnitten wurde. Niedergetretenes Gras und aufgewühlte Erde zeigten, dass hier die Pferde getränkt wurden. Auf der anderen Seite des Baches wuchs das Gras hoch empor. Zahlreiche Pferde, die von einem Legionär bewacht wurden, grasten in der Nähe.

Aelia kniete sich ans Wasser und begann, sich zu waschen. Es ging ihr vor allem darum, sich ein Bild von der Größe des Lagers zu machen. Offenbar war es ziemlich groß, denn die Holzstämme des Palisadenzauns zogen sich lang durch den Wald.

»Ist dies die einzige Wasserstelle?«, fragte sie beiläufig, aber Otho schüttelte den Kopf. »Wir haben einen Teil des Baches ins Lager geleitet«, erklärte er. »Aber zum Waschen für eine Frau ist's hier besser.«

Aelia kämmte sich die Haare. Vom Tor klangen Stimmen und Hufschläge herüber. Kurz darauf hörten sie, wie es geöffnet wurde. Otho nickte Sebastianus zu, und in stillschweigendem Einvernehmen packten sie Aelia und führten sie zum Lager zurück. Am Tor erfuhren sie, dass der Comes eingetroffen war und sich bereits nach Aelia erkundigt hatte. Viele Männer umringten ihn auf dem freien Platz vor seinem Zelt, und die Soldaten salutierten. Aelia konnte nur einen kurzen Blick auf ihn werfen. Sie sah einen vergoldeten, ovalen Helm mit Nasen- und Wangenschutz und einen roten Umhang, der in der Bewegung des Reiters mitschwang, als er vom Pferd stieg. Er ritt ein edles, nervöses Tier, das seine Kräfte in dem Ritt offenbar noch nicht verbraucht hatte und das der herbeieilende Knecht kaum bändigen konnte.

Aelia spürte, wie ihr leerer Magen sich zusammenzog, als die Angst sie erfasste. Als hätte er das auch bemerkt, verstärkte Otho den Griff um ihren Arm. Sie zwang sich, ruhig zu bleiben. Ich werde ihm dasselbe sagen wie Carus, dachte sie, und er wird sich damit zufrieden geben müssen.

Irgendjemand musste dem Comes gesagt haben, wo sie war, denn sie sah ihn auf sich zukommen. Die Männer um ihn herum hatten eine Gasse gebildet, durch die er sich den Weg zu ihr bahnte.

Sie erkannte ihn an seinem Gang. Sie hatte ihn unzählige Male beobachtet, als sie am Fenster gesessen und auf ihn gewartet hatte. Die energischen, Raum einnehmenden Schritte, mit denen er über die Straße zu ihnen geeilt und dann die Treppe heraufgekommen war, immer zwei Stufen auf einmal nehmend. Seine hoch gewachsene Gestalt, die aufrechte Haltung, sein Helm und das Schwert an seiner Seite, das unter dem Umhang hervorlugte – all das hatte ihr immer Respekt eingeflößt. Ihr Vater, der fränkische Soldat in römischen Diensten, der es wegen seines Mutes und seiner Taten bei der Verteidigung der Stadt bis zum Offizier in der treverischen Kommandantur gebracht hatte, war etwas Besonderes.

Aber immer, wenn er die Arme ausbreitete, hatte sie sich auf ihn stürzen dürfen, um hochgehoben und an den harten Brustpanzer gedrückt zu werden, den er erst später ablegte, wenn er zur Mutter ging. Früher hatte sein Brustpanzer noch keine Verzierung gehabt, sondern war schlicht gewesen. Für einen Augenblick dachte Aelia, wie es sein würde, wenn sie ihm jetzt wieder entgegenliefe und sich wie damals in seine Arme würfe. Die Abzeichen werden drücken und kalt sein, dachte sie. Wie merkwürdig, dass sie ausgerechnet jetzt so etwas dachte, als ihr Vater ihr nach Jahren wieder entgegenkam und sie ihn sofort erkannte. Aber nein, sie konnte sich ihm doch nicht einfach in die Arme werfen wie ein kleines Mädchen. Was für ein törichter Gedanke.

Otho und Sebastianus verbeugten sich tief vor ihm, als er vor ihr stehen blieb. Er erschien ihr kleiner als früher, und sein Gesicht war älter. Er hatte den Helm abgenommen und unter den Arm geklemmt. Sein Haar war grau geworden.

Aelia rührte sich nicht. Ihre Hände krallten sich in den Stoff des Umhangs, den Carus ihr überlassen hatte, als müsste sie sich an ihm festhalten, während ihr Vater sie musterte. Dann überflog ein erleichterter Ausdruck sein Gesicht. Sie sah, wie er unter seinem Brustpanzer aufatmete.

»Du bist es«, sagte er, streckte eine Hand aus, fühlte ihr Haar, als wollte er prüfen, ob sie gesund sei. Bei Sklaven, die man kaufen wollte, machte man es so.

»Du siehst aus wie deine Mutter«, murmelte er, und ein schmerzlicher Ausdruck glitt über seine Miene, ehe sie sich wieder verschloss.

Er sah anders aus, fremd. Ein harter Zug hatte sich um seinen Mund gebildet. Sein Gesicht war unnahbar geworden, und ein Ausdruck von Arroganz lag in seinen Augen.

»Was ist mit deinem Haar passiert?«, fragte er.

Aelia schluckte, dann hörte sie sich mit einer gepressten, fremd klingenden Stimme antworten, in Latein, wie er sie angeredet hatte: »Ich musste es scheren lassen.«

Er nickte. »Tertinius hat mir alles erzählt«, sagte er, während er sie immer noch musterte. »Beim Licht des Tages – du bist so hübsch!«

Aelia schwieg. Ob er noch weitere Kinder hatte? Ob er sich später eine andere Frau genommen und mit ihr Kinder gezeugt hatte? Sie schloss ihre Hände fester um den Stoff ihres Umhangs. Solche Gedanken waren ihr bisher fremd gewesen, denn ihr Vater hatte immer ihr gehört. All die Monate, die sie mit ihrer Mutter zum Hafen gegangen war, wenn ein neues Schiff kam, all die Jahre, die sie nach dem Tod der Mutter gekämpft hatte, hatte er immer nur ihr gehört. Er hatte sie bei allem beobachtet. Er hatte ihr beim Kämpfen über die Schultern geblickt und sie für ihre Siege gelobt. Er hatte ihren Mut bewundert, gegen Dardanus vorzugehen und die Wahrheit über die Kämpfe herauszufinden. Er war bei ihrem Kampf gegen Eghild dabei gewesen, hatte ihr vielleicht sogar das Leben gerettet, vor allem aber hatte er dafür gesorgt, dass sie nicht aufgab.

Der Gedanke, er könnte sie verlassen und irgendwo anders eine neue Familie gegründet haben, schnürte ihr den Hals zu. Dieser fremde Mann war nicht der Vater, den sie von früher kannte.

Er schien zu ahnen, was in ihr vorging, denn wieder glitt ein schmerzlicher Ausdruck über sein Gesicht. »Komm heute Abend zum Essen zu mir«, sagte er. Er legte eine Hand auf ihre, und sie sahen sich kurz an. Dann wandte er sich um und ging mit energischen Schritten durch die Gasse der Soldaten zu seinem Zelt.

Aelia sah ihm nach, unfähig, sich zu rühren. Nun hatte er sie schon wieder stehen gelassen, so kurz, nachdem sie sich wiedergefunden hatten. Immer kam und ging er, wie es ihm beliebte. Das war damals so, das war heute nicht anders.

Mechanisch setzte sie einen Fuß vor den anderen, die neugierigen Blicke der Soldaten nicht bemerkend, als Otho und Sebastianus sie zurück zu ihrem Zelt führten. Sie ließ sich auf ihr Lager sinken und fragte sich, was ihr Vater jetzt tat. Ob er sich mit den Offizieren besprach? Ob er sich die Berichte seiner Boten anhörte, die Berichte von Tertinius, die Berichte der Spione? Ob er mit ihnen die Karten studierte und einen Plan entwarf, wie sie die Franken am besten besiegen konnten, während hier seine Tochter wartete, die er jahrelang nicht mehr gesehen hatte?

Wut stieg in Aelia auf. Sie malte sich aus, wie das Abendessen sein würde. Sie würde ihm alles sagen. Wie sie sich nach seinem Weggang gefühlt hatte. Wie sie es gehasst hatte, die Traurigkeit ihrer Mutter mit anzusehen, jeden Abend ihr Weinen mit anhören zu müssen, wo ihr doch selbst zum Heulen zumute gewesen war. Wie schwer es war, mit dem wenigen Geld auszukommen. Wie schrecklich der Tod ihrer Mutter gewesen war. Wie schlimm danach der Kampf ums Überleben. Sie würde ihm endlich alle Fragen stellen können, die sie ihm schon seit Jahren stellen wollte. Warum er sie verlassen hatte. Warum er nicht zurückgekehrt war.

Es musste ein wichtiger Grund sein. Einer, der alles aufwog, für den es sich gelohnt hatte. Aber was, dachte Aelia, als sie sich auf ihrem Lager herumwarf, konnte das schon für ein Grund sein?

Sie wusste es nicht. Sie wusste nur, dass Liebe und Freundschaft alles waren, für das es sich lohnte zu leben. Sie würde versuchen, ihren Vater davon zu überzeugen, mit den Franken zu verhandeln. Er war doch selber ein Franke. Sie musste das Leben Marwigs mit allen Mitteln, die ihr zur Verfügung standen, schützen. Aelia richtete sich entschlossen auf. Mochte ihr Vater auch seine Familie für etwas anderes, das ihm wichtiger gewesen war, geopfert haben – sie würde nicht dasselbe tun. Sie würde ihm zeigen, dass sie für ihre Liebe und ihre Freunde kämpfte, notfalls bis zum Tod.

Später am Tag erschien eine Sklavin namens Drusilla und brachte ihr eine grüne Tunika aus einem weich fließenden Stoff. Das Gewand glitt an ihrer schmalen Gestalt herunter und ließ ihre schlanken, muskulösen Arme frei. In der Hüfte wurde es mit einem Gürtel in derselben Farbe zusammengehalten.

Nachdem sie Aelia gründlich gewaschen und ihr sämtliche überflüssigen Haare mit einer Pinzette entfernt hatte, schminkte Drusilla ihr das Gesicht und krönte es mit zwei Flecken Wangenrot. Zufrieden betrachtete sie anschließend ihr Werk, doch dann verzog sich ihre Miene zu einem verzweifelten Ausdruck. »Was machen wir denn mit deinen Haaren?«

»Wir lassen sie so, wie sie sind.«

»Auf keinen Fall! Der Herr will, dass du wie eine vornehme junge Frau aussiehst, nicht wie eine Sklavin.«

Sie trat aus dem Zelt und sagte etwas zu Otho. Kurze Zeit später erschien ein Sklave mit einer Brennschere, die man über dem Feuer erhitzt hatte. Damit mühte sie sich, Aelias glatte Haare in Wellen zu legen, was ihr nur mit mäßigem Erfolg gelang.

»Eine Brennschere?«, fragte Aelia. »Sind noch mehr Frauen hier?«

»Ein paar im Tross«, sagte Drusilla leise. »Wir sind hier, um die Bedürfnisse der Männer zu erfüllen.«

Sie musterte Aelia, dann hielt sie ihr einen Spiegel vor. Aelia hielt den Atem an, als sie die fremde Frau erblickte. Ein hübsches Gesicht unter einer Maske von Schminke. Die Haare waren kurz und in Wellen gelegt; es fehlte ihnen der kunstvoll gebundene Knoten im Nacken.

»Leider habe ich kein Haarteil«, sagte Drusilla bedauernd, als hätte sie Aelias Gedanken erraten.

»Das macht gar nichts«, entgegnete Aelia.

Kurz nach Sonnenuntergang brachte Otho sie zu ihrem Vater, der sie schon erwartete. Er saß auf einem Sessel im Licht einiger Öllampen und wies ihr den Ehrenplatz zu seiner Linken zu. Tertinius saß zu seiner Rechten, Otho und Sebastianus nahmen ihnen gegenüber Platz. Die Sklaven hatten sich alle Mühe gegeben: Auf dem niedrigen Tisch aus Kirschbaumholz stand eine Schale mit Wasser, in der die Blüten von Waldblumen schwammen. Daneben glänzte kostbares Silbergeschirr.

Aelia war enttäuscht, dass sie nicht allein mit ihrem Vater war. Sie spürte die verstohlenen neugierigen Blicke der beiden jungen Offiziere und fragte sich, ob sie wussten, wer sie war oder ob sie sie vielleicht für eine junge Geliebte ihres Vaters hielten. Tertinius behandelte sie weiter mit ausgesuchter Höflichkeit. Sie wusste nun auch, warum. Er kannte die Wahrheit.

Richomeres hob sein Glas. »Möge das Reich ewig bestehen und seine Feinde bald unter der Erde liegen.«

Sie tranken sich zu und leerten ihre Gläser, die mit Wasser vermischten Weißwein enthielten. Dann trug ein Sklave den ersten Gang herein: gekochte Eier in einer würzigen Soße.

Aelia verspürte kaum Hunger, aber der Geruch verleitete sie dazu, ein wenig von der Vorspeise zu nehmen. Ihr Vater und Tertinius bestritten den größten Teil des Gesprächs. Sie redeten über Unverfängliches, über Pferde, die öde Gegend hier oben in Nordgallien, die schlechten Straßen, das gefährliche Reisen und über den nahenden Winter.

Aelia musterte ihren Vater heimlich von der Seite. Sein Benehmen, sein Latein und das, was er sagte, ließen darauf schließen, dass er zu einem vornehmen Römer geworden war. War das der Mann, der ihr früher von seinen Göttern erzählt und ihr Fränkisch beigebracht hatte?

Der Hauptgang wurde hereingetragen – Bohnen mit Fleischwürfeln und Brot – und das Gespräch kam auf Treveris.

»Wenn doch unser Kaiser endlich wieder in die Stadt käme!«, rief Tertinius. »Wenn er sehen würde, in welchem Zustand sie ist! Es würde ihm das Herz brechen.«

»Guter Tertinius, ich glaube nicht, dass jemals wieder ein Kaiser Treveris betreten wird«, sagte Otho nüchtern. Sein Raubvogelgesicht sah ernst aus im Licht der Öllämpchen.

»Nein, sicher nicht«, sagte Aelia. »Die Stadt ist zu einem gefährlichen und verkommenen Ort geworden.«

Es wurde schlagartig still im Zelt. Die beiden Offiziere unterbrachen ihr Essen und starrten Aelia an. Tertinius blickte auf seinen Teller hinunter. Als er nichts erwiderte, sagte Otho: »Mit Verlaub, meine Liebe, ist das nicht ein wenig übertrieben?«

Aelia sah ihn über den niedrigen Tisch hinweg an. »Es ist leider die Wahrheit. Ich habe lange genug dort gelebt, um es beurteilen zu können …«

»Ich finde, du solltest das mit Rücksicht auf unsere Gäste nicht weiter ausführen, Aelia!«, wies sie ihr Vater mit scharfer Stimme zurecht. »Jetzt ist nicht der passende Augenblick dafür.«

Aelia schloss den Mund. Sie spürte den wütenden Blick ihres Vaters auf sich gerichtet. Die beiden Offiziere warfen sich ratlose Blicke zu, sie sahen zu Tertinius hinüber, der schweigend vor seinem Teller saß. Das Licht der Öllampen in den Wandständern zuckte, als die Sklaven das Zelt betraten, um abzuräumen. Das war eine willkommene Unterbrechung, während der Otho offenbar beschloss, dem Gespräch eine Wendung zu geben. Er wandte sich an den Comes.

»Mit Verlaub, vortrefflicher Richomeres, haben wir schon Nachrichten vom *Magister militum*?«

»Nein«, sagte Aelias Vater. Seine Stimme klang immer noch wütend.

»Dann werden sie sicher bald eintreffen«, beeilte sich Otho zu besänftigen und hob sein Glas. »Auf unseren Sieg!«

»Auf den Sieg!« Sie prosteten sich zu.

Aelia trank hastig ein paar Schlucke. Ihr schwindelte von dem vielen Wein und der warmen Luft im Zelt. Deshalb hörte sie nur noch mit einem Ohr zu, als sich das Gespräch um Menschen drehte, die sie nicht kannte.

Viel lieber hätte sie mit ihrem Vater allein gesprochen. Sie hätte ihm gern erzählt, wie es ihr bei Dardanus ergangen war, hätte Wiedergutmachung gefordert, wenn auch nicht mehr für sich selbst, so doch für die anderen Mädchen, die jetzt womöglich auf ihren nächsten Kampf auf Leben und Tod vorbereitet wurden. Stattdessen musste sie artig hier sitzen und die brave Tochter spielen, die gemaßregelt wurde, sobald sie die Wahrheit sagte.

Die Sklaven trugen die Nachspeise herein: mit Honig bestrichene süße Kuchen. Aelia ließ sich anstandshalber einen auf den Teller legen, als sie Othos glatte Stimme hörte. »Wie geht es deinem Sohn, Vortrefflicher? Übt er schon für sein künftiges Soldatenleben?«

Aelia schluckte. Trocken rutschte das Stück Kuchen durch ihren Hals. Dein Sohn, hämmerte es in ihrem Kopf. Ihr Vater hatte einen Sohn. Während ihre Mutter in Treveris bis zu ihrem Tod auf ihn gewartet hatte, hatte er tatsächlich eine neue Familie gegründet. Sie packte ihr Weinglas, spülte den Kuchen mit einigen Schlucken herunter, als sie wieder Othos Stimme hörte. »Hast du schon etwas von deiner Frau gehört?«

Sie wusste, warum sie diesen Mann von Anfang an nicht gemocht hatte. Er war ein Ehrgeizling, nach außen glatt und nach innen hart. Mit seiner hässlichen Stimme schien er Löcher in Bretter bohren zu können.

Sie knallte ihr leeres Weinglas zurück auf den Kirschholztisch und sprang auf. Nach einem kurzen Blick in die Runde der überraschten Offiziere raffte sie ihr Gewand, murmelte eine hastige Entschuldigung und lief hinaus.

Dieser Otho hat das mit Absicht getan, dachte sie, während sie an den überraschten hunnischen Wachen vorbei in die kühle Nacht lief. Sie hörte Schritte hinter sich. Ihr Vater.

»Aelia! Warte bitte!«

Sie lief weiter. Für einen Augenblick genoss sie das triumphierende

Gefühl, dass sie vor ihm weglaufen könnte, wenn sie frei wäre. Wie er es mit ihr getan hatte. Sie hörte, wie er ihr in gemessenen Schritten folgte, als der Palisadenzaun vor ihr auftauchte. Da hielt sie inne und wandte sich um. Sie waren jetzt am Rand des Lagers, hier standen keine Zelte mehr. Über ihnen wölbte sich die Krone einer mächtigen Buche.

»Mutter ist tot!«, schleuderte sie ihm entgegen. »Sie hat jeden Tag auf deine Rückkehr gewartet!«

Sie sah, wie sich seine Brust rasch hob und senkte. Seine Hand tastete nach dem Baumstamm.

Aelia trat näher an ihn heran. Das Verlangen überkam sie, ihm einen Dolch in seinen Leib zu stoßen, durch Mantel und Brustschutz hindurch. Aber es musste ja kein Dolch sein. Worte konnten mindestens ebenso sehr verletzen wie Messerstiche, das hatte sie in ihrem jungen Leben schon gelernt. Sie atmete tief und fuhr fort.

»Die Burgunder haben sie getötet, als sie die Stadt überfielen, zwei Winter, nachdem du gegangen bist. Der Krieger hat sie erst geschändet und dann getötet.«

Sie legte eine Pause ein, um die Wirkung ihrer Worte auszukosten, während sie sich über ihre eigene fremde, doch seltsam beherrschte Stimme wunderte. »Ich musste alles mit ansehen. Ich war zehn Winter alt.«

Richomeres hatte sich von ihr abgewandt. Er presste seine Hände an den Baumstamm und hielt den Kopf gesenkt.

»Weißt du, wie es ist, wenn man einen Vater hat und ihn verliert?« Sie lauschte dem Klang ihrer eigenen Stimme nach, die in der Nacht verhallte, und eine grimmige Freude erfasste sie. Wie mächtig sie doch war! Wenn ihn jetzt seine Soldaten sehen könnten!

Doch da wandte er sich zu ihr um. In der Dunkelheit konnte sie sein Gesicht nicht erkennen. »Es ist sicher genauso schlimm, wie eine Tochter zu verlieren. Ich habe dich mir immer vorgestellt – wie alt du wohl bist, wie du aussehen würdest, was du tun würdest. Ich habe nie an deinen Tod geglaubt.«

Sie blickte ihn verwundert an. Seine Stimme klang rau, als er fortfuhr.

»Als ich nach Treveris zurückkam, war es zu spät. Die Burgunder hatten die Stadt schon überfallen. Euer Wirt erzählte mir vom Tod deiner Mutter und von deinem Verschwinden. Ich ließ die ganze Stadt nach dir absuchen – vergeblich. Dardanus hat viele Freunde in hohen Kreisen, wie ich erst jetzt erfuhr.«

Er schwieg lange.

»Wir führten später mit den Hunnen den Vernichtungsschlag gegen die Burgunder. Ich war damals unter den Beratern des *Magisters militum* Flavius Aetius, wahrscheinlich, weil ich Franke bin und Aetius glaubte, ein Barbar könnte andere Barbaren noch am besten durchschauen und deshalb am wirksamsten bekämpfen. Er hat ja selbst einen gotischen Vater, der Vortreffliche. Es war ein furchtbares Blutvergießen, aber ich muss gestehen, dass es mir Freude gemacht hat.«

Er schlug mit der Hand gegen den Baumstamm. »Wenn man so etwas aus Rache gern macht«, erzählte er weiter, »dann stimmt das Leben nicht mehr, dann ist es verkehrt. So schlimm das auch ist – aber mit diesem falschen Leben kann man auf einmal ganz andere Dinge tun. Zum Beispiel die Tochter des Präfekten von Arelate heiraten, die einen liebt, und mit ihr einen Sohn bekommen.«

Aelia sah ihn an. Als sie die Wucht seiner Worte traf, begriff sie, dass auch er mit Worten kämpfen konnte.

»Warum hast du nicht länger nach mir gesucht?«

»Ich habe nach dir suchen lassen, immer wieder! Aber es war hoffnungslos. Ich wusste, wie es in Treveris um die Waisenkinder bestellt war und dass viele von ihnen starben. Irgendwann musste ich davon ausgehen, dass du auch tot warst, obwohl ich es nie glauben wollte.«

»Du lügst«, sagte Aelia.

»Es ist die Wahrheit.«

Sie spürte, wie er sie durch die Dunkelheit hindurch ansah. Sie beschloss, ihn nicht davonkommen zu lassen. »Warum bist du fortgegangen?«

Ein tiefer Seufzer zeigte ihr, dass sie eine wunde Stelle getroffen haben musste. Er straffte sich, ehe er antwortete, aber nur halbherzig, als wüsste er bereits im Voraus, dass seine Antwort sie nicht überzeugen würde.

»Man hat mir das Kommando über einen Aufklärungsnumerus gegeben – eine große Möglichkeit für einen Offizier wie mich, noch dazu für einen Franken –, ein Posten, den man unmöglich ablehnen konnte.«

»Warum hast du uns nicht mitgenommen?«

»Ich wollte euch holen, aber dann ...«

»… dann war da die Tochter des Präfekten.«

»Nein!«

Er richtete sich auf. »Deine Mutter und ich hatten abgemacht, dass ich nur so lange bleibe, wie das Kommando dauert, aber es wurde verlängert.«

»Warum hast du keine Nachricht geschickt?«

»Ich habe ihr einen Brief geschickt.«

»Einen?«

»Ja, und regelmäßig Geld.«

»Warum bist du nicht selbst gekommen?«

Ihr Vater senkte den Kopf. »Es ging nicht«, sagte er leise. »Ich konnte nicht weg.«

Aelia spürte, dass an seinen Worten etwas nicht stimmte.

»Nein!«, entfuhr es ihr. »Du hast uns verlassen, weil wir deinem Aufstieg im Wege standen. Vom Offizier zum Kommandeur einer ganzen Einheit – was für ein Aufstieg für einen Franken! Das ging nur mit der Tochter des Präfekten, und deshalb bist du nicht mehr zurückgekommen.«

Richomeres schüttelte den Kopf. »Meinen eigentlichen Aufstieg habe ich erst nach dem Tod deiner Mutter gemacht«, sagte er traurig, »als Berater des *Magisters militum* Aetius im Kampf gegen die Burgunder. Ironie des Schicksals war, dass mein Bedürfnis nach Rache mich zu ungeheuren Leistungen angespornt hat. Aber ich hatte auch das Glück, dem Heermeister selbst in einer schlimmen Lage das Leben zu retten. Aetius vertraut mir vollkommen. In diesen Zeiten brauchen Männer wie er mehr denn je Männer, denen sie vertrauen können. Das ist der Grund, warum er mir diesen Posten und dieses Kommando übertrug.«

Aelia sah hoch in die Baumkrone, wo ein leiser Wind in den Blättern der Buche spielte. Die Luft war rein und klar, und am Himmel funkelten die Sterne, aber in Aelia tobte ein Sturm.

»Du hast uns verraten«, sagte sie. »Du hast uns deinem Aufstieg geopfert.« Ihre Stimme klang leise und bitter durch die Nacht. Dass ihr Vater nickte, machte alles nur noch schlimmer.

»Es tut mir leid«, sagte er traurig. »Ich weiß, dass der Preis dafür zu hoch war.«

Aelia weinte. Sie hatte gewonnen, doch dies war nicht der Sieg, den sie gewollt hatte.

Sie spürte die Hand ihres Vaters auf ihrem Arm, aber sie schüttelte sie ab und rannte durch die Dunkelheit zurück zu ihrem Zelt.

Richomeres folgte ihr nicht.

Kapitel 18

Am nächsten Morgen erschien Drusilla wieder in Aelias Zelt und brachte ihr ein neues Gewand: eine römische Tunika, die an den Säumen mit Goldfäden bestickt war, sowie saubere Schuhe. Sie half Aelia bei der Morgentoilette, kämmte und schminkte sie und richtete ihr Bett. Aber ihre Anwesenheit täuschte nicht darüber hinweg, dass Aelia weiterhin eine Gefangene war, denn Otho und Sebastianus wachten abwechselnd vor ihrem Zelt.

Am Abend ließ Richomeres sie wieder zu sich rufen, aber diesmal empfing er sie allein. Er sah schlecht aus. Sein Gesicht wirkte, als sei es über Nacht in sich zusammengefallen, und der harte Zug um seinen Mund hatte sich tiefer gegraben.

Heimlich musterte Aelia ihn mit einer Aufwallung von Mitleid, das sie aber rasch zurückdrängte. Mehr noch als das, was sie hatte ertragen müssen, verübelte sie ihm das Schicksal ihrer Mutter.

Sie saßen am Tisch und aßen schweigend im Licht der Öllampen, die das Zelt erhellten. Nach dem ersten Gang lehnte er sich zurück. Sie sah aus den Augenwinkeln, wie er sie lange musterte, ehe er zu reden begann. »Es tut mir leid«, sagte er leise. »Alles, was du durchmachen musstest, tut mir leid. Tertinius hat mir alles erzählt. Als ich erfuhr, dass er dich als Spionin nach Dispargum gebracht hatte, habe ich ihm befohlen, dich sofort zurückzuholen und zu mir bringen zu lassen, aber da war es schon zu spät. Wir erhielten die Nachricht deines Todes.« Er schwieg. Aelia erwiderte nichts.

»Dann erfuhren wir durch Eghild, dass es nur Wala getroffen hatte und dass du lebst – ich hatte es nicht mehr zu hoffen gewagt.«

Richomeres erhob sich. »Du hast großes Glück gehabt. Ein mächtiger Gott muss auf deiner Seite sein, Aelia.«

Er sah ehrlich schuldbewusst aus, als er auf sie heruntersthaute.

Aelia wich seinem Blick aus. Sie ergriff ihr Weinglas und nahm ein paar hastige Schlucke, während sie mit ihrem aufgewühlten Inneren kämpfte. Er sollte ihr nicht anmerken, wie sehr seine Worte sie berührten, wie das Mitleid in ihr wuchs und der Wunsch, ihm zu vergeben. Ich darf es nicht, dachte sie. Um Mutters Willen muss ich hart bleiben. Er muss begreifen, was er uns angetan hat. Er muss es fühlen.

»Nachdem Mutter tot war, habe ich eine Zeitlang alleine auf den Straßen von Treveris gelebt. Hätte Dardanus' Sklave mich nicht gefunden, wäre ich verhungert«, sagte sie. »Weißt du von Dardanus' Schule? Hat Tertinius dir erzählt, dass er dabei war, als ich gegen Eghild auf Leben und Tod kämpfen musste? Hat er dir gesagt, dass ich eigentlich dabei sterben sollte?«

Ihr Vater starrte auf sie herunter. »Ich werde dafür sorgen, dass die Kämpfe aufhören.«

»Und Tertinius? Er hat dir nichts von seiner eigenen Beteiligung an den Kämpfen erzählt, nicht wahr?«

»Ich habe ihn gründlich verhört«, sagte Richomeres. »Er sieht seine Schuld ein.«

»Du musst ihn bestrafen, Vater, ihn, Dardanus, Marcellus und alle anderen.«

Richomeres ging zu seinem Arbeitstisch, der von einer großen Karte bedeckt wurde, und lehnte sich daran.

»Tertinius ist ein erfahrener Soldat. Ich kann nicht auf ihn verzichten.«

»Wenn du alle im Amt lässt, die Unrecht tun, wird nichts besser«, erwiderte Aelia.

»Wenn ich alle entlassen müsste, die Fehler begehen, hätte ich keine Truppe mehr«, versetzte Richomeres. »Tertinius hat Unrecht getan, und ich verstehe, dass du Wiedergutmachung willst. Aber du musst mich auch verstehen. Wir haben eine Schlacht vor uns, und da brauche ich jeden Mann, erst recht Männer wie Tertinius. Außerdem war er es, der dich wiedergefunden hat.«

Das leuchtete auch Aelia ein. Trotzdem wollte sie nicht nachgeben. Sie hatte ein Anrecht darauf, dass ihr Vater, der offenbar ein sehr mächtiger Mann geworden war, seinen Einfluss für sie geltend machte. Schließlich hatten sie und ihre Mutter den Preis für seinen Aufstieg bezahlt.

»Tertinius hat mir und Verina die Freiheit versprochen«, sagte sie. »Wird er sein Versprechen halten?«

»Natürlich. Tertinius ist ein Mann, der sein Wort hält. Deiner Freundin geht es gut, und ich werde selbstverständlich für dich sorgen, wenn hier alles vorbei ist.«

»Das meinte ich nicht«, sagte Aelia steif. »Ich habe von Freiheit gesprochen. Das ist etwas anderes.«

Im Gesicht ihres Vaters zuckte es. Er kam auf sie zu. »Ich wünsche mir ... es wäre schön, wenn du zu uns kommen würdest, Aelia, zu meiner Frau und mir. Wir leben auf einem Gut in der Nähe von Arelate. Priscilla würde sich um dich kümmern, und du könntest endlich das Leben führen, das dir zusteht. Du könntest ...«

»Nein!«, entfuhr es Aelia, ehe sie überhaupt darüber nachgedacht hatte. Bei ihm und seiner Frau und ihrem Halbbruder zu leben hieße, ihre Mutter zu verraten. Das war unmöglich. Sie stand auf. »Ich möchte meine Freiheit! Ich möchte, dass ihr euer Wort haltet, Tertinius und du!«

Richomeres trat vor den Eingang, als hätte er Angst, dass sie wieder weglaufen würde. »Setz dich hin. Ich sagte doch, dass Tertinius sein Wort halten wird. Vielleicht überlegst du es dir noch anders und lebst bei mir und Priscilla. Es würde mich freuen.«

»Wie kannst du nur glauben, dass ich das jetzt noch könnte!«

Sie standen sich wieder ebenso wütend gegenüber wie am Abend zuvor. Ein schmerzlicher Ausdruck glitt über Richomeres' Gesicht.

»Vielleicht verzeihst du mir eines Tages«, sagte er leise.

Aelia wollte ihm entgegenschleudern, dass sie das bestimmt niemals tun würde, wenn allein schon der Gedanke an seine neue Familie ihr Übelkeit verursachte. Aber sie zwang sich zu schweigen. Wenn sie beherrschter war, konnte sie klarer und besser denken, und das war in gefährlichen Situationen unabdingbar. Steif ließ sie sich wieder auf ihrem Sitz nieder, während die Sklaven kamen und den Hauptgang hereintrugen.

»Ich werde deiner Mutter einen Gedenkstein setzen lassen«, sagte Richomeres, nachdem er sich wieder neben sie gesetzt hatte. »Einen großen Stein, der ihren Namen trägt. Er kommt auf den Friedhof von St. Eucharius in vorderster Reihe, damit jeder, der daran vorbeigeht, ihren Namen sieht.«

»Dadurch wird sie nicht mehr lebendig«, bemerkte Aelia trocken.

Richomeres ließ sein Messer auf den Silberteller sinken.

»Ich kann deine Mutter nicht mehr aufwecken, so gerne ich es auch würde! Glaub mir, ich würde alles dafür geben, wenn ich sie nur noch einmal berühren dürfte!«

Er hob seine Hand, an der ein klobiger Goldring steckte, streckte sie aus und ließ sie auf den Tisch hinuntersinken.

Aelia hörte auf, in ihrem Essen herumzustochern, und griff zum

Weinglas. Sie trank in langen Zügen, als könnte das ihre Gefühle hinunterspülen, die plötzlich in ihr aufgestiegen waren. Sie spürte, wie das kleine Mädchen, das sie einmal gewesen war, sie anflehte, ihm zu verzeihen. Mit Macht scheuchte sie es fort. Wenn sie dieses Gespräch erfolgreich bestehen wollte, musste sie hart bleiben. Sie durfte ihm nicht das Gefühl geben, ihm zu verzeihen, denn nur wenn er sein schlechtes Gewissen behielt, würde er am ehesten bereit sein für Zugeständnisse. Immerhin verlieh sie ihrer Stimme einen sanfteren Ton, als sie sagte: »Ich weiß leider nicht einmal, wo sie liegt.«

Das Messer des Comes fiel auf den Teller. Er nahm das Leinentuch, das die Sklaven bereitgelegt hatten, wischte sich damit Hände und Mund ab und warf es auf den Tisch.

»Ich habe dich um Verzeihung gebeten«, sagte er. »Ich habe dir angeboten, bei meiner Familie zu leben. Ich werde Wiedergutmachung leisten, für alles, was du erlitten hast, soweit ich es vermag. Ich werde dir und Verina die Freiheit wiedergeben. Beim Mithras, was soll ich denn noch tun?«

Aelia schob ihren Teller fort.

»Die Franken von Dispargum sind nicht alle gleich«, beeilte sie sich zu sagen. »Marwig ist ein besonnener und ehrenhafter Mann. Er verachtet die Römer nicht wie sein Vater. Verhandle mit ihnen, Vater. Du schonst das Leben deiner Männer und behältst die Franken als Verbündete hier im Norden.«

»Das kann ich nicht. Der Kaiser selbst hat befohlen, ihnen Einhalt zu gebieten, und der *Magister militum* erwartet unseren Sieg.«

»Dann ist eine Schlacht also schon beschlossen?«

Richomeres nickte. »Weißt du etwas über ihre Pläne? Weißt du, wo sie sich versteckt halten?«

»Nein«, sagte Aelia schroff. Immerhin wusste sie nun durch seine Frage, dass er keine Ahnung hatte, wo die Franken sich aufhielten.

»Ich weiß, dass Marwig dich zum Kindermädchen seiner Tochter gemacht hat«, bemerkte er. Sie erkannte die unausgesprochene Verdächtigung, die in seinen Worten mitschwang.

»Am Königshof gibt es viel Klatsch, der nur auf Vermutungen beruht«, gab sie frostig zurück.

»Nun, auch wenn du nicht seine Geliebte bist, wie einige behaupten, so hat er offensichtlich Vertrauen zu dir. Es wäre gut möglich, dass er dir etwas verraten hat, was die Pläne seines Vaters betrifft.«

»Hat er aber nicht«, versetzte Aelia. »Doch ich bin mir sicher, dass er mich anhören würde, wenn du mich zu ihm schickst. Er hat Einfluss auf seinen Vater, er könnte König Chlodio zum Einlenken bewegen.«

Richomeres erhob sich und ging im Zelt hin und her. »Ich soll dich zum König schicken? Was denkst du nur? Soll er dich als Geisel nehmen? Ist dir nicht klar, dass Marwig das Vertrauen in dich verlieren wird, wenn er erst weiß, wer du bist?«

Aelia starrte ihren Vater an, während sie spürte, wie die Farbe aus ihrem Gesicht wich.

Er seufzte, nahm sein Weinglas und leerte es in einem Zug. Nachdem er es auf den Tisch zurückgestellt hatte, sagte er: »Ich werde dich auf keinen Fall wieder zu ihnen schicken. Selbst wenn es zu Verhandlungen käme, müssten sie von Männern geführt werden, die jeder Gefahr und jedem Winkelzug gewachsen wären.«

Aelia senkte den Kopf, ihr war zum Weinen zumute. Trotz allem, was sie in diesem Gespräch bereits erreicht hatte, war sie mit ihrem wichtigsten Anliegen – Marwig zu retten – gescheitert, und sie wusste nicht mehr, was jetzt noch helfen konnte.

Ihr Vater setzte sich neben sie. »Ich verstehe dich besser, als du denkst«, sagte er mit sanfter Stimme. »Tertinius hätte dich nie mit diesem gefährlichen Auftrag betrauen dürfen. Du bist nicht kaltblütig genug. Du bist wie deine Mutter – du freundest dich zu schnell mit den Menschen an.«

Aelia rückte ein wenig von ihm ab. »Ohne Freunde kann man nicht leben«, sagte sie. »Verina hat mir geholfen, in Dardanus' Haus zu überleben. Marwig hat mir das Leben gerettet.«

»Ich weiß«, sagte Richomeres. »Carus und Eghild haben es uns berichtet.«

»Aber du weißt es nicht von mir«, sagte Aelia.

Richomeres betrachtete seine Tochter nachdenklich. »Du hast recht«, sagte er schließlich. »Wir werden uns noch oft unterhalten müssen.«

Und damit fuhren sie gleich am nächsten Tag fort. Während die Soldaten jagten und exerzierten, lud Richomeres seine Tochter in sein Zelt ein, wann immer es seine Zeit zuließ, und sie aßen und sprachen miteinander. Aelia spürte seine Freude über ihr Wiedersehen und seinen Wunsch, so viel Zeit wie möglich mit ihr zu verbringen, aber sie blieb zurückhaltend. Er war ihr fremd geworden. Außerdem hatte sie sich ihr Wiedersehen immer anders vorgestellt, so, als ob sich nichts verändert hätte, als ob er nach wie vor noch der Vater wäre, der ihr allein gehörte. Dieser harte und ernste, arbeitsame Mann hatte nichts mehr mit dem fröhlichen Helden von früher gemeinsam. Der Verrat, den er an ihr und ihrer Mutter begangen hatte, bohrte in ihr und machte sie vorsichtig und verschlossen. Doch ihr Vater schien oft ihre Gedanken zu durchschauen, wenn sie redete. Manchmal wich der harte Ausdruck in seinem Gesicht und machte einer liebevollen Aufmerksamkeit Platz.

Natürlich verhörte er sie auch. Er wollte alles über ihre Zeit am fränkischen Königshof wissen – wer am Hof lebte, was für ein Mann der König war, was er wollte und wie es um seine Gesundheit bestellt war, wie seine Söhne waren, über wie viele Krieger der König und die Fürsten verfügten.

Aelia erzählte ihm nur das, wovon sie wusste, dass es den Franken nicht schaden würde. Die Zahl der Krieger konnte sie nur schätzen, dafür konnte sie ihrem Vater ein sehr genaues Bild des Königs und seiner Familie liefern, wobei sie vieles beschönigte. Sie hob Marwigs Qualitäten hervor, schilderte seine Ehrenhaftigkeit, Aufrichtigkeit und seinen Kampfesmut, betonte, wie angesehen er bei seinen Männern sei, während sie Lantschild in den düstersten Farben malte. Wisigard beschrieb sie braver, als sie war, und verschwieg deren Gabe zum zweiten Gesicht – nur Chlodeswinthe schilderte sie einfach so, wie sie war.

Ihr Vater hörte ihr aufmerksam zu. »Ich fürchte, dass König Chlodio noch viel weiter will«, sagte er. »Er wird sich nicht mit Tornacum und Camaracum begnügen, er hat gerade erst mit der Eroberung begonnen. Indem er in unser Reich gedrungen ist, hat er den Bündnisvertrag gebrochen. Er ist nicht mehr unser Verbündeter, sondern unser Feind.«

Aelia wartete eine Weile, bis die schneidende Stimme ihres Vaters verklungen war. Dann sagte sie: »Aber der König ist schwer krank. Er wird wahrscheinlich den nächsten Winter nicht überleben.«

»Wer sagt das?«

»Ihr Seher Nebisgast.«

»Mein Kind, ich kann mich bei meinem Urteil nicht auf die Vermutungen eines barbarischen Sehers verlassen«, antwortete er. »Ich muss mich an den Befehl des Kaisers halten, und er hat recht – die Franken müssen in ihre Grenzen gewiesen werden, sie müssen einen Dämpfer bekommen, und zwar einen empfindlichen!«

Er erhob sich und marschierte wütend im Zelt auf und ab.

»Du bist doch einer von ihnen«, sagte Aelia leise. »Du sprichst ihre Sprache. Der Stamm deiner Eltern kam von jenseits des Rhenus.«

Richomeres hielt inne und starrte sie an. »Ich bin schon lange keiner mehr von ihnen. Das Reich ist meine Heimat, dafür kämpfe ich. Und dafür solltest du auch kämpfen, wo du römisches Blut in deinen Adern hast.«

»Mache ich ja auch«, sagte sie hastig. »Ich dachte nur, man braucht kein unnötiges Blut zu vergießen, Vater.«

Die Wut verschwand aus seinem Gesicht. Liebevoll sah er sie an. »Wie du mich Vater nennst«, sagte er gerührt. »Wenn dies hier vorbei ist, kommst du mit mir nach Arelate. Ich möchte mich nicht wieder von dir trennen.«

Seine Stimme klang rau, als er das sagte. Aelia dachte, dass sie ganz sicher nicht zu dieser Fremden gehen würde, als von draußen Stimmen erklangen. Jemand brüllte einen Befehl, und nur wenig später erschien Otho im Zelt. Er verbeugte sich tief.

»Ich bitte um Verzeihung, Vortrefflicher. Ein Franke ist gerade eingetroffen.«

»Ein Franke? Wer?«

»Das hat er uns nicht gesagt, Herr. Er will nur mit dir sprechen. Es sei wichtig, sagt er.«

»Ist er allein?«

»Nein, da sind noch zwei bei ihm – ein Krieger und eine Frau.«

Richomeres schwieg eine Weile, dann sagte er: »Schick nach Tertinius, er soll sofort kommen. Sebastianus und du, ihr sollt ebenfalls dabei sein. Dann lass die Franken kommen.«

Otho nickte und tat, wie ihm geheißen. Als er gegangen war, wandte sich Richomeres an Aelia. Er betrachtete sie ein paar Atemzüge lang, als müsste er eine Entscheidung treffen, dann sagte er: »Du versteckst dich hier.«

Er hob einen Vorhang, hinter dem sich sein Bett befand.

»Wer auch immer es ist, er sollte dich hier nicht sehen. Bleib ruhig und sag kein Wort, bis ich es dir erlaube.«

Aelia nickte. Hastig schlüpfte sie hinter den Vorhang, den ihr Vater zuzog, damit niemand sie sehen konnte, aber sie konnte den Stoff einen Fingerbreit beiseite schieben und dadurch alles im Zelt beobachten.

Richomeres ergriff sein Schwertgehänge und legte es sich um. Dann folgte sein Umhang, den er mit einer Gewandspange verschloss. Tertinius erschien, ebenfalls in voller Rüstung. Nur wenig später kamen Otho und Sebastianus. Die hunnische Leibwache brachte drei Menschen ins Zelt, von denen zwei die Kapuzen ihrer Umhänge tief ins Gesicht gezogen hatten. Der dritte war der Krieger, von dem Otho gesprochen hatte. Aelias Herz begann schneller zu pochen. Sie kannte ihn, er war einer der Leibwächter König Chlodios, dem man die Zunge herausgeschnitten hatte.

Neben den beiden Männern stand die Frau. Sie war an den Handgelenken gefesselt, und es schien, als könnte sie sich kaum auf den Beinen halten. Auf ein Kopfnicken von Richomeres trat ein Hunne an die Franken heran und zog ihnen die Kapuzen vom Kopf.

Aelia hielt den Atem an, als sie Lantschild erblickte. Sein helles lockiges Haar fiel ihm strähnig vom Kopf herab, und er sah erschöpft aus, aber er lächelte. Gleich hinter ihm schwankte Eghild. Ihr Gesicht war durch Blutergüsse unförmig geschwollen, und ein feiner roter Strich durchtrennte ihre Oberlippe.

Richomeres zog hörbar den Atem ein. Er baute sich vor Lantschild in seiner ganzen Größe auf und musterte ihn von oben bis unten. »Würdest du die Güte haben, euch vorzustellen?«, zischte er.

Lantschild machte eine ungeschickte Verbeugung. Man konnte ihm ansehen, wie ungeübt er in diesen Dingen war. »Entschuldige bitte«, begann er in stockendem Latein. »Ich bin Lantschild, der zweitgeborene Sohn König Chlodios. Dies ist sein Leibwächter«, er deutete auf den Krieger, »und diese junge Frau dürfte dir bekannt vorkommen.«

Er warf einen flüchtigen Blick auf Eghild, deren gebeugte Gestalt ein jammervolles Überbleibsel jener stolzen Schülerin abgab, die sie bei Dardanus gewesen war.

Richomeres ging zu Eghild, schob einen Finger unter ihr Kinn und hob ihren Kopf an. Stumm musterten sich die beiden eine Weile, dann rief er nach dem zweiten Hunnen.

»Bring sie zum Wundarzt, er soll sich um sie kümmern. Sofort!«

Aelia kannte ihren Vater inzwischen gut genug, um zu wissen, dass er seine Wut nur mühsam unterdrückte. Nachdem der Hunne Eghild hinausgeführt hatte, wandte er sich an Lantschild.

»Was willst du?«

»Ich wollte dir deine Spionin wiederbringen. Leider erwies sie sich beim Verhör als sehr hartnäckig. Es dauerte, bis sie endlich bereit war, mir den Namen ihres Mittelsmannes zu verraten«, antwortete Lantschild in gespieltem Bedauern. »Aber der Mann – wie heißt er noch gleich? Carus – er war schnell bereit, mir den Ort des Lagers zu verraten. Was tut man nicht alles für das Leben seiner Kinder?«

Ein kleines Lächeln huschte über sein längliches Gesicht, und er warf einen raschen Blick durch das Zelt. Richomeres starrte ihn mit einem kalten Blick an. »Warum bist du hier?«, wiederholte er.

Lantschild leckte sich über die Lippen. »Könnten wir das nicht unter vier Augen besprechen? Ich habe etwas, das du willst, und du könntest mir etwas geben, das ich will.«

»Ich vertraue meinen Offizieren«, sagte Richomeres. »Sie werden bleiben. Du musst mir deinen Vorschlag schon hier unterbreiten.«

Lantschild sah sich um, als fühlte er sich nicht wohl in seiner Haut. Man hatte ihn und seinen Begleiter entwaffnet, ehe sie das Zelt des Kommandanten betreten durften, und ihm dämmerte wohl allmählich, dass er den Römern ausgeliefert war. Er wich ein wenig zurück.

»Nun, Vortrefflicher«, seine Stimme klang nicht mehr ganz so selbstbewusst, »du kannst dir sicher vorstellen, welch großen Mut es mich kostete, mich in deine Hände zu begeben. Ich war sehr erstaunt, als ich am Hof meines Vaters die Magd zufällig dabei belauschte, wie sie Nachrichten an den römischen Gutsverwalter weitergab, der unsere Burg belieferte. Zum Glück ist mein Latein nicht so schlecht, dass ich sie nicht verstehen konnte. Dieser Sache musste ich natürlich auf den Grund gehen.«

»Gewiss«, sagte Richomeres mit gepresster Stimme.

»Noch erstaunter war ich über das, was ich erfuhr«, sagte Lantschild. »Ihr schickt uns ein Mädchen als Spionin! Was für ein guter Einfall! Ich wäre niemals darauf gekommen.«

Aelia sah, dass ein kleines Lächeln in Tertinius' Mundwinkeln spielte und fluchte innerlich. Verdammter Schmeichler! Hoffentlich fielen die Offiziere nicht auf ihn herein. Lantschilds Stimme klang sicherer, als er fortfuhr.

»Mein Vater hat euch alle unterschätzt. Er glaubt, niemand von den

Römern würde sich darum scheren, was er hier oben treibt. Er glaubt, er könnte sich eine römische Stadt nach der anderen einverleiben, ohne dass es eine Wirkung hat, und seine Getreuen folgen ihm wie eine Herde Schafe.«

»Das klingt, als wärst du der Feind deines Vaters.«

»Ich war schon immer der Feind meines Vaters«, gab Lantschild freimütig zu. »Ich bin der Bastardsohn. Weißt du, was das bedeutet?«

Richomeres seufzte ungeduldig. »Komm zum Wesentlichen. Wir haben nicht ewig Zeit.«

Lantschild räusperte sich. »Ich möchte dir einen Handel vorschlagen, Vortrefflicher. Ich liefere dir meinen Vater aus. Und meinen Bruder. Du sorgst dafür, dass ich nach der Schlacht zum römischen Befehlshaber dieser Provinz ernannt werde. Du kannst sicher sein, in mir einen ergebenen Diener zu haben. Einen, der nicht vertragsbrüchig wird wie mein Vater.«

Er lächelte selbstgefällig, während er die Wirkung seiner Worte auskostete. Otho und Sebastianus starrten ihn verächtlich an, Tertinius runzelte die Stirn. Richomeres stemmte die Arme in die Hüften und musterte ihn schweigend.

»Du bist dir wohl sicher, Bastardsohn«, meinte er schließlich. »Ich könnte geneigt sein, aus dir herauszufoltern, was ich wissen will. Wie du es mit meiner Spionin gemacht hast.«

»Natürlich könntest du das. Aber bedenke, dass du mich noch brauchen wirst. Ich würde deinen Soldaten unter der Folter verraten, wo mein Vater und seine Männer sich versteckt halten. Lässt du mich aber unversehrt zu ihnen zurück, kann ich euch seine Türen öffnen, und du wirst weit weniger Soldaten für deinen Rachefeldzug opfern müssen.«

»Ich verstehe. Weihe mich in deine Pläne ein.«

»Versprich, dass du mich zum Befehlshaber der Provinz ernennst«, forderte Lantschild. »Hier vor deinen Männern.«

Richomeres wechselte einen raschen Blick mit Tertinius, dessen unmerkliches Nicken Aelia nicht entging. Sie ballte die Fäuste.

»Ich verspreche es«, sagte Richomeres rasch.

»Schwörst du es auch?«

Ein lauernder Unterton hing in Lantschilds Stimme. Richomeres hob seine rechte Hand. »Beim Mithras, ich schwöre es.«

Ein paar Augenblicke lang war es mucksmäuschenstill im Zelt.

Fast hätte man es einen feierlichen Moment nennen können, wenn alles nicht so widerwärtig gewesen wäre. Aelia dachte, dass jeder der Männer, der auch nur einen Funken Anstand in sich trug, sich für diesen schäbigen Handel zutiefst schämen müsste.

Lantschild räusperte sich. »Ich wusste, dass du ein kluger Mann bist, Vortrefflicher«, schmeichelte er. »Du wirst dein Versprechen nicht bereuen.«

»Wie hast du dir das vorgestellt?«, fragte Richomeres.

»Ich kann euch verraten, wo sich mein Vater aufhält. Es ist nicht weit, nur etwa einen Tagesritt von hier in einem Dorf namens Helena«, antwortete Lantschild. »Nach der Eroberung von Tornacum wandte sich mein Vater mit seinen Kriegern nach Süden, um eure Festung Camaracum einzunehmen. Doch kaum hatte er sie eingenommen, wurde er sehr krank. Er hat einen wütenden Dämon in seinem Bein, der nicht weichen will. Durch die Anstrengung ist alles noch schlimmer geworden, und mein Vater kämpft mit dem Tod. Er und seine Getreuen haben sich auf ein Landhaus in der Nähe des Dorfes Helena zurückgezogen, wo mein Vater hofft, seine Krankheit noch einmal besiegen zu können. Außerdem will er meinen Bruder vermählen. Die Braut ist heute in Dispargum eingetroffen und reist morgen mit ihrem Gefolge weiter nach Helena. Dort wird in zwei Tagen die Hochzeit sein.«

»Wer ist die Braut?«

»Eine fränkische Prinzessin. Die jüngste Tochter von König Chlodwig Medelphus von Colonia. Mein Vater hofft, meinem Bruder durch diese Verbindung eine gute Stellung zu sichern. Er will ihn zu seinem Nachfolger bestimmen.«

Ein bitterer Ton lag in Lantschilds Stimme. »Die Feier kann für euch eine gute Gelegenheit sein, meinen Vater und seine Getreuen zu überwältigen. Das Dorf liegt versteckt im Wald, aber das Landhaus ist leicht einzunehmen. Außerdem werden die Krieger nicht auf einen Kampf vorbereitet sein, wenn man sie während des Festes überrascht.«

Richomeres nickte. »Ein guter Plan«, bemerkte er anerkennend. »Die Hochzeit wird in zwei Tagen sein, sagtest du?«

»Ja, bei Vollmond.«

»Wie viele Krieger stehen dem König zur Verfügung?«

»Ungefähr zweihundert, sämtliche Fürsten meines Vaters und ihre

Männer. Wartet, bis sie betrunken sind, und ihr könnt die Häupter eurer fränkischen Feinde mit einem Hieb abschlagen.«

Stille breitete sich im Zelt aus. Richomeres betrachtete Lantschild nachdenklich. »Wie kann ich sicher sein, dass dein Vorschlag nicht nur ein Köder ist, um meine Truppen in die Falle zu locken?«

»Begleitet mich, wenn ich nach Helena reite«, erwiderte Lantschild. »Gebt mir einen Späher mit, er kann sich ein Bild von der Lage machen. Er wird bestätigen, dass ich die Wahrheit sage.«

»Hm«, nickte Richomeres. »Ich will dir gerne glauben, dass du wenig geneigt bist, die Pläne deines Vaters hinzunehmen, was seine Thronfolge betrifft. Aber was macht dich so sicher, dass die Fürsten deines Vaters dich als seinen Nachfolger anerkennen werden?«

»Sie haben keine andere Wahl«, sagte Lantschild. »Mein Vater hat keine weiteren Söhne außer Marwig und mir. Außerdem habe ich genug Vertrauen in deine Autorität als Beauftragter des *Magisters militum*, den neuen Bündnisvertrag nur mit mir abzuschließen.«

»Gewiss«, nickte Richomeres. »Du wirst dafür sorgen, dass das Tor des Landhauses nach Sonnenuntergang für uns geöffnet ist.«

Lantschild nickte. Die beiden Männer sahen sich an. Jeder schien einverstanden mit dem, was sie gerade beschlossen hatten. Zur Bekräftigung ihres Handels reichten sie sich die Hände.

»Otho und Sebastianus werden euch nach draußen begleiten. Wartet dort auf meine Befehle.«

Lantschild nickte und ließ sich von den Offizieren und der Leibwache aus dem Zelt begleiten. Richomeres blieb allein mit Tertinius zurück. Die Männer sahen sich eine Weile schweigend an, dann sagte Tertinius leise: »Ich hätte dasselbe getan, Herr.«

»Ich habe Zweifel«, seufzte Richomeres. »Vielleicht wäre es besser, diesen Verräter und seinen Helfer zu töten und eigenmächtig anzugreifen.«

»Nein, sicher nicht«, gab Tertinius zurück. »Der König könnte Verdacht schöpfen, wenn sein Sohn nicht zur Hochzeit kommt. Außerdem wäre es gut, wenn jemand uns das Tor öffnet.«

»Aber wenn er lügt? Ich will nicht, dass es mir geht wie dem bedauerlichen Varus.«

»Du bist nicht Varus«, sagte Tertinius. »Dein Geschick ist von mehr Glück gesegnet als seines. Du wirst selbstverständlich Späher vorausschicken, die uns jedes verdächtige Geräusch zwischen dem

Vicus und unseren Einheiten melden werden. Zudem könntest du die Truppen in zwei Teilen marschieren lassen, um das Dorf auf verschiedenen Wegen zu erreichen.«

Er erhob sich und trat an den Arbeitstisch, wo er mit dem Finger über die Linien der Landkarte fuhr.

»Hier liegt der Vicus«, sagte er. »Eine Einheit kann die Handelsstraße nach Bagacum nehmen und sich dann nach Norden wenden, die andere nimmt die Provinzialstraßen.«

Richomeres, der ebenfalls an seinen Tisch getreten war und die Karte studierte, räusperte sich. Er sah Tertinius über den Tisch hinweg an.

»Glaubst du, dass dieser Hurensohn die Wahrheit sagt? Ich habe ein schlechtes Gefühl im Magen.«

»Ich glaube seinen Beweggründen. Dieser Kerl ist wahrhaftig nicht der beste Mensch unter der Sonne, aber ich kenne ihn gut genug aus den Erzählungen unserer Spione. Er hat sich verändert, nachdem sein Vater ihm das Kommando über Dispargum gegeben hat. Ihm scheint seine neue Macht genügend zu gefallen, um jetzt mehr davon haben zu wollen, und er ist kaltblütig und hinterlistig genug, das durch einen Verrat zu erreichen. Außerdem war das Verhältnis zu seinem Bruder immer gespannt, wie ich hörte.«

»Hm«, kam von Richomeres. »Diese Hochzeit muss auf jeden Fall verhindert werden. Wir dürfen nicht zulassen, dass Chlodio und Chlodwig Medelphus ihre beiden Stämme vereinen.«

Tertinius nickte. Sein Gesicht leuchtete vor Eifer. »Das werden sie auch nicht. Sie werden sterben, noch ehe die Ehe vollzogen ist«, lächelte er. Die beiden Männer sahen sich eine Weile über die Karte hinweg schweigend an. Schließlich nickte Richomeres. »So soll es sein. Ich lasse Lantschild von Otho und Sebastianus begleiten. Sie werden mir bis morgen Abend Bericht erstatten. Wenn sie auch nur die Spur eines Verdachts haben, werde ich die Truppen nicht ausrücken lassen.«

»Denk an den Befehl, Herr«, sagte Tertinius leise. »*Er* will, dass wir ein deutliches Zeichen setzen.«

»Natürlich denke ich daran! Meinst du, ich würde mich sonst auf diesen Hurensohn einlassen?«

»Gewiss, Vortrefflicher«, beeilte sich Tertinius zu beschwichtigen. Richomeres befahl ihm, die Lagerwachen verdoppeln zu lassen und

Otho und Sebastianus zu unterrichten. »Sie sollen Lantschild und den Krieger nicht aus den Augen lassen! Macht auch nur einer von ihnen etwas Verdächtiges, sollen sie beide festnehmen und wieder herbringen, damit wir sie als Geisel nehmen können. Wer weiß, vielleicht lenkt der alte Wolf ja ein, wo er seinen Tod schon in den Knochen spürt.«

»Ja, Vortrefflicher.«

»Geh zu Eghild und verhöre sie«, befahl Richomeres. »Vielleicht weiß sie noch etwas, das für uns wichtig ist.«

»Ja, Herr.« Tertinius verbeugte sich tief vor dem Kommandanten und verließ das Zelt. Wenig später drangen von draußen seine Befehle herein, die bald von Hufgetrampel, Wiehern und weiteren Rufen beantwortet wurden.

Erst da schien sich Richomeres wieder an seine Tochter zu erinnern. Er zog den Vorhang beiseite und entließ Aelia aus ihrem Versteck.

»Du siehst blass aus. Du musst dir keine Sorgen machen, es wird alles gut gehen. Beim Mithras, wir werden sie alle zur Strecke bringen!«

»Gewiss«, hörte Aelia sich sagen. Sie war sprachlos und ohnmächtig. Marwig war in Gefahr, und ihr Vater paktierte mit dem Verräter. Am liebsten hätte sie Richomeres etwas Heftiges gesagt, aber sie besann sich. Ich muss meine Wut bezwingen, dachte sie. Wenn ich ihr gestatte, von mir Besitz zu ergreifen, wird sie alles zerstören. Mein Vater wird das Vertrauen in mich verlieren und mich einsperren, und ich werde nichts mehr von ihm erfahren. Wenn ich mich aber beherrsche, wird er mir weiter vertrauen und mir Freiheiten erlauben, die er mir sonst nie erlauben würde. Sie zwang sich zu einem Lächeln.

»Willst du, dass alle Franken sterben, Vater? Sollen sie ausgelöscht werden, weil der *Magister militum* es so will?«

»Wir müssen ihnen einen mächtigen Schlag versetzen«, sagte Richomeres. »Durch die Hochzeit von Chlodios Sohn mit Medelphus' Tochter könnte hier im Norden ein fränkisches Großreich entstehen, das sehr gefährlich für uns wäre. Wenn sie erst mächtig sind, könnten die Franken auf den Einfall kommen, noch tiefer nach Gallien vorzudringen. Sie könnten Forderungen stellen, aber wir müssen diejenigen bleiben, die ihnen die Bedingungen vorgeben, verstehst du?«

»Ja, Vater«, hörte Aelia sich sagen. Der Gedanke, dass Marwig sich mit einer fränkischen Königstochter vermählte, erschien ihr fremd und unwirklich. Aber es war nur folgerichtig für den König, seinen Sohn mit einer standesgemäßen Frau zu verbinden, bevor er starb. Es war, wie Chlodeswinthe es gesagt hatte. Aber war es auch für Marwig das Richtige? Wie konnte er in diese Hochzeit einwilligen? Liebte er nicht sie, Aelia? Der Kuss am Morgen in der Jagdhütte, der Blick, den er ihr zum Abschied zugeworfen hatte – waren das nicht Zeichen seiner Gefühle für sie?

Gewiss, er musste annehmen, dass sie tot wäre. Er glaubte sicher nicht mehr, sie jemals wiederzusehen, und in seiner Verzweiflung hatte er eingewilligt, als der König ihm die Hochzeit vorschlug.

Aelia schluckte den dicken Kloß herunter, der sich in ihrem Hals festsetzen wollte. Nur mit Mühe konnte sie sich zurückhalten, ihren Vater anzuflehen, sie zu Marwig zu schicken. Es musste einen anderen Weg geben, die Hochzeit zu verhindern, ohne das Leben Marwigs und seiner Tochter zu gefährden.

Sie spürte, wie Richomeres sie besorgt betrachtete. »Die Anstrengungen der letzten Zeit waren zu viel für dich«, meinte er. »Ich lasse dich zurück in dein Zelt bringen, dort ruhst du dich aus. Schlafe und vergiss am besten alles, was du gehört hast. Du bleibst hier im Lager in Sicherheit, und wenn wir zurückkommen, lasse ich dich nach Treveris zurückbringen. Oder auch nach Arelate, wenn du willst.«

»Ja, Vater«, sagte Aelia mit gepresster Stimme. Mit dem letzten Rest an Selbstbeherrschung, über den sie noch verfügte, ließ sie es sich gefallen, dass Richomeres sie an sich drückte. Diese Umarmung hatte sie sich seit Jahren gewünscht. Doch jetzt, wo sie endlich geschah, fühlte sie sich anders als in ihren Träumen – falsch, fremd und voll von unterdrückter Wut, die mit den Jahren gewachsen war.

Doch dies, dachte Aelia enttäuscht, als der hunnische Leibwächter ihres Vaters sie in ihr Zelt zurückbrachte, ist eben die Wirklichkeit.

Kapitel 19

Im Zelt dachte Aelia nicht daran zu schlafen. Sie hätte es auch nicht gekonnt, selbst wenn sie es gewollt hätte. Sie fühlte sich so ohnmächtig wie schon lange nicht mehr. Hilflos trieb sie im Sturm von Mächten, die stärker waren als sie. Lantschild hatte mit seinem Verrat etwas begonnen, das sie nicht verhindern konnte. Selbst wenn sie es versuchen würde – könnte sie den Lauf der Dinge noch aufhalten? Würde sie Marwig davon abhalten können zu heiraten? Wollte sie das überhaupt? Wäre es nicht besser, dem Sturm seinen Lauf zu lassen und zu sehen, wohin er sie triebe?

Ihre Liebe zu Marwig war verloren, ehe sie überhaupt begonnen hatte. Ein Königssohn konnte sich nur mit einer standesgemäßen Frau vermählen, ja, er musste es sogar tun. Eine Frau wie Medelphus' Tochter sicherte ihm die Bündnistreue der fränkischen Stämme vom Rhenus. Eine Frau wie mich würden sie niemals anerkennen, dachte Aelia. *Marwig war nie für mich bestimmt.*

Was würde er sagen, wenn er sie jetzt sähe – die Tochter eines römischen Comes, gehüllt in eine römische Tunika? Sie waren sich so fremd, wie sie es nur sein konnten. Alles andere – die Nähe und die Vertrautheit, die sie gespürt hatte –, waren nur Täuschungen gewesen, Träumereien und Wunschdenken, das Licht eines Tages. Sie würde sich diesen Mann aus dem Herzen reißen müssen und dann nach Treveris zurückkehren. Dort würde sie ein neues Leben beginnen, ein Leben in Freiheit und ohne Lügen, ohne Verstrickungen und ohne Gefahr. Ein Leben, wie sie es sich immer gewünscht hatte und wie es ihr zustand nach allem, was sie erlebt hatte. Vielleicht, dachte Aelia, könnte ihr Vater eines Tages auch wieder ihr Vater sein, ein richtiger Vater, so wie früher. Hätten sich dafür nicht alle Mühen gelohnt? Hatte sie das nicht verdient?

Aelia spürte, wie ihre Tränen allmählich trockneten. Sie legte ihren Umhang ab und schlüpfte unter die Decke. Zitternd zog sie sie enger, aber ihr wollte nicht warm werden. Auch an Schlaf war nicht zu denken, weil sich immer wieder das Bild Marwigs in ihre Gedanken schob. Marwig, durchbohrt von einem römischen Pfeil. Hinterrücks erstochen von Lantschild, der ihn verraten hatte.

Ein schändlicher Tod. Ein solcher Tod würde ihm niemals einen

Platz an Wodans Tafel sichern, er würde ihn niemals als Helden vor seinem Volk erscheinen lassen. Er würde sterben wie ein Verlierer, besiegt durch seinen niederträchtigen Halbbruder.

Aelia wälzte sich auf ihrem Lager hin und her. Kühle Nachtluft drang in ihr Zelt und ließ sie frösteln. Sie belauschte den Wachwechsel am Tor und hörte die leisen Stimmen von Soldaten, die durch das Lager gingen.

Marwig, dachte Aelia, und sie begriff, dass ihr neues, friedliches Leben, das sie sich wünschte, sein Leben als Opfer erfordern würde. Sie wusste von dem Verrat, und sie konnte sein Leben retten.

Sie richtete sich auf ihrem Lager auf. Die Schläge ihres Herzens dröhnten in der Stille der Frühherbstnacht. Alles schien sie zu bedrängen – das Pochen ihres Herzens, ihr Blut, die Luft, jeder Atemzug, jeder Gedanke. Es war, als würden die Götter ihre Pfeile auf sie richten und ihr zurufen: Rette Marwig! Rette ihn!

Sie erhob sich von ihrem Lager und dehnte ihre Glieder für die Begrüßung des Morgens, Und dann, als sie mit den Übungen begann und sich ihr Geist öffnete, dämmerte ein Plan in ihr herauf und nahm allmählich Gestalt an.

*

Aelia schlief nicht mehr in dieser Nacht. Am frühen Morgen ging sie zu ihrem Vater und erbat von ihm die Erlaubnis, Eghild besuchen zu dürfen. Sie brauchte ihn noch nicht einmal dazu zu überreden, denn ihr Vater, wohl immer noch von seinem schlechten Gewissen geplagt, war zwar verwundert über ihr Ansinnen, erlaubte es ihr aber.

Aelia ließ sich von seiner hunnischen Leibwache zu Eghilds Zelt führen. Ein Soldat wachte davor, aber er ließ sie sogleich eintreten.

Eghild lag auf einem Fellager unter mehreren Decken. Ihr Gesicht war bedeckt mit wassergetränkten Tüchern, weshalb sie Aelia nicht sah, aber sie hatte gehört, dass jemand ins Zelt gekommen war.

»Martinius?«, fragte sie.

»Nein, nicht Martinius.«

Eghild blieb eine Weile still auf ihren Kissen liegen. Dann nahm sie das Tuch ab, das ihre Augen bedeckte. Ein überraschtes Zucken glitt über ihr Gesicht.

»Ich hatte den Wundarzt erwartet«, flüsterte sie.

Aelia kämpfte gegen ihre aufsteigende Wut und ihren Widerwillen, mit Eghild zu sprechen. Sie fühlte kein Mitleid, als sie die andere sah, sondern nur Genugtuung. Dennoch musste sie mit ihr sprechen und freundlich zu ihr sein, weil ihr Plan es erforderte.

»Wie geht es dir?«, fragte sie steif und lauschte dem fränkischen Klang ihrer Sprache nach.

Eghild richtete sich mühsam auf ihrem Lager auf. »Hat dein Vater dich geschickt?«

Aelia fragte sich, woher Eghild wusste, dass ihr Vater der Comes war. Sie kam zu dem Schluss, dass Carus es ihr gesagt haben musste.

»Nein, ich bin auf eigenen Wunsch hier. Ich kann mir vorstellen, was du durchgemacht hast.«

Ein leises Stöhnen entrang sich Eghilds Kehle. »Nein, das kannst du nicht. Du siehst nur einen Teil meiner Verletzungen, die weniger schlimmen. Die schlimmsten sind hier drinnen.« Sie deutete mit einer schwachen Handbewegung auf ihren Leib.

Aelia suchte nach den passenden Worten. »Es gefällt Lantschild, Menschen zu demütigen.«

Wieder stöhnte Eghild. »Ich habe versagt.«

Sie seufzte tief und wandte das Gesicht ab, als würde sie sich schämen. Aelia war überrascht. War das die selbstsichere Eghild, die sie von früher kannte? Die in Dardanus' Schule jede besiegen konnte? Die offenbar genau wusste, wie man sich am besten am Königshof verhielt? Sie fühlte Mitleid in sich aufsteigen, und das erleichterte ihr die kommenden Worte.

»Wir haben beide versagt, Eghild. Der Auftrag war zu gefährlich.«

»Nein! Es hätte auch gut gehen können.«

»Tertinius hätte einen seiner Männer dafür nehmen sollen«, erwiderte Aelia.

Eghild wandte sich ihr wieder zu. Ein kleines Lächeln lag in ihren Mundwinkeln. »Es tut mir leid, was ich dir angetan habe«, sagte sie leise. »Ich hätte dich nicht so schwer verletzen dürfen. Aber ich … konnte nicht anders. Du hättest mich bei unserem Kampf fast umgebracht, und ich wollte, dass du dasselbe fühlst wie ich.«

Aelia schluckte ihre aufsteigende Wut hinunter. »Dann ist unsere Schuld nun beglichen.«

Eghild lächelte, und Aelia spürte, dass ihr Lächeln echt war.

»Bei Dardanus wollte ich immer deine Freundin sein«, sagte

Eghild. »Ich habe Verina beneidet. Das hast du nicht gewusst, nicht wahr?«

Aelia, überrascht von diesem plötzlichen Geständnis, kniete sich an Eghilds Lager. Sie fragte sich, ob die andere vielleicht deshalb so freundlich zu ihr war, weil sie wusste, wer Aelias Vater war. Nun, sie würde ebenso heuchlerisch sein können wie Eghild.

»Ich habe meinen Vater wiedergefunden, nachdem ich es nicht mehr erhofft hatte, aber er ist nicht mehr der, der er früher war«, gestand sie und wunderte sich selbst über ihre freimütigen Worte.

Eghild lächelte. »Dein Vater ist ein guter Mensch. Er hat mir meine Belohnung versprochen, obwohl ich versagt habe.«

»Deine Belohnung?«

»Ja, die Freiheit und genug Geld, um damit etwas anfangen zu können. Das hat man dir doch auch versprochen, oder?«

Aelia nickte. Sie musste Eghild ja nicht verraten, dass sie beim Leben Verinas dazu gezwungen worden war. »Dann kannst du ja zufrieden sein.«

»Zufrieden?« Eghild lachte bitter. »Zufrieden bin ich erst, wenn Lantschild das bekommt, was er verdient.«

»Das will ich auch. Er hat Ingunde umgebracht und beinahe auch mich.«

Eghild betrachtete sie eine Weile nachdenklich. »Er hat übrigens später behauptet, du hättest Ingunde getötet. Als er dich zur Strecke bringen wollte, seiest du geflohen, sagte er.«

»Dieser Bastard!«, schnaubte Aelia. Aber natürlich, Lantschild hatte Ingunde mit ihrem Messer getötet. Niemand wusste, dass sie es zuvor Ingunde gegeben hatte, damit diese sich gegen Lantschild verteidigen konnte.

»Das hat er noch dem König gegenüber behauptet, als der mit seinen Männern wieder nach Dispargum kam, bevor sie nach Camaracum aufbrachen. König Chlodio hat ihm geglaubt und Pancras hat natürlich nichts gesagt.«

»Und Marwig?«

Aelia versuchte, ihre Stimme möglichst unbeteiligt klingen zu lassen.

»Der scheint seinen Bruder besser zu kennen, er hat ihm misstraut. Aber er hat auch nicht an deinen Tod geglaubt, Aelia. Tagelang haben er und seine Männer in den Wäldern nach dir gesucht, obwohl man dein blutiges Kleid längst gefunden hatte. Wisigard hat ihn bestärkt. Sie behauptet bis heute, dass du noch lebst.«

»Womit sie ja auch recht hat«, bemerkte Aelia trocken. Sie musste sich sehr beherrschen, um nicht in Tränen auszubrechen.

Marwig hatte sie gesucht! Er hatte nicht glauben wollen, dass sie tot war! Sprach das nicht alles dafür, dass er sie liebte?

»Die Kleine hat wirklich das zweite Gesicht«, meinte sie. »Mir war sie immer unheimlich.«

»Mir auch«, lächelte Eghild. »Ich glaubte sogar eine Zeitlang, sie weiß genau, wer ich bin.«

Aelia räusperte sich. »Wusstest du von Marwigs Hochzeit?«

»Ja, alle sprachen von Verhandlungen mit Chlodwig Medelphus, aber wir wussten lange nicht, wann sie stattfinden würde. Ich weiß es ehrlich gesagt bis heute nicht, weil die Männer wieder weggritten und ich im Verlies war.«

Sie starrte düster vor sich hin. Aelia wusste, dass die Gelegenheit jetzt gekommen war, ihren Plan in die Tat umzusetzen. Sie suchte nach den passenden Worten. Schließlich gab sie sich einen Ruck.

»Ich habe etwas mitgehört, als ich bei meinem Vater war. Unsere Truppen werden morgen früh zu einem Dorf namens Helena aufbrechen. Sie wollen die Franken während der Hochzeitsfeier überwältigen.«

Eghild starrte Aelia eine ganze Weile lang an. Dann erhellte sich ihr Gesicht im plötzlichen Begreifen. »Dieser Bastard!«, stöhnte sie auf. »Lantschild hat alles an deinen Vater verraten, nicht wahr? Und dein Vater will das Hochzeitsgelage für einen Angriff nutzen.«

Aelia nickte. Eghild begriff schnell. Rasch setzte sie hinzu: »Mein Vater glaubt ihm, aber ich fürchte, dass alles nur eine Lüge ist, um die römischen Truppen in eine Falle zu locken.«

Sie beobachtete Eghild sorgfältig. Alles hing jetzt davon ab, ob die andere ihr glaubte.

Eghild nickte nachdenklich. »Dann wäre der römische Angriff gescheitert und Lantschild hätte seinem Vater einen großen Dienst erwiesen«, sagte sie. »Ein furchtbarer Gedanke. Kannst du deinen Vater nicht von seinem Vorhaben abbringen?«

»Nein, es ist beschlossene Sache. Wir müssen Lantschild töten, bevor die römischen Truppen Helena erreichen. Wir könnten unser Versagen wieder gutmachen.«

Eghild sah sie nachdenklich an. »Wenn Lantschild deinem Vater wirklich eine Falle stellen will – wäre es dann nicht wahrscheinlicher, die Franken würden unsere Truppe unterwegs angreifen?«

»Nein«, erwiderte Aelia. »Mein Vater plant, seine Truppen auf getrennten Wegen marschieren zu lassen. Außerdem würden ihm seine Späher sofort alles Verdächtige melden. Ich glaube, dass unsere Truppen zum Vicus gelockt und dann überfallen werden sollen. Mein Vater will Lantschild durch zwei seiner Offiziere wieder zurückbringen lassen. Ich schätze, sie werden ihn freilassen, kurz bevor das Fest beginnt, damit der König keinen Verdacht schöpft. Sie rechnen damit, dass er ihnen das Tor zum Landhaus öffnet. Wir müssen ihn erwischen, noch bevor er unseren bevorstehenden Angriff an den König verrät. Vor dem Eintreffen unserer Soldaten müssen wir dort sein.«

»Hm.« Eghild überlegte eine Weile. Dann sagte sie: »Es wird schwierig werden, ihn zu kriegen.«

»Wenn wir rechtzeitig da sind, werden wir es schaffen«, meinte Aelia zuversichtlich und erklärte ihr den Weg, wie sie es bei ihrem Vater gehört hatte. »Traust du dir zu, den Weg zu finden?«

Eghild nickte. »Aber wie kommen wir in das Landhaus? Ich bin eine entlarvte Spionin und du bist tot, hast du das vergessen?«

»Wenn wir erst da sind, fällt mir schon etwas ein«, gab Aelia zurück.

»Ich weiß, wo es Pferde gibt«, meinte Eghild. »Sonst kann ich dir keine große Hilfe sein. Du wirst unsere hunnischen Bewacher allein überwältigen müssen.«

Ein Stein fiel von Aelias Herzen. Sie hatte es geschafft, Eghild davon zu überzeugen, sie nach Helena zu bringen! Sie lächelte, und dann tat sie etwas, von dem sie nie geglaubt hätte, es jemals zu tun: sie nahm beide Hände Eghilds in ihre und drückte sie.

»Ich werde den Hunnen überreden, uns beide bei Sonnenaufgang zum Waschen an den Bach zu führen«, flüsterte sie. »Halte dich bereit.«

Eghild nickte. Als Aelia das Zelt verließ, fühlte sie sich erleichtert, aber gleichzeitig auch von neuer Sorge erfüllt. Sie begriff, dass sie einen leichtsinnigen Plan verfolgte. Es wäre sehr einfach für Eghild, sie an ihren Vater zu verraten, und dann wäre ihr Plan vernichtet. Sie konnte nur hoffen, dass es Eghild ebenso ernst war wie ihr.

Aber ihr Vater schien nichts zu ahnen, als er sie wie gewohnt zum Abendessen einlud. Es würde ihr letztes gemeinsames Essen sein.

»Habt ihr schon Nachricht von Otho und Sebastianus?«, fragte Aelia beiläufig und riss ein Stück Haut des knusprigen Hühnchens ab, das vor ihr auf dem Teller lag.

»Ja, sie sind zurück.«

»Und?«

»Nichts Verdächtiges. Das Landhaus liegt in einer Talmulde und ist nur von einer mannshohen Mauer umgeben. Die Franken werden uns auf einer goldenen Schale serviert.«

Richomeres kaute zu Ende und spülte seinen Bissen mit einem Schluck Wein hinunter.

»Weckt das nicht dein Misstrauen?«

»Was?«

»Dass es so leicht ist.«

»Wenn etwas leicht aussieht, muss es noch lange nicht verkehrt sein«, versetzte Richomeres. Rasch pflichtete Aelia ihm bei, und sie redeten nicht mehr von dem bevorstehenden Angriff. Richomeres bemerkte nur noch, dass die Soldaten das lange Warten satt hätten und froh seien, endlich losschlagen zu können, und dass es ihm genauso ginge.

»Ich habe Heimweh nach Gallien«, gab er freimütig zu. »Nach meinem Haus, der milden Luft und dem guten Wein. Wenn du einmal dort gewesen bist, Aelia, wirst du nicht mehr fortwollen.«

Aelia sagte nichts und trank etwas Wein, was sie, wie sie hoffte, einer Antwort enthob. Sie wollte nicht mehr mit ihrem Vater streiten, nicht an ihrem letzten Abend. Sein Wunsch, sie bei sich zu haben, und seine Hartnäckigkeit, immer wieder davon zu sprechen, berührten sie mehr, als gut für sie war, und sie musste ihre aufsteigenden Gefühle niederkämpfen. Er hat Mutter und mich verraten, dachte sie. Ich werde ihm nichts anderes antun, als er uns angetan hat. Trotzdem fühlte sie sich schlecht, und sie ergriff die erste Gelegenheit, sich von ihm zu verabschieden. »Gib auf dich acht«, sagte sie.

»Mir wird schon nichts geschehen«, lächelte er.

Rasch wandte sie sich ab. Als sie in die kühle Abendluft hinausschritt, war ihr, als holte sie ein kalter Luftzug ein. Ihr Vater hatte ihr nachgesehen, das wusste sie, aber eigentlich war es nicht sein Blick, den sie gespürt hatte. Es war der strenge Blick ihrer Mutter.

*

An diesem Abend kratzte Aelia ihre wenigen hunnischen Worte zusammen, die sie einmal von einer Mitschülerin bei Dardanus gelernt hatte, um mit dem Hunnen, der vor ihrem Zelt wachte, ins Gespräch zu kommen. Sie hatte ihm vorher schon manchmal ein Lächeln zugeworfen, das er erst gar nicht, dann zögerlich erwidert hatte, und sie hatte daraus geschlossen, dass er zugänglicher war als es erst schien. Er war überrascht und sichtlich erfreut, dass sie ein paar Brocken Hunnisch sprechen konnte, und bald waren sie in ein lebhaftes Gespräch vertieft, bei dem er ihr etwas erzählte, was sie nicht im Mindesten verstand. Als er erst aufgetaut war, gelang es ihr, ihn davon zu überzeugen, Eghild und sie am nächsten Morgen zum Waschen zum Bach zu führen.

Er weckte sie kurz vor dem Morgengrauen, noch bevor die Soldaten zum Waschen gingen, und begleitete sie zu Eghilds Zelt.

Der Hunne, der davor wachte, wollte Eghild erst nicht mitgehen lassen, ließ sich aber dann doch überzeugen. Er begleitete sie ebenfalls zum Bach, wie Aelia schaudernd feststellte.

Nachdem sie das Tor des Lagers passiert hatten, atmete sie erleichtert auf, aber nun würde der schwierigste Teil ihrer Aufgabe kommen. Eghild war geschwächt, und sie selbst war nicht mehr in Übung. Wie sollten sie die beiden Hunnen überwältigen? Als sie am Bach knieten und das Wasser über ihre Hände laufen ließen, bedeutete ihr Eghild wortlos, dass sie es mit dem zweiten Hunnen aufnehmen würde. Sie wuschen sich, tranken, lachten und scherzten ein bisschen, obwohl Aelia nicht zum Scherzen zumute war. Sie fühlte, dass die Hunnen sie nicht aus den Augen ließen. Schließlich bemerkten sie, wie der eine von ihnen sich abwandte, um sich an einem Baum zu erleichtern. Jetzt oder nie!

Eghild und Aelia gaben sich ein heimliches Zeichen, erhoben sich rasch und stürzten sich auf ihre Bewacher. Eghild schlug dem am Baum stehenden ihre Faust in den Nacken, fasste seine Haare und rammte seinen Kopf gegen den Stamm. Aelia hieb dem anderen mit einem einzigen gezielten Faustschlag gegen die Schläfe, sodass er wortlos niedersank und ohnmächtig liegen blieb. Dann half sie Eghild mit dem anderen Hunnen, bis auch er bewusstlos war.

Außer Atem verharrten sie eine Weile wortlos.

»Das wäre geschafft«, keuchte Aelia.

Eghild presste sich eine Hand vor ihren Oberkörper und atmete tief.

»Hast du Schmerzen?«

»Nein, es wird schon gehen. War nur ein bisschen viel auf einmal.«

Aelia warf einen nachdenklichen Blick auf die beiden bewusstlosen Männer.

»Eigentlich sollten wir sie fesseln. Sie könnten zu schnell erwachen.«

»Lass nur«, erwiderte Eghild. »Ehe sie wieder aufwachen, sind wir längst im Wald. Die Pferdestation ist nicht weit, und bis sie die anderen gewarnt haben, sind wir längst dort.«

»Gut.« Aelia bückte sich, zog die Schwerter der beiden Männer aus den Halterungen und warf sie weit ins Gebüsch. Nie wieder würde sie mit einer bewaffneten Eghild gemeinsam ein Pferd besteigen. Eghild protestierte nicht einmal, sondern zog sie nur am Umhang. »Wir müssen los, die Sonne geht auf.«

Sie überwanden den Bach, überquerten die Wiese und tauchten auf der anderen Seite in den Wald. Von Ferne hörten sie, wie das Lager allmählich erwachte.

Aelia dachte an ihren Vater. Ob er sie heute Morgen noch einmal aufsuchen würde, um sich von ihr zu verabschieden? Nein, hoffte sie, wenn er Abschiede genauso hasst wie ich, tut er es nicht.

Eghild führte sie durch den Wald auf jenen Weg, den sie hergekommen waren. Nach einer Weile, als das Lager längst außer Hörweite war, mündete er in eine breite Straße, auf der sie sich nach Osten wandten.

»Die alte Heerstraße«, erklärte Eghild. »Sie führt nach Bagacum und dann weiter nach Osten. Wir werden ab Bagacum weiter in den Norden reiten.«

Aelia nickte. Das stimmte mit dem überein, was ihr Vater über den Marschweg der Truppen gesagt hatte. Eghild war schwächer, als sie angenommen hatte, und sie kamen nur langsam voran. Hin und wieder mussten sie stehen bleiben, damit sie verschnaufen konnte, und Aelia fürchtete schon, die Soldaten könnten sie einholen, als sie endlich die Pferdewechselstation erreichten. Unscheinbar und klein, mehr eine Holzbaracke als ein Haus, lag sie am Wegesrand im Wald. Feuerqualm und die Hammerschläge eines Hufschmieds zeigten ihnen an, dass die Station tatsächlich noch in Betrieb war.

»Lass mich allein gehen«, sagte Eghild. »Ich kenne Pferde und weiß, worauf ich achten muss. Außerdem ist es besser, wenn nur eine von uns geht, falls die Soldaten deines Vaters nach uns fragen werden.«

Aelia nickte. Sie sah Eghild hinterher, wie sie langsam in der Baracke verschwand und wünschte sich, sie wären schon in Helena.

Es dauerte nicht lange, bis Eghild wiederkam. Sie führte zwei Pferde an den Zügeln, einen gesattelten Schimmel und eine braune Stute. »Ich habe zwei besorgt«, sagte sie. »Dann können wir sie wechseln, wenn das eine müde ist, weil es uns beide tragen muss. Du kannst immer noch nicht reiten, oder?«

Aelia schüttelte den Kopf und maß den Schimmel mit einem kritischen Blick. Ihr graute vor den vielen Stunden auf dem Pferderücken gemeinsam mit Eghild, die noch vor ihr lagen, aber sie hätte jetzt sogar einen Drachen geritten, um nach Helena zu gelangen.

»Weil ich zwei genommen habe, konnte ich den Preis runterhandeln. Der Mann war zwar verwundert, weil ein Mädchen gleich zwei Pferde kaufen wollte, aber ich habe ihm eine hübsche kleine Lügengeschichte erzählt.«

Eghild lächelte zufrieden und stieg auf den Schimmel, aber Aelia zögerte noch. »Wie hast du den Mann eigentlich bezahlt?«

Eghild grinste und deutete auf die Stelle zwischen ihren Brüsten.

»Ich habe ihm den Ring gegeben.«

»Das hast du getan? Du hast dich von ihm getrennt?«

»Man muss Opfer bringen, wenn man etwas erreichen will«, sagte Eghild. Sie streckte die Hand aus und half Aelia auf das Pferd. Aclia setzte sich hinter Eghild auf den Pferderücken.

»Aber er ist ein Erinnerungsstück.«

»Ja, das ist er, doch der mir den Ring geschenkt hat, lebt nicht mehr. Es wird ihn nicht mehr betrüben, wenn ich den Ring gegen ein paar Pferde eintausche, die uns weiterbringen.«

»Es ist der Ring deines Vaters, nicht wahr?«

Eghild antwortete nicht sofort. Schließlich sagte sie: »Ich habe ihn von der toten Hand meines Vaters.«

»Ich verstehe.«

»Meine Familie wurde ermordet, nur ich hatte das Glück zu überleben. Man verkaufte mich an einen Sklavenhändler, der mich an Dardanus weiterverkaufte.«

Aelia konnte nichts sagen, als die Wucht dieser schlichten Worte sie traf.

»Mein Vater war der Fürst eines fränkischen Stammes. Wir lebten immer friedlich mit unseren Nachbarstämmen zusammen, bis eines Tages ...« sie brach ab, und eine Weile waren nur noch die Hufschläge der Pferde zu hören. Eghild räusperte sich. »Nun, es gefällt nicht jedem, andere in Frieden leben zu lassen.«

Danach sagte sie nichts mehr, und Aelia fragte nicht weiter. Sie hatte von Wala gehört, dass die fränkischen Stämme untereinander nicht immer in friedlicher Eintracht lebten, und konnte sich leicht das Ende der Geschichte ausmalen, die Eghild auf einmal in einem anderen Licht erscheinen ließ. Wie stark sie sein musste, dass sie nach diesen Erlebnissen nicht vor Kummer gestorben war!

»Wenn das hier vorbei ist«, begann Aelia, »dann wirst du woanders ein neues Leben beginnen.«

Eghild lachte, aber ihr Lachen klang bitter. Auch sie hat ihre Geschichte, wie jede in Dardanus' Haus, dachte Aelia. Vielleicht wäre alles anders gekommen, wenn ich sie eher erfahren hätte.

»Du solltest dir lieber überlegen, wie wir den Bastard finden und erledigen können!«, entgegnete Eghild.

Aelia seufzte. »Am besten, wir verstecken uns in der Nähe des Landhauses«, sagte sie, »dort, wo wir ihn rechtzeitig sehen und unbemerkt von den Wachen abfangen können.«

»Hm. Wird schwierig sein.«

Beide fielen in Schweigen und redeten nicht mehr, bis sich der Wald vor ihnen öffnete und sie die Ebene erreichten, in der Bagacum lag.

Die Straße zog sich gerade durch eine flache, öde Landschaft auf das Stadttor zu. Gestrüpp und junge Bäume wucherten auf ehemaligen Feldern und legten ein beredtes Zeugnis über die Besiedlung in römischen Zeiten ab. Jetzt waren nur noch die Felder dicht am Ort bewirtschaftet; Schafe grasten auf Weiden, mitten darin lag die Stadt.

»Wir sollten sie umreiten«, sagte Aelia. »Die Wachsoldaten könnten uns Schwierigkeiten machen.«

Aber Eghild meinte, sie müsse in der Stadt nach dem Weg zum Vicus fragen. Aelia runzelte die Stirn »Du hast gesagt, du kennst den Weg!«

»Ich sagte, ich werde dorthin finden. Das ist ein Unterschied.«

Sie ließ sich langsam vom Pferd gleiten und reichte Aelia die

Zügel. »Wenn du willst, warte hier, ich werde mich in der Stadt erkundigen.« Kaum hatte sie es ausgesprochen, ging Eghild die Straße hinunter nach Bagacum, und Aelia blieb nichts anderes übrig als zu warten. Missmutig starrte sie Eghild hinterher. Verdammt, sie musste zu Marwig! Jeder Atemzug, den sie hier vergeudeten, würde sie davon abhalten, ihn rechtzeitig zu warnen. Wenn sie doch nur selbst reiten und den Weg nach Helena finden könnte! Aber sie konnte weder das eine noch das andere, während Eghild es offenbar gewohnt war, sich überall zurecht zu finden.

Aelia zog sich in den Schatten des Waldes zurück und wartete dort ungeduldig. Als sie sich fragte, ob sie es nicht doch allein versuchen sollte, sah sie Eghild in der Ferne den Weg heraufkommen. Aelia nahm die Pferde und ging ihr entgegen. »Hast du etwas herausgefunden?«, fragte sie.

Eghild nickte. »Es ist nicht mehr weit. Wir werden es bis zum späten Nachmittag schaffen. Wenn wir heute Morgen hier gewesen wären, hätten wir in einem der Wagen mitfahren können, die zur Hochzeit gefahren sind.«

»Sie sind von hier aus zur Hochzeit gefahren?«

»Ja, so eine Königshochzeit spricht sich schnell herum, und das wollen sich die Leute nicht entgehen lassen.«

Aelia schluckte. Sie wollte Eghild ihre Gefühle nicht zeigen. Die andere durfte nicht einmal ahnen, wie ihr zumute war, und so setzte sie schnell eine verschlossene Miene auf. »Lass uns aufbrechen«, sagte sie knapp und begann, die Stute zu satteln. Zu ihrer Überraschung willigte Eghild ein.

Sie wechselten das Pferd und nahmen die Heerstraße in Richtung Norden. Schon bald, nachdem sie Bagacum hinter sich gelassen hatten, schloss sich der Kohlenwald wieder um sie – Leuge um Leuge lichte Buchenwälder. Es war ein Wald wie jener auf ihrer Hinreise, in dem sie überfallen worden waren, und Aelia meinte jeden Augenblick wieder Schreie und sirrende Pfeile zu hören. Starr saß sie hinter Eghild auf dem Pferd und sagte kein Wort, auch Eghild schwieg.

Nach einer langen Zeit erreichten sie eine Wegekreuzung, an der sich eine uralte Buche erhob. Dort bogen sie von der Heerstraße ab in den anderen Weg, der schmaler und nicht befestigt war. Tiefe Wagenspuren hatten sich in den erdigen Grund gedrückt. Nachdem sie ihm eine Zeitlang gefolgt waren, lichtete sich der Wald und sie gelangten an das Ufer eines breiten Flusses. Da es flach war, machten sie Halt und ließen die Pferde trinken.

»Was ist das für ein Fluss?«, fragte Aelia.

»Die Scaldis, die Grenze von König Chlodios Herrschaftsgebiet. Tornacum und Helena liegen auf der anderen Seite.«

Aelia beschattete die Augen mit ihrer Hand und suchte den Fluss nach einer Brücke ab. »Wie kommen wir da rüber?«

»Etwas weiter flussabwärts gibt es eine Furt.«

»Hoffentlich hast du Recht«, versetzte Aelia. Ihre Ungeduld ließ sich kaum noch zügeln. Sie wollte so schnell wie möglich nach Vicus Helena, aber Eghild schien es nicht eilig zu haben. Das machte sie so rasend, dass sie Eghild am liebsten vom Pferd gestoßen hätte und allein weiter geritten wäre.

Eghild schien ihren Unmut zu spüren und warf ihr einen finsteren Blick zu. »Nur Geduld, es ist alles so, wie der Wirt es mir beschrieben hat«, sagte sie spitz und ließ die Pferde weitertraben.

Aelia seufzte in sich hinein. Ihre Zuversicht, die sie am Morgen noch gehabt hatte, und das Vertrauen in Eghild waren verschwunden und hatten quälenden Zweifeln Platz gemacht. Was wäre, wenn Eghild sie absichtlich in die Irre führte? Oder wenn sie sich verirrten und nicht mehr rechtzeitig ankämen?

Dann bringe ich sie um, dachte Aelia. Sie wusste, dass ihr das dieses Mal ganz sicher gelingen würde.

Missmutig schwieg sie, bis der Fluss sich allmählich verbreitete und das Ufer noch flacher wurde. Kleine, kieselbestreute Inseln ragten aus dem Wasser empor. Schließlich kamen sie an eine sehr flache Stelle. Wagenspuren und Hufabdrücke im Sand deuteten darauf hin, dass hier die Furt war, an der sie den Fluss überqueren konnten. Eghild lenkte die Stute ins Wasser. Es war nicht tief und reichte den Pferden nur bis zu den Oberschenkeln.

Am anderen Ufer atmete Aelia erleichtert auf, auch wenn ihre Wut nicht verschwunden war. Zu ihrem Verdruss musste sie feststellen, dass sie wieder in dieselbe Richtung zurückritten, aus der sie gekommen waren, und erst später von dort eine kleine Straße Richtung Westen nahmen. Wieder durchquerten sie lange einen dichten Wald, während die Nachmittagssonne über den Himmel wanderte. Als Aelia meinte, es vor Ungeduld nicht mehr aushalten zu können, lichtete sich endlich der Wald. Vor ihnen dehnte sich eine Ebene mit Weiden und gelben Stoppelfeldern. Mittendrin lagen in einer sanften Mulde mehrere weiß getünchte Häuser, als hätte sie ein großer Würfelspieler dort verstreut. Eghild ließ sich vom Pferd gleiten und lächelte triumphierend. »Siehst du? Vicus Helena.«

Aelia beschattete die Augen mit der Hand, während ihr Herz aufgeregt zu klopfen begann. Etwas weiter oberhalb der Straße, die schnurgerade durch das Dorf führte, lag ein großes Landhaus an einem sanften Abhang. Es war von einer lächerlich niedrigen Mauer umgeben, die nur einen Wachturm hatte. Um die Mauer herum lagen die Zelte der Stammesfürsten. Aelia sah Pferde, die auf den Weiden grasten und die bunten Punkte der Menschen, die sich vor dem Gutshof versammelt hatten, um den Hochzeitszug zu sehen. Erleichtert atmete sie auf.

Sie hatten Glück und fanden einen Bach in der Nähe der Straße. Eghild wollte die Pferde noch einmal tränken, ehe sie sie hier verstecken und zu Fuß zum Dorf gehen würden.

»Hast du dir überlegt, wie wir den Verräter kriegen?«, fragte sie.

»Ja«, nickte Aelia. »Wir versuchen, von den fremden Wachen zu erfahren, wo er ist.«

»Und wie?«

»Na, mit den Waffen der Frauen natürlich«, sagte Aelia leichthin und hoffte, Eghild würde ihr den Plan abnehmen.

»Vielleicht hat Lantschild doch nicht vor, die Römer in eine Falle zu locken. Vielleicht will er wirklich seine eigenen Leute verraten.«

Eghilds Stimme hatte einen merkwürdigen Klang, und Aelia überlegte rasch, was sie ihr entgegnen sollte.

»Ich glaube, wir sollten uns im Dorf erstmal ein genaues Bild machen«, sagte sie ausweichend.

Eghild nickte. Sie löste das Seil, an dem sie den Schimmel hergeführt hatten, und führte die Pferde an ihren Zügeln zu einem Baum, um sie dort festzubinden.

Aelia packte ihr Brot vom Morgen aus, das sie mitgenommen hatte, und aß ein wenig. Sie hatte keinen Hunger, aber die Vernunft sagte ihr, dass sie etwas essen musste, wenn sie den restlichen Tag überstehen wollte. Sie horchte auf Stimmen oder Pferdewiehern aus dem Wald, das ihr vielleicht den Lagerplatz der römischen Truppen verraten hätte, aber da war nichts. Ihr Vater würde nicht so dumm sein, den Lagerplatz so nah am Dorf aufzuschlagen. Er würde seine

Soldaten weiter entfernt lagern lassen, tiefer im Wald. So würde sie es jedenfalls tun.

Sie steckte sich das letzte Stück Brot in den Mund und packte den Beutel wieder ein. Dann kniete sie sich an den Bach, um zu trinken. Sie hatte gerade die ersten Schlucke genommen, als sie jemanden hinter sich bemerkte. Sie fuhr herum, doch da war es schon zu spät. Ein fester Hieb traf sie am Kopf, und sie spürte nur noch den Schmerz, ehe sie in Ohnmacht sank.

Als sie das Bewusstsein wiedererlangte, hatte Eghild sie schon zum nächsten Baum geschleift und an den Stamm gefesselt. Benommen starrte Aelia auf die Schleifspur, die sich vom Bach zum Baum hinzog, und fühlte das Seil, das sich um ihren Oberkörper und ihre Arme spannte. Sie konnte sich nicht bewegen. Sie schrie auf, doch da schloss sich eine kleine kräftige Hand um ihren Mund, die ihren Schrei erstickte. »Keinen Ton mehr!«, befahl Eghilds Stimme nah an ihrem Ohr.

Aelia schüttelte ihren Kopf. Er schmerzte so sehr, dass sie fürchtete, wieder das Bewusstsein zu verlieren. Sie rührte sich nicht, bis Eghild sie losließ.

»Warum?«, würgte sie mühsam aus dem Strudel von Angst und Wut hervor, der in ihr aufstieg.

Eghild richtete sich auf und sah zufrieden auf ihr Werk hinunter. »Keine Angst, ich werde dich nicht zurücklassen«, sagte sie. »Wenn alles getan ist, werde ich dich deinem Vater zurückgeben, und er kann entscheiden, was er mit dir macht. Ich hoffe nur, dass er dich noch wiederhaben will nach dem, was du getan hast. Ich muss mir schließlich meine Freiheit erkaufen, wenn etwas schiefgehen sollte.«

Aelia starrte Eghild an. Erst jetzt fiel ihr auf, wie schlecht die andere aussah – bleich und mit leicht gebeugter Haltung, als hätte sie immer noch Schmerzen. Ihre Lippe war wieder aufgeplatzt und hatte nachgeblutet, und ein feiner roter Streifen rann ihr Kinn hinunter.

»Du willst Lantschild allein töten«, stellte Aelia nüchtern fest. »Du willst den Angriff nutzen, um ihn zu töten.«

Eghilds Miene verzerrte sich zu einem hässlichen Lächeln. »Kluges Mädchen«, stieß sie hervor. »Nur leider – oder soll ich sagen: zum Glück? – kommt deine Erkenntnis zu spät. Der ganze Hofstaat hat über Marwig und dich geredet, und ich kann eins und eins zusammenzählen. Du glaubtest doch nicht im Ernst, dass ich nicht weiß, was du vorhast, oder?«

Sie blickte verächtlich auf Aelia hinunter. »Aber das tut mir wirklich leid für euch. Ich kann unmöglich zulassen, dass du Marwig warnst, bevor die Römer zuschlagen. Die Königsfamilie muss sterben, und wenn ich selbst nachhelfen muss.«

Aelia glaubte, an ihrer Wut ersticken zu müssen. Sie versuchte, sich zu bewegen, spürte aber sofort das Seil, das sich tiefer in ihre Arme schnitt.

»Aber wieso?«, keuchte sie.

Eghilds Miene gefror zu Eis. »Warum sollte ich es dir erzählen? Du kannst nicht wissen, wie es ist, wenn man den Tod der eigenen Familie mit ansehen muss.«

»Doch, das weiß ich.«

Eghild bedachte sie mit einem ungläubigen Blick. »Hör auf, dich anzubiedern, das ist widerlich. Du kannst nicht verstehen, was mir passierte, was ein einziger Befehl dieses verfluchten Kerls ausgemacht hat.«

»Hat König Chlodio befohlen, deine Familie zu töten?«

Eghild nickte. »Wir gehörten zu Chlodwig Medelphus' Stämmen. Eigentlich hatten wir nichts mit König Chlodio zu tun, außer dass mein Vater bei Chlodio in einer alten Schuld stand. Deshalb musste er für ihn bei Medelphus spionieren. Eines Tages meinte er, seine Schuld abbezahlt zu haben, und weigerte sich. Doch König Chlodio war anderer Meinung. Er schickte uns seine Soldaten.« Ihre leise Stimme verlor sich in der sanften Luft des Spätsommerabends, ehe sie sich zum Gehen wandte. »Nun muss ich los, wenn ich Rache nehmen will.«

Sie lachte bitter auf, dann ging sie zum Baum, band die Pferde los und stieg auf ihr Pferd.

Lange sah Aelia ihr nach, wie sie die Straße hinunter zum Dorf ritt, ein dunkler Fleck auf den hellen Steinen der Straße. Sie hätte ihr am liebsten ein Messer hinterher geworfen.

Kapitel 20

Von ihrem Baum aus beobachtete Aelia, wie der Hochzeitszug aus dem Wald, wo die Vermählung stattgefunden hatte, wieder zum Landhaus zurückkehrte. Sie sah die Berittenen, die leuchtenden Farben der fürstlichen Banner, das Gefolge des Königs und die blumengeschmückten Wagen. Fröhliche Flötenklänge, begleitet von rhythmischen Trommelschlägen, wehten zu ihr herauf. Die Menschen, die lange am Gutshof ausgeharrt und auf die Rückkehr des Hochzeitszuges gewartet hatten, jubelten dem Brautpaar zu.

Aelia weinte. Sie hatte vergeblich versucht, ihre Fesseln zu lösen, und danach lange über einen anderen Ausweg aus ihrer Lage nachgedacht, aber ihr war nichts eingefallen. Schließlich waren noch mehr quälende Gedanken gekommen, die sie nicht aufhalten konnte. Sie stellte sich vor, wie Marwig seiner Braut das Eheversprechen gab, sicher unter einem der heiligen Wodansbäume, durch dessen Blätter der Wind strich, während er sie küsste. Wie sie wohl aussah? Hatte sie lange helle Haare und jene weiblichen Rundungen, die die Männer an Frauen so liebten?

Ob er noch an sie – Aelia – dachte? Oder war ihr Kuss für ihn nicht mehr als die Laune eines Augenblicks gewesen, während sie hier saß, gefesselt und gefangen, weil sie ihn retten wollte?

Es konnte nur wirklichem Hass entspringen, dass Eghild sie ausgerechnet hier gefesselt hatte, wo sie genau verfolgen konnte, wie ihr Geliebter seine Vermählung feierte. Wenn das Fest weiter voranschritt, würde sie mit ansehen müssen, wie die römischen Truppen den Gutshof angriffen, wie sie alles töteten, was ihr lieb und teuer war, und wie sie schließlich das Landhaus in Brand setzten. Eghild würde danach sicher fliehen und sie hier zurücklassen, leichtes Opfer für wilde Tiere. Wie konnte sie nur so dumm gewesen sein, ihr zu vertrauen?

Aelia schluchzte auf. Durch den Schleier ihrer Tränen beobachtete sie, wie die Sonne langsam über den Himmel kroch und tiefer sank. Schon wurden die Schatten länger, und der Wald atmete einen kühlen Hauch aus. Die Hochzeitsgesellschaft hatte sich in das Landhaus zurückgezogen, aus dessen Mauern Musik und Gelächter erklang, während zwei bewaffnete Krieger vor dem geschlossenen Tor Wache hielten. Im Turm hielten sich ein paar Bogenschützen auf, wie Aelia sehen konnte, und auch die Zelte der Fürsten, die die Villa umringten, wurden durch Krieger bewacht. Immerhin hatte der König wenigstens etwas Vorsicht walten lassen. Das würde es Eghild schwerer machen, in die Villa zu gelangen, aber die römischen Soldaten nicht lange aufhalten.

Aelia schloss die Augen. Obwohl es ein warmer Tag gewesen war, wurde ihr nun entsetzlich kalt. Sie musste an das Reh denken, das sie am Morgen vor dem Angriff auf ihren Händlerzug gesehen hatte, an seine großen braunen Augen, die sie unverwandt angeblickt hatten. Wenn es eine Göttin gab, der die Quellen und Wälder gehörten und alles, was auf den Feldern wuchs, jene Göttin, die Wala und Eghild verehrten, vielleicht würde sie ihr helfen. Sie seufzte tief und betete eine Weile zu Vercana. Als sie geendet hatte, stand die untergehende Sonne wie ein glutroter Feuerball im Westen und schickte sich an, in einem Bett aus rötlichen Wolken zu versinken. Die Menge der Schaulustigen vor dem Gutshof löste sich auf und strömte zu den Wagen, die sie wieder zurück in ihre Dörfer bringen würden.

Aelias Atem ging schneller, als Hoffnung in ihr aufglomm. Die Wagen! Wenn einer von ihnen heraufkommen würde! Sie war nicht weit von der Straße entfernt, es bräuchte nur einer an ihr vorbeizufahren, und der Kutscher würde sie hören. Sie sah, wie einer nach dem anderen losfuhr, um dann langsam schaukelnd die Zufahrt hinunter zum Dorf zu rollen, aber nachdem sie die Straße erreicht hatten, bogen die Wagen ab, um den Vicus in südlicher Richtung zu verlassen.

Aelia fluchte leise. Ihre Verzweiflung war so groß, ihre Gedanken so schrecklich, dass sie nicht mehr denken wollte. Sie begann zu schreien.

»HIIIILLLLFEEEEEEE!«

Sie schleuderte das Wort mehrfach hinaus, bis sie glaubte, die Bäume würden vor ihren Rufen erzittern. Vielleicht würde sie im Dorf jemand hören. Vielleicht würden die wachhabenden Krieger sie hören und jemanden schicken, der nach ihr suchte. Vielleicht war sogar ein römischer Späher in der Nähe und würde sie hören. Mittlerweile war es ihr egal, Hauptsache jemand kam und band sie los, rettete sie vor dem sicheren Tod durch Kälte und wilde Tiere.

Ein paar trockene Blätter fielen vom Baum. Irgendwo raschelte es im Laub, als hätte sie ein paar Tiere aufgeschreckt, in der Ferne hörte sie ein feines Trappeln, aber sonst geschah nichts. Die Wagen rollten aus dem Vicus und verwandelten sich in kleine Punkte am Horizont, während die Lieder der Mitfahrer verklangen. Stille senkte sich über die Ebene, in der das Dorf Helena lag.

Das Gelächter und die Stimmen der Hofgesellschaft aus dem Landhaus drangen jetzt lauter zu Aelia hinüber. Sie öffnete den Mund, um ein weiteres Mal zu schreien, schloss ihn dann aber wieder, als sie aus der Ferne ein leises Geräusch vernahm. Es war hinter ihr, kam aus dem Wald, von oben herunter über den Weg, den sie und Eghild hergekommen waren, wurde langsam lauter und mischte sich schließlich mit Hufschlägen. Ein Wagen!

Aelia straffte sich. Sie hörte, wie er näher kam. Er fuhr nicht sehr schnell. Aus den Hufschlägen schloss sie, dass es nur ein Pferd war, das ihn zog. Sie konnte ihn nicht sehen, denn er war noch ein gutes Stück hinter ihr. Es konnte ein Bauernkarren sein oder ein Reisewagen – was immer es war, sie konnte nicht warten, bis er in Sichtweite war.

»HIIIIILLLLFEEEEEEE!«

Laut hallte ihr Schrei durch den Wald, und da sah sie auch schon den Wagen herankommen. Das Pferd stockte, wieherte, und durch die Bäume konnte Aelia sehen, wie seine Ohren ängstlich hin und herzuckten, als wollte es seinem Herrn sagen, dass etwas nicht stimmte. Aber dieser hatte ihr Schreien auch gehört. Er zog die Zügel straff und hielt das Gefährt an, einen Karren mit abgedeckter Ladefläche. Aelia konnte sehen, wie der Mann sich suchend umblickte.

»HIIILLLFFEEEEE!«

Der Mann lupfte seinen Umhang und zog ein Messer aus dem Gürtel. Mit ein paar Worten beruhigte er das Pferd, ehe er vom Kutschbock stieg. Er blieb beim Wagen stehen und lauschte.

»Hier bin ich!«, rief Aelia. »Hilf mir bitte, guter Mann!«

Der Mann starrte in ihre Richtung, und nach einer Weile sah er sie. Mit gezogenem Messer kam er langsam näher. Verblüfft sah er auf sie herunter.

»Was machst du hier?«, fragte er auf Latein.

Aelia, die Fränkisch gesprochen hatte, weil sie vermutet hatte, dass er ein Franke wäre, wechselte sofort die Sprache.

»Bitte mach mich los!«

Aber der Mann rührte sich nicht. Misstrauisch musterte er sie aus kleinen Augen, die tief in seinem kantigen Gesicht lagen. »Wer hat dich an den Baum gefesselt und warum?«, wollte er wissen.

Aelia schluchzte auf. »Ich wollte zur Hochzeit und habe vom Fluss herauf den kürzesten Weg genommen. Aber da überfielen mich zwei Männer. Sie kamen aus dem Wald, stahlen mir mein Pferd und meinen Geldbeutel und fesselten mich an den Baum.«

Sie weinte so verzweifelt, dass es einen Felsbrocken erweicht hätte. Offenbar verfehlte das seine Wirkung nicht. Der Mann presste seinen kantigen Kiefer fest zusammen, steckte das Messer zurück in den Gürtel und knotete das Seil auf. »Gutes Seil, kann ich gebrauchen«, murmelte er.

Aelia bedankte sich überschwänglich, rieb sich die Handgelenke, erhob sich und bewegte alle steifen Glieder. Endlich war sie frei! Sie schenkte dem Mann ein Lächeln, und er lächelte tatsächlich zurück. »Wenn du willst, nehme ich dich mit ins Dorf«, bot er an. Sie nickte. Vielleicht, dachte sie, bin ich doch noch rechtzeitig dort. Sie gingen zum Wagen, stiegen auf den Kutschbock, und der Mann gab dem Pferd die Peitsche. Dann warf er einen Seitenblick auf Aelia.

»Warum bist du denn allein? Bist wohl weggelaufen, was?«

Aelia antwortete nicht. Sie war mit ihren Gedanken schon im Vicus.

»Ja, du bist weggelaufen«, sagte er. »Wolltest die Hochzeit sehen und dein Vater hat`s verboten, was?«

Aelia nickte. »Mein Vater sagte, mit den fränkischen Emporkömmlingen will er nichts zu tun haben.«

»Ja, das meinen hier einige. Aber soll ich dir mal was sagen? Die meisten Römer denken nicht wie dein Vater. Sie sind froh, dass es endlich einen gibt, der sie beschützt, auch wenn es ein fränkischer König ist. Wer schert sich denn noch um unsere gottverlassene Provinz? Viele sind längst weg. Seine Soldaten schickt der Kaiser wer weiß wohin, aber nicht hierhin.«

Wenn du wüsstest, dachte Aelia und spähte in den Wald, wo die römischen Truppen inzwischen irgendwo ihren Lagerplatz aufgeschlagen haben mussten.

»In Tornacum hat der König eine Rede gehalten. Er hat versprochen, die Provinz und ihre Bewohner zu schützen, wenn alle ihm folgen«, sagte der Fuhrwerker. »Ich sag dir was, Mädchen – es wär' besser, man folgt ihm! Sag das deinem Vater.« Er gab dem Pferd noch mal die Peitsche. »Du wirst nichts mehr von der Hochzeit mitkriegen.

Bei der Feier bleiben die hohen Edlen lieber unter sich, die ist hinter verschlossenen Türen. Nur ich darf rein, denn ich bring den Wein!«

Er lachte über seinen Reim und schlug sich auf die Schenkel. Aelia starrte ihn durch die Dämmerung hindurch an.

»Du darfst hinein?«, rief sie. »In den Gutshof?«

»Was glaubst du, was ich hinten geladen hab? Ein paar Amphoren besten gallischen Weins! Die haben das Bier satt und wollen jetzt mal was Besseres. Tja, der fränkische König hat sich schon unseren römischen Sitten angepasst!«

Er lachte laut in die abendliche Stille hinein. Aelia, die bei jedem lauten Geräusch zusammenfuhr, weil sie den römischen Angriff erwartete, hätte ihn am liebsten angefahren, sofort still zu sein, aber sie beherrschte sich.

»Oh bitte, nimm mich mit«, bat sie stattdessen mit sanfter Stimme. »Ich war noch nie in einem so großen Landhaus.«

Sie wusste, das Risiko war groß, von jemandem erkannt zu werden, aber sie hatte keine Zeit zu verlieren. Diesen Mann hatte die Göttin ihr geschickt, und das würde sie nutzen.

»Willst wohl doch die Braut sehn, was?«, frotzelte der Mann. »Ich werde aber nicht vor dem Königsthron Halt machen. Haste überhaupt 'ne Bleibe für die Nacht? Kannst bei mir schlafen, ich wohn im Dorf.«

Aelia sah auf den behaarten Unterarm des Kutschers herunter, der mager aus dem Ärmel hervorstach, musterte seine langen Finger mit den ungepflegten Fingernägeln, und ein Schauer des Ekels rann über ihren Rücken. Niemals würde sie einen Fuß in das Haus dieses Mannes setzen, so viel war sicher. Aber sie zwang sich zu einem Lächeln.

»Schön!«, rief sie begeistert. »Ich werde die Villa von innen sehen!«

Der Fuhrwerker grinste und warf einen anzüglichen Blick auf ihre Tunika, unter der sich ihre Beine abzeichneten. Als er seine freie Hand auf ihren Oberschenkel legen wollte, schob sie ihn fort. »Aber nicht doch«, kicherte sie. »Der Abend ist noch lang!«

Er stieß ein raues, albernes Lachen aus, das Aelia wieder einen Schauer über den Rücken jagte. Erleichtert sah sie das Weiß der ersten Häuser durch das Geäst des Waldrandes schimmern. Sie hatten das Dorf erreicht. Der Wagen bog in die Dorfstraße, die nun still und menschenleer in der Dämmerung lag, und nahm die Zufahrt zur Villa hinauf. Fackeln brannten am großen Eingangstor, vor dem zwei Krieger wachten. Aelia zog die Kapuze ihres Umhangs tiefer in ihr

Gesicht. Als der Wagen vor dem Tor hielt, trat ihnen einer der Krieger entgegen.

»Was wollt ihr?«

»Ich bringe Wein für den König.«

»Du bist spät.« Der Krieger musterte den Fuhrknecht misstrauisch, dann trat er an den Wagen und schlug die Plane zurück. Ein Pfiff ertönte, als er die Ladung erblickte. »Das wird wohl für den Abend reichen«, grinste er, trat zurück und nickte dem anderen Krieger zu, der daraufhin das Tor öffnete.

Doch dann schien er Aelia zu bemerken und kam wieder auf den Wagen zu. Er versuchte, einen Blick auf ihr Gesicht zu erhaschen, das unter der Kapuze verborgen lag, aber es gelang ihm nicht.

»Wer ist das?«

Der Fuhrwerker lächelte geheimnisvoll. »Meine Tochter«, sagte er.

Aelia spürte den misstrauischen Blick des Kriegers auf sich gerichtet. Zum Glück kannte sie ihn nicht. Ihr Herz klopfte ihr bis zum Hals, und sie glaubte, jeden Augenblick vom Wagen springen zu müssen, als der Krieger sich endlich abwandte. Er winkte sie zum Tor.

»Na macht schon, die da drinnen haben Durst.«

Der Fuhrknecht schnalzte mit der Zunge und ließ das Pferd anziehen. Langsam rollte der Wagen durch das Tor.

Sie gelangten in ein Torhaus, das sich zu einem Vorhof öffnete. Ein breiter, mit Kies ausgestreuter Weg führte über eine Brücke auf den Eingang des Landhauses zu. Rechts und links des Weges lagen Blumenbeete, auf denen Ringelblumen in spätsommerlicher Pracht gelb und orange leuchteten. Die Villa selbst erhob sich dahinter; edel und schlicht sah sie aus mit ihrem rötlichen Ziegeldach und den weiß verputzten Mauern, die mit zwei Flügeln den Vorhof umschlossen.

Zwei weitere Krieger, die am Torhaus wachten, wiesen ihnen den Weg über die Brücke. Aelia atmete erleichtert auf. Je näher sie dem Haus kam, desto besser, denn umso weniger Weg musste sie zurücklegen.

Die Brücke führte über einen ausgetrockneten Wassergraben zum Haus, doch nachdem sie sie überquert hatten, wiesen die Krieger, die vor dem Eingang wachten, sie auf einen Seitenweg, der am linken Gebäudeflügel entlang führte.

Sie hielten vor einem Hintereingang. Hier war es dunkel und still, nur die erleuchteten Fenster verrieten ihnen, dass drinnen Betrieb herrschte, und die Gerüche, dass die Küche in der Nähe liegen musste. Offenbar hatte man sie noch nicht bemerkt, und so stieg der Fuhrknecht vom Kutschbock und reichte Aelia die Zügel.

»Warte hier«, sagte er und warf ihr noch ein anzügliches Lächeln zu, das Aelia gequält zurückgab. Erleichtert sah sie, wie er durch die Tür verschwand. Als er im Haus war, glitt sie rasch vom Kutschbock. Sie warf einen Blick durch eine Fensteröffnung und meinte, die Umrisse von Odas mächtiger Gestalt dahinter zu erkennen. Hastig huschte sie in die Dunkelheit.

Sie war offenbar im Gemüsegarten. Mit Steinen ummauerte Hochbeete lagen zu beiden Seiten eines Weges, der zur Villa und dem davor liegenden Säulengang führte. Am Ende des Gartens erhob sich die Mauer, die das Landhaus umgab.

Aelia duckte sich zwischen zwei Johannisbeersträucher und lauschte. Der Festlärm drang zu ihr herüber, aber sonst hörte sie nichts. Sie lief durch den Garten zum Haus. Am Ende des Säulengangs sah sie einen Torbogen, der offenbar den Garten vom übrigen Teil des Hauses trennte.

Aelia zögerte. Hinter dem Torbogen könnte sie jederzeit einem Menschen begegnen, der sie kannte. Sie musste sich vorsehen, aber sie musste auch weiter, denn es wurde höchste Zeit. Sie gab sich einen Ruck und schlüpfte durch den Torbogen. Dahinter führte der Säulengang weiter am Haus entlang und verlor sich am Ende des Gebäudes in der Dämmerung. Offenbar umgab er die gesamte Rückseite der Villa. In seiner Mitte, umgeben von mit Wein berankten Säulen, lag eine Tür, deren Flügel weit offen standen. Licht und Stimmengewirr drangen in den stillen Garten.

Aelia sah keine Wachsoldaten weit und breit. Die Franken schienen nicht im Geringsten mit einem Angriff zu rechnen. Die römischen Soldaten würden leichtes Spiel haben, wenn sie von hinten über die Mauer in den Garten kämen. Die wenigen Krieger, die man zur Bewachung der Zelte draußen zurückgelassen hatte, würden sie nicht aufhalten können.

Furcht stieg in Aelia auf. Lantschild hatte ihrem Vater tatsächlich die Wahrheit gesagt. Er meinte es ernst mit seinem Verrat. Er würde sicher schon heimlich das große Tor geöffnet haben.

Aelia presste sich an die Mauer des Hauses. Sie bemerkte eine Tür, die direkt neben dem Torbogen lag und nur angelehnt war, schlich sich hin und lauschte. Als sie nichts hörte, öffnete sie sie ganz und spähte hinein. Im schwachen Licht der Dämmerung sah sie einen gekachelten Fußboden, an dessen Ende sich ein gemauertes Becken erhob. Über dem Becken, das die gesamte Breite des Raumes einnahm, wölbte sich ein gemauerter Rundbogen, wasserblau bemalt mit allerlei Fischen, Muscheln und anderem Meeresgetier. Es roch nach parfümiertem Wasser, als hätte gerade noch jemand gebadet.

Aelia schlüpfte in das Bad und lehnte die Tür wieder an. Nachdem sie sich davon überzeugt hatte, dass hier niemand war, verschnaufte sie einen Augenblick. Sie wusste, dass sie keine Zeit mehr hatte. Der Angriff ihres Vaters, das spürte sie, stand unmittelbar bevor. Nun würde es darauf ankommen, dass ihr Plan, den sie sich in der Nacht zuvor ausgedacht hatte, gelang.

Mit zitternden Fingern tastete sie in einer Tasche ihres Umhangs nach einem Stück Stoff, zog es hervor, strich sanft mit den Fingern darüber. Es war das Stück jenes Kleides, das sie von Marwig geschenkt bekommen hatte.

Mit klopfendem Herzen lauschte sie auf den Festlärm, der bis zu ihr ins stille Bad drang, und für einen Augenblick sank ihr der Mut. Marwig wird mir nicht glauben, dachte sie. Und selbst wenn – wenn er erst die ganze Wahrheit wüsste, hätte ich ihn verloren. Ich werde ihn so oder so verlieren. Aber dann dachte sie, dass sie nicht mehr zurückkonnte, und dass sie wollte, dass Marwig lebte, auch wenn er sich gerade mit einer anderen vermählt hatte.

Sie schlüpfte aus dem Bad und lehnte die Tür wieder an. Vorsichtig schlich sie sich die Porticus hinunter bis zur Hintertür, die immer noch weit offen stand. Der Lärm der Gäste drang laut in den Garten, doch dann wurde es auf einmal still. Nur noch vereinzeltes Husten, Räuspern und das Geklapper von Geschirr war zu hören. In die Stille hinein erhob sich die knabenhafte Stimme eines Sängers. So schön und melodisch klang sie, dass Aelia nicht anders konnte, als innezuhalten und zu lauschen.

»... leben verborgen
in Hoddmimirs Holz;
Morgentau ist all ihr Mahl,
Von ihnen stammt ein neu' Geschlecht ...«

Aelia atmete tief die frische Luft des Gartens ein. Die Äste mehrerer Obstbäume zeichneten sich schwarz gegen den Himmel ab. Schon leuchteten die Sterne auf. Da hörte sie Stimmen, die sich von der Küche her näherten – der Fuhrwerker hatte also ihr Fehlen bemerkt und man suchte sie.

Sie zog ihre Kapuze tiefer ins Gesicht und spähte durch die Tür. Sie sah einen kurzen Gang, der an jeder Seite weitere Durchgänge hatte. An seinem Ende wölbte sich ein Torbogen zum Mittelpunkt des Hauses: einem hell erleuchteten Innenhof, wo die Gäste an langen, mit Girlanden geschmückten Tischen saßen, während zwischen ihnen Mägde hin und her gingen und einschenkten.

Knechte trugen silberne Platten mit Gebratenem hinein. Als Schutz vor der Sonne hatte man Stoffplanen über den Hof gespannt, an denen Blumengirlanden im leichten Abendwind schwangen.

»... Eine Tochter entstammt der strahlenden Göttin,
eh der Wolf sie würgt.
Glänzend fährt nach der Götter Fall
die Maid auf den Wegen der Mutter.«

Das Lied des Sängers endete, und die Hochzeitsgäste klatschten. Aelia nutzte den Lärm, um sich durch den Gang zum Innenhof zu schleichen.

Sie hatte Glück. Ein Säulengang umgab auch den Innenhof, und sie konnte sich in seinem Schatten verbergen und einen Blick auf die Hochzeitsgesellschaft werfen. Ihr am nächsten saßen ein paar Männer von Chlodwig Medelphus, deren Banner – der goldene Mond über dem Kastell – am Tisch lehnte, während die Krieger aßen und lachten. Sie hatten ihre Umhänge ausgezogen und neben sich auf die Bänke gelegt.

Trinkt nicht so viel!, hätte Aelia ihnen am liebsten zugerufen. Die Römer werden es umso leichter mit euch haben.

Ihr suchender Blick glitt über die Gäste. Weiter entfernt, dort, wo das Gesinde den Hof betrat, um auf- und abzutragen, erkannte sie die prächtig geschmückte Königstafel. Dort musste Marwig sein. Langsam umrundete sie den Innenhof, sich dabei immer im Schatten hinter den Säulen haltend. Bald hatte sie den Tisch erreicht, an dem Chlodeswinthes Frauen saßen.

Aelia presste sich an die Mauer und bewegte sich nicht. Wie merkwürdig, sie alle so nah vor sich zu sehen! Das laute Lachen von Ebroins Frau drang durch die Stimmen der anderen Gäste zu ihr. Endlich! Dort hinten sah sie die Königstafel. Chlodeswinthe saß in einem gelben Gewand in der Mitte der Tafel, an deren Kopfende der König thronte. Zu seiner Rechten saß seine neue Geliebte – und zu seiner Linken Marwig neben seiner jungen Braut. Mit ernster Miene beobachtete er, wie sie ein Stück Fleisch zerschnitt und es ihm auf den Teller legte. Sie kicherte ausgelassen, dann leckte sie sich unter dem Gelächter der Anwesenden die Finger ab. Sie trug ein blaues Seidengewand, auf das ihre hellblonden Haare lang herunterflossen.

Wie hübsch sie aussah! Wie anmutig ihre Stimme klang! Wie zierlich sie sich neben Marwig ausnahm, der sie um einen Kopf überragte! Aelia musste an sich halten, um nicht laut aufzuschreien. *Marwig, ich bin hier, sieh mich doch!*

Aber natürlich sah er nicht zu ihr. Sie presste ihre Finger um das Stück Stoff, das weich in ihrer Hand lag. Ihr hastiger Blick flog über die Gesichter an der Königstafel, und sie stellte erleichtert fest, dass Wisigard nicht dort war. Aber auch Lantschild nicht.

Ihr Blick suchte die Mägde, die an den Tischen einschenkten, dann flog er über die Reihen der Knechte. Es waren einige dabei, die sie nicht kannte, die wahrscheinlich von anderen Höfen gekommen waren. Schließlich fand sie Maraulf. Er schien das einzige Kind weit und breit zu sein und machte sich nützlich, indem er die leeren Krüge in das Metfass tauchte und sie den Mägden zurückgab. Noch nie hatte sie den Jungen so fleißig gesehen. Sicher wäre es leicht für ihn, Marwig etwas zu bringen, denn niemand würde misstrauisch werden, wenn er sich dem Bräutigam näherte. Aber sie misstraute ihm, und die Gefahr bestand, dass er sie erkannte. Trotzdem musste sie es riskieren. Sie würde unter ihrer Kapuze bleiben und ihm ordentlich Angst einjagen. Er war ein Kind und leichter beeinflussbar als ein fremder Knecht oder eine Magd, die sie nur zu leicht an Oda oder Edobich verraten könnten. Sie musste es versuchen.

Eine Weile beobachtete sie den Jungen und stellte fest, dass er die langen Pausen zwischen dem Füllen der Metkrüge dazu benutzte, die Hochzeitsgäste zu beobachten.

Aelia starrte auf seine kleine Gestalt und ballte ihre ganze Aufmerksamkeit auf sie. »Maraulf!«

Laut hallte ihr Ruf über den Hof, umtoste die Hochzeitsgäste, überspülte das Tellerklappern, die vielen Stimmen, das Schmatzen und Grunzen, übertönte sogar die Flöten im Hintergrund, die jetzt wieder zu spielen begonnen hatten, und zerschellte schließlich an der Mauer.

»Maraulf!«

Aelias Lippen bewegten sich flüsternd, und doch hatte sie das Gefühl, den Namen des Jungen tatsächlich gerufen zu haben.

Es dauerte nicht lange, und er wandte sich zu ihr um. Für einen Augenblick wagte sie sich aus dem Schatten des Säulengangs hervor, aber sicher sah er dennoch nicht mehr als eine rasche Bewegung. Der Junge runzelte die Stirn und sah wieder fort. In diesem Augenblick kam eine Magd und ließ sich von ihm einen vollen Metkrug geben.

Aelia seufzte ärgerlich und sandte einen flehenden Blick zum Himmel. Ein kühler Wind kam auf, doch die Hochzeitsgäste schien das nicht zu stören. Sie saßen unter ihren Stoffplanen und von Mauern geschützt und lauschten. König Chlodio sprach.

»Welch ein Freudentag!«, rief er in die Menge der Gäste hinein. Seine brüchige Stimme zeigte, wie sehr die Krankheit seinen zusammengesunkenen Leib in der Gewalt hatte. Er nickte der Braut zu. »Dass unsere Familien wieder zusammengefunden haben, ist eine besondere Ehre für mich. Nur Wodan weiß, wie sehr ich meine geliebte Frau vermisse. Möge dem Brautpaar ein ebensolches Glück beschieden sein wie mir und meiner Gemahlin!«

Jubel erhob sich, und der König erging sich weiter in Lobhudeleien über seine Schwiegertochter und ihren Vater, König Chlodwig Medelphus, über den er an Aelias erstem Tag am Königshof ganz anders gesprochen hatte. Er redete langsam und machte lange Pausen, als würde ihn das Sprechen anstrengen. Alle lauschten ehrfurchtsvoll und still, nur Marwigs Braut beugte sich zu ihrem Gemahl und flüsterte ihm etwas ins Ohr, woraufhin beide lächelten.

Aelia fühlte einen Stich in der Herzgegend. Nur mit Mühe besann sie sich auf Maraulfs kleinen Rücken, den er ihr zugekehrt hatte, aber der Junge rührte sich nicht.

»Mein Sohn, ich bin stolz auf dich!«, rief der König. »Seit du ein Schwert tragen kannst, hast du mir immer treu zur Seite gestanden. Du hast manche Schlacht mit mir geschlagen, und dein Mut war immer groß. Wodan sei mein Zeuge, dass du ein großer Krieger bist, und du wärst ein wahrhaft guter König. Wenn es dein Wille ist und der Wille der Fürsten, dann sollst du nach meinem Tod ihr König sein!«

Eine Weile war es still im Hof. Die Knechte hatten sich mit ihren Krügen zurückgezogen, die Mägde verharrten reglos an den Tischen. Chlodeswinthe sah zu ihrem Vater hinüber; die Fürsten nickten und sahen sehr zufrieden aus. Es war der Augenblick eines vielstimmigen, aber unausgesprochenen Einverständnisses, ehe den Gästen klar wurde, dass der König aufgehört hatte zu sprechen. Da brandete der Jubel auf, und die Hochzeitsgesellschaft klatschte, schlug mit den Händen auf die Tischplatten, stampfte auf den Boden.

»Hoch lebe Marwig, unser künftiger König!«, riefen sie und hoben ihre Gläser. Alle erhoben sich und tranken dem König und Marwig zu. Marwig stand auf und verneigte sich vor dem König.

»Danke, Vater! Ich weiß das Vertrauen zu schätzen, dass Ihr mir entgegenbringt. Wodan sei mein Zeuge, dass ich mich bemühen werde, den Fürsten und meinem Volk ein guter und gerechter König zu sein.«

Er nickte seinem Vater zu und setzte sich, während Jubel und Applaus aufbrandeten. Der König lächelte und sagte etwas zu ihm, das im Jubel unterging. Aelia besann sich wieder auf den Jungen.

»Maraulf!«

Endlich sah er sich um. Aelia nahm ihren gesamten Mut zusammen und trat aus dem Schatten. Der Junge musterte sie, und es sah aus, als kämpfte er zwischen Neugierde und Angst. Schließlich überwog die Neugierde, und er kam zögernd näher, wobei er sie nicht aus den Augen ließ. Als er nah genug war, packte ihn Aelia und zog ihn in den Schatten des Ganges. Mit einer Hand umfasste sie seinen dünnen Arm, mit der anderen ihren kostbaren Schatz. Sie hielt ihm den Stoff hin.

»Bring dies zu Marwig und sag ihm, dass der Mensch, dem das gehört, hier auf ihn wartet. Sag ihm, ich habe eine wichtige Nachricht für ihn. Es geht um Leben und Tod.«

Maraulf sah neugierig zu ihr auf, und sie spürte, wie er versuchte, ihr Gesicht zu erkennen. Rasch senkte sie den Kopf, sodass es unter dem Schatten der Kapuze blieb.

»Wenn du es nicht tust, werdet ihr alle sterben«, setzte sie hinzu.

Maraulf sah bestürzt aus. Er nahm den Stoff an sich und umschloss ihn fest mit seiner Hand.

»Aber wenn sie mich nicht zu ihm lassen?« Seine Stimme klang hell und voller Angst.

»Das werden sie. Du *musst* zu ihm.«

Aelia ließ ihre Stimme tief und bedrohlich klingen. Sie richtete sich vor dem Jungen auf und stemmte die Arme in die Hüften. Sie war so überzeugend, dass Maraulf sich hastig umwandte und den Gang hinunterlief.

Erleichtert atmete Aelia auf. Sie wartete im Schatten der Mauer und beobachtete, wie der Junge sich hastig durch die Tischreihen zu Marwig schlängelte, als sie neben sich ein Geräusch vernahm. Sie fuhr herum, als sie auch schon den Faustschlag spürte. Er traf ihren Kopf und ließ ihn fast gegen die Wand prallen. Schmerz loderte auf und schien ihren Kopf zu zersprengen. Halb benommen fühlte sie, wie eine Magd sie packte und durch den Säulengang zurück in den Gang schob, durch den sie hergekommen war. Sie spürte warmen Atem an ihrem Ohr und die scharfe Klinge eines Messers an ihrem Hals, als sie langsam zurück zum Garten geschoben wurde.

»Du hast dich also befreien können«, flüsterte Eghild, während sie die Klinge an ihren Hals presste. »Nun werde ich dich töten müssen.«

Aelia wusste, dass Eghild vorhatte, sie im Garten zu töten. Sie wusste es in dem Augenblick, als die andere sie durch die Tür zurück in den Säulengang schob, der den Garten vom Haus trennte, aber sie wusste auch, dass sie sich mit ihrer gesamten Kraft dagegen wehren würde.

Ohne dass Eghild etwas bemerkte, spannte sie ihren Leib. Sie duckte sich, hob ihren Arm und rammte Eghild ihren Ellenbogen so fest gegen die Brust, dass die andere aufschrie. Ihre Schulter tat ihr weh, denn sie spürte ihre Verletzung immer noch, aber Eghild hatte weit mehr Schmerzen. Sie hatte sie hart getroffen. Das Messer an Aelias Hals zuckte auf, und der Arm lockerte sich gerade genug, um ihm einen mächtigen Hieb verpassen zu können.

Eghild schrie erneut. Ihr Arm sank, das Messer rutschte ihr aus der Hand und fiel zu Boden. Als sie das Klirren vernahm, durchwogte Aelia tiefe Genugtuung. Sie fuhr herum und ließ ihre Hand gegen den Hals ihrer Gegnerin krachen. Dann packte sie Eghild mit beiden Händen am Nacken, zog sie herunter und hob ihr Knie, das hart gegen Eghilds Nase prallte.

Ein Stöhnen antwortete ihr, und sie sah zufrieden, wie Eghild sich die blutende Nase hielt. Einen Atemzug gönnte sie sich zum Verschnaufen und für den Triumph, aber sie wusste, dass die andere noch nicht besiegt war. Um ihr Werk zu vollenden, hieb sie ihr die Arme auf den Rücken und schubste sie auf den Boden. Dann hastete sie zum Messer und hob es auf.

Sie stockte, als sie drei fränkische Krieger auf sich zukommen sah. Marwig kam mit Wiomad und Orderic den Gang hinunter. Sie hatten ihre Umhänge zurückgeschlagen, um leichter an ihre Schwerter zu kommen, deren Griffe im Licht aufblitzten.

Aelia ließ das Messer in ihren Mantelfalten verschwinden und fluchte in sich hinein. Aus den Augenwinkeln sah sie, wie Eghild sich bewegte, und sie wollte sich wieder auf sie stürzen, als die Männer ihre Schwerter zogen und sie umstellten.

Aelia hielt inne und starrte auf die Schwerter, während sie versuchte, ihren raschen Atem zu beruhigen. Vor ihr stand Marwig. Das dunkelblonde Haar fiel ihm bis auf die Schultern. An seiner Hüfte prangte seine Gürtelschließe in Form eines Adlerkopfes, die mit dunkelroten Edelsteinen besetzt war. Es war dieselbe, die er im Kastell getragen hatte.

Als er Aelia erblickte, überlief ein Ausdruck der Überraschung sein Gesicht, um sich dann wie ein Vogel zu verflüchtigen und wieder zu einer undurchdringlichen Miene zu werden.

»Maraulf hat also nicht gelogen«, sagte er mit rauer Stimme. »Den Göttern sei Dank!«

Er befahl Wiomad und Orderic, die Schwerter zurückzustecken.

Mit Befremden beobachtete Aelia, wie Orderic sich zu Eghild hinunterbeugte und ihr mit einem Tuch die blutende Nase abtupfte. Eghild stöhnte auf.

Marwig sah Aelia an, als sei sie eine Fremde. Er deutete mit dem Kopf auf die am Boden Liegende. »Warum hast du das getan?«

»Sie will Euch töten«, stieß Aelia hervor.

Wieder zeigte sich Überraschung auf Marwigs Miene. Er zog den Stoff hervor, den Maraulf ihm gebracht hatte, und gab ihn Aelia zurück. »Darum hast du mir dies bringen lassen? Wegen ihr?«

Aelia schüttelte den Kopf. Sie war so überwältigt von seiner Gegenwart, dass sie kaum sprechen konnte. »Ich will Euch warnen, Herr. Römische Truppen lagern in der Nähe des Dorfes. Sie werden diese Villa noch heute überfallen.«

Endlich war es heraus. Endlich hatte sie das getan, weshalb sie hier war. Marwig starrte sie an. Fackellicht fiel auf seine beiden Fibeln an den Schultern und ließ sie aufschimmern.

»Römische Truppen? Hier?«

Aelia atmete tief. Sie musste alles an Überzeugungskraft in ihre

Worte legen, das sie besaß. »Sie wissen von Eurer Hochzeit und suchen Rache für die Einnahme von Tornacum und Camaracum. Sie wollen die Villa überfallen, sobald Eure Krieger betrunken genug sind.«

Marwigs Miene war undurchdringlich.

»Woher weißt du das?«

Sie zögerte. Alles würde nun davon abhängen, ob er ihr glaubte oder nicht. Aber je mehr sie ihm sagte, desto mehr würde sie sein Misstrauen auf sich ziehen.

»Ich war bei ihnen«, sagte sie.

Er ließ seinen Blick nicht von ihr. Wiomad und Orderic kamen langsam näher, doch Marwig gab ihnen ein Zeichen, stehen zu bleiben.

»Warum warst du bei ihnen?«

»Das ... ist eine längere Geschichte.«

»Ich will sie hören.«

»Bitte! Ihr habt keine Zeit mehr! Die Römer greifen jeden Augenblick an!«

Er schwieg und verriet mit keiner Regung, was er dachte.

»Euer Bruder hat Ort und Zeitpunkt der Hochzeit an die Römer verraten«, fuhr sie fort. »Er will selbst König werden, wenn Euer Vater ... wenn er ... im Reich der Hel ist.«

Marwig wich von ihr zurück, als hätte sie eine ansteckende Krankheit. Jegliche Farbe war aus seinem Gesicht gewichen.

»Glaubt ihr kein Wort, Herr!«

Orderic wandte sich an die Verletzte. »Was sagst du?«

»Aelia lügt!«, stieß Eghild hervor. »Sie ist eine Spionin wie ich! Sie wurde geschickt, um Euch auszuspionieren, und jetzt versucht sie, Euch gegen Euren Bruder aufzuhetzen!«

Aelia warf einen finsteren Blick auf die Verwundete hinunter.

»Ihr könnt prüfen, ob ich die Wahrheit sage«, sagte sie. »Lantschild hat dem römischen Kommandanten versprochen, das Tor der Villa für die Römer zu öffnen. Seht nach, ob ich recht habe.«

Sie warf einen flehenden Blick auf Marwig, doch der rührte sich nicht.

»Woher weißt du das alles?«, fragte er mit rauer Stimme.

Aelia antwortete nicht. Sie hatte befürchtet, dass er diese Frage stellen würde, aber sie hatte den Gedanken daran immer verdrängt.

Aber nun sah alles anders aus. Sie hörte Eghilds leise Stimme aus dem Hintergrund.

»Woher sie das weiß? Von den Römern! Sie hat selbst das Tor geöffnet! Warum sollte sie sonst hier sein?«

Aelia hielt den Atem an. Sie wollte sich wieder auf Eghild stürzen, doch da packte Wiomad sie und hielt sie fest.

»Sie lügt!«, schrie Aelia. »Warum sollte ich Euch vor den Römern warnen, nachdem ich selbst das Tor für sie geöffnet habe? Das ergibt keinen Sinn!«

Marwig wandte sich an Eghild. »Warum bist du hier?«

Noch ehe Eghild etwas sagen konnte, rief Aelia: »Um Euch zu töten! Sie will Rache nehmen für ihre Familie, die Euer Vater hat umbringen lassen.«

Er fuhr zu Aelia herum. »Habe ich dich gefragt?«, schleuderte er ihr so wütend entgegen, dass Aelia vor Schreck zusammenzuckte. »Du warst als römische Spionin an unserem Hof und hast unsere Angriffspläne an sie verraten!«

»Das ist nicht wahr«, protestierte sie. »Ich habe nie etwas verraten.«

Marwig starrte sie ungläubig an, dann wandte er sich an Orderic.

»Schick einen Mann, der Lantschild suchen soll, ich will wissen, ob er geflohen ist. Dann lass die Krieger aus den Zelten hereinholen und sieh nach, ob das Tor offen ist. Wenn ja, schließ es ab und lass die Wachen verdoppeln. Gib mir sofort Bescheid, wenn das Tor offen war, aber mach kein großes Aufheben.«

Orderic nickte und verschwand in der Dunkelheit. Marwig wandte sich an Wiomad. »Nimm die beiden Furien und sperr sie in die oberen Gemächer. Aber nicht zusammen!«

Wiomad nickte. Er zog sein Schwert, richtete es auf Aelia, packte Eghild und zog sie hoch. Die Verwundete stöhnte auf. Er hielt sie fest und schob sie vor sich durch einen Quergang, bis sie eine Treppe erreichten, die zum Obergeschoss führte. Oben angelangt, öffnete Wiomad eine Tür und stieß Aelia in das Gemach, das dahinter lag. Atemlos hörte sie mit an, wie er die Tür von außen verriegelte, dann hörte sie ihn mit Eghild den Flur hinunterlaufen, wo eine weitere Tür geöffnet und ebenso geräuschvoll wieder verschlossen wurde.

Aelia blickte sich in dem Gemach um. Ein Bett stand dort, ein schlichter Waschtisch mit einer Silberschale darauf, daneben ein

Wasserkrug. Sie zog den Stofffetzen ihres Gewandes hervor, betrachtete ihn lange. Dann nahm sie ihn in einer Aufwallung von Schmerz und Angst, presste ihn gegen ihr klopfendes Herz und flehte die Göttin an, Marwigs Leben zu retten.

Kapitel 21

Aelia ging zum Fenster und sah hinaus. Das Gemach lag auf der Rückseite der Villa und führte zum Garten hinaus. Sie sah die Zelte der fürstlichen Krieger hinter der Gartenmauer. Friedlich grasten die Pferde auf der Weide vor dem schweigenden Wald.

Warum hatte Marwig ihr nicht geglaubt? Vor ihren Augen hatte Eghild sein Misstrauen geweckt und sie mit ihren Lügen besiegt. Es war Eghild nicht nur gelungen zu überleben, sondern sie hatte auch jegliche Schuld von sich ablenken können.

Wütend stapfte Aelia in der Kammer auf und ab. Schließlich nahm sie den Wasserkrug, setzte sich auf das Bett und leerte ihn in einem Zug. Hätte sie ihre Gegnerin doch nur zum Schweigen bringen können, bevor die Männer kamen! Sie ballte die Faust und ließ sie auf das Kopfkissen hinuntersausen. Es schmerzte, als sie gegen etwas Hartes stieß, das sich unter dem Stoff verbarg. Überrascht rieb Aelia sich die Hand, dann riss sie den Kissenstoff der Länge nach auf.

Zarte Daunen wirbelten auf und tanzten durch das Gemach, rieselten auf Bett, Fußboden und Waschtisch.

Aelia wühlte in den Daunen und zog schließlich einen kleinen eisernen Gegenstand hervor, den sie erstaunt im matten Licht betrachtete – ein kleines Wurfmesser mit eisernem Griff – ihr Messer.

Wie war es hierhin gekommen? Lantschild, dachte sie, er war der Einzige, der es an sich genommen haben könnte, nachdem er Ingunde damit getötet und Aelia den Mord erfolgreich in die Schuhe geschoben hatte. Dies hier war sein Gemach, aber er war nicht da. Wahrscheinlich hatte er sich längst in Sicherheit gebracht und das Messer hier vergessen.

Aelia lächelte. Sie spürte, wie ihr Atem und ihr aufgeregter Herzschlag sich allmählich beruhigten. Ihr war, als hätte sich etwas in ihrem Inneren geglättet, als wären die Wellen der tosenden See zu einer ruhigen Fläche geworden. Die Göttin selbst hatte das Messer wieder in ihre Hände fallen lassen. Es war die Botschaft Vercanas an sie, nicht aufzugeben, und ein Zeichen dafür, dass die Göttin auf ihrer Seite stand.

Rette Marwig, schien das Messer ihr zuzurufen, *rette ihn trotz allem!* Obwohl er ihr nicht glaubte, obwohl die Offenlegung der

Wahrheit seine Liebe zu ihr wahrscheinlich endgültig vernichtete, wenn sie überhaupt noch da war. Sie musste es trotzdem tun.

Sie steckte das Messer in den Gürtel und trat wieder ans Fenster. Vor der Mauer bewegte sich etwas. Sie sah Gestalten, die durch die Zelte huschten, irrlichternde Fackeln, galoppierende Pferde. Laut hallte ihr Wiehern von den Weiden herüber. Irgendwo draußen schwenkte jemand zwei Fackeln, als wollte er den Kameraden ein Zeichen geben.

War da nicht schon ein Grollen aus dem Wald zu hören? Ein Stampfen wie von Hunderten von Pferdehufen? Ein Dröhnen, weil die Erde unter den Hufen der römischen Reiter erzitterte?

Aelia fühlte die Angst in ihrem Magen rumoren. Sie versuchte, sie niederzukämpfen. Dann zog sie sich am Fensterrahmen hoch und kletterte vorsichtig aus dem Fenster, ließ sich langsam auf das Dach des Säulengangs hinunterrutschen und sprang. Sie landete hart auf dem Säulengang am Garten, dort, wo sie hergekommen war. Sie hörte Stimmen und Rufe von jenseits der Mauer, Hufschläge.

»Zurück in die Villa!«, brüllte ein Franke. »Alle Bogenschützen auf den Turm!«

Das Grollen, das aus dem Wald kam, wurde lauter. Eigentlich kam es von überall her, unüberhörbar jetzt, beständig anschwellend, ein finsteres Ungeheuer aus den Tiefen des Waldes. Die römische Reiterei näherte sich.

Eine kalte Hand griff an Aelias Herz, als ihr klar wurde, dass es zu spät sein könnte für eine Rettung.

Sie presste sich in die Dunkelheit des Laubengangs, kämpfte gegen ihre Todesangst an. Sie kannte diese Angst nur zu gut und wusste, wie mächtig sie war, wie rasch sie die Oberhand gewinnen und sie in ein rasendes, von tierhaften Kräften getriebenes Wesen verwandeln konnte, das nur noch dem Überlebenstrieb gehorchte. Sie atmete tief ein und aus und versuchte, ihrem Geist einen Augenblick Ruhe zu verschaffen.

Vom Innenhof drang jetzt großer Lärm zu ihr herüber – aufgeregte Stimmen, die von den gebrüllten Befehlen der fränkischen Krieger übertönt wurden, dann ein großes Gepolter und das Zerbersten von Geschirr. In den Lärm mischte sich das Geräusch von zischenden Pfeilen. Auch in den Garten regnete es Pfeile; sie flogen in hohem Bogen durch die Luft, um in hilflose Beerensträucher zu fahren, in Obstbäume und Gemüsebeete.

Aelia lief den Säulengang entlang und flüchtete sich ins Haus, dann lief sie zum Innenhof. Was sie dort sah, ließ sie zurückschrecken. Die Feuerpfeile der römischen Reiterei schossen über die Mauer und setzten die Stoffplanen in Brand. Die Hochzeitsgäste liefen schreiend durcheinander und suchten Schutz unter dem Säulengang und im Haus, während die betrunkenen Krieger zu ihren Waffen stürzten. Einige sanken von Pfeilen durchbohrt zu Boden. Immer wieder regnete es Salven von Pfeilen aus dem dunklen Himmel auf den Innenhof. Die Bogenschützen im Turm versuchten ihnen zu antworten, konnten aber nichts ausrichten.

Die Schreie der Reiter, die die Villa umringten, tönten unheimlich durch die Nacht. Flammen leckten von den Stoffbahnen im Hof auf das Dach, fraßen sich durch Tischdecken und Blumengirlanden, schlugen gegen den trockenen Stamm des Baumes, der im Innenhof wuchs.

Das Gesinde lief schreiend durch die Gänge, von den Kriegern beiseite gestoßen, die sich ihre Schilde und Schwerter geholt hatten, um wieder in den Hof zurückzurennen. Ein Knecht taumelte durch die Tür und brach zusammen, einen Pfeil im Rücken.

»Bogenschützen auf den Turm!«, brüllte wieder jemand, aber nichts geschah. Einige Krieger stürmten, ihre Schilde über sich haltend, zum Tor, um es zu verteidigen.

Aelia suchte Marwig, fand ihn aber nicht. Sie zwang sich, wegzusehen, nicht auf die Leichen zu sehen, den Tod zu übersehen, der sich überall so deutlich zeigte. Ein Pfeilregen hagelte in den Hof, ein Brandpfeil flog durch den Säulengang auf den Marmorboden des Flures und blieb nur einen Schritt weit vor Aelia liegen, wo seine Flamme allmählich erlosch. Die Frauen der Fürsten, die Mägde und Knechte rannten in Panik an ihr vorbei durch die Gänge, die Treppe hinauf, die Säulengänge entlang.

Niemand schien Aelia zu bemerken. Sie lief zurück und suchte Marwig im Garten, sah ihn aber nirgends. Die Büsche und Bäume zeichneten sich schwarz gegen den dunkelblauen, sternenklaren Himmel ab. Es war die Zeit, wo die Feuer entzündet wurden und man sich beim Met zusammensetzte, um sich Geschichten zu erzählen. Stattdessen erschien dieser Abend, als wäre er nicht wirklich, als würde das alles nicht ihr geschehen, sondern einer anderen, während sie außerhalb ihres Ichs zusehen konnte.

Aelia presste sich in den Schatten des Laubengangs und versuchte, ihren hastigen Atem zu beruhigen. Der Kampflärm, der jetzt von überallher erklang, ließ sie erzittern. Die Tür zum Bad lag nicht weit von ihr entfernt, und der Gedanke, sich dort zu verstecken, erschien ihr auf einmal sehr verlockend. Was konnte sie hier noch ausrichten? Sie war keine Soldatin, zudem besaß sie keine Waffen, sie hatte nur zwei Messer bei sich.

Sie zögerte noch, als sie plötzlich eine Gestalt beobachtete, die aus dem Garten kam. Sie trug ein Kopftuch und das graue Gewand der Mägde. Zuerst dachte Aelia, die Person würde sich im Bad verstecken, doch dann ging sie daran vorbei zum Torbogen, vor dem sie einen Atemzug lang innehielt und sich umblickte, ehe sie durch das Tor in der Dunkelheit verschwand.

Aelia hielt den Atem an. Sie brauchte eine Weile, um zu begreifen, dass sie Eghild gesehen hatte. Sie hatte sich ebenfalls befreit und im Garten gewartet, bis die Römer kamen. Dann hatte sie sich das Kleid einer toten Magd angezogen und wollte nun zurück ins Haus.

Aelia fluchte leise. Dann ging sie durch den Säulengang am Bad vorbei und folgte Eghild durch den Torbogen.

Eghild nahm den Weg, den Aelia gekommen war. Sie schlich sich durch den Säulengang in Richtung Küche und verschwand hinter jener Tür, durch die der Fuhrknecht das Haus betreten hatte.

Aelia folgte ihr und gelangte in einen Flur. Durch eine offene Tür konnte sie einen Blick in die Küche werfen und das Durcheinander darin sehen. Auf dem Herd standen noch Pfannen mit Fischen darinnen, doch das Feuer war heruntergebrannt. Halb angerichtete Platten warteten auf ihre Vollendung. Neben dem Waschbecken stapelte sich das ungewaschene Geschirr, während auf dem Zubereitungstisch noch ein Messer lag.

Das Überraschende für Aelia aber war der Anblick der Köchin. Oda saß mit ausgestreckten Beinen vor dem Tisch. Das Messer war aus ihrer Hand gefallen, Speichel rann aus ihrem offenen Mund. Ihr Gewand war bis über die Knie hoch gerutscht und gab den Blick auf ihre dicken, mit blauen Adern durchzogenen Beine frei. So saß sie regungslos, den Blick aus halb geöffneten Augen auf einen fernen Punkt gerichtet.

Aelia, die erwartete, dass dieser Blick sich jederzeit heben und in gewohnter Strenge auf sie richten würde, wich zurück. Sie sah Eghild weiter den Flur entlang auf den Hof zustreben, blickte wieder in die Küche und bemerkte, dass Oda sich keinen Fingerbreit bewegt hatte.

Die Köchin war tot. Vermutlich hatte sie der Schlag getroffen. Aelia sah das Messer in ihrer Hand – Odas gutes schweres Schneidemesser mit dem Eisengriff, das ihr, wie sie nie müde geworden war zu erzählen, ihre Mutter geschenkt hatte, ehe sie sie an den Königshof verkauft hatte.

Aelia lief ein kalter Schauer über den Rücken. Zu gerne hätte sie Oda die Augen für immer geschlossen, doch sie musste weiter. Sie spähte in den Gang, aber von Eghild war nichts mehr zu sehen.

Verdammt.

Sie lief zum Ende des Flures, der in den Innenhof führte. Auf dem Hof kämpften die Soldaten. Die Römer waren durch das aufgebrochene Tor eingedrungen, und die Franken leisteten ihnen ergrimmten Widerstand. Die Bogenschützen auf dem Turm waren tot, und immer wieder versuchten Männer – Franken wie Römer –, die Treppe zum Wachturm hochzuklettern, um von oben zu schießen, was aber jedes Mal von der anderen Partei mit einer Salve von Pfeilen auf die Kletternden beantwortet wurde. Die Leiber der Getroffenen fielen in den Hof oder blieben auf den Stufen liegen. Auf dem Boden lagen tote und sterbende Soldaten. Die Schreie der Verletzten, die sich mit dem Gebrüll der Krieger mischten, drangen laut in die Nacht. In der Mitte des Hofes stand der Baum wie eine brennende Fackel und warf sein Licht auf den Hof.

Aelia sah schaudernd auf die verbrannten Tische und die verkohlten Leichname, die darunter lagen. Einer hatte langes blondes Haar, und Reste eines blauen Seidengewandes klebten an ihm. Auf dem kindlichen Gesicht von Marwigs Braut stand noch das Entsetzen über ihren eigenen Tod. Aelia begriff, dass es besondere Kräfte waren, die hier wirkten, entfesselte Kräfte, auf die sie keinen Einfluss hatte – lange aufgestaute Wut, mächtiger Hass, die von niemandem mehr zu zähmen waren.

Voller Angst sah sie auf die Helme der Soldaten, ihre im Feuerschein blitzenden Schwerter und suchte Eghild. Doch dann sah sie Marwig mitten zwischen den Kämpfenden. Er focht gegen einen römischen Offizier, Rücken an Rücken mit Wiomad, der gegen einen anderen Römer kämpfte. Zuerst erkannte sie ihn nicht, weil er einen Helm trug, aber dann sah sie sein Haar unter dem Helm hervorquellen und erblickte seine Gewandspangen. Um ihn und seine Gegner hatte sich eine Lücke gebildet, eine schmale Schneise zwischen Schwertern und Schilden, die ihr die Beobachtung erlaubte.

Für einen Augenblick vergaß sie den Kampf und bewunderte die Anmut seiner Bewegungen, seine Schnelligkeit, das geschickte Wechselspiel zwischen Schwert und Schild, mit dem er seinen Gegner in Schach hielt, und sie wünschte sich, ebenso kämpfen zu können. Dann schloss sich die Lücke wieder, schoben sich andere Soldaten vor ihn und sie sah nur noch hin und wieder seinen Helm im Licht des Feuers aufblitzen.

Aelia trat nach vorn, hinter eine Säule des Laubengangs, und ihr Blick huschte über die kämpfenden Krieger. Der römische Offizier sank zu Boden, getroffen von Marwigs Schwert. Marwig wandte sich zu Wiomad um, der immer noch gegen den anderen Römer kämpfte.

Da entdeckte Aelia die Magd, die sich Marwig von hinten näherte. Unter dem Ärmel ihres Gewandes blitzte eine silberne Klinge hervor.

Ohne nachzudenken, schoss Aelia durch die Kämpfenden, stieß sie beiseite. Eine Schwertspitze zerriss ihr Gewand und ritzte ihren Arm, sie bemerkte es nicht. Ihr Blick galt Eghild, die hinter Marwig getreten war. Eghild hob ihre Hand, die einen Dolch hielt, während Marwig noch nach Wiomad sah.

Aelia handelte automatisch. Sie zog ihr Messer aus dem Gürtel und warf es. Es zischte durch die Luft, überschlug sich und verschwand im Dunkel.

Sie hielt den Atem an. Einen Augenblick lang fürchtete sie, das Messer hätte sein Ziel verfehlt. Doch dann hielt Eghild in der Bewegung an. Der Dolch entglitt ihrer Hand und fiel zu Boden. Sie taumelte, suchte im Fallen Halt an den sie umgebenden Kriegern, rutschte ab und sank hinter Marwig zu Boden.

Jetzt endlich drehte Marwig sich um, Tyrshand durchschnitt die Lücke, die Eghild hinterlassen hatte. Er starrte auf Eghild herunter und folgte in jähem Erkennen der Bahn, die das Messer genommen hatte.

Aelia stand zwischen den Kämpfenden und rührte sich nicht. Gefangen von ihrem eigenen Schrecken sah sie die Verwunderung, die sich auf seinem Gesicht zeigte. In diesem Augenblick sirrte es am Nachthimmel, als ein Schwarm Pfeile die Luft durchschnitt. Marwig stürzte zu Aelia, packte sie und riss sie unter seinen Schild, den er schützend über sie beide hob. Ein Pfeil krachte darauf; die anderen fielen auf die Soldaten nieder, von denen manche getroffen zu Boden fielen, so auch Wiomads Gegner. Ein römischer Soldat stieß einen groben Fluch aus.

Aelia drückte sich an Marwig, während sie Eghild suchte. Diese lag auf dem Boden und rührte sich nicht. Dort, wo das Messer in ihre Brust gefahren war, zeichnete sich ein großer roter Fleck ab. Aelia sah zu Marwig und bemerkte dessen Erleichterung. Sie lächelte. Schon kam Wiomad zu ihnen. »Diese verfluchten Kerle! Wir müssen hier weg!«

Marwig zog Aelia durch die Reihen der Kämpfenden hindurch zum Säulengang.

Wiomad folgte ihnen und hielt ihnen den Rücken frei. Im Dunkel des Laubengangs machten sie Halt, verschnauften und beobachteten, wie die Soldaten der römischen Fußtruppen durch das offene Tor hereindrangen.

»Es werden immer mehr«, keuchte Wiomad. »Es sind zu viele.«

Marwig ließ seinen Schild sinken und fasste Aelias Arm. »Wie viele sind es?«

»Mehrere hundert Mann, Berittene und Fußtruppen«, antwortete sie.

»Das schaffen wir nie«, meinte Wiomad. »Wir müssen uns zurückziehen.«

»Ich werde meine Männer nicht im Stich lassen.«

»Ihr lasst sie nicht im Stich, Herr. Ihr rettet Euer Leben! Euer Vater ist tot, Ihr seid jetzt König. Ihr müsst Euch retten.«

Er sah den Königssohn eindringlich an. Marwig zögerte, sah auf den Hof, wo die Soldaten kämpften.

»Gebt das Zeichen zum Rückzug, Herr!«, flehte Wiomad. »Sonst sind wir alle verloren!«

Marwig sah Aelia an. An seiner Miene, die er jetzt nicht mehr beherrschte, war sein innerer Kampf deutlich abzulesen. Er stieß einen Ruf aus, der laut über die Köpfe der Soldaten hinwegtönte. Aelia atmete auf. Er war also zur Flucht entschlossen!

»Sollen wir den Weg durch das Bad nehmen, Herr?«, fragte Wiomad.

»Wir haben keine Zeit für Fluchtwege«, meinte Marwig. »Wir gehen hinten durch den Garten!«

Aelia starrte die Männer überrascht an. »Im Bad gibt es einen Fluchtweg?«

Wiomad nickte. »Er führt durch das Hypokaustum nach draußen. Die Frauen kennen ihn. Sie haben sich bestimmt gerettet.«

»Hoffentlich«, meinte Marwig, während Aelia sich fragte, ob sie nicht doch ins Bad gegangen wäre, wenn sie gewusst hätte, dass es der Zugang zu einem Fluchtweg war.

»Wo ist Wisigard?«, fragte sie.

»In Dispargum. Sie wollte bei ihrem Vetter bleiben«, sagte Marwig und fasste ihre Hand. »Jetzt bin ich froh darum.«

Aelia lächelte erleichtert. So sehr freute sie sich über Marwigs Nähe, dass sie für eine Weile vergaß, wo sie waren, bis Wiomad sie zur Flucht mahnte.

Gemeinsam rannten sie den Gang entlang zum Garten, wo sie auf Orderic, Ebroin und ein paar weitere Männer trafen, die dem Ruf zum Rückzug gefolgt waren. Sie umringten etwas, das Aelia erst im Näherkommen als den Leichnam einer von Chlodeswinthes Frauen erkannte. Ein römischer Pfeil steckte in ihrem Rücken. Bestürzung stand in den Gesichtern der Krieger, aber auch Erleichterung, als sie Marwig erkannten.

»Wir haben es versucht, aber wir kommen nicht mehr ins Bad, Herr«, rief Orderic. »Jemand hat die Tür abgeschlossen.«

»Wir fliehen durch den Garten«, sagte Marwig.

Er winkte seinen Männern, ihm zu folgen und zog Aelia an der Hand hinter sich her. Als sie die Gartenmauer erreichten, hob er Aelia hoch, bis sie die Brüstung fassen und sich hochziehen konnte. Als sie sie überwunden hatte, folgte er ihr. So überwand einer nach dem anderen die Mauer und floh durch das Lager. Um sie herum leuchtete die Glut der heruntergebrannten Zelte in der Dunkelheit, sonst war niemand zu sehen, bis auf ein paar reiterlose Pferde, die durch das Lager galoppierten. Bald erreichten sie die Anhöhe, wo der Wald begann. Hier erst hielten sie an, um zu verschnaufen.

Unter ihnen lag die Villa. Weiß schimmerten ihre Mauern in der Dunkelheit, während die Flammen aus dem Hof loderten. Ein sanfter Wind wehte den Geruch nach verkohltem Holz zu ihnen herüber.

Schweigend sahen sie eine Weile zu, dann sagte Marwig: »Wiomad und ich besorgen Pferde, ihr wartet hier. Wenn wir bis zum Morgengrauen nicht zurück sind, geht ihr nach Dispargum.«

Orderic nickte matt. Aelia beobachtete, wie Marwig und Wiomad den Abhang hinunter verschwanden, und in ihre Erleichterung, dem Schrecken entkommen zu sein, mischte sich neue Angst um Marwig.

Sie kauerte sich in den Schatten eines Baumes. Feuchte Kühle stieg vom Waldboden auf und kroch durch den Stoff ihres Gewandes. Sie fröstelte. Jetzt erst merkte sie, wie erschöpft sie war. Die Bilder des nächtlichen Geschehens erschienen ihr nun, in der Stille des Waldes, wie ein unwirklicher, böser Traum.

»Spionin«, zischte Orderic an ihrem Ohr. »Du hast die Angriffspläne des Königs an die Römer verraten. Du hast uns das alles eingebrockt.« Er zog sein Schwert.

Aelia, die dachte, dass das Grauen diesem Mann den Geist verwirrt hatte, glitt langsam am Stamm der Buche hoch.

»Ich habe nichts verraten, das sagte ich doch schon.«

»Du lügst!«

Orderics Schwert blitzte in der Dunkelheit vor ihr auf. »Du hast zugegeben, im Römerlager gewesen zu sein. Du hast uns an sie verraten.«

Schrill hallte seine Stimme durch den stillen Wald. Aelia bekam Angst.

»Das ist nicht wahr«, log sie. »Ich wusste nichts von den Angriffsplänen des Königs.«

Orderics Schwertspitze bohrte sich gegen ihre Brust. »Ich glaube dir kein Wort. Du warst eine Spionin wie Eghild. Du hast Ingunde umgebracht, weil sie herausgefunden hat, wer du bist, dann bist du geflohen, wobei du deinen eigenen Tod vorgetäuscht hast. Du bist zurück zu den Römern und nun schickt man dich, um weiter zu spionieren.«

»Nein, das stimmt nicht, Orderic!«, rief Aelia. »Warum hätte ich Marwig dann warnen sollen? Das ergibt keinen Sinn!«

Doch Orderic sah nicht überzeugt aus. Auch die anderen Männer kamen heran und bauten sich drohend vor ihr auf. Orderics Schwert presste sich so fest gegen ihre Brust, dass es schmerzte.

»Warum bist du dann so spät gekommen?«, zischte er.

»Ich wäre viel eher hier gewesen, wenn Eghild mich nicht überwältigt und gefesselt hätte.«

In diesem Augenblick kamen Marwig und Wiomad mit einigen Pferden den Hügel herauf.

»Lass sie los, Orderic!«, rief Marwig.

Orderics Schwert zuckte, als sei es unschlüssig, ob er Aelia nicht doch noch töten sollte, dann besann er sich und steckte es zurück. Aber Marwig hatte alles gesehen. »Orderic, was soll das?«

»Herr, warum glaubt Ihr ihr? Sie hat Euch nur fortgelockt, weg von Euren Männern! Nun haben die Römer leichtes Spiel mit uns!«

»Wie kannst du es wagen!«, rief Wiomad. »Der Herr hat den Befehl zum Rückzug gegeben! Den haben alle gehört!«

Marwig legte Wiomad beruhigend die Hand auf den Arm. »Lass, Wiomad, ich kann sehr gut für mich selber sprechen. Orderic hat recht, es werden sich nicht alle retten können.«

Orderic senkte den Kopf. »So habe ich es nicht gemeint.«

»Doch, du hast es so gemeint, Wort für Wort.«

Sie standen sich eine Weile schweigend gegenüber. Dann sagte Marwig: »Ich gehe zurück.«

Er wandte sich zum Gehen, doch Wiomad hielt ihn auf. »Herr, tut das nicht! Wenn Ihr wieder hineingeht, seid Ihr verloren!«

Marwig zögerte, schließlich sagte er: »Orderic hat recht – ich hätte bei meinen Männern bleiben und ihnen beistehen müssen bis zuletzt. Besser ein ehrenvoller Tod als in Schmach weiterzuleben.«

»Es ist keine Schmach, sein Leben zu retten, wenn eine Schlacht aussichtslos ist«, entgegnete Wiomad. »Ihr müsst an die Überlebenden denken, die auf Euch hoffen. Denkt an Eure Tochter! Denkt an Childerich, an die überlebenden Krieger, an uns! Vielleicht werden die Römer unsere Frauen verschonen.«

Als Marwig nichts erwiderte, setzte Wiomad nach: »Herr, der König ist tot. Ihr seid sein Nachfolger. Nur Ihr habt die Kraft, die Stämme zu einen. Euer Bruder hat das nicht. Die Stämme brauchen einen König wie Euch!«

»Wiomad hat recht«, sagte Orderic. »Euer Vater hat Euch noch vor seinem Tod zu seinem Nachfolger bestimmt. Ich habe meine Worte nicht bedacht. Verzeiht mir! Wenn Ihr jetzt zurückgeht, gehe ich auch und sterbe mit Euch. Aber Ihr solltet bleiben, denn Ihr seid der Einzige, dem ich folgen werde.«

»Wir werden Euch folgen, wohin auch immer!«, rief Wiomad. »Aber bitte Herr, geht nicht mehr zurück.«

Er kniete vor Marwig nieder. »Ich erneuere hiermit vor diesen Zeugen meinen Schwur von einst, Euch, Marwig, Gefolgschaft zu leisten, Euch zu dienen, die Treue zu halten und niemals zu verraten, solange Ihr lebt.«

Orderic, Ebroin und die anderen Männer knieten ebenfalls nieder und sprachen dieselben Worte.

Marwig schwieg ergriffen, dann legte er seine Hand nacheinander auf die Schultern der Krieger und bedeutete ihnen aufzustehen.

»Habt Dank für eure Worte. Ich nehme eure Gefolgschaft an.«

Aelia fühlte plötzlich den Wunsch, ebenfalls niederzuknien und Marwig Gefolgschaft zu schwören. Aber nein, sie war eine Frau, für sie war das verboten.

Marwig räusperte sich. »Wir müssen zurück nach Dispargum, ehe die Römer auf den Einfall kommen, auch die Burg zu überfallen. Mit den Pferden werden wir es bis morgen Abend schaffen.«

Die Männer willigten ein.

»Orderic, wir werden nach den Frauen suchen. Wiomad, du bleibst bei Aelia und den anderen. Geht etwas tiefer in den Wald, damit die Römer euch nicht entdecken.«

Er bestieg sein Pferd. Aelia atmete erleichtert auf, als sie begriff, dass Marwig nicht mehr in die Villa zurückkehren würde. Nachdem Orderic und er in der Dunkelheit verschwunden waren, dachte sie, dass sie sich nie mehr von ihm trennen wollte.

Kapitel 22

Nach einer Weile kehrten Marwig und Orderic allein zurück.

»Die Frauen sind nicht im Wald«, sagte Marwig enttäuscht.

»Sie sind sicher schon auf dem Weg nach Dispargum«, meinte Aelia.

»Wir könnten uns bis zum Morgengrauen verstecken und sie dann suchen«, schlug Ebroin vor.

»Nein, das ist zu gefährlich«, meinte Marwig. »Die Römer werden bald die ganze Gegend um die Villa herum nach uns durchkämmen.«

»Herr, ich glaube auch, dass sie auf dem Weg nach Dispargum sind«, meinte Wiomad.

»Oder noch in der Villa«, gab Orderic zu bedenken.

»Das glaube ich nicht«, versetzte Wiomad. »Wenn die Tür zum Fluchtweg verschlossen war, dann heißt das, dass sie geflohen sind, wie wir es ihnen gesagt haben, als wir noch nicht daran dachten, dass sie den Weg wirklich brauchen würden. Ihre Leichen haben wir nicht gesehen.«

»Hoffen wir, dass du recht hast«, sagte Marwig. »Wir werden ihre Spuren heute Nacht sowieso nicht mehr finden. Reiten wir nach Dispargum!«

Die Männer nickten. Sie waren alle erschöpft, einige hatten kleine Wunden. Die Aussicht auf Heimkehr aber beflügelte alle.

Marwig wandte sich an Aelia. »Wo ist das Lager der Römer?«

Aelia überlegte kurz. »Ich weiß es nicht genau. Ungefähr einen halben Tagesritt südlich von Bagacum. Von dort aus sind sie losmarschiert und haben sich hier im Wald verborgen, bis sie euch überfallen haben.«

Er runzelte die Stirn. »Dann reiten wir einen Bogen um das Dorf und suchen uns einen Weg durch die Wälder.«

Sie stiegen auf die Pferde. Dieses Mal nahm Marwig Aelia mit auf sein Pferd. Sie ritten einen Pfad durch den Wald am Dorf vorbei. So tief drangen sie in den Wald, dass Aelia glaubte, die kühle, schweigende Finsternis, die sie umgab, hätte noch nie eine Menschenseele erblickt. Sie presste sich an Marwig, seine Nähe gab ihr Trost und Halt.

Sie wusste, dass sie überallhin mit ihm reiten würde – in die tiefsten

Wälder, in verfallene Kastelle, in alte verlassene Festungen, ja sogar bis ins Totenreich würde sie ihm folgen.

Nach einiger Zeit erreichten sie die Scaldis, jenen Fluss, den sie mit Eghild auf dem Hinweg überquert hatte. Sie brauchten jedoch keine Furt, um ihn zu überwinden, sondern sie fanden eine Brücke, auf die Marwig so zielsicher zusteuerte, als hätte er nie etwas anderes getan als nachts durch Wälder zu reiten und Wege und Brücken zu finden. Offenbar hatte er vor seiner Vermählung noch genug Zeit gehabt, die Gegend um Vicus Helena zu erkunden.

Sie überquerten die Brücke und tauchten am anderen Ufer wieder in den Wald, den sie für den Rest der Nacht durchritten. Als der Morgen graute und die Pferde müde wurden, machten sie an einem Bach Halt, tränkten die Tiere, banden sie fest und legten sich auf den Waldboden zum Schlafen. Als wäre es das Selbstverständlichste der Welt, zog Marwig Aelia zu sich auf sein Lager. Sie presste sich an ihn, während sie das kühle Laub unter sich spürte. Sie konnte es nicht glauben, in seinen Armen zu liegen. Zuerst wollte sie wach bleiben, um jeden Augenblick seiner Nähe auszukosten, doch dann forderte die Erschöpfung ihren Tribut. Als die Vögel zu singen begannen, schlief sie ein.

Sie erwachte nach leichtem, unruhigem Schlaf mit Kopfschmerzen und verspannten Gliedern; sie hatte etwas geträumt, etwas Wichtiges, aber sie konnte sich nicht mehr erinnern, was es war. Sie streckte ihre Hände aus und tastete auf den leeren Platz neben sich. Marwig war fort, wie sie enttäuscht feststellte, er war aufgestanden, ehe sie erwacht war. Stattdessen hörte sie Stimmen in der Nähe. Sie fuhr hoch.

Die Pferde standen friedlich und fraßen an ein paar Grasbüscheln, sonst schlief niemand mehr, während sie selbst allein auf ihrem Umhang lag. Die Krieger umringten etwas, das sie nicht sehen konnte, sie hörte nur hin und wieder ein Stöhnen. Aelia erhob sich. Erschöpfung und Müdigkeit steckten ihr in allen Gliedern, und sie vermisste Marwigs Wärme, aber dennoch trieb sie die Neugierde zu den Männern.

Die Krieger kehrten ihr den Rücken zu. Sie umringten einen römischen Soldaten, der an einen Baum gefesselt stand. Sein Gesicht war geschwollen, aus seiner aufgeplatzten Lippe tropfte Blut. Wiomad packte ihn an den Haaren, riss seinen Kopf hoch und holte zum Faustschlag aus. Fest traf er den Kiefer des Legionärs. Ein lautes Stöhnen antwortete ihm.

»Willst du wohl endlich reden! Wo sind eure Männer?«

Als der Legionär nicht antwortete, packte er ihn an den Haaren und schlug seinen Hinterkopf gegen den Baum.

»Wo?«

Ein gurgelnder Laut kam über die Lippen des Legionärs, er beugte sich nach vorne und spie Blut aus. Dann lehnte er seinen Kopf an den Baumstamm, stöhnte leise. Als Wiomad zum nächsten Schlag ausholte, flehte der Soldat um Einhalt.

»Sie lagern in der Nähe vom Vicus.«

»Na also! Was machst du hier? Rede!«

Der Soldat antwortete nicht, doch als er Wiomads Faust auf sich zukommen sah, besann er sich anders.

»Ich bin nur ein Späher«, sagte er. Er war ein Franke und sprach Fränkisch.

»Aha, und was wolltest du hier? Wie lautete dein Auftrag?«

»Die Gegend erkunden.«

»Du lügst!« Wiomad ballte die Faust. Auf ein Zeichen Marwigs ließ er die Hand sinken. Der Königssohn zog sein Messer aus dem Gürtel, riss den Soldaten am Haar hoch, setzte ihm die Klinge an die schweißnasse Kehle.

»Rede! Wie lautet dein Auftrag? Was sollst du erkunden?«

»Bitte, tötet mich nicht!«, bettelte der Mann. Die Todesangst spiegelte sich auf seinem Gesicht. »Ich sollte nur herausfinden, wie weit die Königsburg entfernt ist und wie gut sie bewacht wird.«

»Dann plant dein Kommandant also, auch die Burg einzunehmen?«

Ein Augenblick lang herrschte Stille. Die Blicke des Legionärs irrlichterten über die Männer.

»Ich weiß es nicht, Herr. Wirklich nicht!«

»Du brauchst nur zu nicken, dann lasse ich dich los.«

Der Mann nickte. Die Männer murmelten, stießen Unmutslaute aus. Wiomad ballte wieder die Fäuste. Marwig ließ den Legionär los und wandte sich zu den Männern um. Er sah schlecht aus. Sein Gesicht war fahl, mit dunklen Rändern unter den Augen. Sein heller Umhang war schmutzig und mit Blut befleckt. Plötzlich wandte er sich wieder zu seinem Gefangenen um und setzte ihm die Messerspitze an den Hals. Der Mann, der geglaubt hatte, endlich Ruhe vor seinem Peiniger zu haben, schrie auf.

»Will er nur nach Dispargum? Oder auch nach Tornacum?«

»Das weiß ich nicht, Herr.« Der Mann starrte Marwig hilflos an. »Ich weiß es wirklich nicht. Jeder von uns weiß nur so viel, wie er für seinen Auftrag braucht.«

Marwig wandte sich ab und gab seinen Männern einen Wink. Daraufhin stürzte sich Wiomad auf den Gefangenen, riss ihn am Haarschopf und hielt ihm sein Messer an den Hals. Der Kreis der Männer schloss sich enger um ihn. Sie zogen ihre Messer, hoben ihre Fäuste. Dann hieben und stachen sie auf den Legionär ein, bis seine Schreie verebbten.

Aelia sah auf ihre Rücken. Angst packte sie. Würde die Meute anschließend mit ihr dasselbe tun? Sie war fremd, sie war eine römische Spionin. Das könnte den Kriegern reichen, ihre Raserei auf sie auszudehnen, und etwas zu tun, wovor selbst Marwig sie nicht mehr schützen könnte.

Sie schlich sich fort. Als sie sich ein wenig von den Männern entfernt hatte, begann sie zu laufen. Sie rannte durch den Wald, vorbei an hohen schlanken Buchen und kleineren Eichen und verbarg sich hinter einem Busch. Zitternd hielt sie inne, als sie hörte, wie sich Schritte näherten. Jemand war ihr gefolgt.

»Aelia! Warum läufst du weg?«

Marwigs Stimme. Sie würde sie unter hunderten, ja tausenden anderen Männerstimmen erkennen.

Vorsichtig spähte sie hinter dem Busch hervor. In einiger Entfernung stand er und sah sich nach ihr um. Er hatte sein blutiges Messer noch in der Hand.

»Steckt Euer Messer weg!«, rief sie.

Sie hörte, wie sich seine Schritte näherten. Langsam tauchte sie hinter dem Busch hervor. Er war nicht einmal fünf Schrittlängen von ihr entfernt.

»Kommt nicht näher! Ich werde mich verteidigen!«

Schrill hallte ihre Stimme durch den Wald.

»Ich weiß.« Um seine Mundwinkel zuckte es. Er kam näher und steckte sein Messer zurück in den Gürtel.

»Warum läufst du weg? Meine Männer werden dir nichts tun.«

Aelia hob ihre Fäuste. »Ihr habt den Soldaten wie eine Meute Bluthunde getötet. Kommt nicht näher!«

Marwig starrte sie an. Das kleine Lächeln um seine Mundwinkel erstarb.

»Ich habe mehr Zweikämpfe gewonnen als eure Hände Finger haben!«

Sie brach ab und sah unverwandt auf Marwig, der immer näher gekommen war. Sie musste auf der Hut sein, sie musste zurückgehen, aber sie rührte sich nicht. »Ich war eine Kämpferin, versteht Ihr? Meinem Herrn hat es gefallen, seine Sklavinnen in Kämpfe auf Leben und Tod zu schicken.«

Sie atmete schwer. »Mein Vater war Franke, Soldat bei der römischen Stadtwache in Treveris. Meine Mutter war Römerin, sie starb, als die Burgunder kamen – ich konnte sie nicht retten! Ich war noch zu klein! Ich habe mich nur versteckt, ich konnte sie nicht retten!« Die Bilder wirbelten in ihrem Kopf, als hätte sie alles gerade erst erlebt. »Ich konnte nichts tun!«

Marwig nahm sie in seine Arme. Sie fühlte den weichen Stoff seines Umhangs an ihrer Wange, den sanften Druck seiner Hände, mit denen er ihr übers Haar strich. Sie ließ sich in seine Umarmung sinken, als wäre er ein schützender Hort, eine Umwallung gegen den Rest der Welt. Er gab ihr die Erinnerung an eine Sicherheit zurück, die sie längst vergessen geglaubt hatte, und sie schluchzte in die Falten seines Umhangs.

Doch dann näherten sich Schritte, und die Krieger Marwigs kamen durch das Gestrüpp heran, allen voran Orderic, den die Raserei immer noch in der Gewalt zu haben schien. Er hatte sein Messer gezogen, und der Schweiß glänzte auf seinem Gesicht. Ihm folgten Wiomad, Ebroin und die anderen.

Marwig ließ Aelia los, seine Hand glitt zum Schwertgriff.

»Bleibt, wo ihr seid!«

Die Drohung wirkte, und die Männer blieben stehen.

»Steckt die Messer weg!«

Die Männer gehorchten.

»Herr, lasst sie uns gefangen nehmen und den Römern ausliefern. Vielleicht können wir mit ihr unsere Gefangenen auslösen«, schlug Wiomad vor.

Marwig starrte ihn an. Auf seinem Gesicht zeigten sich Verwunderung und Erschrecken. »Sie hat mir das Leben gerettet, Wiomad. Ich werde sie nicht gefangen nehmen und nicht ausliefern.«

»Aber Herr! Bedenkt doch, wen sie in ihrer Gewalt haben könnten. Denkt an Eure Schwester!«

Marwig runzelte die Stirn. Er stellte sich vor Aelia.

»Ich sage es noch einmal: Ich werde sie nicht ausliefern!«

»Aber sie ist eine von ihnen!«, rief Orderic. »Sie war eine Spionin, das hat sie selbst zugegeben. Sie hat die Angriffspläne des Königs an die Römer verraten.«

»Nein, habe ich nicht!«, rief Aelia. »Ich habe gar nichts verraten, das konnte ich nicht, weil sie mich für tot hielten.«

Die Männer starrten sie an. Unglauben spiegelte sich auf ihren Gesichtern.

»Wie auch immer, Herr. Wir können ihr nicht trauen.«

»So, bestimmst du, was die Männer wollen und was nicht, Orderic? Bist du ihr Sprecher? Oder ihr Anführer?« Marwig trat ein paar Schritte auf ihn zu. »Hast du mir nicht vor wenigen Stunden noch deine Gefolgschaft geschworen? Willst du sie mir jetzt wieder kündigen?«

Orderic wich zurück. »Nein, Herr. Aber folgen heißt nicht, seine Gedanken nicht mehr sagen zu dürfen.«

Marwig seufzte. »Nun, Orderic, dann sollst du wissen – du und ihr alle – dass mein Leben mit dem dieser Frau verbunden ist, weil sie mein Leben gerettet hat. Entweder nehmt ihr das hin oder ihr müsst gehen.«

Gemurmel entstand unter den Männern.

»Es stimmt, sie hat sein Leben gerettet«, gab Wiomad schließlich zu. »Ich war dabei und habe es gesehen. Die andere Spionin wollte ihn hinterrücks erstechen. Sie hat ihr das Messer in die Brust geworfen.« Die Männer schwiegen erstaunt.

»Kommt ihr jetzt mit mir und dieser Frau?«, rief Marwig. »Oder wollt ihr einen anderen, der euch anführt?« Er nahm Aelias Hand.

Eine lange Stille entstand, in der nur der Ruf eines Vogels zu hören war. Zögernd steckte einer nach dem anderen sein Messer weg. Marwig warf einen Blick auf Aelia und wandte sich dann wieder an seine Krieger. »Also folgt ihr mir jetzt nach Dispargum?«

Die Männer nickten. Nur langsam wagte Aelia sich aus Marwigs Schatten heraus, viele musterten sie misstrauisch. Aber Marwig ließ ihre Hand nicht los und führte sie zurück zu den Pferden. Als er sie auf sein Pferd hob und sie seinen warmen Körper an ihrem spürte, fühlte sie sich wieder sicher.

Sie ließen sich Zeit mit der Rückkehr nach Dispargum. Langsam, auf versteckten Wegen und durch Gebiete, die nur jemand kennen konnte, der seine Tage mehr im Wald als anderswo verbrachte, kehrten sie zur Burg König Chlodios zurück. Sie erreichten sie in der Abenddämmerung. Doch Marwig befahl, das Nachtlager im Wald aufzuschlagen, bis sie sicher sein konnten, dass die Burg nicht von den Römern besetzt worden war.

Müde ging er ans Feuer, das seine Männer entzündet hatten, und ließ sich dort nieder. Er rührte kein Stück von dem Kaninchen an, das darüber briet. Der Schein des Feuers flackerte auf seiner düsteren Miene.

Aelia ging zu ihm und schmiegte sich an ihn, doch er schob sie fort. Lange saß er am Feuer und trank Wasser, ohne an den Gesprächen seiner Männer teilzunehmen; es schien, als sei er überhaupt nicht anwesend. Erst später, als sie nebeneinander lagen wie jede Nacht, legte er seinen Arm um Aelia, und sie nahm seine kalte Hand und wärmte sie, bis der Schlaf sie beide übermannte.

Als der Morgen graute, erwachte sie. Sie sah Marwigs blasses Gesicht über ihrem, als er sie betrachtete. Sie lächelte, aber er nicht. Mit hartem Griff packte er sie an den Armen und zerrte sie hoch. Er zerrte sie durch den Wald, bis sie weit genug vom Lager entfernt waren, dass niemand sie hören konnte. Da ließ er sie los.

»Erzähl mir deine Geschichte!«, forderte er sie auf. »Du hast behauptet, dass mein Bruder uns an die Römer verraten hat. Woher weißt du das?«

Aelia, erschreckt über sein plötzliches Misstrauen, suchte ihre aufgescheuchten Gedanken zu ordnen. Konnte sie ihm verraten, dass ihr Vater der Comes war? Würde er ihr dann noch glauben? Wäre sie noch sicher bei ihm, selbst wenn sie ihm das Leben gerettet hatte? Sie leckte sich über die trockenen Lippen.

Dann begann sie stockend zu erzählen, wie sie den Auftrag zum Spionieren von Tertinius bekommen hatte, nachdem sie Eghild in den Thermen besiegt hatte, dass man sie für tot gehalten und eine neue Spionin – Eghild – geschickt hatte, und was Lantschild während der Abwesenheit des Königs getan hatte.

»Eghild half mir bei der Flucht, weil sie meinte, dass zwei römische Spioninnen zu viel wären. Wir flohen durch ... den geheimen Gang.«

Nun war es heraus. Sie lauschte verzweifelt ihren eigenen Worten hinterher und wünschte sich, die Wahrheit wäre eine andere gewesen.

»Du weißt von dem geheimen Gang?«, rief Marwig. In seiner Miene stand Entsetzen. »Dann kennen die Römer ihn auch. Dann können sie schon in Dispargum sein, und du hast mir nichts davon gesagt.« Seine Stimme klang vorwurfsvoll, und sie klang umso schlimmer in Aelias Ohren, weil sie wusste, dass er recht hatte.

»Es stimmt«, gab sie zu. »Ich habe nicht darüber nachgedacht. Aber Ihr wollt meine Geschichte hören.« Ihre Stimme klang dünn und zittrig.

Marwig starrte sie finster an. Sie bekam Angst vor dem, was er tun könnte, wenn er erst die ganze Wahrheit erfahren würde, aber sie wusste, dass sie ihm nun alles erzählen musste.

Also fuhr sie fort, schilderte, wie Eghild sie nach der Flucht verletzt hatte, um ihren Tod vorzutäuschen, wie sie gerettet worden war und schließlich ins römische Lager gelangte. Aber dann wagte sie es doch nicht, ihm die ganze Wahrheit zu sagen, und sie erzählte ihm, dass es ihr gelungen wäre, das Gespräch zu belauschen, in dem Lantschild dem Comes alles verraten hatte.

»Er wollte dafür sorgen, dass das Tor für die römischen Soldaten offen ist. Als Lohn für seinen Verrat verlangte er, dass der Comes ihn zum Nachfolger Eures Vaters macht.«

Marwig stand starr wie eine Säule. Er sah Aelia unverwandt an.

»Das sagte ich ja schon, und ich sage die Wahrheit«, bekräftigte sie. »Nicht ich habe den Römern von der Hochzeit erzählt, sondern er. Ich wusste nicht, dass Ihr Euch vermählen wolltet.«

»Mein Vater hat die Vermählung mit König Medelphus ausgehandelt«, sagte Marwig mit tonloser Stimme. »Nachdem ich glaubte, dass du tot wärst, habe ich eingewilligt. Später, nachdem Lantschild die wahre Herkunft von Eghild entdeckt hatte, erzählte mein Bruder allen, dass auch du eine römische Spionin warst. Er behauptete, er hätte Eghild getötet, wir glaubten, ihr seid beide tot.«

»Nein, sie hat ihn ins römische Lager geführt«, sagte Aelia. »Sie war verletzt, aber trotzdem ist es mir gelungen, sie zu überreden, mit mir gemeinsam zu fliehen. Ich brauchte sie, damit sie mich durch die Wälder nach Helena führt, und sie brauchte mich, weil sie zu schwach war, um es allein zu schaffen.«

Sie lächelte dünn. »Aber sie hat geahnt, dass ich Euch warnen wollte, und überwältigte mich kurz vor dem Dorf. Sie fesselte mich an einen Baum und ging zur Hochzeit, um Euch zu töten. Sie wollte Rache für ihre Familie, die auf den Befehl Eures Vaters getötet wurde.«

Marwig rührte sich immer noch nicht. Sie schwiegen beide eine Weile, dann sagte er: »Wir können nicht nach Dispargum zurückkehren. Mein Bruder und seine römischen Freunde könnten dort sein.«

»Aber Wisigard und Childerich sind dort!«

Marwig sah sie mit einem so traurigen Gesichtsausdruck an, dass es ihr ins Herz schnitt. Sie ging zu ihm, strich ihm eine feuchte Haarsträhne aus seinem blassen, von den Anstrengungen der letzten Tage gezeichneten Gesicht und küsste ihn.

Seine Lippen waren warm und weich. Es dauerte nicht lange, und er öffnete sie, um ihren Kuss mit einer Leidenschaft zu erwidern, die sie erschreckte und zugleich erregte. Ihre Hände strichen über seinen Rücken, von dem sie wusste, wie er nackt aussah, und sie fühlte das Verlangen, sich ihm jetzt, in diesem Augenblick, auf dem Waldboden hinzugeben. Sie küsste ihn leidenschaftlicher, um sein Begehren anzufeuern, und spürte, wie auch ihn das Verlangen übermannte. Er stöhnte leise auf, doch dann schob er sie von sich.

»Nein!«, keuchte er. »Nicht jetzt.«

»Aber wollt Ihr mich denn nicht?«

»Wodan sei mein Zeuge, dass ich dich mehr will als jede andere Frau, seitdem Wisigards Mutter in der Erde ruht«, sagte er leise. »Ich hätte mich nie vermählt, wenn ich nicht geglaubt hätte, dass du tot bist. Aber ich kann das Lager nicht jetzt mit dir teilen, wo mein Vater und meine Männer tot sind und ich nicht weiß, was mit Wisigard ist.«

»Ihr habt recht«, sagte Aelia traurig. Sie tastete nach seiner Hand, und er entzog sie ihr nicht. So gingen sie gemeinsam zum Lager zurück.

*

Noch am selben Tag schickte Marwig Ebroin nach Dispargum. Er kehrte noch am Vormittag zurück.

»Es ist alles in Ordnung, Herr.« Ebroin sah erleichtert aus. »Unsere Wachen sind auf den Türmen, und wir hörten Kinderlärm.« Ein Lächeln lag auf seinem noch jungen Gesicht.

Doch Marwig lächelte nicht. »Es könnte eine Täuschung sein. Wir wissen nicht, wo Lantschild ist. Seit der Hochzeit ist er verschwunden. Er könnte nach Dispargum zurückgekehrt sein und den Römern die Tore geöffnet haben.«

Wiomad trat aus dem Kreis der Männer, die ihn umringten, hervor. »Dann glaubt Ihr wirklich, dass Euer Bruder uns an die Römer verraten hat? Euer eigener Bruder?« Man hörte deutlich die Zweifel in seiner Stimme.

»Es wäre nicht das erste Mal, dass ein Bruder seinen Bruder verrät«, erwiderte Marwig. »Erinnere dich daran, dass das Tor der Villa offen war, Wiomad. Das und sein Verschwinden deuten darauf hin, dass Aelia die Wahrheit gesagt hat.«

»Und das sagt Ihr nicht nur, weil sie Euch den Kopf verdreht hat?«

Orderic war aus dem Kreis hervorgetreten. Wütend funkelten seine dunklen Augen Aelia an.

»Wenn es so war, dass Lantschild und sie unter einer Decke steckten? Wenn er sie freiließ, nachdem sie Ingunde getötet hatte, gegen das Versprechen, dass sie ihm alles über die Römer verriet? Dass er ihr im Gegenzug von der Hochzeit erzählte und sie das an die Römer verriet?«

Marwig seufzte gereizt. »Wenn sie bis zum Schluss der römische Spitzel wäre, für den du sie hältst, warum sollte sie sich dann der Gefahr aussetzen, kurz vor dem bevorstehenden Angriff in die Villa zu kommen?«

»Um selbst das Tor zu öffnen«, versetzte Orderic.

»… und mir dann zu sagen, dass das Tor offen ist? Meine Güte, Orderic!«

»Doch, Herr, es ergibt einen Sinn. Sie will sich auf diese Weise bei Euch einschmeicheln, um bei Euch bleiben zu können und den Römern heimlich weiter Nachrichten zu geben.«

Nun war die Wut in Aelia so gewachsen, dass sie nicht mehr schweigen konnte. »Wie sollte ich das denn machen?«, rief sie. »War ich nicht die ganze Zeit über hier und nicht einen Augenblick unbeobachtet? Wann und zu wem hätte ich gehen können?«

Die Männer starrten sie an, die meisten mit deutlichem Misstrauen, nur wenige mit ausdruckslosen Mienen. Sie glaubten ihr nicht, das wusste Aelia in diesem Augenblick. Das Misstrauen, dass Eghild mit ihren raschen Lügen und ihrer flinken Zunge in Orderics Gemüt gelegt hatte, war zu stark. Er hatte damit auch alle anderen bereits vergiftet.

Wahrscheinlich würde er auch Marwig eines Tages damit überzeugen.

Die Männer sind wütend und verzweifelt, sie sind voller Trauer, und sie wissen nicht, was mit ihren Frauen geschehen ist, dachte Aelia, und ihr wurde klar, in welcher Gefahr sie immer noch schwebte. Sie presste ihre Lippen aufeinander und beschloss, nichts mehr zu sagen.

»Nun gut«, sagte Marwig schließlich, als alle schwiegen, »wir wissen nicht, wer wirklich in Dispargum ist. Der harmlose Eindruck kann eine Falle sein, um mögliche Rückkehrer zu täuschen. Ich schlage vor, dass einer von uns durch den geheimen Gang in die Burg geht und herausfindet, wer wirklich dort ist.«

»Ein guter Einfall«, meinte Wiomad. »Wenn Ihr wollt, werde ich das übernehmen.«

Aber Marwig schüttelte den Kopf. »Nein, Wiomad, ich brauche dich hier. Ein anderer wird gehen.« Er sah fragend in die Runde. Alle Männer schwiegen, weil sie um die Gefährlichkeit des Auftrages wussten. Schließlich trat ein Krieger vor. Aelia kannte ihn, es war Hinkmar, ein Mann Chlodios.

»Ich werde gehen«, sagte er.

Marwig nickte, und alle anderen nickten ebenfalls. Sie zogen ihre Schwerter und hoben sie hoch in die Luft.

»Im Namen des Königs!«, riefen sie in die Stille des Waldes hinein, und Aelia fragte sich, wen sie damit meinten, Chlodio oder Marwig, ihren neuen König.

Noch am selben Tag, im Schutze der herabsinkenden Dämmerung, ritt Hinkmar durch den Wald zur Burg. Marwig befahl seinen Männern, in der Nacht abwechselnd Wache zu halten. Auch er selbst nahm sich nicht aus von dieser Pflicht, wie er es schon in der Jagdhütte getan hatte. Am nächsten Morgen gingen einige Krieger jagen und kehrten mit mehreren Kaninchen und Dachsen zurück, die sie über dem Feuer brieten. Die ganze Zeit hielten sie Dispargum gut im Auge, aber nichts geschah. Hinkmar kehrte nicht wieder zurück. Als er am nächsten Morgen immer noch nicht da war, war allen klar, dass ihm etwas geschehen sein musste, und das bedeutete, dass Dispargum in feindlichen Händen war.

Marwig befahl, ihren Lagerplatz zu wechseln, weil sie hier nicht mehr sicher wären, nachdem Hinkmar ihr Versteck verraten haben könnte. Sie ritten tiefer in den Wald, wo sie an jenem Bach, der das Tal durchschnitt, ein anderes Versteck fanden, das weiter von der Burg entfernt lag. Am Abend setzte sich Marwig vor das Feuer und starrte stundenlang hinein. Er aß kaum etwas und sprach kein Wort.

Aelia, die ahnte, wie sehr er Wisigard vermisste, hasste es, ihn so zu sehen. Als sie meinte, an ihren Sorgen ersticken zu müssen, ging sie zu ihm.

»Hört mich an, Herr«, begann sie so laut, dass alle anderen Zeugen wurden. »Ich weiß einen Ausweg aus Eurer Lage.«

Marwig sah sie an. Der Unglauben, der in seinem Blick lag, verletzte sie und machte sie nur noch trauriger und wütender, als sie ohnehin schon war. Aber sie wollte nicht aufgeben, ehe sie ihm nicht gesagt hatte, was sie sagen wollte.

»Da Hinkmar nicht wiederkommt, ist anzunehmen, dass man ihn auf der Burg gefangen hält«, begann sie. »Das bedeutet, Dispargum ist in den Händen der Römer oder Eures Bruders, der zu ihnen hält.«

Marwig nickte.

»Childerich und Wisigard sind dort und es besteht die Gefahr, dass inzwischen noch mehr Frauen dahin zurückgekehrt sind. Die Burg ist eine Falle.«

»Wodan möge das verhindern«, sagte Orderic, der mittlerweile näher gekommen war, wie alle anderen auch.

»Ja, das möge er, aber es ist leider nicht auszuschließen«, versetzte Aelia. Sie wandte sich wieder an Marwig. »Ich kenne einen Weg, wie Ihr Eure Tochter und Childerich befreien könnt.«

»So?« Marwig erhob sich langsam, als fürchtete er einen Angriff. Seine zweifelnde Stimme und der nüchterne Blick, mit dem er sie betrachtete, taten ihr weh, aber sie schob es auf die angespannte Verfassung, in der er sich befand. Sie atmete tief, um ihre Verzweiflung niederzukämpfen und Mut zu schöpfen für ihre nächsten Worte.

»Ihr schickt einen Boten nach Dispargum und schlagt den neuen Herren der Burg einen Handel vor.«

»So, und welchen? Meinst du, ich habe ein Gut, mit dem ich ihnen meine Tochter abhandeln könnte?«

»Ja, habt Ihr. Ihr habt mich. Schickt mich zum Tausch gegen Wisigard und Childerich.«

Stille breitete sich unter den Männern aus. Alle schienen so überrascht, dass niemand etwas sagte.

»Seht ihr?«, rief Orderic, »Sie ist immer noch ihre Spionin, ich habe es doch von Anfang an gesagt.«

Marwig hob die Hand und gebot ihm zu schweigen.

»Ist dir klar, dass du in den Tod gehst, wenn wir dich ihnen ausliefern? Sie werden eins und eins zusammenzählen und wissen, dass du uns gewarnt hast.«

»Ja, das werden sie.«

Erstaunen huschte über Marwigs Miene, ehe sie sich wieder verschloss.

»Sie gibt sogar zu, dass sie ihnen etwas wert ist«, triumphierte Orderic. »Vielleicht ist sie sich sicher, dass sie sie am Leben lassen.«

»Schweig, Orderic!«, rief Marwig. Er wandte sich an Aelia.

»Du wirst nicht zu ihnen gehen.«

»Dann werdet Ihr die Kinder nicht wiederbekommen.«

»Wie kannst du dir sicher sein, dass sie für dich die Kinder freigeben?«

Aelia schloss ihre Hände um ein Stück Stoff ihres Umhangs und presste sie fest. »So wie Ihr Eure Tochter wiederhaben wollt, will jemand anderer seine Tochter wiederhaben.«

Marwig sah sie mit einem seltsamen Ausdruck in seinen hellen Augen an. »Erklär mir, was du meinst.«

Aelia seufzte leise, ehe sie sich zu den letzten Worten überwand, die ihrer Liebe unweigerlich den Todesstoß geben würden. »Der Kommandant der römischen Truppen, die Euch überfielen, heißt Richomeres. Er ist mein Vater.«

Nun war die Stille vollkommen. Irgendwo hinter den Männern raschelte es im Laub. Aelia zuckte zusammen, aber es war nur ein kleines Tier.

Orderic triumphierte. Sein Lachen drang laut in den Wald und zerriss die Stille, der nun ein allgemeines Durcheinanderreden folgte. Jeder sagte etwas und versuchte, den anderen zu übertönen. Schließlich hob Marwig die Hand.

»Seid still, verdammt noch mal!« Er musterte Aelia.

»Du sagtest, dein Vater sei ein Franke.«

»Das stimmt, ein Franke in römischen Diensten. Er hat seine Familie geopfert, um in ein hohes Amt aufzusteigen.«

»Du sprichst nicht gut von deinem Vater.«

»Er war nie mein Vater.«

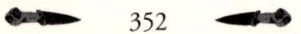

»Warum bist du dir dann sicher, dass er dich wiederhaben will?«

Die nüchternen Worte Marwigs trafen sie mehr, als Aelia es sich eingestehen wollte. Zum ersten Mal stellte sie sich diese Frage selbst. Die Antwort erschreckte sie, aber sie kam zu dem Schluss, dass es nicht auf die Wahrheit ankam, sondern nur darauf, Marwig glauben zu lassen, ihr Vater würde sie nicht bestrafen, wenn sie wiederkäme.

»Mein Vater ist ein ehrgeiziger Mensch«, sagte sie. »Glaubt mir, er will mich wiederhaben, und sei es, um seine Ehre zu retten und sich Genugtuung zu verschaffen. Sein Ehrgefühl wird es nicht zulassen, dass er mich tötet.«

»Herr, ich muss ihr ausnahmsweise zustimmen«, grinste Orderic und rieb sich die Hände. »Wenn wir sie tauschen könnten, wäre das ein großer Gewinn für uns. Denkt an Eure Tochter.«

Marwig sah Aelia an. Für einen Wimpernschlag hoffte sie, er würde widersprechen. Wie in den Augenblicken, nachdem sie sich in der Villa wiedergesehen hatten, flog Bestürzung über seine Miene und noch etwas anderes, das sie nicht deuten konnte, ehe er sich wieder verschloss. Schließlich wandte er sich an Orderic.

»Du wirst gehen und den Tausch aushandeln«, bestimmte er. Dann wandte er sich um und ging hinunter zum Bach. Die Männer sahen sich schweigend an. Niemand wagte es, ihm zu folgen.

Aus Orderics Gesicht aber war jegliches Grinsen verschwunden. Er warf Aelia einen Blick zu, in dem offene Verachtung lag, die nur mühsam seine Angst verbarg. Orderic fürchtete sich.

Kapitel 23

Noch am selben Tag ritt Orderic nach Dispargum und kehrte am Abend zum Lager zurück. »Es hat geklappt, Herr«, keuchte er, nachdem er sich vom Pferd geschwungen hatte. »Sie haben dem Tausch zugestimmt! Aelia gegen Wisigard und die Frauen. Sie geben uns sogar Hinkmar wieder.«

»Die Frauen?« Marwig trat ihm entgegen und funkelte ihn wütend an. »Was ist mit Childerich?«

»Ihn wollen sie unter keinen Umständen hergeben«, sagte Orderic leise und senkte den Kopf, als trüge er die Schuld daran. »Ich habe sie nur mit Mühe überreden können, Guntheucha und Begga freizulassen, die ihnen in die Falle gelaufen sind.«

Alle umringten jetzt Orderic.

»Mit wem hast du verhandelt?«, fragte Marwig.

»Mit einem römischen Offizier. Er wollte mir noch nicht mal seinen Namen sagen, dieser hochnäsige Hund.« Wütend spie er auf den Waldboden.

»Dann wollen sie ihn wahrscheinlich als Geisel behalten«, stellte Marwig fest. »Hast du Lantschild gesehen?«

»Nein, keine Spur von ihm. Sie haben mich auch nicht in die Burg gelassen, sondern wir sprachen draußen vor dem Tor.«

»Bist du sicher, dass sie dich nicht belogen haben?«

Orderic nickte. »Ich durfte Wisigard sehen, Herr, von Weitem. Es geht ihr gut. Sie hatte Childerich im Arm.«

Marwig atmete erleichtert auf. »Hast du etwas von meiner Schwester gehört?«

»Nein, leider nicht, Herr«, sagte Orderic bedauernd. »Ich glaube nicht, dass sie in der Burg ist.«

»Bist du sicher, dass dir niemand gefolgt ist?«

»Ja, Herr. Ich bin große Umwege geritten und habe bis zum Einbruch der Dämmerung gewartet. Sie werden uns sicher nicht finden hier im Wald.«

Marwig warf einen Blick auf Aelia. »Wann soll der Tausch stattfinden?«

»Morgen bei Anbruch des Tages.«

Aelia spürte, wie die Männer sie ansahen. Die Verachtung war aus ihren Blicken gewichen, sie sahen zufrieden aus. Es war genau das, was sie wollten – Orderic und Ebroin würden ihre Frauen wiederbekommen und Marwig seine Tochter. Sie war nur das Gut, das man dagegen eintauschte, eine Fremde, von der man sich leicht trennte. Hatte sie etwas anderes erwartet? Schließlich hatte sie den Tausch selbst vorgeschlagen, und Marwig war darauf eingegangen. Wie hatte sie jemals ernsthaft glauben können, es gäbe eine Zukunft für sie beide?

Doch!, schrie etwas in ihrem Inneren. Liebten sie sich nicht? Hatte er nicht gesagt, er wollte sie mehr als jede andere Frau? Aber sie war die andere, die Feindin, die nicht zur Familie gehörte. Sie würde niemals dazugehören.

Aelia wandte sich ab und stapfte hinunter zum Bach. Sie wollte kein Wort mehr hören. Sie kniete nieder, schöpfte das kalte Wasser und schlug es sich ins Gesicht, bis sie meinte, dass es vor Kälte erstarrte. Am anderen Ufer lag eine kleine Wiese, die von Wald umhüllt wurde. Friedlich schimmerte sie im Licht der Dämmerung, besungen von zahlreichen Waldvögeln, die ihr Abendlied zwitscherten.

Sie hoffte, Marwig würde kommen und sich von ihr verabschieden, aber er kam nicht. Sie blieb am Bach und sah hin und wieder zu den Männern hinüber, die sich leise besprachen. Erst als die Dunkelheit hereinbrach, kehrte sie ans Feuer zurück.

In dieser Nacht schlief sie weit entfernt von Marwig auf einem eigenen Lager am Feuer, und obwohl es die ganze Nacht hindurch brannte, fror sie entsetzlich.

In der Morgendämmerung brachen sie auf. Aelia wusch sich, aß ein wenig vom kalten Fleisch des Vortags und von den Beeren, die sie im Wald gefunden hatte, und stieg zu Wiomad aufs Pferd. Die Männer nickten ihr zu. Keiner verlor ein Wort zum Abschied.

Marwig war nicht da. Er wollte sich offenbar nicht von ihr verabschieden. Sie spähte durch die Baumreihen in den Wald, hinunter zum Bach, überall hin, aber sie konnte ihn nicht finden. Traurig umfasste sie Wiomads ledernen Brustpanzer, als sie den Weg am Bach entlang ritten, Wiomad, sie und Ebroin, der sie begleitete. Doch als sie die Anhöhe hinaufblickte, die sich auf der anderen Seite des Weges erhob, war ihr, als sähe sie einen Schatten zwischen den Buchen, der sie mit Blicken verfolgte, bis sie die Abzweigung erreichten und in den Wald hineintauchten.

Es versprach, ein schöner Tag zu werden. Die Sonne erhob sich aus ihrem Bett und sandte warme Herbststrahlen auf sie hinunter, aber auch gelbe Blätter rieselten von den Bäumen herab und fielen auf den Waldboden. Die Natur rüstete sich auf die immergleiche Wiederholung ihres langsamen Sterbens.

Sie machten an einer Lichtung halt und stiegen von den Pferden. Die Männer prüften den Sonnenstand und sahen sich um. Nachdem sie nichts entdeckt hatten, das ihr Misstrauen hätte erregen können, zog Wiomad ein Seil hervor und fesselte Aelia an eine Buche.

»Tut mir leid«, sagte er, »aber das muss sein. Wir bleiben in der Nähe und halten dich im Auge.«

Aelia nickte. Anscheinend schien es ihr Schicksal zu sein, an Bäume gebunden zu werden, aber dieses Mal hatte sie wenigstens die Gewissheit, dass sie bald jemand abholen würde. Sie durfte nur nicht darüber nachdenken, wer es sein würde. Sie zwang sich, nicht an Marwig zu denken, sondern an die Zukunft, die vor ihr lag. Aber es gelang ihr nicht. Das Einzige, das in ihren Kopf stieg, war ein verschwommenes Bild von Verina, die bettelnd vor einer Kirchentür kauerte. Sie spürte, wie Tränen in ihr aufstiegen. Mit Mühe schluckte sie sie herunter, als sie in der Ferne Hufschläge vernahm. Wer immer käme, um sie abzuholen, er würde sie nicht weinend vorfinden.

Sie hob ihren Kopf und versuchte, sich aufzurichten, so gut es ging.

Die Hufschläge näherten sich. Es dauerte nicht lange, und ein Reisewagen tauchte aus dem Wald, fuhr auf das hohe Gras der Lichtung und blieb stehen. Er wurde von zwei kräftigen braunen Pferden gezogen. Der Kutscher entdeckte Aelia und machte ein Klopfzeichen auf den Wagen, woraufhin Otho und Sebastianus ausstiegen. Sie sahen sich kurz um, blinzelten ins Sonnenlicht, dann gingen sie auf Aelia zu, als hätten sie alle Zeit der Welt. Otho baute sich vor ihr auf und sah mit erhobenem Haupt auf sie herunter. Seine Adlernase sah aus, als wollte sie ihr gleich die Augen aushacken.

»Sie scheinen ihr kein Haar gekrümmt zu haben, Sebastianus«, bemerkte er in einem Tonfall, der das zu bedauern schien.

Sebastianus kam näher und musterte Aelia. »Da versteh einer die Franken.«

»Sollen wir das nachholen?«, fragte Otho, während er den Blick nicht von Aelia ließ. »Wir könnten behaupten, die Franken hätten das getan.«

Sebastianus grinste und ballte die Fäuste. »Mit Vergnügen!«

Er holte schon aus, da schrie Aelia: »Wagt es nicht! Mein Vater wird euch strafen!«

Sebastianus hielt inne. Die Gesichter der beiden Männer verzerrten sich zu einem Lachen, das laut durch den stillen Wald hallte.

»Dein Vater verflucht den Tag, an dem du geboren wurdest, Verräterin!«, schnaubte Otho, und Sebastianus hieb Aelia mit der Faust an die Stirn. Aelia fühlte noch, wie sie in den Fesseln niedersank und das Seil in ihre Haut schnitt. Dann verlor sie das Bewusstsein

Als sie erwachte, lag sie auf einer gepolsterten Bank. Man hatte ihr Arme und Beine gefesselt und ein Tuch als Knebel in den Mund geschoben. Sie wusste nicht, wie lange sie schon unterwegs waren, aber es musste lange sein, denn ihre Arme und Beine waren abgestorben. Ihre Gliedmaßen waren betäubt, ihr Rücken und ihre Schultern verspannt und ihr war schlecht vom Gerüttel im Wagen. Ihr Kopf schmerzte, sie hatte weder getrunken noch gegessen, und die ganze Zeit hatte sie das Gefühl, jemand würde sie beobachten.

Das Gefühl trog sie nicht. Ihr gegenüber, auf den besseren Plätzen in Fahrtrichtung, saßen Otho und Sebastianus. Rasch machte sie die Augen wieder zu. Die beiden sollten nicht merken, dass sie erwacht war, denn sie fürchtete noch einen Schlag.

»Sie müsste allmählich erwachen«, sagte Otho leise.

»Ach, die wird schon wieder. Die kann was einstecken.«

»Du hast einen verflucht harten Schlag, mein Lieber. Vielleicht hättest du dich etwas zurücknehmen sollen. Wenn sie nicht mehr aufwacht, bis wir wieder zurück sind, macht das keinen guten Eindruck.«

»Denk an die beiden Hunnen, die diese verfluchten Weiber niedergemacht haben. Ich hab ja gesagt, dass nichts Gutes dabei rauskommt, wenn man Weibern das Kämpfen beibringt.«

»Erinnre dich daran, was der Comes gesagt hat: Er will sie lebendig.«

»Ja!« Sebastianus rieb sich die Hände. »Damit er sie besser bestrafen kann!«

Otho beugte sich nach vorn. Er kam so nah, dass Aelia seinen Atem auf ihrer Haut spüren konnte. Er hob die Hand und klopfte auf ihre Wange.

»Aufwachen!« Seine kalte Stimme hallte durch die Kutsche und mischte sich in den Lärm, der von dem Gerumpel und Geratter der Räder kam. »Los, wach auf, das ist ein Befehl!«

Aelia rührte sich nicht. Was wäre, wenn sie nicht wieder aufwachte? Wenn sie vorgäbe, tot zu sein? Aber wer wusste schon, auf welche Einfälle die beiden dann kämen, und das wollte sie lieber nicht wagen. Sie schlug die Augen auf.

»Na endlich!« Otho atmete hörbar auf.

»Es hören wohl alle auf deinen Befehl«, scherzte Sebastianus und schob die Luke in einer Tür auf. Sofort strömte frische Luft herein und Licht, das in Aelias Augen schmerzte.

Otho schob sie in ihrem Sitz höher. Nachdem sie eine Weile so gesessen und ihre Glieder bewegt hatte, wagte sie einen Blick hinaus. Sie fuhren immer noch durch Wald.

Aelia schloss die Augen. So saß sie lange und lauschte den Gesprächen der beiden Offiziere, die sich jetzt, da sie wussten, dass sie zuhörte, nur noch um belanglose Dinge drehten wie das Lästern über andere Offiziere und Soldaten, die Aelia nicht kannte, Pferde, Waffen und die äußerst öde Gegend hier oben im Norden, die sie bald wieder zu verlassen hofften, spätestens vor dem Wintereinbruch.

Als Aelia die Augen wieder öffnete, stand die Sonne schon tiefer, und sie ritten nicht mehr durch den Wald, sondern durch abgeerntete Felder.

Das Gespräch der beiden Offiziere erstarb, und sie sahen nach draußen. Ein hellblauer, kaum von Wolken bedeckter Himmel erstreckte sich über den Feldern, an deren äußerstem Rand man den Saum des Waldes erkennen konnte. Die Landschaft war flach wie ein Brett und hatte nichts Reizvolles. In der Ferne sah Aelia eine Reihe Pappeln, die wohl ein Flussufer säumten, und dann, etwas später, unzählige helle Flecken im Gelb der Stoppelfelder. Es waren die Zelte des Militärlagers, die die Mauern einer kleinen Stadt umgaben. Davor glitzerte ein Fluss im Sonnenlicht.

Tornacum, schoss es Aelia durch den schmerzenden Kopf. Ihr Vater hatte die Stadt wieder eingenommen, wie Marwig es vermutet hatte. Somit lagen alle wichtigen Orte wieder in römischen Händen. Die römischen Truppen waren genau zur richtigen Zeit gekommen. Wären sie später gekommen, hätte sich König Chlodio wahrscheinlich hinter den Festungsmauern von Camaracum verschanzt, aber so hatte Richomeres auf einen Schlag nicht nur den König und die meisten der fränkischen Krieger getötet, sondern auch Dispargum und Tornacum wieder zurückerobert.

Als sie die Brücke überquerten und auf das Stadttor zufuhren, fühlte Aelia sich an Treveris erinnert, aber ihre Heimatstadt war viel größer. Hier war alles klein und überschaubar. Die römischen Wachsoldaten öffneten ihnen das Tor, das sie zum Abend hin schon abgeschlossen hatten, und ließen sie passieren.

Als der Wagen über die Hauptstraße rumpelte, die die Stadt von Osten nach Westen durchschnitt, vorbei an Läden und Säulengängen, warfen ihnen die Bewohner neugierige Blicke zu.

Sie bogen in den Cardo Maximus, der die Stadt von Norden nach Süden durchzog. Weiße, zweistöckige Häuser säumten ihn und zeugten von dem Wohlstand seiner Bewohner. Die Häuser waren nicht so prächtig und groß, und die Straße nicht so breit wie die Via Fori in Treveris, aber sauber und ohne Zerstörungen. Die Kutsche rumpelte über die Straße und bog in ein großes Torhaus.

Aelia atmete auf – sie waren am Ziel.

Die beiden Offiziere stiegen aus. Otho beugte sich zu ihr, zückte ein Messer und schnitt ihr die Beinfesseln entzwei, dann half er ihr aus dem Wagen. Aelia taumelte. Ihr schwindelte immer noch von dem Schlag, den Sebastianus ihr am Morgen versetzt hatte, und sie musste sich an Otho festhalten. Der fluchte leise, während er sie stützte und Sebastianus einen strafenden Blick zuwarf. Sie standen auf dem Vorplatz eines großen, mehrstöckigen Hauses, aus dem zahllose hohe Fenster wie Augen schauten.

Zu Hause, dachte Aelia. Ich bin wieder in einer römischen Stadt.

Otho fasste ihren Arm und führte sie über den Hof durch ein mächtiges Eingangstor, das von zwei Soldaten bewacht wurde. Sein Griff gefiel Aelia nicht, und sie hätte gerne etwas dagegen getan, aber ihre Hände waren noch gefesselt. Auf sein Nicken hin öffneten die Wachsoldaten die Tür, und er führte sie in die Empfangshalle. Nur eine Öllampe brannte hier und warf ihr Licht auf einen Marmorbrunnen, an dessen Beckenrand eine steinerne Nymphe saß und Wasser schöpfte.

Viel zu verspielt für eine Kaserne, dachte Aelia und vermutete, dass dies das ehemalige Haus eines reichen Patriziers war.

Otho führte sie durch Flure und Gänge und schließlich eine Treppe hinauf ins obere Stockwerk, wo er sie einem anderen Soldaten übergab. »Du kennst den Befehl«, sagte er knapp, und der Soldat verneigte sich. Als Otho sie verließ, ohne sich noch einmal umzudrehen, bekam Aelia Angst. Sie sah ihm hinterher. Lange noch hallte das Geräusch, das seine genagelten Stiefel auf dem Fliesenboden machten, durch den Gang.

Der andere Soldat öffnete die Tür eines Gemaches und schob Aelia hinein. Er durchschnitt ihr die Fesseln und nahm ihr den Knebel aus dem Mund. Dann ließ er sie allein und verriegelte die Tür von außen.

Aelia sah sich um: schlichte, weiß getünchte Wände, ein Bett, ein Tisch. Gekachelter Fußboden, ein Krug mit Wasser, ein Eimer für die Notdurft. Eine Fensterluke, zu hoch zum Durchsehen, zu schmal zum Fliehen und außerdem vergittert.

Sie ging zum Krug, setzte ihn an den Mund und trank das Wasser, das darin war, fast in einem Zug aus. Dann legte sie ihren Umhang ab, sank auf das Bett und schlief sofort ein.

Am nächsten Morgen kam Drusilla, die ihr auch schon im Lager aufgewartet hatte, und brachte ihr Essen und eine Tunika. Während sie Wasser in eine Schüssel goss und ihre Schminkutensilien auf einem Tisch ausbreitete, verlor die Sklavin kein Wort. Ihre verschlossene Miene ließ nicht erahnen, was in ihr vorging, ob sie sich freute, dass Aelia noch lebte oder ob es ihr gleichgültig war. Mit geübten Bewegungen erledigte sie jene Verrichtungen an Aelia, die die Toilette einer römischen Frau erforderten, dann verließ sie sie wieder.

Aelia, die diese Prozedur mittlerweile schon kannte, ließ alles teilnahmslos über sich ergehen. Sie ahnte, dass die Dienerin den Befehl hatte, nicht mit ihr zu sprechen, und versuchte gar nicht erst, das Wort an sie zu richten. Sie fühlte sich schwach und unendlich müde, ihr war, als hätte sie kein Blut, sondern Blei in den Adern, das sich schwer durch ihren Leib wälzte. Nachdem Drusilla gegangen war und sie gegessen hatte, sank sie auf ihr Bett zurück und schlief wieder ein.

Später am Nachmittag erschien Didius, der Arzt, der sie bei Carus gesund gepflegt hatte, und bestrich ihre geschwollene Schläfe mit Salbe. Er freute sich sichtlich, sie zu sehen, und scheute sich auch nicht, mit ihr zu reden.

»Ich hoffe nicht, dass die Franken dir noch mehr angetan haben«, sagte er mit sorgenvollem Gesicht.

Aelia schüttelte den Kopf, und Didius atmete auf. Er zog ihre Tunika ein Stück beiseite, betrachtete ihre Schulter und nickte zufrieden.

»Du hast gutes Fleisch«, meinte er. »Aber bei euch jungen Leuten heilt ja alles noch gut.«

»Ich hatte einen guten Arzt«, lächelte Aelia.

Didius drückte ihren Arm, ein stolzes Lächeln glitt über sein Gesicht. »Der Comes hat mich großzügig entlohnt.«

»So, hat er das?«

»Ja, und ich wohne wieder in Tornacum!« Er strahlte. »Euer Vater ist ein guter Mann, er hat uns den Frieden wiedergegeben. Jetzt wird die Stadt wieder aufleben.«

Er klappte seinen Arztkasten zu und erhob sich. »Du brauchst noch ein paar Tage Ruhe. Drusilla wird dir einen Schlaftrunk bringen.«

Aelia lächelte. Aber als der Arzt gegangen war, wandte sie das Gesicht ab und begann zu weinen.

Die nächsten Tage krochen gleichförmig dahin. Allein die Besuche des Arztes und die Mahlzeiten, die man ihr brachte, teilten ihre Tage in Abschnitte ein – morgens, mittags, abends –, die Dunkelheit trennte den Tag von der Nacht. So ging es lange – morgens, mittags, abends, Dunkelheit. Morgens, mittags, abends, Dunkelheit.

In Aelia selbst aber herrschte nur Dämmerung. Kein Licht, keine Dunkelheit, keine Gegensätze – nichts reizte ihr Gemüt, weder Hoffnung noch Liebe noch Wut. Sie wollte nur noch sterben.

Eines Tages – es musste wohl später Nachmittag oder schon früher Abend sein – erschien Otho und brachte sie hinaus. Schweigend führte er sie durch die leeren Gänge des Palastes ins Erdgeschoss vor eine hohe zweiflügelige Tür, die von Soldaten bewacht wurde. Auf sein Nicken hin ließen sie sie eintreten.

Otho schob sie in die Mitte eines großen Raumes, dessen Decke sich hoch über ihr wölbte. Zwischen Wänden, die mit vielen Figuren bemalt waren, lagen hohe Fenster, gegen die Regen schlug.

»Eure Tochter, Herr.« Othos kalte Stimme hallte durch den großen Raum.

Ihr Vater, der allein im Lichtkegel einer Öllampe an seinem Schreibtisch saß, während der übrige Raum in Dämmerung versank, hob den Kopf.

»Danke, Otho, du kannst gehen.«

Der Offizier verneigte sich vor Aelias Vater und verließ den Raum. Richomeres deutete mit dem Kopf auf einen Stuhl vor seinem

Schreibtisch, auf den Aelia sich müde sinken ließ. Er musterte sie lange, dann erhob er sich, trat ans Fenster und sah hinaus auf den dunklen Hof. Lange stand er dort und sagte nichts. Als er sich wieder umwandte, lag seine Gestalt im Schatten. Aelia fühlte, wie er sie betrachtete.

»Du siehst schlecht aus.«

»Ich hatte anstrengende Tage.«

Wieder Schweigen. Fast glaubte sie, ihn lächeln zu sehen, aber sie konnte sich auch täuschen. Eine barmherzige Leere hatte sich in ihr breitgemacht, die ihr wie die Stille nach einer gewaltigen Schlacht erschien. Als wenn man über ein Schlachtfeld geht, die Toten zählt und ihren Verlust hinnimmt, ohne sie zu betrauern. Ob sich so Verlierer fühlten? Vielleicht war sie zu erschöpft, um etwas zu fühlen, sie hatte nicht einmal Angst.

»Als wir die fränkischen Gefangenen vor ein paar Tagen aus Helena nach Tornacum brachten und sie durch die Straßen führten, hatte ich erwartet, dass die Römer sie beschimpfen und mit Dreck bewerfen. Aber nichts davon ist passiert. Selbst als wir den toten König in einer offenen Holzkiste über den Cardo Maximus fahren ließen, passierte nichts, nur betretenes Schweigen.«

Richomeres seufzte. »Ich fürchte, die Römer hier im Norden haben sich längst an die Franken gewöhnt. Auch du hast dich offenbar sehr schnell an sie gewöhnt.«

Aelia senkte den Kopf und sah auf den Fußboden. Er war aus glänzendem hellem Marmor und sauber gefegt. Nicht eine einzige Staubfluse, kein einziger Krümel lag dort.

»Nachdem die Soldaten mir dein Verschwinden meldeten, hatte ich gehofft, du wärst nicht zu ihnen zurückgegangen. Ich habe es bis zuletzt gehofft. Aber dann wurde mir klar, dass du von Lantschilds Verrat wusstest. Ich hätte dir nicht vertrauen dürfen.«

Die Stimme ihres Vaters klang bitter. Aelia wagte es nicht, aufzusehen. »Warum hast du das getan?« Er trat aus dem Dunkel hervor in den kleinen Lichtkegel des Öllämpchens. »Sieh mich an!«

Sie zwang sich, ihm zu gehorchen. Sie hob den Kopf, für eine Weile begegneten sich ihre Blicke. Als sie in sein bleiches Gesicht sah mit den tiefen Rändern unter den Augen, begann sie sich zu fürchten. Sie öffnete den Mund, um etwas zu sagen, doch sie brachte es nicht über sich.

»Warum hast du uns verraten? Gib mir Antwort! War es Rache? Wolltest du dich an mir rächen?«

Sie schüttelte den Kopf. Sie versuchte gar nicht erst, es abzustreiten. »Nein.«

»Was dann?«

»Wegen Marwig.«

»Aus Liebe? Du hast dich in ihn verliebt.«

Aelia nickte.

Ihr Vater lachte ein kleines, hartes Lachen. »Also waren die Gerüchte wahr, von denen Eghild und Carus uns erzählten. Du bist die Geliebte dieses Frankenbastards.«

»Nein!«

Doch ihr Vater überhörte ihren Widerspruch. »Ich hätte misstrauisch werden sollen, als du nur Gutes von ihm sprachst und später zu ihnen geschickt werden wolltest. Nur die Liebe kann einen auf so törichte Einfälle kommen lassen.«

Er lachte wieder.

Aelia sah ihm gerade in die Augen. »War es töricht, Mutter zu lieben?«

»Niemals.«

»Dann kannst du vielleicht verstehen, warum ich Marwig retten wollte.«

»Und er dankte es dir, indem er dich gegen seine Tochter eintauschen ließ.«

»Ich habe diesen Tausch selbst vorgeschlagen.«

»Ach ja?«

Aelia presste ihre Lippen fest aufeinander. Eigentlich hätte sie jetzt wütend werden sollen, aber sie fühlte nichts. In ihrem kurzen Leben hatte sie schon mehr als genug gefühlt.

»Du hast gewonnen, Vater. Meine Warnung kam zu spät, und die Franken sind besiegt. König Chlodio ist tot und alle römischen Städte gehören wieder dir. Was willst du noch von mir?«

»Die Wahrheit.«

Richomeres trat vor seinen Schreibtisch, auf dem alles wie immer geordnet nebeneinander lag. Er nahm eine Karaffe und schenkte mit Wasser vermischten Wein in zwei Gläser, reichte ihr eins.

»Wir haben Eghilds Leiche unter vielen anderen Toten in der Villa gefunden«, sagte er. »Wer hat sie getötet?«

Aelia dachte kurz nach. Lohnte es sich noch zu lügen? Oder würde ein Schuldeingeständnis alles noch schlimmer machen?

Sie zögerte.

»In ihrer Brust steckte das Messer, das Tertinius dir in Treveris gegeben hat«, setzte Richomeres nach.

Aelia seufzte. »Eghild hat mich kurz vor dem Vicus an einen Baum gefesselt«, sagte sie. »Sie wollte nicht, dass jemand die Franken warnt. Sie wollte Rache für den Tod ihrer Familie, die König Chlodio umbringen ließ.«

»Ich verstehe. Du hast dich befreit und sie getötet.«

»Ja. Sie wollte Marwig töten.«

Richomeres stellte sein Glas zurück auf den Tisch. Er betrachtete sie eine Weile schweigend im Licht des Öllämpchens. Draußen warf der Sturm Regen gegen die Fensterscheiben.

»Ich habe dich unterschätzt, Aelia. Du siehst aus wie deine Mutter, aber in deinem Herzen bist du wie ich.«

Er ging um den Tisch herum und setzte sich in seinen Sessel. Lange dachte er nach, während er sie beobachtete.

»Weißt du eigentlich, was du getan hast?«, begann er nach einer Weile. »Du hast den Verrat gestanden und den Mord an einer von Tertinius beauftragten Spionin. Allein eins von beiden würde reichen, um dich hinrichten zu lassen. Aber du denkst wahrscheinlich, ich würde es nicht tun, nicht wahr? Ich würde meine eigene Tochter nicht umbringen lassen.«

Aelia hielt seinem Blick stand. Seine Worte bewiesen ihr, wie wenig er ahnte, was wirklich in ihr vorging.

»Du irrst dich, Vater. Ich habe gestanden, weil ich den Tod nicht mehr fürchte.«

»Unsinn!«, fuhr er sie an. Er stand so ruckartig auf, dass der Sessel zurückfuhr. »Wie kannst du so etwas sagen, wo du noch jung bist! Wenn du alt wärst wie ich, könntest du allmählich anfangen, müde vom Leben zu werden, aber jetzt noch nicht!«

»Ich habe in meinem Leben so viel erlebt, dass es reicht, um vorzeitig genug davon zu haben.«

»Würdest du das auch im Angesicht des Henkers sagen?«

Nun kroch doch ein wenig Angst in Aelia hoch, aber sie blieb ruhig.

»Ich weiß es nicht.«

Richomeres schnaubte unwillig, wandte sich von ihr ab und ging wieder ans Fenster. »Worte, alles nur Worte. Es redet sich leicht vom Tod, wenn man mitten im Leben steht.«

Er seufzte, dann wandte er sich wieder zu ihr um. »Du wirst mit uns nach Gallien zurückkehren. Dann gehst du nach Treveris ins Kloster St. Eucharius und wirst dort bleiben.«

Aelia erhob sich. Sie ergriff das Glas und leerte es in hastigen Zügen, setzte es auf seinen Tisch zurück.

»Ich gehe nicht ins Kloster!«

»Es wird dir nichts anderes übrig bleiben.«

»Ich gehe nicht dorthin.«

Der Comes runzelte die Stirn. »Es ist ein sehr mildes Urteil, und du wirst es annehmen.«

»Ich möchte die Freiheit für Verina und mich. Wie Tertinius es mir versprochen hat.«

Richomeres durchquerte den Raum und blieb kurz vor Aelia stehen.

»Begreifst du nicht, in welcher Lage du bist? Du kannst keine Bedingungen stellen!«

»Meine Mutter hat mich nicht geboren, damit ich hinter Klostermauern sterbe«, hörte Aelia sich sagen. Ihre Stimme klang seltsam fremd in ihren Ohren.

Ein schmerzlicher Ausdruck glitt über Richomeres' Gesicht. »Lass deine Mutter aus dem Spiel. Das hast du dir selbst zuzuschreiben.«

»Nein!«

Laut hallte Aelias Stimme durch den Raum. »Wenn du bei uns geblieben wärst, wäre Mutter nie getötet worden. Ich wäre nie eine Waise geworden und nie zu Dardanus gekommen. Alles ist deine Schuld!«

Richomeres starrte sie an. Sein Gesicht sah wächsern aus, mit scharfen Konturen und tiefen Linien. »Irgendwann wirst du lernen, für dein eigenes Leben Verantwortung zu übernehmen. Genau genommen hast du es schon getan, als du aus dem Lager geflohen bist. Nun musst du die Folgen deines Handelns tragen.«

Er brüllte nach den Wachen.

»Bringt die Gefangene in ihre Kammer!«, befahl er den hereinkommenden Soldaten. Die Männer nickten, nahmen Aelia in ihre Mitte und führten sie hinaus.

Kapitel 24

Der Herbst des Jahres 442 verglühte in feuerroten Farben und tiefblauen Himmeln, doch im November wurde es früh kalt. Nach ein paar milden Tagen kam ein scharfer Wind aus Nordost und trieb Regenwolken heran, die sich über das Land legten. Es regnete lange.

Die Kälte zwang Richomeres, seine Soldaten aus den Zelten außerhalb Tornacums hinter die Mauern der Stadt zu holen und ihnen ein warmes Winterquartier zu schaffen. Er ließ das alte Gebäude der Stadtwache, das von Chlodios Kriegern besetzt und verwüstet worden war, wieder notdürftig instand setzen und von seinen Soldaten beziehen. Die Legionäre waren erleichtert und freuten sich über einen geruhsamen Winter bei Würfelspiel und den Huren der Stadt, der ihnen bevorstehen würde, während sie weiterhin im Sold des Kaisers standen, aber Richomeres freute sich nicht.

Er hatte einen Befehl aus der Präfektur in Arelate erhalten, der ihm nicht gefiel, ganz und gar nicht, und der ihm – obwohl er ihn erwartet hatte – neue Sorgenfalten ins Gesicht trieb, zumal der Befehl nicht vom Präfekten, sondern vom *Magister militum* selbst gekommen war. Es hätte auch keinen Unterschied gemacht, wenn er vom Kaiser gekommen wäre, denn der *Magister militum* Flavius Aetius war der mächtigste Mann im Reich.

Richomeres seufzte, als er am Fenster seines Arbeitszimmers stand und auf den Hof hinausblickte. Seit Tagen schon stürmte und regnete es. Schwere Wolken trieben am Himmel, Regen peitschte gegen die Fensterscheiben.

Er wandte sich ab, sein Blick glitt zu Carus, der bei ihm war. Er hatte ihm gestattet, sich an der Glut des Kohlebeckens aufzuwärmen, denn der arme Mann war von seinem Ritt noch ganz durchnässt. Er war sogleich zu seinem Vorgesetzten gekommen, um ihm die Nachricht zu bringen.

Carus war ein guter Mann, zuverlässig, verschwiegen, mutig und dem römischen Reich in ergebener Treue verbunden – einer jener Soldaten, wie er sie sich besser nicht vorstellen konnte. Richomeres war ihm zutiefst dankbar für seine Dienste und auch dafür, dass er Aelia wochenlang auf seinem Gut verborgen und gesund gepflegt hatte, während er und Tertinius damit beschäftigt waren, den Feldzug vorzubereiten. Er hatte oft bedauert, dass es nicht mehr Männer wie Carus gab. Viele verrichteten ihren Dienst nur des Soldes wegen oder in Aussicht auf einen lohnenden Posten, aber Carus tat es um des Reiches willen. Richomeres beobachtete ihn, wie er sich die Hände über der Glut rieb, und runzelte die Stirn.

»Also ist es wahr? Es gibt keinen Zweifel?« In der Stimme des Comes schwang Hoffnung mit.

»Nein, es gibt keinen Zweifel, Herr«, sagte Carus bedauernd. »Ich habe Lantschilds Kopf selbst gesehen – auf einem Pfahl vor der Burg.«

Richomeres gab einen unwilligen Laut von sich. »Es scheint ihnen Freude zu machen, die Köpfe ihrer Feinde aufzuspießen.«

»Gewiss, Herr, sein Kopf war nicht der einzige dort.«

Richomeres fluchte leise, doch insgeheim musste er sich eingestehen, dass dieser Teil der Nachricht der einzige gute war. Er hatte den Verräter nicht gemocht und war nur widerwillig den Handel mit ihm eingegangen. Nun war er wenigstens die Sorge los, den Teil einer Abmachung erfüllen zu müssen, die er sowieso nur zum Schein eingegangen war.

»Wie konnten sie nur Dispargum zurückerobern?«, rief er wütend. »Wie konnte das passieren?«

Carus trat vom Kohlebecken zurück und ließ die Arme sinken. Er sah sehr zerknirscht aus. »Sie müssen jemanden gehabt haben, der ihnen das Tor geöffnet hat«, meinte er. »Anders wäre die Einnahme der Burg nicht möglich gewesen.«

»Sie sind nicht durch den geheimen Gang gekommen?«

»Nein, Herr, den haben unsere Männer zumauern lassen.«

Richomeres fluchte leise. »Wie viele sind dort?«

Carus dachte eine Weile nach. »Genau kann ich es nicht sagen, aber die Leute im Dorf meinen, es seien viele«, sagte er schließlich. »Sie haben sich fast die ganzen Wintervorräte geholt. Wahrscheinlich sind es die Fürsten, die wir nicht erwischt haben, und ihre Männer. Sie haben den Königssohn schon auf das Schild gehoben.«

Richomeres' Stirnfalten vertieften sich. Er stieß einen groben Fluch aus, aber als er sich an seinen Spion wandte, lächelte er. »Danke, Carus, du kannst jetzt gehen. Trockne dich und ruh dich ein paar Tage aus, ehe du zu deiner Familie zurückkehrst.«

Carus verneigte sich. »Mit Verlaub, Herr, ich würde lieber gleich wieder losreiten. Ich möchte meine Familie nicht länger als nötig allein lassen.«

Richomeres nickte. Er konnte das nur zu gut verstehen. Auch er wünschte sich nichts mehr als seine baldige Rückreise nach Südgallien, zu seiner Frau und seinem Sohn.

Schon einmal war er zu spät zurückgekommen, das wollte er nie wieder erleben.

Schweigend sah er Carus nach, als dieser das Zimmer verließ, und beneidete ihn darum, heimkehren zu dürfen. Dann wandte er sich an die Männer, die sich ebenfalls im Raum befanden und darauf warteten, dass er das Wort an sie richtete – Tertinius, Otho und Sebastianus. Sie hatten die Nachricht schweigend aufgenommen und sahen sehr ernst aus.

»Nun?« Der Comes wollte ihre Ratschläge hören.

»Wir haben genug Soldaten, um Dispargum einzunehmen«, schlug Otho sogleich eilfertig vor. »Wir sollten ihnen zeigen, dass wir ihre Frechheiten nicht dulden.«

»Die Einnahme einer Burg ist immer mit großen Verlusten verbunden«, wandte Tertinius ein. »Nicht nur viele unserer Männer, sondern auch unsere Gefangenen bei ihnen wären verloren.«

»Ach was, die Burg ist aus Holz. Machen wir ihnen Feuer unterm Hintern«, grinste Otho.

»Damit alle verbrennen, auch unsere eigenen Leute?«, versetzte Tertinius scharf und maßregelte den Offizier mit einem strengen Blick. »Denk an den Befehl des *Magisters militum*, Frieden zu schließen«, fuhr er an Richomeres gewandt fort. »Eine erneute Schlacht würde den Frieden in weite Ferne rücken. Es würde wieder neue Tote geben, neue Verletzte, mehr Hass. Wir sollten mit ihnen verhandeln.«

Richomeres seufzte auf vor unterdrückter Wut. Er warf einen flüchtigen Blick auf seinen Schreibtisch, wo die Pergamentrolle mit dem aufgebrochenen Siegel des *Magisters militum* lag. Zuerst sollte man seine Feinde besiegen und dann rasch Frieden mit ihnen schließen. Was war das nur für eine Politik, die so etwas von einem verlangte? Wie konnte man dauerhaft Frieden schließen, wenn man erst Hass schürte und sich dann wieder zurückzog, ohne eine wirkliche Streitmacht zurücklassen zu können, die den Frieden garantierte? Oder gar seine ehemaligen Feinde damit betraute, die Grenzen des Reiches zu sichern? Es war eine Politik der Schwäche und forderte neue Krisen geradezu heraus. Kein Wunder, dass im Reich immer wieder Aufstände entstanden, die bekämpft werden mussten.

»Herr, bedenkt, dass auch *er* den Frieden will«, sagte Tertinius.

Richomeres lachte kurz auf. Er ging um seinen Arbeitstisch herum und hob das Schreiben auf, das dort lag, überflog kurz die Zeilen und warf es wieder hin. »Ungeheuerlich, was ihr neuer König verlangt! Hat er nicht verstanden, dass er nicht in der Lage ist, Bedingungen zu stellen? Ich werde seine Schwester und ihren Balg niemals herausgeben. Sie werden uns als Geiseln nach Arelate begleiten und den Frieden garantieren.«

Tertinius trat an den Schreibtisch. »Und die andere Bedingung?«

»Erst recht nicht.«

Die beiden Männer starrten sich eine Weile über den Tisch hinweg schweigend an.

»Dieser Mann hat seinen eigenen Bruder töten lassen und den Kopf vor den Toren von Dispargum aufgespießt«, zischte Richomeres.

»Lantschild war ein Verräter. Außerdem war er nur sein Halbbruder.«

»Na und? Zeigt das nicht deutlich, was für ein Mensch er ist?«

»Er hat unsere Gefangenen nicht töten lassen.«

»Vielleicht lügt er!«, gab Richomeres zurück. »Wie kann ich mit ihm verhandeln, wenn ich nicht weiß, was er vorhat? Ich kenne ihn nicht einmal!« Er sprach lauter, als er wollte.

»Deine Tochter hat dir doch viel von ihm erzählt, Vortrefflicher«, sagte Tertinius.

Richomeres runzelte die Stirn. »Worte einer Verliebten«, seufzte er. »Ich brauche keine Schönfärberei, sondern die Wahrheit!«

»Bisher habe ich nur Gutes von ihm gehört«, versetzte Tertinius.

Der Comes blickte ihn finster an. Tertinius war zweifellos ein kluger Mann. Er besaß die Erfahrungen eines jahrelangen, harten Soldatenlebens und das nüchterne Urteilsvermögen eines Menschen, der gelernt hatte, seinen Verstand zu gebrauchen. Er hatte sein Können und sein Geschick in schwierigen Angelegenheiten schon oft unter Beweis gestellt.

Richomeres fasste einen Entschluss. »Du wirst mit ein paar von unseren Männern zu ihnen gehen«, befahl er. »Ich will wissen, wer er ist. Finde es heraus und berichte mir.«

»Sehr wohl, Herr.« Tertinius verneigte sich tief. Er sah zufrieden aus, als er sich mit Otho und Sebastianus auf einen Wink des Comes hin entfernte.

Als sich die Tür hinter den Offizieren geschlossen hatte, trat Richomeres wieder ans Fenster und sah hinaus. Es hatte aufgehört zu regnen, aber der Wind hatte sich nicht gelegt. Ein Vogelschwarm scheuchte in wilder Unordnung über den bewölkten Himmel und verschwand. Richomeres aber nahm ihn nicht wahr. Er dachte auch nicht an das warme Südgallien, nach dem er sich sehnte, und nicht an seine Frau. Er dachte an eine andere Frau, die er geliebt und verlassen hatte. Er hob einen Arm und hieb mit der Faust gegen die Wand. Dann nahm er seinen Umhang, warf ihn sich um und verließ mit energischen Schritten das Arbeitszimmer.

Ohne Rücksicht auf Wind und Regen ritt er zum Palast der Stadtwache und befahl den Centurionen, die Soldaten auf dem Hof zu versammeln. Dann hielt er eine kurze Ansprache und verlangte, beim Exerzieren zuzusehen. Er ließ die Männer den ganzen restlichen Tag bis zum Anbruch der Nacht üben, bis sie vollkommen erschöpft und durchnässt in ihre Stuben zurückkehrten.

*

Aelia war nun schon seit Wochen in ihrem Zimmer. Ihr Vater hatte sie seit ihrem letzten Gespräch nicht mehr zu sich rufen lassen. Ihr war bewusst, dass er sie nicht mehr sehen wollte. Offenbar war es ihm ernst mit seiner Drohung, sie ins Kloster St. Eucharius zu schicken, aber Aelia wollte nichts weniger als das.

Jetzt, wo sie alles verloren hatte, sogar ihren Vater, wollte sie nur noch frei sein. Sie begriff, dass sie für ihn eine Verräterin war und er ihr die Freiheit nicht geben würde. Er würde sie nach St. Eucharius schicken und dort sterben lassen; sie würde nur ein Gefängnis gegen das andere tauschen und hinter den Klostermauern dahindämmern wie hier. Alles, selbst der Tod, wäre besser als so ein Leben.

Aelia beschloss zu hungern. Als der Herbst fortschritt und die Stürme über das Land zogen, begann sie, das Essen zu verweigern.

Didius versuchte alles, um sie davon abzubringen; er redete ihr gut zu und ließ die leckersten Speisen für sie zubereiten. Als das nichts nutzte, versuchte er, sie mit allerlei anderen Listen und Versprechungen zum Essen zu bewegen, aber er blieb erfolglos.

Da gab er ihr nur noch Säfte zu trinken, damit sie wenigstens etwas Nahrhaftes zu sich nahm.

Schließlich, an einem grauen und verregneten Tag im November, erschien Otho und versuchte sie erst mit Worten, dann mit Drohungen vom Essen zu überzeugen. Es gelang ihm nicht. Erst als er ihr damit drohte, Verina töten zu lassen, begann Aelia langsam wieder, etwas zu sich zu nehmen. Sie erbrach es sofort und legte sich danach aufs Bett, um zu sterben. Lange schlief sie, und wenn sie nicht schlief, dämmerte sie vor sich hin in wohltuender Ruhe, die ihr wie eine Vorbotin des Todes erschien. Aber die Tür zum Totenreich öffnete sich nicht. Stattdessen kam Didius jeden Tag und flößte ihr Kräutertränke, Hühnerbrühen und Säfte ein. Schließlich gelang es ihm, ihr kleine Stücke Brot in den Mund zu schieben, dann einen zerdrückten Apfel, eine zerstampfte Möhre. Jeden Tag kam er und kämpfte mit seinen Waffen um ihr Leben. Er blieb den ganzen Tag, fütterte und unterhielt sie, wenn sie nicht schlief. Seine Fürsorge bewirkte, dass die Farbe in ihr Gesicht zurückkehrte und es wieder aussah wie das einer Lebenden. Aber sie war immer noch mager. Wäre die Tunika nicht so weit gewesen, hätte man vor ihrem Leib erschrecken können.

Otho kam jeden Tag, um sich von ihren Fortschritten zu überzeugen und zu sehen, ob sie nicht ihr Essen heimlich wieder erbrach. Er vergaß nie, seine Drohung von Verinas Tod zu wiederholen.

»Deinem Vater ist es sehr ernst damit«, sagte er. »Wenn du stirbst, stirbt sie mit dir.« Er warf einen verächtlichen Blick auf ihre magere Gestalt. »So will dich doch niemand mehr haben.«

Aelia hob den Kopf und sah ihn überrascht an. »Wer soll mich denn noch wollen?«

»Niemand«, versetzte Otho rasch. »Ich wäre nicht so nachsichtig wie der Comes. Wenn ich dein Vater wäre, hätte ich dich hinrichten lassen.«

»Das glaube ich dir«, bemerkte Aelia, und Otho warf ihr einen scharfen Blick zu. Er ging aus dem Raum und warf die Tür hinter sich zu.

Aelia aber dachte an ihren Vater. Als sie begriff, wie sehr sie ihn enttäuscht haben musste, stieg Bedauern in ihr auf. Plötzlich sehnte sie sich wieder nach ihm wie früher, als sie noch ein kleines Mädchen war, und sie wünschte sich, er würde endlich zu ihr kommen, um nach ihr zu sehen. Aber er kam nicht.

Ein paar Tage später, als Aelia wieder so weit zu Kräften gekommen war, dass sie aufstehen, sich ankleiden und gehen konnte, kam Otho zur gewohnten Stunde am Vormittag und musterte sie prüfend von oben bis unten. »Immer noch mager, aber es wird wohl gehen«, meinte er schließlich. »Der Comes will dich sprechen, ich bringe dich zu ihm.«

Ein Funken Hoffnung glomm in Aelia auf. Endlich wollte ihr Vater sie sehen! Das konnte nur Gutes bedeuten. Vielleicht hatte sie ihn doch noch dazu bewegen können, es sich anders zu überlegen und sie nicht ins Kloster zu schicken, und nun rief er sie zu sich, um ihr das zu sagen. Vielleicht hatte er ihr sogar verziehen. Sie zog ihre Tunika ein Stück aus dem Gürtel, damit sie besser ihre Magerkeit verhüllte, und folgte Otho durch die Gänge des Palastes zum Arbeitszimmer ihres Vaters. Vor der Tür blieben sie eine Weile stehen. Zu ihrem Erstaunen hörte Aelia Stimmen. Sie würden also nicht allein sein. Was hatte das zu bedeuten? Wer waren die Menschen bei ihm?

Sie straffte sich und schob ihr Kinn nach vorn. Wer immer bei ihm war, es war ihr gleichgültig. Sie würde ihren Vater notfalls vor den Augen aller anflehen, sie nicht ins Kloster zu schicken.

Als die Wachsoldaten ihnen die Tür öffneten, schlugen ihr die Wärme und der Geruch vieler Menschen entgegen. Das Arbeitszimmer war voll mit Männern, die sich zu ihr umdrehten, nachdem die Tür sich geschlossen hatte.

Aelia blieb an der Tür stehen. Sie hatte das Gefühl, sich festhalten zu müssen, als sie sah, wer dort war. Marwig stand, alle überragend, in der Mitte des Raumes. Bei ihm waren Edobich, Wiomad, Orderic und Ebroin. Ihnen gegenüber wartete das Lager der Römer – Richomeres, Tertinius, Sebastianus und ein paar Offiziere, die man offenbar zur Sicherheit herbefohlen hatte.

Als alle Köpfe zu ihr herumfuhren und Marwig sie ansah, glaubte Aelia, nicht richtig zu sehen. Ihr Herz machte einen aufgeregten Hüpfer und stolperte vor sich hin. Sie meinte, auf der Stelle sterben zu müssen. Aber sie starb nicht. Sie verharrte reglos an der Tür und starrte die Krieger an.

»Aelia!«, rief Marwig und kam auf sie zu. Der rote lange Mantel seines Vaters, den er trug und der ihn als römischen Verbündeten auswies, wallte hinter ihm her; der Siegelring seines Vaters leuchtete an seiner Hand.

Aelia sah auf die leere Stelle an seiner linken Hüfte. »Wo … wo ist Tyrshand?«

»Wir mussten die Waffen ablegen.«

»Ihr habt Euch von Tyrshand getrennt?«

Leise hallte Aelias Stimme durch den vollen Raum, kaum verständlich für jene, die weiter weg standen. Ihr fehlte die Kraft, um lauter zu sprechen. Marwig musterte sie mit einem besorgten Blick. Dann fuhr er zu Richomeres herum. »Was habt Ihr mit ihr gemacht?«

Seine Stimme zerschnitt den Raum. Niemand wagte, sich zu rühren, als alle auf den Comes starrten.

»Das hat sie sich selbst angetan«, erwiderte Richomeres. »Ich habe alles unternommen, um sie zu retten.«

Marwig wandte sich wieder an Aelia. Er hob die Hand, strich sanft über ihre magere Wange. »Hast du geglaubt, ich liebe dich nicht mehr?«

Aelia hielt sich am Türrahmen fest. In ihrem Kopf drehte sich alles. Marwig war hierhergekommen, zu ihr und ihrem Vater. Das konnte nur ein Traum sein, ein viel zu schöner Traum, aus dem sie gleich erwachen musste. Das konnte nicht die Wahrheit sein, denn die Wahrheit war Unglück. Die Wahrheit bedeutete Gefangenschaft, Kampf, Verlassenwerden und bestenfalls ein paar kurze Augenblicke des Glücks. Dieser Mann vor ihr konnte unmöglich Marwig sein.

»Nehmt mich in die Arme, damit ich weiß, dass ich nicht träume«, sagte sie. Marwig gehorchte. Sie legte ihren Kopf an seine Schulter und atmete tief seinen Geruch ein. Es war kein Traum. In Träumen konnte man die Menschen nicht riechen. Dieser Mann aber roch genau so, wie Marwig immer gerochen hatte – nach Leder, Seife und seinem eigenen Geruch.

Er nahm ihre Hand und wandte sich zu den anderen Männern um. »Edobich!«, rief er. »Gib mir den Vertrag, damit ich ihn unterzeichnen kann.«

Edobich löste sich aus der Gruppe der Franken. Eilfertig nahm er ein Pergament aus Tertinius' Händen entgegen und breitete es auf einem extra bereitgestellten Tisch aus. Er tauchte eine Feder in ein Tintenfass und hielt sie Marwig hin.

Marwig trat an den Tisch. Er nahm die Feder und unterschrieb das Pergament, das mit unzähligen eng stehenden Worten beschriftet war, mit einem energischen Schwung. Dann wandte er sich zu den Anwesenden um. Richomeres trat zu ihm, und die beiden Männer reichten sich die Hände.

»Auf den Kaiser!«, rief Richomeres.

»Auf den Kaiser.«

Die anwesenden Franken verneigten sich tief vor Richomeres. Als sie sich wieder aufrichteten, sahen sie sehr ernst aus.

Tertinius nahm das Pergament und reichte es dem Comes, der einen Blick darauf warf und es an seinen Schreiber weiterreichte. Marwig ging zu Aelia zurück und nahm ihre Hand.

»Was hat das zu bedeuten?« fragte sie mit leiser Stimme.

»Du kommst mit uns.«

»Ich komme mit Euch?« Aelia ließ seine Hand los. Ihr fragender Blick glitt über die Köpfe der Männer hinweg zu ihrem Vater.

Richomeres, der alles mit angehört hatte, nickte.

Aelia schluckte. Sie versuchte, ihr aufgescheuchtes Herz durch gleichmäßiges Atmen zu beruhigen. Dann trat sie ein paar Schritte nach vorn, hin zu den Kriegern, und je weiter sie ging, desto mehr wichen die Männer vor ihr zurück und bildeten eine Gasse, die sie zu ihrem Vater führte. Vor Richomeres blieb sie stehen.

»Bin ich eine Bedingung für den Friedensvertrag gewesen?«

Richomeres nickte.

»Und Verina?«

»Ihr geschieht nichts. Sie wird im Kloster St. Eucharius bleiben.«

Aelia lächelte. Dann tat sie etwas, von dem sie nie geglaubt hätte, es jemals wieder tun zu können: Sie trat noch einen Schritt vor und umarmte Richomeres. Kalt und hart presste sich das Abzeichen an seinem Brustpanzer gegen ihren mageren Leib, aber durch seinen Körper ging ein freudiger Ruck. Für einen Augenblick schlossen sich seine Arme wieder um sie wie früher, als sie noch ein Mädchen war.

»Leb wohl, meine Kämpferin«, flüsterte er an ihrem Ohr.

»Leb wohl, Vater«, sagte sie. Dann wandte sie sich ab und ging zu Marwig zurück, der an der Tür auf sie wartete. Er fasste ihre Hand und zog sie mit sich fort, durch die zahllosen Gänge der Stadtwache hinunter auf den Hof, wo die gesattelten Pferde bereits auf sie warteten. Jemand reichte Aelia einen Mantel, in den sie sich hüllte. Marwig legte Tyrshand wieder an. Er nahm Aelia, hob sie auf seine Stute, und sie klammerte sich mit aller Kraft, die ihr noch zur Verfügung stand, an ihn.

So ritten sie über den Hof und durch die Straßen Tornacums, während die Römer ihnen neugierig hinterhergafften. Ein paar römische Soldaten eskortierten sie zum Stadttor, dann ritten sie mit ihren Männern allein weiter, überquerten den Fluss und ritten über die alte Heerstraße zum Wald.

Ein leichter Regen fiel. Krähen flogen über den umgepflügten Feldern und krächzten, als wollten sie sie beschimpfen, aber das machte Aelia nichts aus. Sie klammerte sich an Marwig und merkte nicht einmal, wie ihre Hände kalt und feucht wurden. Am Waldrand zügelte er sein Pferd. Er stieg ab und hob Aelia herunter. »Wie leicht bist du geworden!«

Sie warf sich in seine Arme, und er drückte sie an sich und küsste sie. Hungrig suchten seine Lippen die ihren, die sie ihm bereitwillig öffnete, und für eine lange Zeit versanken sie in einem herrlichen Kuss.

Plötzlich ist es da, das Glück, dachte Aelia, und dann dachte sie nichts mehr und ließ sich bereitwillig in seinem Taumel fortreißen, bis ein Räuspern sie daran erinnerte, dass die Männer auf sie warteten. Marwig entließ sie aus der Umarmung und hielt sie auf Armeslänge von sich fort, um sie zu betrachten.

»Du wirst aber noch zunehmen müssen«, sagte er lächelnd. »Ich möchte eine gesunde und wohlgenährte Braut. Du willst doch meine Frau werden, oder?«

Aelia schluckte. »Natürlich will ich das«, sagte sie hastig. »Aber nur unter einer Bedingung.«

Marwig runzelte die Stirn, doch Aelia lachte. »Du musst mit mir ans Meer fahren! Ich war noch nie dort, ich habe noch nie in seinen Wellen gebadet!«

Jetzt lachte auch Marwig, hob feierlich die rechte Hand und schwor bei Wodan, dass sie eines Tages ans Meer reisen würden. Dann hob er Aelia auf seine Stute und schwang sich hinter ihr auf das Pferd. Bevor sie weiterritten, warfen sie noch einen Blick auf die Stadt, die hinter ihnen lag.

»Ich glaube, sie wird eines Tages doch uns gehören«, sagte er. »Dein Vater ist kein schlechter Mensch Er hat uns sogar unsere Gefangenen zurückgegeben.«

»Du bist sehr angetan von ihm.«

»Ja, das bin ich. Denn er hat in unsere Vermählung eingewilligt.«

Aelia schwieg eine Weile. Dann sagte sie: »Du nimmst mich doch nicht nur wegen ihm? Um den neuen Bündnisvertrag schließen zu können?«

Marwig lachte. »Nein, wo denkst du hin? Es war andersherum: Ich hätte niemals den Vertrag unterschrieben, wenn ich dich nicht bekommen hätte. Das hast du dir ganz allein zuzuschreiben.«

Nun lachten beide. Aelia schmiegte sich eng an ihn, als sie durch den kühlen, verregneten Wald nach Dispargum ritten.

Die Krähen waren zurückgeblieben, an den Feldern der Stadt, wo sie in den hohen Bäumen ihre Schlafplätze aufsuchten.

Sobald es geht, dachte Aelia, werde ich jemanden beauftragen, einen Brief an Verina zu schreiben.

Nachwort

Dieses Buch erhebt keinen Anspruch darauf, als ernsthaftes Geschichtswerk zu gelten. Es ist ein fiktionales Werk, das sich um historische Persönlichkeiten und Ereignisse rankt. Über die ersten Merowinger weiß man ohnehin wenig. Hauptquelle für jene Zeit sind die »Zehn Bücher Geschichten«, verfasst von dem Geschichtsschreiber Gregor von Tours, gut einhundert Jahre nach König Chlodios Tod.

»Man erzählt, die Franken seien aus Pannonien gekommen und hätten sich zuerst an den Ufern des Rheins niedergelassen, dann seien sie über den Rhein gegangen und nach Thoringien gezogen. (...) Damals soll Chlodio, ein tüchtiger und sehr vornehmer Mann unter seinem Volke, König der Franken gewesen sein und zu Dispargum im Lande der Thoringer Hof gehalten haben.«

Gregor von Tours berichtet weiter, der König habe Kundschafter nach Cambrai gesandt, alles ausforschen lassen und habe dann, seinen Spähern folgend, die Römer geschlagen und die Stadt eingenommen. Kurze Zeit habe er sich hier aufgehalten und danach das Land bis zur Somme erobert.

Mein Roman ist im Wesentlichen durch diesen alten Bericht inspiriert, ebenso durch das Gedicht des gallo-römischen Aristokraten Sidonius Apollinaris, in dem er die Ereignisse der Schlacht beim Vicus Helena beschreibt.

Zu den historischen Personen und Ereignissen

Chlodio begegnet uns bei Gregor von Tours und in dem Gedicht des Sidonius Apollinaris als historische Persönlichkeit und nicht als sagenhafte Gestalt. Er ist somit der erste historisch fassbare Merowingerkönig, vermutlich war er ein Kleinkönig der salischen Franken. Seine Regierungszeit war etwa 425–455, sein Todesjahr ist unbekannt. Ich habe mir die Freiheit genommen, ihn bereits in der Schlacht beim Vicus Helena sterben zu lassen, um der Figur des Merowech in meinem Roman mehr Raum zu geben.

Ob Merowech (der in meinem Roman den Namen Marwig trägt) tatsächlich Chlodios Sohn war, bleibt offen. Gregor von Tours schreibt nur, dass aus seinem (Chlodios) Stamm König Merowech, dessen

Sohn Childerich war, entsprossen sei, wie einige behaupten. Auffällig ist die vorsichtige Ausdrucksweise des Geschichtsschreibers. Es ist möglich, dass Merowech nur ein Verwandter Chlodios war und um 440/450 die fränkische Seitenlinie von Tournai begründete.

Von der Person Merowechs sind nicht viel mehr als ein paar sagenhafte Fragmente erhalten. Gregor von Tours schreibt, dass er der Vater Childerichs war, was auch im Allgemeinen als glaubhaft angesehen wird. In meiner Geschichte bin ich dieser Aussage nicht gefolgt, sondern habe ein Onkel-Neffen-Verhältnis gestaltet. Auch die weiteren Familienmitglieder der Königsfamilie – Chlodeswinthe, Lantschild und Wisigard – sind rein fiktiv.

Sicheren historischen Boden betreten wir erst wieder mit Childerich, Vater des berühmten Chlodwig I. Sein Grab fand man 1653 in Tournai. Es enthielt wertvolle Grabbeigaben, die leider später gestohlen wurden, unter anderem einen Siegelring mit seinem Bildnis und der Aufschrift »CHILDIRICI REGIS«. Wegen des feststellbaren Todesjahres 482 bildet die Entdeckung des Childerich-Grabes einen Fixpunkt in der Archäologie des frühen Mittelalters. Heute erinnert nur noch eine kleine Tafel an einem Haus an die Fundstelle des Grabes. Da man Childerich vornehmlich mit der berühmten Fundstätte – seinem Grab – in Verbindung bringt, hat es mir besondere Freude gemacht, in meinem Roman seine Geburt zu thematisieren.

Was die Schlacht beim Vicus Helena betrifft, so geben die Quellen unterschiedliche Jahreszahlen an. Sehr wahrscheinlich fand sie zwischen 440 und 450 statt.

Der Ort der Schlacht ist bis heute nicht lokalisiert. Sidonius Apollinaris spricht von dem Gebiet der Atrebaten, am Ufer eines Flusses, beim Vicus Helena. Seine Schilderung, die Franken seien während eines Hochzeitsfestes von den Römern überfallen und besiegt worden, inspirierte mich zu der Idee des Verrats und lieferte mir somit eine der Grundideen des Romans. Allerdings besiegte der römische Feldherr und spätere Kaiser Majorian die Franken. Aelias Vater Richomeres ist meine Erfindung und allein der Geschichte geschuldet.

Zu Dispargum

Es ist nicht bekannt, wo Chlodios legendärer Herrschaftssitz lag. Es gab viele Deutungen und Spekulationen über die Jahre hinweg bis in die heutige Zeit. Neueste Forschungen sprechen für die Stadt Duisburg, unter anderem, weil »Dispargum« bis in das hohe Mittelalter hinein vielfach in den Schriftquellen im Zusammenhang mit Duisburg auftauchte.

Es ist durchaus denkbar, dass Chlodio seinen Sitz in Duisburg hatte und von dort aus seine Eroberungszüge Richtung Cambrai unternahm, möglicherweise über die (erst in heutiger Zeit) sogenannte Via Belgica. Gregor von Tours schreibt, Chlodio soll im Lande (oder: an der Grenze?) der Thoringer zu Dispargum Hof gehalten haben (*apud Dispargum castrum habitabat, quod est in terminum Thoringorum*), kurz vorher berichtet er jedoch, dass die Franken über den Rhein gegangen seien. Das deutet auf eine linksrheinische Lage von Dispargum hin.

Wo lag das mysteriöse Land der Thoringer, von dem Gregor von Tours schreibt? Gab es damals vielleicht ein Thüringerreich am Niederrhein?

Man hat unter anderem vorgeschlagen, jenes »Thoringorum« als Verwechslung mit den Bewohnern der civitas Tungrorum (Tongern) zu erklären. Es wurde versucht, Dispargum mit verschiedenen, noch bestehenden Orten mit ähnlich klingendem Namen – meist auf südholländischem oder belgischem Gebiet – zu identifizieren.

In Belgien vermutet man Dispargum in dem kleinen Dorf Duisburg bei Brüssel, in Holland in der Nähe von 's-Hertogenbosch. Möglich ist, dass das Isselwasser die Reste von Chlodios Burg für immer weggespült hat und man nie mehr einen stichhaltigen Beweis finden wird.

In meinem Roman bin ich – die Duisburger mögen es mir nachsehen – der linksrheinischen Variante gefolgt und habe Dispargum versteckt im Wald angesiedelt, in der Nähe der alten römischen Heerstraße und nicht weit von Bagacum (Bavay) entfernt, wo sich mehrere antike Fernstraßen kreuzten.

Eines Tages, so hoffe ich, werden uns eindeutige Funde zeigen, wo das wahre Dispargum lag. Bis dahin kann man es vielleicht am besten als etwas anderes begreifen: als mythischen Ort, an dem das erste europäische Königsgeschlecht nach dem Zusammenbruch des Römischen Reiches geboren wurde.

Marion Johanning, Juli 2015

Glossar

Aduatuca-Tungrorum – römische Siedlung, aus der sich die spätere belgische Stadt Tongeren entwickelte

Arelate – Arles, im 5. Jahrhundert Sitz der gallischen Präfektur

Bagacum – Bavay in Frankreich

Bononia – römische Bezeichnung für Boulogne-sur-Mer an der französischen Atlantikküste

Camaracum – Cambrai in Frankreich

Kastell Divitia – römisches Militärlager zur Sicherung der Rheingrenze, befand sich im heutigen Stadtteil Köln-Deutz

Colonia – (eig. Colonia Claudia Ara Agrippinensium) Köln

Confluentes – (eig. Castellum apud Confluentes – »Kastell bei den Zusammenfließenden«), römisches Kastell und Ansiedlung, Keimzelle von Koblenz

Coriovallum – Heerlen in den Niederlanden

Dispargum – Festung des fränkischen Königs Chlodio (Ort bisher nicht lokalisiert)

Iuliacum – Jülich

Mosa – Maas

Mettis – Metz in Frankreich

Mosella – Mosel

Nava – Nahe

Rhenus – Rhein

Samara – Somme

Scaldis – Schelde

Tolbiacum – Zülpich

Tornacum – Tournai, Belgien

Traiectum ad Mosam – römischer Ort am Maasübergang, aus dem sich die Stadt Maastricht entwickelte

Treveris – Trier

Via Belgica – moderne Bezeichnung für die römische Heerstraße, die Köln mit der Atlantikküste verband

Danksagung

Ich bedanke mich bei allen, die mich während der Entstehungszeit des Buches begleitet und unterstützt haben. *Aelia, die Kämpferin* gäbe es nicht ohne sie:

Meine Lektorin Dr. Mechthilde Vahsen, die es verstanden hat, das Manuskript mit Sachkenntnis und gutem Sprachgefühl zu lektorieren.

Sifu Guido Kämmerling von der WTKEMA Wing Tsun Kampfkunst Trainingsgemeinschaft in Langerwehe, der bereit war, einige Textpassagen zu prüfen, und in dessen Übungsstunden ich eine Ahnung davon bekam, was es bedeutet, eine Kämpferin zu sein.

Andreas Burkart, der mir aus der Sicht eines praktizierenden Schwertkämpfers ein paar wichtige Hinweise gab.

Alexandra Oidtmann und ihrem freundlichen Team von der Stadtbücherei Düren, die mir selbst die exotischsten Bücher über die Fernleihe beschafften.

Dr. Olaf Kutzmutz und Stefan Ulrich Meyer von der Bundesakademie in Wolfenbüttel, bei denen ich auf humorvolle Weise viel über Figuren, Perspektive, Dialoge, Spannungsaufbau und Stil eines Romans lernte.

Barbara Zipfel und Linde Hölzl von meiner ehemaligen Autorinnengruppe, weil sie mir mit Rat und Tat zur Seite standen und nie auch nur den geringsten Zweifel aufkommen ließen, dass ich das Buch nicht vollenden könnte.

Doris Möller und Ulla Kah, weil sie immer offene Ohren für mich hatten und mir manches Mal aus Momenten kreativer Verzweiflung heraushalfen.

Raymondo Dziubany, den ich jederzeit anrufen konnte, wenn mein Computer nicht so wollte wie ich.

Bernd, der bereit war, mir in belgische und französische Museen, Trierer Thermen und verfallene Foren zu folgen. Auf den Spuren alter römischer Heerstraßen und germanischer Gräber entstanden in mir jene Bilder, die Aelia und alle anderen Romanfiguren lebendig werden ließen.

Nicht zuletzt, danke ich meiner Familie für ihre Ermunterungen, besonders Nina, meiner treuen Erstleserin und schonungslosen Kritikerin, weil sie das Buch durchlas, ohne es aus der Hand zu legen.

Dank an die LeserInnen

Liebe LeserInnen,

diese Geschichte ist hier zu Ende. Wir hoffen, es hat Ihnen gefallen und Sie sind ein paar Stunden in die Welt dieser Geschichte eingetaucht, haben geschmunzelt, gelacht, mitgefühlt und mitgelitten. Damit haben Sie bereits eine gute Tat getan. Wenn Sie weiterhin Bücher dieser Autorin, dieses Autors oder unseres Verlages lesen möchten, dann tun Sie bitte eine weitere gute Tat: Reden Sie über dieses Buch. Oder twittern Sie, schreiben Sie einen kurzen Blogbeitrag oder eine Leserbewertung in Ihrem bevorzugten E-Book- oder Online-Shop.

Denn Mund-zu-Mund-Werbung ist für Autoren und Verlage wie Sauerstoff für jedes Lebewesen – sie ist lebenswichtig. Lesermeinungen sind Motivation und Ansporn für unsere Autoren, so dass Sie schon bald ein weiteres Buch Ihrer Lieblingsautorin oder Ihres Lieblingsautors lesen können.

Herzliche Grüße

Ihre

edition oberkassel

Vergangene Epochen
bei
edition oberkassel

Spannende Unterhaltung auf historischem Boden.

ISBN: 9783943121964

ISBN: 9783943121650

ISBN: 9783943121520

ISBN: 9783958130067

EDITION OBERKASSEL